世界末日與冷酷異境

世界の終りとハードボイルド・ワンダーランド

村上春樹——著

賴明珠——譯

世界末日與冷酷異境——目錄

譯序

賴明珠

在村上春樹的許多作品中，《世界末日與冷酷異境》在很多方面都具有特殊意義，對村上的讀者來說，無疑是一本絕對不可或缺的作品，因為它是村上春樹作品中最長的一部大作，是他花費最多心血、並獲得「谷崎潤一郎賞」的文學作品，在戰後出生的作者中他是獲得這項殊榮的第一位年輕作家，從此奠定了他在日本文壇的崇高地位。

這本書對我個人來說，也具有特別不同的意義。一九八五　年我辭掉工作，到紐約住了半年。我剛剛譯完《聽風的歌》和《一九七三年的彈珠玩具》（即《失落的彈珠玩具》）寄給時報出版公司，推薦村上春樹的作品。秋末冬初我在紐約的日本書店竟然發現《世界末日與冷酷異境》有硬殼書套的精裝本新書，而且還得了獎，使我更肯定這位作者是極有潛力和才華的。書中奇特的描寫和我當時身處異國寒冷冬天的情況，無論時間、空間上都有一種不可思議的異樣感覺。於是我開始查字典、查資料，準備也許有一天會把它譯出來。然而當時村上春樹畢竟還是一位新人作家，出版社擔心他獨特的風格到底能不能被國內的讀者接受。因此決定先出其他兩部，看看讀者的反應再說。

又因為他的下一部作品《挪威的森林》於一九八七年出版後，在日本創下了四百三十萬冊的空前暢銷紀錄，使得他後來的作品紛紛被國內各家出版社搶先譯成中文，而《世界末日與冷酷異境》反而暫時被跳過了。

現在村上春樹在台灣已經擁有相當多讀者，其中不少人喜歡收集他的作品，並常會問起有沒有他的新作出版，或為什麼他的一些舊作沒有譯出。如今事隔八、九年，終於能把這本書譯出來，可以說總算了了一件心願。我想對我和讀者來說都一樣期待已久了。

村上春樹的寫作習慣，通常是長篇和短篇交錯進行的，具有一定的節奏。而且有些長篇是由短篇發展而來，有些短篇則由長篇衍伸而成，而有些長篇之間又具有連續的相關性。例如《世界末日與冷酷異境》是由一篇未結集出版的短篇〈街與其不確定的牆〉發展而成。《挪威的森林》是由短篇〈螢〉延伸而來。而《麵包店再襲擊》中的短篇〈雙胞胎與沉沒的大陸〉自然是《一九七三年的彈珠玩具》中雙胞胎的後日談。而且他的前三部長篇的主角「我」、「老鼠」、「傑」是共通的，可以說是相關的續集。因此通常這三部，也就是《聽風的歌》、《一九七三年的彈珠玩具》、《尋羊冒險記》被稱為他的「三部作」。

事實上《世界末日與冷酷異境》是村上春樹的第四部長篇小說。也是他想脫離「三部作」開始嘗試自我突破的關鍵性作品，具有承先啟後的重大意義。也可以說是最後一本「主角沒有名字」的作品，在厚達五百多頁的巨著中，主角居然可以沒有名字，不得不令人佩服。而另一方面則把他獨特的抽象性、意識流和大量的比喻發揮得淋漓盡致。

另外我們也可以看出，從他的三部作到《世界末日與冷酷異境》，每一本的故事性逐漸增強。根據他自己表示，《世界末日與冷酷異境》是他最費心血、寫得最辛苦的一本。從一九八四年八月到八五年三月，花了大約半年時間。他的許多作品已譯成英文，他的一些外國朋友也表示特別喜歡這本。

在他寫這本書時，他每天開始長跑，並戒了煙。剛開始跑三公里，一年下來終於可以跑完馬拉松全程。有人問他真的這麼想長壽嗎？他說不是，只是為了培養百分之百的集中力。寫長篇小說就像跑四十二公里一樣，非要有跑完全程的自信，否則無法構思、下筆和完成。

他說要「切開」自己體內的東西，需要有切開的力氣。因此《世界末日與冷酷異境》對他來說，是體力的勝負戰。寫完這本之後，他有三年不能再寫長篇，因為他太用力了，他把想寫的東西，能寫的東西，全部用出來，連自己體內一切不完美的、污穢的東西在內，一切都總動員地寫完了。

有人曾經問三島由紀夫「美德是什麼？」，他回答：「勤勉。」村上春樹也是一位勤勉的作家。從一九七九年《聽風的歌》處女作，到一九九三年的《國境之南、太陽之西》總共七部長篇，而每一部長篇之間，又從不間斷地創作一些短篇、隨筆、遊記，並翻譯不少美國當代小說。總計出版作品達四十餘本。

他說「寫文章是困難的，不過，文章自己要求被寫出來，這時候最重要的是集中力。為了把自己投入那個世界的集中力，而且要讓那集中力盡可能延長持續。這樣，在某個時點就能夠突破克服那難關。還有就是相信自己、相信自己擁有完成它的力量。

在《世界末日與冷酷異境》中，他非常坦誠而用力地試圖「切開」自己。看他如何把頭腦切成左腦和右腦分別使用，把自己切成肉身和影子各自獨立行動，試圖捕捉意識與潛意識的流動移轉，試圖揣摩有心和無心的不同境界，試圖探索愛和夢有無之間的分際，生與死、不死與永生的可能，試圖穿梭於不同時間和空間之間，界定人生的完全和不完全……

村上春樹本來就擅長呈現兩個對照的主題。例如我和老鼠，直子和綠，國境之南和太陽之西，《世界末日與冷酷異境》更明確地分成兩個完全不同的世界、兩個完全不同的時空、兩個獨立的故事平行交錯進行，剛開始好像完全無關，最後卻能合而為一，將村上春樹式的二重思考結構表現得淋漓盡致。

同時這本書和其他作品也有許多互相呼應的地方，可以說是村上作品的集大成。相信讀完之後對作者會有更深的認識，對自己和對人生會有全然不同的新看法。好像眼前展開一幕又一幕的寬銀幕大視野一般。

一九九四年九月

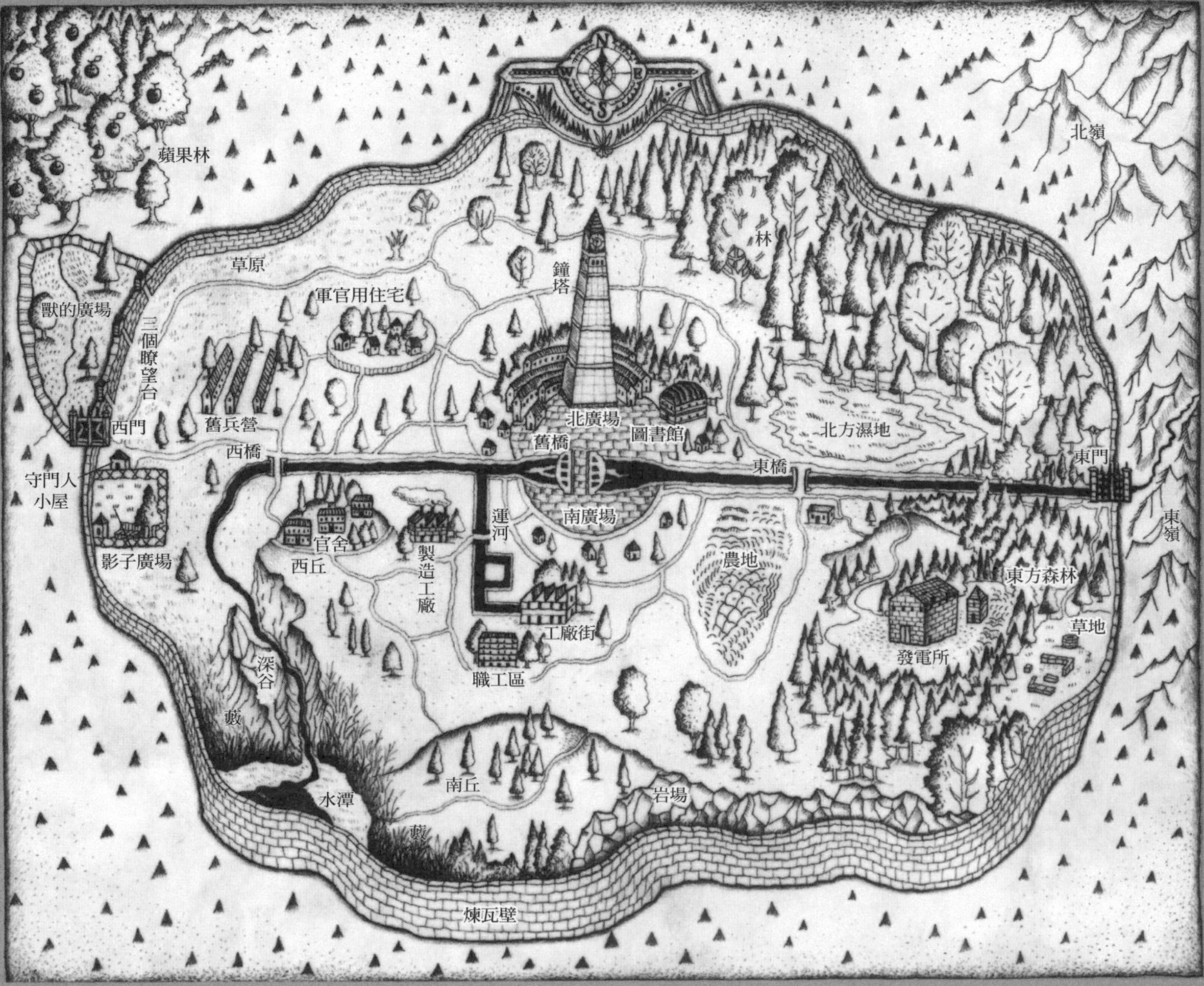
蘋果林
北嶺
草原
鐘塔
林
軍官用住宅
獸的廣場
三個瞭望台
舊兵營
西門
北廣場
圖書館
北方濕地
舊橋
西橋
東橋
東門
守門人小屋
運河
南廣場
東嶺
官舍
西丘
製造工廠
影子廣場
農地
東方森林
工廠街
草地
發電所
職工區
深谷
藪
南丘
岩場
水潭
藪
煉瓦壁

為什麼太陽還繼續照耀
為什麼鳥兒還繼續歌唱
他們不知道嗎
世界已經結束

——THE END OF THE WORLD

1.

冷酷異境

電梯、無聲、肥胖

電梯以極緩慢的速度繼續上昇。我想電梯應該是在上昇吧。但實際上是不是這樣我並不知道。因為速度實在太慢，所以連方向感都消失了。或許它是在下降，或許它根本就靜止不動也不一定。只是試著從前後的狀況來考慮，我自己權宜地決定電梯應該是上昇的而已。純屬推測。沒有任何稱得上是根據的東西。或許上昇了十二層樓又下降了三層樓，繞了地球一周又回來了也說不定。這就不得而知了。

這電梯和我住的大廈裡裝的好像進化的水井吊桶一般便宜而直截了當的電梯，徹頭徹尾完全不同。因為實在差太多了，以至於無法令人想到這是為了同一目的而製造的相同結構、被冠以相同名稱的機械裝置。這兩種電梯幾乎被能夠想像到的最遠距離所分隔開來。

首先是大小問題。我所搭的電梯寬敞得可以當一間雅致的辦公室。擺了書桌、櫃子、書架，再附上小型廚房之後，空間好像還有餘裕。或許也裝得下三頭駱駝和一棵中型椰子樹。其次是乾淨。像新出品的棺材一樣乾淨。四周的牆壁和天花板一塵不染，沒有絲毫汙痕而閃閃發亮的不鏽鋼，地面鋪的是苔綠色的長毛地毯。第三是極端安靜。我一走進去，門便無聲地——名副其實無聲地平順關上，然後就聽不見任何聲音。甚至連是停著還是動著都不知道。宛如深沉的河川安靜地流著。

另外一點是，做為電梯應該具備的各種設備卻大多欠缺。首先就沒有集合各種按鈕和開關的面板。顯示各樓層的按鈕、門的開關鈕和緊急停止裝置都沒有。總之什麼都沒有。因此我非常沒有安全感。不只是按鈕，連表示所在樓層的燈號也沒有，告知限載人數或注意事項的標示也沒有，連廠牌名稱的標誌也看不見。更不知道緊急的逃生出口在什麼地方。確實完完全全是副棺材。怎麼想都不認為這樣的電梯能夠拿到消防署的許可。電梯應該有電梯的規定才對的。

一直注視著這樣一個毫無破綻的四面不鏽鋼壁，使我想起小時候電影上看過的胡迪尼（Houdini）大奇術。他被綑上好幾重繩子和鐵鍊，然後被塞進一個大皮箱，再纏上一圈圈的粗鐵鍊，整個皮箱由尼加拉大瀑布上面沖下來，或在北海泡在冰水裡。我慢慢深呼吸了一下，然後試著冷靜地比較了一下我的處境和胡迪尼的。身體沒被綁著，這點我比較有利，但不明狀況這點則比較不利。

試著想想，何止是狀況，我連電梯到底是在動還是停著都不知道。我試著乾咳一聲。但那有些奇怪的乾咳聽起來不像乾咳的聲音。好像只是將柔軟的黏土投擲在平坦的水泥牆上，聽起來怪扁平的聲音。我無論如何都不覺得那是從我自己身體所發出來的聲音。為了慎重起見我又試著乾咳了一次，結果還是一樣。我索性放棄，不再乾咳。

相當長的時間裡，我就維持那個姿勢站著不動。一直過了很久門也沒開。我和電梯就像是題為〈男人和電梯〉的靜物畫一樣安靜地停在那裡。我逐漸不安起來。

或許機械故障了，或許電梯的司機——假定某個地方有個負責這任務的人——完全忘了我在箱子裡面的事了。我有時候會覺得別人忘了我的存在。但不管怎麼樣，結果就是我被關在這不鏽鋼密室裡了。雖然也試著側耳傾聽過，但沒有任何種類的聲音傳進耳朵。我試著把耳朵緊貼在不鏽鋼壁上，但還是聽不見聲音。牆上只留下我耳朵的白色形狀而已。電梯似乎是為了吸收一切聲音而製造的特殊樣式的金屬箱。我試著用口哨吹〈Danny Boy〉看看，卻只吹出像得了肺炎的狗的喘息似的聲音而已。

我嘆了一口氣，靠著電梯廂壁，決定數口袋裡的零錢打發時間。雖然說是打發時間，但對於從事我這種工作的人來說，就像職業拳擊手經常握著橡膠球一樣，是極重要的訓練之一。意義上不單純是打發時間而已。唯有靠著行動的反覆，才有可能使偏重的傾向普遍化。

總之我總是特意在長褲口袋裡存放相當數量的零錢。右側口袋放百圓銅板和五百圓銅板，左側放五十圓銅板和十圓銅板。一圓硬幣和五圓硬幣則放在臀部口袋裡，但原則上並不用來計算。兩隻手放進口袋裡，右手數百圓銅板和五百圓銅板的金額，並同時用左手數著五十圓銅板和十圓銅板的金額。

沒有這樣計算過的人或許很難想像，剛開始是相當麻煩的作業。右側的腦和左側的腦完全分別計算，最後再像把剖成兩半的西瓜合起來一樣，把這兩半合成一體。不習慣的話很難做得好。

其實右側的腦和左側的腦是不是分開來用的，說真的我也不知道。如果是腦生理學專家的話，或許會用其他更貼切的方式來表現吧。但我不是腦生理學專家，而且實際進行計算時，覺得右腦和左腦好像真的是分開來用的。以數完之後的疲勞感來說，覺得好像和一般計算後的疲勞感，在性質上相當不同。於是我就簡單地當作以右腦計算右邊的口袋，以左腦計算左邊的口袋了。

我自己也覺得我似乎對世上各種的現象、事物，和存在常常會做便宜的思考。這並不因為我是一個具有簡單個性的人——當然我承認多少具有這樣的傾向——不過因為我發現這世上有很多情況以簡單的方式去掌握事物，往往比正性解釋更貼近對事物本質的理解。

例如不把地球想成球狀物體而是巨大的咖啡桌，在日常生活層面有什麼不妥呢？當然這是個相當極端的例子，也沒有必要像這樣把一切的一切都自己隨意去改變。只是地球是個巨大咖啡桌的簡單想法，對於地球是球狀而產生的各種瑣碎問題——例如地心引力、換日線、赤道之類似乎沒什麼用的東西——就可以排除得一乾二淨倒也是事實。對於過著普通生活的人來說，一生中到底有多少次必須和赤道之類的問題扯上關係呢？

因此我盡可能以簡單的觀點來看事情。所謂世界這東西真是包含了各式各樣的，說得更清楚一點，真是包含了無限可能性而成立的，這是我的想法。可能性的選擇，在某種程度上是構成世界的每個人都被賦與的。所謂世界就是由濃縮的可能性所形成的咖啡桌。

話說回來，右手和左手同時進行完全不同的計算絕不是一件簡單的事。我在精通之前也花了很長的時間。但一旦精通之後，換句話說，一旦掌握竅門，這種能力便不會輕易喪失。就像騎腳踏車和游泳一樣。話雖這麼說，但並不是不需要練習。唯有不斷的練習，能力才能提昇，樣式才能洗練化。因此我總是特地在口袋裡放零錢，只要一有空閒，就做這種計算。

那時候我口袋裡放著有五百圓銅板三個，百圓銅板十八個，五十圓銅板七個，和十圓銅板十六個。總計金額是三千八百一十圓。計算一點也不費事。這樣的程度比數手指頭還要簡單。我滿足地靠在不鏽鋼壁上，望著正面的門。門還沒開。

為什麼這麼久了電梯門還不開呢？我不明白。但稍微想了一下，所得到的結論是，「機械故障說」和管理員忘了我存在的「疏忽說」，兩者不妨都排除。因為不切實際。當然我並不是說，機械的故障或負責人的疏忽在現實上不可能發生。相反地我知道在現實世界裡，這種意外正頻繁發生。我想說的是在特殊的現實中——我所指的當然是這荒謬的平滑的電梯而言——也就是非特殊性應該可以當做相悖的特殊性而簡單地予以排除吧。會疏於維護機器，或讓來訪者乘上電梯之後就忘記後續操作的粗心大意的人，難道會去製作這樣一部複雜古怪的電梯嗎？

答案當然是NO。

這樣的事情不可能發生。

到目前為止的狀況，可以看出他們一定是很神經質、心思細密、一絲不苟的。他們簡直好像每走一步的步幅都用尺量著走似的，真是每個細節都考慮周到。一進入大樓的門廳，我就被兩個警衛攔住，詢問要拜訪的對象，核對過他們的預定來訪者名單，檢查過我的駕駛執照，用中央電腦確認過身分，用金屬探測器檢查過身體，然後我才被推進這部電梯裡。就算參觀造幣局也不必接受這樣嚴格的檢查。然而到此為止的謹慎卻突然消失，實在令人難以想像。

這樣一來剩下的可能性就只有他們是故意讓我處在這種狀況的。我想他們大概不願意讓我讀出電梯的動向，所以才以緩慢得弄不清楚是上昇還是下降的速度讓電梯移動。或許還裝有監視器也說不定。入口的警衛室就裝了整排監視螢幕，就算其中之一顯示的是電梯內部也不足為奇。

無聊之餘我也曾想試著找尋鏡頭，但仔細一想，假定真找到這樣的東西，對我也一點好處都沒有。只會使對方提高警戒而已，或許還會令對方因為提防而讓電梯走得更慢也說不定。我不想變成那樣。就算不節外生枝都要遲到了。

結果我沒有做什麼特別的事情，只是悠閒地等著。我是為了完成正當的職務而來。沒有什麼好怕的，也不必緊張。

我靠著牆，兩手插在褲袋裡。重新開始再計算一次銅板。三千七百五十圓。一點也不費事，一會兒工夫就算完了。

三千七百五十圓？

計算錯了。

我在某個地方犯了錯。

感覺手心在冒汗。這三年來我計算口袋的零錢從來沒有一次失誤。一次都沒有。不管怎麼想這都是個惡兆。在這惡兆帶來明顯災厄之前，我必須好好收復失地才行。

我閉上眼睛，好像在洗眼鏡的鏡片似的，讓右腦和左腦變空。然後兩隻手從長褲口袋抽出來，張開手掌，擦乾汗。這些準備作業，就像《風塵三俠》（Warlock）影片中亨利．方達面對槍戰時一樣俐落地完成了。雖然沒什麼了不起，但我非常喜歡《風塵三俠》那部電影，不過這只是件無關緊要的事。

確定兩手的手心都完全乾了之後，我重新把兩手插進兩邊的口袋，開始第三次計算。如果第三次的總額和前面兩次的任何一次一致，那沒問題，誰都會有錯。被放在特殊的狀況變得神經質了，而且也不得不承認多少有些太過自信。這造成我第一次的錯誤。總之要確認正確的數字——這樣應該就能補救。但在我達成補救之前電梯門開了。沒有任何前兆、沒有任何聲音，門往兩側平順地展開。

由於精神正集中於口袋裡的銅板，因此剛開始我沒有清楚意識到門已經開了。或者表現得更正確一點，眼睛雖然看見門開了，但那具體上意味著什麼卻一時無法掌握。當然門開這件事，是意味著到目前為止被那門剝奪了連續性的兩個空間又連接上了。而且同時也意味著我所搭乘的電梯已經到達目的地了。

我中斷了口袋裡手指的動作，眼睛看看門外。門外有走廊，走廊上站著一個女人。一個胖胖的年輕女人，穿著粉紅色套裝，粉紅色高跟鞋。套裝手工良好質料光滑，她的臉也同樣光滑。女人看了一下我的臉好像要確認似的，然後向著我點了一下頭。大概表示「到這邊來」的意思吧。我放棄再計算銅板，兩手從口袋裡抽出來，走出電梯。我一走出去，電梯的門就好像等不及地在我背後關上了。

站在走廊往四周看了一圈，但看不見任何一件能夠提示我所處狀況的東西。我所知道的只有，那是建築物內部走廊之類的地方而已，這連小學生都知道。

總之這是個內部裝潢非常平板單調的建築物。就像我搭乘的電梯一樣，使用的材質雖然高級，卻沒有什麼突出變化的地方。地板是磨得很乾淨而有光澤的大理石，牆壁像我每天早晨吃的瑪芬似的帶點黃的白色。走廊兩側排著厚重的木製門，每扇門上都有標示房間號碼的金屬牌子，但那些號碼亂七八糟，並不相連。「九三六」的隔壁是「一一二三」，其次又變成「二六」。哪裡有房間是這樣胡亂排列的，一定有什麼地方不對勁。

年輕女孩幾乎沒有開口。女孩雖然向我說「請往這邊走」，但那只是她的嘴唇這樣動而已，並沒有發出聲音。我在接受這件工作之前，參加過兩個月讀唇術講座，所以多少能夠瞭解她所說的。剛開始，我還以為自己的耳朵有什麼問題，電梯既沒聲音，乾咳和口哨也不響，使我對聲響一下子失去了信心。

我試著乾咳一聲。乾咳聲依然很輕微，但比起在電梯裡乾咳時聽起來要正常多了。於是我放下心，對自己的耳朵多少恢復了一點信心。沒問題，我的耳朵沒怎麼樣，我的耳朵是正常的，問題在那女孩的嘴巴。

我跟在女孩後面走。尖尖的高跟鞋跟，發出咔達咔達像午後採石廠的聲音，響在空蕩蕩的走廊上。女孩被絲襪裹著的小腿肚清晰地映在大理石上。

女孩胖得圓滾滾的。雖然年輕又漂亮，但她確實胖。年輕漂亮的女孩子肥胖這回事，真有點奇妙。我走在她後面，望著她的脖子、手腕和腳。她的身體，簡直就像夜裡下了大量無聲的雪一樣，長了好多肉。

跟一個年輕漂亮又肥胖的女孩在一起，我總是會變得很混亂。為什麼會這樣自己也不清楚。或許因為我會極自然地想像對方飲食生活的樣子吧。一看見肥胖的女孩，我腦子裡就會自動浮現她正在咔滋咔滋地嚼著當作盤飾配菜的剩餘水芹，貪戀地用麵包沾起最後一滴奶油醬的光景。一定會這樣。然後簡直就像強酸腐蝕金屬一樣，我滿腦子就被她的飲食風景所充滿，其他各種機能都變得不能順利運作了。

如果光是肥胖的女人，那倒還好。光是肥胖的女人就像空中的雲一樣，只是浮在那裡而已，和我沒有任何關係。但既年輕漂亮且肥胖的女孩，就不一樣了。我會被逼迫對她們採取某種特定態度。也就是說也許會跟她們睡覺也說不定。我想這或許使我的頭腦混亂，而抱著喪失機能的頭腦和女人睡覺又不是一件簡單的事。

雖然這麼說，但我絕不是討厭肥胖的女人。混亂和討厭並非同義詞。到目前為止我也曾和幾個既肥胖又年輕漂亮的女人睡過，整體看來絕對不是惡劣的體驗。只要能夠將混亂順利導往好的方向，往往會帶來平常無法得到的美好結果。當然也有不順利的時候。所謂性是極微妙的行為，和星期天到百貨公司買個熱水瓶回來是兩碼子事。同樣既年輕又漂亮且肥胖的女孩，各人肉多的部位也有所差別。某種胖法會把我往好的方向引導，某種胖法只會把我拋棄在表層的混亂中就不管了。

在這層意義上，和胖女人睡覺對我是一件挑戰。人的胖法和人的死法一樣，有各式各樣數不清的類型。

我一面跟在那位既年輕漂亮且肥胖的女孩後面，一面走在走廊上大略地想著這些事情。她在配色高雅的粉紅色套裝衣領上圍著白色絲巾。肉感良好的兩個耳垂上戴著長方形金色耳環，隨著她的走動就像信號燈一樣閃閃發亮。整體上看來，她雖然胖，但身體姿態倒很輕巧。當然或許因為緊繃貼身的內衣發生一些作用顯得相當緊緻吧，不過就算把這可能性考慮進去，她腰部擺動的姿勢簡潔有力，看起來滿舒服的。因此我對她產生了好感。看來她的胖法似乎符合我的喜好。

這不是為自己辯白，但我並不會對很多女孩子懷有好感。說起來我認為自己屬於很少對女孩子有好感的人。所以偶爾對什麼人懷有好感時，就會想要試試這好感。那是真的好感嗎？如果是真的，那麼又會如何發生機能呢？會想以自己的方式去試試看這些。

於是我走到她旁邊，為遲到了八分或九分鐘這點道歉。

「我不知道入口的手續那麼花時間。」我說。「也不知道電梯那麼慢。我到達這棟大樓的時候，確實是在預定時間的十分鐘前。」

她簡短地點頭，似乎是表達「我知道」。她的頸根飄著古龍水的氣味。好像夏天的早晨站在哈密瓜田裡的香氣，那香氣讓我有某種不可思議的感覺。好像兩個不同種類的記憶在我所不知道的地方結合起來似的，有一點不調和但似乎令人懷念的奇妙感覺。我偶爾會有這種感覺。而且那多半是由於某種特定氣味引起的。為什麼會這樣我也沒辦法說明。

「好長的走廊啊。」我試著開口和她閒聊。她一面走著一面看我的臉。我猜她大約二十或二十一左右。眉眼清楚，額頭寬大，皮膚很美。

她一面看我的臉一面說：「普魯斯特。」雖然這麼說，但她並不是正確地發出「普魯斯特」的聲音，只是覺得她的嘴唇動作似乎在說「普魯斯特」而已。聲音依然完全聽不見。甚至連吐氣聲都沒聽見。簡直就像在厚玻璃的對面向你說話一樣。

普魯斯特？

「Marcel Proust？」我試著問她。

她以一副覺得不可思議的眼光看我。然後重複說著「普魯斯特」。我放棄了，回到原來的位置，一面走在她後面，一面拚命尋思和「普魯斯特」（Proust）嘴唇動作相似的語言。「閏年」或「古井吊桶」或「黑色土當歸」之類無意義的單字，我悄悄試著一一發音，但找不到一個唇形完全符合的。我覺得她說的確實是「普魯斯特」。但漫長的走廊和馬塞爾・普魯斯特的關聯性，我不知道從何找起。

她也許是引用馬塞爾・普魯斯特做為長走廊的暗喻也說不定。但假如是這樣，這聯想也未免太突兀了，而且以表現來說也似乎不很親切。做為普魯斯特作品群的暗喻而引用長走廊，那道理我倒還可以理解，但反過來未免太奇怪了。

「馬塞爾・普魯斯特似的漫長走廊」？

總之我跟在她後面走在漫長的走廊上。真是漫長的走廊。轉了幾次彎，上上下下幾個五級或六級的短階梯。也許走了有一般大樓的五或六倍。或許我們只是在有如艾雪（Marurits Cornelis Escher）的錯覺畫的地方來回走也不一定。反正不管怎麼走周圍的風景都完全沒有變化。大理石地板、卵色的牆、胡亂編排的房間號碼和裝有不鏽鋼門把的木門。看不見一扇窗戶。她始終保持一定節奏的高跟鞋聲音規則地響在走廊，而我的慢跑鞋則是發出好像橡膠融化了似地黏糊糊聲音在後面跟著。我那鞋子發出超出必要的黏著聲音，真教人擔心那橡膠底是不是真的要開始融化了。因為這輩子穿慢跑鞋走在大理石上還是第一次，因此我無法判斷這樣的鞋底聲音是正常還是異常。大概一半正常，剩下的一半異常吧？我這樣想像。為什麼？因為我覺得這裡的一切似乎都以這樣程度的比例運作著。

當她突然站定時，因為我一直集中精神在自己慢跑鞋的腳步聲，因此沒發現，於是我整個胸部重重地撞到她的背。她的背好像一朵形成得很好的雨雲似的輕柔而舒服，頸根依然飄散著那哈密瓜古龍水的香氣。她被一碰差一點往前跌，我趕快用兩手抓住她的肩膀把她拉回來。

「對不起。」我向她道歉。「我剛剛在想一點事情，不小心。」

胖女孩有點臉紅地看著我。雖然不能肯定地說，但她似乎沒有生氣。「到了。」她說，只稍微微笑一下，然後聳聳肩說「Sela」。不過當然並沒有真的說出來，只是她的唇形好像重複了好幾次似的。

「到了？」我好像在對自己說似的試著嘴裡發出聲音。「Sela？」

「Sela。」她很有自信地重複著。

那聽起來好像土耳其語似的，但問題是我一次也沒聽過土耳其語。所以那應該不是土耳其語吧，我頭腦逐漸混亂起來，於是我決定不再和她說話。我的讀唇術實在還太不熟練。讀唇術這東西是非常細膩的作業，並不是只參加兩個月的市民講座，就能完全運用自如的。

她從上衣口袋拿出一張小型電腦卡片鎖，那平面和門上附有「七二八」牌子的門鎖完全吻合。卡鏘一聲，門鎖就解除了。真是高明的裝置。

她打開門。然後站在門口用手讓門開著，向著我說「Somuto Sela。」

當然我點頭走了進去。

2.

世界末日
金色的獸

秋天來臨時，牠們的身體就被長長的金色體毛所覆蓋。那是純正定義上的金色。其他任何種類的顏色都無法夾雜其中。牠們的金色是以金色生於這個世界，以金色存在於這個世界。在所有天空和所有大地的夾縫之間，牠們被染成沒有雜毛的金色。

我最初來到這街時——那是春天——這些獸身上還長著各種顏色的短毛。有黑色、有茶褐色、有白色、有帶紅色的茶色。其中也有幾種顏色組合成的斑紋。這些被各種顏色的毛皮所包纏著的獸，在嫩綠的大地上，像是被風推動般靜靜地飄著。牠們可以說是安靜得近乎冥想式的動物。連呼吸都像朝霧一般靜悄。牠們無聲地吃著綠草，吃飽之後就彎起腳坐在地上，落入短暫的睡眠。

春天過去，夏天結束，當光線開始帶著微微的透明感，初秋的風在河川的滯流處掀起微小漣漪時，獸的模樣開始起了變化。剛開始，金色體毛還只是斑斑點點的，就像由於某種偶然而錯過發芽季節的植物一樣地出現，終於變成無數觸手把短毛纏住，最後全身都被這閃閃發亮的黃金色所覆蓋了。這儀式從開始到結束只花了一星期而已。牠們的變化幾乎同時發生、同時結束。在一星期之間，牠們一頭也不剩地完全變貌為金色的獸。朝陽昇起，當世界被染成新的黃金色時，秋天已經降臨大地。

只有從牠們額頭正中央伸出來的一隻長角，是純然優美的白色。那令人擔心地細，與其說是角，感覺上不如說是由於某種原因穿破皮膚凸了出來，於是就那樣固定下來的骨頭破片更恰當。只留下角的白和眼睛的藍，獸全身完全變化為金色。牠們好像要試穿一下這新衣裳似的，腦袋不住上下擺動，以角的尖端往高高的秋天的天空衝撞。然後把腿浸泡在逐漸變冷的河川流水裡，伸長著脖子貪食秋天赤紅的樹果。

當夕暮開始將街容染成藍色時，我登上西牆的瞭望台，眺望守門人吹響號角召集獸的儀式。以號角吹出一長聲、三短聲。這是規定。每次聽見號角聲，我就會閉起眼睛，讓那柔和的音色輕輕滲入體內。號角聲和其他聲音都不一樣。那就像帶有些微藍色的透明魚一樣，悄悄穿過夜色遲未降臨的街道，讓鋪道的卵石、家戶的石壁和沿著河邊道路排列的石牆都沉浸在那聲響裡。好像要穿越含在大氣之中眼睛看不見的時間斷層一般，那聲音安靜地響遍長街的每一個角落。

當號角的聲音在街頭響起時，獸群朝向太古的記憶抬起了頭。超過千頭的獸一起，簡直是以同樣的姿勢朝向號角聲的方向抬起頭來。有些正無聊地嚼著金雀兒葉，有些臥坐在卵石鋪道上用蹄子噠噠敲著地面，或是在最後日照下的午睡中醒來，獸群一起朝空中伸長了脖子。

那一瞬間所有的一切都停止了。要說還在動的東西，只有被夕暮之風拂動著的金色體毛而已。那時候牠們到底在想什麼、在凝視什麼，我不知道。這些獸把脖子轉向同一個方向和角度，安靜凝視著天空，一動也不動。並且側耳傾聽著那號角聲。當號角最後的餘韻終於被吸進淡淡的夕暮中，牠們站了起來，簡直就像忽然想起什麼似的，朝著某個特定的方向開始走動。片刻的咒縛被解除了，長街被這些獸踏出的無數蹄聲所覆蓋。那聲音總是令我想像從地底湧上來的無數細小泡沫。那泡沫包住了街，爬到家家戶戶的圍牆上，連鐘塔都完全覆蓋了。

不過那純粹是夕暮的幻想而已。一張開眼睛泡沫立刻就消失了。那只不過是獸的蹄聲，街上和平常一樣沒有改變。獸的行列像河川一樣流在彎曲街道的鋪石上。並不分由誰走在前面，也沒有誰領路。這些獸只是低著頭，輕微晃動著肩胛，一面沉默地沿著河川走。而且一頭一頭之間，雖然肉眼看不出來，獸群卻似乎被一種無法抹消的親密記憶的絆繩牢牢牽繫住。

牠們從北邊下來穿過舊橋，和從河川南岸由東邊過來的伙伴合流，走過運河邊的工廠地帶，朝西穿過鑄造廠的穿廊，越過西丘的山麓。在西丘斜坡上等著這隊伍的，是無法遠離門的老弱幼小。牠們在這裡轉向北邊，越過西橋，然後朝門前進。

當帶頭的獸來到門口時，守門人把門打開。那是一扇交錯釘著補強厚鐵板，看起來堅固沉重的門。高度大約四公尺到五公尺左右，上部像針山一樣插著密密麻麻的尖銳釘子，以防止人翻過。守門人輕鬆地把那沉重的門朝自己這邊拉開，把集合的獸群放出門外。門是對開的，但守門人總是只開一扇。左側的門經常關得緊緊的。獸群一頭不剩地通過門之後，守門人再度關上門，上了鎖。

就我所知，西門是這街唯一的出入口。街坊的周圍被七公尺到八公尺高的長圍牆所包圍。能夠越過的只有鳥而已。

清晨來臨時，守門人再度把門打開，吹起號角，把獸放進來，等這些獸全部進到裡面時，再和之前一樣把門關起來並且上鎖。

「其實沒有必要上鎖的。」守門人向我說。「就算不上鎖，恐怕也沒有人打得開那沉重的門吧。就算幾個人合力一起也一樣。只是規則上這麼定的所以才這麼做。」

守門人說著把毛線帽往下拉到眉毛上方，然後沉默下來。守門人是個高大男人，塊頭之大是我從來沒見過的。看起來肌肉厚實，襯衫和外套好像只要一個動作就會迸開來似的。不過他有時候會閉上眼睛，掉進巨大的沉默中。那是像某種憂鬱症似的東西或者只是體內機能被某個作用切斷了，我無法判斷。但不管怎麼說，沉默一覆蓋了他，我就只能安靜等待他意識的恢復。當他恢復意識之後，會慢慢睜開眼睛，很長一段時間以恍惚的眼神注視著我，手指在膝蓋上不住摩擦，好像努力想要理解我為什麼存在那裡似的。

「為什麼一到黃昏就要召集獸群放出街外，而一到早晨又放回裡面呢？」守門人恢復意識後，我試著這樣問。

守門人暫時不帶任何感情地凝視著我。

「因為這樣規定啊。」他說。「因為這樣規定所以這樣做。就像太陽從東邊昇起，西邊落下一樣。」

開門、關門之外的大部分時間，他似乎都在整理刀械。他的小屋裡排列著各種大小的斧頭、柴刀和鐮刀等，只要他一有空閒，就非常仔細地用砥石磨著。磨過的刀刃總是發出令人不寒而慄的森森白光，對我來說，那與其說是反射外部的光，不如說裡面暗藏著某種內在發光體。

我望著那成排的刀械時，守門人總是露出得意的微笑，一面以謹慎的眼光追隨我的動作。

「小心喏，只是碰一下就會被劃傷喏。」守門人以像樹根一般生硬粗糙的手，指著排放的刀械。「這些傢伙跟外頭那些便宜貨不一樣噢。都是我一把一把親手打造的。從前我做過鐵匠，這些可是我最拿手的。保養整修一直都很確實，平衡也很好。要選擇和刀刃的自重相搭配的柄並不簡單。隨便挑一把拿起來試試看，但不要碰到刃喏。」

我從排在桌上的刀械中選了一把最小的手斧拿起來，試著在空中輕輕揮動幾次。只在手腕稍微施一點力——或者說只是想要施力而已，那刃就像聽話的獵犬一般靈敏地反應，發出咻一聲乾乾的聲音把半空切成兩片。確實有值得守門人驕傲的地方。

「那柄也是我做的。是用十年生的秦皮樹削成的。作刀柄每個工匠都各有偏好，我最喜歡十年生的秦皮，比這年輕也不行，比這老也不行。十年生的最好。既堅固、又含有水氣，韌性也好。東邊的森林裡有長得很好的秦皮。」

「這麼多的刀械要做什麼用呢？」

「有各種用途啊。」守門人說。「冬天來了更好用。反正冬天到了你就會明白，這兒的冬天可長呢。」

門外有為獸而設的場所。獸群夜裡在那邊睡覺。小河流過，可以喝那河水。再過去就是一望無際的蘋果樹林。簡直像海似的無邊無際地延伸出去。

西牆設有三個瞭望台，可以用梯子爬上去。附有遮雨的屋頂，透過裝有鐵窗的窗子可以眺望獸群的樣子。

「除了你之外沒有人眺望這些獸。」守門人說。「不過你才剛來這裡沒辦法，要是在這裡住上一段時間安定下來之後，就會對獸沒興趣了。就像其他人一樣。不過春天剛開始的一星期倒是例外。」

只有春天剛開始的一星期，人們為了看獸群的戰鬥場面會登上瞭望台，守門人說。雄獸只有在這個時期——正好在毛脫落換新、雌獸開始生產前的一星期，平常溫和的姿態會忽然變得無法想像的兇暴而互相殘殺。然後在大量的血流濺過大地之後，新的秩序和新的生命會誕生。

秋天的獸各自安靜地蹲在各個場所，長長的金毛輝映著夕陽。牠們像被固定在大地之上的雕像一般，身體一動也不動，抬著頭安靜等候一天裡最後的光線沒入蘋果樹海中。終於太陽沉落，夜的青藍暗影籠罩牠們的身體時，獸垂下了頭，白色獨角朝向地面，然後閉起眼睛。

街上的一天就這樣結束了。

3.

冷酷異境
雨衣、黑鬼、洗腦

我被帶進的，是一間空蕩蕩的大房間。牆壁是白色的，天花板是白色的，地毯是咖啡色的，全都是品味高尚的顏色。雖然嘴裡說來一樣是白色，但顏色本身的成立也有高尚的白和低級的白之分。由於窗玻璃是不透明的，無法確認外面的景色，但從那裡透進來的模糊光線似乎是太陽光不會錯。那麼這裡應該不是地下，因此電梯是上昇的。知道這點之後我稍微安心下來。我的想像沒有錯。女孩子示意要我坐在沙發，於是我在房間中央的皮面沙發上坐下蹺起腿。我在沙發坐下之後，女孩便從和進來時不同的門走了出去。

房間裡幾乎沒有什麼像家具的家具。沙發組的桌上排列著陶製的打火機、菸灰缸和香菸盒。我拉開香菸盒蓋看看，裡面一根香煙也沒有。牆上沒掛畫、月曆或照片。沒有一樣多餘的東西。

窗邊有一張很大的書桌。我從沙發上站起來，走到窗前，順便看看桌上。由一塊堅實的厚木板製成的桌面，兩側附有大抽屜。桌上有檯燈、三支Bic原子筆和桌上的月曆，旁邊則散落著一把左右的迴紋針。我看看桌上月曆的日期，日期是對的，是今天的日期。

房間角落排列著三個到處都有的鐵櫃。鐵櫃和房間的氣氛不太協調。太過於事務性而直截了當了。要是我的話，會配合房間放個更優雅的木製櫥櫃，但這不是我的房間。我只是為了工作在這裡而已，不管是鼠灰色的鐵櫃或淺桃色的點唱機，都與我無關。

左邊牆上有嵌入式壁櫥，附有縱向細長的摺疊門。這就是房間裡所有的家具了。沒有時鐘、電話、削鉛筆機、水瓶。也沒有書架、信插。到底這房間擁有什麼樣的目的，有什麼樣的機能？我實在看不出。我回到沙發再度蹺起腿，打著呵欠。

十分鐘左右後女孩回來了。她沒看我一眼，逕自打開櫃子的一扇門，從裡面捧出黑黑亮亮的東西，放到桌上。那是摺疊得很整齊的塑膠雨衣和長統雨靴。最上面還放著像第一次世界大戰的飛行員戴的那種護目鏡。現在到底發生什麼事情？我完全弄不清楚。

女孩好像跟我說了什麼，但嘴唇的動作太快，我沒看懂。

「能不能說得慢一點？因為我的讀唇術沒那麼高明。」我說。

這次她張大嘴慢慢地說了：「請把這個穿在衣服上面。」她說。如果可以的話實在不想穿什麼雨衣，但要抱怨又嫌麻煩，因此我默默照她的指示做。脫下慢跑鞋換穿長統雨靴，雨衣套在運動衫上。雨衣沉甸甸的，雨靴的尺寸大了一號或二號，但我對這些也決定不要抱怨。女孩走到我前面幫我把長到腳踝的雨衣釦子扣上，將兜帽蓋住整個頭。她幫我套上兜帽時，我的鼻尖碰觸到她光滑的額頭。

「好好聞的香味。」我說。我讚美她的古龍香水。

「謝謝。」她說，然後把我帽子上的鈕扣叭吱叭吱一直扣到鼻子下方。再把護目鏡戴在帽子上。因此我變成一具雨用木乃伊似的模樣。

接著她打開壁櫥的一扇門，拉著我的手把我推進裡面，然後打開裡面的燈，反手把門關上。門裡是衣櫃，雖說是衣櫃但並沒有衣服的影子，只掛著幾個衣架和幾粒防蟲樟腦丸滾在下面而已。也許這不是單純的衣櫃，而是以衣櫃做為掩飾的秘密通道或什麼的，我這樣想像。因為我已經穿上了雨衣，再把我推進衣櫃裡沒有任何道理呀。

她在牆角一個金屬把手上悄悄摸弄著，終於正如猜測的一樣，正面牆壁的一部分，有小型汽車的行李箱大小的地方忽然在眼前打開了。開口裡黑漆漆的，可以清楚感覺到一陣濕濕冷冷的風從開口中吹過來。令人覺得不太舒服的風。好像河水流動似的嘩啦嘩啦聲不停響著。

「這裡面有河流。」她說。由於河流聲音的關係，她那無聲的說話方式感覺上似乎添加了些許的真實感。好像其實是有發出聲音的，只是被河流聲掩蓋了。也許因此覺得她的話好像變得比較容易理解似的。要說奇怪也真奇怪。

「一直沿著河往上游走會看到一個大瀑布，你就直接穿過去。祖父的研究室就在那裡面。只要到了那裡，其他的你就會知道了。」

「到那裡去，妳的祖父就在那裡等著我嗎？」

「對。」她一面說一面遞給我一個附有背帶的防水大型手電筒。雖然不太情願進入黑漆漆的裡面，但事到如今也不能說什麼了，於是我下定決心，一隻腳踏進那洞口敞開黑暗裡。然後身體往前傾，頭和肩膀進去，最後把剩下的那隻腳也縮進去。硬梆梆的雨衣包著身體，任何動作都變成極困難的作業，但總算把自己的身體從衣櫃裡移到牆壁的另一側去了。然後我看看還站在衣櫃裡的胖女孩。從黑暗洞穴內透過護目鏡望去，她非常可愛。

「小心喏。不要離開河流或走到旁邊的岔路去噢，一直往前走。」她彎身向前，好像窺視著我說。

「一直走到瀑布。」我大聲說。

「一直走到瀑布。」她也重複說。

我試著不出聲音，只用嘴唇做出「Sela」的唇形。她也微笑著說「Sela」。然後門啪噠地關上了。

門一關閉我就被完全的黑暗所包圍。連針尖般的一點光線都沒有，名副其實的完全黑暗。什麼也看不見。連自己伸到臉前面的手指都看不見。我好像被什麼打中似的，一時之間愣愣地處在原地。簡直就像被保鮮膜裹住往冰箱一丟就被關閉起來的魚似的，被一股冰冷的無力感所侵襲。沒有任何心理準備就被突然丟進全然的黑暗中，一瞬間全身都沒了氣力。她要關門之前至少應該預告一下的。

我摸索著按下手電筒的開關，令人懷念的黃色光線在黑暗中照出一道筆直的線。我首先照著自己的腳尖，然後試著慢慢確認周遭的踏腳處。我所站立的地方是一塊大約三公尺見方的狹小水泥台，前面就是深不見底的絕壁。既沒有柵欄也沒有圍牆。這一點她也應該事先提醒的，我有點生氣起來。

台子旁邊設有下降用的鋁梯。我把手電筒斜背在胸前，一級一級小心試探著，走下滑滑的鋁梯。水流聲隨著我往下降，逐漸變得大聲而明確。大樓一個房間的衣櫃裡，竟然變成斷崖絕壁且底下流著一條河，真是前所未聞的事。而且是在東京的市中心。越想頭越痛。首先是那令人怪不舒服的電梯，其次是說話不出聲的胖女孩，然後是這個。或許我應該就此拒絕這工作而回家去的。危險重重，而且一切都脫離常軌。但我還是打消這念頭繼續走下黑暗的絕壁。一則因為那是我職業上的自尊，一則也因為那穿著粉紅套裝的胖女孩。我不知道為什麼心裡記掛著她，因而沒辦法拒絕工作走人。

走下二十級左右，我停下來休息喘一口氣，然後又走下十八級到達地面。我站在梯子下用手電筒小心地探照著四周。腳下是堅硬平坦的岩盤，稍前方流著一條寬度大約兩公尺的河。在手電筒的光線裡，河流表面看起來好像旗子般一面啪噠啪噠地擺盪著一面流。雖然流水的速度好像相當快，但河流的深度和水的顏色則不清楚。我所知道的只有河流是由左往右流的。

我一面確實地照亮著腳前方，一面順著岩盤往河的上游走。有時候感覺有什麼在身體旁邊徘徊，猛然照過去，卻看不見任何東西。只見河流兩側筆直切開的牆壁和水流而已。或許因為被包圍在黑暗中的關係，神經變得特別敏銳。

走了五、六分鐘之後，頂部好像變得低了許多，這從水的聲音不同可以知道。我把手電筒往上一照，由於實在太暗了，無法辨認出頂部。然後就像女孩提醒過的一樣，兩側岩壁可以看見有一些像是岔路的地方出現了。其實那與其說是叉路，不如應該以岩石的裂縫來表現更貼切。水從那下面潺潺流出，形成細流注入河裡。我試著走近其中一道裂縫，用手電筒往裡面探照，什麼也看不見。只知道比起入口來，裡面似乎意外地寬闊而已。絲毫沒有引起一點進去一看究竟的念頭。

我右手緊緊握住手電筒，懷著進化中的魚一樣的心情，在黑暗中往上游走。由於岩盤被水濡濕變得容易打滑，我不得不一步一步小心謹慎地往前踏。在這樣黑漆漆的地方，要是滑了一跤掉進河裡，跌破手電筒的話，那可真的一籌莫展了。

因為一味將精神集中在腳下走著，一時沒注意到前方有光線閃閃搖動著。忽然一抬頭，才發現那光已經近在我前面七、八公尺的地方了。我出於反射地把手電筒關掉，手伸進雨衣開衩從臀部口袋抽出小刀來，並摸索著拉開刀刃。黑暗和嘩啦嘩啦的水聲把我緊緊包圍。

隨著手電筒光線的熄滅，那微弱的黃色燈光也同時靜止下來不動了。然後在空中畫了兩次大圓圈。似乎在做「沒問題，請放心」的暗號似的。然而我依然不敢疏忽，保持不動，等待對方的下一個動作。終於燈光又開始搖動。簡直像擁有高度智慧的巨大發光蟲一面在空中飄移著，一面朝我的方向過來似的。我右手握著小刀，左手拿著關掉的手電筒，一直凝神注視著那燈光。

燈光來到離我三公尺左右的近處停了下來，就那樣往上方提高又再停止。因為燈光相當微弱，因此到底照出了什麼，剛開始還看不太清楚。張大眼睛仔細一瞧，才知道那居然好像是人的臉。那張臉和我一樣戴著護目鏡，蒙頭罩著黑帽子。他手上提著像是體育用品店賣的小型提燈。一面以那提燈照著自己的臉，一面好像拚命在說著什麼，但因為水流的回聲，我什麼也聽不出來，由於黑暗而不明瞭嘴巴的張開方式，因此沒辦法讀出嘴唇的動作。

「……因為……不……。你的……抱歉，這個……」男人看起來好像這樣說，這到底什麼意思，我完全搞不懂。總之好像沒危險的樣子，於是我把手電筒打開，用那光線照出自己的側面，用手指指著耳朵，向對方表示我什麼也聽不見。

男人似乎明白了，點了幾次頭，然後把提燈放下，兩手伸進雨衣口袋裡摸索著，不久之後簡直就像潮水急速退下一樣，原來充滿我周圍的轟然水聲逐漸轉弱。我認為自己一定是要昏倒了。意識轉薄，所以聲音從腦袋裡消失。因此我——雖然不明白自己為什麼非要昏倒不可——繃緊身體各部位的肌肉，準備隨時倒下去。

但經過幾秒鐘我還是沒有倒下，神志也極清楚，只是周圍的聲音變小了而已。

「我是來接你的。」男人說。這次很清楚地聽見男人的聲音。我搖搖頭把手電筒夾在腋下，收起刀刃放回口袋。有這一天會很不好過的預感。

「聲音怎麼了？」我試著問男人。

「噢，聲音哪。很吵吧。我把它調小了。對不起，現在沒問題了。」男人一面點了好幾次頭一面說。河流的聲音已經減弱成小河潺潺流著的程度。「那麼可以走了吧。」男人說著轉身背向著我，以習慣的步伐開始朝上游走。我一面用手電筒照著腳下一面跟在後面。

「你說把聲音調小，是指這是人工的聲音嗎？」我朝向應該是男人背後的一帶試著大聲吼。

「不。」男人說。「那是自然的聲音。」

「自然的聲音怎麼能夠調小呢？」我問。

「正確地說不是調小。」男人回答。「而是把聲音消掉。」

我有些迷惑，但決定不再多問。我的立場並不適合對人提出太多質問。我是來做我的工作的，我的業主要把聲音消掉或像伏特加和蘭姆酒一樣攪拌，那都不在我的業務範圍內。於是我什麼也沒說，只默默地繼續走著。

總之，水聲消掉之後，周圍變得非常安靜。甚至雨靴啾啾的聲音都聽得很清楚。頭上有兩三次好像有人在摩擦小石子似的奇怪聲音，然後又停止。

「因為有黑鬼混進來的跡象，有些擔心，所以我到這裡來接你。其實那些傢伙絕對不可能到這裡來，但偶爾有這樣的事發生，就傷腦筋了。」男人說。

「黑鬼……」我說。

「如果你在黑鬼可能出沒的地方突然遇到他們，也會受不了啊。」男人說，以巨大的聲音呵呵呵地笑著。

「嗯，是啊。」我順著他的語氣說。不管是黑鬼也好，什麼都好，我可不願意在這樣黑漆墨烏的地方碰見什麼不明來路的東西。

「所以我來接你。」男人重複地說。「可不能碰見黑鬼。」

「那真要感謝您的好意了。」我說。

繼續往前走了一陣子之後，前方傳來從水龍頭放出水似的聲音。那是瀑布。雖然只是用手電筒試著照了一下並不很清楚實際狀況，但似乎是相當大的瀑布。如果沒有消音的話一定響得很大聲吧。站在前面護目鏡就被飛濺的水花濺得全濕透了。

「要從這裡鑽進去對嗎？」我試著問了一下。

「對。」男人說。然後就不再補充說明什麼，一直往瀑布的方向前進，走到那裡面身體竟然完全消失了蹤影。沒辦法，我也急忙跟在後面往前追。

幸虧我們穿過的通路是瀑布中水量最少的地方，不過力道還是強勁到可能把人沖倒在地。雖說是穿著雨衣，但要不被瀑布沖打過就不能進出研究室，不管怎麼善意地去想都覺得未免太荒唐了。或許為了要保持機密，但就算是這樣也應該會有其他更周到的做法吧。我在瀑布裡面跌了一跤，膝蓋猛不防撞在岩石上，由於消了音的關係，聲音和那聲音所帶來的現實之間完全失去了平衡，使我一片混亂。瀑布還是應該擁有和那瀑布相當的音量才好。

瀑布深處有一個大小勉強可以讓一個人通過的洞窟，穿過這洞窟筆直往前，盡頭設有一扇鐵門。男人從雨衣口袋裡拿出一個小型計算機似的東西，把它插進門上的槽縫裡，操作了一下，門終於無聲地往內側開了。

「來，到了。請進。」男人說著讓我先進去，然後自己也進到裡面把門鎖上。

「一路上辛苦了吧？」

「要客套一下也說不出來。」我略微保留地說。

男人把提燈掛在脖子上，還罩著兜帽戴著護目鏡，就那樣笑了起來，呼呵呵的奇怪笑法。

我們走進的房間，是像游泳池更衣室一樣簡陋乏味的大房間。架子上整齊排列著半打像我身上一樣的黑色雨衣、長統雨靴和護目鏡。我摘下我的護目鏡，脫下雨衣掛在衣架上，長統雨靴放在架子上。最後再把手電筒掛在牆上的金屬勾上。

「花了你好多功夫真抱歉。」男人說。「不過警戒不能怠慢。要不這樣小心謹慎，有人正在附近徘徊著打我們的主意呢。」

「是黑鬼嗎？」我試著套他的話。

「是啊。黑鬼也是其中之一。」男人說著一個人點點頭。

然後他帶我進到那更衣室裡面的會客室。脫掉黑色雨衣之後，男人只是一個氣質良好的矮小老人。體格看來強壯結實而不算胖。氣色很好。從口袋掏出無框眼鏡戴上後，竟然有戰前重要政治家的風采。

他示意要我坐在沙發，自己則在辦公桌後面坐下。房間和我最初被帶進去的房間簡直一樣。地毯顏色、照明器具、壁紙和沙發都一樣。沙發茶几上放著一樣的香菸組。桌上有桌曆、迴紋針一樣散開著。甚至令人覺得自己好像是繞了一圈又回到原來的房間似的。或許真的是這樣，或許並不是這樣，我並沒有記住迴紋針的散落位置。

老人觀察了我一會兒。然後拿起一根迴紋針拉直，用來戳指甲根部的軟皮。左手食指的指甲軟皮。不一會兒撥完了甲皮之後，他把拉成筆直的迴紋針丟進菸灰缸。我要是能夠轉世投胎的話，我想不管變成什麼都好絕對不要變成迴紋針。莫名其妙被用來把老人的指甲軟皮壓回原位之後，就那樣被丟棄在菸灰缸，未免太令人毛骨悚然了。

「根據情報，黑鬼和記號士正聯手合作呢。」老人說。「不過當然這些傢伙不夠團結。黑鬼相當謹慎，記號士則太冒進，所以他們的結合還只是一小部分而已。不過這總不是個好預兆。沒有理由來到這裡的黑鬼竟然開始出沒在這一帶，總不是一件好事。這樣下去，或許早晚這一帶會充滿了黑鬼。那我就傷腦筋了。」

「那倒是真的。」我說。雖然我不清楚黑鬼到底是什麼樣的東西，但如果記號士和某種勢力聯手的話，那對我一定也會非常不利。因為我們和記號士之間的對抗原本正處於非常微妙的平衡狀態，只要些微的作用就可能產生情勢逆轉的後果。單就我不知道黑鬼的事，而他們竟然知道，光是這一點，均衡就已經打破了。或許我不知道黑鬼的事，是因為我只擔任低階的現場獨立作業人員，上面的人早就知道了。

「不過，姑且不管這個，只要你方便的話，希望能夠立刻開始幫我們工作。」老人說。

「可以。」我說。

「我拜託經紀人幫我找一位高明的計算士，聽說你的評價很高，大家都誇獎你。能力強，有膽識、工作又認真。除了缺乏協調性之外，沒得挑剔。」

「不敢當。」我說。這是謙虛。

呼呵呵老人又大聲笑著。「協調性怎麼樣都可以。問題在膽識。膽識不夠是無法成為一流計算士的噢。不過，相對的薪水也高。」

因為沒有什麼該說的，因此我默不作聲。老人又笑了，然後帶我到隔壁的工作室。

「我是生物學家。」老人說。「雖然說是生物學家，但我的研究範圍非常廣，實在沒辦法用三言兩語說完。還牽涉到腦生理學、音響學、語言學、宗教學。由自己來說有點不好意思，不過真的是相當相當具有獨創性而珍貴的研究。我現在正在做的是哺乳動物的口蓋研究。」

「口蓋？」

「就是口。口的結構。口是怎麼動作的，如何發出聲音的，研究這類的事情。噢，你看看這個。」

說著，他摸摸牆上的開關把工作室的電燈打開。房間靠裡的牆上整面做成架子，那上面擁擠地排列著各種哺乳動物的頭蓋骨。從長頸鹿、馬、熊貓到老鼠，我所能想到的哺乳類動物的頭這裡全都有。以數目來說大概有三百到四百吧。當然也有人類的頭蓋骨。白人、黑人、亞洲人、印第安人的頭顱，都男女各一地排列著。

「還有鯨和象的頭蓋骨放在地下倉庫裡呢。就像你知道的，那些東西相當佔地方啊。」老人說。

「是啊。」我說。確實，如果要把鯨魚的頭擺出來，這房間恐怕就要塞滿了。

動物們好像都互相約好了似的，全把嘴巴赫然張開，兩個空空的洞凝神瞪視著正面的牆。雖然說是研究用的標本，但這樣被骨骼團團圍住，似乎也不太好受。數量雖不及頭蓋骨多，但其他的架子上也一行行地陳列著各式各樣福馬林浸泡的舌頭、耳朵、嘴唇和口喉蓋。

「怎麼樣？相當可觀的收藏吧。」老人很高興似地說。「世上有人收集郵票，有人收集唱片，有人在地下室收藏葡萄酒，有些有錢人喜歡在院子裡排列戰車，而我則是收集頭蓋骨噢。人間有百態，所以才有意思。你不覺得嗎？」

「大概是吧。」我說。

「從比較年輕的時期開始，我對哺乳類的頭骨就懷有相當濃厚的興趣，因此陸陸續續收集起來，現在已經將近四十年了。要理解骨頭這東西比想像中更需要花費漫長的歲月。在這層意義上，去瞭解有血有肉的生身人類真是輕鬆多了。我深深有這種感覺。當然像你這麼年輕的話，我認為還是會覺得肌肉本身比較有趣。」說著老人又呼呵呵地笑個不停。「以我來說，一直到能夠聽出骨頭發出的聲音就整整花了三十年。你知道三十年，說起來可不是普通的歲月喲。」

「聲音？」我說。「骨頭會發出聲音嗎？」

「當然。」老人說。「每一種骨頭都各有特定的聲音。那說起來就像是隱藏著的信號。這不是比喻式的，而是名副其實文字意義上的骨頭會說話。而我現在正在做的研究，目的就是要解析這信號。而且如果能夠解析出來的話，以後就有可能用人為的方式去控制它了。」

「哦。」我吟味著。雖然我還無法理解到細節部分，但如果正如老人所說的，那麼似乎確實是珍貴的研究。我試著說：「那真是珍貴的研究啊。」

「確實是。」老人說著點點頭。「所以那些傢伙也覬覦這研究。他們真是順風耳，而且竟然想利用我的研究去做壞事。如果能從骨頭收集記憶的話，那麼就不需要拷問了。把對方殺掉剝除皮肉，只要洗骨頭就行了啊。」

「那就太殘酷了。」我說。

「不過到底是幸還是不幸，目前研究還沒有進行到那個地步。目前的階段還是把腦拿出來更能夠收集到明確的記憶。」

「要命。」我說。骨頭也好腦子也好，一旦拿出來結果還不是一樣。

「所以才要拜託你來計算哪。以免被記號士偷聽到，或實驗數據被盜取啊。」老人一本正經地說。「科學的惡用和科學的善用一樣，都使現代文明面臨危機狀況。我確信科學應該是為了科學本身而存在的。」

「我不很瞭解信念這件事。」我說。「不過有一件事我想事先弄清楚。這是屬於事務上的事。這次這件工作的委託，不是從『組織』本部下來的，也不是透過正式經紀來的，而是由您這裡直接來的。這是個異常的例子。說得更清楚一點，就是有可能違反就業規則。如果違反的話我會受到懲罰，執照會被沒收。這點您知道嗎？」

「我很清楚。」老人說。「也難怪你擔心。不過這是確實透過『組織』正式委託的。只是為了保守機密，不透過事務階層而由我個人和你聯絡而已。你不會受到任何懲罰的。」

「可以保證嗎？」

老人打開抽屜，拿出檔案夾遞給我。我翻了一下。裡面確實有『組織』的正式委託書。格式和簽名都很確實。

「好吧。」說著我把檔案夾還給對方。「我的階級是雙料Double Scale，這樣行嗎？所謂雙料是——」

「標準收費的兩倍對嗎？沒關係呀。這次的工作加上獎金算三倍可以嗎？」

「您真慷慨。」

「因為是重要的計算，而且還讓你穿過那瀑布，呵呵。」老人笑著。

「暫且先讓我看看數值。」我說。「方式要看了數值之後才能決定。電腦層次的計算是由哪一方來做？」

「電腦用我這邊的。你只要幫我做那前後的部分。可以嗎？」

「很好。這樣我也省事。」

老人從椅子上站起來，在背後的牆上摸索了一下，看來很普通的牆壁突然啪一下張開一個口。真是設計機巧。老人從裡面拿出另一個檔案夾，把門關上。門一關又還原成沒有任何特徵的白牆。我接過檔案讀起佔了七頁的詳細數值。數值本身沒有什麼問題，只是單純的數值。

「這種程度的話用『洗碼』就夠了吧。」我說。「要是這樣程度的頻率相似性，就不用擔心會被架入假設橋樑。當然理論上是有可能，但無法證明那假設橋樑的正確性，若是不能證明，誤差就會像條尾巴無法擺脫。那就像沒有羅盤而要橫越沙漠一樣。雖然摩西做過。」

「摩西連海都渡過了。」

「那是太古老的事了。在我所涉及的範圍內，還沒有一次被記號士侵入過。」

「你是說只要一次轉換Single Trap就足夠了嗎？」

「二次轉換Double Trap所冒的風險太大了。雖然這樣一來假設橋樑介入的可能性變成零，但目前的階段還算是特技似的東西，轉換程序還沒有明確固定下來，可以說還在研究階段呢。」

「我所指的不是二次轉換啊。」老人說著，又開始用迴紋針戳指甲軟皮。這次是左手的中指。

「那麼您是說？」

「混洗（Shuffling）。我指的是混洗。我要你幫我做洗碼和混洗。我請你來是為了這個。如果光是洗碼就沒有必要特別指定你了。」

「我不懂。」我說著換了另一邊蹺腳。「為什麼您知道混洗的事呢？那是極機密事項，外部應該是沒有人知道的啊。」

「我知道。我跟『組織』的高層有很密切的管道。」

「那麼請您透過那管道打聽一下好嗎？現在混洗系統是完全被凍結起來的。我不知道為什麼，大概是曾經有過什麼爭議吧。但總之是不能用混洗的。如果被知道用了它，我想後果就不只是懲罰的程度了。」

老人把委託文件的檔案夾再交給我。

「你仔細看看最後一頁。應該附有使用混洗系統的許可。」

我依他說的，翻到最後一頁看看。確實上面附有混洗系統的使用許可。我試著重讀了幾次，但那是正式文件。簽名也多達五個。我實在搞不懂上面的人在想什麼。挖了洞然後叫你埋起來，埋起來之後下次又叫你挖。麻煩的永遠是像我們這樣在現場工作的人。

「這份委託書請幫我全部彩色影印起來。要不然萬一有什麼事情發生時，我的處境會變得非常麻煩。」

「那當然。」老人說。「當然會影印給你。你不用擔心任何事情。一切都是毫無瑕疵的正式手續。今天就先付一半費用，交件的時候再付剩下的。這樣可以吧？」

「很好。現在我就在這裡做洗碼。洗碼完成後的數值我帶回家去，在家做混洗。要做混洗必須做各種準備。然後混洗完成後的數據我再帶來這裡。」

「三天後的中午以前，我無論如何都需要這結果。」

「時間十分充裕了。」我說。

「千萬不要拖延。」老人再度叮嚀。「要是延遲了後果會很嚴重。」

「難道世界會毀滅嗎？」我試著問。

「在某種意義上是的。」老人以含蓄的方式說。

「沒問題。我從來沒有一次超過期限的。」我說。「方便的話請幫我準備一壺熱的黑咖啡和冰水。還有可以填肚子的簡單晚餐。因為看樣子這工作可能要花很長時間呢。」

果然不出所料是個很花時間的工作。數值的陣列本身雖然相對單純，但因為案例設定的維度很多，因此計算比表面看來要費事多了。我把所給的數值輸入右側的腦，轉換成截然不同的記號之後移到左側的腦，移到左側頭腦的東西轉成和原本完全不同的數字之後再取出來，打在打字紙上。這叫做洗碼。要說是非常簡單也可以。每個計算士各有不同的轉換碼。這種轉換和亂數表最大的不同在於圖形性。也就是說鑰匙就藏在右腦和左腦（這不用說只是為了方便而簡單地區分。絕對不是真的分為左右兩邊）的分割方式之中，以圖解表示就像那樣。

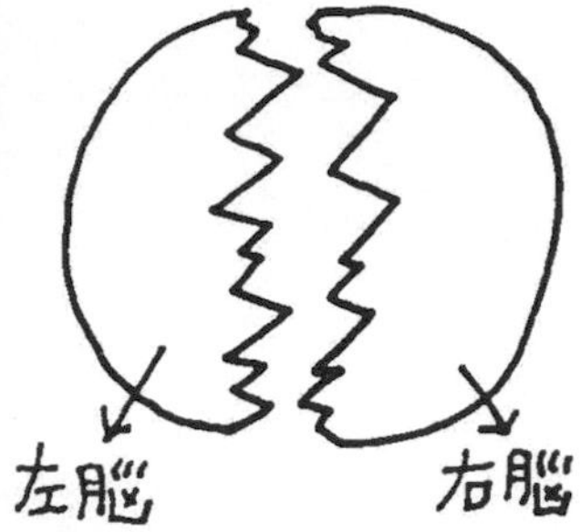

總而言之這參差的鋸齒狀接面如果不能完全吻合的話，求出來的數值就沒辦法還原。但記號士們卻想把從電腦裡偷出來的數值用假設橋樑架上去解讀。也就是分析數據後再以全像術重現那參差面。這有時候行得通，有時候不行。我們的這種技術越進步，他們的對抗技術也會隨之增進。我們保護資料，他們盜取資料。就像古典的警察與小偷模式一樣。

記號士們以不法手段弄到手的資料，主要流入資訊黑市，以獲取龐大的利益。更惡劣的是他們往往把資訊中最重要的部分留在自己手上，讓自己的組織有效地使用。

我們的組織通常被稱為「組織」（System），記號士們的組織則被稱為「工廠」（Factory）。「組織」本來是私人的企業集團，但隨著重要性的提高，逐漸增加了半官營的色彩。結構也許類似美國的貝爾公司。我們這些末端的計算士就像會計師和律師一樣，可以個人獨立開業，但需要取得國家發給的執照，工作只能透過「組織」或由「組織」認可的官方經紀人接案。這是為了避免技術被「工廠」惡用的措施。如果違反規定，必須接受處罰、吊銷執照。不過這種措施是不是正確，我並不清楚，因為喪失資格的計算士往往會被「工廠」吸收，轉入地下而變成記號士啊。

我不知道「工廠」的結構怎麼樣。剛開始他們是以小規模的創新企業出現，然後急速成長。有人稱他們為「資訊黑手黨」，從他們往各種類別的地下組織滲透生根這點來看，或許確實類似黑手黨。他們和黑手黨不同的地方，在於只處理資訊這一點。資訊是清潔的，而且賺錢。他們盯上某個電腦，就確實地監控，然後盜取其中的資料。

我一面喝著一整壺那麼多的咖啡，一面繼續洗碼。工作一小時就休息三十分鐘——這是規則。不這樣的話，右腦和左腦的接面會變得不明確，出來的數值就會變得模糊不清。

在那三十分鐘的休息時間裡，我和老人閒聊各種事情。不管說什麼都好，動口說話是腦力的最佳恢復方法。

「這到底是關於什麼的數值？」我試著問看看。

「這是實驗測量數據。」老人說。「是我這一年來的研究成果。各種動物頭蓋骨和口蓋容積的三次元影響轉換成的數值，以及將那發聲做三要素分解出來的資料整合在一起。剛才也說過我為了要聽出骨頭固有的聲音就花了三十年時間，但這計算如果完成的話，我們就不需要從經驗上，而可以從理論上抽出那聲音了。」

「而且那還可以人為去控制嗎？」

「正是。」老人說。

「所謂人為的控制，到底會發生什麼樣的事情？」

老人用舌尖舔舔上唇，沉默了一會兒。

「會發生很多事情噢。」他稍微停頓一下說。「真的會發生各種事情。雖然我沒辦法說出口，但會發生一些想像不到的事噢。」

「消音也是其中之一嗎？」我問。

老人又呼呵呵愉快地笑起來。「對，沒錯。可以配合人的頭蓋骨特有的信號，消音或擴大音量。雖然每個人的頭蓋骨形狀不同，不能完全消除，但可以把音量消減到很小。簡單地說是配合音和反相音的振動使它產生共鳴。消音是研究成果之中最沒有害處的一種。」

如果說那沒有害處的話，其他就可想而知了。世人各自依自己的喜好隨便讓聲音放大縮小，想像起來就覺得有點厭煩。

「消音可以從發聲和聽覺兩方面來控制。」老人說。「也就是像剛才那樣，可以只讓水聲從聽覺消失，也可以把發聲消去。發聲方面因為屬於個人，因此可以百分之百消去。」

「您打算向世人發表這個嗎？」

「開玩笑。」老人說著搖搖手。「這麼有趣的東西我可不想告訴別人。我只是為了自己高興而做的。」

說著老人又呼呵呵地笑起來。我也笑了。

「我的研究發表只打算面向極專業的學術層次，何況幾乎沒什麼人對聲學感興趣呀。」老人說。「而且世上的笨學者也不可能瞭解我的理論。本來學界就不怎麼理會我的。」

「可是記號士們可不是傻瓜啊。他們在解析方面是天才。他們可能會把您的研究徹底解讀出來喲。」

「這一點我也有所防範。所以我把數據和程序全部藏起來，只將理論以假設的形式發表。這樣一來就不用擔心被他們解讀出來了。雖然我在學界大概不會受到重視，但這種事就隨它去。百年後我的理論會被證明，這樣就很夠了。」

「哦。」我說。

「所以一切就靠你的洗碼和混洗了。」

「原來如此。」我說。

接下來的一小時，我集中精神在計算。然後又再休息。

「可以請教一個問題嗎？」我說。

「什麼事？」老人說。

「關於入口的女孩子。那位穿粉紅套裝，長得滿豐滿的……」我說。

「那是我的孫女兒。」老人說。「長得很好的孩子，年紀輕輕就能幫忙我做研究。」

「我想問的是，她是天生不能講話，還是被消音才變成那樣的……」

「糟了。」老人用一隻手猛然拍打大腿。「我完全忘了。做完消音實驗，居然沒有讓她恢復原狀。不行不行。我得趕快過去讓她恢復原狀才行。」

「那樣會比較好。」我說。

4.

世界末日
圖書館

街的中心，是往舊橋北側延伸出去的半圓形廣場。這半圓形的另一面，也就是圓的下半部分，隔著河川在南邊。兩個半圓各被稱為北廣場和南廣場。雖然被當做是一對看待，實際上兩者給人的印象可以說是正好相反。在北廣場可以感覺到好像整個街的沉默從四面八方湧進來，飄散著不可思議的沉重空氣。比較起來，南廣場則幾乎沒有任何令人有感覺的東西。那裡只有極模糊的、類似失落感的東西而已。比起橋的北邊，這裡的人家也少，花壇和卵石的整理也沒那麼好。

北廣場中央有一個大鐘塔，簡直刺向天空一樣屹立著。其實與其說是鐘塔，不如說是殘留鐘塔外型的物體，這樣的表現還比較貼切。因為時鐘指針停留在一個地方不動，已經完全放棄鐘塔原本的功能了。

塔是四方形石砌的，四面各表示東西南北的方位，越往上走，塔身變得越細。尖端設有四個面盤，八支針分別指著十時三十五分就停下不動了。從面盤稍下方看得見的小窗戶推測，塔的內部應該是空的，可以用梯子什麼的往上爬，卻找不到進到裡面入口似的地方。因為異樣地高聳著，要看面盤上的字，還得跨越舊橋到南邊去才行。

石造建築和磚瓦房屋重重圍住北廣場，向外擴展成扇形。一棟棟建築都沒有什麼明顯特徵，沒有任何裝飾或標示，每一扇門都關得緊緊的，也不見人進出。那可能是一間失去郵件的郵局，失去礦工的採礦公司，或者失去屍體的殯儀館也不一定。但這樣安靜沉寂的建築物，卻不可思議地沒有給人遭棄的印象。我每次穿過那裡的街道，就覺得周圍的建築物裡面，有我所不認識的人正悄悄地繼續屏息做著我所不知道的工作。

圖書館也就是在這靜悄悄的街區之中。說是圖書館其實也沒有什麼特別的地方，只是極普通的石砌建築而已，外表並沒有任何表示這是圖書館的標誌或特徵。變色成陰沉色調的老舊石壁和狹小的雨遮，或裝了鐵窗的窗戶和粗重的木門，要說是穀物倉庫似乎也說得通。如果守門人沒有在紙上畫出詳細地圖的話，我可能永遠也認不出那是圖書館吧。

「在你安定下來之前，可以先到圖書館去。」我到達街的第一天守門人這樣對我說。「那裡有一個女孩子在看管，你告訴那女孩說有人要你來讀出古老的夢。這樣其他的事情那女孩也會告訴你。」

「古老的夢？」我不禁反問他。「古老的夢到底是怎麼回事呢？」

守門人正在用一把小型刀子把一塊木片削成圓形楔子或木釘之類的東西，他停下手邊動作，把桌上散亂的木屑收集起來，丟進垃圾箱裡。

「所謂古老的夢，就是古老的夢啊。你只要到圖書館去，就有多得教你厭煩的。隨你喜歡拿起來仔細瞧瞧吧。」

守門人仔細入神地檢查自己做好的圓形尖木片，覺得可以之後就放在背後的架子上。架子上已經排了一排二十幾支和那同樣形狀的尖木片。

「你要問什麼問題是你的自由，不過要不要回答則是我的自由。」守門人兩手交叉在腦袋後面說。「其中也有我無法回答的。總之你以後每天就去圖書館讀古老的夢。那也就是你的工作。傍晚六點鐘去，讀夢讀到十點或十一點。晚飯女孩子會準備。其他的時間你可以自由使用，沒有任何限制。明白嗎？」

明白了，我說。「可是那工作要持續到什麼時候？」

「嗯，做到什麼時候啊？我也不清楚。做到該做完的時期來臨為止吧。」守門人說。然後從柴堆裡抽出一根合適的木柴，又開始用刀子削了起來。

「因為這是個貧窮的小街道，所以沒有餘裕養一個遊手好閒的人。大家都在各自的崗位上工作著。你就到圖書館去讀古老的夢吧。你總不至於想在這裡逍遙自在地遊樂過日子吧？」

「工作並不覺得辛苦，有做事總比沒做事輕鬆。」我說。

「那很好。」守門人睨著刀尖點點頭。「那麼盡可能早一點著手工作吧。以後你就叫做『夢讀』。你已經沒有名字了，『夢讀』就是你的名字。就好像我是『守門人』一樣。明白了嗎？」

「明白了。」我說。

「就像這街上守門人只有一個一樣，夢讀也只有一個。因為夢讀也要有夢讀的資格。現在我不得不賦與你這個資格。」

守門人說著從餐具櫃拿出一個白色小淺碟放在桌上，倒進了油。然後擦著火柴點上火。接著他從擺放刀械的架子上拿了一把好像奶油刀一樣形狀扁平的奇怪刀子，用火充分地把那刀刃烤過。然後把火吹熄，讓刀子冷卻。

「這只是做記號而已。」守門人說。「所以一點也不痛，不必害怕，一下子就結束了。」

他用手指撥開我的右眼瞼，用刀尖刺進我的眼球。但正如守門人說的一樣，一點也不痛，很奇怪但不可怕。刀子簡直就像插進果凍一樣柔軟無聲地刺進我的眼球。接著他對我的左眼做了同樣的動作。

「夢讀完之後，那傷口自然會消失。」守門人一面收拾碟子、刀子一面說。

「那傷口換句話說就是夢讀的記號。不過你在這記號還在的時候要留意光。好嗎？聽清楚噢，那眼睛不能見太陽光。你那眼睛如果見了太陽光，就有你受的了。所以你只有在夜晚或陰雲的白天才能夠到外面走動。晴朗的日子房間裡也盡可能弄暗，安靜地躲在裡面。」

然後守門人給我一個鑲有黑色玻璃的眼鏡。他說睡覺時間之外要經常戴著它。就這樣我失去了陽光。

我推開圖書館的門是在那幾天後的黃昏。沉重的木門發出格吱格吱的聲音開了。裡面有一條筆直的走廊延伸出去。空氣好像好幾年都被遺留在那裡似的，凝滯而滿是灰塵。地板被踩踏出磨損的痕跡，油漆過的牆壁配合著電燈的色調而泛著黃色。

走廊兩側有許多扇門，門上了鎖，鎖上積滿了白色的灰塵。沒上鎖的只有盡頭一扇製作精緻的門而已，從門上裝的毛玻璃裡看得見燈光。我試著敲了那扇門好幾聲，但沒有回答。我伸手握住老舊的黃銅把手試著安靜地轉開，門竟然無聲地往裡開了。房間裡沒有人影。一間比車站候車室還大一圈左右的簡樸房間，空蕩蕩的，沒有一扇窗戶，也沒有任何具裝飾作用的擺設。只有一張簡陋的桌子，三把椅子，還有一個舊式鐵製的煤炭暖爐而已。然後有個大掛鐘和櫃台。暖爐上一個顏色已經斑駁的黑色琺瑯水壺正冒著白色的熱氣。櫃台後面有一個和入口同樣型式也裝了毛玻璃的門，那後面也一樣看得見電燈的亮光。我猶豫是不是要在那門上試著敲一敲，但結果決定不敲暫時在這裡等一等，看看有沒有人會過來。

櫃台上散置著幾支銀色的迴紋針。我拿起來把玩了一下，然後在桌邊的椅子上坐下。

那個女孩從櫃台後面的門裡出現是在十分鐘或十五分鐘之後。她手上拿著像是剪紙剪刀的東西。她看見我好像有些吃驚，臉頰一瞬間紅了起來。

「對不起。」她對我說。「我不知道有人來了。你可以敲門哪。我在後面屋裡整理東西，因為好多東西都亂七八糟的。」

有好長一段時間我說不出話，只是凝視著她的臉。她的臉讓我覺得好像快要想起什麼似的。她的某種特質似乎正靜靜地搖動著沉在我意識深處的柔軟沉澱東西。但我不明白那到底意味著什麼，於是語言也被埋葬到遙遠的黑暗裡去。

「正如你知道的，這裡已經沒有什麼人會來了。這裡有的只是『古老的夢』而已，沒有其他東西。」

我眼睛不離開她的臉地輕輕點頭。從她的眼睛、她的嘴唇、她寬闊的額頭和綁在後面的黑頭髮的形狀，我正要想起什麼，但我覺得越往細部看，整體的印象好像又變得越模糊而遙不可及了。我閉上眼睛，放棄了。

「對不起，你是不是走錯地方了？因為這裡的建築物全都很類似。」她說著把剪刀放在櫃台上的迴紋針旁。「可以到這裡來讀古夢的，只有夢讀而已。其他人是不能進來的。」

「我是來這裡讀夢的。」我說。「街上有人這樣告訴我。」

「不好意思，請你摘下眼鏡好嗎？」

我拿下墨鏡，臉正對著她。她仔細觀察我變成淺色的兩個瞳孔，這是夢讀的標誌。我覺得好像被看進身體的芯裡去了似的。

「很好。請戴上眼鏡。」她說。「你要喝咖啡嗎？」

「謝謝。」我說

她從後面的房間拿出兩個咖啡杯，然後從咖啡壺裡倒了咖啡，在書桌對面坐下。

「今天還沒有準備好，所以明天再開始讀夢吧。」她說。「讀的地方就在這裡行嗎？也可以打開已經鎖住的閱覽室。」

這裡就可以，我回答。

「妳會幫我忙嗎？」

「是的，我的工作是看守古老的夢，做夢讀的助理。」

「我以前是不是在什麼地方見過妳？」

她抬起眼睛注視我的臉。然後探尋記憶，試著把我和什麼連接起來，但終於放棄地搖搖頭。「你知道，在這街上所謂記憶這東西是非常不安定而不確實的。雖然有些事情想得起來，可是也有些事情卻想不起來。你的事情好像是屬於想不起來的方面。真抱歉。」

「沒關係。」我說。「沒什麼重要的。」

「不過或許在什麼地方見過也不一定。我一直住在這街上，何況這是個小地方。」

「但我是前幾天才來到這裡的。」

「前幾天？」她似乎吃了一驚似的說。「那麼一定是弄錯了吧。因為我從生下來就一直沒離開過。也許只是長得跟我很像的人。」

「大概吧。」我說。然後啜了一口咖啡。「不過我有時候會這樣想，或許我們以前都住在完全不同的地方過著完全不一樣的人生。然後由於某種原因把這些事情忘得一乾二淨，什麼都不知道地這樣生活著。妳有沒有這樣想過？」

「沒有。」她說。「你會這樣想，是不是因為你是夢讀呢？因為夢讀的想法和感覺和一般人相當不一樣。」

「是嗎？」我說。

「那麼你知道自己曾經在什麼地方做過什麼嗎？」

「想不起來。」我說。然後走到櫃台，拿起散在那裡的迴紋針中的一支，看了一會兒。「但覺得好像發生過什麼似的。這點是確定的，而且覺得好像在哪裡見過妳。」

圖書館的天花板很高，房間好像海底般安靜。我手上還拿著迴紋針，沒有刻意去想什麼，只是恍惚地巡視了房間一圈。她坐在桌前，繼續一個人安靜地喝著咖啡。

「我也不太明白，自己為什麼會來到這裡。」我說。

安靜注視著天花板，看起來好像從上面降下來的黃色燈光的粒子忽而膨脹忽而縮小。也許因為我眼球受傷的關係吧。我的眼睛是為了看什麼特別的東西，而被守門人改造過的。牆上掛的古老大鐘慢慢在無聲之中刻著時間。

「大概有什麼原因來到這裡，我現在卻想不起來。」我說。

「這是非常安靜的街。」她說。「所以如果你是想求安靜而來的，我想你一定會喜歡這裡。」

「大概吧。」我回答。「我今天在這裡該做什麼呢？」

她搖搖頭慢慢從桌旁站起來。把空了的兩個咖啡杯收走。

「你今天什麼也不能做。工作從明天開始吧。在那之前你先回家好好休息。」

我又抬頭看了一次天花板，然後看看她的臉。確實覺得她的臉和我心中的某個東西強烈地連接著。而那某個東西則輕微地敲打我的心。我閉上眼睛，試著在朦朧的心中找尋。一閉上眼，就覺得沉默像細微的塵埃即將覆蓋我的全身似的。

「我明天六點鐘會來。」我說。

「再見。」她說。

我走出圖書館，靠在舊橋的護欄上，一面側耳傾聽河川的水聲，一面眺望獸消失後街的模樣。圍繞著鐘塔和街的圍牆，沿著河邊成排的建築，形狀像鋸齒般的北峰山群被夜最初的薄暮染成藍色。耳朵除了水聲之外聽不見任何聲音。連小鳥都不知道藏到什麼地方去了。

如果我是為了求安靜而來到這裡的——她說。我卻無法確定這件事。

周遭完全變黑了，當河邊路上整排的街燈開始亮起來，我朝著西丘的方向走在無人的街上。

5.

冷酷異境

計算、進化、性慾

當老人為了替被消音的孫女恢復正常聲音而回到地上時，我喝著咖啡，一個人默默繼續計算著。

老人到底離開房間多久，我不太清楚。我把電子錶的鬧鈴設定為每隔一小時—三十分—一小時—三十分……各會響一次，我便配合那信號聲計算、休息、計算、休息。手錶面盤設定成不顯示。因為一在意時刻，就變得不容易計算了。現在是幾點跟我的工作沒有任何關係。我開始計算時就是工作的開始，我計算完畢時工作就結束了。對我來說必要的時間只是一小時—三十分—一小時—三十分的循環而已。

老人離開的時間我想大概有休息兩次或三次的時間吧。休息時間裡，我有時躺在沙發上恍惚地想著事情，有時上廁所，有時做做伏地挺身。沙發躺起來非常舒服。既不太硬也不太軟，頭下墊的墊子也軟硬適中。我每次接案外出計算時，一到休息時間都會要求讓我在那裡的沙發上躺下，但沒遇到過躺起來舒服的沙發。大多是隨便買來湊合的粗糙沙發，即使表面上看來高級的沙發，實際躺躺看卻大多令人失望。我真不明白人們選沙發時為什麼那麼不用心。

我常常相信沙發的選擇可以顯示出一個人的品味——這或許也是偏見——我想。沙發自成一個不容冒犯不可動搖的世界。但這只有坐慣優質沙發長大的人才會懂得。就像讀好書、聽好音樂長大的一樣。一套優質沙發產生另一套優質沙發，劣質沙發產生另一套劣質沙發。就是這麼回事。

我認識幾個開著高級車到處跑的人，他們家裡卻只擺著二流或三流的沙發。這種人我不太能信任。雖然高級車自有它的價值，但那單純表示昂貴而已。只要付錢誰都能買。但買好的沙發卻需具備相當的見識、經驗和哲學。雖然花錢，但並不是出錢就可以的。事先如果沒有堅定的想法是不可能買到優質沙發的。

那時候我所躺的沙發確實是一級品。因此我對老人有了好感。我躺在沙發閉著眼睛，試著回想那位說話方式奇怪、笑法奇怪的老人的種種。想到關於那消音的事，首先就可以確定老人以科學家來說，是屬於最高等的了。一般學者是沒辦法任意讓聲音消失或恢復的。首先一般學者就不會想到這是可能做到的事吧。其次他確實是個相當偏執的人。雖然科學家是怪人或討人厭的人也很常見，但沒見過有人為了避開別人的耳目而在深入地下的瀑布後面設研究室的。

我試著想像如果要將消音、復音的技術商品化，一定要花費莫大的金額。首先音樂廳的擴音設備會全部消失。因為不再需要使用巨大的機械放大聲音了。相反地也可以消除噪音。飛機如果能裝設消音設備，那麼對住在飛機場附近的人也大有幫助吧。不過同時消音和復音也必然會被用在各種形式的軍事產業和犯罪上。無聲的轟炸機、滅音手槍、放大音量以破壞腦的炸彈等都會相繼誕生，將有組織的大量殺人轉變成更洗練的方式去進行，這些都可以預見。相信老人也知道這點，因此刻意不向外界發表這研究成果而保留在自己手邊。這使我對老人更加有了好感。
大概在我進入第五次或第六次工作循環時老人回來了。手上提著一個大籃子。
「我帶了新的咖啡和三明治回來了。」老人說。「有小黃瓜、火腿和起司，這些可以嗎？」
「謝謝，我最喜歡了。」我說。
「現在立刻吃嗎？」
「等這個工作循環結束之後再吃。」
手錶鬧鈴響時，七張數值表的五張已經洗碼完畢。還剩下一口氣工夫。我把工作告一段落站了起來，伸了一個大懶腰，然後開始吃東西。
三明治有一般餐廳或點心店三明治的五、六盤那麼多。我一個人默默吃了三分之二左右。可能因為長時間持續洗碼的關係吧，肚子非常餓。我把火腿、小黃瓜和起司依序放進嘴裡，把熱咖啡送進胃裡。
老人大約在我吃三個之間才吃了一個。他好像喜歡小黃瓜，把麵包捲起來，小心地在黃瓜上撒了適量的鹽，然後發出輕微喀啦喀啦的聲音咀嚼著。正在吃三明治時的老人看來有點像禮貌端正的蟋蟀。
「多吃一點。」老人說。「像我這樣上了年紀之後，吃得越來越少了。只能稍微吃一點點，稍微動一點點。不過年輕人應該盡量多吃。盡量多吃，吃胖一點好。雖然一般人好像不喜歡胖，但我要說，那是胖的方法不對。所以才會胖得不健康或失去美觀。其實正確的胖法絕對不會那樣。人生既充實，性慾就高昂，頭腦也清晰。我年輕時候也很胖呢。現在已經不成樣子了。」
呼呵呵，老人好像噘著嘴似的笑。

「怎麼樣？相當不錯的三明治吧？」

「是啊。非常好吃。」我讚美道。真的很好吃。就像對沙發一樣，我對三明治的評價也相當嚴格，不過那三明治卻有些超越我對三明治所定的基準線。麵包新鮮有彈性，用清潔而銳利的刀子切的。雖然通常會被忽略，但優良三明治的製作，準備一把良質刀子是絕對不可缺的。就算備齊了高檔食材，如果刀子不好也就做不出好三明治。芥末也是上等的，生菜十分結實鮮脆，美乃滋也是手製的或接近手製的。好久沒吃到做得這麼好的三明治了。

「這是我孫女兒做的，她說要感謝你。」老人說。「她做三明治最拿手。」

「不得了的手藝。連專業的都不容易做得這麼好。」

「好極了。那孩子要是聽到一定很高興。因為幾乎沒有人來過，所以沒有機會讓別人吃，聽別人表示意見哪。那孩子做什麼料理，吃的總是只有我和她兩個人而已呀。」

「你們兩個人過日子嗎？」我試著問。

「是啊。已經很久都是兩個人過了。我一直和外界沒接觸，那孩子也養成這個癖性，對我來說也很傷腦筋。她沒有出去見見世面的意願。雖然腦筋好、身體也非常健康，卻不想跟外界接觸。年紀輕輕的，這樣子可不行。性慾應該以喜歡的形式去消解才行。怎麼樣？那孩子有女性魅力吧？」

「嗯，確實是這樣。」

「所謂性慾這東西是正當的能量。這其實很清楚。性慾如果沒有宣洩的出口而一直積留著，不但頭腦都會失去清晰，身體的平衡也會惡化。這對男人和女人都一樣。女人的情況是月經會不規則，月經不規則後精神的安定就會喪失。」

「哦。」我說。

「那孩子應該早一點和合適的男人有機會交往才好。我以一個後知後覺者或一個生物學者來說都這樣確信。」老人一邊在小黃瓜上撒鹽一面說。

「她的聲音，順利恢復了嗎？」我試著問。工作中不太想聽別人性慾的事。

「噢噢，我忘了告訴你。」老人說。「當然順利恢復了。幸虧你讓我想起來忘了幫她恢復聲音的事。如果你不提醒，那孩子會好幾天都沒聲音地過日子。我一下來這裡就會有好一陣子不回地上。沒有聲音地過日子倒也挺麻煩的。」

「嗯，這倒是真的。」我同意道。

「那孩子就像我剛才說過的不怎麼和外界交往，所以並不會覺得有什麼不方便，但有電話打進來時就麻煩了。我從這裡打了幾次電話，但都沒有人接，正覺得奇怪呢。唉呀，真是老糊塗了。」

「不能說話，買東西也不方便吧？」

「不，買東西倒不會。」老人說。「世上有超市這東西，在那裡不需要開口就可以買東西。真是相當方便。她最喜歡超市，常常去買東西喲。好像以來往於超市和辦公室之間過日子似的。」

「不回家嗎？」

「那孩子很喜歡辦公室。有廚房、有浴室，一般生活上沒什麼不方便。一星期頂多回家一次吧。」

我適度地點點頭喝著咖啡。

「不過你跟那孩子倒很能溝通啊。」老人說。「是怎麼辦到的呢？心電感應還是什麼？」

「是讀唇術。以前我曾經到市民講座去學過讀唇術。當時閒得沒事做，我想學了或許有用。」

「原來如此，是讀唇術啊。」老人好像很認同似的點了幾次頭。「讀唇術確實是有效的技術。我也有一點心得。怎麼樣？我們兩個暫時無聲地聊一聊如何？」

「不，算了，還是普通的談法比較好。」我急忙說。一天之中遇到幾次這種情況怎麼吃得消。

「當然讀唇術是非常原始的技術，也有很多缺點。如果四周一片黑暗就完全弄不清楚，而且必須一直看著對方的嘴。不過以過渡性手段來說是有效的。你學讀唇術應該說是有先見之明了。」

「過渡性手段？」

「是的。」老人說著又點頭。「好吧，我只告訴你，以後這個世界總有一天會變成無聲的。」

「無聲？」我不禁反問。

「對。完全的無聲。因為對人類的進化而言，聲音不但不需要，而且有害。所以早晚要把聲音消滅。」

「哦？」我說。「依你這麼說，那麼鳥的叫聲、河水的流動聲和音樂，這些也都會完全消失嗎？」

「當然。」

「可是這樣未免太寂寞了吧。」

「所謂進化就是這樣的東西。進化總是難受的，而且寂寞。不可能有快樂的進化。」老人說著站了起來走到書桌前，從抽屜裡拿出小指甲刀再回到沙發，開始從右手拇指，到左手小指一一照順序剪齊。

「雖然現在還在研究階段，不能詳細告訴你，但大概說來，就是這樣。不過這不要對外界說出去。因為要是傳進記號士的耳裡，那就事態嚴重了。」

「您不用擔心，我們計算士在嚴守秘密方面是從不輸給任何人的。」

「聽你這樣說我就安心了。」老人說著，用明信片的邊緣把書桌上散亂的指甲屑收集起來，丟進垃圾箱裡。然後再拿起小黃瓜三明治，在上面撒鹽，美味地吃著。

「自己說有些不好意思，不過真的很好吃。」老人說。

「她很會做菜嗎？」我問。

「不，也不盡然，只是三明治特別拿手而已，其他料理當然也絕對不差，只是比不上三明治好吃。」

「就像是天生的才能一樣啊。」我說。

「正是。」老人說。「事實上正如你說的，我總覺得你十分瞭解這孩子，如果是你的話，我可以放心地交給你。」

「我嗎？」我有些吃驚地說。「光是讚美她的三明治就這樣嗎？」

「你不喜歡三明治嗎？」

「三明治我非常喜歡。」我說。並且在不妨礙計算的程度下想起那位胖女孩，然後喝咖啡。

「我覺得，你擁有某種東西。或者說，缺乏某種東西，不管怎麼說都一樣。」

「有時候我自己也這樣覺得。」我坦白說。

「我們科學家把這種狀況稱為進化的過程。遲早你也會明白，進化這東西是很嚴酷的。進化最嚴酷的到底是什麼你能想出來嗎？」

「不知道。請告訴我。」我說。

「那就是由不得你選擇的。誰都沒辦法依自己的喜好去選擇進化。那跟洪水、雪崩和地震之類的很類似。不遇到就不知道，遇到了又無法抵抗。」

「哦。」我說。「所謂那個進化，和剛才您提過的聲音有關嗎？也就是說，我會變成不能說話嗎？」

「正確說不是這樣，能不能講話，本質上沒有太大的問題，那只是一個階段而已。」

不太明白，我說。基本上我是個很直率的人。明白的時候就說明白，不明白的時候就老實說不明白。不會說曖昧不明的話。我認為大部分的麻煩都是由於曖昧的說法所引起的。我相信世上之所以會有很多人採取曖昧的說話方式，是因為他們下意識地自找麻煩。除了這個以外我無法想像。

「不過，這件事說到這裡。」老人說著又再呵呵地以一貫刺耳的笑法笑了起來。「不要談太複雜的話題妨礙你的計算，還是適可而止吧。」

我對這並無異議。正好手錶鬧鈴又響了，於是我繼續回去洗碼。老人從抽屜裡拿出像不鏽鋼火箸的東西，右手握著，到排列著頭蓋骨的架子前面來回走著，偶爾用那火箸輕輕敲打某個頭，並側耳傾聽那聲音。簡直就像小提琴巨匠在檢視著史特拉底瓦里（Stradivarius）名琴的收藏，順手從其中拿起一把試著以撥奏方式檢點琴的情況似的。光從聽聲音的樣子，就能感覺老人對頭蓋骨擁有超出常人的熱愛之情。我感覺到雖說起來同樣是頭蓋骨，其實擁有各種音色。有些聽起來好像敲威士忌玻璃杯的聲音，有些像敲巨大花盆的聲音。這些從前都是有血有肉，充滿腦漿——雖然量不同——不時想著食物或性慾這些事。不過最後一切都消失了，只變成各種各類的聲音。玻璃、花盆、便當盒、鉛管、水壺，這些種類的聲音。

我試著想像自己的腦袋被剝皮剔肉，去掉腦漿，放在那架子上，被老人用不鏽鋼火箸喀喀喀地敲著的樣子，總覺得好奇怪。老人從我頭蓋骨的聲響，到底能聽出什麼？想讀出我的記憶嗎？還是想讀出我記憶以外的東西？不管哪一種，都令人覺得不安。

我對死本身並不覺得怎麼可怕。就像威廉・莎士比亞說的一樣，今年死了，明年就不會死了。想起來真簡單，但死了之後，頭蓋骨被排在架子上，用火箸喀喀地敲打，實在也不太愉快，一想到死了之後，自己還要被抽出什麼東西就覺得灰心氣餒。雖然活著絕對不是一件容易的事，但我至少可以憑自己的衡量判斷去籌劃安排。因此怎麼樣都無所謂。就像《風塵三俠》裡的亨利・方達那樣。但死了之後，希望能夠讓我靜靜地安息。我覺得似乎可以理解，為什麼古埃及的國王死了之後希望葬在金字塔裡的理由了。

在那幾小時之後，終於完成洗碼工作。因為沒有用手錶測量，到底花了多少時間並不清楚。只是從身體疲勞的程度判斷，我推測大約花了八至九小時吧。相當有份量的作業。我從沙發站起來，伸了一個大懶腰，讓身體各部分的肌肉放鬆。計算士領到的手冊上總共有二十六處肌肉放鬆法的圖解。計算後只要照這個好好放鬆，頭腦的疲勞都能夠消除，頭腦的疲勞如果能夠消除，計算士的職業壽命也就能夠延長了。因為計算士的制度才形成不到十年，因此誰也不知道這種職業的壽命到底有多長。有人說是十年，有人說是二十年。有人主張可以做到死為止。也有人說遲早會變成廢人。不過這些全都只是推測而已。我所能做的，只有好好放鬆二十六處肌肉而已。推測就交給適合推測的人去吧。

我放鬆完肌肉之後就坐在沙發上閉起眼睛，慢慢把右腦和左腦重新整合成一體。就這樣完成了一切的作業。正確地依照手冊上所教的。

老人把一個像是大型犬的頭骨放在桌上，用游標尺量著細部的尺寸，在頭骨照片的影印紙上用鉛筆記下那尺寸。

「做完了嗎？」老人說。

「做完了。」我說。

「噢噢，這麼長的時間辛苦你了。」他說。

「今天就到這裡為止，我要回家睡覺了。明天和後天在家裡做混洗，大後天中午以前一定帶回這裡來，這樣可以嗎？」

「很好很好。」老人說著點點頭。「不過要嚴格遵守時間噢。遲過中午就傷腦筋了。會很麻煩。」

「這個我知道。」我說。

「還有要非常小心別讓別人搶走那表格。要是被搶走了，不但我有麻煩，你也是。」

「沒問題。我們在這方面受過相當嚴格的訓練，不會眼睜睜讓計算過的資料被奪走。」

我從長褲內側的特製口袋裡拿出一個專放重要文件的金屬製柔軟夾袋，把數值表放進裡面鎖了起來。

「這個鎖只有我能打開，除了我之外別人如果要開鎖，裡面的文件就會自動銷毀。」

「設計得滿好的啊。」老人說。

我把那文件夾放回長褲內側的暗袋。

「對了，要不要再吃一點三明治？還有一些。而且我在研究的時候幾乎都不吃東西，所以留下來也是浪費呀。」

因為肚子又餓了，因此我便依他的話把剩下的三明治全部吃光。小黃瓜口味都被老人挑著吃完了，一片也沒剩，留下的都是火腿和起司，但因為我並不特別喜歡小黃瓜，所以也不在意。老人重新為我在杯子裡倒了新的咖啡。

我又穿上雨衣，戴上護目鏡，一隻手拿著手電筒走回地下道。這一次老人沒有跟來。

「我已經用音波把黑鬼趕走了，他們暫時不會侵入，所以沒問題。」老人說。「對黑鬼來說，他們還是害怕到這裡來的。只是記號士指使，他們不得不來，只要嚇嚇他們也就不敢來了。」

雖然這麼說，既然知道有黑鬼這東西在地底的某個地方，一個人走在黑暗裡，畢竟不能心安。尤其我不清楚黑鬼到底是什麼東西，對他們的習性、形態和防禦法都一無所知，所以可怕的程度也加深一層。我左手拿著手電筒，右手握著小刀，沿著地底的河川走向來時路。

因為這個緣故，當我在一開始走過的鋁製長梯下發現穿著粉紅套裝的胖女孩時，覺得好像得救了。她朝著我的方向搖動著手電筒的光。我走近那裡時她好像說了什麼，但河川的消音似乎被解除了，水聲很吵，根本聽不見她的聲音，而且黑漆漆的也看不清她嘴唇的動作，因此完全不知道她在說什麼。

於是不管怎麼樣，我決定先上梯子，到有光線的地方再說。我走在前面先上，她在後面跟來。梯子非常高。下來的時候因為一片漆黑什麼也不知道，因此並不害怕，但一級一級往上爬時，可以想像那高度，因而臉上腋下全流著冷汗。以大樓來說，有三、四層樓的高度，加上鋁梯濕氣重，腳下滑溜溜的，如果不非常小心謹慎地爬，後果將會不堪設想。

中途很想休息一下，但想到她正跟在後面上來而不能休息，結果還是一口氣一直爬到梯子的最上面。想到三天後還要走一趟同樣的路到研究室去，我的心情就變得暗淡下來，但這也包含在報酬裡所以沒辦法。

穿過衣櫥走進原先的房間後，女孩把我的護目鏡摘下，幫我脫下雨衣。我把長統雨靴脫下，把手電筒放在旁邊。

「工作順利嗎？」女孩說。第一次聽到她的聲音，溫柔而清晰。

我望著她的臉點頭。「不順利的話就不會回來了，因為這是我的工作啊。」我說。

「謝謝你告訴祖父關於消音的事。真是多虧你，那樣子已經一星期了。」

「為什麼不用筆談告訴我呢？要是那樣的話我可以更早明白很多事情，就不會那樣混亂哪。」

女孩什麼也沒說，繞了桌子周圍一圈，然後調整一下兩邊耳朵上戴著的大耳環的位置。

「那是規定。」她說。

「妳是說不能用筆談？」

「那也是規定之一。」

「哦？」我說。

「和退化有關的事全部禁止。」

「原來如此。」我佩服地說。做得真是很徹底。

「你幾歲？」女孩問。

「三十五。」我說。「妳呢？」

「十七。」女孩說。「我是第一次遇見計算士。不過也沒看過記號士。」

「真的十七歲嗎？」我吃驚地問。

「嗯，是啊。我才不會說謊呢。真的十七歲呀。不過看來不像十七歲吧？」

「不像。」我坦白說。「怎麼看都覺得二十歲以上。」

「我不希望看起來像十七歲。」她說。

「妳不上學嗎？」

「我不想談學校的事，至少現在不想。下次見面再好好告訴你。」

「喔。」我說。一定有什麼緣故吧。

「嗨，計算士的生活是什麼樣子的？」

「不管計算士也好，記號士也好，不工作的時候，都跟社會大眾一樣是極普通的人哪。」

「社會大眾或許很普通，但並不正常。」

「嗯，倒也有這種想法。」我說。「不過我所指的是很平凡的意思。在電車裡，坐在旁邊也不會引人注意，跟大家吃一樣的飯、也喝啤酒——對了，謝謝妳的三明治，非常好吃。」

「真的？」說著，她微笑起來。

「那麼好吃的三明治很難得。三明治我吃多了。」

「咖啡呢？」

「咖啡也好喝啊。」

「嘿，要不要在這裡喝一點咖啡？這樣的話還可以多談一些。」

「不，咖啡不用了。」我說。「在下面喝太多，已經一滴也喝不下了。而且我想早一點回家睡覺。」

「真遺憾。」

「我也覺得遺憾。」

「那麼我送你到電梯那邊。一個人走不到吧？走廊太複雜了。」

「好像不可能走到吧。」我說。

她從桌上拿起像帽盒般的東西交給我。我接過來試著掂掂重量。以盒子的大小來說並不算太重。如果那真是帽盒的話，裡面放的大概是相當大的帽子吧。為了不讓人輕易打開，還用寬膠帶整圈密封起來。

「這是什麼？」

「這是祖父送給你的禮物。回家之後才打開看噢。」

我用雙手捧著試著輕巧地搖一搖。沒有任何聲音，沒有任何反應。

「說是會破的東西所以要小心哪。」女孩說。

「是不是花瓶之類的東西？」

「我也不知道，你回家之後打開看就知道了。」

然後她打開粉紅色的皮包，把放在信封裡的一張銀行支票給我。上面記的金額比我預期的多一點。我把它放進皮夾裡。

「收據呢？」

「不用。」女孩說。

我們走出房間，和來的時候一樣，在漫長的走廊東轉西轉上上下下，然後才走到電梯前面。她的高跟鞋和先前一樣在走廊裡發出咔達咔達清脆的聲音。她胖的樣子已經不像第一次見面時那樣令我在意了。走在一起時甚至快忘記她胖的事。大概因為時間久了，我對已經習慣她的胖模樣了吧。

「你結婚了嗎？」女孩問。

「沒結婚。」我說。「以前結過，現在沒有。」

「因為當了計算士才離婚的嗎？很多人常常說計算士沒有家庭。」

「沒這回事。計算士一樣也有家庭，我認識很多家庭維持得很好。雖然確實有不少人認為沒有家庭比較方便工作。我們的工作相當費精神，也很危險，有了妻子有時候是會比較難做。」

「你的情況又是怎麼樣呢？」

「我的情況是離婚之後才當計算士的。所以和工作沒關係。」

「哦。」她說。「不好意思，問你這些怪問題。因為是第一次遇見計算士，很多方面都想問一問。」

「沒關係。」我說。

「聽說計算士在完成一件工作之後性慾會非常高，真的嗎？」

「這我不清楚。或許有這樣的事吧。因為工作中神經的使用法相當奇怪。」

「這樣的時候，跟誰睡覺呢？有固定的女朋友嗎？」

「沒有固定的女朋友。」我說。

「那你跟誰睡？應該不會對性沒興趣或是同性戀吧？不想回答嗎？」

「沒這回事。」我說。雖然我絕對不是一個喜歡喋喋不休講自己私生活的那種人，但也沒什麼需要特別隱藏的，所以被認真地問到的時候我也就認真回答。

「那種時候就跟各種女孩睡。」我說。

「跟我可以嗎？」

「大概不行。」

「為什麼？」

「我不是這種主義的。我不太和認識的人睡覺。跟認識的人睡會有不必要的麻煩。也不跟和工作有關的人睡。因為職業上有別人託付的秘密，所以這種事情有必要畫一條界線。」

「不是因為我太胖太醜嗎？」

「妳沒多胖，而且一點也不醜。」我說。

「哦。」她說。「那麼你跟誰睡？隨便跟身邊的女人開口搭訕嗎？」

「這偶爾也有。」

「或花錢買女人？」

「這也有。」

「如果我說想和你睡，或我需要錢，你會嗎？」

「大概不會。」我回答。「年齡相差太多。和年齡差太多的女孩總覺得不太心安。」

「我可不一樣噢。」

「也許。不過以我來說，不想再增多麻煩的種子，可能的話我希望安安靜靜的過日子。」

「祖父說第一個睡覺的男人最好是三十五歲以上的。他說性慾累積到一定量以上時，頭腦就會喪失清晰度。」

「這件事我也聽你祖父說了。」

「真的這樣嗎？」

「因為我不是生物學家所以不清楚。」我說。「而且性慾的量也因人而異，我想不能那麼簡單斷定。」

「你是屬於多的嗎？」

「大概普通吧。」我想了一下之後回答。

「我對自己的性慾還不太清楚。」胖女孩說。「所以很多事情都想試著確定一下。」

我還不知道該如何回答時，我們已經來到電梯前面。電梯像訓練有素的狗一樣，打開門安靜等著我搭乘。

「那麼，下次再見了。」她說。

我進了電梯，門無聲地關閉起來。我靠在不鏽鋼廂壁前嘆了一口氣。

6.

世界末日
影子

當她把第一個古夢放在桌上時，我一時還沒能認出那就是古夢本身。我一直注視了很久然後抬起頭來，看看站在旁邊的她。她一句話也沒說，只是俯視著桌上的「古夢」。我想那個物體似乎並不太符合所謂「古夢」這個名稱。因為在我的預想中，「古夢」這名詞聽起來讓人想到的是古老的文書，不然就是更模糊更沒有具體形狀的東西。

「這就是古夢噢。」她說。她的聲調聽起來與其像對我說明，不如說更像對自己確認什麼似的，含有無處可去的朦朧聲響。「正確地說應該是古老的夢就在這個裡面。」

我莫名其妙地點點頭。

「你拿起來看看。」她說。

我輕輕拿起來，試著用眼睛探索，是不是能在那裡面認出古老的夢的痕跡似的東西。但不管多麼小心仔細地看來看去，都找不到那上面有任何可以看出名堂的地方。那只是個動物的頭骨。不是很大的動物。骨頭表面好像長期暴露在陽光下，乾巴巴的褪了色。前方長而凸出的顎部，好像正要說什麼卻忽然被凍結似的，輕輕張開著固定下來。兩個小眼窩，內容不知消失到什麼地方，深處像通往虛無房間似的凹進去。

頭骨輕得不自然。以物體來說似乎喪失了存在感的大部分。我從那上面感覺不到任何種類的生命殘像。那上面所有關於肉和記憶和溫暖的一切都被剝奪了。額頭中央有一個觸感粗糙的小凹陷。用手指觸摸觀察了一下那個小洞之後，我推測那可能是角被拔除後的痕跡。

「這是街上有的獨角獸的頭骨吧？」我試著問她。

她點點頭。「古老的夢就滲透在裡面被封閉起來了。」她安靜地說。

「我就是要從這裡讀古老的夢嗎？」

「那是夢讀的工作。」她說。

「讀出來的東西要怎麼樣呢？」

「不怎麼樣啊。你只要讀它就好了。」

「我真搞不懂。」我說。「我要從這裡面讀夢，這個我懂。可是讀完以後什麼都不做我就不懂了。我覺得這樣工作似乎沒有任何意義。工作應該有它的目的啊。例如把它寫在什麼上面，或者依照順序整理分類之類的。」

她搖搖頭。「那個意義何在，我也沒辦法說明清楚。或許只要繼續讀著古夢，你自然明白那意義。不過不管怎麼說，所謂的意義和你的工作本身並沒有什麼關係呀。」

我把頭骨放回桌上，試著從遠處再看一次。令人想到空無的深沉沉默完全籠罩著頭骨。不過或許那沉默不是來自外部，而是從頭骨裡像冒煙似的湧上來。不管怎麼說那都是一種不可思議的沉默。讓我覺得那簡直就像牢牢地把頭骨和地球中心連接在一起。頭骨一直沉默地把沒有實體的視線投向虛空中的一點。

我越看越覺得頭骨好像有什麼想說。周圍甚至飄散著某種哀傷的空氣，但那裡面所包含的哀傷，我卻無法貼切地對自己表現出來。正確的語言已經喪失。

「我決定讀它。」我說。重新拿起桌上的頭骨，試著測量它在手上的重量。「因為不管怎麼說，除此之外我也沒有選擇的餘地吧。」

她只稍稍微笑一下，從我手中接過頭骨，用兩片布仔細擦掉附在表面的灰塵。再把那更加潔白的頭骨放回桌上。

「那麼我跟你說明古夢的讀法。」她說。「不過當然我只是做做樣子，不能真正地讀。能讀的只有你。好好看著噢。首先像這樣正面對著頭骨，雙手的手指輕輕按在太陽穴的地方。」

她把手指按在頭骨兩側，好像要確認似的看著我這邊。

「然後注視骨頭的額部。並不是用力瞪，而是靜悄悄溫柔地看。不過眼睛不能離開。不管多眩目刺眼，都不能讓眼睛離開。」

「眩目刺眼？」

「對。一直注視著時，頭骨會開始發出光和熱，只要用手指安靜地探索那光就行了。這樣你應該可以讀到古夢。」

我試著在腦子裡依她所說明的順序重複一遍。當然無法想像她所說的光是什麼樣的光，什麼樣的感觸，但一切的程序倒是記住了。我望著她放在頭骨上的纖細手指，竟然被一股強烈既視感所侵襲，好像以前在什麼地方看過那頭骨。骨頭被洗曬過似的白色和額頭的凹洞，就像第一次看見她的臉時一樣，帶給我奇妙的心神動搖。但那究竟是正確的記憶片段，或者只是時間和地點的瞬間傾斜所帶來的錯覺，我卻無法判斷。

「怎麼了？」她問。

我搖搖頭。「沒什麼。只是想到一點小事。我想妳剛才說的程序我大概都明白了。接下來只有實際試著去做。」

「先吃點東西吧。」她說。「我想一旦開始作業就不太有時間了。」

她從後面的小廚房拿出鍋子來，放在爐子上熱。是放了洋蔥和馬鈴薯的蔬菜湯。鍋子終於熱了，開始發出舒服的聲音後，她把鍋裡的東西裝到盤子上，和放有核桃的麵包一起拿到桌上來。

我們面對面坐著，不說話地吃著東西。菜本身是樸素的，調味料的味道也都是我過去所沒嘗過的，但絕不難吃，吃完之後覺得身體暖和起來。然後她泡了茶。好像藥草般帶有苦味的綠茶。

夢讀的作業並不像她說明的那麼簡單。光線實在太微弱，無論如何將精神集中到指尖，都無法穿過那迷魂陣似的混亂。雖然如此，我的手指還是能夠感覺到古夢的存在。那既像一種雜音，又像不可捉摸的流動映像的羅列。不過我的手指還沒辦法明確掌握訊息。只能感覺到它確實存在而已。

當我好不容易讀了兩個夢時，時間已經十點了。我把夢已經解放出來的頭骨還給她，摘下眼鏡，用手指緩緩揉著變遲鈍的眼球。

「累了吧？」她問我。

「有一點。」我回答。「眼睛不太習慣。一直注視著，眼睛吸進古夢的光，頭腦會從裡面痛起來。雖然不是很嚴重。但眼睛會湧出眼淚，沒辦法一直看東西。」

「剛開始都會這樣。」她說。「剛開始眼睛還不適應，沒辦法好好讀。不過不久就會習慣，所以不用擔心。暫時先慢慢做吧。」

「好像這樣比較好。」我說。

把古夢放回書庫之後，她開始準備回家。打開暖爐蓋子，把燃燒得紅紅的煤炭用小鐵鏟子鏟出來，埋進裝了沙的籃子裡。

「不能把疲倦放進心裡。」她說。「我媽媽常說，疲倦或許可以支配身體，但心卻必須自己掌握好。」

「說得有理。」我說。

「不過說真的，我不太明白心是什麼樣的東西。那正確說來到底意味著什麼？到底應該怎麼去使用它？我只是記住那句話而已。」

「心不是拿來使用的東西。」我說。「心只是在那裡而已，和風一樣。妳只要感覺它在動就好了。」

她把暖爐蓋子蓋起來，把琺瑯茶壺和杯子收進裡面去洗，洗完後穿上粗布質料的藍色外套。那暗藍色好像被撕下一片的天空，經過漫長時間已經喪失原本的記憶了。她好像在思考什麼似的，始終站在火已經熄滅的暖爐旁。

「你是從別的地方來到這裡的嗎？」她好像忽然想起什麼似地問我。

「是啊。」我說。

「那是什麼樣的地方？」

「什麼也記不得了。」我說。「很抱歉，我想不起任何一件事情。影子被拿掉的時候，好像連古老世界的記憶也一起消失，不知道跑到什麼地方去了。總之是個遙遠的地方。」

「不過你知道關於心的事噢？」

「我想我知道。」

「我媽媽也有過心。」她說。「不過我媽媽在我七歲的時候失蹤了。那一定是因為媽媽和你一樣有所謂心這東西吧。」

「失蹤了？」

「嗯，失蹤了啊。不過不談這件事了。在這地方談失蹤的人是不吉利的。談談你住的地方的事吧。總想得起一兩件吧？」

「我想得起來的只有兩件事。」我說。「我住的街沒有被圍牆圍起來，還有我們都拖著影子走路。」

對了，我們都拖著影子走路。我來到這個街的時候，卻不得不把自己的影子託給守門人保管。

「那個不能帶在身上進到街裡喲。」守門人說。「看你要捨棄影子，還是放棄進來，只能二選一。」

我捨棄了影子。

守門人讓我站在門邊的空地上。午後三時的太陽把我的影子牢牢捉在地面。

「安靜不要動。」守門人對我說。然後從口袋拿出小刀，用尖銳的刀尖插進影子和地面之間，左右搖動一下讓刀服貼之後，便技巧地把影子從地面揪起來。

影子好像要抵抗似的稍微抖動，終究還是從地面剝離而喪失力氣地蹲在長椅上。從身體剝離之後的影子看起來比想像中寒酸，好像筋疲力盡的樣子。

守門人收起刀刃。我和他兩個人看著脫離我的身體的影子一會兒。

「怎麼樣，脫離之後看起來很怪吧？」他說。「影子一點用處都沒有，只有增加重量而已。」

「很抱歉，我必須暫時跟你分開。」我走近影子旁邊說。「雖然我並不打算這樣，可是事到如今也沒辦法。你稍微忍耐一段時間，自己待在這裡好嗎？」

「一段時間是到什麼時候？」影子問。

不知道。我說。

「你以後不會後悔嗎？」影子小聲說。「雖然我不知道詳細情形，不過人跟影子分開，你不覺得好像很奇怪嗎？我覺得這件事情很不對勁，這個地方也不對勁。人沒有影子活不下去，影子沒有人也不存在呀。然而我們卻分開成兩個存在，活著。這一定是什麼地方弄錯了。你不覺得嗎？」

「我承認確實不自然。」我說。「不過這地方的一切從一開始就不自然哪。在不自然的場所只有配合它的不自然，否則沒辦法啊。」

影子搖搖頭。「理論上是這樣。不過我在理論之前就知道了。這裡的空氣不適合我。這裡的空氣和其他地方的不一樣。這裡的空氣對我對你都沒有好處。你不應該拋棄我。我們過去一向不都相處得很好嗎？為什麼要拋棄我呢？」

不管怎麼說，都已經太遲了。影子已經從我的身體剝離了。

「等不久之後我安定下來就會來接你。」我說。「我想這大概只是暫時的，不會一直繼續下去。以後兩個人還可以在一起呀。」

影子小聲嘆了一口氣，然後以失去力氣，焦點不定的眼睛抬頭看我。午後三點的太陽照著我們兩個。我沒有影子，影子失去本體。

「那只不過是你希望式的推測吧。」影子說。「事情沒那麼簡單。我總有討厭的預感。找到機會就逃出這裡，兩個人回到原來的世界去吧。」

「不能回到原來的地方了。我不知道回去的方法。你也不知道吧？」

「現在不知道。不過我拚了這條命也要找到方法。希望能夠常常跟你見面談話。你會來看我吧？」

我點點頭把手放在影子肩上，然後走回守門人那裡。他在我和影子說話的時候，拾起掉落在廣場的石頭集中在一起，然後丟到不妨礙人的地方去。

我走近時，守門人把手上沾的白土在襯衫上擦掉，把大手放在我背上。那是為了表現親密，或者是為了讓我認識他大而有力的手呢？我兩者都無法確定。

「你的影子我會妥善照顧。」守門人說。「每天三頓飯都會按時給，每天也會讓他外出散步一次。所以放心。沒有什麼可以讓你擔心的啦。」

「可以常常來看他嗎？」

「這個嘛。」守門人說。「雖然不可能隨時都自由，不過也不是不能見面。只要時間合適，情況許可，我心情好的話就能見面。」

「如果我想要回影子的時候該怎麼辦？」

「你好像還不太瞭解這裡的規矩啊。」守門人的手還放在我背上說著。「在這街上誰都不能擁有影子，一旦進入這裡，就永遠不能再出去了。因此你現在的問題可以說毫無意義。」

就這樣我失去了自己的影子。

走出圖書館，我說要送她回家。

「你沒有必要送我。」她說。「夜晚並不可怕，而且方向和你家也不一樣。」

「我想送啊。」我說。「情緒好像很亢奮，回到家也不可能馬上睡著。」

我們兩個人並肩穿過舊橋往南邊走。初春的風還殘留寒意，使沙洲的柳枝搖擺著。奇妙而直接的月光把腳下的卵石照得閃閃發亮。空氣中充滿濕氣，沉甸甸地在地表流動。她把綁著的頭髮解開後，用手整理成一把，繞到前面塞進大衣裡。

「妳的頭髮非常漂亮。」我說。

「謝謝。」她說。

「以前有沒有人讚美過妳的頭髮？」

「沒有，你是第一個。」她說。

「被讚美有什麼感覺？」

「不知道。」她一面說著，兩手插進大衣口袋裡望著我。「我知道你在讚美我的頭髮。不過其實不只是這樣吧？我的頭髮在你心中形成某種其他的東西，而你想對那個說點什麼是嗎？」

「不是。我在說妳的頭髮。」

她望著空中好像在尋找什麼似的微微笑著。「對不起。我只是不太習慣你說話的方式而已。」

「沒關係，不久就會習慣的。」我說。

她家在職工地區。職工地區在工廠區西南一帶，是個荒涼的地方。工廠區本身似乎大多已經被遺棄，寂寞蕭條。過去曾經充滿美麗的水，貨船和汽艇來來往往的大運河，現在水門已經關閉，好些地方水已經乾枯，河底都暴露出來。僵硬結塊的白色泥土，像巨大的古代生物皺巴巴的屍體一般浮上來。河岸雖然有一片卸貨用的寬闊石階，但現在已經不用了，高大的雜草從石縫之間深深地扎根到地下。舊瓶子、生鏽的機械零件從泥土裡探出頭來，旁邊有一艘木造船，平坦的甲板正慢慢地持續腐朽。

沿著運河，被遺棄的無人工廠一間接著一間連續著。門關閉著，窗玻璃已經消失，牆上蔓生爬藤，太平梯的扶手生滿鐵鏽，到處雜草叢生。

經過整排的工廠之後就到了職工住宅。五層樓的老舊建築，過去曾經是有錢人的公寓，但時代改變了，這地方也被分割成小面積的房子，讓貧窮職工居住，她說。然而那些職工現在也已經不是職工了。他們工作的工廠幾乎全都關閉。所學的技術再也沒有用了，街上要求的只是為了需要而做的瑣碎東西而已。她父親就是這樣的職工之一。

走過最後一條運河上沒有護欄的短石橋，就是她家的所在地區。棟與棟之間架著令人想起中世紀城堡攻防戰的梯子般的走廊。

時刻已接近午夜，幾乎所有的窗戶裡燈光都熄了。她拉著我的手，簡直就像要避開頭上追逐人群的巨鳥眼光似的，快步通過那迷魂陣似的巷弄。然後在其中一棟前面站住，對我說再見。

「晚安。」我說。

於是我一個人走上西丘的斜坡，回到自己的房間。

7.

冷酷異境

頭骨、洛琳・白考兒、圖書館

我搭計程車回家，走出外面時天已經完全暗了。街上充滿了工作完畢下班的人群。而且還下著小雨，因此花了很長時間才叫到計程車。

即使不這樣，以我的情況叫計程車也很費事。原因是我為了避免危險，通常開過來的空車，至少都會讓兩部開走。聽說記號士擁有幾部偽裝的計程車，他們常常搭載剛做完工作的計算士，然後不知道載到什麼地方去。當然這或許純屬謠言也說不定。我和我周圍的人實際上沒有遇過這樣的事。不過小心一點總是沒錯。

因此我平常都搭地下鐵或巴士，不過那時候我非常疲倦又睏，而且還下著雨，想起黃昏尖峰時段的電車和巴士就覺得恐怖，就算要多花一點時間還是寧可搭計程車。在計程車裡好幾次我差一點睡著，但拚命忍住。回到家可以躺在床上舒舒服服地睡，現在在這裡不能睡，在這裡睡著實在太危險了。

於是我集中精神聽著計程車收音機轉播的棒球賽。職業棒球的情形我不太熟悉，姑且選擇支持現在攻擊方的球隊，而討厭守備方的球隊。我所支持的球隊這方以三比一落後。二出局二壘有人時打出球了，但跑者太心急而在二、三壘之間跌了一跤，結果變成三出局沒有得分。解說員說實在很慘，我也這樣覺得。雖然每個人都有可能因為心急而跌倒，但在棒球比賽中卻不應該在二、三壘之間跌倒。大概因此大失所望吧，投手居然向對方的王牌打者投出無聊的直球，結果球被打到左看台，一支全壘打，變成了四比一。

計程車到達我住的公寓前時，得分還是四比一。我付了錢，抱著帽盒和有點迷糊不清的腦袋下了計程車。雨幾乎要停了。

信箱裡沒有一封郵件。電話答錄機也沒有留言。似乎沒有任何人找我。很好。我也不找任何人。我從冰箱拿出冰塊，在一個大玻璃杯裡，調了大量的whisky on the rock，只加了少許蘇打水。然後脫掉衣服，鑽進床上，倚著床頭靠墊啜著喝。雖然好像立刻就要失去知覺了似的，但一天的結束卻缺少不了甘美的儀式。從我鑽上床到睡著之前的些許時間是我比什麼都喜歡的時間。我會帶著某種飲料上床，聽聽音樂讀讀書，就像喜歡美麗的黃昏和清新的空氣一樣，我喜歡這樣的時間。

威士忌喝了一半左右的時候，電話鈴響了。電話放在離床腳二公尺左右的圓桌上。好不容易準備睡了，我完全沒有意思特地離開床走過去，只是恍惚地望著那電話繼續響。鈴聲大概響了十三或十四次吧，我並不在意。從前的卡通裡鈴聲一響電話就會嗶啢嗶啢地震動，其實當然沒這回事，電話機只是一直靜靜蹲在桌上繼續響著而已。我一面喝著威士忌，一面看著。

電話機旁放著皮夾、小刀和收到的禮物帽盒。我忽然想到今天之中應該打開來確定一下內容比較妥當吧。或許是必須放進冰箱的東西，或許是活的東西，或者是極重要的東西。不過我實在累到沒有多餘的力氣去做這些了。首先，如果是這樣的話，對方應該確實指示才是道理呀。我等電話鈴響結束之後把剩下的威士忌一口氣喝完，把枕頭邊的燈關掉，閉上眼睛。眼睛一閉，睏意就像迫不及待的黑色巨大網子般從空中降下來。我一面沉入睡眠中，一面想不管會怎麼樣了。

醒過來時，周圍是昏暗的。鐘雖然指著六點十五分，但這是早晨還是黃昏？我無法判斷。我穿上長褲走出門外，看看隔壁房間的門前。門前放著的是早報，因此知道是早晨。有訂報紙的話，這種時候倒是非常方便。或許我也應該訂報紙。

結果我睡了大約十個鐘頭。身體還想要休息，而且今天一整天沒什麼事要做，所以再睡一覺也無妨，不過想想還是決定起來。和嶄新的太陽一起醒來，心情的愉快是沒有任何東西可以替代的。我淋浴過並仔細洗乾淨身體，刮過鬍子。然後做了約二十分鐘和平常一樣的體操，吃過現成湊合的早餐。因為冰箱裡幾乎要空了，需要補充。於是我坐在廚房桌前，一面喝著柳橙汁，一面用鉛筆在便條紙上列出採購單。採購單一張不夠用，寫了兩張。但不管怎麼說超市還沒開門，只好出去吃午餐時順便採購。

我把浴室衣籃裡的髒衣服放進洗衣機，在水槽用力刷洗著網球鞋時，忽然想起老人送我的謎一般的禮物。我把洗完右半邊的網球鞋放下，用廚房毛巾擦擦手，回到臥室拿起帽盒來看看。盒子依然比看起來的份量輕。那種輕令人有點討厭。不應該這麼輕的。有什麼在我腦子裡盤旋。這可以說是職業上的第六感，沒有具體根據。

我試著環視屋裡一圈。房間出奇的安靜。簡直像被消音似的。試著乾咳一下，確實聽到乾咳的聲音。拉開小刀，用刀背試著敲敲桌子，也確實發出叩叩叩的聲音。有過一次消音的經驗之後，似乎會有一段時間對安靜深刻懷疑。於是我把陽台窗戶打開。一打開陽台的窗戶，車聲鳥啼聲都傳了進來，我才放下心來。管他進化或什麼的，世界還是應該充滿各種聲音。

然後我小心地用小刀割開膠帶，以免傷到內容物。盒子最上層是揉成一團團的報紙，皺皺地填塞著。我順開兩、三張報紙讀了一下，是三個星期前沒什麼特徵的《每日新聞》，因此從廚房拿來塑膠袋，把報紙揉成一團丟掉。報紙總共塞了兩星期份那麼多。全都是《每日新聞》。報紙全部拿開之後，下面露出像小孩手指那麼大的保麗龍或發泡苯乙烯的軟綿綿填塞物。我用兩手把那些掏出來。一一丟進垃圾袋。雖然不知道裡面放著什麼，不過真是大費周章的禮物。那些保麗龍或發泡苯乙烯大約掏出一半時，又出現了報紙包裝。我有點厭煩起來，於是走回廚房從冰箱拿出罐裝可口可樂，坐在床上慢慢喝著。然後無聊地用小刀削著指甲邊緣。從陽台上飛進來一隻有著黑色胸部的鳥，像平常那樣發出咕吱咕吱的聲音啄食著預先撒在桌上的麵包屑。一個和平的早晨。

我終於再度提起精神走到桌前，從盒子裡輕輕拿出報紙包著的物體。報紙上面還用膠帶一圈圈地貼著，令人想起某種現代藝術的物件。好像是西瓜細長化後的形狀，重量還是不如看起來重。我把盒子和小刀從桌上移開。在空出來的桌上仔細剝開膠帶和報紙。底下出現的是一個動物的頭骨。

要命，我想。到底為什麼老人以為我收到頭骨會高興呢？不管怎麼想，送人動物的頭骨當禮物，精神都有問題。

頭骨的形狀像馬，但比馬的尺寸小得多。不管是什麼，從我的生物學知識來看，首先這頭骨應該是長在有蹄，臉細長、草食性、體型不太大的哺乳類動物肩上的不會錯。我試著想起這一類動物的幾種。鹿、山羊、羊、羚羊、馴鹿、驢……或許其他還有幾種，但我已經想不起其他這類動物了。

我決定暫且把這頭骨放在電視上。雖然看起來並不怎麼美妙，但想不出其他可以放的地方。如果是海明威的話，一定會把它放在壁爐上和大鹿的頭排在一起吧，但我家當然沒有什麼壁爐。不但沒有壁爐，也沒有餐具架，連鞋櫃也沒有。所以除了電視上面之外，實在沒有地方可以擺放那莫名其妙的頭骨了。

帽盒底下殘留的填塞物都清到垃圾袋之後，最底下有一個用報紙纏起來的細長東西。打開一看，原來是老人用來敲頭骨的不鏽鋼火箸。我拿起來看了好一會兒。火箸和頭骨正相反，沉甸甸的好重，簡直就像福特萬格勒指揮柏林愛樂交響樂團用的象牙指揮棒一樣具有威迫感。

我自然地拿到電視前，試著在獸頭骨的額頭部分輕敲。發出咳嗯一聲類似大型犬鼻息的聲音。我原來預想會聽到叩或喀之類硬質的聲音，要說覺得意外確實也有點。不過並不是什麼值得抱怨的事。總之以現實問題來說，因為發出這樣的聲音，所以說什麼也沒完沒了。說東說西的，聲音不會改變，就算改變了，狀況也不會變。

頭骨敲敲看看的膩了之後，我離開電視前走到床邊坐下，把電話機放在大腿上，撥了「組織」官方經紀的號碼，想確認工作的日程。我的負責人接了，說四天後預定有一件我的工作，是否有問題。我說沒有。本來為了避免將來有問題，差一點想向他確認使用混洗的正當性，但因為說來話長就作罷了。文件既然是正式的，報酬也已經拿了，而且老人說為了保密並沒有透過經紀，所以實在沒有必要把事情弄複雜。

加上我對我這個負責人私下並不太有好感。三十歲左右、體型瘦高的男人，以為自己什麼都懂的那種。我盡可能避免陷入不得已和這樣的人糾纏不清的狀況。

簡單談完事務上的交涉之後，我就掛上電話。坐在客廳的沙發上打開罐裝啤酒，看亨佛萊・鮑嘉（Humphrey Bogart）的《蓋世梟雄》（Key Largo）錄影帶。我最喜歡《蓋世梟雄》裡的洛琳・白考兒（Lauren Bacall）。當然《夜長夢多》（The Big Sleep）裡的白考兒也很棒。但我覺得《蓋世梟雄》裡的她好像加進了其他作品中看不見的某種特殊要素。我為了要確認那到底是什麼而看了好幾次《蓋世梟雄》，但正確的答案還沒找到。那或許是為了單純化人類的存在而必須的寓言性之類的東西吧。但我沒辦法明確說出。

一直看著電視，視線無論如何自然會移往那上面放著的動物頭骨。我無法像平常那樣集中精神在畫面上，於是演到暴風雨來臨的那段前後，我把錄影帶停下放棄看電影。接下來只一面喝著啤酒一面望著電視上面的頭骨出神。持續注視著之間，覺得那頭骨好像似曾相識。不過那到底是什麼樣的記憶又完全想不起來。我從抽屜裡拿出T恤襯衫把頭骨從上到下整個蓋起來，然後繼續看《蓋世梟雄》。這樣我終於可以把精神集中在洛琳・白考兒身上了。

到了十一點之後我走出公寓，到車站附近的超市順手抓一些食物買，然後經過酒鋪買了葡萄酒、蘇打水和柳橙汁，到洗衣店去拿回一件上衣和兩條床單，到文具行買了原子筆、信封和信紙，在雜貨店買了最細的磨刀石。經過書店買了兩本雜誌，在電器行買了電燈泡和卡式錄音帶，在照相館買了拍立得相機用的底片，順便經過唱片行買了幾張唱片。因為這樣我的小型車後座塞滿了購物袋。大概我天生就愛買東西吧？我偶爾上街一次時，就會像十一月的松鼠一樣買一大堆零零碎碎的東西。

我所開的車子純粹是為了購物用而買的。買那部車的時候也是因為實在買了太多東西拿不動了才買車。我抱著一堆購物袋，走進正好在眼前的中古車店，裡面排列著各式各樣的車子。我並不喜歡也不瞭解車子，因此就說「隨便什麼車都行，我想要一部不大的。」

接待我的中年男人為讓我決定車種而抽出各種型錄來讓我看，但我並不想看型錄，於是告訴他說想要的只是純粹購物用的車。既不跑高速公路，不載女孩子兜風，也不做家庭旅行用。不需要高性能引擎，也不需要空調、音響、天窗、高性能輪胎，只要轉彎順暢、排氣污染少、噪音少、故障少、可靠、性能好的小型車就行。顏色如果是深藍色就更沒話說了。

他推薦的是黃色小型國產車。顏色不怎麼喜歡，但試著開起來性能不錯，轉彎順暢。設計也簡潔，沒有多餘配備，正合乎我的喜好，因為是舊型的所以價格也便宜。

「車子本來就是這樣的東西。」那個中年推銷員說。「坦白說，大家頭腦都有問題。」

我也這樣覺得，我說。

就這樣我買了購物專用的車子。除了購物之外我從來沒用過車。

買完東西我把車開進附近一家餐廳的停車場，點了啤酒、蝦仁沙拉、洋蔥圈，一個人默默吃著。蝦子冰得太透，洋蔥有點泡濕了。我環視餐廳一周，但沒看到客人把服務生叫去抱怨，或往地上摔盤子的，於是我也沒有怨言地全部吃完。因抱著期望而失望。

從餐廳窗戶可以看見高速公路。路上跑著各種顏色各種式樣的車子。我一面眺望車子，一面回想昨天工作遇到的奇妙老人和胖孫女。但不管多麼善意地思考，都覺得他們似乎住在遠超過我理解範圍的異常世界裡。那笨重的電梯、衣櫥後面巨大的洞穴、黑鬼、消音，一切的一切都異常。再加上回來時竟然送我動物的頭骨當禮物。

我在等餐後咖啡時，為了打發無聊，試著一一回想胖女孩身體的每個細節。長方形耳環、粉紅色套裝和高跟鞋，還有小腿肚和脖子肌肉，臉部五官之類的事情。這些我都比較容易想起來，但要把這些集合起來成為一個整體時，印象卻意外地模糊。我想這或許因為最近沒有和胖女人睡覺，所以我對胖女人的體態不太能夠想像。我最後一次和胖女人睡覺已經是將近兩年前的事了。

不過，正如老人說的同樣是胖，世上也有各式各樣的胖法。我曾經有過一次——確實是在連合赤軍事件發生的那一年——和腰腿可以說胖得異樣的女人睡過。她在銀行上班，經常在櫃檯窗口碰面，熟悉之後開始講話，一起去喝酒順便就睡了。和她睡了之後，才發現她下半身比別人胖。因為她平常都坐在櫃台裡，完全看不見下半身。她解釋說是因為學生時代一直在打桌球，不過這方面的因果關係我不太清楚。因為我從來沒聽過打桌球會只胖下半身的。

不過她胖得非常可愛。把耳朵貼在她髖骨上時，覺得好像晴朗的午後躺在春天的原野一樣。大腿好像曬過的棉被般柔軟，就那樣畫一道弧線靜靜地連接到性器。當我誇獎那胖法時——我是那種對什麼有好感就會立刻說出口誇獎的人——她只說了「是嗎？」而已。好像不太相信我的話。

當然也曾經跟全身胖得很均勻的女人睡過。跟全身都是肌肉的健美女人睡過。前面那個是一位電子琴老師。後面那個是一位自由業的造型設計師。就這樣胖的形式也有各種特徵。

像這樣越是和許多女人睡過，越覺得人類好像有變得學術性的傾向。而性交本身的歡喜則隨之減少。性慾本身當然沒有學術性。但一踏進性慾這條必然的水路時，便產生所謂性交的瀑布，而結果便流入充滿某種學術性的瀑布深潭。於是在其間，正如巴夫洛夫博士的狗一樣，產生從性慾到達瀑布深潭這種意識迴路。不過那結果，或許只是我年齡繼續增加而已。

我不再想胖女孩的裸體，付了帳走出餐廳。然後走到附近的圖書館，向坐在服務台的長頭髮瘦女孩詢問：「有沒有關於哺乳類頭蓋骨的資料？」她正在看文庫本出了神，抬起頭來看我。

「抱歉？」她說。

「關於哺乳類／頭蓋骨的／資料」我又再清清楚楚地切斷字節重說一次。

「哺乳類的頭蓋骨。」女孩子像在唱歌似地說。這樣一說，聽起來簡直就像詩的題目一樣。詩人在朗讀詩之前，告訴聽眾詩題時那種感覺。是不是每個人來，她都這樣重覆一次呢？我稍微想了一下。

人偶劇的歷史，或太極拳入門，像這樣嗎？

如果真有這種題目的詩，那一定很愉快吧，我想。

她咬著下唇想了一下，「請等一下，我查查看。」說著便一骨碌轉過身，在電腦鍵盤上打入「哺乳類」一詞，二十多個書名出現在螢幕上。她把其中的三分之二左右消除。然後把這暫存起來，接著又輸入「骨骼」。出現七或八個書名，她只留下其中兩個，排在剛才暫存的下面。圖書館和以前比起來也改變很多。借書卡裝在小紙袋貼在書後面的時代已經好像夢一樣了。我小時候最喜歡看排列在借書卡上的日期戳印。

我在她以熟練的指法操作鍵盤時，一直看著她苗條的背和長頭髮。是不是要對她懷有好感？我迷惑了一下。她長得很美，又親切，頭腦好像也不錯，說話更像唱詩題似的。似乎找不到一個不對她懷有好感的理由。

她按一下列印鍵，把螢幕上的資料印出來交給我。

「請從這九本裡面挑選。」她說。

1《哺乳類概說》
2《圖說・哺乳類》
3《哺乳類的骨骼》
4《哺乳類的歷史》
5《身為哺乳類的我》
6《哺乳類的解剖》
7《哺乳類的腦》
8《動物的骨骼》
9《骨語》

一共有這些。

我的借書證可以借三本。我選了2、3、8。雖然《身為哺乳類的我》和《骨語》好像也很有意思的樣子，但和這次的問題似乎沒有直接關係。所以等下次有機會再說吧。

「對不起，《圖解・哺乳類》禁止攜出所以沒辦法外借。」她一面用原子筆搔著太陽穴一面說。

「嗨。」我說。「這個非常重要，我明天中午以前一定還回來，不會給妳帶來麻煩，可不可以借我一天就好？」

「不過圖說系列很受歡迎，而且如果被發現我把禁止攜出的書借出去的話，上面的人會罵人罵到臭頭的。」

「一天就好，這樣就不會被發現了。」

她不知道怎麼辦，猶豫了一下。一面猶豫一面用舌尖抵著下側的牙齒裡面。非常可愛的粉紅色舌頭。

「OK，好吧。不過只此一次噢。而且明天早上九點半以前帶來噢。」

「謝謝。」我說。

「哪裡。」她說。

「對了，我想對妳私下表示一點感謝之意，妳喜歡什麼？」

「對面有一家『31冰淇淋』，可以幫我買嗎？甜筒裝的雙球，下面要開心果仁，上面要咖啡蘭姆酒。可以吧？記得住嗎？」

「甜筒裝的雙球，上面咖啡蘭姆酒、下面開心果仁。」我確認一次。

然後我走出圖書館，到「31冰淇淋」去，她則到裡面去幫我拿書。我買了冰淇淋回來時，她還沒回來，因此我左手拿著冰淇淋就那樣安靜在桌子前面等她。坐在長椅上看報紙的老人們，偶爾好奇地看看我的臉和我手上拿著的冰淇淋。幸虧冰淇淋非常硬，還不會馬上開始溶化。只是冰淇淋不吃，一直靜靜地拿在手上，就好像一座被遺棄的銅像般奇怪，真教人不自在。

桌上她看到一半的文庫本書像睡著的小兔子般趴著。書名是《時光的旅人》（Time Traveller）的作者H・G・威爾斯（H. G. Wells）的傳記下冊。那好像不是圖書館的書，而是她自己的，旁邊整齊排著削得很漂亮的三枝鉛筆。另外還散落著七、八枚迴紋針。為什麼到處都有迴紋針呢？我真不明白。

或許因為某種原因，迴紋針突然在全世界蔓延。或許只是偶然，是我自己過份注意了。不過，那好像有點不自然，讓我無法釋懷。迴紋針簡直像被計畫好似的，散佈在我所到之處，而且是眼睛很容易注意到的地方。有什麼東西卡在腦子裡。最近太多東西卡著。獸的頭骨、迴紋針，諸如此類的。雖然讓我覺得其中似乎有某種關聯，可是一想到獸的頭骨和迴紋針之間能有什麼關聯，我又完全找不到頭緒。

長頭髮的女孩終於抱著三本書回來了。她把書交給我然後接過冰淇淋，躲開外面的視線在櫃台裡低頭開始吃。從上面看起來，她的脖子了無防備，非常美麗。

「謝謝。」她說。

「我才要謝妳呢。」我說。「對了，這迴紋針是做什麼用的？」

「迴紋針。」她像唱歌似的重複。「迴紋針是用來整理紙張的啊。你知道吧？到處都有，大家都在用啊。」

確實是這樣，我道過謝，抱著書走出圖書館。迴紋針這東西到處都有。只要付一千圓就能買到用一輩子的量。我經過文具店，買了一千圓的迴紋針，然後回家。

我回到家把食材放進冰箱。肉和魚用保鮮膜嚴密地包好，該冷凍的東西冷凍起來。麵包和咖啡豆也冷凍起來。豆腐放進裝了水的缽裡。啤酒放進冷藏庫，把舊的青菜移往外面一些。西裝掛進衣櫥，清潔劑排在廚房架子上。然後我在電視上的頭骨旁邊，試著零散地撒一些迴紋針。

好奇怪的搭配呀。

就像羽毛枕和冰塊攪拌棒、墨水瓶和生菜之類放在一起一樣奇怪的搭配。我試著走出陽台從遠處眺望，但那印象並沒有改變。沒有任何共通點。但不知道在什麼地方，一定有我不知道的——或想不起來的——秘密隧道相連接。

我在床邊坐下，盯著電視上方許久。但什麼也想不起來。只有時間一直過去。一輛救護車和一輛右翼宣傳車通過附近。我開始想喝威士忌，但決定忍住。我必須暫時讓頭腦保持清醒才行。過一會兒右翼宣傳車沿著同樣的路又開回來。大概走錯路了吧。這一帶的道路彎彎曲曲的不容易弄清楚。

我乾脆站起來，到廚房的桌子前坐下，翻開圖書館借來的書。決定先查一下草食性中型哺乳類的種類，然後試著一一查看那骨骼。草食性中型哺乳類的種數比我預想的多得多。光是鹿的種類就不下三十種。

我從電視上把獸的頭骨拿過來放在廚房桌上，一面對照，一面一個個查閱書上插畫。花了一小時二十分鐘查了九十三種動物的頭蓋骨，但沒有一種和桌上的頭蓋骨相符合的。到這裡我也只好停下來。我把三本書合上疊在桌子角落，舉起手臂伸了個懶腰。一點辦法也沒有。

乾脆躺在床上，看約翰・福特（John Ford）的《蓬門今始為君開》（The Quiet Man）的錄影帶，這時門口的門鈴響了。從門上的防盜貓眼看出去，一個穿著東京瓦斯制服的中年男人站在外面。我隔著防盜鏈把門打開一條縫，問有什麼事。

「瓦斯防漏的定期檢查。」男人說。

「等一下。」我回答後回到臥室，把桌上的小刀放進長褲口袋然後開門。瓦斯防漏的定期檢查上個月才來過。而且男人的態度也好像有點不自然。

不過我故意裝做不關心的樣子繼續看《蓬門今始為君開》。他先用血壓計似的器械檢查浴室的瓦斯，然後走到廚房去。廚房桌上還放著獸的頭骨。我讓電視的音量繼續保持很大聲，並悄悄走到廚房去看看，果然不出所料，男人正要把頭骨裝進一個黑色塑膠包裡。我把小刀的刃拉開衝進廚房，繞到男人背後從腋下倒剪對方的雙臂，小刀抵在他的鼻子正下方。男人急忙把塑膠包丟在桌上。

「我沒有惡意。」男人聲音顫抖地辯解。「我看到這個忽然很想要，順手就放進包裡了。只是一時衝動，請原諒。」

「不能原諒。」我說。從來沒聽說瓦斯檢查員看了廚房桌上的動物骨頭會一時衝動想要拿走的。「如果不說真話我就割斷你的喉嚨。」我說。這在我耳朵裡聽起來完全是一派謊言，但男人似乎不這樣想。

「對不起，我老實說，請原諒。」男人說。「其實是有人給我錢，叫我來偷這個的。我走在路上時有兩個男人走過來，說要不要賺個外快，就給我五萬圓。說是如果能夠順利拿到後再給我五萬圓。我也不想做這種事情，可是其中一個男的個子很高大，如果拒絕恐怕會很慘。所以雖然討厭也沒辦法啊。拜託，不要殺我。我有兩個還在讀高中的女兒呢。」

「兩個都是高中生？」我有點關心地試著問。

「嗯，一年級跟三年級。」男人說。

「哦。」我說。「哪裡的高中？」

「大的上都立志村高中，小的上四谷的雙葉。」男人說。因為搭配得不自然反而具有真實感。於是我決定相信那個男人的話。

為了慎重起見，我的小刀抵在他脖子上，從他長褲的臀部口袋抽出皮夾來檢查內容看看。裡面有現金六萬七千圓，其中的五萬圓是嶄新的鈔票。除了錢之外還有東京瓦斯的職員證和家人的彩色照片。兩個女兒都穿著新年穿的和服。兩個人都不怎麼美。兩個人個子都一樣高，無法判斷哪一個是志村，哪一個是雙葉。此外還有巢鴨至信濃町間的國電定期車票。看來並沒有什麼危險的樣子，於是我把刀子放下，把男人放開。

「你可以走了。」我說，並把皮夾還給他。

「謝謝。」男人說。「不過我現在該怎麼辦？拿了人家的錢卻沒辦法拿到東西怎麼辦？」

怎麼辦我也不知道，我說。記號士們——對方應該是記號士沒錯——會依各種不同的情勢採取各種胡來的行動。為了不讓別人猜出他們的行動模式，而故意這樣做。他們或許會把這男人的兩個眼珠用刀子挖出來，或給他另外的五萬圓說一聲辛苦了也說不定。這誰也不知道。

「你說其中一個是高個子啊？」我問男人。

「對，一個個子非常高大。而另外一個卻很矮小。勉強達到一百五十公分左右。小個子穿的衣服很高級。不過兩個人看起來都很可怕。」

我告訴他從停車場走後門出去的方法。我的公寓後門通往狹窄的巷子，但從外面不容易知道。順利的話可以不被兩個人發現而回得去。

「真是非常謝謝。」男人好像得救了似的說。「請你也不要向我公司報告好嗎？」

我說，我什麼都不會透露。然後把男人放出門外，把門上鎖，鏈子扣上。然後在廚房的椅子上坐下，把刃已收起的小刀放在桌上，從塑膠包裡拿出頭骨來。只有一件事我明白了。那就是記號士已盯上這頭骨。意思是這個頭骨對他們來說具有某種重大意義。

現在我和他們各擅勝場。我擁有頭骨卻不知道那意義，他們知道那意義——或模糊地推測出意義——卻沒有頭骨。五十對五十。我現在應該採取的行動有兩個選擇。一個是和「組織」聯絡，說明事態，請他們保護我不被記號士傷害，或把頭骨帶走。另一個選擇是和胖女孩聯絡，請她說明頭骨的意義。但現在要把「組織」拉進這種狀況，我不太願意。恐怕這樣我會遭到麻煩的查問。大組織總覺得不好應付。既沒有通融性，又太過於費時費事。太多頭腦不清楚的人。

事實上要和胖女孩聯絡也不可能。不知道那事務所的電話號碼。雖然可以直接去那棟大樓，但現在離開公寓太危險，而且我想那棟大樓的警備森嚴，如果沒有事先預約恐怕也不會隨便讓我進去。

因此我決定什麼也不做。

我拿起不鏽鋼火箸，試著再輕輕敲一次那頭骨。還是和以前一樣發出喀嗯的聲音。簡直就像那不知名的某種動物活生生地呻吟著有點哀傷的聲音。為什麼會發出這樣奇妙的聲音呢？我拿起那頭骨仔細觀察，並試著再用火箸輕輕敲一次。雖然還是同樣的喀嗯的一聲，但仔細觀察，那聲音好像是從頭骨的某一個地方發出來的。

我敲了好幾次，好不容易才找到那正確位置。那喀嗯的一聲就是從頭骨額頭上直徑約二公分的淺凹洞裡傳出來的。我用手指試著在那凹洞裡觸摸一圈。和普通的骨頭不同，觸感有點粗糙。就像被什麼暴力強扯下來似的感覺。好像——例如像角一樣……。

角？

如果那真的是角的話，那麼我手上拿著的就是獨角獸的頭骨了。我再度翻一次《圖說・哺乳類》那本書，試著尋找額上長有一隻角的哺乳類。但不管怎麼找，都沒有那樣的動物。只有犀牛雖然勉強符合，但從大小和形狀來看，都不可能是犀牛的頭骨。

沒辦法，我只好從冰箱拿出冰塊，調一杯 Old Crow 加冰塊喝。天也快黑了，覺得開始喝威士忌也沒什麼不好。然後吃了罐頭蘆筍。我最喜歡吃白蘆筍。蘆筍全部吃完之後，再吃夾燻牡蠣的吐司，然後喝第二杯威士忌。

為了方便起見，我決定把那頭骨過去的主人當成獨角獸。如果不這麼想的話事情沒辦法進展。

我手上有個獨角獸的頭骨

要命！我想。為什麼一直發生這麼奇怪的事？我做了什麼呢？我只不過是個實實在在的個人執業計算士啊。沒特別大的野心或慾望。沒有家人、沒有朋友、也沒有女朋友。只是個想多存一點錢，等從計算士退休之後，想學一點大提琴或希臘語，度過悠閒的老後生活的男人而已。為什麼非要和獨角獸、消音，這些莫名其妙的事情扯上關係呢？

我喝乾第二杯威士忌加冰塊之後，走到臥室查電話號碼簿，打電話到圖書館去，說：「我找資料查詢台的小姐。」十秒鐘後那個長頭髮的女孩來聽了。

「《圖說・哺乳類》」我說。

「謝謝你的冰淇淋。」她說。

「哪裡。」我說。「不過還有一件事想拜託妳，可以嗎？」

「拜託？」她說。「那要看拜託的事是什麼。」

「想請妳幫我查一下獨角獸。」

「獨角獸？」她重複說。

「不行嗎？」我說。

沉默持續了一會兒。我想像她大概正咬著下唇。

「關於獨角獸要查什麼呢？」

「全部。」我說。

「嘿，現在已經四點五十分了，是閉館前最忙的時候噢。沒辦法，為什麼不明天一開館就來呢？那樣不管獨角獸也好，三角獸也好，都可以痛快地查啊。」

「因為非常急，非常重要的事啊。」

「哦。」她說。「重要到什麼程度？」

「牽涉到進化的事。」我說。

「進化？」她重複一次。果然有點嚇一跳的樣子。我猜她大概把我看成一個單純的瘋子或近乎發瘋的單純人，兩者之一吧。說起來我祈禱她把我當成後者。這樣的話或許對我會多少懷有一點人性的興趣。沉默像無聲的鐘擺般持續了一會兒。

「你說的進化，就是那種花幾萬年進行的那個進化吧？我是不太清楚啦，不過那有必要那麼急嗎？一天總可以等吧？」

「有的進化要花幾萬年，有的進化只要三小時噢。電話裡沒辦法說明清楚，不過希望妳相信我，這事情非常重要。和人類的進化有關。」

「就像《2001太空漫遊》一樣嗎？」

「對。」我說。《2001太空漫遊》這捲錄影帶我也看過好幾次。

「你知道我對你是怎麼想的嗎？」

「是良質的瘋子還是惡性的瘋子，正難以決定對嗎？我這樣覺得。」

「猜得大約差不多。」她說。

「自己這樣說有點不好意思，不過本質沒那麼壞喲。」我說。「說真的也不是瘋子。雖然多少是有一點偏執、頑固、過度自信的嫌疑，但不是瘋子。過去雖然曾經惹人討厭過，但從來沒有被人罵過瘋子。」

「哦。」她說。「聽你說話滿清楚的。也不像是什麼壞人，何況又吃了你的冰淇淋。好吧，今天六點半在圖書館附近的喫茶店等，我會把書帶去那裡給你，這樣可以吧？」

「可是事情沒那麼簡單。真是一言難盡，我現在不能離開家，真抱歉。」

「所以你的意思是……」說著她用指甲尖格吱格吱地敲著前齒。至少聽聲音是那樣。「你要求我把書送到你家嗎？我真搞不懂。」

「事實上正如妳說的。」我說。「不過當然不是要求，而是拜託。」

「你認定我好商量嗎？」

「對。」我說。「真的有很多原因。」

漫長的沉默繼續著。但那不是因為消音，因為從圖書館裡正播放著閉館通知〈安妮・羅莉〉的旋律可以知道，只是她沉默著而已。

「我已經在圖書館上了五年班，還從來沒遇過像你這樣厚臉皮的人。」她說。「說是把書送到我家來。而且還是第一次見面喏。你自己不覺得厚臉皮嗎？」

「其實我真的也覺得。可是現在實在沒辦法。走投無路啊。總之只有拜託妳打個商量了。」

「真受不了。」她說。「能不能告訴我你家怎麼走？」

我很高興地告訴她。

8.

上校

世界末日

「你想把影子要回來的可能性恐怕已經沒有了。」上校一面喝著咖啡一面說。就像大部分長年習慣對別人下命令的人那樣，他的背也伸得筆挺，緊收著下顎說。不過他並沒有自大或逼迫人的地方。漫長的軍旅生活所帶給他的，是伸得筆直的姿勢、規律的生活和龐大數量的回憶。做為我的鄰居來說，上校可以說是個理想的人物。既親切又安靜，西洋棋也下得好。

「就像守門人說的一樣。」上校繼續說。「理論上也好，事實上也好，你都不可能要回自己的影子。只要是在這街裡，就不能擁有影子，也不可能再離開這個街。這街以軍隊來說是個死胡同，單向隧道。只要有那牆圍著這街一天，就只能進來，不能出去。」

「我沒想到自己會永遠失去影子。」我說。「我以為只是暫時的措施而已。沒有人告訴我有這回事。」

「街裡誰也不會告訴你任何事啊。」上校說。「街以自己的方法運作著。誰知道什麼不知道什麼，都和街無關。雖然我也覺得怪可憐的。」

「影子以後到底會怎樣？」

「不會怎麼樣啊。只是在那裡而已。一直到死為止。你在那之後見過影子嗎？」

「沒見過。我去了幾次想見他，但守門人不讓我見。說是為了安全上的理由。」

「那也沒辦法。」老人一面搖頭說。「守門人的職責就是保管影子，他要負全部責任。我也幫不上任何忙。守門人就是那樣彆扭而粗魯的人，別人說什麼話他幾乎都不聽。要改變他的意思，只有耐心等了。」

「我會。」我說。「不過他到底擔心什麼？」

上校喝完全部咖啡後，把杯子放回碟子上，從口袋掏出手巾來擦擦嘴角。和上校穿的衣服差不多同樣顏色的手巾，也是用很久的舊東西，不過因為保養得好顯得清潔。

「擔心你和你的影子分不開呀。這樣就必須從頭再來一次。」

說到這裡，他的注意力重新回到棋盤上。這西洋棋和我所知道的西洋棋，類型和移動方法有點不同，所以每次玩大多是老人贏。

「猴子要吃主教了，沒關係嗎？」

「請便。」我說。然後我移動城牆堵住猴子的退路。

老人點了幾次頭，又再注視著棋盤。勝負的趨勢幾乎確定是老人贏了，但他不因此盛氣凌人地立刻進攻，而繼續考慮再考慮。對他來說，下棋不是為了打敗別人，而是向自己的能力挑戰。

「和影子分開，讓影子死去是一件難過的事。」老人說著，讓騎士斜行，巧妙地堵在城牆和國王之間。我的國王因此實質上等於赤裸裸的。只要再三步就要將軍了。

「難過是大家都一樣的。我也是這樣啊。而且如果是在什麼都不懂的孩子階段剝離，還沒有什麼交情，就讓影子死去還不怎麼樣，一旦上了年紀才這樣就不好受了。我讓影子死掉是在六十五歲的時候，到了那個年紀總有各種回憶啊。」

「影子被剝離之後可以活多久呢？」

「要看是什麼樣的影子。」老人說。「有些比較強壯，有些則不然。不過剝離影子在這街裡是活不久的。這地方的風土不適合影子。冬天會讓他難受。沒有一個影子能夠活著看到春天的。」

我看了棋盤一會兒，終於放棄。

「還有五步可以爭取呀。」上校說。「還有試試看的價值嘛。只要有五步就能期待對方的失誤。不到最後關頭還不知道勝負噢。」

「好吧，試試看。」我說。

我正在思考的時候，老人走到窗邊用手指撥開一點厚厚的窗簾，從那細縫中眺望外面的景色。

「這段時間對你來說是最難捱的時期。就跟牙齒一樣。舊牙掉了，新牙還沒長出來。我的意思你懂嗎？」

「你是說影子雖然剝除了但還沒有死是嗎？」

「正是。」老人說著點點頭。「我還記得呢，以前的東西和以後的東西不能平衡，所以很傷腦筋。不過等新的牙齒長齊之後，就會忘掉舊牙齒了。」

「你是說心會消失嗎？」

老人沒回答這個。

「很抱歉我一直問個不停。」我說。「不過我到這裡來後幾乎什麼都不知道，樣樣都叫我吃驚。這裡是什麼樣的機構在運作？為什麼有那麼高的牆？為什麼每天獸要進進出出？古夢是什麼？沒有一樣我能理解的。而且能夠問的也只有你一個人。」

「其實不是每一件事的始末我都能掌握。」老人靜靜地說。「而且有些是無法說明的，有些是不應該說明的。不過你不必擔心。這裡在某種意義上是公平的。對你來說是必要的，你非知道不可的事情，往後街應該會一一提示在你眼前。你也必須一一親自去學會那些才行。我告訴你，這裡是完全的街。所謂完全就是應有盡有。不過如果不能有效理解的話，這裡就什麼也沒有。完全的無。這一點你要好好記住。別人教你的事情往往現買現賣就沒了，不過自己親手學到的事會銘記在心。而且對你有幫助。睜大眼睛、豎起耳朵、動動腦筋，就會明白街所提示的意思。有心的話，就趁有心的時候努力吧。我能告訴你的只有這些了。」

如果她住的職工地區是讓過去光輝消失在黑暗中的地方，座落在西南部的官舍地區，則是在乾燥的光裡褪色中的地方。春天帶來的溫潤被夏天融化，冬天的季節風更將它風化。沿著被稱為「西丘」的寬闊和緩坡面，排列著整排白色的兩層樓官舍。本來每棟裡設計成可以住三個家庭，只有正中央凸出的玄關是共有的部分。外牆上釘的杉材、窗格、狹小雨遮、窗外護欄都漆著白色油漆。眼睛所能看見的一切都是白色。西丘的斜坡上有各式各樣的白。有剛剛重新漆好閃亮得不自然的白，有長久被太陽曬得發黃的白，有被風吹雨淋奪走一切似的虛無的白，這些各形各色的白，在繞著山丘的碎石道上無止盡延伸。官舍沒有圍牆。只有在狹小的陽台腳下設有寬約一公尺的細長花壇。花壇整理得非常仔細。春天開番紅花、三色堇、萬壽菊，秋天開波斯菊。一開起花來，建築物顯得更像廢墟。

這個地區，從前的街容應該算是漂亮的。在山丘悠閒散步的時候，到處浮現過去如此的痕跡。應該可以看到孩子在馬路上遊戲，聽得見鋼琴的聲音，聞得到晚餐的香味。我好像穿過幾扇透明的門似的，肌膚可以感覺到這樣的記憶。

正如官舍這名稱一樣，過去這個地區的居民是官吏。不是地位多高的官吏，但也不是低級職員，而是屬於中級地位的人。他們守著簡單生活所居住的地方。

不過現在已經看不見他們了，我不知道他們去了什麼地方。後來到這裡來的是退役軍人。他們拋棄了影子，像貼在向陽牆面的蟲子褪掉的殼一樣，在強烈季節風橫掃而過的西丘之上，各自繼續過著靜悄悄的生活。他們幾乎沒有任何東西要守了。每一棟裡住著六個到九個老軍人。

守門人指定給我的住宅就是這種官舍中的一間。我住的官舍裡住著一位上校、各兩位少校和中尉，還有一個中士。中士幫我們作飯打雜，上校做各種判斷。和軍隊一樣。老人們都是因備戰、參戰、戰後整頓、革命或反革命而忙，因而失去機會擁有家庭的孤獨老人。

他們一大早醒過來就習慣性地快速用過早餐，沒有誰命令他們，就各自出去工作了。有些用竹篦般的東西把老舊建築物的油漆刮除，有些拔著前院裡的雜草，有些修理家具，有些拉著板車到山丘下去領配給的糧食。老人們忙完這些勞動之後，就聚在陽光下閒聊著過往的事情。

我被分配到的是二樓朝東的一個房間。雖然山丘遮掉了一些視野，但視野遠處還是看得見河川和鐘塔。這似乎是很久沒使用的房間，牆上的漆到處都有陰暗的斑點，窗格上積了一層白灰。有一張老床、一張小餐桌和兩把椅子。窗上掛著發出霉味的厚窗簾。木地板傷痕累累，一走動就發出嘎吱嘎吱聲。

一到早晨隔壁的上校就過來，我們兩個人一起吃早餐，下午在窗簾低垂的陰暗屋裡下棋。晴朗的下午除了下西洋棋之外，沒有其他打發時間的方法。

「這樣晴朗的日子放下窗簾躲在昏暗的屋子裡，像你這樣的年輕人一定很難過吧？」上校說。

「是啊。」

「對我來說有伴下西洋棋倒是該慶幸的。這裡的傢伙對下棋幾乎都不感興趣。現在還會想下西洋棋的只有我了。」

「你為什麼會拋棄影子呢？」

老人注視著自己被窗簾縫隙射進來的陽光染紅的手指，終於又離開窗邊，走回桌子到我對面。

「是啊。」他說。「大概因為守著這街太久了吧。如果丟下這裡出去，我的人生意義這東西好像就要喪失似的，不過現在怎麼樣都已經無所謂了。」

「拋棄影子有沒有讓你後悔過？」

「沒有後悔。」說著老人搖了幾次頭。「一次也沒後悔過啊。為什麼？因為沒什麼好後悔的。」

我用城牆把猴子吃掉，讓國王可以行動的空間擴大。

「這一招漂亮。」老人說。「用城牆把角落守住，又讓國王可以自由行動。不過同時我的騎士也變得可以活躍起來了噢。」

老人在長考下一步的時候，我去燒開水，泡了新的咖啡。許多個下午就要像這樣過下去。我想。在這高牆圍繞的地方，我能選擇的事情幾乎沒有。

9.

冷酷異境
食慾、失意、列寧格勒

等她的時候，我做了簡單的晚餐。把梅乾在研磨缽裡磨細，做成沙拉醬，又炸了一些沙丁魚、油豆腐皮和山藥，煮了芹菜牛肉。成果還不錯。因為時間還沒到，於是我一面喝著罐裝啤酒，一面做涼拌蘘荷和芝麻拌四季豆。然後我躺在床上，聽羅伯特・卡薩德修彈的莫札特協奏曲的老唱片。我覺得莫札特的音樂還是聽舊的錄音，比較能觸動心弦。不過當然這可能是偏見。

時間已經過了七點，窗外完全暗下來了，她依然沒出現。結果我聽完了二十三號和二十四號鋼琴協奏曲的全部。也許她改變心意不來了。如果真是這樣，我也不能怪她。不管怎麼想，還是不來比較正常。

不過就在我已經放棄，開始找下一張唱片時，門鈴響了。從防盜貓眼往外看，站在走廊的正是抱著書的圖書館資料詢問台的女孩。鎖鏈還掛在門上，我先拉開門縫問她走廊還有沒有別人。

「沒有人哪。」她說。

我把鎖鏈拿下，打開門，讓她進來。她一進門我立刻把門關起來，上了鎖。

「好香啊。」她邊用鼻子聞著邊說。「我可以看看廚房嗎？」

「請便。不過公寓門外有沒有什麼奇怪的人？比方在做修路工程的人，或停著的車子裡坐著有人嗎？」

「完全沒有。」她說著順手把帶來的兩本書放在廚房桌上，便去把爐子上的鍋蓋一一打開。「這些都是你做的嗎？」

「是啊。」我說。「肚子餓了的話我請客。雖然不是什麼了不起的東西。」

「沒這回事，我最喜歡這樣了。」

我把菜排在桌上，佩服地看著她把那些一一吃完。能夠這麼專注地吃，這些菜做的也值得。我用大玻璃杯調 Old Crow 加冰塊，油豆腐用大火煎一下，加上薑末，以這個下酒喝著威士忌。她什麼也沒說，只是默默吃著。我敬她酒，她說不喝。

「給我一點油豆腐好嗎？」她說。我把剩下一半的油豆腐推向她，光喝著威士忌。

「需要的話還有飯和梅乾，味噌湯也可以馬上做好。」我順便補充。

「那再好不過了。」她說。

我用柴魚簡單調味，做了嫩海帶芽加蔥花的味噌湯，連飯和梅乾一起端出來。她片刻工夫裡又吃光了。桌上清得乾乾淨淨只剩下梅乾的核之後，她終於好像滿足似的嘆了一口氣。

「謝謝，太好吃了。」她說。

我第一次看見像她這麼瘦的美女，這樣狼吞虎嚥地吃東西。不過這要說可觀確實也真是可觀的吃法。她完全吃完之後，我依然半佩服、半驚訝地，呆呆望著她。

「嘿，妳經常都是這樣吃東西嗎？」我大膽地問她。

「嗯，對呀。經常都這樣。」她滿不在乎地說。

「不過好像一點也不胖嘛。」

「我是大胃王。」她說。「所以怎麼吃都不會胖。」

「哦。」我感嘆道。「那飯錢可要花不少囉。」事實上她連我明天中午的份量都吃光了。

「那當然。」她說。「外食的時候通常連吃兩家。先吃拉麵或餃子做為暖暖身，再正式吃飯。薪水大概都是吃掉的。」

我再問她一次要不要喝酒。她說想喝啤酒。我從冰箱拿出啤酒，並抓了兩把滿滿的法蘭克福香腸，用平底鍋煎好當作試探。原以為不可能，但我只吃了兩根，其他的又讓她全吃光了。像用重機關槍掃射倉庫一樣驚人的食慾。我準備吃一星期的食物眼看就要沒了。那些法蘭克福香腸我原來打算用來作美味的德式酸菜香腸的。

我拿出現成的馬鈴薯沙拉拌海帶芽和鮪魚，她也就著第二瓶啤酒一口氣吃光了。

「嘿，我好滿足噢。」她對我說。我喝著第三杯 Old Crow，幾乎什麼也沒吃。因她的食量看傻眼的我，簡直提不起任何食慾。

「甜點還有巧克力蛋糕怎麼樣？」我試著說。她當然也吃了。光是看她吃，就覺得食物好像湧到喉嚨下面一樣。我雖然喜歡做料理，但吃得可以算是少的。

我想大概因為這個關係，我的陰莖沒能夠順利勃起。精神都集中在胃裡了。該勃起的時候居然不能，這是自從東京奧林匹克運動會以來的頭一次。這方面的肉體能力我向來擁有用絕對來表現都不為過的強烈自信，因此這次對我來說是個不小的打擊。

「嗨，沒關係，不要介意喲，這沒什麼嘛。」她這樣安慰我。長頭髮、大胃王的圖書館資料查詢台的女孩子。我們吃過甜點，便一面喝威士忌和啤酒，一起聽了兩張或三張唱片，然後鑽上床。過去雖然曾經和各種女孩子睡過覺，卻是第一次和圖書館員睡。而且這麼簡單就和女孩子進入性關係也是頭一遭。我想這大概是因為我請吃晚飯的關係吧。不過結果正如剛才說的，我完全沒有勃起。覺得胃好像脹得跟海豚的肚子一樣大，下腹部怎麼也使不上力氣。

她赤裸的身體緊緊貼在我身邊，並用中指在我胸口中央以十公分左右的幅度上下游動。「這種事情，任何人偶爾都會有，所以你不要過份煩惱噢。」

然而她越是安慰我，我的陰莖沒有勃起的事實越發伴隨著明確的現實感撲向我的心。雖然我想起從前曾經在某一本書上讀過談論陰莖不勃起時比勃起更美的文章，但那也沒有給我多少安慰。

「上一次是什麼時候跟女孩子睡覺的？」她問。

我打開記憶的盒子，試著在裡面摸索了一下。「應該是兩星期以前吧。」我說。

「那時候順利嗎？」

「當然。」我說。我發現最近好像每天都被什麼人問到有關性生活的問題。或許現在社會上正流行這種事也說不定。

「跟誰呢?」

「應召女郎。打電話叫的。」

「跟這種女人睡覺，嗯，當時會不會有類似罪惡感感覺?」

「不是女人。」我糾正道。「是二十或二十一歲的女孩子。沒什麼罪惡感，很乾脆也不拖泥帶水。而且也不是第一次和應召女郎睡覺。」

「過後有沒有自慰?」

「沒有。」我說。過後我工作非常忙，到今天為止，送洗的珍貴大衣都沒時間去拿。更沒有理由自慰。

我這樣說完她似乎認可地點點頭。「一定是那個關係。」她說。

「沒有自慰的關係?」

「胡說。」她說。「因為工作的關係啊。工作不是非常忙嗎?」

「是啊，前天幾乎連續二十六小時沒睡。」

「什麼樣的工作?」

「電腦方面的。」我回答。被問到工作時，我每次都這樣回答。以行業種類來說沒有說謊，而且一般人對電腦產業沒有多深的知識，因此可以避免被深入追問。

「一定是長時間用腦的關係，壓力累積過度，因此暫時不行。這是常有的事。」

「哦？」我說。也許是這樣吧。在極度疲勞之外，這兩天老是遇到許多不自然的事情，變得有點神經兮兮，又親眼目睹可以說是極端暴力性的食慾，使我暫時變成性無能的狀態。這是可能的。

不過我又覺得好像不是這麼簡單就可以解釋的單純問題。除了這個之外可能還有什麼要素存在。過去一樣疲倦、一樣緊張的時候，也能發揮相當滿足程度的性能力呀。這可能因為她所擁有的某種特殊性所引起的吧。

特殊性。

大胃王、長髮、圖書館……。

「嘿，你把耳朵貼在我肚子上看看。」她說。並把毛毯一路掀到腳邊。

她的身體非常光滑漂亮。苗條的身上，沒有一片多餘的肉。乳房大小也算適中。我依照她說的，試著把耳朵貼在她乳房和肚臍之間像圖畫紙般平坦的部分。塞進那麼多食物，肚子還完全沒有膨脹起來，只能說是奇蹟了。簡直就像貪婪吞進所有東西的哈珀・馬克斯大衣一樣。肌膚薄細柔軟而溫暖。

「怎麼樣，聽得見什麼嗎？」她對我說。

我屏住呼吸側耳細聽。除了緩慢的心臟鼓動之外，聽不見其他可以稱作聲音的東西。好像躺在安靜的森林裡，側耳細聽從遠方傳來樵夫的斧頭聲一樣的感覺。

「什麼也聽不見。」我說。

「聽不見胃的聲音嗎？」她說。「胃在消化食物的聲音。」

「詳細情形我不清楚，我想應該幾乎沒聲音吧。因為只是以胃液在分解啊。雖然當然多少也有蠕動，但應該不會發出什麼聲音才對。」

「可是，我現在可以非常清楚地感覺到自己的胃正在拚命勞動著呢。你再仔細聽聽看。」

我保持原來的姿勢，集中精神在聽力上，眼睛則呆呆望著她的下腹部，和那前面蓬起的陰毛。但完全聽不見像是胃在活動的聲音。只有相隔固定的時間聽得見心音而已。我想起《海底喋血戰》裡好像有過這樣一幕。就在我側耳細聽之下，她巨大的胃就像柯特・尤根斯（Curt Jurgens）搭乘的U型潛艇一樣，正在悄悄地進行消化活動。

我放棄了，把臉從她身上移開，伸手環住她靠在枕頭上的肩膀。聞到她頭髮的味道。

「你有沒有tonic氣泡水？」她問。

「在冰箱。」我說。

「我想喝伏特加通寧水，可以嗎？」

「當然。」

「你也喝點什麼嗎？」

「一樣的就行了。」

她全裸下了床。她在廚房調伏特加飲料時，我把收錄有〈Teach Me Tonight〉的強尼・馬賽斯（Johnny Mathis）的唱片放在唱盤上，回到床上小聲合唱著。我和我柔軟的陰莖和強尼・馬蒂斯。

「The sky. The blackboard——」我正在唱著時，她把兩杯飲料用有關獨角獸的書當托盤端著走回來。

我們一面聽著強尼・馬蒂斯一面小口小口地啜著喝伏特加飲料。

「你幾歲？」她問。

「三十五。」我說。不會錯誤而且簡潔的事實，是這個世界上我最喜歡的事情之一。「很久以前離婚，現在單身。沒有孩子。沒有女朋友。」

「我二十九。再過五個月就三十了。」

我重新看看她的臉。實在看不出有這個年齡。看來頂多才二十二或二十三似的。屁股還結實緊繃，皮膚沒有一絲皺紋。我覺得自己對判斷女性年齡的能力似乎正在急速喪失中。

「看起來年輕，其實真的二十九了。」她說。「對了，你真的不是棒球選手之類的嗎？」

我吃了一驚，正要喝的伏特加飲料不禁灑在胸上。「怎麼可能。」我說。「我已經有十五年沒打棒球了。妳怎麼會這樣想呢？」

「我覺得好像在電視上看過你的臉哪。至於電視我只看棒球轉播或新聞報導。那麼是在新聞上看的嗎？」

「也沒上過新聞哪。」

「廣告呢？」

「完全沒有。」我說。

「那麼是和你長得一模一樣的人囉……不過總之你看起來不像是和電腦有關的人喏。」她說。「嘴裡說什麼進化如何如何，獨角獸怎樣怎樣，結果口袋裡居然還放了一把刀子呢。」

她指著我掉在地板上的長褲。確實長褲背後口袋正露出一把刀。

「我正在處理有關生物學方面的數據。屬於一種生物工學，因為跟企業的利益有關係，所以特別小心。最近數據爭奪戰也鬧得很兇啊。」

「哦。」她以一副還不太以為然的表情說。

「妳雖然也在操作電腦，不過看起來一點也不像和電腦有關的人哪。」我說。

她用指甲尖喀喀地敲著前齒。「可是我的情況不同，你看，完全是實務層次的。只處理終端而已。依項目輸入藏書書目資料，用來查詢時，或是檢查借閱狀況，這個程度而已。雖然當然也可以計算……我大學畢業後上了兩年電腦操作的專門學校。」

「妳在圖書館用的是什麼樣的電腦？」

她告訴我電腦型號。雖然是最新型的中階辦公室電腦，但性能比外表看來優越得多，只要使用得當也可以做相當高階的計算。我就曾經用過一次。

在我閉上眼睛思考電腦的事時，她又調了兩杯新的伏特加通寧水端來。於是我們兩個又再並排靠著枕頭，啜著第二杯伏特加通寧水。唱片放完之後，全自動的唱針便倒回去，從頭開始再度演奏一次強尼・馬蒂斯的LP。於是我又再哼起「The sky. The blackboard ——」。

「嘿，你不覺得我們很配嗎？」她對我說。她那伏特加飲料的玻璃杯底，常常碰到我的側腹部涼涼的。

「什麼很配？」我反問回去。

「因為你三十五，我二十九，你不覺得年齡相當嗎？」

「年齡相當？」我重覆一次。她那鸚鵡式的反覆似乎完全轉移到我這邊了。

「到了這樣的年齡，彼此之間很多方面都懂事了，彼此又都是單身，我們兩個或許可以相處得不錯。我不會干涉你的生活，我還是做我……你討厭我嗎？」

「沒這回事，當然不會。」我說。「妳是大胃王，我是性無能，也許合得來也說不定。」

她笑著伸出手，輕輕握住我柔軟的陰莖。是剛才拿過伏特加通寧水玻璃杯的那隻手，冰冷得讓我差一點跳起來。

「你的馬上會復原。」她在我耳邊低語。「我會幫你治好。不過不急著治好也無所謂啊。因為我的生活與其說是繞著性慾不如說是以食慾為中心似的，所以就算那樣也沒關係。性對我來說只不過像做得很好的甜點那樣的程度而已。有的話再好不過，沒有也沒什麼關係。只要除此之外的事情能獲得相當程度的滿足。」

「甜點。」我又再重覆一次。

「甜點。」她也重覆一次。「不過關於這件事下次再詳細告訴你。現在先來談談獨角獸吧。本來不是為了這個目的才叫我來的嗎？」

我點點頭拿起兩個變空的玻璃杯放在地上。她的手從我的陰莖移開，拿起枕邊的兩本書來。一本是貝特蘭・庫柏的《動物考古學》，另一本是波赫士的《幻獸辭典》。

「我到這裡來以前，大概翻了一下。簡單說，這一本——」（說著她手拿起《幻獸辭典》）「把獨角獸這動物當做像龍或人魚之類的虛構產物來掌握，而這一本——」（說著拿起《動物考古學》）「從獨角獸不一定不存在的角度，發展具實證性的探索。可惜這兩本對獨角獸本身都沒有太多記述。與龍和妖精之類的記述相比簡直少得令人意外。我想大概因為所謂獨角獸這種東西是活得極安靜的吧……很抱歉，我們圖書館裡只能找到這個。」

「這就很夠了。我只要知道獨角獸的概略情形就行了。謝謝。」

她把那兩本書交給我。

「能不能請妳現在把那兩本書簡單扼要地讀一下？」我說。「我用耳朵聽比較容易理出重點。」

她點點頭，首先拿起《幻獸辭典》，打開前面一頁。

「正如我們對宇宙的意義一無所知，對龍的意義也是無知的。」她幫我讀出來。「這是這本書的序。」

「噢。」我說。

然後她翻開很後面夾有書籤的那頁。

「首先必須知道的是獨角獸有兩種。一種是發端於希臘的西歐版獨角獸，另一種是中國的獨角獸。這兩種不但形體不同，連人們的理解方式也不同。例如希臘人這樣描寫獨角獸：

「『雖然胴體像馬，但頭像雄鹿、腳像象、尾巴接近豬。發出低沉的咆哮，一根黑色的角從額頭中央突出三呎長。據說不可能活捉這種動物。』

「和這比起來中國的獨角獸則是這樣的：

「『有鹿的身體、牛的尾巴和馬的蹄。額頭上突出的短角是肉質的。背部的毛皮有五種顏色混合，腹部則為褐色或黃色。』」

「嘿，很不一樣吧？」

「是啊。」我說。

「不只是形體，連性格和代表意涵，在東、西方都截然不同。西方人看到的獨角獸是非常獰猛而富於攻擊性的。因為角有三呎之長，接近一公尺那麼長啊。而且根據達文西的說法，要捕捉獨角獸的方法只有一種，那就是利用牠的情慾。讓年輕處女出現在獨角獸面前，牠會因為情慾太強於是忘了攻擊而把頭放在少女膝上，因而被捕。這角所意味的是什麼你懂了吧？」

「我想我懂了。」

「跟這比起來中國的獨角獸則是吉祥的神聖動物。和龍、鳳凰、龜並稱四種瑞獸的一種。在三百六十五種地上動物中是居於最高地位的。性格極其安穩，走路的時候很小心，不管多麼小的生物都不會去踐踏，不吃鮮草，只吃枯草。壽命約一千年。這種獨角獸的出現意味著聖王的誕生。例如孔子的母親懷他的時候就看到過獨角獸。

「『七十年後，獵人們殺了一頭麒麟，那角上還留有孔子的母親結上去的飾帶。孔子去看那頭獨角獸，然後留下眼淚。他感受到這神秘聖潔的獸之死正顯示某種預兆，因為那飾帶上有著他的過去。』

「怎麼樣？很有趣吧？到了十三世紀，獨角獸又在中國歷史上登場了噢。成吉思汗的軍隊計劃入侵印度時，派出的斥候遠征軍在沙漠中央遇見獨角獸。這獨角獸的頭像馬一樣，額上有一根角，身上毛是綠色的，身體像鹿一樣，還會說人類的話噢。而且這樣說：你們的主人該回國了。

「『成吉思汗的一個中國大臣被請來商量，大臣說這動物是麒麟的一種，叫做〈用端〉。他說＜四百年之間，眾多軍隊在西方土地上爭戰不休，厭惡流血的上天，透過用端發出警告。請後生晚輩救救帝國。唯有中庸之道才能帶來無限喜樂＞。於是皇帝打消了戰爭的計劃。』

「同樣是獨角獸，東西方卻有這麼大的差異。在東方意味著和平寧靜的東西，在西方卻象徵著攻擊性和情慾。不過不管怎麼說，獨角獸都是虛構的動物，我想正因為是虛構的才會被賦與各種特殊意義，這件事倒沒有不同啊。」

「獨角獸真的不存在嗎？」

「鯨豚有一種獨角鯨，不過正確地說那不是角，而是上顎的一顆門牙長在頭頂上變成的。長約二・五公尺，是筆直的，角上像鑽孔機一樣刻有螺絲紋路。但這是特殊的水生動物，中世紀的人大概不太會看到吧。以哺乳類來說，在中新世出現又逐一消失的種種動物之中也有像獨角的東西。例如——」

說著她拿起《動物考古學》來，翻開從前面算起大約三分之二的地方。

「中新世——約二千萬年前——有兩種反芻動物存在於北美洲大陸過。右側是奇角鹿（cyntetokerus），左側是三角始鬣鹿（curanokerus）。兩種都有三支角，不過確實擁有獨立的獨角吧。」

我把書拿過來，看上面的圖。奇角鹿像是混合了小型馬和鹿的動物，額上有像牛一樣的兩根角，鼻頭的長角則在前端裂開成丫字形。與奇角鹿相比，三角始鬣鹿臉比較圓，額上有兩支像鹿一樣的角，而且特別往後突出，另外還有向上彎曲、長而尖銳的一根角。這兩種動物都有一點奇形怪狀的感覺。

「不過這些奇數角的動物最終幾乎全部絕跡了。」她說著從我手上把書拿過去。

「光以哺乳類來說，擁有單角或奇數角的動物是極稀有的存在，從演化洪流對照來說，那是一種畸形，換一種說法甚至可以說是演化上的孤兒。就算不限於哺乳類，例如以恐龍的情況來看，雖然曾經有過三角的巨大恐龍，但那完全是例外。因為角是一種極集中性的武器，並不需要三支。例如以叉子來試想就很清楚，如果有了三隻角，相對地抵抗也會增加，要插刺就更費事了。而且如果其中的一支碰到什麼堅硬的東西，從力學上來說，有可能三支都刺不進對方的身體。

「此外，如果敵人不只一個，要用角猛刺其中之一又拔出來，再朝另一個目標進攻時，三支角很難辦到。」

「因為抵抗大所以花時間。」我說。

「對。」說著她用三根手指抵在我胸前。「這是多角獸的缺點。命題之一。比起多角獸，二角獸或獨角獸機能比較好。其次是獨角獸的缺點。不，在這之前或許應該簡單說明一下二角的必然性。二角的有利點是，動物的身體是大致是左右對稱的。所有動物都是以左右取得平衡，也就是將力量二分割，來規定行動模式的。鼻孔有兩個，嘴巴也是左右對稱，實質上是分成兩個在運作著。肚臍雖然只有一個，但那是一種退化器官。」

「陰莖呢？」我試著問。

「陰莖和陰道合起來是一組啊。就像捲麵包和洋香腸一樣。」

「原來如此。」我說。

「最重要的是眼睛。攻擊和防禦都以眼睛為控制塔來進行，所以角的位置靠近眼睛是最合理的噢。犀牛就是個很好的例子。犀牛在原理上是獨角獸，但牠近視得很嚴重。近視的起因就在那個單角上。也就是說像單輪車一樣的東西。雖然有這缺點，但犀牛還是生存下來了，因為牠是草食獸，而且擁有盾甲一般堅硬的皮覆蓋著。所以幾乎沒有必要防禦。從這層意義上來看，可以說犀牛的體型很像三角龍啊。不過從插畫上看來獨角獸確實不在那個系列裡噢。既沒有盾甲覆蓋，而且非常……怎麼說呢……」

「無防備。」我說。

「對。在防禦方面和鹿一樣啊。至於近視倒是致命的問題。就算嗅覺和聽覺都很發達，退路被堵住的話就動彈不得了。要攻擊獨角獸就像用高性能霰彈槍攻擊不會飛的鴨子一樣——此外獨角的另一個缺點在於，損傷是致命性的。簡單說，就像沒有備胎卻要去橫越撒哈拉沙漠。意思你明白嗎？」

「我明白。」

「單角的另外一個缺點是，不容易施力。這只要拿臼齒和前齒比較就很容易瞭解。臼齒比前齒容易著力吧？這就是剛才說過力量均衡的問題。末端比較重，越在那裡用力整體就越安定，怎麼樣？這樣總該明白獨角獸是相當有缺陷的產物了吧？」

「非常明白。」我說。「妳非常擅長說明。」

她微微一笑，手指在我胸上爬行。「不過，不只是這樣呢。從理論上思考，獨角獸要免於滅絕只有一個可能性。這是最重要的一點，你知道那是什麼嗎？」

我雙手交插在胸前，考慮了一分鐘或兩分鐘。不過結論只有一個。

「沒有天敵。」我說。

「答對了。」她親了一下我的嘴唇。

「設定一個沒有天敵的狀況看看。」她說。

「首先是那個環境被隔絕。其他動物無法侵入。」我說。「例如像柯南・道爾的《失落的世界》（The Lost World）那樣，土地高高隆起或深深陷落的地方。或者像外輪山一樣周圍被高牆圍起來的地方。」

「了不起。」她說。食指在我心臟上方彈了一下。「事實上有記錄顯示在那樣的狀況中，發現了獨角獸的頭骨喏。」

我不禁吞了一口唾液。就在不知不覺之間，我正逐漸接近事態的核心。

「一九一七年在蘇俄戰線上被發現。一九一七年的九月。」

「十月革命的前一個月，第一次世界大戰。克倫斯基內閣。」我說。「在布爾什維克發起行動的前夕。」

「一個俄軍士兵在烏克蘭戰線挖壕溝時發現的。他以為是普通的牛或大鹿的頭骨，就把它丟在一邊。如果這就了事了，這東西應該會從一個歷史暗影埋葬到另一個歷史暗影裡去，然而碰巧指揮那個部隊的上尉，曾經是聖彼得堡大學生物學研究所的學生。他把那頭骨拾起來帶回軍營仔細檢查。並發現那是他從來沒見過的動物頭骨。他立刻和聖彼得堡大學的生物學主任教授聯絡，等待調查隊前來，但他們終究沒有來成。因為當時俄國非常混亂，連糧食、彈藥、藥品都不太能送到前線，到處爆發罷工，實在不是學術調查隊能夠跋涉得到的狀態。而且我想就算他們能夠到達，也幾乎沒有空閒進行實地調查。因為俄軍正節節敗退，前線繼續後移，那裡立刻成為德軍佔領區。」

「後來，那個上尉怎麼樣了？」

「那年十一月，他被吊死在電線桿上。從烏克蘭戰線往莫斯科的路上有整排相連的電線桿，很多資產階級出身的軍官都被吊死在那裡。他本人絲毫沒有政治性，只不過是一個專攻生物學的學生。」

我試著想像俄國平原成排的電線桿上，一個軍官被吊死的模樣。

「不過他在布爾什維克掌握軍方實權的前夕，把頭骨交給了一個要往後方移送的可靠傷兵，約定如果能把它送到聖彼得堡大學那位教授手上的話，會給他相當金額的謝禮。當那個士兵從軍醫院出院，帶著頭骨去到聖彼得堡大學時已是隔年的隔月，那時大學被暫時關閉。學生們成天鬧革命，教授多半逃亡或被流放了，實在不是能夠開得了課的狀態。他想留著等以後再換錢吧，於是將那放了頭骨的箱子寄放在聖彼得堡開馬具店的姊夫家，自己則回到三百公里遠的故鄉去。這個男人不知道為什麼再也沒有回到聖彼得堡，結果那頭骨就被遺忘了，長久之間沉睡在馬具店的倉庫裡。

「頭骨再度重見天日是在一九三五年。聖彼得堡改名為列寧格勒，列寧死去，托洛斯基被流放，史達林掌握了實權。因為列寧格勒幾乎不再有人騎馬了，因此馬具店的主人把店賣掉一半，在剩下的部分開始經營起曲棍球用品的小店呢。」

「曲棍球？」我說。「一九三〇年代蘇俄很流行曲棍球嗎？」

「我不知道啊。只是這裡這樣寫呀。不過聖彼得堡在革命後變成比較摩登的地方了，所以大家打打曲棍球也有可能吧。」

「是這樣嗎？」我說。

「總而言之，就在整理倉庫的時候，他發現一九一八年內弟留下來的箱子，打開一看。看到最上面放著一封給聖彼得堡大學某教授的信，信上寫著『某某人士將本物品帶上請給與相當的謝禮。』當然這馬具店主就把這箱子帶到大學——也就是當時的聖彼得堡大學——要求和該教授見面。由於教授是猶太人，在托洛斯基下台的同時也被送到西伯利亞去了。馬具店主雖然失去可以領謝禮的對象，也不能寶貝兮兮地抱著一個莫名其妙的頭骨，得不到半毛錢啊，於是他找到另外一位生物學教授，把事情的來龍去脈說了一番，領到一點麻雀眼淚一般微不足道的謝禮，便把那頭骨放在大學，自己回家去了。」

「不管怎麼說，花了十八年時間，頭骨終於跋涉到達大學了啊。」我說。

「可是，」她說。「那個教授從頭到尾仔細檢查頭骨，獲得的結論和十八年前年輕上尉所想的一樣——也就是說這頭骨與現存任何動物的頭骨都不相符，也不屬於假定過去曾經存在過的任何動物。這頭骨形狀最接近鹿，從顎的形態可以類推出是草食性有蹄類，但面頰似乎長得比鹿稍微豐滿。和鹿最大的差異，莫過於額頭正中央有一隻單角。也就是獨角獸。」

「有角嗎？那個頭骨上？」

「嗯，對，曾經有角。當然不是完整的角，而是角的殘留痕跡。在長度約三公分左右的地方角折斷了，但從那殘留部分推斷，長度大約二十公分，像羚羊的角一般直線型的角。基部的直徑，嗯，大約二公分。」

「二公分。」我反覆說道。我從老人那裡得到的頭骨的凹洞，也正好直徑二公分哪。

「培羅夫教授——也就是那個教授的名字——帶了幾位助手和研究生到烏克蘭去，在過去年輕上尉的部隊挖壕溝的一帶實地調查了一個月。很遺憾沒有挖到和那一樣的頭骨，卻發現許多其他關於這個地區的有趣事實。這個地區一般被稱為俘塔費爾（Voltafil）台地，是個小高丘，在平坦平原較多的烏克蘭西部，是少數的天然要塞。因此在第一次世界大戰時，德軍、奧地利軍和俄軍在這裡反覆進行了寸土必爭的激烈浴血戰，第二次大戰時更受到兩軍砲擊，整個台地的地形都被改變了，不過這是後話了。那時引起培羅夫教授興趣的是，從俘塔費爾台地挖出來的各種動物骨骼，和那一帶的動物分布狀況有大幅差異。因此他提出了一個假設，也就是那個台地在古代的地形並不像現在台地這個樣子，而是像外輪山一樣，裡面曾經存在著特殊的生命體系。也就是你所說的『失落的世界』噢。」

「外輪山？」

「對。周圍圍繞著險峻圍牆的圓形台地。那圍牆經過幾萬年的歲月而崩塌，極自然地變成和緩的山丘。在那裡面成為演化孑遺的獨角獸便在沒有天敵的情況下，靜悄悄地棲息著。台地既有豐富的泉水，土地又很肥沃，因此這個假設是可以成立的。於是教授提出合計六十三項的動植物及地質學上的例證，加上獨角獸的頭骨，以〈俘塔費爾台地生命體系之考察〉為題的論文。這是一九三六年八月的事。」

「評價大概很差吧。」我說。

「是啊，幾乎沒有人理會的樣子。而且不太妙的是，當時莫斯科大學和聖彼得堡大學正在爭奪掌握科學院的大權，聖彼得堡方面形勢相當不利，這一類所謂『非辯證法式』的研究徹底被打入冷宮。不過唯有那獨角獸頭骨的存在誰也不能忽視。因為這畢竟和假設不同，而是無法混淆確實存在的實物啊。於是有幾位專門的學者花了一年時間，調查那頭骨，對他們來說不得不提出這樣的結論，那並不是人造的東西，而是不折不扣的單角動物的頭骨。結果科學院委員會認定那只不過是和進化無緣的畸形鹿的頭骨，不值得做為研究對象，而將那頭骨送回聖彼得堡大學的培羅夫教授那裡。這樣就完了。

「培羅夫教授後來持續等待有朝一日風向能夠改變，希望自己的研究成果終有被承認的時候，但一九四〇年德蘇戰爭爆發，那希望又破滅了，結果一九四三年他在失意中死去。頭骨也在一九四一年的聖彼得堡攻防戰中下落不明。因為聖彼得堡大學在德意志軍的砲擊和蘇維埃軍的轟炸之下被破壞得不成形跡。哪裡還有閒工夫顧到頭骨呢。於是就這樣，能夠證明獨角獸存在的唯一證據便消失了。」

「那麼沒有一件確實的事情是肯定的囉。」

「除了照片之外。」

「照片？」我說。

「對。頭骨的照片。培羅夫教授拍了將近百張的照片呢。而且其中一部分逃過了戰亂，現在還保存在聖彼得堡大學的資料館裡。你看，這就是那照片。」

我從她手上接過書來，看她手指的照片。相當不清楚的照片，但可以看得出頭骨的大致形狀。頭骨放在鋪了白布的桌上，旁邊並排著為了表示比例尺的手錶。而且在額頭正中央畫了一個白色圓圈，表示角的位置。那不會錯，就是我從老人那裡得來的同一種頭骨。不同的只有角的基部還留著或沒留下之分而已，此外一切的一切看來似乎都一樣。我瞄了一下電視機上面的頭骨。被T恤完全罩住的頭骨，遠看簡直就像一隻正在睡覺的貓一樣。我猶豫著要不要告訴她我持有那頭骨，結果決定不說。所謂秘密就是知道的人少才叫做秘密。

「那頭骨真的在戰爭的時候被損壞了嗎？」我說。

「不曉得。」她一面用小指尖玩弄著前髮一面說。「根據那本書寫的，聖彼得堡戰役彷彿是用壓路機把城市的每個區域都依次蹂躪壓碎過的激烈戰鬥，大學附近據說也是其中受害最嚴重的地區，所以頭骨當作已經被破壞了大概比較恰當吧。當然培羅夫教授也許在戰鬥開始之前，悄悄帶出去藏在什麼地方了也說不定，或者被當做德軍戰利品帶到什麼地方去了也說不定……不過不管怎麼說，從此以後就沒有人看過那頭骨了。」

我再看了一次那張照片之後把書啪噠一聲合上，放在枕頭邊。然後我想了一下，現在在我這裡的頭骨到底是聖彼得堡大學所保存的同一個東西呢？還是在別的也方挖出來的別的獨角獸頭骨呢？最簡單的方法是直接問老人：你是從什麼地方得到這頭骨的？還有為什麼送我呢？反正做完洗碼之後的資料要送回去，必須再見到老人一次，那時候再問也可以。在那之前苦苦胡思亂想也沒什麼用。

我一面望著天花板一面發呆時，她把頭放在我胸上，身體緊緊貼在我旁邊。我伸手抱住她的身體。獨角獸的問題告一段落之後，我的心情似乎也輕鬆了一些，但陰莖的狀況並沒有好轉。不過她對我的陰莖是否勃起好像不在意的樣子，指尖在我肚子上安靜畫著莫名其妙的圖形。

10. 牆

世界末日

我在陰天的下午來到守門人小屋時，我的影子正在幫守門人修理拖板車。他們把那板車推到廣場正中央，拆下老舊的台板和側板，換上新的。守門人在新的木板上以熟練的手法刨光，影子則用鐵鎚敲打。影子看上去好像和分離時幾乎沒有差別。雖然身體情況沒有特別惡化，但動作似乎有些不太靈活，眼角彷彿浮現出不太愉快的皺紋。

我走近時，兩個人停下手上的工作抬起頭來。

「有什麼事嗎？」守門人問。

「嗯，有一點事。」我說。

「工作快要告一段落了，你在裡面等一下。」守門人低頭看原本正在刨的板子一面說。影子又瞥了我一眼，但隨即回到自己的工作上。我想影子大概在生我的氣。

我走進守門人小屋，在桌子前面坐下等他過來。桌上和平常一樣凌亂。守門人只有要在桌上研磨刀子時才會整理。髒盤子、杯子、菸斗、咖啡粉、木屑等七零八落地疊了一桌子。只有排在壁架上的各種刀械真是排列得不得了的整齊漂亮。

守門人很久都沒回來。我把手腕搭在椅背上，呆呆望著天花板消磨時間。在這街上時間多得令人厭煩。人們極自然地學會各種消磨時間的方法。

外頭刨木板的聲音和鐵鎚釘釘子的聲音持續不斷。

終於門開了，但進來的不是守門人而是我的影子。

「沒時間慢慢談。」影子從我身旁走過時說。「我只是到倉庫去拿釘子而已。」

他打開裡面的門，從倉庫的右手邊拿出釘子箱。

「仔細聽我說。」影子一面檢視箱中釘子的長度一面說。「首先把這街的地圖畫出來。而且不能問別人，而是用你自己的腳和眼睛一一確認出來的地圖。把眼睛看到的東西一樣不漏地畫進去。不管多麼小的東西。」

「那很花時間吧。」我說。

「只要在秋天結束之前交給我就行了。」影子很快地說。「另外也希望能附加說明文字。尤其希望你能仔細查清牆的形狀、東邊的森林、河川的入口和出口，只有這樣。可以嗎？」

說完這些，影子看也不看我的臉便開門走出去了。影子走了之後，我試著把他說過的話慢慢複誦一遍。牆的形狀、東邊的森林、河的入口和出口。繪製地圖確實是個不錯的構想。可以掌握街的大概情況，也可以有效利用空閒時間。此外最可喜的是影子還相信我。

過一會兒守門人來了。他一進小屋就先用毛巾擦汗，其次擦擦手上髒的地方，然後一屁股在我對面坐下。

「好了，有什麼事？」

「我想來看看影子。」我說。

守門人點了好幾次頭之後，把菸草塞進菸斗，擦亮火柴點起菸。

「現在還不行。」守門人說。「很抱歉，不過還太早了。因為現在這個季節影子還很有力。等到白天變短以後再說吧。我不會虧待他的。」

他這樣說著，一面把火柴棒用手指折成兩半丟在桌上的盤子裡。

「這也是為你好啊。如果你現在半途而廢地對影子移情，以後就麻煩了。我看過太多這樣的例子。我不會說什麼對你不好的話，請你再忍耐一下。」

我默默點頭。不管我說什麼，他都不像是會聽我的人，而且反正我和影子也總算談過了。接下來只有耐心等待守門人給機會了。

他從椅子上站起來走到水槽邊，用一個大陶杯喝了好幾杯水。

「工作還順利嗎？」

「嗯，慢慢地比較習慣了。」我說。

「那就好。」守門人說。「用心把工作做好是最重要的。不能專心工作的人就會想一些無聊的事。」

外頭我的影子在釘釘子的聲音一直不斷。

「怎麼樣，要不要一起散步一下？」守門人說。「我帶你看一個有趣的東西。」

我跟在守門人身後走出去。廣場上我的影子正站在板車上裝上最後一片側板。板車除了支柱和車輪之外全部煥然一新。

守門人穿過廣場，把我帶到牆邊的瞭望台下方一帶。那是個陰沉沉的悶熱下午。牆的上空掛著一片從西方延伸而來的黑雲，好像立刻就要下雨似的。守門人穿的襯衫因為汗水而濕透，衣服緊緊貼在他巨大的身體上，發出令人厭惡的臭氣。「這就是牆。」守門人說。像拍著馬似的用手掌拍了幾次牆。「高度是七公尺，把這裡整個圍起來。能夠越過去的只有鳥而已。出入口除了這個門以外沒有其他地方。從前還有個東門，但現在已經封起來了。正如你所看到的，牆是由磚砌成的，但這可不是普通的磚。誰也沒辦法損傷或破壞。甚至大砲、地震、暴風雨也沒辦法。」

守門人說著從腳邊揀起一塊木片，開始用刀子削。刀子鋒利無比，木片立刻變成一小片楔子。

「你仔細看著啊。」守門人說。「磚和磚之間並沒有砌縫，因為沒有必要。磚彼此密合，那縫隙連一根頭髮都進不去。」

守門人用尖銳的楔子尖端刮著磚和磚的中間，但楔子尖端甚至連一公釐都鑽不進去。守門人接著丟掉那楔子，用刀尖劃著磚的表面。雖然發出尖銳刺耳的聲音，但磚絲毫沒有留下傷痕。他檢查了一下刀刃，然後收回刀鞘放進口袋裡。

「誰都沒辦法破壞牆。也沒辦法爬上去。因為這牆是完美的。你要好好記住。誰也出不去的。所以不要胡思亂想了。」

然後守門人把他巨大的手放在我背上。

「我知道你很難過。不過，大家都是這樣經歷過來的。所以你也必須忍耐才行。但是往後自然能夠得救。到時候你就不會再想東想西，也不再苦惱了。一切都會消失。短暫的情緒這種東西沒有任何價值。我這樣說是為你好，還是把影子忘掉吧。這裡是世界的終點。世界到這裡就結束了，哪裡也去不了。所以你也什麼地方都去不了啊。」

他這樣說完，又再拍了一次我的背。

回家的路上，我在舊橋正中央一帶靠著橋的扶手，一面眺望河川一面思考守門人所說的話。

世界的終點。

為什麼我非要捨棄舊世界而來到這個終點不可呢？無論我如何努力也想不起其中的經過、意義或目的了。不知道是什麼樣的力量，把我送進了這個世界。某種不合理的強大力量。因此我和影子喪失了記憶，而且現在還要喪失心。

河流在我腳下發出令人愉快的聲音。河流有沙洲，上面長了柳樹。垂到水面的柳枝順著流水很舒服似地搖擺著。河水美麗透明，靜水處的岩石旁看得見魚的蹤影。望著河的時候，我的心情總能平靜下來。

從橋上可以走階梯下到河床沙洲，柳樹的陰影下有一張長椅，那旁邊總是有幾頭獸在休息。我經常走下沙洲，把預先放在口袋裡的麵包撕成小片餵給獸吃。牠們遲疑了幾次才悄悄伸出頭來，吃我手掌上的碎麵包。總是較老或較幼小的獸才會吃我餵的麵包的。

隨著秋深了，牠們那令人想起深湖的眼睛，哀傷的顏色也逐漸加深。葉子變了顏色，草枯黃了，告訴牠們漫長而難過的飢餓季節正在逼近。而且正如老人所預言的一樣，對我來說也可能是個漫長而難過的季節。

11.

冷酷異境
穿衣、西瓜、混沌

時鐘指著九點半，她從床上站起來，把掉在地上的衣服撿起來，慢慢穿上。我還躺在床上用一隻手肘支撐著身體，從眼角呆呆望著她的身影。她一件一件把衣服穿上身的樣子，就像苗條的冬鳥一樣流暢而沒有多餘的動作，充滿了安詳寧靜。她把裙子拉鍊拉上，襯衫扣子從上面依序往下扣，最後坐在床上穿襪子。然後在我臉頰上親一下。就算很多女孩子脫衣服的方式充滿魅力的，但穿的方式能有魅力的女孩子卻不是那麼多。把所有的衣服穿上身後，她再用手背往上撩把長髮整理好，整個房間就好像換過空氣似的。

「謝謝你的晚餐。」她說。

「哪裡。」我說。

「你平常都像那樣自己做飯嗎？」她問。

「如果工作不太忙的話。」我說。「工作忙的時候不做。隨便吃吃剩菜剩飯，或出去外面吃。」

她坐在廚房的椅子上，從皮包拿出香菸來點火。

「我不太做飯。不怎麼喜歡弄吃的，而且一想到七點以前回到家，做許多菜，然後全部不剩地吃光，自己想起來都覺得厭煩。那樣好像活著就光為了吃似的，你不覺得嗎？」

也許吧，我也這樣覺得。

在我穿衣服的時候，她從皮包拿出小記事簿，用原子筆寫上什麼，然後撕下來給我。

「我家的電話號碼。」她說。「如果想見面或東西吃不完的時候，請打電話來，我會馬上過來。」

她帶著我要還的三本哺乳類相關書籍回去之後，整個房間感覺上忽然變得出奇地安靜。我站在電視機前把罩著的T恤拿下來，再看一次獨角獸的頭骨。雖然沒有任何確實的證據，但我開始覺得，那一定就是在烏克蘭戰線被薄命的年輕步兵上尉挖掘出來的謎之頭骨了。越看越覺得那頭骨似乎散發著某種來歷因緣似的東西。當然或許是聽過那故事才有這感覺也不一定。我沒有什麼特別用意地又用那不鏽鋼火箸輕敲那頭骨。

我把餐具和玻璃杯收到流理台洗好，用抹布把廚房的桌子擦乾淨。差不多該開始混洗的時候了。為了不被打攪，我把電話調成答錄。把門鈴的電線拔掉，只留下廚房的立燈，家裡其他燈光全部關掉。至少在兩小時之內，我必須把所有精神集中在混洗上。

我混洗用的密碼（password）是「世界末日」。我根據名為「世界末日」這個極個人的戲劇，把洗碼後的數值轉換以供電腦計算用。當然所謂的戲劇和電視上常見的戲劇完全是不同類的。那較為混亂，沒有明確劇情，只是為了方便而稱之為「戲劇」而已。不過不管怎麼說，完全沒有人告訴我那到底是什麼樣內容的東西。我所知道的只有「世界末日」這個標題而已。

決定這戲劇的是「組織」的科學家們。我為了要當計算士而接受了一年的訓練，考過最終測驗之後，他們把我冷凍了兩星期，在那之間仔細檢查我腦波的每一個細部，從裡面抽出應該稱為我的意識之核的東西，把它定為我混洗時的戲劇密碼（passdrama），接著又反向輸入我的腦子裡。他們告訴我那個標題是「世界末日」，說那就是我混洗用的密碼。因此，我的意識變成完全的二重結構。也就是先有整體是一片混沌的意識存在，然後其中正如梅乾的核一樣，有歸納那混沌的意識之核存在。

不過他們並沒有告訴我那意識之核的內容。

「你不需要知道那個。」他們向我說明。「因為這個世界上沒有比無意識性更正確的東西。只要到達相當的年齡——經過我們仔細計算之後設定為二十八歲——人類意識的總體就不會變化了。我們一般所說的意識變化，若是從腦的整體運作來看，其實只不過是微不足道的表層性誤差而已。所以這個稱為『世界末日』的你的意識之核，是會正確地做為你的意識之核發揮作用直到你停止呼吸都不改變。到這裡為止你懂嗎？」

「我懂。」我說。

「所有理論和分析，都像試圖用很短的針尖分割西瓜一樣。雖然能夠在皮上留下記號，卻永遠無法到達果肉。所以我們有必要清楚地把皮和果肉分離開來。雖然世間也有光啃皮就開心的怪胎。」

「總而言之，」他們繼續說。「我們必須保護你的戲劇密碼，讓它永遠不會被你自己的意識表層所動搖。若是我們告訴你『世界末日』的內容是如何如何的話，就像把西瓜皮削掉了一樣。你一定隨意擺弄而有所改變。這裡要這樣比較好，這裡要加上這個比較妙。這樣一來，做為戲劇密碼的不變性就會消失，也就不能執行混洗了。」

「所以我們要給你的西瓜一層厚厚的皮。」另外一個人說。「你可以把它叫出來。因為那就是你自己。但你不能知道它。一切都要在混沌的海中進行。也就是你必須空手潛進海裡，再空手從那裡出來。我說的你懂嗎？」

「我想我懂。」我說。

「還有一個問題是這樣。」他們說。「人是不是應該明確知道自己的意識之核？」

「不知道。」我回答。

「我們也不知道。」他們說。「這可以說是超越科學的問題。就像在洛斯・阿拉莫斯研究開發原子彈的科學家們所遇到的問題一樣。」

「大概比洛斯・阿拉莫斯的問題更嚴重吧。」一個人說。「根據經驗不得不獲得這樣的結論。因此，這在某種意義上也可以說是極危險的實驗。」

「實驗？」我說。

「實驗。」他們說。「除此之外我們不能再多告訴你了。很抱歉。」

然後他們教我混洗的方法。要單獨一個人做，要在夜晚進行，既不能在剛吃飽的滿腹狀態，也不能空腹狀態做。而且要重複聽三次固定的語音型樣。這樣我就能夠叫出名為「世界末日」的戲劇。但隨之被呼叫出的同時，我的意識也沉進混沌之中。我在那混沌之中進行混洗。混洗結束後，被呼叫出來的「世界末日」也解除了，我的意識從混沌中出來。混洗工作完成，我沒有任何記憶。逆混洗則一如字面所示。逆混洗必須聽專用的語音型樣。

那是安裝在我體內的程式。也就是說我像是個無意識的隧道。一切只是從我身上通過而已。所以我每次要進行混洗時，心情都因無防備而極為不安定。洗碼則另當一回事。洗碼雖然費事，但做的時候，會感到一股自豪。因為必須把所有能力集中在那裡。

相對的混洗作業則沒有任何讓人自豪的地方，也不需要能力。我只不過被利用而已。有人使用我不知道的我的意識在我沒有知覺的時候處理某個東西。混洗作業甚至讓我覺得不能稱自己為計算士。

不過當然，我沒有權利選擇喜歡的計算方式。我取得的是洗碼和混洗這兩種方式的執照。擅自改變是被嚴格禁止的。如果對這不滿意的話，只有放棄計算士這個職業。而我並不打算放棄。只要不與「組織」發生糾紛的話，其實沒有比計算士更個人、更能自由發揮能力的職業了，何況收入又好。只要工作十五年，就可以賺足往後一輩子悠閒度日的金錢。因此我一次又一次努力突破合格率非常低的測驗，也熬過了嚴格的訓練。

醉意並不妨礙混洗作業。為了緩解緊張甚至有人建議適度飲酒反而更有幫助。以我自己的原則來說，在混洗之前總是先清除體內的酒精。尤其混洗方式已經被「凍結」兩個月，我遠離這作業太久了，所以必須非常小心。我沖了個冷水澡，做了十五分鐘激烈的體操，喝了兩杯黑咖啡。這樣做完後醉意大體上都會完全消散。

然後我打開保險箱，拿出打字打好轉換數值的紙和小型錄放音機，排在廚房桌上。然後準備了五支仔細削好的鉛筆和筆記本，在桌前坐下。

首先設定好錄音帶。戴上耳機，等數位計數器前進到十六，這時倒回到九，再進到二十六。然後就那樣固定十秒鐘，計數器上的數字消失，這時開始發出信號聲。必須這樣操作，否則錄音帶的聲音就會自動消滅掉。

錄音帶設定完畢之後，我把新的筆記簿放在右邊，轉換數值放在左邊。這樣所有的準備工作便結束了。房間的門和所有可能侵入的窗戶上，裝設的警報系統都已亮起「ON」的紅燈。沒有任何差錯。伸手一按錄放音機的播放鍵，信號音便開始了，於是一股暖烘烘的混沌便無聲地來臨，把我吞了進去。

〔我〕

被吞沒——逐漸　混沌→

信號音開始、然後……

12.

世界末日
世界末日的地圖

從我和影子見過面的第二天開始，我就立即著手製作街的地圖。

首先我在黃昏時爬上西丘頂，試著環視四周一圈。但西丘並沒有高到能一眼望盡全街的程度，而且我的視力已經大為減弱，因此不可能很清楚地界定包圍著街的高牆形狀，只能概略知道街延伸的方式而已。

這裡既不大也不小。換句話說並沒有大到超出我的想像或理解，但也不是小到能直接掌握全貌。我在西丘頂上所得知的事實只有這樣而已。高牆把街團團圍住，河川從中流過，將之分為南北兩部分，黃昏的天空把河染成深灰色。終於街裡響起了號角的聲音，獸群踏響的蹄聲像泡沫般覆蓋了四周。

結果，要想知道牆的形狀，除了沿著牆步行之外沒有其他辦法。但那絕不是一件輕鬆的作業。我只能在陰天的日子或黃昏時分才能在外活動，而要到遠離西丘的地方去又必須小心才行。外出時陰天可能忽然轉晴，相反地也可能下起激烈的雨。因此我每天早晨都請上校幫我看天上雲的走向。上校的天候預測幾乎都料中了。

「因為我只想著天氣。」老人得意地說。「只要每天每天看著雲的流動，這一點小事自然會知道啊。」

但他也無法預測天候是否驟變，我的遠行所伴隨的危險依然如故。

加上牆的附近多半是茂密的草叢、樹林或裸露的岩石，很難靠近去看清楚地形。住家全都集中在流過街心的河邊，事實上只要離開這個區域一步，要找出一條路都很困難。即便有勉強可以通過的小路，往往會突然中斷，被叢生的荊棘所吞沒，每次遇到這種情況，我就必須辛苦地迂迴繞道，或原路折返。

最初我從街的西端，也就是守門人小屋所在的西門附近開始調查，打算依順時鐘方向把街繞一圈看看。剛開始這作業的進展比預期的還順利。從門向北走到牆附近，放眼望去都是高到腰部左右的茂密野草形成的平坦原野，沒有稱得上是障礙的障礙，在草間也有像是縫合線的平整道路。很像雲雀的鳥在原野上築巢，牠們從草裡飛起，在空中繞著圈子尋找食物，然後飛回原來的地方。數量不是很多，但也看得見獸的蹤影。這些獸的頭和背浮在草原上，簡直就像浮在水中一樣，一面尋找著食用的綠芽，一面緩慢移動。

前進不久之後，再沿著牆往右轉就可以看見南方有一個快要塌掉的舊兵營。三棟毫無裝飾感的兩層樓質樸建築物呈縱向排列，稍微遠一些的地方，建有比官舍稍微小一點的軍官用堅固住宅。建築物和建築物之間配置有樹林，周圍雖然有低矮的石牆圍著，但現在全都被高高的草覆蓋住了，沒有人的蹤影。我想那些住在官舍的退役軍人從前一定也住過這兵營中的某個地方吧。後來因為某種原因，他們才被移到西丘的官舍去，兵營才變成了廢墟。寬闊的草原當年可能是用來當練兵場的，草叢間有些地方有挖掘過戰壕的痕跡，也有樹立旗竿的石台。

繼續往東走，平坦的草原終於結束，開始有了樹林。草原中剛開始看得見一叢一叢此起彼落的灌木，然後終於變成明顯的樹林。灌木大多叢生，有許多細枝幹互相糾纏緊密地往上長，正好在我肩膀到頭部一帶高度的枝椏延伸擴張出去。樹下則長著各種雜草，到處看得見開著顏色不起眼像手指尖那麼大的野花。隨著樹木增加，地面起伏也加大了，夾雜在灌木之間也有幾種高大的樹木出現。偶爾有很小的鳥一面啼著，一面從這個枝頭移動到另一個枝頭，除此之外聽不見一點聲音。

沿著小路走，樹叢越來越茂密。頭上覆蓋著高枝，遮住了視線。無法繼續追蹤牆的形狀。沒辦法，我只好沿著往南轉彎的小徑來到街上，穿過舊橋回到家。

結果秋天來了，我只畫出極模糊的輪廓。大體說來，街的地形是東西較長，南北則各有北林、南丘的部分往外凸出。南之丘東側的斜坡是堅硬的岩石區，那岩石沿著牆延續了相當長一段。比起北之林來，街東側的森林更荒涼而陰鬱，並沿著河川擴展出去，這裡幾乎連路都沒有。僅有沿著河可以走到東門的路，能夠看見周圍牆的樣子。東門正如守門人所說的已經被水泥之類的東西厚厚地塗封起來，誰也不能從這裡進出了。

從東邊山脊急速流下的河川，由東門旁鑽過牆下現身在眼前，流過街的中央往西一直線流出去，在舊橋一帶形成幾個美麗的沙洲。河上有三座橋。東橋、舊橋和西橋。舊橋最老最大，而且最美麗。河流鑽過西橋之後急速往南邊折，好像要回到東邊似的流到南邊的牆邊。就在快到牆的前面，河流切入西丘的側面形成一個深谷。

但河流並沒有穿過南邊的牆。河在牆的前面一點形成深潭，在這裡被石灰岩所形成的水底洞窟吞進去。根據上校告訴我的，牆外廣闊無垠的石灰岩荒野下方，有無數像網路般的地下水脈。

當然我的讀夢工作在那期間也持續做著。我六點推開圖書館的門，和她一起吃晚飯，然後讀古夢。

我現在一個晚上已經可以讀五到六個夢了。我的手指很有要領地探索著錯綜複雜的光束，逐漸能夠更明確地感覺到那影像和聲響了。雖然我還不瞭解讀夢作業的意義何在，還有連古夢到底是以什麼原理形成的都不清楚，但從她的反應可以看出我的作業是令人滿意的。面對頭骨放出的光芒，我的眼睛也不再疼痛，疲倦的感覺減少許多。我讀過的頭骨，她一一排在櫃台上。第二天傍晚我到圖書館時，那櫃台上的頭骨已經一個也不剩，不知消失到什麼地方去了。

「你進步得非常快。」她說。「好像比預期快得多。」

「到底有多少頭骨？」

「非常多。有一兩千吧。想看嗎？」

她讓我進去櫃台後面的書庫。書庫就像學校教室一樣，是空蕩蕩的寬大房間，裡面排列著好幾排架子，一眼望過去架上放的全都是獸的白色頭骨。與其說是書庫不如說是墳場更貼切。死者發出的涼颼颼空氣靜悄悄地籠罩整個房間。

「哇！」我說。「這全部讀完要花多少年工夫啊？」

「你沒有必要全部讀完。」她說。「只要把你能讀的讀完就行了。如果還有剩餘沒讀的，等下一位夢讀來了再讀。古夢會一直沉睡到那個時候。」

「然後妳還會幫忙下一個夢讀嗎?」

「不,我只幫忙你,這是規定好的。一個司書只能幫忙一個夢讀。所以如果你不再是夢讀了,我也會離開圖書館。」

我點點頭。雖然不知道原因何在,但感覺上這好像是極其理所當然的。我們暫時靠在牆上眺望著排列在架子上白色頭骨的行列。

「妳有沒有到南邊的深潭去看過?」我試著問她。

「嗯,有啊。很久以前去過。小時候我母親帶我去的。普通人是不太會去那裡的,不過我母親有一點不一樣。南邊的深潭怎麼樣呢?」

「我想看一看。」

她搖搖頭。「那地方比你想像的危險多了。你不應該靠近深潭的。也沒有必要去,去了沒什麼意思。為什麼想去那個地方呢?」

「我想多瞭解這地方的事。每個角落每個細部。如果妳不能帶我去,我就自己去好了。」

她看了我的臉一下,終於放棄似的小聲嘆氣。

「好吧。看起來你也不像是會聽人勸告的人,也不能讓你一個人去。不過你要記住一件事。我非常害怕深潭,不想再去第二次的。那裡確實有什麼不自然的東西喲。」

「沒問題。」我說。「兩個人一起去,只要小心就沒有什麼可怕的啊。」

她搖搖頭。「因為你沒看過所以不知道深潭真正的可怕。那裡的水不是普通的水，是會引誘人靠近的喲。我不騙你。」

「我會小心不要靠近。」我約定好，握住她的手。「只要遠遠地看就行了。我只想看一眼嘛。」

十一月的暗淡午後，我們吃過中飯就往南邊的深潭出發。在南邊的深潭稍前方，河流就像剜進去一般在西丘的西側形成深谷，周圍則密生著灌木與野草把路封住，我們不得不從東邊繞到南之丘後面進去。因為早上下過雨，走在覆蓋著厚厚落葉的地面上，腳下便傳來潮濕的聲響。路上我們和迎面而來的兩頭獸錯身而過。牠們慢慢地左右搖晃著金黃色的頭，面無表情地從我們身旁走過。

「食物越來越少了。」她說。「冬天快到了，大家都在拚命找樹的果實才會來到這裡。其實平常獸幾乎不來這裡的。」

離開南之丘的斜坡之後就看不見獸的影子了，明顯的路也到這裡為止。經過沒有人影的乾枯原野和荒廢房屋群落，再往西前進時，逐漸隱約聽得見一點深潭的聲音傳來。

那和我過去所聽過的任何聲音都不一樣。和瀑布的聲音不同，和風的呼嘯聲不同，和地鳴也不同。那就像從一個巨大的喉嚨吐出粗重的嘆息一樣。那聲音有時低沉，有時高亢，有時斷斷續續地，像被什麼噎住似的突然中斷。

「好像在對什麼人大吼大罵似的。」我說。

她只回頭看看我什麼也沒說，用帶著手套的雙手撥開草叢，繼續領著我往前走。

「路況比以前更差了。」她說。「我上次來的時候還沒有這麼糟糕。也許我們退回去比較好。」

「好不容易來了，能走就走吧。」

在起伏很多的茂密草叢裡跟著水聲的引導走了大約十分鐘，突然視野打開了。漫長的灌木叢在這裡結束，平坦的草原沿著河流在我們眼前擴展。右手邊看得見河流削落的深谷。穿過河谷的流水一面拓寬河面一面穿過灌木叢，來到我們所站立的草原。河流繞過草原入口附近最後一個彎便忽然停滯，顏色變成具有不祥感覺的深藍色，並繼續向前流。前面簡直像吞進小動物的蛇一樣脹起來，在那裡形成一個巨大的深潭。我沿著河朝那深潭走去。

「不能靠近噢。」她輕輕抓住我的手臂。「從表面上看是沒有一絲波紋的平穩，但下面其實暗藏著很厲害的漩渦呢。一旦被拉進去，就沒辦法再浮上來了。」

「到底有多深呢？」

「沒辦法想像啊。漩渦就像個錐子一樣繼續往下鑽。所以一直深下去呀。根據傳言，從前異教徒或罪人就是被丟進這裡面的……」

「丟進去以後變成怎樣呢？」

「被丟進去的人就再也沒有浮上來了。你聽過洞窟的事吧？深潭下面的洞窟開了好幾個口，一旦被吸進去，就永遠徘徊在黑暗中了。」

有如蒸氣一班從深潭湧出的龐大吐息支配了周遭。就像無數死者從地底發出的苦悶呻吟。

她找到一片手掌大小的木片，朝深潭中心投擲。打到水面的木片大約只浮在水面五秒鐘，便突然顫動了幾次，接著就像被什麼東西捉住而往下拖似的消失在水中，再也沒有浮上來過。

「我剛才說過，底下有強大的漩渦噢。這樣你明白了吧？」

我們在離深潭大約十公尺的平原裡坐下來，拿出塞在口袋裡的麵包來啃。從遠處眺望，周遭的風景充滿和平與寧靜。秋天的野花為原野抹上色彩，樹上的葉子已染成鮮豔的紅葉，那中央則是沒有一絲波紋平滑如鏡的深潭。深潭對面聳立著白色石灰岩懸崖，好像要將那裡覆蓋住似的。除了深潭的吐息聲之外，周遭靜悄悄的，連樹葉也靜止不動。

「你為什麼那麼想要地圖呢？」她問。「就算有了地圖，你還是永遠離不開這街。」

她把掉在膝上的麵包屑拂落，眼睛轉向深潭的方向。

「你想離開這裡嗎？」

我默默搖頭。那是意味著不，還是表示自己心意未決呢？我也不知道。我連這個都不知道。

「不知道。」我說。「我只是想知道這街的事而已。街是什麼形狀的，是怎麼成立的，什麼地方有什麼樣的生活，我想知道這些。我想知道是什麼在規定我，什麼在動搖我。我也不知道前面有什麼啊。」

她緩緩地左右搖頭，然後注視我的眼睛。

「沒有前面了。」她說。「你不知道嗎？這就是名副其實世界的終點啊。我們只能永遠停留在這裡了。」

我仰躺在地上望著天空。我能仰望的天空總是陰沉暗淡的。雖然被早晨的雨濡濕的地面還涼涼濕濕的，但大地舒適的香氣正瀰漫在周圍。

幾隻冬鳥發出振動翅膀的聲音從草叢裡飛起來，越過牆消失在南邊的天際。只有鳥才能飛越牆。低垂的厚雲，正預告著嚴冬將近。

13.

冷酷異境

法蘭克福、門、獨立組織

正如平常那樣，我的意識從視野的角落開始逐步恢復。首先我注意到的是右邊的浴室門和左邊的檯燈，然後逐漸往內移動，簡直就像湖面結冰時一樣在正中央會合。視野正中央有個鬧鐘，指針指著十一時二十六分。那鬧鐘是我參加什麼人的結婚典禮領回來的紀念品。要停止鬧鈴必須同時按下時鐘左邊的紅按鈕和右邊的黑按鈕。不然鬧鈴會響個不停。人們會因為還沒完全清醒而反射性地壓下按鈕、關閉鬧鈴以繼續熟睡，這獨特裝置是為了防止這常見的行為。確實這鬧鈴響起來時，我為了要同時按下左右兩個按鈕，必須完全從床上起身，把鬧鐘放在腿上才行，在那之間我的意識不得不踏進清醒的世界一步或兩步。好像重複說過了，我這鬧鐘是從某人的結婚典禮領回來的紀念品。是誰的結婚典禮已經想不起來了。在我周圍多少存在著一些朋友或熟人之類的人，二十幾歲中期正是結婚典禮不斷的時期，就從那其中的一回，我領到了這個鬧鐘。像這樣非要同時壓下兩個按鈕否則會持續響鈴的麻煩鬧鐘，我是不會刻意去買的，因為我算是個容易清醒起床的人。

當我的視野在鬧鐘一帶結合起來時，我下意識地拿起鬧鐘放在腿上，兩手按了紅色和黑色按鈕。然後我才發現鬧鈴根本一開始就沒響過。我沒有睡覺，因此並沒有設定鬧鐘，只是碰巧廚房桌上放著鬧鐘而已。我剛剛是在做混洗資料。所以沒有必要停止鬧鐘的鬧鈴。

我把鬧鐘放回桌上，看看周圍。房間的樣子和我開始做混洗資料之前完全沒有改變。警報系統裝置的紅燈顯示著「ON」，桌上放著空了的咖啡杯。充當菸灰缸的玻璃杯墊上有她最後一根菸的菸蒂，直挺挺地留在那裡。品牌是萬寶路的淡菸。並沒有沾上口紅。回想起來，她完全沒有化什麼妝。

我試著檢查眼前的筆記和鉛筆。整齊地削好的五支F鉛筆之中，二支折斷了，二支磨圓到根部，另有一支完好如初的。右手中指還留下長時間寫字時那種輕微的麻痺感。混洗資料已經完成。筆記上密密麻麻寫了十六頁詳細的數值。

我遵照手冊上說的，把洗碼的轉換數值和混洗完成的數值逐項核對之後，把最初的表格在流理台水槽中燒掉。筆記收進安全箱，錄音帶和錄放音機一起放進保險箱。然後到客廳沙發上坐下呼出一口氣。這樣一來作業已完成一半。至少接下來的一天可以不做任何事情了。

我在玻璃杯裡倒進兩份威士忌，閉上眼喝了兩口。暖暖的酒精通過喉嚨，順著食道納入胃中。終於那暖和順著血管溢滿身體的各個部位。首先是胸部和臉頰開始暖和，接著手暖和起來，最後腳也是。我到浴室去刷牙，喝了兩杯水，小便，然後到廚房去重新削鉛筆，整齊地排在筆盤上。把鬧鐘放在床頭邊，把電話自動答錄裝置切回去。時鐘指著十一時五十七分。明天還沒有沾手全新完整地留著。我急忙脫掉衣服，換上睡衣鑽進床裡，把毛毯拉到下巴，把枕邊的燈熄掉。心想要好好睡足十二個小時。不管鳥叫也好，世上的人們搭電車上班也好，世界的什麼地方火山爆發也好，以色列裝甲師團正在破壞某個中東村落也好，總之我要繼續睡覺。

我轉念想到計算士退休後的生活。存了足夠的錢，儲蓄加上退休金讓我可以很悠哉地過日子，學習希臘語和大提琴。把大提琴盒子放在汽車後座開到山上去，一個人隨心所欲地盡情練習大提琴。

順利的話或許可以在山上買一棟別墅。附有完善廚房設備的雅致山中小屋。我在那裡讀讀書、聽聽音樂、看看老電影錄影帶，做做菜吃，過日子。說到做菜——我想起圖書館資料查詢台的長髮女孩。覺得她在那裡——那個山中的家裡——在一起好像也不錯的樣子。我做菜，她可以吃。

正在想做菜的事時，我睡著了。就像天空掉下來一樣，睡眠突然降臨頭上。大提琴、山中小屋和菜色都消失無蹤。只剩下我像鮪魚般沉沉地睡著了。

有人在我頭上用鑽子打洞，在那裡塞進硬紙繩之類的東西。好像很長的紙繩，不斷被送進我的腦袋裡。我揮著手想把那紙繩扯掉，但不管怎麼揮，紙繩還是繼續進入我腦裡去。

我坐起來並用手掌摸摸頭的兩側，沒有紙繩。也沒有開洞。是鈴聲在響。鈴聲持續響著。我把鬧鐘抓起來放在大腿上，用兩手按下紅色和黑色按鈕。但鈴聲還是響個不停。是電話鈴。時鐘指著四時十八分。外面還一片黑——那麼是早晨的四時十八分了。

我起床走到廚房，拿起電話聽筒。每次半夜裡電話鈴響時，我都會決心下次一定要在睡前把電話移回臥室，但總是立刻就忘記了。因此又是脛骨撞到桌腳或瓦斯暖爐之類的。

「喂！」我說。

聽筒那頭是無聲的。好像電話被埋在沙裡一樣完全無聲。

「喂喂！」我吼道。

但聽筒還是靜悄悄的。既聽不見呼吸，也聽不見些微的摩擦碰撞聲。透過電話線好像連我都要被拉進那沉默裡去了似的安靜。我生氣地掛斷電話，從冰箱拿出牛奶咕嘟咕嘟地喝起來，然後又鑽回床上去。

第二次電話響是在四時四十六分。我起床經過同樣的路程跋涉到電話邊，拿起聽筒。

「喂。」我說。

「喂。」女人的聲音。沒辦法判斷是誰的聲音。「剛才對不起。音場亂掉了。所以聲音常常會消掉。」女人說。

「聲音消掉？」

「是啊。」女人說。「剛才音場突然開始亂掉了。祖父一定發生什麼事了。喂，你聽得見嗎？」

「聽得見。」我說。是給我獨角獸頭骨的奇怪老人的胖孫女。穿粉紅套裝的胖女孩。

「祖父一直沒回來。而且音場又突然開始變亂了。一定發生了什麼不妙的事情。我打電話到實驗室也沒人接……一定是黑鬼襲擊祖父，發生什麼嚴重的事了。」

「沒搞錯嗎？是不是妳祖父太專注於實驗沒回家，這樣程度的事呢？上次不是有一星期沒發現把妳消音的事嗎？反正他是屬於一專心就會忘記很多事情的人哪。」

「不是這樣。我很清楚。我和祖父之間有一種互相感應的東西，只要彼此發生什麼事的時候就會知道。祖父一定出事了。非常不妙的事。而且聲音屏障已經被破壞了，一定沒錯。所以地下的音場完全亂掉了啊。」

「妳說什麼？」

「聲音屏障，是為了防止黑鬼接近所設的特殊聲音訊號裝置。那個被暴力破壞了，所以旁邊的聲音失去平衡。一定是黑鬼攻擊祖父了。」

「為什麼？」

「大家都想得到祖父的研究啊。黑鬼和記號士，這些人想得到祖父的研究成果。他們向祖父提出交易條件，但被拒絕了，因此非常生氣。拜託你，馬上過來這裡，一定會發生壞事。幫幫忙，拜託。」

我試著想像在那可怕的地下道裡黑鬼目中無人徘徊的樣子。現在就要下去那樣的地方，想到就毛骨悚然。

「抱歉，我的工作是計算，其他的作業並不包含在契約裡面，而且我實在無法勝任。當然如果我能幫得上忙的話，什麼都很願意做。不過和黑鬼打鬥救出妳祖父恐怕不行。那是警察或『組織』的專家們受過特殊訓練的人應該做的。」

「警察根本不用提。拜託那些人只會公開所有的事，那可嚴重了。現在祖父的研究如果公開發表，那就是世界末日了。」

「世界末日？」

「拜託。」女孩子說。「快點來幫我。不然的話會發生無法挽回的事噢。因為在祖父之後，他們接著要攻擊的對象就是你。」

「為什麼我會是被攻擊的對象呢？妳的話還可以理解，我對妳祖父的研究完全不了解啊。」

「你是鑰匙啊。沒有你就打不開門哪。」

「妳說什麼我聽不懂。」我說。

「詳細情形沒時間在電話裡說，不過這事情非常重要。比你想像的還要重要得多。總之請相信我。這對你非常重要。如果不及時採取行動就會完了。我沒說謊啊。」

「真要命。」說著我看看手錶。「總之妳先離開那裡比較好。如果妳的判斷沒錯，那裡太危險了。」

「要去什麼地方呢？」

我告訴她青山一家二十四小時營業的超市。「妳在那裡的咖啡吧等我。我五點半可以到。」

「我好害怕。好像……」

聲音又消失了。我朝著聽筒吼了好幾次，但都沒有回答。沉默像槍口冒出來的煙一樣從聽筒口昇了上來。音場亂掉了。我把聽筒放回原位，脫掉睡衣換上運動衫和棉長褲。然後走到洗手間用電動刮鬍刀簡單刮了鬍子，洗了臉，對著鏡子梳梳頭。因為睡眠不足，臉像廉價起司蛋糕一樣浮腫。我只想好好睡一覺。好好睡一覺讓精神恢復，然後過著極普通的正常生活。為什麼大家都不讓我安靜呢？獨角獸和黑鬼到底和我有什麼關係？

我在運動衫上穿了一件防風外套，口袋裡放了皮夾、零錢和小刀。稍微猶豫一下之後，把獨角獸的頭骨用兩條浴巾包纏起來和火箸一起放進運動提袋裡，旁邊再放進原本裝在安全箱裡的筆記本，上頭有混洗資料。這公寓也絕對不安全。要打開我房門和保險箱的鎖，對專業的人來說花不了洗一條手巾的時間。

結果我穿上只洗了一腳的網球鞋，抱著運動提袋走出房間。走廊沒有人影。我避開電梯，走樓梯下去。因為還沒天亮，公寓裡沒有一點聲音，靜悄悄的。地下停車場也沒有人。

好像有點奇怪。實在太安靜了。既然他們想要得到我的頭骨，派個人盯梢似乎也沒什麼不好，居然沒有。簡直就像把我給忘了似的。

我打開車門，把袋子放在副駕駛座上，發動引擎。時間是五點出頭。我一面張望著周圍，一面把車子從停車場開往青山。道路空蕩蕩的，除了急著回家的計程車和夜間運貨的卡車之外幾乎沒有車的影子。我不時看看後照鏡，但並沒有車子跟蹤而來。

事情的發展有點奇怪。我很瞭解記號士的做法。他們如果想做什麼的話，就會全力以赴。諸如收買一個半路出家的瓦斯公司職員，或忘了盯梢的事情，絕對不會發生。他們總是選擇最迅速最正確的方法，毫不遲疑地實行。他們兩年前曾經捉到五個計算士，用電鋸把頭蓋骨上部切掉。把計算士的腦拿出來，想要活生生地讀取裡面的資料。這實驗沒有成功，結果腦漿掏空額頭以上的頭不見的五個計算士屍體被發現浮在東京港裡。他們是會這樣徹底行動的。因此事態有點奇怪。

車子開進超市的停車場時已經五時二十八分，離約定時間只差一點點了。東方的天空有點泛白。我抱著運動提袋走進店裡。寬敞的店裡幾乎沒有人影，收銀台裡一個穿著條紋制服的年輕男店員正坐在椅子上讀店裡賣的週刊。一個看不出年齡和職業的女人，把堆積如山的罐頭、速食食品等放進推車裡，在走道上晃來晃去。我繞過排列著酒類的賣場角落，走到咖啡吧去。

吧台排著一打左右的高腳椅上，看不見她的蹤影。我在最旁邊的座位坐下，點了冰牛奶和三明治。牛奶冰得令人不知道滋味，三明治是預先做好用保鮮膜包著的現成品，因此麵包濕濕的。我緩慢地一口一口咬著三明治，小口小口喝著牛奶。望著貼在牆上的法蘭克福觀光海報好一會兒以消磨時間。季節是秋天，河邊的樹葉都變紅了，天鵝在河面游泳，穿著黑色大衣戴著鴨舌帽的老人在餵天鵝。有古老石砌的雄偉橋樑，後面看得見大教堂。仔細看時，橋的兩岸入口部分，有利用橋桁建起來的石砌小屋似的東西，上面有幾扇小窗。不知道是用來做什麼的。天空是藍的，雲是白的。河邊長椅上坐著許多人。大家都穿著大衣，很多女性用圍巾裹著頭。是一張漂亮的照片，但光看著就覺得冷了起來。也許因為法蘭克福秋天的風景看起來很冷，我每次看見高高的尖塔也會覺得冷。

因此我把眼光移向另一面牆上貼的香菸廣告海報。年輕男人臉上光滑，手指夾著點燃的帶濾嘴香菸，以恍惚的眼神看著斜前方。為什麼香菸廣告模特兒每次都能擺出這種「什麼也沒看、什麼也沒想」的眼神呢？

因為看著香菸海報不像法蘭克福那幅那樣能夠消磨時間，因此我轉向後面，環視著空空的店內。在咖啡吧正面，水果罐頭像巨大的螞蟻窩般高高堆積。桃子山和葡萄柚山和柳橙山三座山並排。那前面放著試吃用的桌子，但因為才剛天亮，所以還沒有試吃服務。沒有人在大清早五時四十五分要開始試吃水果罐頭。桌子旁邊貼著「美國水果展」的海報。游泳池前面有一套白色庭園椅，上面坐著一個女孩子正在吃著水果拼盤。金髮藍眼、雙腿修長、曬得很健美的女郎。水果廣告照片上總是出現金髮女郎。不管看多久，眼睛一離開簡直就立刻想不起來長得什麼樣子——的那種美人類型。世上也有這種美存在。和葡萄柚一樣，分不出來。

酒類賣場的收銀台是獨立的，現在卻沒有收銀員。因為正常人是不會在早餐前來買酒的。所以那個區塊既沒有客人也沒有店員，只有酒瓶像剛完成造林的小型針葉樹似的安靜排列著。可喜的是，這個角落牆上貼滿了海報。算起來白蘭地、波本威士忌和伏特加各一張，蘇格蘭威士忌和國產威士忌各三張，日本酒兩張及啤酒四張。為什麼光是酒的海報就有這麼多呢？我真不明白。或許酒這東西在所有飲食品之中，是最具有節慶性質的吧。

不過用來消磨時間是最適合不過了，我從頭開始一一巡視這些海報。看完十五張海報之後，我瞭解了一件事實，那就是所有酒之中威士忌加冰塊在視覺上最美。簡單說，最上相。在寬底大玻璃杯裡放進三塊或四塊冰塊，再注入琥珀色濃郁的威士忌。於是冰塊溶出的透明水液在和威士忌的琥珀色混合之前一瞬間滑溜地滲進去。這非常美。仔細一看，威士忌海報的照片幾乎都是加冰塊（on the rock）拍的。加冰水的話印象太薄弱，而純的大概又太無趣吧。

另一件令人注意的事是，沒有一張海報上搭配有下酒點心的。海報上喝酒的人，都不另外吃別的東西。全都只喝酒而已。這大概因為認為如果拍出下酒菜的話，就會失去酒的純粹性。或者下酒的點心會僵化酒的印象，或顧慮看海報的人注意力會被下酒的點心搶走。這些多少可以理解。每件事情都其必須如此的理由。

海報看著看著就六點了。但胖女孩還是沒有出現。為什麼她會這麼晚呢？我不知道。是她叫我盡可能早點出來的。不過這問題想也沒用。我已經盡可能早來了。其他就是她自己的問題了。這本來就不關我的事。

我點了熱咖啡，不加糖和奶精慢慢喝著。

時鐘過了六點之後，客人逐漸增加。有來買早餐麵包和牛奶的主婦，有夜遊回來找輕便速食的學生。有來買衛生紙的年輕女人，也有來買三種報紙的上班族。兩個背著高爾夫球具的中年男人，買了威士忌的口袋瓶。說是中年也只不過是三十五歲左右，和我差不多的年齡。仔細想來我也已經是中年了。只是沒有背高爾夫球具，沒穿小丑裝一般的高爾夫球衣，因而多少看來年輕一點而已。

我很高興跟她約在超市。如果是別的地方，就不可能這麼好消磨時間了。我最喜歡超市這種地方。

我在那裡等到六點半，之後放棄，便走到外面上了車，開到新宿車站。我把車停進停車場，抱著提袋到臨時寄物台去存放。說有易碎物請小心處理，負責的男人就把一張印有雞尾酒玻璃杯圖案的紅色卡片貼在袋子把手。我確定他把那藍色Nike運動提袋小心收進適當的架子上後，拿了收據離開。接著我到書報攤買了信封和二百六十圓的郵票，把收據放進信封裡封好，貼上郵票，寫上以虛構公司名義申請的秘密郵政信箱號碼，用限時專送寄出。這樣一來除非發生意外否則東西不會被發現。有時候謹慎起見我會用這種手法。

信封丟進郵筒之後，我把車子開出停車場，回到公寓。心想這樣手邊就沒有失竊會麻煩的東西了，心情好輕鬆。車子停進公寓停車場，走樓梯回到房間，沖過澡後鑽進床上，若無其事地沉沉入睡。

十一點時有人來了。依照事情的發展應該會有人來了，因此我沒有特別吃驚。不過那個人沒有按門鈴，而用身體撞門。而且不光是用身體撞門這麼簡單，好像是以搗碎大樓用的鐵球狠狠撞擊，地板都震動了。真過份。要是有這力氣，不如去勒住管理員拿到通用鑰匙比較省事。對我來說，直接拿通用鑰匙公然開門，還可以省得我花錢修理門。何況這樣大鬧一場，搞不好我會被趕出這公寓也不一定。

那個人在撞門時，我穿上長褲，套上運動衫，把小刀藏在皮帶裡，到廁所小便。然後為防萬一把保險箱打開，按下錄放音機的緊急按鈕，先把裡面的錄音帶洗掉，然後打開冰箱拿出罐裝啤酒和馬鈴薯沙拉當午餐吃。雖然陽台有太平梯，想逃其實可以逃的，但我實在太累了，也懶得逃。何況要是到處逃，我所面臨的問題也完全解決不了。我正面臨——或被捲入——某種麻煩問題，而靠我一個人的力量是無論如何也解決不了的。對這個問題，我有必要和什麼人認真商量。

我接受委託到科學家的地下實驗室去處理資料。就在那時得到了一個像是獨角獸頭骨的東西，把它帶回家來。不久就來了一個大概是被記號士收買的瓦斯檢查員，想要偷那頭骨。第二天早晨，委託者的孫女打電話來，說祖父被黑鬼襲擊，要向我求救。我趕到約定的地方去，她卻沒有出現。我可能持有兩樣重要物品。一個是頭骨，另一個是混洗後的資料。我把那兩樣東西寄放在新宿車站的寄物處。

不明白的事情一大堆。我希望有人來給我一點提示。要不然在一切不明的狀況之下，我可能要抱著頭骨永遠到處逃跑躲藏。

我喝完啤酒，吃完馬鈴薯沙拉，正鬆一口氣時，不鏽鋼門轟然一聲爆炸似的，向內側打開，一個從來沒見過的彪形大漢走進屋裡來。男人穿著鮮豔的夏威夷襯衫，到處沾滿油漬的卡其色軍用長褲、潛水用的蛙鞋一般大的網球鞋。剃個三分頭、鼻子粗短，脖子有一般人的腰那麼粗。眼瞼像鈍色的金屬一樣厚，眼白的部分特別顯眼，濁濁的，看起來簡直像是義眼，但仔細看的話黑眼珠卻偶爾會閃動，證明還是真眼睛。身高大概有一百九十五公分吧。肩膀寬闊，那件巨大夏威夷衫像對摺後就披在身上的床單，胸前扣子好像快綳開似地緊緊貼著。

大塊頭瞄了一眼自己破壞的門，就像我在看拔起的葡萄酒瓶塞一樣的眼神，然後轉向我。看來他對我這個人並沒有抱著多複雜的感情。他把我當做屋裡的一個擺設或什麼似的看待。如果可能我也很想變成屋裡的一個擺設。

大塊頭身體往旁邊一挪，後面出現了一個小個子男人的身影。身高不到一百五十公分，瘦瘦的，面貌端正。穿著淺藍色Lacoste Polo衫，米黃色斜紋布長褲、淺茶色皮鞋。大概是在某個高級童裝店買來的吧。手上戴的勞力士金錶閃閃發光，當然沒有所謂的兒童用勞力士錶，因此那顯得格外地大。好像出現在《星際爭霸戰》或什麼裡的通訊裝置一樣。年齡大約三十後半或四十出頭左右。如果身高能夠多個二十公分的話，我想或許足夠當個螢光幕上的英俊小生吧。

大塊頭鞋子沒脫就一路走進廚房，繞到我對面，拉開椅子。小個子跟在後面慢慢走過來，坐在那椅子上。大塊頭坐在流理台，兩隻有如普通人的腿那麼粗的手臂緊緊交叉抱在胸前，缺乏光澤的眼睛則盯著我背後比腎臟稍高一些的地方。我剛才還是應該從太平梯逃走才對的。最近，我判斷力的失誤實在太明顯了。或許應該到加油站去，打開引擎蓋請人家幫我檢查一下比較好。

小個子既沒正眼瞧我，也沒打個招呼。他從口袋裡掏出香菸盒和打火機，排在桌上。香煙是金邊臣的，打火機是金色的都彭。看到這些東西，使我想到所謂貿易不均衡大概是外國政府捏造的謠言。他用兩根手指夾著打火機靈巧地團團轉著。雖然像是到府表演的馬戲團，當然我不記得曾有邀請這樣的團體。

我在冰箱上找了一下，找到很久以前賣酒鋪送的印有Budweiser商標的菸灰缸，我用手指把灰塵擦掉放在男人面前。男人在清脆的聲音之後點著香菸，眼睛瞇細了把煙吐到空中。他身體之小，小得有些奇怪。臉和手腳都小。簡直就像一般人的身體依原樣縮小複製出來的體型。正因為這樣，金邊臣香菸看起來就像新出品的色鉛筆一樣大。

小個子一言不發，一直注視著菸頭燃燒下去。如果是高達的電影，這時候就會有「他注視著香菸燃燒」的字幕出現，但不知道是幸或不幸，高達的電影已經過時了。菸頭足夠的量化成灰之後，他啪啪兩下用手指把菸灰彈落在桌上。菸灰缸則看也不看一眼。

「關於門的事，」小個子以相當響亮而高調的聲音說。「那是有必要破壞所以破壞的。雖然要想乖乖用鑰匙打開也是可以的，所以希望你別介意。」

「我家裡什麼也沒有，我想你只要搜看看就知道了。」我說。

「搜？」小個子好像很吃驚似的說。「搜？」他香菸還含在嘴上，用手啪啦啪啦地摳著手掌。「你說搜？搜什麼啊？」

「我怎麼知道？不過你們不是來找什麼東西的嗎？把門破壞成那樣。」

「我不知道你在說什麼。」男人說。「你一定誤會了。我們並不是想得到什麼。是來跟你談一談的。只有這樣而已。什麼也沒有找，什麼也不想要。有的話倒是想喝可口可樂。」

我打開冰箱，拿出兩罐為了兌威士忌而買的可樂，和玻璃杯一起放在桌上。然後為自己拿一罐惠比壽啤酒。

「他也要喝吧。」我指著後面的大塊頭說。

小個子指頭一勾叫他，大塊頭便一聲不響地過來，拿起桌上的可樂罐。大塊頭動作倒是令人吃驚地靈活。

「喝完後你就秀一下那個。」小個子對大塊頭說。然後轉向我簡短地說：「餘興。」

我回過頭看見大塊頭只一口就把可樂喝乾。他喝完後把罐子倒過來表示一滴不剩之後，便夾在那手掌之間，面不改色地把罐子壓得扁扁的。發出喀沙喀沙報紙被風吹似的聲音，可口可樂的紅色罐子已變成一張金屬片。

「這個誰都辦得到。」小個子說。也許每個人都辦得到，不過我不行。

大塊頭把那扁扁的金屬片用兩根手指抓起來，嘴唇只歪了一下下，就把它撕成兩片。我雖然看過一次將電話簿撕成兩半，卻是第一次看見將壓扁的可樂罐撕成兩半。因為沒試過所以不知道，不過一定很難吧。

「百圓硬幣都可以折彎喏。辦得到的人可不多噢。」小個子說。

我點頭同意。

「耳朵也可以揪下來。」

我點頭同意。

「他三年前是個職業摔角選手。」小個子說。「相當優秀的選手噢。如果不是膝蓋痛恐怕已經進入冠軍等級了。年輕又有實力，速度比外表看起來還快。但膝蓋痛就不行了。摔角速度不快是不行的。」

男人說到這裡看看我的臉。於是我點頭同意。

「從此以後我就照顧他。因為他是我的堂弟啊。」

「你們家族好像不太出中間體型的啊？」我說。

「你再說一次試試看。」小個子直盯著我。

「沒什麼。」我說。

小個子好像猶豫了一下不知道要怎樣，終於放棄地把香菸丟在地上，用鞋底踏熄。對這點我決定不抱怨。

「你要放鬆一點才行噢。把心敞開來，心情放輕鬆。你不relax的話，我們怎麼跟你聊心底話呢？」

小個子說。「你還太緊繃。」

「我可以去冰箱再拿一罐新的啤酒嗎？」

「行啊，當然。這是你的房子你的冰箱你的啤酒不是嗎？」

「我的門。」我說。

「門的事忘了吧。你老想著這些才會那麼緊繃。那門不是便宜貨嗎？薪水那麼高應該搬到門好一點的地方去住才對嘛。」

我放棄門的事，從冰箱拿出罐裝啤酒來喝。小個子在玻璃杯裡注入可樂，等泡沫散去之後喝了一半。

「讓你太混亂也說不過去，所以我說明在先，我們是來幫助你的。」

「把門撞壞？」

我這樣一說，小個子臉忽然變得通紅，鼻孔堅硬地脹起來。

「我不是叫你別再想門的事嗎？」他非常緩慢地說。然後轉向大塊頭重複一樣的問題。大塊頭點頭表示是啊。似乎是個沒耐性的男人。我不太喜歡跟性急的人打交道。

「我是抱著好意來的。」小個子說。「因為你很混亂，所以我們來告訴你很多事情。如果混亂這個說法不好的話，我們就改用疑惑的說法也可以。對嗎？」

「既混亂、又疑惑。」我說。「沒有任何資訊，沒有任何提示，連一扇門都沒有。」

小個子抓起桌上的金色打火機，還坐在椅子上就往冰箱門砸過去。發出一聲不祥的悶響，我的冰箱門清楚地凹陷。大塊頭拾起落在地上的打火機放回原位。一切又恢復原來的狀態，只留下冰箱門上的傷痕。小個子好像要平復心情似地喝掉剩下的可樂。我跟性急的人打交道時，總是不斷想測試對方的耐性。

「那種無聊的門一扇兩扇又怎麼樣呢？想一想事態的嚴重性吧。連這公寓整個炸了都沒關係的，別再提門的事了。」

是我的門，我在心中嘀咕。門便宜不便宜不是問題。門是一種象徵。

「門是沒關係，不過發生這種事說不定我會被趕出這公寓呢。因為這裡住的全是安份守己的人，是個安安靜靜的公寓啊。」我說。

「如果有人對你說什麼，或要把你趕出去，就打電話給我。那麼我會出面好好解決那傢伙。這樣行了吧？不會給你添麻煩。」

雖然我覺得那樣就更麻煩了，不過為了不再刺激他，我默默點頭繼續喝啤酒。

「也許是多餘的忠告，不過三十五歲以後，還是不要有喝啤酒的習慣比較好噢。」小個子說。「啤酒這東西是學生或肉體勞動者的飲料。喝多了肚子會大，又沒有品味。到了一定年紀，還是葡萄酒和白蘭地對身體比較好。利尿的東西對身體的代謝機能會造成傷害，還是少喝為妙。你應該喝更高級的酒啊。一瓶兩萬圓左右的葡萄酒，喝下會覺得身體被洗乾淨似的噢。」

我點點頭再喝啤酒。多管閒事。我為了能盡情喝啤酒，而定期去游泳，慢跑，消除腹部贅肉呢。

「不過我也不好說別人。」小個子說。「誰都有所謂的弱點。我的是香菸和甜食。尤其是甜點簡直少不了。這對牙齒不好，也會造成糖尿病。」

我點頭同意。

他又拿出一根香菸，用打火機點上。

「我是巧克力工廠旁長大的。大概因此而喜歡上甜的東西。說是巧克力工廠，卻不是像森永或明治那樣的大廠牌，而是小而無名的地方工廠，就像糖果店或超市大拍賣時賣的那種粗製濫造的東西。因此總之每天每天都聞著巧克力的氣味。很多東西都染上了巧克力的氣味。窗簾、枕頭、貓之類的一切東西。所以到現在我還是喜歡巧克力。一聞到巧克力的味道就想起小時候。」

他瞄了一眼勞力士錶的面盤。我本來想再提門的事，但似乎說來話長就免了。

「那麼，」小個子說。「沒什麼時間了，閒聊就到此為止。有沒有輕鬆一點了？」

「有一點。」我說。

「那麼，進入正題吧。」小個子說。「就像剛才說過的，我們來這裡是想為你解開一些疑惑。所以如果你有任何疑問，請盡量問。我們能答的都會回答。」

然後小個子面向我做手勢「來吧來吧」的樣子。「什麼都不妨問。」

「首先，我想知道你們是誰？掌握多少情況？」我問。

「很好的問題。」他說。好像要徵求同意似的轉眼看大塊頭。等大塊頭點頭後又把眼睛轉回我這邊。「緊要關頭，腦袋就靈光了。我就廢話少說了。」

小個子把香菸灰彈落在菸灰缸。

「你可以這樣想。我是來這裡幫助你的。至於我現在屬於什麼組織都沒有關係。其次我們幾乎掌握了事態全盤。關於博士、頭骨、混洗資料等事情，我們大概都知道。你不知道的事我們也知道——下一個問題呢？」

「昨天下午，你們收買了瓦斯檢查員來偷頭骨嗎？」

「這剛才說過了。」他說。「我們並不想要什麼頭骨。我們什麼都不要。」

「那麼，那是誰幹的？是誰收買瓦斯檢查員？難道那是幻覺嗎？」

「這個我們不知道。」小個子說。「還有些其他的事我們也不知道。關於博士現在進行的實驗，他正在做什麼我們已逐步掌握，但不清楚那是朝著什麼方向，我們想知道的是那個。」

「我也不知道。」我說。「明明不知道居然還會遇到這麼多麻煩。」

「這個我們知道，你完全不知情，只是被利用而已。」

「那麼你們來這裡什麼也得不到啊。」

「我們只是來打個招呼。」小個子說，並用打火機的角喀喀地敲著桌子。「我們認為還是讓你知道我們的存在比較好。而且彼此能夠把資訊和看法事先聚集起來，以後比較方便。」

「可以讓我想像一下嗎？」

「可以呀。想像成像鳥一樣自由，像海一樣寬廣。誰都阻止不了。」

「我想你們既不是『組織』的人，也不是『工廠』的人。作風跟他們都不一樣。可能是獨立的小組織。而且企圖佔有新的一席。也許打算讓『工廠』那邊吸收。」

「你看吧。」小個子向大塊頭堂弟說。「剛才不是說過嗎？他腦袋可靈光了。」

大塊頭點頭。

「住這麼便宜的房子，奇怪，頭腦居然這麼靈光。老婆都跑掉了，奇怪，頭腦居然這麼好。」小個子說。對我來說已經很久沒有這麼被讚美過了。我臉紅起來。

「你的推測大致都對了。」他繼續說。「我們想弄到博士開發的新方式，然後在這資訊戰爭中佔上風。我們有備而來，資金也夠。因此我們想得到你這個人還有博士的研究。那麼我們就可以徹底推翻『組織』和『工廠』這兩極結構。這是資訊戰爭的好處。非常公平。誰能獲得新的優越系統誰就勝利。而且是決定性的勝利。和實績或任何事情都沒關係。而現在的狀況則明顯地不自然。完全是獨佔狀態嘛。資訊的光明面屬於『組織』，陰暗面則被『工廠』獨佔。沒有所謂的競爭。這怎麼想都違反自由主義經濟的法則。對嗎？你不覺得不自然嗎？」

「這跟我沒關係。」我說。「像我這樣的基層只是像螞蟻一樣在工作而已。其他的什麼都不想。所以如果你們想要我加入你們的話——」

「你好像不明白的樣子。」小個子嘖了嘖說。「我們並沒有要你加入我們這一夥。只說想得到你而已。下一個問題呢？」

「我想知道黑鬼的事。」我說。

「黑鬼是活在地下的東西。他們住在地下鐵、下水道之類的地方，吃都市的殘渣，喝污水過活。幾乎不跟人來往，所以很少人知道黑鬼的存在。一般來說他們不會加害人類，但偶爾也會把獨自闖入地下的人抓去吃。地下鐵工程的工作人員有時候會不明去向。」

「政府不知道嗎？」

「政府當然知道啊。國家不至於這麼傻。他們很清楚——不過也只限於少數高階層的人。」

「那麼為什麼不提醒大家，或驅逐他們呢？」

「首先。」男人說。「讓國民知道會引起大恐慌，對嗎？如果大家知道腳底下有這種莫名其妙的東西在蠢動的話，都不會覺得好過。第二，也沒有辦法消滅。就是自衛隊也不可能鑽到地下去把黑鬼全殺光。黑暗是他們的主場。那麼做會引起大戰哪。」

「此外，還有一點。他們在皇居底下有個不得了的大本營。一旦發生了什麼，就會在半夜裡挖地爬上地面來。上面的人也可能被拉進地底下去。要是這麼一來，日本就天下大亂了。對嗎？所以政府不主動挑釁、不侵擾黑鬼。相反地，如果和他們聯手就可以掌握巨大的力量。無論發動武裝政變或戰爭，和黑鬼聯手出擊絕對不會失敗。因為即使發生核子戰爭，那些傢伙也能生存下去的。不過目前這個階段，誰也沒有和黑鬼聯手。畢竟黑鬼生性多疑，絕對不想和地上的人來往。」

「可是我聽說記號士和黑鬼合作了。」我說。

「這種傳聞是有的。不過就算有這麼回事，那也只是極少部分的黑鬼為了某種理由暫時被記號士拉攏而已，應該沒有其他的意思。我無法想像記號士和黑鬼會永久結盟。應該不必在意這個。」

「不過博士已經被黑鬼綁架了吧。」

「這個我也聽說了。不過詳細情況我們並不清楚。說不定博士為了躲起來而故意演了一齣戲也有可能。因為狀況錯綜複雜，所以發生任何事情都不奇怪。」

「博士想做什麼呢？」

「博士在做特殊的研究。」說著，小個子從各種角度觀看打火機。「他想在計算士組織和記號士組織相抗衡的立場之間，推展獨有的研究。記號士想要超越計算士，計算士也想要排除記號士。博士則投入他的研究，想補足這之間的落差，顛覆原有的世界結構。所以他需要你這個人。而且不是以身為一個計算士的能力，是你這個人。」

「我？」我驚訝地說。「為什麼需要我呢？我並沒有任何特殊的能力，只是個非常平凡的人。無論如何都不可能在顛覆世界的事情上起任何作用哪。」

「我們也在找這個答案。」小個子一面捏轉著打火機一面說。「雖然有點眉目，但還沒有明確的答案。總之他把焦點集中在你身上進行研究。經過長久的時間，已經完成最後階段的準備了，在你不知不覺之間。」

「而你們想在那最後一步結束後，得到我和那研究。」

「可以這麼說。」小個子說。「不過情勢卻起了變化。『工廠』已經嗅到了什麼開始行動了。因此我們也不得不開始動起來。真傷腦筋。」

「『組織』知道這件事嗎？」

「不，大概還不知道吧。雖然某種程度上確實也在嚴密監視著博士的周圍。」

「博士到底是什麼樣的人？」

「博士曾經在『組織』裡工作過幾年。當然雖說是工作但不像你這種實務層級，而是在中央研究室。專攻——」

「『組織』？」我說。事情越來越複雜了。雖然身處於話題的核心，我卻什麼也不知道。

「對，所以博士以前是你的同事。」小個子說。「雖然沒有見過面，但在同一個組織裡這點算得上是同事。雖然屬於同組織，但因為計算士的組織範圍太廣且複雜，加上極度保密，到底什麼事情在什麼地方怎麼樣了，只有極少數的高層人士才知道。換句話說，右手在做什麼左手並不知道，右眼和左眼看到的是不同的東西。簡單說，資訊過多，誰也處理不完。記號士想辦法偷取，計算士想辦法守住。但任何一方的勢力再大，都沒辦法掌握這資訊的洪水。

「於是，博士有自己的想法，他辭掉計算士組織的工作。埋頭做自己的研究。他涉及的領域廣泛。凡是有關大腦生理學、生物學、顱相學、心理學——在研究人類意識的各領域，他都是頂尖的專家。可以說是這個時代稀有的文藝復興式天才學者。」

一想到居然對這樣的人物說明資料洗碼和混洗，就覺得自己很可笑。

「建立現在計算士這一套計算系統的，要說幾乎都是他一個人的功勞也不為過。換句話說，你們就像是工蜂一樣，灌輸了他所開創的 know-how。」小個子說。「這種表現法是不是失禮了？」

「不，不用客氣。」我說。

「接著，博士辭職了。博士一辭職，記號士組織自然立刻來挖角。因為脫離組織的計算士大多都變成記號士。但博士拒絕了。他說因為手上有必須獨自進行的研究。就這樣，博士變成計算士和記號士的共同敵人。對計算士組織來說，他是個知道太多秘密的人，對記號士組織來說，他也是敵方的一員。凡是不屬於自己一方的人就等於敵人。博士也明白這點，因此把實驗室設在緊貼黑鬼巢穴的地方。你不是去過實驗室了嗎？」

我點點頭。

「實在是個好主意。誰也不會靠近那實驗室。因為周圍盡是黑鬼出沒，計算士組織和計號士組織都贏不了黑鬼。他自己要出入的時候就播放黑鬼討厭的音波。這樣一來就像摩西渡紅海一樣，黑鬼一下子全消失了。真是完美的防禦系統。除了那個女孩子之外，你大概是第一個被准許進入的人。換句話說，你的存在如此重要。從各種跡象來看，博士的研究終於來到最後階段，為了完成它而把你叫過去。」

「哦。」我感嘆著。有生以來自己存在的意義從來沒有這樣重要過。自己是重要的存在，這是多麼奇妙的事啊。一下子還真不太習慣。「意思是，」我說。「我為博士處理的實驗資料，只是為了叫我去的餌，實質上沒有任何意義，博士的目的只是要我去而已。」

「不，倒也不是這樣。」小個子說。然後又瞄了手錶一眼。「那資料是設計周密的程式。就像定時炸彈一樣的東西。時間一到就會轟然爆炸。當然這純粹是想像的，正確情形我們也不清楚。不直接問博士是不會知道的。嗯，時間越來越少了，我們的對談也差不多該告一段落了，怎麼樣？接下來我還有一點事呢。」

「博士的孫女怎麼樣了？」

「她怎麼了嗎？」小個子覺得奇怪地問。「我們什麼也不知道噢。總不能樣樣都盯得太緊哪。你是不是喜歡她啊？」

「沒有。」我說。大概沒有吧。

小個子的視線定在我的臉上，從椅子上站起來，拿起桌上的打火機和香菸放進長褲口袋。「我想你已經大致瞭解彼此的立場了。我再補充一點，我們現在有一個計劃。也就是說，現在我們正掌握比記號士更詳細的狀況，在競賽中領先一步。不過我們組織的力量比『工廠』弱得多。他們如果認真起來，我們很可能會被超越，會被擊潰。所以在那之前，對我們來說必須牽制記號士。說到這裡你明白嗎？」

「明白。」我說。很明白。

「不過以我們的力量卻辦不到。於是，我們不得不借助別人的力量。要是你的話會借助於誰的力量？」

「『組織』。」我說。

「看吧。」小個子又對大塊頭說。「就說他頭腦靈光嘛。」然後他又看我的臉。「不過這需要餌。沒有餌的話，誰也不會上鉤。我們要拿你當餌。」

「我可沒什麼興趣。」我說。

「這不是有興趣沒興趣的問題。」他說。「我們也是在拚命啊。現在輪到我們問一個問題——這屋子裡，你最寶貝的東西是什麼？」

「什麼也沒有。」我說。「沒有任何重要的東西。全都是便宜貨。」

「這我們很清楚。不過總有一樣東西希望不要被毀壞的吧？不管怎麼便宜，你總是在這裡生活啊。」

「毀壞？」我吃驚地問。「你說毀壞，是什麼意思？」

「毀壞……就是單純的毀壞呀。像那扇門一樣啊。」說著小個子轉身指著鉸鏈已經飛掉的入口大門。「為了破壞的破壞呀。全部要砸爛噢。」

「為什麼？」

「三言兩語無法說明，而且說不說明，都一樣要毀掉。所以，不想毀掉的東西你就事先交代一聲吧。我們不會為難你呀。」

「錄放影機。」我放棄地說。「電視。這兩樣比較貴，而且剛剛才買的。還有櫃子裡的威士忌存貨。」

「其他呢？」

「皮夾克和新做的三件式西裝。夾克是美國空軍款的飛行夾克，領子有毛的。」

「還有呢？」

我想了一下其他還有什麼重要的東西。什麼也沒有了。我不是那種會在家裡儲存重要東西的人。

「只有這樣。」我說。

小個子點點頭，大塊頭也點點頭。

大塊頭首先走過去把所有櫥櫃一一打開。然後從壁櫥裡扯出鍛鍊肌肉用的健身彈力棒（bullworker），把它繞到身後，來個背面壓。我從來沒有見過有人可以在背後將彈力棒壓住的，因此印象深刻。

然後他以握住棒球棒的姿勢雙手握住把手，走到臥室去。我彎身去看他要做什麼。大塊頭站在電視螢幕前面，把彈力棒舉到肩膀的高度，對準電視的映像管猛揮，一陣玻璃粉碎的聲音，還有好像上百個閃光燈同時閃爆的聲音，我三個月前才買的二十七吋電視便像西瓜一樣地被打爛了。

「等一下……」我邊說著正要站起來，小個子便伸手砰地拍打桌面制止我。

大塊頭接著拿起錄放影機，猛力往電視的稜角砸。按鍵彈飛了好幾個，電線短路冒起一股白煙，像獲得救贖的魂魄一樣飄浮在空中。確定錄放影機已經破壞殆盡之後，他把那化為廢鐵的機器丟在地上，然後從口袋抽出刀子。隨著一聲喀鏘單純明快的聲音，彈出銳利的刀刃。然後他打開衣櫥，把我兩件加起來將近十萬圓的飛行夾克和Brooks Brothers西裝俐落地割破。

「怎麼可以這樣呢？」我對小個子吼道。「你不是說重要的東西不破壞的嗎？」

「我沒這麼說。」小個子若無其事地說。「我問你什麼東西重要。我可沒說不破壞喲。因為是重要的東西所以才要破壞呀。這不是一定的嗎？」

「完了完了。」說著我從冰箱拿出啤酒來喝。然後和小個子兩個人，眼看著大塊頭把我整潔雅致的2LDK（兩房兩廳一廚）公寓徹底破壞的樣子。

14.

世界末日 森林

終於秋天消失了。有一天早晨醒過來張開眼，抬頭一看天空，秋天已經結束了。清爽的秋雲消失了蹤影。取而代之的是沉甸甸的厚雲，像告知不祥消息的使者，從北邊的山脊露出臉來。秋走了之後，接著來的是短暫的空白。既不是秋也不是冬的奇妙空白。對街來說秋是讓人感到愜意的美麗訪客，它的停留卻太短暫，離去又未免太突然了。包裹著獸身體的金黃色澤緩緩失去光輝，簡直像被漂白似的添加白色，告訴大家冬天即將到來。所有生物和所有的現象與事件，都為了防備凍結的季節而縮起脖子，身體僵硬。冬的預感彷彿眼睛看不見的膜一樣覆蓋了街。連風的聲音和草木的窸窣聲、夜的沉靜和人們的腳步聲，都好像含有某種暗示似的變得沉重冷漠，秋天裡令人感覺溫柔舒適的沙洲水聲，也不再撫慰我的心。一切的一切都為了維持自己的存在而將外殼緊緊閉起，開始帶上某種完結性。對他們來說冬季是和其他季節都不同的特殊季節。鳥叫聲變得短促尖銳，偶爾牠們的羽翅拍撲才搖晃了一下那冷冷的空白。

「今年冬天恐怕會格外冷噢。」老上校說。「看雲的形狀就可以知道。你過來看看吧。」

老人把我帶到窗邊，指著覆蓋北邊山脊上黑黑厚厚的雲。

「每到了這個時節，那北邊山脊就會飄來預兆，就像斥候般，我們就可以從雲的形狀，預測冬天寒冷的程度。平板雲表示溫暖的冬。雲越是厚重就表示冬天越寒冷。最糟糕的是雲像展開羽翼的鳥一樣。那樣的雲一出現，就會有天寒地凍的冬天來臨。就是那種雲。」

我瞇細了眼看著北邊山脊的上空。雖然有些模模糊糊的，但也能認出老人所說的雲。雲從北邊山脊的一端到另一端左右狹長，中央像山一樣變得巨大隆起，確實就像老人所說的那樣，形狀像一隻展翼的鳥。一隻不祥的灰色巨鳥越過山脊飛來。

「五十年或六十年一次的嚴寒冷凍的冬。」上校說。「對了，你沒有大衣吧？」

「是啊，沒有。」我說。我只有不太厚的棉上衣而已，入街時配給的。

老人打開衣櫥，從裡面抽出一件深藏青色軍用大衣來，交到我手上。拿在手上，大衣像石頭一樣重，粗粗的羊毛扎扎地刺著皮膚。

「雖然有點重，總比沒有好。前一陣子我為你弄到手的。希望大小能合適。」

我手穿進大衣袖口試試。肩膀幅度有點寬，沒穿慣的話會被那重量壓得路都走不穩，不過還算合身，而且就像老人說的，有比沒有好。

我道了謝。

「你還在畫地圖嗎？」老上校問我。

「是啊。」我說。「還有好些地方沒畫完，可能的話希望能夠完成。好不容易畫到這個地步了啊。」

「畫地圖沒什麼不好。那是你的自由，反正也沒礙著誰。不過我這樣說是為你好，冬天來了還是不要遠行吧。不要遠離有人煙的地方。尤其像今年這樣嚴寒的冬天，多注意總沒錯。這片土地雖然不是特別大，但冬天有很多你所不知道的危險。等春天來了再畫吧。」

「知道了。」我說。「不過所謂冬天是從什麼時候開始的？」

「雪。從下第一片雪開始冬天就來了。而沙洲的積雪溶化的時候冬天才結束。」

我們一面看著北邊山脊的雲，一面喝著早晨的咖啡。

「還有，這也是一件很重要的事。」老人說。「冬天開始之後，盡可能不要靠近牆。還有森林。冬天裡這些東西會開始擁有強大的力量。」

「森林裡到底有什麼？」

「什麼也沒有啊。」考慮了一下老人說。「什麼也沒有。至少對我和你來說，那裡沒有我們需要的東西。對我們來說森林是不必要的場所。」

「森林裡沒有人嗎？」

老人打開暖爐，清掉裡面的灰，放進幾根細木柴和煤炭。

「大概從今晚開始就得昇起暖爐的火。」他說。「這木柴和煤炭是在森林裡採的。還有香菇、茶葉之類的食物也是在森林裡採的。從這方面的意義來說森林對我們是必需的。但只有這樣而已。除此之外什麼也沒有。」

「那麼這樣一來，總有一些挖煤炭、砍柴、採香菇的人生活在森林裡面吧？」

「這倒是。住了幾個人。他們採集煤炭、薪柴、香菇供給街裡，而我們則給他們穀物和衣服之類的。這種交換每星期一次在特定場所由特定的人進行。除此之外沒有別的交往。他們不靠近街，我們不靠近森林。我們和他們是完全不同種類的存在。」

「怎麼個不同法呢？」

「在所有的意義上。」老人說。「幾乎在所有想得到的方面，他們和我們都不同。我勸你不要對他們懷有什麼興趣。他們是危險的，可能會給你什麼不良的影響。因為說起來，你是個還沒安定下來的人啊。在你還沒好好安定在應該安定的地方之前，最好不要靠近不必要的危險比較好。森林就只是森林。在你的地圖上只要寫上『森林』就行了。明白嗎？」

「明白了。」

「還有冬天的牆是再危險不過的。一到了冬天牆會更嚴密地把街封緊。確認我們已經實實在在沒有差錯地被圍在裡面。在這裡發生的事沒有一件能夠逃過牆的眼睛。所以你不應該和牆擁有任何形式的關聯，也不能靠近。我說過很多次了，你是個還沒有安定的人。會疑惑、會矛盾、會後悔、會脆弱。冬天對你來說是最危險的季節。」

但在冬天來臨之前，我還是必須到森林去探個究竟。約好交給地圖給影子的時間快到了，而他又命令我去調查森林。只要查完森林地圖就可以完成了。

北邊的山脊雲緩慢而確實地擴張那羽翼，伸展到街的上空後，太陽光的金黃色光輝便急速減弱。

天空像被覆蓋上一層細細的灰一樣朦朧地陰暗下來，光則微弱地停滯在那裡。而這對於我受傷的眼睛來說，正是最理想的季節。天空不再晴朗，狂野的風也趕不走那沉重的雲了。

我沿著河邊的路進入森林，為了避免迷路，我決定盡量跟著牆走以調查森林的內部。這樣的話也可以在地圖上畫出圍著森林的牆的形狀。但這絕不是輕鬆的探索。途中有溝壑，深深切入的樣子簡直就是地面完全陷落的痕跡似的，有比我身高還要高得多的巨大野莓叢。有阻擋去路的濕地，到處佈滿了黏糊糊的大蜘蛛網，纏滿我的臉、脖子和手。有時聽得見周圍草叢裡有東西在悄悄蠢動的聲音。巨大的枝幹覆蓋在頭上，把森林染成海底一般陰暗的顏色。樹根上長滿大大小小各式各樣五顏六色的蕈類，看起來就像恐怖皮膚病的病兆一樣。

但只要一離開牆，稍微踏進森林深處一點，裡面的世界便令人感到不可思議的安靜與和平。在人跡罕至的自然深處，帶來大地的新鮮氣息充滿了四周，使我的心變得沉靜且鬆弛下來。這地方在我眼裡並不像上校警告我的那樣危險。這裡有樹木、花草和小生物所帶來無限生命的循環，就連一顆石頭和一塊泥土都令人感覺到生機。

越遠離牆往森林深處前進，這樣的印象就越強烈。不祥的影子急速變薄，樹形和草葉的色彩變得逐漸安穩，鳥聲似乎也逐漸清亮起來。隨處出現些開闊的小草地，像是將林木間縫隙縫合起來的溪水，也不再像牆附近的森林裡那流水令人感覺緊張和陰鬱。為什麼風景會產生這樣大的差異呢？我真不明白。或許牆的力量使森林的空氣錯亂了，或許只是地形上的問題也不一定。

雖然說越往森林裡走心情越舒坦，但我還是不能完全遠離牆。森林裡面很深，一旦迷路了連方向都認不出來。既沒有路也沒有標誌。所以我維持視野眼角包含牆的距離，一面小心地走進森林。對我來說，森林到底是友方還是敵方並不容易判定，那寧靜舒坦的感覺或許只是要把我誘入其中的幻影也不一定。不管怎麼說，正如老人所指出的一樣，對這個街來說，我還是個脆弱而不安定的存在。再小心也不過份。

也許因為我還沒有真正踏進森林深處的關係吧，我沒發現住在森林裡的人的任何痕跡。既沒有腳印，也沒有人手碰過什麼東西的形跡。我半是害怕、半是期待著在森林裡遇見他們，但試著走了幾天也沒注意到暗示他們存在的任何事情。我推測或許他們是住在更深的地方吧。或者他們巧妙地避開我了。

在第三天或第四天的探索時，我正好在東牆往南大轉彎的那一帶，發現牆邊有一片小草地。草地像被曲折的牆夾住似的呈扇狀，附近緊密相依的樹木也只在這個部分不插手而留下一片小空間。唯有這一個小區域很奇怪，居然看不見牆邊風景特有的荒涼和緊張感，卻散發著像在森林深處看見的安詳與寧靜。豐美的短草像地毯一般柔軟地覆蓋地面，上方被切出一片形狀奇妙的開闊天空。草地的一端留有幾個石頭基座，顯示過去這裡曾經有建築物。走過去看那一個個基座，可以知道那是相當不錯格局標準的建築。至少不是隨便拼拼湊湊建造的小屋。有三個獨立的房間，有廚房、浴室和玄關的門廳。我一面踏著那遺跡，一面試著想像那建築物還存在時的樣子。但我不明白誰為了什麼目的在這森林深處建造房子，又為了什麼原因全都拆除了呢。

廚房內側還留下石井的遺跡，但井裡塞滿了土，上面長滿茂密的野草。也許是將這裡拆除的人那時候把井填掉了吧。不知道為什麼。

我坐在井邊，靠在古老石欄上抬頭望著天空。樹將天空的一部分圍成半圓形。從北邊山脊吹來的風則使枝葉微微搖晃著，發出沙啦沙啦的聲音。含著濕氣的厚雲從那空間緩慢地橫切而過。我把上衣領子立起來，守望著雲的緩緩流動。

建築物廢墟背後聳立著牆。在森林裡我第一次這樣靠近地看牆。從這樣貼近所看見的牆，名副其實感覺好像在呼吸著一樣。坐在東邊森林洞開的一片原野上，背靠著一口古井，側耳傾聽風的聲音，我覺得好像可以相信守門人所說的話。如果這個世界有完全的東西，那就是牆。而且那可能是原本一開始就存在那裡的。就像雲在天空流動，雨在大地造成河川一樣。

要把牆畫進一張地圖裡實在過於巨大了，那氣息實在太強烈，曲線實在太優美了。而我為了把那牆的模樣描繪進素描簿裡而被一股無止盡的無力感所襲。牆隨著眺望角度的不同，表情便產生令人難以相信的巨大改變，以至於難以正確掌握。

我閉上眼睛，決定小睡片刻。雖然尖銳的風聲不停響著，但樹和牆則為我阻擋了那冷冷的風。睡前我想起我的影子。該是交給他地圖的時候了。當然細部並不正確，森林內部幾乎空白，但冬天已迫在眉睫，冬天一來不管哪一條路都不可能再繼續探索下去。我在素描簿裡把街的大致形狀和每個地方所有東西的位置和形態畫出來，並在筆記上把我所得知的事實記下來。接下來影子應該可以根據這個想出一些什麼來吧。

對於守門人是不是肯讓影子和我見面，我沒有自信，但他曾經答應過我，等白天變短影子力量變弱之後可以和我見面的。冬天即將接近的現在，應該已經符合那個條件了。

我還是閉著眼睛，試著想想圖書館的那個女孩。但越想她，我心中的失落感越加深。雖然我無法確定那是從什麼地方而來又如何產生的，但可以確定那是純粹的失落感。我正在失去有關她的什麼，我想。而且是不斷失去中。

雖然我每天都和她見面，但那事實並沒辦法填補我心中空白的加大。當我在圖書館的一個閱覽室裡讀著古夢時，她確實是在我身邊。我們一起吃晚飯，一起喝熱飲料，然後我送她回家。我們一面走著一面談各種事情。她談關於父親和兩個妹妹的日常生活。

但把她送到家分手之後，覺得我的失落感好像比和她見面之前更加深了。我沒辦法處理那難以捉摸的失落感。那口井實在太深、太暗，不管有多少土都填滿不了。

我推測那失落感或許和我所喪失的記憶在什麼地方是連接的。我的記憶在向她求取什麼，但我自己卻無法對那做出回應，所以那差距才會在我心中留下難以彌補的空白。然而那對目前的我是無法處理的問題。我自身的存在還太脆弱而不確定。

我把腦子裡的各種複雜念頭趕走，讓意識沉入睡眠中。

從睡眠中醒來時，周圍的溫度下降之大令我吃驚。我不禁打了個寒戰，把上衣緊緊裹在身上。天暗下來了。我從地上站起來，把沾在大衣上的草拍掉，最初的第一片雪打在我的臉頰上。抬頭看天，雲比以前垂得更低，更增添那不祥的陰暗。可以看見有幾片形狀模糊的大雪片從天上隨著風緩緩飄落地上。

冬天來了。

離開那裡之前，我又再望了一次牆的模樣。在飄雪的陰暗沉滯天空下，更加凸顯牆那完美的態勢。當我抬頭望牆時，感覺到好像他們在俯視著我似的。他們像剛剛睡醒的原始生物一般叉開雙腿站在我面前。

你為什麼在這裡？他們彷彿這樣問我。你在找什麼？

但我回答不了那問題。冷空氣中的短暫睡眠把我身體裡面所有的溫熱都奪走了，一種形態模糊的奇怪混合物正在注入我腦裡。那簡直就像是別人的身體、別人的腦袋一樣的感覺。一切都變得沉重，而且模糊。

我盡可能眼睛不朝向牆，快速穿過森林走向東門。路很長，而且陰暗一刻比一刻加深。身體失去了微妙的平衡感。因此我在途中好幾次不得不站定下來，喘氣，調集繼續走下去的力氣，把分散掉的遲鈍神經整理集中。覺得黃昏的黑暗中好像混雜著什麼東西沉重地壓在我身上。在森林裡彷彿聽見號角的聲音，但不管怎麼樣，那只從我的意識穿過幾乎不留任何痕跡。

好不容易走出森林來到河邊時，地表已經被深深的黑暗所包圍。沒有星星也沒有月亮，只有帶著雪的風和冷冷的水聲支配著周遭，背後聳立著被風搖晃著的黑暗森林。接下來到底花了多少時間才跋涉到圖書館的，我已經想不起來。我所記得的只是沿著河邊的道路一直無止盡地繼續走著。黑暗中柳枝搖曳，頭上風在呻吟，路怎麼走都走不完。

她讓我坐在暖爐前，把手放在我額頭上。那手極端地冷，因此我的頭好像插進了冰柱一樣疼痛。我出於反射地想把那手揮開，但我的手抬不起來，勉強想抬起來時就噁心想吐。

「你發高燒啊。」她說。「到底上哪兒去做了什麼了？」

我想回答她什麼，但所有的話語都從我的意識消失了。甚至無法正確理解她的話語。

她不知道從什麼地方找了幾條毛毯來，把我包了好幾層，讓我躺在暖爐前。她讓我躺下時頭髮碰到我的臉頰。我不要失去她，我想，但那念頭是從我自己的意識中發出的呢？還是從古老記憶的片段中浮上來的呢？我無法判斷。失去的東西實在太多了，我實在太疲倦了。在那樣的無力感中，我感覺到自己的意識正一點一點地喪失。一種宛如意識逕自要上昇而去，肉體卻全力阻攔的奇妙分裂感向我襲來。我不知道該投向哪一方才好。

在那段時間裡她一直握著我的手。

「睡吧。」我聽得見她這樣說。感覺上就像是從遙遠的黑暗深處花了漫長時間才終於來到的言語。

15.

冷酷異境

威士忌、拷問、屠格涅夫

大塊頭在流理台把我所儲存的威士忌一瓶不剩地——連一瓶也沒留下來——敲破了。我和附近的酒鋪老闆熟了之後，就請他每次有進口威士忌大減價時幫我送一些來，現在已經有相當的庫存量了。

他首先敲碎兩瓶Wild Turkey，其次移到Cutty Sark，解決三瓶I. W. Harper，敲碎兩瓶Jack Daniel's，埋葬了Four Roses，粉碎了Haig，最後把半打Chivas Regal全部一起抹殺。聲音固然驚人，氣味則更不用提。因為他把我準備喝半年的威士忌一次全敲碎了，所以那不是普通的氣味。整個屋子裡全瀰漫著威士忌的氣味。

「光待在這裡就會醉啊。」小個子似乎頗佩服地說。

我只好坐在桌邊托著腮，望著堆在流理台水槽裡的瓶子碎片。俗話說扶搖直上之後必是一落千丈，有形之物終將消弭於無形。在瓶子的碎裂聲中，夾雜著大塊頭男人刺耳的口哨聲。與其說是口哨聲，聽起來更像拽下一段潔牙用的牙線，在空氣裂開的鋸齒狀隙縫間來回拉劃搓擦的噪音。我不知道這支曲子的名稱——其實，它連旋律都稱不上。那頂多是牙線在空氣隙縫的上方拉扯、在空氣隙縫的中間搓劃、在空氣隙縫的下方磨擦罷了，聽得我幾乎精神崩潰。我扭了扭脖子，灌下一口啤酒，胃囊旋即發硬，硬得像跑外務的銀行員拎的那種皮殼公事包。

大塊頭繼續無意義的破壞。當然對他們來說或許具有某種意義，但對我來說則沒有任何意義。大塊頭把床翻過來，床墊用刀子割破，衣櫥裡的東西全部扯出來，書桌抽屜全部倒空在地上，冷氣機的面板扯掉，垃圾筒翻倒，壁櫥的內容全部掃出來，並把有必要的各種東西敲壞。作業迅速，手法俐落熟練。

臥室和客廳化為廢墟之後，大塊頭轉到廚房。我和小個子移到客廳，把靠背已經破破爛爛被翻倒過來的沙發搬回原位，坐在上面，看著大塊頭破壞廚房的樣子。沙發表面幾乎沒有受傷實在是不幸中的大幸。坐起來非常舒服的上等良質沙發，我是向認識的攝影師便宜買來的。那個攝影師是廣告攝影方面技術高超的專家，但精神狀況出了問題隱居到長野縣的深山裡去，因此把工作室的沙發便宜讓給我。我對他的精神狀況衷心感到惋惜，但能夠得到那沙發還是覺得很幸運。總之這樣一來至少我不必重新買沙發。

我坐在沙發右端雙手捧著罐裝啤酒，小個子在左端蹺起腿靠在扶手上。發出這麼大的聲音，住在公寓裡的人居然沒有一個過來打探。住在這一層樓的大多是單身，除非有什麼例外，否則平常白天幾乎都沒人在。他們或許知道這樣的情況，所以毫無顧忌地盡情發出巨大聲響吧？可能是這樣。他們都心知肚明。他們看來很粗暴，其實從頭到尾每個細節都是精準執行的。

小個子有時看看勞力士錶，檢點著作業的進展情形，大塊頭並不做多餘白費的動作，屋子裡的東西一樣一樣不遺漏地破壞下去。如果像這樣搜尋東西的話，大概連一根鉛筆也藏不了吧。但他們——正如小個子一開始宣稱的那樣——什麼也沒搜。他們只是破壞而已。

為什麼呢？

大概他們想讓第三者以為在搜什麼吧？

第三者是誰？

我停止思考，喝完啤酒的最後一口，把空罐放在矮几上。大塊頭把餐具櫃打開玻璃杯掃落地上，然後解決盤子。咖啡壺、茶壺、鹽罐、砂糖罐、麵粉罐全部打破。米散落一地。冰箱冷凍庫裡的冷凍食品也遭遇相同的命運。一打左右的冷凍蝦、牛排肉塊、冰淇淋、最高級的牛油、三十公分長的鮭魚和事先做好的番茄醬，都隨著有如隕石群落在柏油路上稀哩嘩啦地全掃落在塑膠地板上。

接著大塊頭用雙手舉起冰箱，轉到前面，把門的那面朝下推倒在地。冷卻器附近的配線大概斷了，爆出細細的火花。我不知道該怎麼向來修理的電器行解釋故障原因，真頭痛。

破壞就像開始時一樣，突然結束。沒有「但是」、「如果」、「然而」、「雖然」，一瞬間破壞完全停止，沉默在周圍蔓延。口哨也停止了，大塊頭站在廚房和客廳中間的門檻上，以呆呆的眼神望著我。我的房間化為廢料到底花了多少時間，我不知道。十五分或三十分左右。比十五分長，比三十分短。但從小個子看勞力士錶面盤時滿足的表情，我想那可能很接近破壞一間２ＬＤＫ公寓所需要的標準時間吧。從跑馬拉松全程的時間到使用一次衛生紙的時間，世上真是充滿了各式各樣的標準值。

「整理可能很花時間噢。」小個子說。

「是啊。」我說。「也很花錢。」

「錢在這時候不是大問題。這是戰爭。計算金錢就打不贏戰爭。」

「不是我的戰爭。」

「不是誰的戰爭的問題，也不是誰的金錢的問題。戰爭就是這麼回事。看開一點吧。」

小個子從口袋拿出雪白的手帕摀著嘴，咳嗽兩、三次。然後檢視了一會兒手帕再收回原來的口袋裡。這也許是我的偏見吧，我不太信任帶手帕的男人。我有很多這一類的偏見。所以不太受歡迎。不受歡迎就增加更多偏見。

「我們回去以後不久，『組織』的人就會來。然後你就告訴他們我們的事。說我們襲擊你的房子想要找什麼。而且被問到『頭骨在哪裡』。但關於頭骨的事你什麼也不知道。懂了嗎？不知道的事無法奉告，沒有的東西拿不出來。就算是被拷問也是這樣。所以我們就像來的時候一樣空手回去了。」

「拷問？」我說。

「你不會被懷疑的。他們不知道你去過博士那裡。知道這件事的，目前只有我們而已。因此不會危害到你。因為你是成績優良的計算士，他們一定會相信你說的話。所以會認為我們是『工廠』的人。然後開始行動。他們都已經計畫好了。」

「拷問？」我說。「你說拷問，是什麼樣的拷問？」

「等一等會好好告訴你。」

「如果我把真相全盤向本部的人說出來呢？」我試著問。

「如果那麼做，你就會被他們消滅掉。」小個子說。「這不是謊話也不是威脅。是真的。你瞞著『組織』到博士那裡去，做了被禁止的混洗。光是這個就已經不得了了，何況博士還拿你來做實驗。這可就麻煩大了。你目前的處境遠比你自己想像的更危險。你聽清楚噢，坦白說，你現在就像單腳站在橋的欄杆上一樣。要掉到哪一邊你最好仔細想清楚。受傷了再後悔就太遲了。」

我們從沙發的一端和另一端注視著彼此的臉。

「我想問一件事。」我說。「我幫助你們向『組織』說謊的好處到底在哪裡？因為在現實問題上我是屬於計算士的『組織』，比較起來我對你們一無所知。為什麼我非要跟自己人說謊，跟外人聯合不可呢？」

「很簡單哪。」小個子說。「我們幾乎掌握了你所處的全部狀況，還放你一條生路。你的組織對你所處的狀況還幾乎完全不知道。如果知道了，可能會消滅你。我們的賠率高得多。簡單吧？」

「但『組織』遲早會知道狀況啊。雖然不知道那是什麼樣的狀況，但『組織』非常巨大，而且不是傻瓜。」

「大概吧。」他說。「但那還要花一點時間，順利的話或許在那時間內我們和你都已經把各自的問題解決了。所謂選擇就是這麼回事。例如會選可能性多百分之一的那一邊。就像下西洋棋一樣。將被將軍時就逃。四處逃著的時候說不定對方會有什麼失誤出現。不管多強的對手都不保證不會犯錯。那麼——」

說著他看了一下手錶，然後向大塊頭啪一聲打了個彈指。小個子一彈響指，大塊頭就像通了電的機器人一樣突然抬起下巴，迅速走到沙發前面來。像一座屏風似的兩腿叉開站在我面前。不，與其說是叉腿站著，不如說像露天汽車電影院的大銀幕比較接近。前面變得什麼也看不見。天花板的燈光完全被他的身體遮住，色調暗淡的影子把我包圍住。我忽然想起小學時候，在校園裡觀察日蝕的事。大家用蠟燭把玻璃板熏黑，用那代替濾光鏡看太陽。這早已經是四分之一世紀以前的事了。好像是這四分之一世紀的歲月把我運到這奇怪的場所來似的。

「那麼——」他又重覆一次。「接下來要讓你稍微不太好過。我想要說是稍微也好——要說是相當不愉快也不妨。只好請你想成這也是為你自己好而忍耐了。我們並不是想做才做的。是沒辦法。把長褲脫掉吧。」

我只好把長褲脫掉。跟他作對也沒用。

「跪在地上。」

我依照他說的從沙發上站起來，跪在地毯上。只穿運動衫和內褲，膝蓋著地，那不知有多麼奇怪。但還沒有時間深入思考，大塊頭就已經繞到我背後，兩手伸到我脅下，在腰間抓住手腕。他的動作乾淨俐落。雖然沒什麼被強力控制的感覺，但我試著動一下身體時，肩膀和手腕就像撕裂似的疼痛。然後他用自己的腳把我的腳踝緊緊固定住。於是我便像被擺在射擊遊戲攤架子上的玩具鴨一樣動彈不得。

小個子走到廚房，拿起大塊頭放在桌上的彈簧刀走回來。然後彈出七公分長的刀刃，從口袋掏出打火機把刃尖仔細烤過。刀子本身是攜帶式，印象並不兇暴，但一眼就能看出那不像附近雜貨店賣的便宜貨。要割裂人類的身體只要這種大小的刀就足夠了。人體和熊不一樣，是像桃子一樣柔軟的，因此只要堅固的七公分刃，大多數目的都可以達成。

刃尖烤過消毒之後，小個子男人暫時安靜地等溫度消退。然後他用左手抓住我白色內褲腹部的鬆緊帶，往下拉到露出一半陰莖的地方。

「會有點痛，忍耐一下噢。」他說。

我感到像網球一般大的一團空氣，從胃部往喉嚨正中央一帶上昇湧起。發覺鼻頭冒出汗來。我在害怕。害怕自己的陰莖恐怕要受傷了。陰莖要是受傷就永遠不能勃起了。

但小個子並沒有傷害我的陰莖。他在我肚臍下方五公分左右的部分，橫向切下大約六公分。還留有熱度的小刀銳利刃尖，輕輕吃進我的下腹部，就像用尺畫線一樣地往右走。我一瞬間想縮回腹部，但被大塊頭從背後扣住，絲毫動彈不得。而且小個子還用左手緊緊握住我的陰莖。我感覺好像冷汗正從全身的毛孔冒出來似的。隔了一瞬間之後忽然一陣鈍重的疼痛湧上來。小個子用衛生紙把沾在刃上的血擦掉然後收起刀刃，大塊頭才放掉我的身體。眼看著血把我白色內褲逐漸染成紅色。大塊頭從浴室幫我拿來乾淨的毛巾，我用那壓住傷口。

「縫個七針就好。」小個子說。「當然是會留下一點傷痕，不過在那地方人家應該看不見吧。雖然覺得有點難過，不過這也是難免的事情，只有請你忍耐了。」

我把毛巾拿開，看看被割的傷口。雖然傷口並不怎麼深，但還是可以看見帶血的淡粉紅色的肉。

「我們離開之後，『組織』的人會來，你就讓他們看傷口。說我們還威脅你如果不說出頭骨在什麼地方就要割更下面的地方。不過你真的不知道在哪裡所以沒辦法說。我們才放棄回去了。這就是拷問。我們要是認真起來會做得更厲害，不過現在這個程度就夠了。下次有機會再讓你見識更厲害的啊。」

我用毛巾壓著下腹部，默默點頭。雖然說不上什麼原因，但覺得似乎照他們說的做比較好。

「不過那個可憐的瓦斯公司職員真的是你們僱的吧？」我試著問。「然後故意失敗，好讓我有戒心，把頭骨和資料藏到別的地方去？」

「頭腦真好啊。」小個子說著看著大塊頭的臉。「腦袋就是要這樣用的，這就可以生存下去了。要是順利的話。」

然後二人組便離開了房子。他們沒有必要開門，也沒有必要關門。大門那鉸鏈都已經飛了，門框變形的不鏽鋼門如今正對全世界敞開。

我把被血沾污的內褲脫掉丟進垃圾桶，用浸濕的柔軟紗布把傷口周圍的血擦掉。身體前後彎曲時傷口便撕裂似地陣陣疼痛。運動衫下襬也沾上了血只好丟掉。然後我從散落一地的衣服裡，選了顏色即使沾上血也不太醒目的T恤和小版型的內褲穿上。光是這樣就費了好大的勁。

然後我走進廚房喝了兩杯水，一面想事情一面等「組織」的人來。

三個總部的傢伙來了是在三十分鐘後。一個是固定來我這裡拿資料回去的聯絡員，是個傲慢的年輕小伙子。他和平常一樣穿著深色西裝、白襯衫，打著像銀行貸款員一樣的領帶。另外兩個人穿著網球鞋，像貨運公司作業員一樣的裝扮。雖說如此，但他們看起來根本不像銀行員或運貨員。只是裝成那樣不起眼的樣子而已。眼睛不斷注意周圍，全身肌肉緊繃得可以應付任何事態。

他們自然沒有敲門，穿著鞋就進到我屋裡來。在作業員模樣的兩人檢查屋裡每一個角落時，聯絡員則聽取我的事件描述，從上衣內部口袋抽出黑色筆記本，用自動鉛筆記下事情要點。我說有兩個人來，到處搜頭骨，並把腹部的傷口讓他看。對方看了一下傷口，對那並沒有陳述任何感想。

「你說的頭骨，到底是什麼？」他問。

「不知道。」我說。「我還想問呢。」

「你真的不記得嗎？」年輕聯絡員以沒有抑揚頓挫的聲音說。「這是非常重要的事，所以請你好好回想一下。以後是不能訂正的噢。記號士沒有根據是不會採取無謂行動的。如果他們來你這裡到處搜頭骨的話，那是因為有根據顯示在你屋子裡有頭骨。無風不起浪。而且那頭骨擁有值得一搜的價值。無法想像你和那頭骨沒有任何關係呀。」

「你頭腦那麼好的話，可以告訴我那頭骨有什麼意義嗎？」我說。

聯絡員用自動鉛筆筆尖喀喀地敲著筆記的角落一會兒。

「我們會查清楚。」他說。「徹底地查。我們只要認真起來，大多事情都會弄清楚。而且如果知道你隱瞞了什麼，那麻煩可大了。這也沒關係嗎？」

沒關係，我說。會發生什麼已經管不了了。未來的事情誰也無法預測。

「我們隱約感覺出記號士有什麼企圖。他們已經開始行動了。但還不清楚他們具體的目標是什麼。也不曉得那和你有什麼關係，頭骨又意味著什麼。但只要線索越多，我們就越接近事態的核心。這個錯不了。」

「那我該怎麼辦呢?」

「要小心哪。保持警覺和休養。工作暫時取消。有什麼事情的話請立刻跟我們聯絡。電話可以用嗎?」

我拿起話筒。電話還好好的。那兩個人大概故意留下電話吧。不知道為什麼。

「可以用。」我說。

「記住,」他說。「不管多小的事情都請立刻跟我聯絡。不要想自己解決。也不要想隱瞞什麼。他們是認真的。下次不會像這次在肚子上抓抓癢就放過你的。」

「抓癢?」我不禁脫口而出。

作業員模樣在屋子裡檢查的兩個人完成工作回到廚房來。

「徹底搜過的樣子。」年紀大的說。「什麼也沒遺漏,手法很老練。是專業的幹的。一定是記號士沒錯。」

聯絡員點頭後,兩個人便走出屋子,只留下我和聯絡員。

「為什麼找頭骨要把我的衣服也割破呢?」我試著問。「那種地方藏不了頭骨啊。不管是什麼頭骨。」

「他們是專家。專家會想到各種可能性。也許你把頭骨寄放在寄物櫃,把那鑰匙藏在什麼地方。鑰匙的話什麼地方都可以藏啊。」

「原來如此。」我說。有道理。

「不過記號士有沒有向你提出什麼條件？」

「條件？」

「也就是拉攏你加入『工廠』的條件呀。金錢或地位之類的。或相反的威脅。」

「這些倒是什麼也沒提。」我說。「只是割肚皮逼問頭骨的事而已。」

「這樣吧，你好好聽著。」聯絡員說。「如果他們提出這一類事情誘惑你，你都不能接受噢。如果你變節背叛的話，我們就是追到天涯海角也會把你幹掉。這可不是說假的噢。說到做到。我們有國家支持，沒有辦不到的事。」

「我會小心。」我說。

他們回去之後，我重新整理一次事情的發展經過。但不管多麼有要領地整理，我都得不到答案。問題核心在於博士到底要做什麼，不明白這個的話什麼都無法推理。而且那個老人腦子裡到底轉著什麼念頭，我心裡完全沒有概念。

只有一件事是可以確定的，那就是我因為情勢所逼已經背叛了「組織」。如果這被知道的話——遲早會被知道——就會像那傲慢的聯絡員預言的一樣，我一定會被逼進非常麻煩的處境。就算是因為被威脅不得不說謊。就算他們認為情有可原，還是不會原諒我吧。

想到這些傷口又開始痛起來，因此我從電話簿裡查出附近計程車行的號碼叫了計程車來，決定去醫院治療。我在傷口上蓋一塊毛巾，再穿上一件寬鬆的長褲，穿上鞋子。為了穿鞋子彎身向前時，痛到身體好像要從正中央斷成兩半似的。肚子只被割了二公釐或三公釐深而已，人類就會變得這樣悽慘。既不能正常穿鞋，也不能上下樓梯。

我搭電梯下樓，坐在玄關花台邊等計程車來。手錶指著下午一點半。距離二人組撞破門還不到兩個半小時。真是漫長的兩個半小時。感覺上好像已經過了十個鐘頭似的。

提著購物籃的主婦接二連三從我面前通過。從超市紙袋口露出蔥和蘿蔔。我有點羨慕她們。冰箱沒有被敲壞，肚子沒有被割傷。只要想想蔥和蘿蔔的調理法和孩子的成績，世界就可以和平地運作。沒有必要抱著獨角獸的頭骨讓頭腦被莫名其妙的暗碼或複雜的處理程序所煩擾。這就是日常生活。

我想到應該正在廚房地板上，現在應該正在繼續解凍的蝦子和牛肉、牛油和番茄醬汁。今天之內大概必須吃掉。然而我卻毫無食慾。

郵差騎著一輛紅色本田小狼過來，俐落地把郵件分別投進排在玄關旁的信箱裡。看上去有郵件塞得滿滿的信箱，也有完全沒有郵件的信箱。我的信箱他碰都沒碰。看也不看一眼。

在信箱旁邊有印度橡膠樹盆栽，花盆裡丟有冰棒棍和菸蒂。印度橡膠樹看來也和我一樣疲倦的樣子。大家都走過來隨便丟菸蒂，破壞葉子。這地方什麼時候出現印度橡膠樹盆栽，我根本想不起來。從那骯髒的情況看來，盆栽已經在那裡很久了。我每天從那前面經過，卻一直等到肚子被刀割傷落得在玄關等計程車，才留意到橡膠樹的存在。

醫生看過我肚子的傷口之後，問我為什麼會受傷？

「因為女人的關係，起了一點糾紛。」我說。也只能這樣說明。誰都看得出這顯然是刀傷。

「這樣的話，我們有義務報警噢。」醫生說。

「報警不太好。」我說。「我也有錯，而且幸虧傷得不深，我想還是私下解決好了。拜託。」

醫師嘀嘀咕咕地抱怨一番，最後還是答應了。讓我躺在床上，幫我消毒傷口、打了幾針，拿了針和線來，手法俐落地縫合傷口。縫合之後，護士一面以懷疑的眼光偷瞄我一眼，一面在患部貼上厚厚一層紗布，用橡皮帶似的東西把我腰部固定一圈。連自己都覺得這樣子看起來好奇怪。

「盡量不要做激烈運動。」醫師說。「喝酒、性交，或笑得太厲害都不行。暫時念念書悠閒過日子吧。明天再來。」

我道過謝在窗口付了錢，領了消炎止膿藥回到公寓。然後依照醫師指示，躺在床上看屠格涅夫的《羅亭》。本來是想看《春潮》的，但要在廢墟一般的屋子裡找出一本書實在是難如登天，而且想想《春潮》比起《羅亭》也不見得是更優秀的小說。

腹部纏著繃帶，從黃昏開始就躺在床上讀屠格涅夫的古老小說，覺得任何事情好像都無所謂了。這三天裡所發生的事情，沒有一件是我自己找的，每一件都是從對方過來的，我只是被捲進去了而已。

我走到廚房，在威士忌酒瓶碎片堆積如山的流理台裡小心地試著翻動。幾乎所有酒瓶都已經敲得粉碎變成四處散落的玻璃碎片了，只有一瓶 Chivas Regal 還幸運地留下無傷的下半瓶，瓶底還留有一玻璃杯左右的威士忌。我把它倒進玻璃杯，透過電燈光線照看看，並沒有玻璃碎片。我拿著玻璃杯回到床上，一面喝著溫溫的純威士忌，一面繼續看書。我上一次看《羅亭》是在大學時代，已經是十五年前的事了。隔了十五年，肚子纏著繃帶讀起這本書來，我發現比以前對主角羅亭好像比較能夠懷著善意的心情了。人是無法自己糾正缺點的。人的性向大體上在二十五歲以前就已經定了，往後不管再怎麼努力都無法改變本質。問題變成要看外在世界對這性向是如何反應。威士忌的醉意也幫了忙，我同情起羅亭。雖然我幾乎不會同情出現在杜斯妥也夫斯基小說裡的人物，但對屠格涅夫的人物卻立刻就能產生惻隱之心。對《八七分局》系列裡出場的人物也會同情。大概因為我自己的人性裡有各種缺點吧。缺點多的人對同樣缺點多的人比較容易同情。杜斯妥也夫斯基小說的出場人物所擁有的缺點往往不讓人覺得是缺點，因此我對他們的缺點無法投注百分之百的同情。而托爾斯泰的情形則是那缺點有規模過大而一成不變的傾向。

讀完《羅亭》之後，我把那文庫本丟到書架上，又再到流理台去尋找威士忌的殘骸。我發現靠底下的地方，還留下很少一點點黑標的Jack Daniel's，便倒進玻璃杯，回到床上，這次拿起斯湯達爾的《紅與黑》。總之我好像比較喜歡跟不上時代的小說。現在這個時代到底有多少年輕人讀《紅與黑》呢？不管怎麼說，我一面看著《紅與黑》，一面又同情起朱里安・索雷爾來了。朱里安・索雷爾的情況，在於缺點似乎在十五歲以前就決定了，這事實也引起我的同情。在十五歲的時候人生的一切要素都被固定了，這即使是從外人眼裡看來也覺得非常可憐。那就像把自己關在一個堅固的牢獄裡一樣。封閉在被牆所包圍的世界裡，繼續走向幻滅。

有什麼打動了我的心。

是牆。

那個世界是被牆圍起來的。

我把書闔起來，一面把所剩無幾的Jack Daniel's送進喉嚨深處，一面想著被高牆圍起來的世界。那牆和門的樣子相當簡單地就浮現出來。非常高的牆，非常大的門。還有靜悄悄的。而且我自己就在裡面。不過我的意識非常模糊，無法看清楚周圍的風景。雖然可以清楚知道整個街的細部，但只有我周圍卻極模糊不清。而那薄紗的另一頭有人正在呼喚著我。

那簡直就像電影裡的畫面一樣，因此我試著回想過去看過的歷史電影中有沒有那樣的場景。但《萬世英雄》、《賓漢》、《十戒》、《聖袍千秋》、《萬夫莫敵》都沒有那種畫面。那麼這大概是我胡亂捏造出來的吧。

那牆一定是在暗示我被限定的人生，我想。那靜悄悄的則是消音的後遺症。周遭的風景模糊朦朧是因為我的想像力面臨毀滅的危機。正在呼喚我的大概是那穿粉紅色套裝的女孩。

片刻之間的妄想和簡易的分析之後，我又翻開書。但我的意識再也無法集中在書上了。我的人生是虛無的，我想。是零。什麼也沒有。過去我做了什麼？什麼也沒做。我帶給誰幸福了？沒有帶給誰幸福。擁有什麼嗎？什麼也沒有。既沒有家庭，也沒有朋友，連一扇門都沒有。也沒有勃起。連工作都可能要丟了。

我人生最終目標的大提琴和希臘語的和平世界也正面臨危機。現在如果工作丟了就不再有經濟上的餘裕，而且會被「組織」追到天涯海角，不再有閒工夫去背希臘語的不規則動詞啊。

我閉上眼嘆了一口像印加的井般深的嘆息。然後再回到《紅與黑》。失去的東西既然已經失去，想東想西也不會再回來。

一回神發現天已經完全黑了，屠格涅夫—斯湯達爾式的黑暗低垂在我周遭。腹部傷口的疼痛大概因為一直安靜躺著，變得比較不痛了。像遠方在敲大鼓一樣隱隱鈍重的疼痛偶爾從傷口往側腹部的方向跑，只要忍得住那一陣子，後來就可以忽略傷口。手錶指著七點二十分，依然沒有食慾。清晨五點半配牛奶吞進那粗糙的三明治，然後在廚房吃了馬鈴薯沙拉之後，就什麼也沒吃，但光想起食物，胃就變得僵硬起來。我疲倦而睡眠不足，加上連肚子都被割破，一屋子就像被小矮人的工兵隊爆破似的一團混亂。沒有餘地讓食慾進來。

我幾年前曾經看過世界被廢棄物埋成廢墟的近未來科幻小說，屋裡的光景簡直就是那個樣子。各種不必要的廢物散落一地。割破的三件式西裝、毀壞的錄放影機、電視、破花瓶、斷了頭的立燈、踩破的唱片、融化的番茄醬汁、扯斷的喇叭線……散得到處是的襯衫、內衣，大多都被鞋印踐踏過，有的沾上墨水、有的沾上葡萄汁、幾乎都不能穿了。我三天前剩的半盤葡萄原來就那樣放在床邊的桌上，結果滾落地上被踏得稀爛。珍藏的康拉德和哈代小說被花瓶污水濺得濕透了。劍蘭的切花像獻給戰死者的悼念花束一樣散落在米黃色喀什米爾毛衣的胸上。毛衣袖口沾上一個高爾夫球那樣大的百利金西德製皇家藍墨水印。

一切都化為廢物了。

無處可去的垃圾山。微生物死後變成石油，大樹倒下變煤炭。但在這裡的一切都是無處可去的純粹廢物。壞掉的錄放影機到底能去什麼地方？

我又再走進廚房一次，試著翻找流理台裡威士忌酒瓶的破片。遺憾的是威士忌已經一滴也不剩了。剩下的威士忌並沒有流進我的胃裡，而是順著排水管下降到地下的虛無裡，像希臘神話中的奧菲斯一樣下降到黑鬼所統治的世界去了。在流理台裡搜尋摸索的時候，右手中指尖被碎玻璃割破了。我一時看著血從手指上淌出，滴滴答答落在威士忌酒標籤上的樣子。一旦受過大傷，小傷就變得一點都無所謂了。從手指尖滴血出來，人是死不了的。

一直到Four Roses的標籤染紅為止，我任由血繼續流，但等了很久血還流個不停，我只好用衛生紙擦擦傷口，用OK繃把手指尖裹起來。

廚房地板上罐裝啤酒像砲擊戰後的砲彈筒一樣滾了七、八罐。拾起來一看，罐子表面已經一點也不冰了，但不冰的啤酒還是比沒有好。於是我用雙手把啤酒罐一一撿起來抱著回到床邊，一面繼續看《紅與黑》一面小口小口啜著啤酒。對我來說，希望藉著酒精把這三天以來身體所積壓的緊張解開來，然後好好睡一覺。不管明天會有多少麻煩——一定不會錯——我希望能在地球像麥可．傑克森轉一圈的時間裡沉沉昏睡。新的麻煩以新的絕望來迎接就行了。

接近九點時睡魔來襲。在像月球背面一樣荒蕪的小小房間裡，睡意竟然也會來臨。我把看了四分之三的《紅與黑》丟在地上，把逃過屠殺的讀書燈熄掉，側過身弓著背入睡。我是荒蕪房間裡的胎兒。在適當的時刻到來之前，誰也不能妨礙我睡覺。我是披著麻煩外衣的絕望王子。直到ＶＷ．ＧＯＬＦ汽車那麼大的蟾蜍跑來吻我之前，我都要繼續昏睡。

但是事與願違，睡眠只持續了兩小時。夜裡十一點，穿粉紅色套裝的女孩來了，搖著我的肩膀。我的睡眠好像廉價大拍賣似的。大家都輪流跑來，好像在測試中古車輪胎的狀況一樣踢著我的睡眠。他們應該沒有這權力的。我雖然老舊了卻不是中古車啊。

「不要煩我。」我說。

「喂！拜託，起來呀。拜託。」女孩說。

「不要煩我。」我反覆地說。

「現在不是睡覺的時候啊。」她說，用拳頭敲打著我的側腹部。像打開地獄門似的劇烈疼痛貫穿我全身。

「拜託。」她說。「這樣下去世界就要終結了。」

16.

世界末日 冬天來臨

醒過來時，我躺在床上。床上有熟悉的氣味。那是我的床。房間是我的房間。但一切的一切都好像和以前有一點不同。看起來簡直像配合著我的記憶重現的風景。天花板的漬痕，泥灰斑駁的牆壁傷痕，一切的一切。

看得見窗外下著雨。像冰一樣清楚的冬雨正降落地面。也聽得見雨打屋頂的聲音。但無法正確掌握那距離感。感覺屋頂好像就在耳邊，又好像在一公里外似的。

窗邊看得見上校的身影。那位老人坐在搬到窗邊的椅子上，像平常一樣背脊挺得筆直，一動也不動地望著外面的雨。我無法理解老人為什麼如此專注地看雨。雨只是雨。雨只是打著屋頂、濡濕大地、注入河川而已的東西。

我想舉起手來摸摸自己的臉，但舉不起來。一切都非常沉重。想要出聲告訴老人這件事，連聲音都出不來。肺裡面的空氣團塊推不上來。身體每個角落的機能好像都徹底喪失了。只能夠張開眼睛眺望窗戶、雨和老人而已。我的身體到底為什麼會損壞到這個地步？我想不起來。試著回想，頭就像要裂開似地疼。

「冬天了。」老人說。然後用手指敲著玻璃窗。「冬天已經來了。這下子你知道冬天的可怕了吧。」

我輕輕點頭。

對了——是冬天的牆讓我吃了苦頭。而我——走出森林跋涉到圖書館。我忽然想起她的頭髮拂過我臉頰的觸感。

「圖書館的女孩送你回來這裡。守門人幫忙扶你。你發高燒做惡夢。流了好多汗。多到可以用桶子裝。那是前天的事了。」

「前天……」

「是啊，你已經睡了整整兩天了。」老人說。「甚至讓人以為你永遠醒不來了呢。你是不是到森林裡去了啊？」

「對不起。」我說。

老人把暖爐上熱著的鍋拿下來，盛了一些湯到盤子裡。然後把我扶坐起來，拿靠墊讓我倚著。墊子發出類似骨頭的嘎吱聲。

「先吃點東西。」老人說。「有什麼事情要想或是要道歉都等一下再說。有沒有食慾？」

沒有。我說。連吸進空氣都嫌麻煩。

「不過這個是非喝不可。只要喝三口就行了。喝三口之後，不再喝也行。喝三口就完了。能喝吧？」

我點點頭。

加了藥草的湯苦得叫人想吐，但我總算喝了三口。喝完之後全身幾乎虛脫。

「這樣行了。」老人把湯匙放回盤子裡說。「有點苦，但這湯可以把你的惡汗逼出來。再睡一覺，醒來以後你就會覺得好多了。放心睡吧。你醒來的時候我還會在這裡。」

醒過來時，窗外已經一片漆黑。強風吹著雨粒打在窗玻璃上。老人在我枕邊。

「怎麼樣?覺得舒服一些了吧?」

「好像比剛才輕鬆多了。」我說。「現在幾點?」

「晚上八點。」

我想從床上起來，但身體還有些搖搖晃晃。

「你要去哪裡?」老人問。

「圖書館。我必須去讀夢。」我說

「傻瓜。現在的你五公尺都走不了啊。」

「可是不能休息呀。」

老人搖搖頭。「古夢會等你的。守門人和女孩都知道你暫時動不了。何況圖書館也沒開。」

老人嘆著氣走到暖爐前面，倒了一杯茶回來。風維持著一定的頻率敲著窗子。

「我發現你好像喜歡那女孩子噢。」老人說。「我並沒有打算聽，不過不聽都不行。因為一直陪在你身邊啊。人一發燒就會說夢話。也沒什麼好害羞的。年輕人誰都會戀愛的。不是嗎？」

我默默點著頭。

「她是個好女孩。而且非常擔心你。」說著老人啜一口茶。「不過以情勢的發展來說愛上她不太適當。我雖然不太想說這種事情，不過在這節骨眼上我必須告訴你一些事情。」

「為什麼不適當呢？」

「因為她不能回報你的心意。這也不能怪誰。既不是因為你，也不是因為她。如果一定要說的話，那是因為世界的構成。這是不能改變的。就像河流不能逆流一樣。」

我在床上坐起來，用兩手搓著臉頰。覺得臉好像縮小了一圈似的。

「你大概是指心吧？」

老人點點頭。

「因為我有心而她沒有，所以不管我多麼愛她，都得不到什麼回報是嗎？」

「是啊。」老人說。「你只會持續失去而已。如你所說的，她沒有心這東西。我也沒有。誰都沒有。」

「但你不是對我這麼親切嗎？你關心我，不眠不休地看護我。那不是心的一種表現嗎？」

「不，不一樣。親切和心是完全不一樣的東西。親切是一種獨立的機能。說得正確一點是表層的機能。只是習慣而已，和心不同。所謂心是更深、更強的東西。而且是更矛盾的東西。」

我閉上眼睛，把散在各個方向的想法一一收集起來。

「我是這樣想的，」我說。「人們失去心是因為影子死掉了，對嗎？」

「沒錯。」

「她的影子已經死掉了，沒辦法把心拿回來對嗎？」

老人點點頭。「我到區公所，試著查過她的影子的紀錄。所以不會錯。那個孩子十七歲的時候影子就死了。影子依照規定被埋在蘋果林裡。埋葬也留有紀錄。其他詳細情形你不妨直接去問她。這樣可能比從我口中聽到的更讓人信服。不過我想補充一件事，在懂事之前，那孩子的影子就已經被剝離了。所以她應該不記得自己身上曾經有過心的存在才對。像我這樣上了年紀才自願捨棄影子的人不一樣。我是因為這樣才能推測你心意的動向，但她是不能的。」

「不過她還清楚記得母親的事。聽她說她母親好像還留有心呢。即使在影子死了以後也是。雖然不知道為什麼會這樣，但這有沒有什麼幫助？或許她多少還是會被這樣的心牽扯著？」

老人搖了幾次杯子裡涼掉的茶然後慢慢喝掉。

「你呀。」上校說。「不管是什麼樣的心的片段都逃不過牆。就算還留有這樣的東西，牆也會全部吸掉。如果吸不了就會放逐。她的母親好像就是被這樣處分掉的。」

「你叫我不要有任何期待是嗎？」

「我只是不想讓你失望而已。這街很強，而你很弱。經過這次的事你應該很明白了啊。」

老人凝視著手上的空杯裡好一會兒。

「不過你可以得到她。」

「得到？」我問。
「對。你可以跟她睡覺，也可以跟她一起生活。在這街裡，你可以得到你想要的東西。」
「但沒有所謂的心存在是嗎？」
「沒有心。」老人說。「不過你的心終究也會消失。消失之後不會失落，也沒有失望。無處可去的愛也會消失。只留下生活。只留下平靜而悄然的生活。你可能喜歡她，她也可能喜歡你。如果你希望的話，那就是你的。誰都沒辦法把那奪走。」
「真不可思議。」我說。「我還有心，但常常覺得自己的心迷失了。不，也許應該說不迷失的時候比較少。儘管如此我還是確信有一天它會回來。這信心支持著所謂的『我』這個存在，讓我盡量能集成一體。因此喪失心到底是怎麼一回事我不太能夠想像。」
老人平靜地點了幾次頭。
「你多想想吧。還有時間。」
「我會試著想一想。」我說。
後來很長一段時間裡太陽都沒有露面。退燒之後我起床走去開窗，呼吸戶外的空氣。能夠起床後，有兩天身體還是沒有力氣，連樓梯的扶手或門把都握不牢。在那期間上校每天黃昏都讓我喝那苦藥草湯，做粥似的東西給我吃。然後在枕邊講古老戰爭的往事給我聽。他從此不再提她或牆，我也不敢再多問。如果有什麼該告訴我的，他都應該已經告訴我了。

第三天我恢復到可以借老人的手杖，在官舍周圍慢慢散步了。試著開始走時，發現身體變得非常輕。大概因為發燒體重減少了，但又覺得原因不只是這樣而已。冬天使我周圍的一切都加上不可思議的重量。而只有我一個人，無法進入那個有重量的世界裡去。

從官舍所在的山丘斜坡可以眺望街的西半部。看得見河、看得見鐘塔、看得見牆，而且最遠處可以看見模模糊糊像是西門似的東西。戴上黑色眼鏡，我視力減弱的眼睛無法再一一分辨更細微的風景，但仍然可以看出冬天的空氣賦與這街過去所沒有的明確輪廓。那簡直就像從北邊山脊吹下來的季節風，把囤積在這街每個角落裡色調曖昧的灰塵全都吹走似的。

望著街的時候，我想起必須交給影子的地圖。由於臥病在床，使得交地圖給影子的日期已經比約定的延遲了將近一星期。影子或許在擔心我，或許以為我已經遺棄他了。想到這裡我不禁黯然。

我向老人要了一雙舊鞋子。把鞋底拆開，裡面塞進摺疊變小的地圖，再把底裝回去。我確信影子可能會把那鞋子拆開找到地圖。然後我把那雙鞋子交給老人，問他能不能幫我去見影子，直接交給他。

「他只穿一雙薄薄的運動鞋，我想積雪以後恐怕腳會凍壞。」我說。「守門人不太能信任。要是你的話應該可以見到我的影子吧。」

「這個程度的事應該沒問題。」老人說著收下鞋子。

黃昏時分老人回來了，說鞋子已經直接交給影子了。

「他在擔心你喲。」上校說。

「他的樣子怎麼樣？」

「好像對寒冷有點不適應。不過還沒問題。沒什麼值得擔心的。」

發燒之後的第十天傍晚，我終於可以走下山丘到圖書館去了。

一推開圖書館的門，或許是心理作用，覺得建築物裡的空氣好像比以前沉悶。像長久被遺棄的房子一樣，感覺不到人的氣息。暖爐熄滅了、水壺是冷的。打開水壺一看，裡面的咖啡白白地混濁著。天花板感覺比以前高得多。電燈也關著，只有我的鞋聲在那昏暗中發出奇怪的灰撲撲的聲音。沒有她的蹤影，櫃台上積著薄薄的灰塵。

因為不知道該怎麼辦才好，於是我在木頭長椅上坐下，決定等她。門沒有上鎖，因此她應該會出現的。我冷得發抖，繼續等待。但不管等多久她還是不出現。只有黑暗加深而已。好像全世界只剩下我和圖書館，其他所有的事物都消滅似的。只有我一個人被留在世界末日裡。不管手伸得多長都碰不到任何東西。

房間也帶著冬天的重量。裡頭所有東西好像都被牢牢釘在地板上或桌上。一個人坐在黑暗裡，覺得身體的各部分都失去應有的重量，正任意伸展或收縮似的。那簡直就像站在歪曲的鏡子前面，一點一點移動著身體。

我從長椅上站起來，打開電燈開關。然後從桶子裡掏出煤炭放進暖爐裡，擦著火柴點上火，然後再回到長椅上。電燈點亮之後，覺得黑暗反而變得更深，升起暖爐的火之後，反而變得更寒冷似的。

也許我太深入地沉進自我裡面，也許留在我體內的疲憊把我誘入短暫的睡眠中，忽然覺醒時，她已經站在我面前，低頭安靜看著我。由於背後承受著黃色粉末似的粗糙電燈光線，她的輪廓帶著一層模糊的陰影。我抬起頭看著她的身影一會兒。她和平常一樣，穿著同樣的藍色外套，綁成一束的頭髮撩到前面塞進衣領裡面。她的身上有冬風的氣息。

「我以為妳不來了呢。」我說。「我一直在這裡等著。」

她把水壺裡的舊咖啡倒在流理台，用水洗過，裡面加了新的水放在暖爐上。然後把頭髮從衣領裡撩出來，脫掉外套掛在衣架上。

「你怎麼會以為我不來了呢？」她說。

「不知道。」我說。「只是這樣覺得。」

「只要你需要我，我就會來。你需要我吧？」

我點點頭。確實我需要她。和她見面，不管會令我的失落感加深多少，我還是需要她。

「我想談一談妳的影子。」我說。「也許我在古老世界遇見的是妳的影子也說不定。」

「嗯，是啊。我第一次也是這樣想。那次你說你也許見過我的時候。」

我坐在暖爐前，暫時注視著裡面的火。

「我四歲的時候，影子就被帶走，放出牆外去。從此影子在外面的世界生活，我在裡面的世界。她在那裡做什麼我都不知道。就跟她對我一無所知一樣。我十七歲的時候，我的影子回到這街來，然後死去。影子快要死的時候都會回到這裡來。於是守門人把她埋在蘋果林裡。」

「於是妳就完全變成街的居民了？」

「對。我的影子和剩下的心一起被埋掉了。雖然你說心這東西是像風一樣的，但更像風的其實是我們吧？我們什麼也不想，只是通過而已。既不會老化，也不會死去。」

「妳的影子回來時妳和她見過面嗎？」

她搖搖頭。「不，沒見過。我覺得好像沒有理由見她。她和我一定是完全不同的東西吧。」

「但那或許是妳自己也不一定。」

「或許。」她說。「不過不管怎麼樣，現在都一樣了。籬已經封閉起來了。」

暖爐上水壺開始發出聲音，但那對我來說好像是從幾公里外傳來的風聲似的。

「即使這樣你還要我嗎？」

「要。」我回答。

17.

冷酷異境

世界末日、查理・派克、定時炸彈

「拜託。」胖女孩說。「這樣下去世界就要終結了。」

管他什麼世界，完蛋算了，我想。我腹部的傷口像惡鬼般疼痛。就像精力充沛的雙胞胎男孩用四隻腳拚命踢著我想像力有限的狹窄框框一樣。

「怎麼了？哪裡不舒服嗎？」她問。

我靜靜地深呼吸，拿起旁邊的T恤襯衫，用那衣襬擦擦臉上的汗。

「有人在我肚子上割了六公分哪。」我好像吐出一口氣似的說。

「用刀子？」

「像撲滿的開口一樣。」我說。

「什麼人為了什麼這麼過份？」

「不知道。不認識。」我說。「我剛才就一直在想。不過不知道，我還想問人呢。為什麼大家都把我當做玄關墊一樣踐踏呢？」

她搖搖頭。

「我在想那二人組是不是妳認識的人呢。那動刀子的傢伙。」

胖女孩滿臉莫名其妙的表情，注視著我的臉一會兒。「你怎麼會這樣想？」

「不知道。大概是想怪什麼人吧。把莫名其妙的事情推給別人之後，會輕鬆一些。」

「但什麼也沒解決。」

「什麼也沒解決呀。」我說。「不過那並不是我的錯。事情不是我挑起的。是妳爺爺加上油，打開開關的。我只是被捲進去而已。為什麼一定要我來解決呢？」

激烈的疼痛又回來了，所以我閉上嘴，像守平交道的人一樣等著它通過。

「今天的事也一樣。首先是妳一大早打電話來。然後說妳爺爺失蹤了，要我幫忙。我趕出去了，妳卻沒有出現。回到家正在睡覺時來了奇怪的二人組把我房間徹底破壞，又用刀子割我的肚子。接著『組織』的人來了，把我盤問一番。然後最後是妳來了。簡直就像事先排好了時間表一樣嘛。好像籃球的陣形一樣。妳到底知道多少事情？」

「老實說，我知道的事和你知道的相差不多。我只是幫祖父做研究，照他說的做而已。做這個做那個，來這裡去那裡，打打電話寫寫信，就這樣。祖父到底想做什麼，我跟你一樣完全猜不透啊。」

「但妳在幫忙做研究不是嗎？」

「說是幫忙，也只不過處理資料或這種程度技術的事而已。我幾乎沒有任何專業知識，就算實際看到聽到也完全不能理解呀。」

我一面以指尖敲著前齒，一面整理思路。需要一個突破口啊。在狀況完全把我這存在吞沒之前，有必要多理解一點。

「剛才妳說過，再這樣下去世界就要終結了對嗎？那是怎麼回事？世界為什麼會終結？怎麼終結？」

「不知道。祖父這樣說啊。他說如果他現在出了什麼事，世界就終結了。祖父不是會拿這開玩笑的人。如果他說世界就要終結，那麼世界真的就要終結了。真的，世界即將終結了。」

「我不太明白。」我說。「世界就要終結，到底是怎麼回事？妳爺爺確實是說『世界就要終結』嗎？不是『世界會毀滅』或『世界會被破壞』之類的嗎？」

「嗯，是啊，他說：『世界就要終結』啊。」

我又一面敲著前齒，一面思考與世界的終結。

「那麼……那個……世界的終結是在什麼地方和我有關係囉？」

「是啊。祖父說過你是鑰匙啊。他說他從幾年前開始就把重點集中在你一個人身上繼續研究著呢。」

「請妳再多回想一點。」我說。「定時炸彈到底是指什麼？」

「定時炸彈？」

「用刀子割傷我肚子的人這樣說過。說我為博士處理的資料就像定時炸彈一樣，只要時間一到，就會爆炸。到底是怎麼一回事？」

「這只是我的想像。」胖女孩說。「我想祖父一直都在研究人的意識。自從他創造了混洗資料系統之後一直在研究這個。我覺得混洗資料系統應該也是一切的開始吧。因為在他開發出混洗資料系統以前，祖父跟我談過很多事。關於他自己的研究，現在在做什麼，再來要做什麼。就像剛才說過的那樣，我幾乎沒有任何專業知識，但祖父的話卻非常易懂而且有趣。我最喜歡兩個人這樣談話了。」

「但是混洗系統完成之後他卻不太說話了對嗎？」

「嗯，對。祖父一直窩在地下的實驗室，完全不跟我談專業方面的事了。我問他什麼，他也只是敷衍而已。」

「那真寂寞啊。」

「是啊，非常寂寞。」她又凝視著我的臉一會兒。「嗨，我可以到床上去嗎？這裡非常冷啊。」

「只要妳不碰我的傷口，不要搖我的身體。」我說。怎麼好像全世界的女孩子都想鑽到我床上來似的。

她走到床的另一側，依然穿著粉紅色套裝就窸窸窣窣地鑽進棉被裡來。我把疊著的兩個的枕頭給她一個，她拿過去就砰砰地翻身拍鬆，然後放到頭下面。她的脖子像第一次見面時一樣有哈密瓜的香味。我費力地翻身轉向她。於是我們就在床上面對面了。「我第一次跟男人這麼靠近。」胖女孩說。

「哦。」我說。

「我也很少上街。所以沒辦法找到約定的地方。正想問你怎麼走的時候，聲音就消掉了。」

「妳只要跟計程車司機講什麼地方，就會把妳載到啊。」

「我幾乎沒帶錢。出來的時候非常慌張，完全忘了需要錢的事。所以只能走路來呀。」她說。

「沒有其他的家人嗎？」我問。

「我六歲的時候，父母和兄弟都車禍死了。坐在車上的時候，卡車從後面撞上來，引起汽油起火，全都燒死了。」

「只有妳被救起來？」

「我那時候住院，大家正在來看我的路上。」

「原來如此。」我說。

「然後我就一直在祖父身旁。既沒去上學，幾乎都不出門，也沒有朋友……」

「沒上學？」

「嗯。」女孩若無其事地說。「祖父說沒必要去上學。祖父教我每一門學科。從英語、俄語到解剖學。烹飪和裁縫是歐巴桑教的。」

「歐巴桑？」

「住在家裡幫忙做家事和清潔的歐巴桑。人非常好。三年前得了癌症死了。歐巴桑死了以後就只有我和祖父兩個人。」

「那麼從六歲開始就沒上過學嗎？」

「嗯，是啊。不過這也沒什麼不得了的。因為我什麼都會呀。我會四種外國語，會彈鋼琴吹薩克斯風，會組裝通訊機器，學過航海術和走鋼索，書也看了不少。三明治也做得不錯吧？」

「嗯。」我說。

「祖父說學校教育只是花十六年時間，把腦漿磨損而已。祖父也幾乎沒上過學喲。」

「真了不起。」我說。「不過沒有同年齡的朋友，不覺得寂寞嗎？」

「不曉得。因為我非常忙，沒時間想這種事。而且我想我和同年齡的人大概也談不來……」

「哦。」我說。也許是這樣。

「不過我對你非常有興趣喲。」

「為什麼？」

「因為，你好像很疲倦的樣子，疲倦這件事好像正變成一種能量似的。這種事，我不太清楚。我所認識的人沒有一個是這種類型的人。祖父是絕不會疲倦的，我也是。嘿，你真的很疲倦嗎？」

「確實很疲倦。」我說。就算重複說二十次都可以。

「疲倦是怎麼樣的感覺呢？」女孩問。

「情緒的各部分都變得不明確。對自己憐憫、對別人憤怒、對別人憐憫、對自己憤怒——就是這麼回事啊。」

「這些我全都不太明白。」

「最後會變得什麼都不明白。就像轉動塗了各種顏色的陀螺一樣，轉得越快區別越不明確，結果變成一片混沌。」

「真有意思。」胖女孩說。「你對這種事情非常清楚噢？一定是。」

「對。」我說。對蠶食人生的疲勞感，或對從人生中心汩汩湧起的疲勞感，我可以說出上百種之多。這也是學校教育不會教的東西之一。

「你會吹薩克斯風嗎？」她問我。

「不會。」我說。

「你有查理・派克的唱片嗎？」

「我想有，但現在實在不是找得到的狀態，而且音響設備也被弄壞了，總之沒辦法聽。」

「你會什麼樂器嗎？」

「什麼也不會。」我說。

「可以摸一下你的身體嗎？」女孩子說。

「不行。」我說。「摸錯地方會非常痛。」

「傷好了可以摸嗎？」

「傷好了之後，如果世界還沒終結的話可以。總之現在繼續談重要的事吧。我們談到妳爺爺完成洗碼資料系統之後，人格完全變了。」

「嗯，對了。從此以後祖父完全變了。變得不太開口，脾氣古怪，老是自言自語。」

「他──妳爺爺──對混洗系統怎麼說，妳記得嗎？」

胖女孩一面用手指摸著耳朵上的金耳環，一面思考起來。

「他說過混洗資料系統是通往新世界的門。本來這是為了重組輸入電腦的資料而開發出來的補足手段，但他說要是會用的話說不定可以擁有改變世界組成的力量噢。就像原子物理產生核子炸彈一樣。」

「也就是說，混洗系統是通往新世界的門，而我是那門的鑰匙？」

「綜合起來，大概就變成這樣了吧。」

我用指甲敲著前齒。真想喝大玻璃杯裡放有冰塊的威士忌，但我房間裡的冰塊和威士忌都已經絕跡了。

「妳想妳爺爺的目的是終結這個世界嗎？」我問。

「不。不是這樣。祖父雖然確實是個彆扭而任性孤僻的人，但其實是個非常好的人。就跟我和你一樣。」

「謝謝妳。」我說。這輩子第一次被人這樣說。

「而且祖父非常害怕這研究被人誤用。所以祖父不會用在壞的方面。祖父辭掉『組織』的工作，也是認為如果繼續研究下去，『組織』一定會拿來用在壞的方面。所以決定辭職，一個人繼續研究。」

「不過『組織』是在世界好的一方啊。因為他們和從電腦偷取資料流給黑市的記號士組織對抗，在保護資訊的正當所有權哪。」

胖女孩一直注視我的臉，然後聳聳肩。「不過祖父好像不太把哪一邊是善、哪一邊是惡當問題喲。他說善和惡是人類根本資質層次的屬性，他說和所有權的歸屬方向是不同的問題。」

「嗯，或許是吧。」我說。

「還有祖父對所有種類的權力都不信任。雖然祖父確實曾經有一段時期屬於『組織』，但那是為了能夠自由使用豐富數據和實驗材料，還有大型的模擬機器。所以完成複雜的混洗系統之後，他說自己一個人進行研究比較輕鬆且有效。混洗系統完成之後，就不再需要設備，也就是說只剩下思考性的作業了。」

「哦。」我說。「妳爺爺從『組織』辭職的時候，沒有把我個人的資料拷貝帶出來嗎？」

「不知道。」她說。「不過，如果他想這樣做的話應該做得到。因為祖父是『組織』的研究所所長，對資料的持有和利用擁有全部權限。」

大概正如我所想的。博士把我個人的資料帶出來，利用在自己私人的研究上，拿我當做主要樣本把混洗理論推展到極尖端的地步。這樣很多事情都可以說得通了。正如小個子說的一樣，博士已經達到這研究的核心了所以把我叫過去，把適當的資料給我，設計使我在混洗時的意識對隱藏在那裡面的特定編碼產生反應。

如果是這樣的話，我的意識——或潛意識——已經開始反應了。定時炸彈，小個子說。我試著在腦子裡計算一下我做完混洗之後到現在所經過的時間。結束醒過來是昨天夜裡十二點前，所以自此經過了將近二十四小時。相當長的時間了。雖然不知道定時炸彈到底被設定在幾小時後爆炸，但總之時鐘的指針已經走過二十四小時之多了。

「還有一個問題。」我說。「妳剛才說『世界即將終結』對吧？」

「嗯，是啊。祖父這樣說的。」

「妳爺爺說『世界終結』，是開始研究我的資料之前？還是之後？」

「之後。」她說。「我想大概是這樣。因為祖父是最近才正確地說出『世界即將終結』的。怎麼了？有什麼關係嗎？」

「我也不太清楚。不過好像有什麼令人擔心。因為我混洗的密碼就叫做『世界末日』啊。我實在不認為這只是巧合。」

「你的『世界末日』是什麼樣內容的東西？」

「我也不知道。這一方面既是我的意識，但又隱藏在我碰不到的地方。我所知道的，只有『世界末日』這個名稱而已。」

「這不能拿回來嗎？」

「不可能。」我說。「就算派出一個師的兵力也沒辦法從『組織』的地下保險櫃裡偷出來。警戒既森嚴，又有設計特殊的裝置。」

「祖父利用地位把那帶出來了嗎？」

「大概吧。不過這純屬推測。接下來除了直接問妳爺爺沒有別的辦法。」

「那麼你願意幫忙從黑鬼手上救出我祖父了？」

我用手壓著傷口，從床上坐起來。頭腦的深處陣陣抽痛。

「大概不得不這樣吧。」我說。「雖然我不知道妳爺爺所說的『世界末日』到底是什麼意思，但總之不能不管。我覺得如果不設法阻止的話，大概有什麼人要倒大楣了。」而那個什麼人大概就是我自己。

「不管怎麼樣，為了這個你也不能不救我祖父了。」

「因為我們三個都是好人？」

「是啊。」胖女孩說。

18.

世界末日
讀夢

我在無法看透內心的情況下，回到古夢的閱讀作業上。一方面冬天正逐漸加深，總不能老是拖拖拉拉不開始工作。就算是暫時的，至少在集中精神讀夢的時候，我可以忘記內心的失落感。

但另一方面，越投入讀古夢，我心中另一種形式的無力感就越來越強。那無力感的原因在於不管怎麼讀，我都無法理解古夢向我訴說的訊息。我能讀它——卻解不開那意思。就像每天每天都讀著不懂意思的文章一樣。就像每天望著流過的河水。我什麼地方也到不了。讀夢的技術雖然進步了，那也無法讓我得到安慰。只是技術進步了，能夠很熟練地讀更多古夢，而繼續這作業的空虛感反而更加明顯了。人們為了進步可以持續那應有的努力。但我卻無以為繼。

「我不知道古夢到底意味著什麼。」我對她說。「妳以前說過從頭骨讀古夢是我的工作噢。但那只是通過我體內而已。我既無法理解任何事情，而且越讀越覺得我自己逐漸耗損了啊。」

「話雖這麼說，但你好像被什麼迷住了似的繼續讀著夢啊。那又是為什麼？」

「不知道。」我說著搖搖頭。我是為了填滿失落感而集中精神在工作上。但原因不只是那樣，我自己也很清楚。就像她所指出的，我確實像被什麼迷住了似的專注在讀夢中。

「我想那大概也是你自己的問題吧。」她說。

「我自己的問題？」

「我想你必須把心放開來才行。雖然我不太懂關於心的事，但我可以感覺到你的心好像關閉得緊緊的。就像古夢在求你讀一樣，你自己應該也在渴求著古夢啊。」

「為什麼這樣想呢？」

「所謂夢讀這種人就是這樣啊。就像季節一到鳥就往南或北飛一樣，夢讀都繼續讀夢。」然後她伸出手，越過桌子疊在我手上。然後微笑。她的微笑令人感覺好像從雲間透出來的柔和春光一樣。

「把心放開一點。你不是囚犯哪。你是追求讓夢在空中飛翔的鳥啊。」

結果我只好拿起一個個古夢試著專心探索了。我從排列在書架上一望無際的古夢中拿起一個，輕輕抱著移到桌上。在她幫忙下，用稍微含有一點水的濕布擦拭灰塵和污垢，接著用乾布慢慢花時間擦過。細心地擦完之後，古夢的表面變得像剛積起的雪一樣潔白。正面洞開的兩個眼窩，光線之強讓它們看起來簡直像一對深不見底的井。

我把兩手輕輕覆蓋在頭骨上部，等它感應我的體溫後開始微微發熱。達到一定的溫度時——不是多高的溫度，大概像冬天日光下的暖意——擦拭得雪白的頭骨，就開始述說刻在裡面的古夢。我閉著眼睛深深吸入空氣，敞開心，用手指摸索他們所訴說的故事。但他們的聲音實在太細，投射出來的影像就像黎明時分浮在天際的遙遠星光一樣虛浮。我能夠從中讀到的只有幾個不確定的片段，不管怎麼連接那些片段，都無法掌握全體形貌。

那裡有沒見過的風景，沒聽過的音樂，無法理解的低喃話語。而且那些忽而浮現，忽而又沉入黑暗底部去。一個片段和另一個片段之間沒有任何共通性。就像快速轉著收音機的選台鈕從一個電台轉到另一個電台。我試著以各種方法集中精神在手指上，但不管多麼努力結果都一樣。即使知道古夢正向我說些什麼，仍無法像聽故事一樣地讀懂它。

或許因為我的讀法有什麼缺陷。或者，他們的話語經歷漫長歲月而磨損、風化了也不一定。或者他們所想的故事和我所想的之間，有時間上或文體上的決定性差異也未可知。

無論如何，面對這些浮上來又消失掉的異質片段，我只能默默地注視而已。當然裡面也有一些我看慣了、極平常的風景，例如綠色的草在風中搖曳，白雲在天空流動，日光在河面搖晃，這一類沒有任何奇特之處的風景。但這些普通的風景卻讓我心裡充滿了一種不可思議的哀傷，難以形容。到底這些風景的什麼地方秘藏著勾起哀傷的要素，我無論如何也無法理解。就像從窗外通過的船一樣，出現後沒留下任何痕跡就消失而去了。

這樣持續十分鐘左右之後，古夢就像退潮一樣逐漸失去溫度，恢復成冷冷的普通白色頭骨了。古夢再次沉入漫長的睡眠中。所有的水從我兩手的指間流溢出去被吸進地裡去了。我的「讀夢」作業就是這種沒有結果地一再反覆。

古夢完全失去溫度之後，我便把頭骨交給她，她把頭骨排在櫃台上。在那期間我兩手支在桌上讓身體休息，放鬆精神。我一天所能讀的古夢數，頂多五個或六個。超過的話就會集中力渙散，指尖也只能讀取些微雜音似的東西而已。屋裡的鐘指著十一點時，我已經筋疲力盡，甚至暫時無法從椅子上站起來。

她總是會在最後幫我泡咖啡。有時候會把白天烤的餅乾、水果麵包之類的東西從家裡帶來當做消夜。我們大多相對喝著咖啡且不開口說話，吃著餅乾和麵包。我累得一時說不出話來，她也很明白，於是和我一樣沉默不語。

「你的心不開，是因為我的關係嗎？」她問我。「因為我無法回應你的心，所以你的心就緊緊地關閉起來嗎？」

我們像平常一樣，坐在舊橋中央要下去沙洲的階梯上望著河。冷冷的白月變成一片片小碎點在河面漂搖。不知道誰繫在沙洲木樁上的細長木舟微妙地改變著水聲。因為並排坐在狹小的階梯，我的肩頭一直能感覺到她身體的溫暖。真是不可思議，我想。人們用溫度來形容心，但心和體溫之間沒有任何關係。

「不是這樣。」我說。「我的心不能好好打開，大概是我自己的問題。不是因為妳。我沒辦法認清自己的心，因此我覺得很混亂。」

「心這東西連你也不太能理解嗎？」

「有些時候是。」我說。「有些情況要等很久以後才能理解，那時候往往已經太遲了。很多情況是，我們在無法認清心意之前就必須選擇並行動了，這使得大家很迷惘。」

「我覺得心這東西好像非常不完整似的。」她微笑著說。

我從口袋裡抽出雙手，在月光下看著。被月光染成白色的手，看起來像是一對雕像，完結於那小小世界並喪失了去處。

「我也這樣想。是非常不完整的東西。」我說。「不過那會留下痕跡。而且我們可以再一次踏尋那痕跡。就像踏尋雪地上的足跡一樣。」

「那會到什麼地方去呢？」

「我自己。」我回答。「心這東西就是這樣。沒有心的話什麼地方也到不了。」

我抬頭望月。冬天的月極不諧調地放出鮮明的光，浮在被高牆包圍的街之上。

「沒有一件事是因為妳的關係。」我說。

19.

冷酷異境
漢堡、Skyline、Deadline

我們決定先找個地方把肚子填飽。雖然我幾乎沒有食慾，但接下來不知道什麼時候才能吃東西，而且覺得吃飽會比較好的樣子。如果是啤酒和漢堡大概胃還可以容納得下。女孩從中午到現在只吃了一塊巧克力，因此肚子非常餓。因為她身上居然只有夠買巧克力的零錢。

我一面小心不要刺激傷口，一面把兩腳伸進牛仔褲，在T恤上套上運動衫，再加上一件薄毛衣。為了慎重起見又打開衣櫥，拿出登山用的尼龍中長款風衣外套。她的粉紅套裝怎麼看都不適合地底探險，但我的衣櫥裡遺憾地並沒有適合她體型及尺寸的襯衫和長褲。我身高大概比她高十公分左右，而她體重大約比我重十公斤。其實最好能到店裡去買方便行動的衣服，但這樣的三更半夜裡，到處的店都沒有開門。好不容易找到一件從前穿過的衣服可以合她的尺寸，是美軍淘汰下來的厚戰鬥夾克，於是把那件給她。問題是高跟鞋，但她說到事務所有她的慢跑鞋和雨靴。

「粉紅色的慢跑鞋和粉紅色的雨靴。」她說。

「妳喜歡粉紅色嗎？」

「祖父喜歡。他說我穿上粉紅色衣服非常搭配。」

「是很搭配。」我說。並沒有說謊。真的很搭配。胖女人穿粉紅色衣服往往令人覺得像巨大草莓蛋糕一樣朦朧。但她不知道為什麼讓人感覺色調安定且調和。

「還有妳爺爺喜歡胖女孩對嗎？」為了確定我試著問她。

「嗯，那當然。」粉紅色女孩說。「所以我經常注意讓自己發胖。像吃的東西啦。要是不注意的話，會一直瘦下去，所以我吃很多奶油和鮮奶油之類的。」

「哦。」我說。

我打開壁櫥拿出背包，確定沒有被割破之後，把兩人份的上衣、手電筒、指南針、手套、毛巾、大型刀子、打火機、繩子和固體燃料塞進去。然後到廚房，從散落地上的食物中挑出兩個麵包和醃牛肉、桃子、香腸、葡萄柚的罐頭放進背包裡。水壺裡裝滿水。然後把放在家裡的全部現金塞進褲袋。

「好像要去郊遊啊。」女孩說。

「說得也是。」我說。

我在出發前再回頭看了一圈呈現大型垃圾集中場樣貌的房間。所謂生命構築在什麼時候都一樣。要建立起來相當花時間，但破壞只要一瞬間就夠了。這三個小房間裡，曾經有我雖然有些倦怠但也還能自得其樂的生活。但這些東西只要喝兩罐啤酒的工夫，就全部像朝霧一樣消失了。我的工作、我的威士忌、我的平穩、我的孤獨、我的毛姆小說和導演約翰・福特的收藏——這些全部化為沒有任何意義的破爛垃圾了。

天涯何處無芳草（Of splendour in the grass,Of glory in the flowers.）我不出聲地朗讀著。然後伸手把入口的總開關撥下，把全屋子的電切掉。

想要深入思考事情但肚子的傷口太痛，也太疲倦了，因此我決定還是什麼都不想。與其做半途而廢的思考，不如什麼都不去想要好得多。我大大方方地搭電梯下地下室停車場，打開車門把行李放進後座。如果有人監視的話，就讓他們發現好了，想跟蹤就讓他們跟蹤好了。這些事情我已經完全不在乎了。第一，我到底該對誰保持警戒？記號士嗎？還是「組織」、還是那帶刀的二人組？要對付三方人馬也不是不可能，只是現在的我沒那個能耐。肚子被橫切了六公分，加上睡眠不足，光是被胖女孩拉著到地底下的黑暗中和黑鬼對決，已經很要我的命了。他們想幹什麼就讓他們去幹好了。

能不負責駕駛最好，但問女孩會不會開車嗎，她說，不會。

「抱歉，騎馬我倒會。」她說。

「好啊，說不定什麼時候會有必要騎馬。」我說。

確定油表的指針靠近F後，我把車開出去。穿過曲折的住宅區，來到大馬路上。雖說是半夜裡，但路上滿是車子。大約有一半是計程車，另一半是卡車和私家車。我真不明白為什麼有這麼多人有必要在三更半夜裡開車滿街跑。為什麼大家不要六點一到就下班回家，十點以前就上床熄燈睡覺呢？

不過那畢竟是別人的問題。不管我怎麼想，世界還是依照那原則擴大下去。不管我怎麼想，阿拉伯人還是會繼續挖石油，人們還是會用那石油發電和提煉汽油，在深夜的街頭各自追逐著不同的欲望吧。與其去管這些，不如去處理自己現在正面臨且不得不處理的問題。

我把雙手放在方向盤上，等紅綠燈的同時打了個大呵欠。

我的車子前面停著一輛貨台上紙束堆成天高的大型卡車。右側跑車型的白色Skyline坐著一對年輕男女。不知道是要去夜遊的途中還是要回家的路上，兩個人的表情都有點無聊的樣子。左手腕戴著兩串銀手鍊並將手伸出窗外的女人往我這邊瞟了一眼。並不是對我有什麼興趣，只是沒什麼其他可看的東西，所以看了我的臉，不管是Denny's的餐廳看板也好、交通標誌也好、我的臉也好、什麼都好。我也瞟了她一眼。雖然可以說是美人，但生得一張到處都看得見的臉。以電視劇來說，是女主角的朋友，在喫茶店一面喝著茶一面問「怎麼了？最近妳好像不太有精神啊？」之類的配角臉。大多只會出現一次，從畫面消失後就想不起是什麼樣子的臉。

號誌轉綠之後，我車子前面的卡車還在拖拖拉拉，白色Skyline已經發出豪放的排氣聲，隨著汽車音響裡杜蘭杜蘭的音樂一起從我的視野消失。

「妳幫我注意後面的車好嗎？」我對胖女孩說。「如果有人一直跟在後面就告訴我。」

女孩點點頭轉向後面。

「你覺得會有人跟蹤嗎？」

「不知道。」我說。「不過還是小心一點好。關於吃的東西，漢堡可以嗎？那個比較省時間。」

「什麼都可以。」

一靠近這途中第一家得來速漢堡店，我就把車子開進去。穿著紅色短洋裝的女孩走過來在窗子兩側放下托盤，聽取點餐。

「雙層起司漢堡、炸薯條、熱巧克力。」胖女孩說。

「普通漢堡和啤酒。」我說。

「對不起，我們沒有啤酒。」女服務生說。

「普通漢堡和咖啡。」我說。我怎麼會以為得來速的漢堡店裡有啤酒呢？

餐點送來之前，我們注意了一下後面來車，但沒有一輛車進來。其實如果有人認真跟蹤的話，他們可能不會進到停車場裡來，而應該會躲在不顯眼的地方，等我們的車子出去。我不再張望，把送來的漢堡、洋芋片和像高速公路收費單那麼丁點大的生菜葉子和咖啡一起機械化地送進胃裡。胖女孩細心地花時間，津津有味地咬著起司漢堡、吃炸薯條、喝熱巧克力。

「要不要吃一點炸薯條？」女孩問我。

「不要。」我說。

女孩把托盤上的東西全部吃得一乾二淨，喝完熱巧克力的最後一口，然後將手指上沾的番茄醬和芥末醬舔乾淨。用紙餐巾擦擦嘴和手指。在一旁看著都覺得很好吃的樣子。

「關於妳爺爺。」我說。「我們應該先到地下的實驗室去吧。」

「應該是。或許會留下什麼線索。我也可以幫忙。」

「不過能從黑鬼巢穴的附近通過嗎？防黑鬼的裝置不是壞了嗎？」

「沒問題。我有一個緊急用的小型驅黑鬼器。雖然威力不怎麼大，但帶著走時，身邊的黑鬼就會遠去。」

「那麼沒問題囉。」我安心地說。

「也沒那麼簡單。」女孩說。「那攜帶式的裝置因為用的是電池，只能維持大約三十分鐘左右。三十分之後必須切掉開關再充電。」

「哦。」我說。「那麼要多久才能充電完畢？」

「十五分鐘。動三十分鐘，休息十五分鐘。在事務所和研究室之間來往只要有這時間就夠了，所以容量做得小。」

我不再說什麼。這比什麼都沒有好，只能湊合著用了。我把車子開出停車場，途中找到一家深夜營業的超市，買了兩罐啤酒和口袋瓶威士忌。然後我停下車喝了兩罐啤酒，四分之一左右的威士忌。這樣一來心情好像稍微輕鬆了一點。把剩下的威士忌蓋好交給女孩，請她為我放進背包。

「為什麼要這樣喝酒呢？」女孩問。

「大概害怕吧。」我說。

「我也害怕啊，卻不喝酒。」

「妳的害怕和我的害怕，種類不同。」

「我不明白。」女孩說。

「年紀大了之後無法挽回的事情數目就會增加啊。」我說。

「而且會累？」

「對。」我說。「會累。」

她朝向我伸出手，摸一下我的耳垂。

「沒問題。不用擔心。我會一直陪在你身邊。」她說。

「謝謝。」我說。

我把車子停在她祖父事務所那棟大樓的停車場。下了車背起背包。傷口每隔一段時間就隱隱作痛。就像裝滿乾草的板車慢慢輾過肚子那種痛法。這只不過是單純的疼痛而已，我採取簡單的想法。只是表層的疼痛，和我的本質沒有關係。就像下雨一樣。是會過去的。我把剩餘不多的自尊心全數收集起來，把傷口這件事從腦子裡趕走，加緊腳步跟在女孩後面。

大樓入口有高大的年輕警衛，要求她提出是本大樓住戶的身分證明。她從口袋拿出塑膠卡片交給警衛。警衛把卡片插入桌上的電子卡槽，從螢幕上確認姓名和門牌號碼，再按開關把門打開。

「這是一棟非常特殊的大樓。」女孩在穿過寬敞門廳的同時向我說明。「進入這棟大樓的人全都擁有某種秘密，為了保守秘密而導入保全系統。例如從事重大研究或秘密集會之類的。像現在這樣在入口檢查身分，再從監視器上確定進來的人是不是到達一定的場所。所以即使有人跟蹤也沒辦法進來。」

「妳祖父在這大樓裡造了一個通往地底的豎井，這事他們也知道嗎？」

「這個我就不確定了。我想大概不知道吧。祖父在這棟大樓完工之前就特別設計成能從房間直接通到地底下去了，不過知道的人只限於一小撮人。比方說大樓的主人和設計者而已。對施工的人只說是排水溝，而圖面的申請也巧妙矇混過去。」

「一定花了很大一筆錢吧？」

「是啊。不過祖父很有錢。」女孩說。「我也是。我也非常有錢喏。父母的遺產和保險全投資在股票上賺的。」

她從口袋掏出鑰匙打開電梯門。我們搭上那奇大無比的電梯。

「股票？」我問。

「嗯。祖父教我怎麼操作股票。選擇資訊，讀取市況，節約稅金，海外銀行的匯兌等等。股票，諸如此類。滿有意思的噢。你操作過嗎？」

「很遺憾沒有。」我說。我連定期存款都沒存過。

「祖父在當科學家之前做過股票，因為做股票累積了太多財富，於是不再操作，而當起科學家。很了不起吧？」

「了不起。」我同意。

「祖父做什麼都是一流的。」女孩說。

電梯和上次搭的時候一樣，以不清楚是在上升或下降的速度行進。仍舊花了很長時間，而且當我想到在那時間內一直被監視器監看時，就覺得鎮定不下來。

「祖父說如果要成為一流的人，學校教育效率就顯得太差了，你覺得呢？」她問我。

「是啊，大概是吧。」我說。「我上了十六年學校，也不覺得特別有什麼出息。語言不行，樂器不會，股票不懂，馬也不會騎。」

「那為什麼不休學呢？如果想要隨時都可以吧？」

「嗯，這倒是。」我說，試著想了一下。確實如果想休學隨時都可以。「不過那時候沒想到這個。我家和妳家不一樣，只是平凡而普通的家庭。也沒想過自己要在哪一方面成為一流。」

「這樣不對呀。」女孩說。「每個人至少都有一項特質能夠成就一流。只是沒有好好把它引導出來而已。因為不懂得引導的人接近並破壞了它，所以很多人不能變成一流，就那麼耗損下去。」

「像我一樣。」我說。

「你不一樣。我覺得你有某種特別的東西。你的情況是感情外殼非常堅硬，所以很多東西還完好無傷地留在裡面。」

「感情的殼？」

「嗯，是啊。」女孩說。「所以現在開始還不遲。怎麼樣，事情結束以後要不要跟我一起生活？不是結婚之類的，只是一起生活。到希臘或羅馬尼亞或芬蘭，到那種悠閒的地方去，兩個人騎騎馬、唱唱歌過日子。錢要多少有多少，那時候你就可以變成一個一流的人。」

「哦。」我說。不錯的建議。反正我的計算士生涯正因為這次事件面臨著微妙的局面，到外國悠閒地生活很誘人。但我真的能成為一流嗎？我再怎麼樣都沒信心。一流的人通常都是強烈相信自己能成就一流而變成一流的。一面認為自己大概不會成為一流，一面順其自然，結果變成一流的人非常少見。

我心不在焉想著這件事時電梯門開了。她走出去，我也跟在後面。和第一次見面時一樣，她踩著高跟鞋發出咔達咔達的聲音，快步走在走廊上，我跟在後面。眼前形狀美好看起來舒服的臀部搖擺著，金色耳環閃閃發光。

「不過即使那樣，」我朝著她的背開口。「只有妳給我很多東西，我卻什麼也不能給妳，我覺得那樣非常不公平而且不自然。」

她放慢腳步和我並排一起走。

「你真的這樣想？」

「是啊。」我說。「不自然，又不公平。」

「我想一定有你可以給我的東西。」她說。

「例如呢？」我問。

「例如——你感情的殼。我對這個非常好奇。到底是怎麼造成的，如何發揮作用，這一類的謎團。我從前沒什麼機會接觸這些，覺得非常有意思。」

「這沒什麼吧。」我說。「雖然多少有別，但每個人都背有感情的殼，有殼的人其實很多。只是因為妳沒出社會，不能理解平凡人的心是怎麼樣的。」

「你真是什麼也不知道。」胖女孩說。「你不是擁有混洗的能力嗎？」

「當然是有的。不過那頂多只是做為工作手段是由外部賦與的能力。譬如接受手術或訓練之類的。大多數人只要經過訓練都能學會混洗的工作啊。這和會打算盤、會彈鋼琴沒有太大的分別。」

「這可不見得喏。」她說。「剛開始確實大家都跟你想得一樣，只要接受應有的訓練誰都行——雖然這麼說還是指在某種程度的測驗下選拔出來的人——應該一律可以擁有混洗資料的能力。祖父也這麼想。而且實際上有二十六個人接受了和你一樣的手術與訓練，學會了混洗資料。當時並沒有任何不妥的事情發生。問題發生在後來。」

「這件事我倒沒聽過。」我說。「我所聽到的是計劃一切順利……」

「公開發表是這樣。其實不然。學會混洗資料的二十六個人裡面，有二十五個人在訓練結束後的一年到一年半之間死了。只有你一個人生存下來喲。只有你一個人活了三年以上，沒有任何問題和障礙地持續混洗。這樣你還覺得自己是個平凡人嗎？你現在已經變成最重要的人物了呢。」

我兩手插在褲袋裡，暫時沉默地繼續走在走廊上。狀況好像超過我個人的能力，不斷膨脹。最後到底要膨脹到什麼地步，我已經無法推測。

「為什麼大家都死了？」我問女孩。

「不知道。死因不清楚。只知道腦部功能出現損傷而死，但為什麼變成那樣則原因不明。」

「應該有什麼假設吧？」

「嗯，祖父說，普通人可能無法忍受意識核的放射線照射，腦細胞試圖對這產生某種抗體，但那反應太激烈，結果導致死亡。其實是更複雜的，簡單說明就是這樣。」

「那麼，我活下來的原因呢？」

「大概你具備就有自然的抗體。就像我所說的感情外殼一樣的東西。由於某種原因，那種東西早就存在於你腦子裡，因此你可以活下來。祖父想要嘗試人工製造那種殼來保護腦，但結果太弱了。」

「妳所謂的保護，就是像哈密瓜皮一樣的東西嗎？」

「簡單說是這樣。」

「那麼，結果呢。」我說，「我那種抗體、保護膜、殼、哈密瓜皮，是屬於先天的資質，還是後天的？」

「某部分是先天的，某部分是後天的吧？不過關於這點祖父並沒有說明。他說我知道太多的話，處境會變得太危險。不過，根據祖父的假設來計算，像你這樣具有自然抗體的人，大約一百萬或一百五十萬人裡面才有一個，而且現在如果不實際上賦與混洗能力，也就無法找到這樣的人。」

「那麼，如果妳祖父的假設正確，我被包含在二十六個人之中，等於是很僥倖了？」

「所以你是寶貴的樣本，而且可以成為開門的鑰匙。」

「妳祖父到底想要我做什麼？他要我做混洗的資料和那獨角獸的頭骨，到底意味著什麼？」

「如果我能知道的話，立刻就可以救你了。」女孩說。

「救我和世界噢。」我說。

事務所裡和我的房間一樣，即使沒那麼嚴重，但也被相當粗暴地亂翻過。各種文件散落一地，書桌翻倒了，保險箱被撬開，櫥櫃的抽屜全部拉開倒掉，撕得破破爛爛的沙發床上散著衣櫥裡翻出來的衣服，是博士和她換穿用的洋裝。她的洋裝果然全部是粉紅色的。從深粉紅色到淺粉紅色，層次之多十分可觀。

「太過份了。」她搖搖頭說。「大概從地下上來的吧。」

「是黑鬼幹的嗎？」

「不，不是。黑鬼不會到地面上來，而且如果是他們應該會留下臭味。」

「臭味？」

「像魚腥味、腐泥味一樣討厭的臭味。這不是黑鬼做的。會不會是破壞你房間的同一夥人呢？手法很相似啊。」

「也許。」我說，再重新轉一圈仔細看一遍。翻倒的桌前有一盒之多的迴紋針，到處散落並閃閃發亮地反射著日光燈的光。我先前就對迴紋針特別在意，於是裝成檢查地板的樣子，彎身抓起一把塞進長褲口袋裡。

「這裡放有什麼重要東西嗎？」

「沒有。」女孩說。「這裡有的全都是沒什麼意義的東西呀。是賬簿、收據，或不太重要的研究資料之類的東西而已。幾乎沒什麼被偷了會傷腦筋的東西。」

「防黑鬼的發信設備沒事吧？」

她從散亂在衣櫥前面的手電筒、錄放音機、鬧鐘、膠台、止咳喉糖罐之類零零碎碎堆積如山的東西裡面，翻出形狀像紫外線偵測一樣的小型機器，試了幾次開關。

「沒問題，可以用。他們大概以為是無意義的機器吧。而且這機器原理非常簡單，輕微碰撞是不太會壞的。」她說。

然後胖女孩走到房間一個角落，蹲下身拆掉插座蓋子，把裡面的小開關壓下之後，站起來在牆壁的一部分用手掌輕輕一壓。牆壁的那部分就開了像電話簿那麼大的開口，從裡面露出類似保險箱的東西。

「怎麼樣？這樣就不會被發現吧？」女孩好像頗得意地說。然後對了四個號碼，保險箱便開了。

「你幫我把裡面的東西全部拿出來排在桌上好嗎？」

我忍著肚子的疼痛把翻倒的桌子扶正復原，把保險箱的內容全部排成一列放在桌上。有五公分厚的一疊用橡皮圈綁起來的存款簿，有股票、權狀之類的東西，有現金兩百萬到三百萬左右，有裝在布袋裡沉甸甸的東西，有黑皮手冊、有茶色信封。她把茶色信封的內容打開放在桌上。裡面有舊的歐米茄手錶和金戒指。歐米茄錶的玻璃已經有細細的裂紋，整個變色成漆黑一片。

「這是父親的遺物。」女孩說。「戒指是母親的。其他東西全燒光了。」

我點點頭，她就把戒指和手錶放回原來的信封，把一疊鈔票塞進套裝的口袋。「對了，我完全忘了這裡放有現金。」她說。然後打開布袋，從裡面拿出用舊襯衫裹捲起來的東西，把襯衫打開讓我看內容。是一把小型自動手槍。從那古老的樣子看來，很顯然不是模型槍，而是可以射出子彈的真槍。雖然我對槍不太清楚，但大概是白朗寧或貝瑞塔之類的。在電影上看過。槍附有預備用的一個彈匣和一盒子彈。

「你會射擊嗎？」女孩問。

「怎麼可能。」我吃驚地說。「從來沒有碰過這種東西。」

「我很行噢。練習了很多年。到北海道別墅去住的時候，一個人在山裡射擊，十公尺左右的距離，明信片大小的程度我可以射中噢。厲害吧？」

「厲害。」我說。「不過這種東西是從哪裡弄來的？」

「你真的很傻噢。」女孩好像很驚奇地說。「只要有錢，什麼都買得到啊。你不知道嗎？不過反正你不會用槍，我來帶好了。可以吧？」

「請便。不過因為很暗，希望妳不要射到我。要是再受傷的話我恐怕連站都站不起來了。」

「哎呀沒問題。不用擔心。我是非常小心的人。」她說，把自動手槍放進上衣右邊口袋。真不可思議，她的套裝口袋不管塞進多少東西，看起來都一點也不會鼓起來，也不會變形。也許有什麼特殊設計也不一定。或者只是縫製手工很好而已。

接著她翻開黑色手冊中間一帶的某一頁，在燈光下認真地盯了很久。我也瞄了一下那一頁，但手冊上只排列著莫名其妙的密碼和英文字母，彷彿暗號似的，上面寫的東西沒有一樣我看得懂的。

「這是祖父的手冊。」女孩說。「用只有我和祖父才看得懂的密碼寫的。記著預定的事和當天發生的事。祖父說如果他出了什麼事就讀這本手冊。嗯，請等一下。九月二十九日你做完洗碼對嗎？」

「確實沒錯。」我說。

「那上面寫著①。『那大概是第一步驟吧。』然後你在三十日夜裡或十月一日早晨之一做完混洗。對嗎？」

「沒錯。」

「那是②。第二步驟。其次，嗯，十月二日中午。這是③。寫著『程式解除』。」

「二日中午預定要見博士的。那大概要把安裝在我身上的特殊程式解除吧。為了不要讓世界終結。但狀況有了變化。博士可能被殺了，或被帶到什麼地方去了。現在這是最大的問題。」

「等一下。先看下去。密碼非常複雜。」

她眼睛在手冊上瀏覽時，我整理背包裡的東西，把手電筒的電池換新。原來在衣櫥裡的雨衣和雨靴胡亂被丟在地上，但幸虧並沒有被破壞到不能穿的地步。如果不穿雨衣而鑽過瀑布的話，會全身濕透冷到骨髓。身體一冷傷口又要開始痛起來。我把她那同樣被丟在地上的粉紅色慢跑鞋放進背包裡。手錶的數字顯示快接近午夜十二點了。也就是說離程式解除的限定時間還有正好十二小時。

「那後面排著相當專業的計算。電量、溶解速度、抵抗值、誤差之類的。我搞不懂。」

「不懂的地方就跳過去好了，沒什麼時間了。」我說。「只要懂的地方就可以，能不能幫我解讀一下那密碼？」

「沒有必要解讀。」

「為什麼？」

她把手冊交給我，指著那個部分。那個部分沒有任何密碼，只記著一個巨大的×號和日期和時刻而已。比起旁邊必須用放大鏡看才能讀出來的密密麻麻的字來，×號未免太大了，那不平衡感更加深一層不祥的印象。

「這是表示Deadline最後期限嗎？」她說。

「或許這是④吧。在③程式被解除之後，這×記號就不會發生。但如果因為某種原因沒有被解除的話，那程式就繼續跑，到達這個×號，我想。」

「那麼我們無論如何都必須在二日正午見到祖父才行囉。」

「如果我的推測正確的話。」

「你的推測正確嗎？」

「大概。」我小聲說。

「如果真是這樣的話，還有幾個小時？」女孩問我。「不管是到那個世界末日，或大禍降臨為止。」

「三十六小時。」我說。沒有必要看手錶。地球轉一圈半的時間。在那時間裡，早報送兩次晚報送一次。鬧鐘響兩次，男人們刮兩次鬍子。運氣好的人在那之間可能做二次到三次性交。所謂三十六小時就是這麼多的時間。假定人能活七十年的話，是人生中的17033分的時間。而那三十六小時過去之後，有什麼事——可能是世界末日——將會來臨。

「現在要怎麼辦？」女孩問。

我從滾落在衣櫥前面的急救藥箱裡找到了止痛藥，和著水壺裡的水吞進去，背起了背包。

「只能到地下去呀。」我說。

20.

世界末日
獸的死

獸群已經有幾頭同伴不見了。第一次持續下了一夜雪之後的隔天早晨，年老的幾頭就已埋身在五公分厚的積雪中。那金色的身體更增添冬天的白。早晨的陽光自被撕裂的殘雲間射穿，鮮明地輝映著冰凍的光景。超過千頭的獸群吐出氣息，那空氣在光線中白花花地舞著。

我在黎明前醒來，發現街完全被白雪罩住了。那真是漂亮的景色。在純白一色的風景中，黑黑的鐘塔聳立著，下面流著像是一條黑暗帶子似的河流。太陽還沒升起，天上厚雲密佈沒有一絲空隙。我穿上大衣戴上手套，走進沒有人跡的路前往街上。雪從我一睡著就開始無聲地降下來，在我快醒來的不久前才停止。雪上還沒有任何足跡。拿到手上試試看，那感觸簡直像糖粉般柔軟、鬆滑。河邊停滯的水結了一層薄薄的冰，上面有斑斑花花的積雪。

除了我所呼出來的白氣，街上沒有任何會動的東西。沒有風，連鳥都不見蹤影。只有靴底踏雪的聲音，簡直像合成的音效似的發出大得不自然的聲音，回聲響遍家家戶戶的石壁。

來到接近門的地方時，看得見廣場前面守門人的身影。他鑽進上次和影子兩人一起修理過的板車下面，正在給車軸上機油。板車上頭排著幾個裝菜籽油用的陶甕。用繩子牢牢固定在側板上以免傾倒。那麼大量的油，守門人到底要做什麼，我覺得很奇怪。

守門人從板車下面露出臉來，舉起手跟我打招呼。他看起來很高興的樣子。

「早啊。什麼風把你吹來了？」

「我來看雪景。」我說。「從山丘上看非常漂亮。」

他大聲笑起來，像平常那樣把他的大手放在我背上。他連手套都沒戴。

「你這個人也真怪。從現在開始雪景可以讓你看到膩呢，何必特地下來看。你真是怪人。」

他突然像是蒸汽機噴著水蒸汽似地呼出一大口白氣，一面緊盯著門的方向。

「不過你來得正好。」守門人說。「你到瞭望台上去看看。可以看見有趣的東西噢。這個冬天的第一次。等一下會吹號角，你好好看看外頭的景色吧。」

「第一次？」

「你看了就知道。」

我不明究裡地爬上門邊的瞭望台，眺望外面的世界。蘋果樹林上簡直像雲本身飄下來似的積滿了雪。北邊、東邊的山脊的表面都染成白色，只有留下形狀像傷疤一般隆起的岩石肌理。

瞭望台正下方就像平常一樣有獸在睡覺。牠們像把腳摺疊起來一樣彎曲著，安靜地窩在地面，顏色和雪一樣純白的角筆直向前突出，各自貪戀著安靜的睡眠。獸的背上也積了好多雪，但牠們好像沒發覺似的，睡得深沉極了。

終於頭上的雲裂開了一點，陽光開始照射地面，但我依然站在瞭望台上，繼續眺望周圍的風景。光像聚光燈般，只照在部分地表上，而且我也想確認一下守門人所說的「有趣東西」。

守門人終於把門打開，像平常一樣吹響一長、三短的號角聲。獸在那最初的第一聲醒過來，抬起頭，眼睛望向聲音傳來的方向。從那白色氣息的量可以知道牠們的身體又開始新一天的活動了。獸正在睡覺時的呼吸相當微弱。

最後一次號角聲被吸進大氣裡去之後，獸站了起來。首先前腳慢慢試著伸直，上身抬起來，其次把後腿伸直。然後角朝向空中揚起幾次，最後才像忽然想起來似的搖搖身子把積雪抖落地面。然後朝著門邁步前進。

獸群進到門裡之後，我終於明白守門人要我看的到底是什麼。看起來好像在睡覺的獸中的幾頭，保持同樣的姿勢凍死了。這些獸與其說是死了，不如說看起來好像在對什麼重要命題認真深思一樣。但對牠們來說答案並不存在。牠們的鼻子和嘴巴都沒有一絲白氣上升。牠們停止了肉體的活動，意識已經被吸進深沉的黑暗中去了。

當其他的獸都朝著門走掉之後，幾具屍體像大地上長出的小瘤般留在原處。白色的雪衣包裹著牠們的身體。只有幾支角奇妙而生動地射向太空。當活下來的獸群通過牠們身旁時，有些頭深深低垂，有些蹄聲輕響。牠們在哀悼著死者。

我直到朝日高昇，牆的影子往眼前拉進，陽光開始安靜溶化著大地之雪為止，都眺望著牠們靜悄悄的屍骸。因為我覺得清晨的陽光會連牠們的死都溶化，使看來像已經死掉的獸又忽然站立起來，像平日一樣開始前進。

但牠們並沒有站起來，只有被溶雪濡濕的金色的毛浴著日光，持續發出閃閃亮光而已。我的眼睛終於開始痛起來。

我走下瞭望台，跨過河川，爬上西丘回到家之後，才知道早晨陽光比想像中更強烈地傷害了眼睛。我閉上眼時，眼淚不停湧上來，發出滴落膝蓋的聲音。我試著用冷水洗眼睛，但沒有效。我把厚重的窗簾拉上，安靜閉著眼睛，連續好幾小時像在喪失距離感的黑暗中，看見許多形狀奇怪的線條和圖形在黑暗中浮起又消失。

到了十點，老人用托盤端著咖啡來敲我的門，看見趴在床上的我，於是用冷毛巾為我擦眼瞼。耳朵後面陣陣疼痛，但眼淚的量似乎總算少了一些。

「到底怎麼了？」老人問我。「早晨的陽光比你想像中強多了。尤其積雪的早晨。你應該知道『夢讀』的眼睛是經不起強烈日光的，為什麼到外面去呢？」

「我去看獸群哪。」我說。「死了好些。八頭或九頭，不，更多吧。」

「從現在開始還要死更多呢。每次下雪就會這樣。」

「為什麼這麼簡單就死去呢？」

我仰臥著，把毛巾從臉上拿開，試著問老人。

「牠們很脆弱啊。不耐寒也不耐餓。從以前就一直這樣。」

「會絕種嗎？」

老人搖搖頭。「牠們已經在這裡生存了幾萬年，以後也還會繼續活下去吧。雖然冬天裡死掉很多，但春天又會生小孩。只是新的生命取代舊的生命而已。光以這街裡生長的草木能養活的獸數是有限的。」

「牠們為什麼不遷移到別的地方去呢？到森林裡去有好多樹木，到南邊去雪也下得少。我覺得沒有必要執著地留在這裡呀。」

「這個我也不清楚。」老人說。「但獸不能離開這裡。牠們附屬於這街，被限制在這裡。就像你我一樣。牠們都根據牠們的本能，知道沒辦法逃出這個街。或者牠們只能吃這裡生長的草木也不一定。或者無法越過往南途中廣闊的石灰岩荒野也不一定。但不管怎麼說，獸都無法離開這裡。」

「屍體會怎麼樣？」

「燒掉啊。守門人會燒。」老人一面用咖啡暖著粗糙的大手一面這樣回答。「從現在開始會有一陣子，這就是守門人的主要工作。首先把死掉的獸頭割下來，把腦和眼睛挖出來，然後用大鍋子煮，作成漂亮的頭骨。剩下的屍體堆起來，澆上菜籽油，點火燃燒。」

「於是那頭骨就帶著古夢，被排在圖書館的書庫裡，對嗎？」我仍然一直閉著眼睛問老人。「為什麼呢？為什麼是頭骨呢？」

老人什麼也沒回答。只聽見他走在地板上，木頭嘎吱嘎吱響的聲音。那聲音從床邊慢慢遠去，停在窗前。然後沉默又持續了一陣子。

「等你理解什麼是古夢的時候就知道了。」老人說。「為什麼古夢會進到頭骨裡去？我不能告訴你。你是夢讀。答案必須由你自己去尋找。」

我用毛巾擦擦眼淚然後張開眼睛。站在窗邊的老人看起來形影模糊。

「很多事物的姿態在冬天裡都會變得更明確。」老人繼續說。「不管你喜不喜歡，都會這樣繼續下去。雪下個不停，獸繼續死去。誰也阻止不了。一到下午就可以看見燒獸的灰煙昇起。冬天裡每天就這樣繼續下去。白色的雪和灰色的煙。」

21.

冷酷異境
手鍊、班・強生、惡魔

衣櫥後面和上次見過的一樣黑暗，現在也許因為知道黑鬼的存在，因此感覺比以前更深更冷似的。從來沒見過這樣完全的黑暗。都市在使用街燈、霓虹燈、櫥窗照明等把黑暗從大地驅逐之前，世界應該是像這樣令人窒息地充滿黑暗吧。

她首先下了梯子。她把驅黑鬼的發信機塞進雨衣的深口袋裡，把肩掛型大閃光燈斜背在身上，踩著雨靴發出咯吱咯吱的聲音，快速下到黑暗的底部。過了一會兒，伴隨著流水聲從下面傳來「可以了，下來吧」的聲音，並搖著黃色的燈光。那地獄最下層的底部似乎比我記憶中的還要深得多的樣子。我把手電筒放進口袋裡，開始走下梯子。階梯依然是濕的，不注意就可能滑落。我走下來，想起坐在Skyline車上的男女和杜蘭杜蘭的音樂。他們什麼都不知道。不知道我口袋裡塞著手電筒和大型刀子，抱著傷並走下黑暗。他們腦子裡有的只是速度錶上的數字和性的預感或記憶，或流行排行榜上起起落落的無害熱門歌曲而已。當然我不能責備他們，他們只是不知道而已。

我如果什麼都不知道，也可以不做這個的。我試著想像自己正坐在Skyline的駕駛座上，旁邊載著一位女孩子，聽著杜蘭杜蘭的音樂疾馳在深夜的都市裡。那女孩子在做愛時左手上兩條細細的銀手鍊會脫下來嗎？要是不脫就更好了，我想。衣服全部脫掉之後，那兩條手鍊就像她身體的一部分一樣，應該戴在那手腕上。

不過，也許她會脫掉。因為女孩子在洗澡的時候，會把各種東西脫掉。那麼，我有必要在洗澡之前和她相交，或者請她不要脫掉手鍊。這兩樣哪一樣好我不太清楚，但不管怎樣總要想辦法在她戴著手鍊的情況下和她相交。這很重要。

我試著想像自己和戴著手鍊的她睡覺的樣子。因為完全想不起她的臉，因此我決定把房間的照明弄暗。因為暗所以臉看不清楚。脫下紫籐色或白色或淺藍色光滑漂亮的內衣之後，手鍊就成了她身上戴的唯一東西了。那手鍊承受著微弱的光而閃著白光，在床單上發出輕輕的悅耳聲。

我正模糊地想著這樣的事一面走下梯子時，感覺我的陰莖在雨衣下面開始勃起。傷腦筋，我想，為什麼偏偏選這個地方開始勃起呢？為什麼和那個圖書館的女孩子——大胃王女孩——在床上的時候不勃起呢？居然在這莫名其妙的梯子正中間勃起？只不過是兩條銀手鍊到底有什麼意義呢？而且還是在世界末日快到的時候。

我下完梯子站在岩盤上，她把燈光團團轉一圈，把周圍的風景照出來。

「黑鬼確實好像在這一帶出沒。」她說。「可以聽見聲音。」

「聲音？」我反問她。

「好像用鰓在拍打地面似的噼呀噼呀的聲音，雖然很小聲，但仔細聽就聽得出來。還有跡象和臭味。」

我側耳細聽，試著聞一聞，但沒有感覺。

「不習慣是不知道的。」她說。「習慣的話連他們說話的聲音都好像可以聽見。說話聲據說也只是像音波一樣的東西。就像蝙蝠一樣。其實和蝙蝠不一樣，有一部分音波和人類的可聽範圍重疊，他們彼此之間意思可以溝通。」

「那麼記號士是怎麼和他們聯絡的？不說話怎麼能聯絡呢？」

「如果要製造那種機器的話是能製造啊。把他們的音波轉換成人類的聲音，把人類的語言轉換成他們的音波。也許記號士已經製造出這樣的機器了。祖父要是想的話也可以很輕易地製造出來，只是他並沒有製造。」

「為什麼？」

「因為不想和他們說話。他們是邪惡的生物，他們說的話也邪惡。他們只吃腐肉或腐敗的垃圾，只喝腐敗的水。他們過去就住在墳場下面吃被埋葬的死人的肉。在火葬以前的時代。」

「那麼他們不吃生人的肉嗎？」

「抓到活人就先泡水幾天，從開始腐敗的部分順序吃起。」

「可怕。」我說著嘆了一口氣。「不管發生什麼，我真想這就回家去了。」

不過我們還是沿著流水前進。她走在前面，我跟在後面。我把燈光照著她的背時，像郵票一般大的金耳環便閃閃發亮。

「老是戴著那麼大的耳環不重嗎？」我從後面試著開口說。

「習慣就好。」她回答。「和陰莖一樣啊。你感覺過陰莖重嗎？」

「沒有。沒這回事。」

「和那一樣啊。」

我們又暫時沒說話地繼續走。她大概太熟悉腳下的路況了，燈光一面照出周圍的風景，一面快步往前走。我則一步一步確認著，辛苦地追趕在後面。

「嗨，妳洗澡或淋浴時戴著耳環嗎？」我為了不被她丟下而再度開口。她只在說話時稍微放慢腳步。

「戴著啊。」她回答。「衣服脫光還是戴著耳環哪。這樣你覺得性感嗎？」

「這個嘛。」我急忙說。「這麼一說，也許是噢。」

「做愛你都是從前面嗎，面對面的？」

「嗯，多半。」

「也有從後面吧？」

「嗯，是啊。」

「除此之外還有很多種是嗎？在下面啦、坐著啦、用椅子啦……」

「有各種人，有各種場合啊。」

「關於性的事情，我不太清楚。」她說。「沒看過，也沒做過。這種事沒有人會教你。」

「這種事不需要教，是要自己去發現的。」我說。「妳如果有了男朋友，和他睡覺自然很多事情就會懂了。」

「我不太喜歡這樣。」她說。「我比較喜歡，怎麼說呢，更……壓倒性的事情。我希望被壓倒性地侵犯、並且壓倒性地去接受，而不是很多事情自然知道的。」

「妳大概和年紀大的人相處太久了。天才而擁有壓倒性資質的人。不過這個世界並不是只有這種人。大家都是平凡人。都在黑暗中摸索著活著。像我一樣。」

「你不一樣。如果是你就OK了。這我上次見面時已經說過了吧？」

我決心把性的印象從腦子裡清掃掉。雖然我的勃起還繼續著，但在這地底的黑暗中勃起沒有任何意義，起碼走路就不方便。

「總之妳那發信機已經發出黑鬼討厭的音波了吧？」我試著改變話題。

「有啊。只要這音波發信中，他們就不可能靠近離我們大約十五公尺以內的地方。所以你也不要離開我十五公尺以上噢。要不然，會被他們捉回巢穴去吊在井裡，腐敗後開始被啃呢。你的情況會從肚子的傷口先腐爛，一定的。他們的牙齒和爪非常銳利。簡直就像排成一列的粗錐子。」

我聽了急忙緊跟在她後面。

「你的傷口還痛嗎？」女孩問。

「吃了藥好像好一點了。身體動得厲害時還會抽痛，平常不太痛。」我回答。

「如果能見到祖父，我想他可以讓你不痛。」

「妳爺爺？為什麼？」

「很簡單哪。他也幫我弄過幾次。頭很痛的時候，他會在你的意識裡輸入忘記疼痛的信號。本來疼痛對身體來說是重要的訊息，不太適合這樣做，但這次是非常事態，所以沒關係吧？」

「如果能這樣的話就太好了。」我說。

「當然這要能見到祖父才行。」女孩說。

她左右搖著強力燈光，以踏實的腳步朝地底河流的上游繼續走。左右岩壁上附有各種裂開似的張開叉路和恐怖的橫穴，從某些岩縫滲出水來形成小水溝注入河裡。沿著這些流水，滑溜溜像泥土般的青苔叢生。青苔發出不自然的鮮綠色。在不能進行光合作用的地底，青苔為什麼會變成那樣的顏色，我無法理解。或許地底有地底的真理存在吧。

「嗨，黑鬼知道我們現在正走在這裡嗎？」

「當然。」女孩以平靜的口氣說。「這是他們的世界呀。地底發生的事他們無所不知。現在他們應該也在我們旁邊，一直注視著我們。從剛才開始我就一直聽到吵吵鬧鬧的聲音了。」

我把手電筒照向旁邊的壁上，除了粗粗的岩壁和橢圓形的青苔之外，什麼也看不見。

「他們都躲在叉路或橫穴裡，藏在光線照不到的黑暗中。」女孩說。「而且他們應該也會跟在我們後面。」

「打開發信機開關後過幾分鐘了？」我問。

女孩看看手錶然後說「十分。十分二十秒。再五分鐘就到瀑布了，你放心。」

正好五分鐘後我們來到瀑布。消音裝置好像還在運作著，瀑布和上次一樣幾乎無聲。我們把帽子戴緊，綁好下顎的帶子，戴上護目鏡，穿過無聲的瀑布。

「奇怪。」女孩說。「消音還在運作中，表示研究室沒被破壞。如果黑鬼偷襲這裡，他們一定會破壞裡面才對呀。因為他們非常恨這個研究室。」

好像要證實她的推測一樣，研究室的門鎖是好好鎖上的。如果黑鬼進去過的話，他們出來時不會再上鎖，那麼是黑鬼以外的人侵襲這裡了。

她花很長的時間對門鎖的號碼，然後再用電子鑰匙開門。研究室裡黑黑冷冷的，有咖啡的氣味。她急忙把門關上鎖好。確定門打不開之後，再打開室內的電燈開關。

研究室裡的樣子，和上面事務所我的房間大概一樣，都是被逼到極限狀況的樣子。文件散了一地，家具東倒西歪，餐具都砸破了，地毯被掀開，上面被潑倒了一桶之多的咖啡。為什麼博士煮了這麼大量的咖啡呢？我真搞不懂，不管多愛喝咖啡，一個人也喝不了這麼多咖啡呀。

不過這研究室的破壞，和其他兩個房子的破壞有根本上差異的地方。那就是破壞者對要破壞的東西和不破壞的東西區別得很清楚。他們對該破壞的東西便破壞得體無完膚，除此之外的東西一根寒毛都沒碰。電腦、通信裝置、消音裝置、發電設備都完全留下沒動，只要開關一開都可以運作。只有大型的驅黑鬼的音波發信機有幾個設備被扯掉不能用了，但只要換上新的設備立刻就可以開始動。

後面一間的狀況也一樣。猛一看好像無可救藥的一團混亂，但一切都是經過仔細安排計算的。排在架子上的頭骨完全無恙，研究必須的儀器類全都留下來。只有其他可以輕易買到的便宜機器和實驗材料則痛快地砸壞了。

女孩走到保險箱前打開門，檢查裡面。門沒上鎖。她用兩手從裡面撥出燒成白灰的紙的灰燼，掃落地上。

「非常用的自動燃燒裝置好像起了作用。」我說。「他們什麼也沒得到啊。」

「你想是誰幹的？」

「是人類幹的。」我說。「可能是記號士或什麼人和黑鬼勾結起來跑到這裡把門打開，只有人類能進到這裡，把屋子裡搗得天翻地覆。他們為了以後自己能夠使用這裡——大概想在這裡繼續做博士的研究——而把重要的機械類保留沒動。而且為了不讓黑鬼亂來又把門鎖上。」

「但他們並沒有得到重要的東西。」

「也許。」我說著環視室內一周。「不過他們反正已經得到妳爺爺了。要說重要那是最重要的了。因此我就沒辦法得知博士到底在我體內裝了什麼。已經無從知道了。」

「不。」胖女孩說。「祖父沒被抓。你放心。這裡有一條秘密出路。祖父一定從那裡逃出去了。和我們一樣用防黑鬼的發信機。」

「妳怎麼知道？」

「雖然沒有確實證據，但我知道。祖父是個非常細心的人，沒那麼容易被抓。只要有人想開鑰匙進到裡面時，他應該一定會逃出去的。」

「那麼博士現在已經逃出地上了嗎？」

「不。」女孩說。「事情沒那麼簡單。那逃出口像迷魂陣一樣，和黑鬼巢穴的中心連在一起，不管多麼急，從那裡逃出來也要花五小時啊。因為防黑鬼的發信機只能用三十分鐘，因此祖父應該還在那裡面。」

「或者被黑鬼抓走了。」

「這倒不擔心。祖父在這地底下為了以防萬一，也確保了一個黑鬼絕對不能靠近的安全避難所。祖父大概躲在那裡。安靜等著我來吧。」

「確實是個小心謹慎的人。」我說。「妳知道那地方嗎？」

「嗯，我想我知道。因為祖父也告訴過我到那裡的路線。而且手冊上畫有簡單的地圖。附上各種該注意的危險。」

「例如什麼樣的危險？」

「我想這個你還是不要知道比較好。」女孩說。「你這個人聽完這種事情可能會過於緊張。」

我嘆一口氣，對於自己即將面臨的危險我決定不再發問。我現在已經相當緊張了。

「要到那黑鬼無法接近的地方要花多少時間呢？」

「二十五分或三十分就到那入口。然後到祖父在的地方還要一小時到一小時半。只要到入口就不必擔心黑鬼了，不過問題在於到入口之前。不趕快走的話，防黑鬼的裝置電池會用完。」

「如果我們的發信機電池在途中用完的話怎麼辦？」

「就只能碰運氣了。」女孩說。「不斷在身體周圍掃射手電筒的光，讓黑鬼不能靠近並趕快逃。因為黑鬼討厭被光線照到。不過只要那光稍有空隙，黑鬼就會伸出手來把你或我抓走。」
「可怕。」我無力地說。「發信機充電完了嗎？」
她看看發信機的電力錶，再瞄一眼手錶。
「再五分鐘就完成。」
「動作快一點比較好。」我說。「如果我推測正確的話，黑鬼可能正在通報記號士說我們來這裡了，那麼他們一定會立刻折回這裡來。」
女孩把雨衣和雨靴脫掉，換上我帶來的美軍夾克和慢跑鞋。
「你也換一下衣服比較好，現在要去的地方必須輕裝才能通過。」她說。
我也和她一樣脫掉雨衣，在毛衣上套一件尼龍風衣，拉鍊拉到脖子底下為止。然後背起背包，脫掉雨靴換上網球鞋，時鐘指著將近十二點半。
女孩走進裡面的房間，把衣櫥裡掛著的衣架丟到地上，兩手握住掛衣架的不鏽鋼棒子開始旋轉起來。轉了一下之後，聽見齒輪咬合的喀鏘聲。接著又繼續往相同方向旋轉，衣櫥的牆壁右下方便忽然張開一個縱橫七十公分大的洞。往裡面一探，那洞後面看起來黑漆漆的，好像伸出手就會被撈走。可以感覺到冷且帶霉味的風吹進屋裡來。
「設計得相當巧妙吧？」女孩兩手還握著不鏽鋼棒轉向我說。
「確實做得真好。」我說。「這種地方還有逃生口，一般人是想不到的。真瘋狂。」
「唉呀，才不是什麼瘋狂呢。所謂瘋狂是指對固執於一個方向或傾向的人對嗎？祖父不是這樣，他只是各方面都比別人優秀而已。從天文學、遺傳學到這種土木工程。」她說。「像祖父這樣的人再也找不到了。雖然在電視、雜誌上大出鋒頭高談闊論的大有人在，但那些都是草包。真正的天才是在自己的世界充實滿足的人。」

「不過本人充實滿足，周圍的人則未必如此。周圍的人會想打破那充實滿足的壁壘，設法利用那才能。所以會發生像這次這樣的意外。不管什麼樣的天才，什麼樣的白痴，都不可能自己一個人活在純粹的世界裡。不管躲在多深的地下，或圍在多高的牆裡。終有一天會有人來把這推翻。妳爺爺也不例外。託他的福我肚子被割了一刀，世界再三十五小時多就要結束了。」

「只要找到祖父一定一切都可以順利解決的。」她走近我身旁挺起背，在我耳朵下面輕輕吻一下。被她一吻我身體覺得多少暖和一點，傷痛也稍微減輕了一些似的。也許我耳朵下面有這種特殊的點也不一定。或者單純只為了很久沒被十七歲的女孩子親吻了。上次被十七歲女孩親吻已經是十八年前的事了。

「只要相信什麼事都會順利的話，世上就沒有什麼可怕的東西了。」她說。

「年紀大一點，相信的事情就會少一點。」我說。「這和牙齒磨損一樣。並不是變得愛嘲笑，或變得多疑，只是磨損下去而已。」

「可怕嗎？」

「可怕啊。」我說，然後彎身再看一次洞穴深處。「我向來對又窄又暗的地方沒辦法。」

「不過已經不能向後退了。只好向前走吧？」

「理論上噢。」我說。我漸漸開始覺得身體已經不是自己的了。高中時代打籃球時就經常有這種感覺。球的運動實在太快，身體想要對應它，但意識卻沒辦法趕上。

女孩一直注視著發信機的儀錶，終於對我說：「走吧。」充電完成了。

和剛才一樣女孩先走，我跟在後面。走進洞裡之後女孩轉過身，把入口旁的把手旋轉幾次，關起門。隨著門的關閉從正方形洞射進來的光就逐漸變細，變成一條直線，終於消失。比以前更完全的，過去從來沒經歷過的濃密黑暗覆蓋了我身體周圍。手電筒的光都無法打破那黑暗的支配，只能在其中打出一個微弱又令人不放心的光之洞穴而已。

「我真不明白。」我說。「為什麼妳爺爺要特地選擇通過黑鬼巢穴中心做逃出口呢？」

「因為這樣最安全哪。」女孩一面用光照我一面說。「黑鬼的巢穴中心對他們來說是神聖地域，他們不能進入。」

「那是宗教性的嗎？」

「嗯，我想大概是吧。我自己雖然沒看過，但祖父這樣說。稱為信仰雖然令人厭煩，但那是一種宗教則不會錯吧。他們的神是魚。巨大且沒有眼睛的魚。」她這樣說著就把光轉向前方。「總之向前走吧。不太有時間了。」

洞窟的頂很低，不得不彎著身子走。岩壁的肌理大致還平滑很少凹凸，但偶爾還是會被凸出來的岩角撞到頭。即使撞到頭也沒時間理會。我把手電筒的光線緊緊照在她背上，拚命盯著她的背影，唯恐她失去蹤影，只能緊緊跟著前進。她雖然胖但身體動作還很敏捷，腳步也快，耐力似乎也相當持久。我雖然算強壯，但用腰部力量走時下腹部的傷口便陣陣疼痛。簡直像把冰楔敲進肚子裡一般疼。汗衫都濕透了，冷冷地貼在身上。但與其走失看不見她，一個人被留在黑暗裡，不如還是忍著疼痛好多了。

隨著向前走，身體不屬於我的意識越來越強。我想那大概因為看不見自己身體的關係吧。即使手掌舉到眼前也看不見。

看不見自己的身體是一件很奇怪的事。一直處於這樣的狀態下，不久就開始覺得身體這東西也許只是個假設而已。雖然頭撞到岩洞會感覺疼，肚子傷口也不停地繼續痛。腳底感覺到地面。但那只不過是疼痛或觸感而已。也就是在所謂身體這假設之上成立的一種概念而已。所以身體消失了，只留下概念在產生機能並不是不可能。就像因手術被切掉手腳的人，切掉之後還留下手指痛癢的記憶一樣。

好幾次我想用手電筒照自己的身體以確定它還存在，但又怕失去她的蹤影而作罷。身體還好好地存在著，我試著這樣對自己說。如果我的身體已經消失了，只剩下靈魂的話，我應該會變得更輕鬆才對。如果靈魂也必須永遠抱著腹部的傷痛、胃潰瘍、痔瘡的話，到底要到什麼地方才能得救呢？如果靈魂不是和肉體分離的東西的話，靈魂有什麼理由存在呢？

我一邊思考這些問題，一邊追在胖女孩穿的橄欖綠戰鬥夾克和那下面露出的粉紅色緊身裙、粉紅色Nike慢跑鞋的後面。她的耳環在光線中閃閃發亮，搖搖晃晃，看起來就像在她脖子周圍成雙飛舞的螢火蟲一樣。

她都沒有回頭看我，只是默默繼續前進。好像我的存在已經從她的念頭裡消失了似的。她一面用探照燈快速檢查著叉路或橫穴一面往前走。有叉路出現時，她就站定從胸前口袋拿出地圖，用光照著確認該走哪一邊才好。在那時我才能又跟上她。

「沒問題嗎？路對不對？」我試著問她。

「嗯，沒問題。到目前為止都對。」她以篤定的聲音回答。

「妳怎麼知道是對的？」

「因為對呀。」她說。光線照著腳下。「你看地面吧。」

我彎下腰試著注視光線照出的圓形地面。看得見岩石的凹洞裡有幾個銀色閃亮的小東西散落著。拿起來一看，原來是金屬製的迴紋針。

「對嗎？」女孩說。「祖父經過這裡了。而且想到我們會跟過來，所以在這裡留下記號啊。」

「原來如此。」我說。

「經過十五分了。快點走吧。」女孩說。

前面也有幾個叉路，但每次都有迴紋針灑落地上，因此我們可以不至於迷路地繼續前進，並且節省很多寶貴的時間。

偶爾地面會突然出現深穴開口。穴的位置在地圖上用紅色奇異筆做了記號，因此接近時我們會稍微減低速度，一面確認地面一面前進。洞穴的直徑大約五十公分到七十公分，可以跳過去或繞到旁邊，很容易通過。我試著撿一塊拳頭大的石子丟進裡面，但等了好久都聽不見聲音，簡直就像一路穿透通往巴西或阿根廷一樣。如果踏個空掉進那洞裡，光是想像胃就緊縮起來。

路像蛇行般左右彎曲，一邊分出幾條叉路，一邊往下再往下，雖然坡度不陡，但路一直是往下走的。感覺上好像每走一步，後面光明的世界就從我背上被剝走一點似的。

路上我們曾經擁抱過一次。她突然停住，向後轉身，把燈熄掉兩手環抱我的身體。然後用手指尋找我的嘴唇，然後把嘴唇湊過來。我也摟住她的身體，輕輕抱緊。在一片漆黑裡互相擁抱真是奇妙。我想斯湯達爾應該寫過在黑暗中互相擁抱的情形。我忘了書名，我試著回想，但怎麼樣都想不起來。斯湯達爾有沒有在黑暗中擁抱過女人？我想如果能活著從這裡出去，而且世界還沒有終結的話，我要找出斯湯達爾的書來看看。

她脖子上哈密瓜古龍水的氣味已經消失了。代替的是十七歲女孩脖子的氣味。脖子下有我自己的氣味。滲進美軍夾克裡的我的生活氣味。我所做的菜，我所潑倒的咖啡，我的汗臭味。那些東西滲進去就那樣固定下來了。在地底的黑暗中和十七歲少女擁抱著時，覺得這樣的生活好像是再也不會回來的幻覺似的。可以想起那曾經存在過。但腦子裡無法浮現我回到那裡的情景。

我們安靜擁抱很久。時間一直過去，但我覺得那不是什麼大問題。我們藉著擁抱而互相分攤彼此的恐怖。而那是現在最重要的事。

終於她的乳房緊緊壓在我胸前，她嘴唇張開，柔軟的舌頭隨著溫暖的氣息探進我口中。她的舌尖在我舌頭周圍舔著，指尖在我頭髮裡探索。但十秒左右就結束了，她突然離開我的身體。我簡直就像一個人被遺留在外太空的太空人一樣，被無底的絕望感所襲。

我打開燈，她站在那裡，她自己的燈也亮起。

「走吧。」她說。然後背轉身，和剛才一樣地開始走起來。我的嘴唇還留有她嘴唇的感觸。我胸前還能感覺到她心臟的鼓動。

「我的，相當棒吧？」女孩沒回頭地說。

「相當棒。」我說。

「可是有點不夠吧？」

「是啊。」我說。「有點不夠。」

「什麼不夠呢？」

「不知道。」我說。

走了五分鐘平坦的路之後，我們出到一個寬闊的地方。空氣中的臭味不同了，腳步聲響的方式改變了。拍手時，好像正中央膨脹起來似的橢圓形回音傳了回來。

她拿出地圖確認位置時，我用燈光照亮周圍。頂上正好呈圓形，室內也和那搭配呈圓形。很明顯是人為加工的平滑圓形。牆壁很光滑，沒有凹凸。地面中心有一個直徑一公尺左右的淺底洞穴，洞穴裡積有不知是什麼滑滑的東西。雖然不是特別臭，但空氣中散發著令人口中湧起酸味的討厭感覺。

「這好像是聖域的入口。」女孩說。「這樣一來算是得救了。黑鬼不會進這裡面來了。」

「黑鬼不會進來固然好，但我們能逃得出去嗎？」

「那只要交給祖父就行了。祖父一定會想辦法幫我們。而且兩個發信機組合起來，黑鬼就不能靠近了對嗎？換句話說一個發信機在運作時，另一個可以充電。這樣就沒什麼可怕的。也不必擔心時間了。」

「原來如此。」我說。

「有沒有稍微鼓起勇氣呀？」

「有一點。」我說。

進入聖域入口的兩側，設有精緻的浮雕。兩隻巨大的魚相互以口尾連接形成一個圓球形圖紋。那魚樣子奇怪。頭簡直就像轟炸機前的防風部分一般高高隆起，沒有眼睛，代替的是突出兩支又粗又長的觸角，像植物籐蔓一樣扭曲旋轉。口大得和身體不成比例，筆直裂開到鰓的附近，正下方根部跳出一根像動物切斷的肢體般粗短的器官。起初我以為那是作用像吸盤似的器官，但仔細一看那尖瑞有三隻銳利的爪。我第一次看到有爪的魚。背鰭呈橢圓形，鱗片像刺一般從身上浮出來。

「這是傳說中的生物嗎？還是實際存在的東西？」我試著問女孩。

「誰知道。」女孩說著彎下腰，又從地上拾起幾枚迴紋針。「不管怎麼說，我們總算沒走錯路。走，快點進裡面去吧。」

我再用手電筒的光照一次魚的浮雕然後跟在她後面。黑鬼在這完全黑暗的裡面能做出如此精緻的浮雕，對我來說真是相當吃驚。雖然腦子裡知道他們能在黑暗中看見東西，但實際眼睛看到時的驚訝依然並不因此而稍減。而且現在這個瞬間，說不定他們就從黑暗深處緊緊盯著我們的舉動。

進入聖域之後，路轉為和緩的上坡，隨著頂部也越來越高，終於用燈光照射也無法認出頂來了。

「從這裡開始進入山裡。」女孩說。「習慣登山嗎？」

「從前每星期登一次山。不過沒在黑暗中登過山就是了。」

「好像不是什麼了不起的山。」她把地圖塞進胸前口袋說。「不是能稱得上山的山。可以算是丘吧。不過據說對他們來說這就是山了。祖父說過的。地底唯一的山是聖山呢。」

「那麼我們現在豈不正要污染它了嗎？」

「不，相反。山本來就是污染的。所有的污物都集中在這裡。這個世界也就是說被地殼封閉的潘朵拉的盒子。而我們現在正要穿過那中心。」

「簡直像地獄一樣嘛。」

「嗯，對呀。確實這裡也許很像地獄。而且這裡的空氣透過下水道、各種洞穴和鑽探孔而吹出地面。也可能進入人們的肺裡。」

「進到這裡面，我們還能活下去嗎？」

「要有信心哪。剛才不是說過了嗎？只要有信心就沒什麼可怕的。只要繼續想一些快樂的回憶，愛過的人，哭過的事，小時候的事，將來的計劃，喜歡的音樂，什麼都可以，就不會害怕了。」

「可以想班・強生嗎？」

「班・強生？」

「出現在約翰・福特的老電影裡很會騎馬的明星啊。騎馬騎得帥極了。」

她在黑暗裡非常愉快地格格格笑起來。「你這個人真妙。我好喜歡你。」

「年齡相差太多了。」我說。「而且我樂器一樣也不會。」

「從這裡出去以後，我教你騎馬。」

「謝謝。」我說。「不過妳在想什麼？」

「想和你接吻的事。」她說。「為了這個所以剛才和你接吻哪。你不知道？」

「不知道。」

「祖父在這裡想什麼你知道嗎？」

「不知道。」

「祖父什麼也不想。他可以讓頭腦一片空白。所謂天才就是這樣。頭腦變成一片空白的話，邪惡的空氣就沒辦法進入裡面。」

「原來如此。」我說。

正如她所說的路越走越危險，終於到了必須用兩手攀登才行的峭壁。在那之間我一直想著班・強生。騎在馬上的班・強生。我盡可能在腦子裡回想《要塞風雲》、《黃巾騎兵隊》、《驛馬車》、《一將功成萬骨枯》等電影裡班・強生騎馬的姿勢。荒野中烈日高照，天空飄著像用毛刷刷出似的白雲。牛群聚集在山谷裡，女人們一面用白圍裙擦著手一面走出門口。河水流著，風搖著光波，人們在唱歌。而班・強生在那樣的風景中像箭似地奔馳而過。鏡頭在軌道上不停移動，把他的雄姿收入畫面。

我一面探索著岩石之間可以落腳的點，一面繼續想著班・強生和他的馬。不知道是不是因為這個原因，腹部傷口的疼痛竟像假的一樣完全收斂了，可以不再被自己正負傷的意識所煩擾而能自由走動。想到這裡，如果能在意識中輸入某種特定信號，就能緩和肉體疼痛。她剛才的那種說法或許未必是誇張，我想。

以登山而言，那絕對不算是多麼難的攀岩。落腳點都很牢固，也不是太陡的峭壁，只要一伸手就可以發現手邊有岩壁的凹洞。以地上的基準可以說是適合初學者的，而且是星期天早晨小學生一個人攀登都不危險的程度，算是簡單的路程。但因為是在地底的黑暗中，因此事情就不一樣了。首先，不用說，什麼都看不見。前面有什麼？還要爬上多少？現在自己所在的位置是哪裡？腳底下是什麼情況？自己走的路線對不對？這些都不清楚。我真不知道喪失視力竟然是這麼恐怖的事情。有時候連價值標準，或附屬存在的自尊心和勇氣似的東西都被剝奪了。人要達成什麼的時候，極自然地必須把握三個要點。自己過去達成了什麼？自己現在站在什麼位置？接下來要做什麼？如果這三點被奪走的話，只剩下恐怖、自信低落和疲勞感而已。我現在所處的位置就是如此。技術並不成問題。問題在於自己能夠掌控多少情況。

我們在黑暗中繼續上山。因為不能拿著手電筒攀登懸崖，因此我把手電筒放進褲袋，她也把手電筒皮帶斜背，把光照到背後。因此我們什麼也看不見。在她腰上搖晃的燈光，只照出空虛黑暗中的空洞。我們以那搖晃的燈光為目標繼續默默攀登懸崖。

她為了確認我沒有落後，偶爾會出聲招呼。「沒問題嗎？」或「快到了。」之類的。

「要不要唱歌？」過了一會兒她說。

「什麼樣的歌？」我問。

「什麼都可以。只要有旋律有歌詞就行了。你唱嘛。」

「我不在別人面前唱的。」

「唱嘛。沒關係啦。」

沒辦法，我唱了〈佩其卡〉。

雪花飄飄的夜晚
快樂的佩其卡
爐火熊熊　啊　佩其卡
談起從前的往事
噢　佩其卡

接下來的歌詞我記不得了，因此自己隨便編歌詞唱。大家圍著佩其卡時，有人敲門了，爸爸去開門，門外站著一隻受傷的馴鹿說：「我肚子餓了，有什麼可以吃嗎？」於是打開桃子罐頭給牠吃，這樣的內容。最後大家坐在佩其卡前面唱歌。

「唱得很棒嘛。」她讚美道。「很抱歉不能鼓掌，真是很好聽的歌。」

「謝謝。」我說。

「再唱一曲吧。」女孩催促著。

於是我唱了〈White Christmas〉。

夢見那白色聖誕
雪白的風景
溫柔的心
古老的夢境
獻給妳
我的禮物
夢見那白色聖誕
只要一閉上眼
雪橇的鈴聲
雪花的光輝
就在我心中
醒過來

「好極了。」她說。「那歌詞是你作的嗎？」

「只是想到什麼就唱什麼。」

「為什麼老是唱冬天和雪的歌呢？」

「不知道。到底為什麼？大概因為又黑又冷吧。我只能想到這種歌。」我身體一面從一個岩壁凹洞移向另一個岩壁凹洞一面說。「現在該妳唱了。」

「我唱〈自行車之歌〉好嗎？」

「請便。」我說。

四月的早晨
我騎著自行車
經過陌生的路
騎向森林裡
新買的自行車
顏色是粉紅色
把手和座位
全是粉紅色
連煞車的橡皮
也都是粉紅色

「怎麼好像是妳自己的歌嘛。」我說。

「是啊，當然。是我自己的歌。」她說。「喜歡嗎？」

「喜歡哪。」

「要不要繼續聽？」

「當然要啊。」

四月的早晨
搭配的是粉紅色
其他的顏色
一概都不行
新買的自行車
鞋子是粉紅色
帽子和毛衣
也是粉紅色
長褲和內衣
也都是粉紅色

「我已經知道妳對粉紅色的感覺了，能不能說說別的啊。」我說。

「這是必要部分哪。」女孩說。「嗨，你覺得有沒有粉紅色的太陽眼鏡？」

「艾爾頓・強好像戴過的樣子。」

「哦。」她說。「算了沒關係。我繼續唱吧。」

我在路上
遇見爺爺
爺爺身上穿的
全是藍色
鬍子好像忘記刮了
那鬍子也是藍色
好像漫長的夜
深藍色
漫長漫長的
永恆的藍色

「那是指我嗎?」我試著問。

「不，不是的。不是你。這歌裡沒有你。」

森林裡
不要去
爺爺說
森林的規定
為了那些獸
就算是四月的早晨
水也不會倒流
四月的早晨

但是我
騎著自行車
騎進森林裡
粉紅色的自行車
四月晴朗的早晨
沒什麼可怕的
顏色是粉紅色
只要騎在車上

什麼都不怕
不是紅不是藍不是咖啡
純粹是粉紅色

她唱完〈自行車之歌〉不久之後，我們似乎完全爬上懸崖，來到寬闊的台地上了。我們鬆了一口氣，試著用手電筒照照四周。台地好像相當寬大，像桌面一般光滑的平面無止盡地延伸。她在台地的入口處彎下身體，又發現半打左右的迴紋針。

「妳爺爺到底到什麼地方去了？」我問。

「快到了。就在這附近。我聽祖父提過這台地好幾次所以大概可以知道。」

「那麼妳爺爺以前也來過幾次囉？」

「那當然。祖父為了作成地底的地圖，曾經在這附近的每個角落都繞過。這一帶他什麼都知道。從支穴的去向，到秘密走道，全都知道。」

「他一個人走的嗎？」

「嗯，對呀。當然。」女孩說。「祖父喜歡一個人行動。他不是討厭或不信任別人，只是別人跟不上他而已。」

「我好像可以瞭解。」我同意。「不過這台地到底是什麼？」

「這山上過去是黑鬼祖先住的地方。他們在山脊裡挖洞穴，大家住在裡面。現在我們站著的平坦地方，是他們舉行宗教儀式的地方。對他們來說是神住的地方。祭司或巫師站在這裡，呼喚黑暗之神，獻上犧牲祭品。」

「所謂神，就是那可怕的長爪魚嗎？」

「對呀。他們相信那魚主宰著黑暗地界。這地底的生態體系、各種東西應有的樣子、理念、價值體系、生、死、這些東西。他們傳說從前最早的祖先，就是在那魚的引導下來到這地裡的。」她把燈照著腳下，向我顯示地面挖有深十公分，寬一公尺左右的溝。這溝從台地入口一直線地導向黑暗深處。「沿著這道路一直往前走，應該可以走到從前的祭壇。我想祖父大概躲在那裡。因為在這聖域之中祭壇是最神聖的地方，無論誰都不能靠近，所以只要躲在那裡，就絕對不用擔心被捕。」

我們順著那溝似的筆直道路前進。道路終於轉為下坡，兩側的牆壁也隨著逐漸高起。簡直就像兩邊的牆立刻要靠近來把我們身體夾住，擠破壓扁似的。周圍依然像井底般安靜，沒有東西移動的跡象。只有我和她的橡皮鞋底踏在地面的聲音，在牆和牆的縫隙之間發出奇妙的韻律聲響。我邊走著，邊無意識地抬頭看了幾次。人在黑暗中，似乎極自然地就會去尋求星光或月光。

當然我頭上既沒有月亮也沒有星星。只有黑暗形成的幾層東西，壓在我身上而已。沒有風，空氣陰沉沉地停在同一個地方。感覺上包圍著我的一切的一切都比以前沉重。覺得連自己的存在都更加沉重似的。吐氣、鞋子的聲音、手舉起放下，都像拖著泥土似的被沉沉拉向地表。感覺不像是鑽在地底深處，而像在外太空中某個不明天體上似的。引力、空氣的密度和時間的感覺，一切的一切都和我記憶中的完全不同。

我把左手舉高，把手錶的燈打開，確認時間。二時十一分。下地底時正好是午夜，因此在黑暗中只過了二小時多一點而已。但我感覺好像人生的四分之一都在黑暗中度過似的。連手錶的微弱光線，看久了眼睛深處都覺得微微刺痛。我的眼睛很可能已經逐漸被黑暗同化了。手電筒的光照向我的眼睛時也有一樣的感受。長久身在黑暗中，好像黑暗才是本來應有的狀態，光反而變成不自然的異物了。

我們一直閉著嘴，繼續走下那深而狹小的溝道。路是平坦的單線道，也不用擔心頭會碰到頂，因此我把手電筒關掉，靠著她橡皮鞋底的聲音繼續向前走。繼續走著，自己的眼睛是張開或閉著都變得不確定了。張開眼睛時的黑暗和閉著眼睛時的黑暗，完全相同。我試著一會兒睜著眼睛或一會兒閉上眼一面走，最後竟然無法正確判斷到底是睜眼還是閉眼。人類的某種行為，和與其相反的行為之間，本來存在著某種有效的差異，如果那差異消失了，分隔行為A和行為B的牆也就自動消滅了。

我現在能感覺到的，只有迴響在耳邊的她的鞋子聲而已。這鞋子聲由於地形、空氣和黑暗的關係，響法顯得被壓得很扁。我在腦子裡試圖把那響法化為語音，但那和任何語音都不相合。簡直就像非洲、或中東等我們不懂的語言聲音。在日本語的語音範圍內，無論如何都無法規定它。如果是法語、德語或英語的話，或許多少有些接近那聲音。總之我決定暫且以英語試一試。

首先最初那聽起來好像是：

Even-through-be-shopped-degreed-well

實際上嘴巴念起來，又發現那和鞋底聲完全不一樣。更正確地表現應該是：

Efgven-gthouv-bge-shpevg-egvele-wgevl

的樣子。

簡直像芬蘭語一樣，但很遺憾，我完全不懂芬蘭語。從語言本身的印象來說，好像在說「農夫在路上遇見年老的惡魔」一樣的感覺，但那純粹只是印象而已。沒有任何根據。

我輪流以各種語言和文字來搭配那鞋聲一面走。並在腦子裡想像她粉紅色Nike鞋交互踩在平坦路面的樣子。右邊腳跟踩下地面，重心移到腳尖，等快離開地面時左邊的腳跟著地。那動作無限延續。時間的流法越來越慢。好像手錶的彈簧鬆了，因此指針沒辦法往前走似的。粉紅色慢跑鞋在我腦子裡慢慢地忽而往前走，忽而往後退。

Efgven-gthouv-bge-shpevg-egvele-wgevl

Efgven-gthouv-bge-shpevg-egvele-wgevl

Efgven-gthouv-bge……

鞋聲這樣響著。

芬蘭鄉下的石子路上坐著一位年老的惡魔。惡魔一萬歲或兩萬歲，看起來很疲倦，衣服和靴子都滿是灰塵。連頭髮都快磨光了。「這麼急，你要去哪裡？」惡魔這樣問農夫。「鋤頭缺口了我要拿去修理。」農夫回答。「不用急。」惡魔說。「太陽還很高，不必這麼著急呀。到這邊坐一下，聽我說話。」農夫小心地望著惡魔的臉。農夫知道被惡魔纏上了可不得了，但看起來惡魔非常寒冷而且筋疲力盡的樣子，於是農夫就……

——有什麼打在我臉頰上。柔軟而扁平的東西。柔軟而扁平，不怎麼大而令人懷念的東西。那是什麼？我正在整理思緒的時候，那東西又打了我的臉頰一次。我想舉起右手把那拂開，但沒有辦到。我的臉頰又被打了一次。我的臉前面，有什麼不愉快的東西一閃一閃地搖晃著。我張開眼睛。在張開眼睛之前，我沒發現自己是閉著眼睛的。原來我是閉著眼睛的。我眼前的是她大型的閃光燈，打我的是她的手。

「不要這樣。」我吼道。「太耀眼了，好痛啊。」

「你在說什麼傻話！在這種地方睡著會怎麼樣你知道嗎？好好站起來呀！」女孩說。

「站起來？」

我打開手電筒，看一看四周。雖然自己沒發現，但我竟然坐在地上靠著牆。大概在不知不覺之間睡著了。地上和牆上都被水濡濕了似的濕答答的。

我慢慢直起腰站了起來。

「我真不明白什麼時候睡著了，不記得曾經坐下來，也不記得想睡覺啊。」

「是那些傢伙設計的。」女孩說。「他們希望我們就這樣昏睡過去。」

「那些傢伙？」

「住在這山上的東西呀，雖然不知道是神還是惡魔，不過就是這種存在。想要來阻礙我們。」

我搖搖頭，把留在腦子裡的硬塊搖落。

「頭腦一片模糊，逐漸搞不清楚眼睛到底是張開還是閉上了。而且妳的鞋子也響得好奇怪……」

「我的鞋子？」

我把在她鞋子聲響中，如何登場的年老惡魔的事說給她聽。

「那是騙術。」女孩說。「像催眠術一樣的東西。如果我沒注意的話，你一定會在這裡睡著而且誤事。」

「誤事？」

「對。誤事。」雖然她說過了，但並沒有告訴我那是那一種誤事法。「你背包裡有繩子吧？」

「嗯，有五公尺左右的繩子。」

「拿出來吧。」

我把背包從背上放下來，伸手進去裡面，從罐頭、威士忌酒瓶和水壺之間拉出繩子來交給她。女孩把繩子的一端綁在我皮帶上，另一端纏在自己的腰上。然後繞起繩索，試著拉拉彼此的身體。

「這樣就沒問題了。」女孩說。「這樣就不會走散了。」

「如果兩邊沒有同時睡著的話。」我說。「妳也睡很少吧？」

「問題在不要讓他們有機可乘。如果你因為睡眠不足而同情自己的話，惡勢力就會從這裡靠近來。你明白嗎？」

「明白了。」

「明白就走吧。沒時間拖拖拉拉的了。」

我們用尼龍繩連接彼此的身體並往前走。我努力不注意她的鞋子聲音。而且用手電筒的光線照著女孩背後，一面注視著橄欖綠色的美軍夾克一面走。我買那件夾克是在一九七一年。越南戰爭還在繼續打著，相貌不祥的尼克森還在當總統的時候。那時候每個人都留長頭髮，穿髒鞋子，聽恍惚的搖滾樂，穿背上有和平標誌的美軍淘汰的戰鬥夾克，心情好像彼得・方達一樣。那已經是恐龍可能出現的古老時代的事了。

我試著回想當時發生的一些事情，但一件也想不起來。沒辦法只好試著想想彼得・方達騎著摩托車奔馳的場面。然後試著把那場面和Steppenwolf的〈Born to Be Wild〉重疊起來看看。但〈Born to Be Wild〉在不知不覺之間變成Marvin Gaye的〈I Heard It Through The Grapevine〉。大概因為前奏很相似的關係吧。

「你在想什麼?」胖女孩從前面開口問。

「沒什麼。」我說。

「要不要唱歌?」

「不唱了。」

「那麼，想一點什麼吧。」

「來談一談吧。」

「談什麼?」

「談下雨怎麼樣?」

「好啊。」

「妳記得什麼樣的雨?」

「爸爸媽媽和兄弟死的那天傍晚下了雨。」

「談一些快樂一點的吧。」我說。

「沒關係。我想談這個。」女孩說。「而且，除了你以外沒有其他人可以說……如果你不想聽，當然那就算了。」

「如果想說就說吧。」我說。

「那雨好像在下，又好像沒下的樣子。從早上起就一直是那樣的天氣。天空被灰色覆蓋著，朦朦朧朧的文風不動。我躺在醫院的床上，一直仰望著那樣的天空。十一月初，窗外長有樟樹。很大的樟樹。葉子已經落了一半，從那樹枝的空隙可以看見天空。你喜歡眺望樹嗎？」

「不知道。」我說。「並不討厭，不過也從來沒有認真眺望過。」

說真的，我連**柯**樹和**樟**樹都無法區別呢。

「我最喜歡看樹。從以前就喜歡，現在還是一樣。一有時間就坐在樹下，一面摸摸樹幹，抬頭看看樹枝，一面發呆好幾個鐘頭。那時候我住的醫院裡，庭院中有非常高大的樟樹。我躺在床上，一整天什麼也沒做，光是看著那樟樹的樹枝和天空。最後幾乎記住了每一根樹枝。就像鐵路迷記住每個路線的名稱和每一站的名稱一樣。

「然後，經常有鳥飛來那棵樟樹上。各種的鳥。麻雀、伯勞、白頭翁等。還有不知名的漂亮的鳥。有時候斑鳩也飛來。這些鳥飛過來，在樹枝上停留一會兒，然後又不知道飛到什麼地方去了，鳥對下雨非常敏感。你知道嗎？」

「不知道。」我說。

「下雨的時候，或好像快下雨的時候，鳥絕對不會出現在枝頭。不過一下完雨立刻就會飛來，大聲啼叫。簡直就像大家都在祝福雨停了似的。不知道為什麼，也許因為雨停了蟲子會跑出地面吧。或許鳥只是單純的喜歡雨停而已。不過因此，我就可以知道天氣的情況了。看不見鳥就是雨天，鳥飛來啼叫就是雨停了。」

「住院很久嗎？」

「嗯，一個月左右。我從前心臟瓣膜有問題，不得不動手術。因為聽說是非常困難的手術，所以家裡人對我已經放棄一半信心了。不過很奇怪，結果居然只有我還生存著，而且活得很健康。其他的人全都死了。」

說到這裡她繼續沉默地走著。我也一面想著她的心臟、樟樹和鳥一面走著。

「大家死的那天，對鳥來說是非常忙碌的一天。因為那天不知道有下或沒下的，雨繼續下下停停，所以鳥也配合著一會兒出來一會兒躲起來，反覆了幾次。那時非常冷，正在預告冬天似的一天，因為病房裡有暖氣，所以窗戶的玻璃立刻就霧霧的，我不得不擦了幾次。從床上起來，用毛巾擦窗子，又回到床上。本來是不可以下來的，但我想看樹、鳥、天空和雨。長久住院以後，那些東西看起來就像是生命本身似的。你住過院嗎？」

「沒有。」我說。我大體上就像春天的熊一樣健康。

「有一種鳥，羽毛是紅色頭是黑色的。每次都是成對一起行動。和這比起來白頭翁簡直像銀行員一樣樸素。不過雨一停大家都一樣飛到枝頭啼叫起來。

「那時候我這樣想。世界真奇妙啊。世界上長有幾百億、幾千億數目棵的樟樹——當然不一定非要樟樹不可——在這裡太陽照射、雨降臨，因而有好幾百億、好幾千億隻的鳥停在上面，或從那上面飛走。在想像這光景的時候，我心情竟然變得非常悲傷。」

「為什麼？」

「大概是因為世界充滿了數不清的樹、數不清的鳥和數不清的雨吧。然而我覺得連一棵樟樹，一陣雨都無法理解似的。永遠。就在無法理解一棵樟樹，無法理解雨的情況下，變老而死去。想到這裡，我就覺得非常寂寞，一個人哭起來。一面哭，一面希望有人緊緊抱著我。但是沒有一個人來抱我。因此我就孤伶伶的一個人，在床上一直哭。

「不久天漸漸黑了，周圍暗下來，鳥也不見了。所以我不知道是在下雨還是沒下雨，也沒辦法確認。那天傍晚我的家人全部死掉了。雖然很久以後別人才告訴我。」

「知道的時候很難過吧。」

「不太記得了。我覺得那時候大概什麼也沒感覺吧。我只記得，在那秋雨的黃昏沒有人來緊緊擁抱我。那簡直就像——對我來說就像世界末日一樣。又黑又難過又寂寞得不得了，想要人家擁抱的時候，周圍卻沒有人來抱你，這是怎麼一回事，你懂嗎？」

「我想我懂。」我說。

「你曾經失去過心愛的人嗎？」

「好幾次。」

「所以現在是孤伶伶一個人？」

「也沒有。」我一面捻著綁在皮帶上的尼龍繩一面說。「在這世界上誰都不能孤伶伶一個人活著。大家都在某個地方有一點聯繫。雨會下，鳥會叫。肚子也會被割破，在黑暗中會和女孩子接吻。」

「不過沒有愛的話，世界等於不存在呀。」胖女孩說。「如果沒有愛，那麼世界就和窗外吹過的風一樣。既觸摸不到，也聞不到氣味。不管能用錢買到多少女孩子，不管和多少迎面而來的女孩子睡覺，那都不是真實的。誰都沒有認真擁抱你的身體。」

「並沒有那麼常買女孩子，也沒有和迎面而來的人睡覺。」我抗議。

「一樣啊。」她說。

也許是吧。我想。誰也沒有認真擁抱我的身體。我也沒有認真擁抱什麼人的身體。就這樣逐漸老去。我像貼在海底岩礁上的海參一樣，孤伶伶地老下去。

我一面呆呆想著一面走，沒注意她已經停下來，於是又碰到那柔軟的背。

「抱歉。」我說。

「噓！」她說著抓住我的手臂。「有什麼聲音，你仔細聽！」

我們安靜站著，側耳傾聽從黑暗深處傳來的聲音。那聲音從路的正前方遠遠傳來，很小聲，不注意的話就聽不到。像微弱的地鳴，又像非常沉重的金屬互相摩擦的聲音。但不管那是什麼，聲音繼續響著，隨著時間過去音量逐漸好像提高。好像有一隻大蟲子在背上悄悄癢癢地往上爬似的。發出一股觸感厭惡而冷颼颼的聲音。人的耳朵勉強能聽見的低沉聲音。

連周圍的空氣，都配合那音波開始搖晃起來似的。沉甸甸的風，像被水推動的泥一樣，在我們身體周圍由前往後慢慢移動著。空氣似乎含著水氣似的濕濕冷冷。而且周遭充滿了即將發生什麼的預感。

「是不是快要地震了？」我說。

「不是地震。」胖女孩說。「比地震更嚴重的事情。」

22.

世界末日 灰色的煙

正如老人預言的，煙每天都在昇起。那灰色的煙由蘋果樹林一帶昇起，就那樣被吞進空中沉甸甸的厚雲中去。一直注視著，會被錯覺侵襲，覺得所有的雲都是從蘋果樹林中製造出來的。煙昇起的時刻正確說來是下午三時，至於持續多久則依死獸的數目而不同。大風雪的第二天或冷凍的夜晚之後，那濃重的煙簡直令人聯想到森林火災，持續好幾小時。

為什麼人們不想辦法防止牠們的死呢？我真不明白。

「為什麼不找個地方蓋個小屋什麼的呢？」我在下棋時試著問老人。「為什麼不為獸群想辦法防雪防風防寒呢？不必做得很好也可以。只要稍微加個屋頂圍個圍牆就能救很多條命啊。」

「那是白費力氣。」老人眼睛不離棋盤地說。「就算造了小屋獸也不會進去。牠們從以前開始就一直睡在大地之上啊。就算因此會送命，牠們還是要睡外頭。寧可冒著風雪冰寒。」

上校把主教放在國王正面，堅固地封鎖陣地。兩側則有兩個角落正張開火線，正等著我攻進去。

「聽起來獸簡直就是自找苦吃，自尋死路嘛。」我說。

「在某種意義上或許確實是這樣。不過對牠們來說這就是自然。寒冷和痛苦。對牠們來說或許才是救贖也不一定。」

老人沉默下來，因此我讓猿猴潛入城牆旁邊。我打算誘使城牆移動。上校正要上當，忽然警覺而止住，改為移動騎士往後退縮，把防禦範圍縮成針山一樣。

「我看你也逐漸狡猾起來了啊。」老人一面笑著說。

「跟您比還差多了。」我也笑著說。「不過您所說的救贖是什麼意思呢？」

「我是說牠們也許因死而得救也不一定啊。獸確實是死了，但春天一來又生了。以新的孩子出生。」

「而那些孩子又漸漸生長，遭遇同樣的苦難，然後又死去對嗎？為什麼牠們非承受這苦難不可呢？」

「那是規定啊。」老人說。「該你了。只要無法打倒我的主教你就贏不了。」

三天之間雪斷斷續續地下著，然後忽然晴天來臨。凝凍成一片白色的街，終於又見到久違的太陽，在陽光普照之下，周遭充滿了雪溶的水聲和眩目的光輝。雪塊從枝頭落下的聲音此起彼落。我為了避開光線而把窗簾拉緊，靜靜躲在屋裡。儘管藏身在窗戶緊閉窗簾深垂的背後，我還是無法逃過那亮光。結凍的街像精巧切割的巨大寶石般，所有角度反射著陽光，把那奇妙而直接的光送進房間，射進我的眼睛。

我在那樣的午後一直趴在床上用枕頭覆蓋眼睛，側耳聽著鳥的聲音。鳥發出各式各樣的聲音飛到窗邊來，又飛到別的窗前去。鳥都知道住在官舍的老人們把麵包屑撒在窗邊。也聽得見老人們坐在官舍前的陽光下聊天的聲音。只有我一個人不得不遠離溫暖太陽的惠顧。

天黑之後我起床用冷水沖洗腫脹的眼睛，戴上墨鏡，走下積雪的山丘斜坡到圖書館去。但在眩目光線刺痛我眼睛的日子裡，我無法像平常那樣讀那麼多夢。處理了一兩個頭骨之後，古夢所發出的光就會使我的眼球像被針刺似的疼痛。我眼睛深處模糊的空間便像被沙子填滿似的變得沉重呆滯，手指尖便失去了平日微妙的感覺。

這時候她會以濡濕的冷毛巾為我敷眼睛，熱一些淡湯或牛奶給我喝。無論湯或牛奶都有點粗粗的，舌頭的觸感怪不舒服，味道也缺乏柔潤的美感，喝了幾次之後嘴巴終於逐漸習慣，漸漸能感覺那特別的美味了。

我這樣一說，她就高興地微笑了。

「這表示你已經逐漸習慣這街了。」她說。「這街的食物和其他地方有些不同。我們只用少數種類的材料做出各種不同的東西。看起來好像是肉的東西其實不是肉，看起來像蛋的東西其實不是蛋，看起來像咖啡的東西也不是咖啡。全部都是做得像而已。這湯對身體非常好噢。怎麼樣？身體暖和起來頭腦輕鬆一點了吧？」

「是啊。」我說。

確實我的身體因為熱湯而恢復了溫暖，頭腦的沉重感也比剛才輕鬆多了。我為熱湯道過謝，閉上眼睛讓身體和頭腦休息。

「你現在是不是在尋求什麼？」她問道。

「我嗎？除了妳以外？」

「雖然不太清楚，不過我忽然這樣覺得。如果有了那東西，或許可以讓你因為冬天而僵硬的心多少開朗一些。」

「我需要陽光。」我說。並且摘下墨鏡，用布擦一擦鏡片然後再戴上。「但是不行。我的眼睛不能承受日光。」

「一定是更微小的東西。能讓心放鬆的一點小東西。就像我剛才用手指幫你按摩眼睛一樣，一定有什麼方法可以讓你的心放鬆的。你想不起來嗎？在你居住過的世界，如果心變僵硬的時候都做些什麼呢？」

我在殘存不多的記憶片段裡花時間尋找，但想不起她所指的任何一件事情。

「不行。什麼也想不起來。我應該擁有的記憶幾乎全部喪失了。」

「不管多微小的事情都可以。如果你想到了請試著說出來。我們兩個一起來想想看。希望我能多少幫你一點忙。」

我點點頭，再一次集中意識試著挖掘埋在古老世界裡的記憶。但那岩盤實在太堅硬了，不管絞盡多少力氣，還是絲毫不能動彈。頭再度疼痛起來。想必在和影子分離時，已經致命地喪失了所謂我這個自己了。留在我身上的只有不確定也無從掌握的心而已了。而且連那心都因為冬天的寒冷而逐漸堅固地封閉起來了。

她的手掌貼在我的太陽穴上。

「沒關係，下次再想好了。或許以後你會忽然想起來也不一定。」

「最後再讀一個古夢吧。」我說。

「你好像非常疲倦的樣子。明天再繼續讀好嗎？不需要太勉強。古夢是多久都可以等的。」

「不，讀著古夢總比什麼也不做輕鬆。至少在讀夢的時候可以什麼都不想啊。」

她看了我的臉一會兒，終於點頭從桌上站起來，消失到書庫裡去了。我在桌上托著腮閉起眼睛，讓身體浸在黑暗中。冬天到底要持續到什麼時候？老人說，漫長而難過的冬。而且冬天才剛開始呢。我的影子能撐得過這漫長的冬天嗎？不，甚至我自己抱著這樣糾纏不定的心能不能撐過這個冬天都成問題。她把頭骨放在桌上，像平常那樣用濕布擦去灰塵，然後用乾布摩擦。我依然托著腮靜靜注視著她手指的動作。

「我能為你做什麼嗎？」她忽然抬起臉說。

「妳已經為我做很多事了。」我說。

她停下正在擦頭骨的手，在椅子上坐下。從正面看我的臉。「我說的不是指這些。而是其他的事。例如和你上床。這一類事。」

我搖搖頭。「不，我並不想和妳睡覺。雖然很高興聽妳這麼說。」

「為什麼？你不是想要我嗎？」

「是想要。不過至少現在不能和妳睡。這和想不想要是另外一個問題。」

她沉思了一下，終於又開始擦起頭骨來。我在那時間抬起頭，望著高高的天花板和吊在那裡的黃色電燈。不管我的心變得多麼僵硬，不管冬天把我勒得多麼緊，我現在都不能和她睡覺。那樣一來我的心會比現在更混亂，我的失落感會更加深吧。我覺得這個街很可能希望我和她睡覺。對他們來說那樣更容易得到我的心。

她把擦好的頭骨放在我前面，但我並沒有去碰它，只看著她放在桌上的手指。我試著從那手指讀出什麼含意，卻不可能。那只是十隻纖細的手指而已。

「我想聽一聽妳母親的事。」我說。

「我母親的什麼事？」

「什麼都可以。」

「噢——」她一面手摸著桌上的頭骨一面說。「我對我母親好像懷有和對別人不同的感覺。當然那已經是很久以前的事了所以記不清楚，不過好像總有一點那樣的感覺。那種感覺好像和對父親和妹妹們不一樣。雖然我不知道為什麼。」

「心就是這樣的東西。絕對是不均等的。和河川的流動一樣，隨著地形的不同，流法也會改變。」

她微笑了。「那好像不公平啊。」

「就是啊。」我說。「而且妳到現在還喜歡妳母親對嗎？」

「我也不知道。」

她把桌上的頭骨改變各種角度，一直注視著。

「問題是不是太模糊了呢？」

「嗯，對呀。我想大概是吧。」

「那麼再談一談別的事吧。」我說。「妳記得妳母親喜歡什麼東西嗎？」

「嗯，我記得很清楚。她喜歡太陽、散步、夏天的戲水，還有也喜歡接近獸。我們在暖和日子經常散步呢。平常街裡的人是不會散步的。你也喜歡散步吧？」

「喜歡哪。」我說。「也喜歡太陽，喜歡戲水。其他還能想起什麼嗎？」

「對了，母親常常在家裡自言自語。我不知道這能不能算喜歡，不過總之她常常自言自語。」

「關於什麼呢？」

「不記得了。不過不是一般的自言自語。我沒辦法說明清楚，不過那大概對母親來說是很特別的事吧。」

「特別？」

「嗯，好像有什麼很奇妙的腔調，把話拉長縮短的。簡直像被風吹著似的。忽而高亢忽而低沉……」

我一面看著她手中的頭骨，一面試著從模糊的記憶中探索。這次有什麼打動了我的心。

「是歌。」我說。

「你也會說這樣的話嗎？」

「歌不是用說的，是用唱的。」

「你唱唱看吧。」她說。

我深呼吸一下，想要唱出什麼，但我想不起任何一首曲子。我心中所有的歌都失去了。我閉上眼睛嘆了一口氣。

「不行。我想不起歌來。」我說。

「要怎麼樣才能想起來呢？」

「如果有唱片和唱機的話。不，那大概沒辦法吧。有樂器也可以。如果有樂器能發出聲音的話，或許逐漸可以想出一首歌也不一定。」

「所謂樂器是什麼形狀的東西呢？」

「樂器也有上百種之多，不能用一句話說明。由於種類不同用法和發出的聲音都不同。從四個人合力才能抬得起來的到能夠放在手掌心的，大小和形狀完全不同。」

說到這裡，我感覺到記憶的思緒雖然極細微，但似乎已經逐漸解開。或許事情正往好的方向繼續進展。

「說不定在這棟建築物後面的資料室裡有這樣的東西。說是資料室，其實現在只不過堆滿古老時代的破爛東西而已，我也只是大概瞄過一眼。怎麼樣，要不要找找看？」

「試試看吧。」我說。「反正今天好像也無法再讀夢了。」

我們穿過排滿頭骨的寬大書庫，走道另一個走廊，打開和圖書館入口形體相同的毛玻璃門。雖然黃銅把手上積著薄薄的灰塵，但沒有上鎖。她打開電燈開關，黃色粉粉的燈光便照亮了狹長的房間，地上堆積著各種物體的影子投映在白色的牆上。

地上的東西大多是一些旅行箱、皮包之類的。其中也有放在盒子裡的打字機或網球拍之類的東西，但那是例外的存在，屋子裡的空間大半都被各種大小的皮箱所佔滿。大概有上百個吧。而且那些皮箱上可以說是覆蓋著宿命性的大量灰塵。雖然不知道那些皮箱是經過什麼樣的歷程而來到這裡的，但要一一打開來似乎太費時費力了。

我彎下腰試著打開打字機盒來看。白色的灰塵簡直像雪崩時的雪煙一般飛舞在空中。打字機像收銀機一樣附有很大的圓形老式按鍵。好像用過很久似的，許多地方的黑色漆都剝落了。

「妳知道這是什麼嗎？」

「不知道。」她站在我旁邊交抱著雙臂說。「沒有看過這東西，這是樂器嗎？」

「不，這是打字機。印刷文字的東西。非常舊的。」

我把打字機盒子蓋起來還原，接著打開旁邊的籐籃來看。籃子裡有野餐的用具。刀子、叉子、盤子、杯子，還有變色發黃的一組白色餐巾，整理得很整齊地塞在裡面。這也是古老時代的東西。自從鋁盤和紙杯出現之後，就再也沒有人帶著這種東西外出了。

豬皮製的大旅行箱裡放著衣服之類的。西裝、襯衫、領帶、襪子、內衣——大部分都被蟲蛀得不成樣子了。衣服之間有洗臉盥洗用具和裝威士忌用的扁平水壺。牙刷和刮鬍刀都變僵硬了，水壺蓋子打開也聞不到任何氣味。除此之外什麼也沒有。沒有書沒有筆記沒有手冊。

我打開幾個皮箱和旅行皮包，內容大致都相同。衣服和最少限度的雜物——好像是在極端急迫的慌亂中塞進去的旅行準備似的。都缺少旅行者通常身上會帶的什麼，因而讓人有種不太自然的印象。沒有人會只帶衣服和洗臉用具去旅行的。也就是說那皮箱裡沒有任何東西可以讓人感覺出那所有者的人格和生活。

衣服說起來也都是到處可見的東西。既不特別高級，也不特別寒酸。雖然各有因時代、季節、男女、年齡而有種類和型式的差別，但從那裡並沒有留下什麼特別印象深刻的東西。連氣味都差不多一樣。大抵多都被蟲子咬過。而且每件衣服上都沒有名字。簡直就像在某人手中把每件行李仔細剝掉名字和個人性似的。留下來的東西沒有名字，只有各個時代必然產生的像殘渣似的東西而已。

我打開了五個或六個旅行箱和皮包來看，其他就放棄不看了。灰塵實在太厚，而且那樣的皮包裡顯然不會放樂器在裡面。我覺得如果這街裡有樂器的話，一定不會在這裡而應該在完全不同的地方。

「我們離開這裡吧。」我說。「灰塵太多眼睛痛起來了。」

「找不到樂器你很失望嗎？」

「是啊。不過下次再到別的地方找吧。」我說。

和她分手後我一個人走上西丘，強烈的季節風像從後面追趕我似的吹上來。在林間發出撕裂天堂般的尖銳聲音。我回頭看時，缺了將近一半的月亮，正孤伶伶地浮在鐘塔上方。周圍流動著厚厚的雲塊。在月光下看起來，黑黑的河川水面簡直就像流動的焦油。

我忽然想起資料室裡發現的皮箱，其中有看來頗溫暖的圍巾。雖然被蟲子咬過留下幾個大洞，但只要纏上幾層應該可以禦寒。我想只要問守門人大概可以知道一些事情。那些行李是誰的，那裡面的東西我可以用嗎？這些事情。沒圍圍巾站在風裡，耳朵像要被刀子割裂般的痛。明天早上決定去見守門人。而且有必要知道我的影子到底怎麼樣了。

我重新背對著街，朝向官舍走上凍結的坡道。

23.

冷酷異境
穴、蛭、塔

「不是地震。」她說。「是比地震更嚴重的事。」

「例如什麼？」

她想說什麼一瞬間吸了一口氣，但立刻又打消地搖搖頭。

「現在沒時間說明。總之不顧一切地往前跑。除此之外沒有別的選擇。你的傷口也許會有些痛，但比死掉好吧。」

「大概。」我說。

我們以繩索繫著彼此的身體，全速朝前方跑過溝道。她手上的提燈隨著她的步伐激烈地上下搖晃，溝道兩側是筆直縱切的高牆，上面有摺線般的鋸齒狀。我背包裡的東西發出喀噠喀噠的聲音搖晃著。罐頭、水壺、威士忌酒瓶，那些東西。如果可能的話真想只留下必要的，其他全部倒出來丟掉，但實在沒有時間停下。連想我腹部傷口的疼痛都沒空。只能跟在她身後一味地往前跑。由於身體被繩索綁著，我不能依自己的適當速度慢下來。她吐氣的聲音和我背包搖晃的聲音在切成細長的黑暗中規律響著，但終於地鳴的聲音高揚起來覆蓋了這一切。

隨著我們的前進，那聲音變得更大、更明確。原因是我們正朝著聲音源頭一直線衝過去，以及那音量本身逐漸變大。剛開始時覺得像是地底下的地鳴，終於變成好像從巨大的喉嚨漏出的激烈喘息似的。像從肺部擠出大量氣息，在喉嚨深處變成不成調的聲音。堅硬的岩盤像要追過那個似的繼續發出傾軋的聲，地面開始不規則地震動起來。不知道是什麼，但我們腳邊不祥的東西正在進行中，好像立刻就要把我們吞沒似的。

朝著那聲音源頭繼續跑，身體覺得要縮緊了，但女孩既然選擇了這個方向，我就沒有依自己喜好選擇的餘地。只能繼續跑到不能再跑為止。

幸虧這條路既沒有轉彎也沒有障礙物，路面像保齡球道一樣平，因此我們可以不必分神地繼續跑。喘氣的間隔逐漸縮短。那似乎一面激烈地搖動著地底的黑暗，一面朝向某個宿命性的一點衝進去。偶爾還可以聽見彷彿巨大岩石和岩石以壓倒性的力量互相壓碎摩擦似的聲音。好像在黑暗中企圖壓縮凝聚在體內的所有力氣拚命掙扎扭動，想要掙脫桎梏似地奮力苦鬥。

聲音在持續一段時間之後突然停止。之後有一瞬間怪異雜音充斥四周，好像聚集了上千個老人一齊從齒縫間吸進空氣似的，除此之外聽不見任何聲音。地鳴、喘氣、岩石摩擦聲、岩盤傾軋聲，一切都靜止下來。只有咻咻咻的空氣雜音在一片黑漆漆中鳴響著。那聽起來簡直像一邊儲備力氣，一邊安靜等待獵物更靠近身邊的野獸，悄悄吐納著歡喜氣息。又像無數地底蟲子正被某種預感所驅使而將可怕的身軀像手風琴一般不停伸縮的樣子。不管怎麼說，那都是我從來沒聽過的聲音，如此充滿惡意而令人厭惡。

那聲音讓我最厭惡的是，與其說是拒絕我們兩人，不如說是伸手招呼我們。它們知道我們正逐漸接近，它們邪惡的心正因歡喜而震顫著。一想到這裡，我一面跑一面覺得背脊都要凍僵了。確實那並不是什麼地震。像她說的，比地震還要可怕。但我也不知道那到底是什麼。狀況遠超出我歷來想像力的領域，換句話說已經到達意識的邊境。我已經無法再想像什麼了。只能夠使肉體達到能力的極限，跳越橫在想像力和狀況之間的無底深溝。與其什麼都不做，不如繼續做點什麼。

有很長一段時間我們繼續跑著，正確說來並不清楚過了多久，覺得好像有三、四分鐘，但也許有三十分或四十分。恐怖和因而帶來的混亂使我肉體中的正常時間感麻痺了。不管跑多久，我都沒感覺到疲勞，腹部傷口的疼痛也似乎不再爬上意識的角落了。雖然兩隻手臂奇怪地僵硬，但我一面跑著一面產生的肉體性感覺只有這個而已。連繼續在跑的這個意識，在我身上幾乎可以說不存在了。腳極自然地往前踏出去，然後踢到地面。我簡直像被一股濃密的氣團從背後推著似的一直往前再往前地繼續跑。

雖然當時不知道，但我兩隻手臂的僵硬我想是從耳朵來的。我為了不讓意識傾向那令人煩躁的空氣聲，而極自然地使耳朵肌肉緊張起來，因此變得僵硬，並順著肩膀延續到手臂。我發現這個事實，是在我身體激烈撞上她的肩膀，把她壓倒在地上，並越過她上面往前方跌倒時。她大聲喊叫的警告，我的耳朵並沒有聽進去。雖然確實覺得聽見了什麼，但我耳朵所聽取的物理性聲音，和從那當中聽出什麼意義的認識能力，兩者之間的聯繫迴路加上蓋子了。因此無法把她的警告辨認為警告。

我衝了出去、頭撞在堅硬地面那一瞬間首先想到的就是這個。我在潛意識中調節著聽力。這難道不正像「消音」一樣嗎？我想。被逼迫到極限狀態時，人類的意識這東西或許可以發揮各種奇妙的能力。或許我正逐漸接近進化也不一定。

其次——更正確地說應該是和那重疊發生的——我感覺到的可以說是壓倒性的側頭痛。我覺得眼前的黑暗好像迸裂飛散似的，時間的腳步停頓下來，而我的身體似乎扭曲旋轉進入那時空的歪斜裡去了。那麼劇烈的疼痛。我想我的頭骨一定破裂了或缺損了或凹陷了。或者我的腦漿已經不知飛濺到什麼地方去了。因此我應該已經死了，只有意識還跟隨著寸斷的記憶，像蜥蜴的尾巴一樣痛苦地扭曲掙扎著。

不過那瞬間過去之後，我可以清楚地意識到自己還活著。我還活著繼續呼吸，結果使我感覺到頭部激烈的疼痛，眼睛湧出眼淚濡濕了兩頰。眼淚順著臉頰滴落在堅硬的岩盤上，也流到了嘴角。有生以來頭部第一次這樣激烈地碰撞。

我很可能就這樣失去知覺，但有什麼把我和那痛苦維繫在這黑暗的世界裡。那就是我正在做著什麼的途中，這模糊的記憶片段。對了——我正在做著某一件事。我正在奔跑著，在那途中跌了一跤。我正要逃離什麼。我不能在這裡睡著。雖然記憶只不過是模糊得可憐的殘破片段，但我正使出全身的力氣用雙手緊緊抱住那片段。

我真的緊緊抱住了。但隨著意識逐漸恢復，我發現自己緊緊抱住的不只是記憶的片段。我緊緊抱住的是尼龍繩。一瞬間覺得自己好像變成等著被風吹乾的洗好衣物。為了抗拒風和重力或其他所有的力量把我敲落地面，為了達成做為洗好衣物的使命而拚命努力著，我想。為什麼會想到這個呢？自己也不太明白。大概已經養成這樣的癖性，習慣把自己所處的狀況轉換成各種方便的形式吧。

接著我所感覺到的是，我的下半身和上半身正處於相當不同的狀況。正確地說，我的下半身幾乎沒有任何知覺。我已經可以相當自如地統御上半身感知。我的頭在痛，臉頰和嘴唇貼在冷冷硬硬的岩盤上，我的雙手正緊緊抓著繩索，我的胃上昇到喉嚨一帶，我的胸部正卡在什麼凸出的東西上。到這裡為止，我都很清楚，但從這以下的身體到底怎麼了？我完全沒有概念。

也許我的下半身已經不見了，我想。由於摔出地面的衝擊，我的身體正好從傷口的地方撕裂成兩半，下半身不知飛到什麼地方去了。我的腳——我想——和我的指甲尖，我的腹部、我的陰莖、我的睪丸、我的……但怎麼想都覺得很不自然哪。如果下半身全部不見的話，我所感覺到的疼痛應該不只這個程度而已呀。

我決定試著更冷靜地認識狀況。我的下半身還好好地存在著。只是處於無法感知的狀態而已。我緊緊閉上眼睛讓波浪般陣陣湧上來的頭痛熬過去，精神集中在下半身。要把精神集中在感覺不存在的下半身，這樣的努力居然和要讓陰莖勃起的努力很相似。那就像正在把力氣推進一個什麼都沒有的空間去的感覺一樣。

我一面這樣做一面想起在圖書館工作的長頭髮大胃王女孩子。完了完了！為什麼我和她上床時沒有能夠好好勃起呢？我又再想起。大約從那時候開始一切情況都狂亂起來。但也不能一直想著這種事。人生的目的並不只在使陰莖有效勃起。那也是在很久以前我讀斯湯達爾的《帕爾馬修道院》（Charterhouse of Parma）時所感覺到的。我把勃起的事從頭腦裡趕出去。

我認識到我的下半身正處於某種尷尬狀態，例如懸在空中之類的……對了，我的下半身正懸在岩盤的另一側，而我的上半身好不容易勉強阻止它落下。而且雙手正因為這樣而緊緊拉住繩子不放。

一睜開眼睛時才發現眩目的燈光。是胖女孩用燈光照著我的臉。

我抓著繩子的手拚命使力，努力想把下半身拉到岩盤上。

「快點。」女孩吼道。「不快一點我們兩個都會死掉噢。」

我試著把腳攀到岩盤上，但並不如想像中順利。雖然想把腳抬起來，卻沒有著力的東西。沒辦法我只好乾脆把手上抓的繩子放掉。用雙肘緊緊貼住地面以懸垂的要領把整個身體往上方拉起。身體重得可惡，地面好像被血濡濕了似地滑溜。我不清楚為什麼會這樣滑，但也沒有閒工夫去多想。腹部的傷口被岩石稜角擦到，簡直就像再用刀子割裂一次那麼疼。好像有人用靴底使勁踐踏我的身體。把我的身體、我的意識和我的存在，全部踏得支離破碎。

雖然如此，但我似乎成功地將我的身體一公分一公分地往上拉起了。皮帶捉住了岩盤的一端，同時我發現和皮帶綁在一起的尼龍繩也正好把我的身體往前拉。但那與其說在現實上幫助了我的動作，不如說正刺激著腹部的傷痛而妨礙我集中意識。

「不要拉繩子！」我朝著光線來源吼道。「我會自己想辦法，妳不要再拉繩子了。」

「沒問題嗎？」

「沒問題。總會有辦法的。」

我讓皮帶的絆扣依然扣住岩盤的一端，使出全身的力氣把一隻腳往上舉，成功地脫離那不知底細的黑暗洞穴。確定我已經平安脫離洞穴之後，她走到我身旁，用手在我身體四周探索以確認我的身體各部分是否完整無缺。

「對不起我想拉你但拉不上來。」她說。「為了避免兩個人都掉下去，我好不容易勉強抓緊那岩石。」

「那倒沒關係，但妳為什麼不事先告訴我有這樣的洞穴？」

「沒那閒工夫告訴你呀。所以我不是停下來大吼了嗎？」

「沒聽見。」我說。

「總之必須早一刻離開這裡。」女孩說。「這裡有很多洞穴，所以你要小心地通過。目的地就快到了。要是不快一點，會被吸血然後睡著於是就死掉噢。」

「血？」

她把燈照向我剛才險些跌落的洞穴。洞穴簡直就像用圓規畫出來似的漂亮圓形，直徑大約一公尺。她用燈一照，可以看見和那一樣大小的洞穴在地上無止盡地排列著。那樣子令人想起巨大的蜂巢。原先在道路兩側延續的陡峭岩壁突然消失，前方展開有無數洞穴的平面。地面像洞穴和洞穴之間縫合處似的延伸著。最寬的地方寬度一公尺，窄的地方只有三十公分左右。如此險惡的通路。如果小心注意，看來是勉強可以通過的。

問題是那地面看起來好像在搖晃。那真是奇異的景象。應該是堅硬實在的岩盤，看來卻像流沙一般扭曲流動，起初我以為是自己的頭猛烈撞擊後視力變得不正常的關係。因此我試著用手電筒的照著自己的手，但手並沒有搖動，也沒有扭曲。我的手和平常一樣。那麼我的神經並沒有受損，是真的地面在搖動。

「是蛭。」她說。「大群的蛭從洞穴裡往上爬過來。要是動作慢吞吞的話，血會全部被吸光變成空的軀殼。」

「完了完了。」我說。「這就是妳所說的**更嚴重的事**對嗎？」

「不是。蛭只不過是前兆而已。真正要命的事還在後頭呢。快點。」

我們的身體依然以繩子連接。腳開始踏在滿是蛭的岩盤上。網球鞋的橡皮底踩在無數的蛭上，滑溜溜的感覺從腳底爬上背脊。

「腳不要踩空啊。要是掉進這個洞穴裡就完了。這裡面的蛭蟲成群結隊的一大堆，那才叫做像海一樣多呢。」她說。

她緊緊握住我的手臂，我抓緊她夾克的下襬。要在寬度只有三十公分左右而且濕答答滑溜溜的岩盤上穿過黑暗真是極困難的事情。被踏扁的蛭流出泥濘的體液，像厚厚一層的果凍一樣黏在鞋底，因此更無法確實鞏固腳底的立足點。大概剛才跌倒時黏在衣服上的蛭正爬到脖子和耳邊吸著血，但我也沒辦法把牠拂掉。我的左手握著手電筒。右手抓緊她的衣服下襬，任何一隻手都無法放掉。一邊用手電筒確認落腳點走著時，不得不正眼看著蛭群。無數的蛭令人快要暈倒。而且蛭群正從黑暗的洞穴裡前仆後繼地往上爬。

「從前黑鬼一定是把犧牲品往這些洞穴裡丟吧。」我問女孩。

「說得沒錯。你真懂啊。」她說。

「這種程度可以猜得著。」我說。

「蛭被認為是那魚的使者。換句話說像手下一樣。所以就像黑鬼要向魚獻上犧牲品一樣，對蛭也要獻上犧牲品。充滿血和肉的新鮮祭品。一般都是拿從什麼地方捕來的地上人類當祭品。」

「現在這風俗習慣大概不存在了吧？」

「嗯，大概吧。他們把人類的肉自己吃掉。只割下頭當做祭品的象徵獻給蛭和魚，祖父這麼說。至少這地方成為聖域之後，就沒有人進來過了。」

我們越過幾個洞穴。鞋底大概踩爛了幾萬隻滑溜溜的蛭。我和她有好幾次都差一點踩溜了，每次我們都互相扶持著彼此的身體，總算是度過了難關。

咻咻咻的空氣聲令人厭惡，好像是從黑暗洞穴的底下湧上來的。像暗夜的樹木般從洞穴底下伸出觸手，完全圍住我們的周圍。側耳傾聽那聲音彷彿唏喲唏喲地叫著。簡直就像被砍頭的人群張開氣管哀鳴著在向人訴說什麼。

「快接近水了噢。」她說。「蛭只是前兆而已。等到蛭的蹤影消失之後，水就來了。這些洞穴現在開始會噴出水來，在這一帶形成沼澤。蛭知道會這樣所以想從洞裡逃出來。我們要在水來以前想辦法趕到祭壇。」

「妳本來就知道會這樣嗎？」我說。「為什麼不預先告訴我呢？」

「說真的我也不太清楚。水並不是每天都湧出來，一個月大概兩次或三次左右。沒想到這麼巧今天就是那樣的日子啊。」

「禍不單行噢。」我把從早上一直在想的事說出口。

從一個洞的邊緣到另一個洞的邊緣，我們細心注意著繼續前進。但走著走著那洞還是沒完沒了。也許要一直延伸到地的盡頭也說不定。鞋底黏滿了蛭的屍骸，腳已經幾乎失去踏在地面的感覺了。每一步都要集中精神，頭腦的芯都恍惚了。要保持身體的平衡漸漸覺得困難起來。肉體能力的極限狀態往往可以拉長，但精神的集中力遠比自己所想的有限。無論處於任何危機狀況，只要是同性質的狀況一直延續，集中力必然開始下降。隨著時間拖長，對危機的具體認識和對死的想像力都會變得遲鈍，意識之中的空白也會變得明顯。

「快了。」女孩對我出聲。「再過一會兒就可以逃進安全地帶了。」

我不敢出聲，因此什麼也沒說只是點頭。等點過頭之後，才發現在黑暗中點頭也沒有任何意義。

「你聽得見嗎？沒問題嗎？」

「沒問題。只是想吐而已。」我回答。

噁心從很早開始就感覺到了。地上蠕動的蛭群、牠們放出的惡臭、滑溜溜的體液、可厭的空氣聲、黑暗、身體的疲勞和睏倦，這些東西渾然化為一體，把我的胃絞成鐵輪子一樣。噁心悶臭的胃液湧上舌根一帶。精神的集中力似乎已經接近極限了。感覺正在彈著只有三個八度的琴鍵，已經五年沒調音的鋼琴似的。我到底在這黑暗裡迷走了多少小時？我想。外面的世界現在是幾點了？天空已經發白了嗎？早報已經開始分送了嗎？

我連看手錶都不能。用手電筒照著地面，兩腳分別往前邁出都覺得吃力。我好想看看黎明時逐漸變白的天空。想喝熱熱的牛奶，聞聞早晨裡樹木的氣味，翻翻早報的每一頁。黑暗哪蛭啊洞穴呀黑鬼呀都已經受夠了。我體內的一切內臟器官肌肉和細胞都在渴求著光明。不管是多麼些微的光，不管多麼可憐的一線天光都好，我不要什麼手電筒的光我想看到自然光。

一想到光，我的胃就像被什麼握緊似的縮了起來，嘴裡面充滿了討厭的臭氣。簡直就像義大利臘腸披薩一樣臭。

「只要穿過這裡就可以讓你痛快地吐了，再忍一下。」女孩說。而且用力握緊我的手臂。

「我不會吐。」我在口中哼道。

「相信我。」她說。「這些都會過去。雖然禍不單行，但總會結束的。不會永遠繼續下去。」

「我相信。」我回答。

但我覺得那洞穴好像會永遠繼續下去。甚至覺得好像在同一個地方一直打轉似的。我再想一次剛印刷好的早報。手指都要沾上油墨似的嶄新早報。裡面還夾著廣告夾報，非常厚的一疊。早晨的報紙上什麼都刊載著。關於在地上營生的一切生命。從首相起床時間到股票行情到全家自殺到消夜的作法，從流行的裙長、唱片評語、到不動產廣告的一切。

問題是我沒有訂報紙。我在三年前就停止看報紙的習慣了。為什麼不看了，我自己也不明白，但總之不看了。大概是因為我的生活領域和新聞報導或電視節目都無緣的關係吧。把別人給我的數字放進腦子裡翻來覆去，轉換成別的樣子出來之後，只有這部分和世間有關聯。其餘時間都是一個人讀讀老舊的小說，看看從前好萊塢電影的錄影帶，喝喝啤酒或威士忌過日子。所以並沒有必要看報紙和雜誌。

然而在這失去光明而莫名其妙的黑暗中，被無數洞穴和蛭蟲包圍之下，我卻非常想看報紙。找個照得到陽光的地方坐下，像貓舔牛奶盤子那樣把報紙從頭到尾一字不漏地讀過。把陽光下人類營生的各種片段吸進體內，讓每一個細胞都獲得充分的潤澤滋養。

「看見祭壇了。」她說。

我想抬起眼睛，但腳下很滑沒辦法。不管祭壇是什麼顏色什麼形狀，總之不到達那邊就什麼都談不上。我把最後剩餘的力量凝聚起來小心翼翼地向前邁進。

「剩下十公尺左右了。」女孩說。

正好配合她的話似地，咻喲咻喲地從洞穴底下吹上來的空氣聲消失了。就像有人在地底下揮動一把非常銳利的巨斧把那聲源從根部一刀切斷似的，不自然而唐突的結束法。沒有任何前兆，沒有任何餘韻，長久之間壓制著地面，從地底吹上來讓耳朵不得清靜的空氣聲在一瞬間便消失了。與其說聲音消失了，不如說感覺上像含有那聲音的空間本身完全消滅似的。由於那消失法實在太過唐突，我一瞬間失去了身體平衡，腳底下險些滑了一跤。

耳朵都快痛起來似的寂靜覆蓋了周遭。在黑暗中突然出現的寂靜比任何不悅的可厭聲音更加不祥。對聲音，不管是什麼樣的聲音，我們都可以保持相對的立場。但對沉默則是零，是無。那一方面既包圍著我們，一方面又不存在。我們的耳朵裡產生了空氣壓力變化時模糊的壓迫感，我的耳朵肌肉沒辦法對應突然的狀況變化。我只能提高聽力的能量，在沉默中準備聽取任何信號。

但那是全然的沉默。聲音一旦中途切斷，就不再升起。我和她都保持原來的姿勢靜止不動，在沉默中側耳傾聽。我為了除去耳朵的壓迫感而試著吞下口中的唾液，但沒什麼效果，耳朵裡響著的聲音像唱針碰到轉盤角落時發出的那般不自然而誇張。

「水退了嗎？」我試著發問。

「現在開始才要噴水呢。」女孩說。「剛才的空氣聲，因為是迂迴曲折的水路裡積存著的空氣被水壓擠壓出來。已經全部擠出來了，所以沒有什麼可以妨礙水了。」

女孩拉住我的手，越過最後幾個洞穴。大概是心理作用吧，覺得在岩盤上移動的蛭數量似乎比以前少了一些。越過五、六個洞穴之後我們再度走上寬闊的平地。那裡已經沒有洞穴，也沒有蛭的影子。蛭大概和我們走相反方向去避難吧。我總算熬過最惡劣的部分了。就算在這裡被湧出來的水襲擊淹死，也比掉進蛭的洞穴裡死掉要好得多。

我幾乎是下意識地伸手想把脖子黏著的蛭拂掉，女孩抓住我的手腕阻止我。

「這個等一下。不先爬到塔上的話會溺死噢。」說著她仍然抓著我的手快步往前進。「五隻或六隻蛭蟲要不了命，而且勉強要抓掉蛭蟲，連皮膚都會脫掉一層。你不知道嗎？」

「不知道。」我說。我像掛在水上浮標燈底下的鉛錘一般黑暗而愚蠢。

走了二十步或三十步左右時她制止我，用手上的大型燈照出眼前聳立的巨大的「塔」。「塔」是平板的圓筒形，一直線矗立在頭上的黑暗之中。看起來就像燈塔一樣，從基部越往上就逐漸變細。實際上有多高並不清楚，整體結構實在太大了，我們沒有足夠的時間用燈從一個角落照到另一個角落去確認。她只是用燈大略地掠過「塔」的表面，什麼也沒說地就往那邊跑去，開始沿著「塔」旁的階梯往上爬。當然我也急忙追了上去。

從稍微有點距離的地方並在光線不十分充足的情況下看來，人們或許會覺得那「塔」是歷經漫長歲月，利用值得驚嘆的技巧建築起來的精緻而壯麗的紀念碑，但實際靠近用手觸摸，才發現這原來是粗糙的橢圓形岩塊。是自然的侵蝕作用所形成的偶然產物罷了。

黑鬼在這岩塊周圍刻上螺旋形的階梯，要稱為階梯又多少有些不成樣子。既不整齊也不規則，只能勉強放上一隻腳的寬度，好些地方都忽然少一階。缺的地方只好找靠近的岩石突起當作踏腳的代用台階。我們為了防止跌落，不得不用雙手攀住岩石以支撐身體，沒辦法用手電筒的光照著每一階以確認下一步，往往踏出去的腳找不到落腳點而往下踩個空。對於在黑暗中眼睛仍然銳利的黑鬼固然沒什麼，但對我們卻極端麻煩而不方便。我們只好像蜥蜴一般緊緊貼在岩壁上，一步又一步小心謹慎地往前走。

走上三十六階時——我有數階梯台階數的毛病——聽得見從腳底下的黑暗中傳來奇怪的聲音。就像有人把巨大的烤牛肉使勁摔在扁平的牆上時所發出的聲音。聲音扁平而有水份，含有不顧一切的決心似的。接著像要結束一齣戲時，指揮棒在空中暫停一拍似的，可以說是暫定的瞬間沉默。可怕的悄然一瞬。我等待著什麼事情即將來臨，雙手用力抓牢手邊岩石的凸起，緊緊貼在岩壁上。

接著來到的是不折不扣的水聲。水從剛才通過的無數洞穴一起往上噴出。而且不是普通的水量。我想起小學時候在新聞影片裡看到水庫開通典禮的場面。縣長或什麼首長戴著工程帽按下機械按鈕時，水門打開了，隨著一陣水霧和轟然一聲，粗壯的水流便朝著遙遠的虛空噴了出去。那還是電影院會放映新聞和卡通片的時代。我一面看著那新聞影片，一面想像自己如果為了某種原因正好站在水庫下，噴出壓倒性大量洪水之後會發生什麼事情呢？幼小的內心感到一陣驚悸。沒想到經過大約四分之一世紀之後，自己竟然會實際身歷其境。孩子往往會認為世間不管發生什麼種類的災難，自己最後多半會被某種神聖力量保護。至少我小時候是這樣。

「水到底會上升到什麼地方呢？」我試著出聲問比我高兩步到三步上面的女孩。

「相當高噢。」她簡短地說。「如果想得救的話只有盡可能往上爬。總之水不會升到最上面。我只知道這樣而已。」

「到最上面還有多少層階梯呢？」

「還有不少。」她回答。答得真高明。有某種訴諸於想像力的地方。

我們以盡可能快的速度繼續爬上「塔」的螺旋山。從水的聲音判斷，我們緊靠的「塔」直立在空蕩平面的正中央，周圍似乎團團圍著蛭穴。就像巨大噴水池中間裝飾性的柱子，我們正好在這樣的東西上努力往上爬。而且如果她說得沒錯，像廣場一般空蕩蕩的空間正淹沒成一片汪洋，水面正中央的「塔」的上半部或尖端則變成一個島似的被留下。

肩背斜掛在她身上的燈光在腰上不規則地搖晃，那光線在黑暗中畫出亂七八糟的圖形。我以那光為目標繼續爬上階梯。台階數在途中搞混了，不過應該爬了一百五十到兩百階吧。從空中落下的水剛開始時敲打著腳下岩盤發出激烈聲音，一度變成落在瀑布水潭的水流聲，這時聲音又變得像蓋了蓋子似的咕嘟咕嘟混沌不清。水位確實上升著。因為看不見腳下，所以不清楚水位到底升到什麼地方，但即使這一瞬間涼涼的水沖洗到我的腳，我也一點都不覺得奇怪了。

一切的一切像心情惡劣時所做的夢一樣，讓人感覺惡劣。某個東西正在追我，但我的腳不能順利往前邁出。那東西已經迫近我的背後，正要用滑溜溜的手抓住我的腳跟。光以夢來說已經是沒救的夢，何況完全變成現實的話事態就更嚴重了。我已不去想哪裡是踏腳的地方而用雙手緊緊抓住岩石，以懸空的方式提著身體前進。

乾脆泡在水裡再往上游算了，我忽然這樣想。那樣反而輕鬆，至少不必擔心掉下去。我暫時在腦子裡試著檢討這個念頭，覺得我想到的點子似乎不錯。

但我把這想法說出來之後，「不行。」她當場否決。「水面下有相當強烈的水流漩渦，被捲進去的話別提游泳了，根本不會再浮上來，就算能順利浮上來，在這一片漆黑裡哪裡也游不到啊。」

總而言之不管多麼著急，除了一步一步往上爬之外沒有其他法子。水聲像馬達逐漸減速一般漸漸降低音量，變成低吟一般。水位仍不停上升。如果能有正常光線的話，這樣的岩場就可以輕鬆往上爬，也可以清楚確認水漲到什麼地方了。我打從心底憎恨黑暗。在追逐逼迫我們的不是水，而是橫在水面和我的腳跟之間的黑暗。那黑暗正把冷冰冰不見底的恐怖吹進我的體內。

我腦子裡的新聞影片又繼續轉著。銀幕上巨大的拱形水庫正繼續往眼底下研磨缽狀的底部不停放水。攝影機正從各角度執著地捕捉那光景。從上方，從正面，然後鏡頭從側面，像要舐個乾淨似的纏著水花飛濺的水流不放。看得見水庫的水泥牆上映著水流的影子。水影簡直就像水本身的身影在平板的白色水泥上舞動著。一直看著那影子，最後那就變成我的影子。我自己的影子在那彎曲的水庫牆上跳著舞。我坐在電影院的椅子上，目不轉睛地盯著自己那樣的影子。雖然我立刻就知道那是我的影子，但身為電影院觀眾之一的我卻完全不知道對那應該採取什麼行動才好。我才不過是九歲或十歲的無力少年。或許我應該跑近銀幕把我的影子拿回來，或者應該衝進放映室把那影片搶過來。但我無法判斷那樣做是不是妥當。因此我什麼也沒做，只是一直繼續盯著我自己的影子看。

除了我之外，觀眾裡似乎沒有人發現映在水庫壁上水流的影子其實是我的影子。我身旁坐著哥哥，但他也沒發現。如果他發現的話，一定會向我悄悄耳語才對，因為哥哥總是一面看電影一面愛囉囉唆唆跟我講悄悄話。

我也沒有告訴別人那是我的影子。我想他們一定不會相信我的話。而且看來影子似乎只想對我傳達某種訊息。他從別的場所別的時間，透過所謂電影銀幕這媒體，向我訴說著什麼。

在彎曲的水泥牆上，我的影子是孤獨的，被所有人遺棄了。他是怎樣跋涉到那水庫牆上的？還有往後打算怎麼辦？我都不知道。黑暗終究會來臨，他會被吞進那裡面吧？或者他會被那奔騰的流水沖到海裡去，在那裡再度完成做為我的影子的任務嗎？想到這裡，我的心情變得非常悲傷。

不久水庫新聞結束了，畫面換成某個國家的國王戴著皇冠的光景。幾匹頭頂附有裝飾品的馬拉著漂亮的馬車穿過鋪石板的廣場。我在地面尋找我新的影子，但那上面只映著馬和馬車和建築物的影子。

我的記憶到這裡終了。但我無法判斷那是不是真的在我身上發生過的事情。因為直到現在我忽然想起來之前，從來沒有一次在過去的記憶裡想起這樣的事情。或許那是我身處在這樣的黑暗中一面聽著水聲一面隨便捏造出來的心象風景也不一定。從前，我曾經在心理學書籍上看過這一類心理作用的文章。人類在被逼進極限狀態時，往往為了防衛自己以對抗蠻荒粗暴的現實而在頭腦裡描繪出白日夢——這是那位心理學家的說法。但以捏造出來的心象風景來說，我所看見的形象又未免太明確而生動，好像擁有一股和我存在本身息息相關似的強大力量。我可以清清楚楚地想起那時候包圍著我的氣味和聲音。而且我的身上可以感覺到九歲或十歲的我所感到的迷惑，混亂和無從掌握的恐怖感。不管別人怎麼說，那都是真的在我身上發生過的事。曾經被某種力量封閉在意識的深層，由於我自身被逼迫到極限狀態了，於是那箍扣鬆了，因此浮到表面上來。

是什麼力量？

那很可能起因於我為了學洗碼、混洗資料的能力而做的腦手術。他們把我的記憶，壓進意識的牆裡去了。他們長久以來把我的記憶從我的掌握之中奪走。

想到這裡我逐漸生起氣來。誰也沒有權力剝奪我的記憶。那是我的，我自己的記憶呀。剝奪別人的記憶就和剝奪別人的歲月一樣。隨著生氣之後我再也不在乎恐怖了。不管怎麼樣，總之先活下去吧，我這樣決心。我要活著逃出這瘋狂的黑暗世界，把我被剝奪的記憶原原本本地要回來。不管世界末日或什麼都沒關係。我必須以完全的我重新再生才行。

「繩子噢！」突然女孩叫道。

「繩子？」

「嘿，快點到這邊來看。有繩子垂下來了。」

我急忙登上三階或四階台階，來到她身旁，用手掌在牆面試探摸索。確實有繩子。不太粗但是登山用的牢固繩子，一端就懸垂在我胸前一帶。我用一隻手抓住，很小心地稍微用力拉拉看。從手的反應來看似乎很結實而且和什麼東西相連接。

「一定是祖父。」女孩叫著。「祖父幫我們垂下繩子來了。」

「為了小心起見再爬上一圈吧。」我說。

我們迫不及待地確認著落腳點，再往「塔」的螺旋山轉上一圈。繩子依然垂在原來的位置。繩子每隔三十公分還打了一個供踩腳的結。如果這繩子真的到達「塔」的尖端的話，我們就可以節省很多時間了。

「是祖父，沒錯。他就是會在很小的地方用心的人。」

「真的啊。」我說。「妳能爬繩子嗎？」

「當然哪。」她說。「我從小就很會爬繩子。我沒說過嗎？」

「那妳先上吧。」我說。「妳爬到上面以後再向下面閃燈光。然後我才開始爬。」

「這樣一來水會漲上來。兩個人一起爬不行嗎？」

「爬山的原則是一條繩子一個人。這跟繩子的強度有關，而且兩個人抓緊一根繩子也不好爬又費時間。何況即使水漲上來，只要握緊繩子總可以爬到上面吧。」

「你比看起來還勇敢喏。」她說。

我想她或許會再吻我一次也不一定。在黑暗中稍微等了一下，但她沒有理會我便開始溜溜地往繩子上爬。我雙手抓住岩石，抬起頭一面看她的燈飄飄忽忽胡亂搖晃著一面看她往上爬。那簡直就像一個爛醉的靈魂一面東倒西歪地踉蹌前行，一面飄飄忽忽地回到空中去。一直看著時忽然非常想喝威士忌，但威士忌在背後的背包裡，在這樣不安定的姿勢下要扭轉身子把背包放下，拿出威士忌瓶子簡直不可能。於是我決定放棄這念頭，只在腦子裡想像自己正在喝威士忌的情景。在清潔而安靜的酒吧、裝有核果的缽子、低沉的聲音播放著MJQ現代爵士四重奏的〈Vendome〉，然後雙料的威士忌加冰塊。櫃台上放著玻璃杯，暫時還不去碰它先仔細盯著它看。威士忌這東西最先是應該先凝神注視一番的。等到看夠了之後再喝。和女孩子一樣。

想到這裡，我才發覺自己已經沒有西裝、沒有大衣了。那兩個腦袋有問題的二人組把我原來擁有的好端端的西裝用刀子全部割成破破爛爛的。完了完了。我想。我到底該穿什麼去酒吧才好呢？要去酒吧之前首先有必要做西裝。深藍色斜紋軟呢西裝好了，我決定。品味優良的藍色。三個釦子，自然的肩線，不縮緊腰身的老式西裝。像一九六〇年代初期喬治・比柏穿的那種。襯衫是藍色。非常恰到好處的色調，感覺好像有點漂白過的那種藍。料子是有點厚的牛津棉，領子是幾乎到處可見的平常領子。領帶是二色條紋的好。紅和綠。紅是深紅的紅，綠是分不出是青還是綠的，像暴風雨之海一樣的綠。我在某個別致的男裝店裡齊備了這些。穿上身走進一家酒吧，點了雙料蘇格蘭威士忌加冰塊。管他的蛭、黑鬼、長爪的魚，你們儘管在地下的世界橫行囂張好了。我在地上的世界正穿著深藍色斜紋軟呢西裝，喝著遠從蘇格蘭而來的威士忌呢。

一回神發現水聲消失了。也許水已不再從洞穴裡噴出來。也許只是水位過高，聽不見水聲而已。但我覺得不管怎麼樣都無所謂了。水想上來就上來好了。不管發生什麼，我都要活下去，我這樣決定，而且要把我的記憶拿回來。再也沒有人可以隨便把我弄得團團轉。我想向全世界這樣怒吼。再也沒有人可以把我弄得團團轉了！

不過我想在這樣的地底黑暗中貼緊岩壁並吼叫毫無用處，所以我放棄吼叫，試著扭頭往上看。她比我預料的爬得更高了。雖然不知道距離有幾公尺，但以百貨公司樓層來說應該有三樓或四樓那麼高了。大約到了女裝賣場或和服賣場一帶。到底這岩山整體有多高呢？我有點不耐煩地試著想想。到目前為止和她兩個人一起爬上來的部分就相當高了。如果上面還要繼續上去的話，整體上來看確實是一座相當高的岩山。我曾經有一次發神經爬上摩天大樓的二十六樓，這次的攀岩好像也攀登有這樣的程度了。

不管怎麼說因為黑暗看不見下面反而幸虧了。雖說是再怎麼習慣登山，但在沒有任何裝備，只穿著普通網球鞋貼在這樣高而危險的地方，一定害怕得無法往下看了。就和在摩天大樓正中央一帶既沒有救命網也沒有小纜車卻要擦玻璃一樣。什麼都不想而繼續摸黑胡亂往上爬的時候還好，一旦站定下來就漸漸對高度在意起來了。

我再一次扭轉脖子抬頭往上看。她好像還在繼續爬的樣子，看得見燈光仍一樣地飄忽搖晃，但比剛才更高更遠了。確實正如她自己說的一樣，好像很擅長爬繩子。雖然如此還是相當高。真是高得莫名其妙。到底為什麼那個老人要逃到這樣誇張的地方呢？我想。如果在比較簡單乾脆的地方安靜等我們來，也不必讓我們這樣狼狽不堪哪。

一面想著一面發呆時，好像聽見頭上有人的聲音。抬頭一看可以看見黃色小燈像飛機的尾燈般慢慢一閃一閃的。看樣子她總算爬到頂了。我一隻手抓住繩子。另一隻手抽出手電筒，往上送出一樣的記號。然後我順便把光往下照想確認一下水面上升到什麼地步，不過光線太微弱幾乎什麼也看不見。黑暗太濃重了，如果不靠近看簡直不知道那裡有什麼。手錶指著上午四時十二分。天還沒亮。報紙還沒送。電車也還沒開始動。地上的人們應該是什麼都不知道地沉沉睡著吧。

我用雙手繞著繩子，深呼吸一次之後，開始慢慢往上爬。

24.

世界末日
影子廣場

連續三天都是大晴天，那天早晨我醒過來時晴天卻已經結束。天空被色調陰暗的厚雲一分空隙都不留地滿滿覆蓋著。能夠穿透這雲層勉強到達地面的陽光，早已被剝奪了它大部分的溫暖和光輝。在那樣灰色調且模糊不清冷冰冰的光線中，樹葉凋零而裸露的枝幹朝向天空，彷彿裂縫般向上張揚著。河川僵硬凍結的水聲響遍周遭。即使隨時開始下起雪來都不會令人覺得意外的雲形走勢，但雪並沒有下。

「今天大概不會下雪吧。」老人教我。「那不是會下雪的雲。」

我打開窗戶抬頭再看一次天空，但看不出什麼是會下雪的雲，什麼是不會下雪的雲。

守門人坐在大鐵爐前面，脫下靴子正在烘腳。暖爐和圖書館的是同一型式的。上面附有可以放水壺或鍋子用的兩個爐台，最下面有可以取出灰燼的抽屜。前面像個裝飾架，有一個很大的金屬把手。他坐在椅子上，兩手放在把手上。屋子中央由於水壺的蒸氣和便宜菸斗的菸草臭味——那很可能也是代用品的菸草——空氣充滿了濕氣和菸悶。其中當然應該也混合了他腳的氣味。他坐的椅子後面有一張大木桌，上面排列著整排柴刀和斧頭。每一把柴刀每一把斧頭的握把已經用得完全變色了。

「是關於圍巾的事。」我直接切入主題。「沒有圍巾脖子非常冷。」

「這倒是真的。」守門人彷彿十分贊同地說。「這我非常清楚。」

「圖書館後面的資料室裡，有沒人用的衣服之類的。所以我想是不是可以用一部分。」

「噢，是這麼回事啊。」他說。「那些都可以拿去用。要是你想要的話沒關係。圍巾也好、大衣也好，只要你喜歡儘管拿去好了。」

「那些沒有主人嗎？」

「你不用介意主人的事。就算有，他們也早就忘了有這些東西。」守門人說。「噢對了，你好像在找樂器啊。」

我點點頭。他什麼都知道。

「樂器這東西原則上在這街裡是不存在的。」他說。「但不是完全沒有。你也工作得很認真，想要樂器的話沒有什麼不恰當。你到發電所去問一問那裡的管理員吧。那樣你就可以找到樂器了。」

「發電所？」我吃驚地說。

「我們也有發電所啊。」他說著並指著頭上的電燈。「這電到底從哪裡來的？你以為蘋果樹會發電嗎？」

他笑著畫了一張往發電所的地圖。「沿著河南邊的路一直往上游走。走大約三十分鐘左右之後就可以看見右手邊有一個古老的穀物倉庫。已經沒有屋頂，門也脫落了。在那個轉角往右轉順著路走一小段。然後有山丘，山丘那邊是森林。走進森林大約五百公尺左右就是發電所了。知道嗎？」

「我想我知道了。」我說。「不過走進冬天的森林去不是很危險嗎？大家都這麼說，我自己也碰過一次，很慘呢。」

「啊，對了。我完全忘了那件事。我還用板車把你送上山丘回去的。」守門人說。「現在好了嗎？」

「沒問題了。謝謝。」

「受到一點教訓了嗎？」

「嗯，是啊。」

他瞇瞇笑著，變換一下搭在把手上的腳的位置。「教訓是一件好事。人受到教訓以後就會小心注意。小心注意才不會受傷。所謂好樵夫是身上只有一個傷痕。不多，也不少。只有一個。我說的事情你懂吧？」

我點點頭。

「不過關於發電所的事你不用擔心。就在森林一進去的地方，路也只有一條不會迷路。可以不用和森林裡的人見面。危險的是森林深處和牆的旁邊。只要避開這個也沒有什麼值得擔心的。只是絕對不要離開路，也不能到發電所的後面去。去的話又會很慘喏。」

「發電所的管理員是不是住在森林裡的人？」

「不，他不是。他和森林的傢伙不一樣，和街裡的人也不一樣。是個中間的人。既不能進入森林，也不能回到街裡。沒什麼妨礙，但也沒什麼膽量。」

「住在森林裡的是什麼樣的人呢？」

守門人歪著頭，沉默地望著我的臉一會兒。「我記得最初已經跟你說過了，要問什麼是你的自由，但回不回答是我的自由。」

我點點頭。

「沒關係。總之我不想回答。」他說。「對了，你一直說想見見你的影子。怎麼樣，差不多可以見面了？冬天一到影子的力量多少減弱了，讓你們見面大概也無妨了。」

「他不舒服嗎？」

「沒什麼不舒服的。還活蹦亂跳呢。我每天都放他到那邊運動幾小時，食慾也很旺盛。只是冬天一到日子變短天氣變冷，不管是什麼樣的影子都會比較消沉的。這不能怪誰。是極普通的自然道理。既不是因為我也不是因為你。好吧，我讓你們見面，你親自和他本人談談好了。」

他拿下掛在牆上的整串鑰匙放進上衣口袋裡，邊打著呵欠，邊穿上粗厚的皮靴子。看來非常重，靴底釘著可以在雪地行走似的鐵釘。

影子住的地方是街和外面世界的中間地帶。我沒辦法出去到外面的世界，影子沒辦法進到街裡面，因此「影子廣場」就是失去影子的人和失去人的影子見面的唯一場所。從守門人小屋的後門走出去就是影子廣場。雖說是廣場其實只是名字，沒有特別寬廣的空地。比普通人家的庭院稍微寬一點的程度，周圍還圍著森嚴的鐵欄杆。

守門人從口袋拿出鑰匙串打開鐵門，讓我進到裡面，然後自己也進來。廣場是個端正的正方形，盡頭就是圍著街的牆。角落裡有老榆樹，樹下放著簡單的長椅。不知道是活著還是枯死了，焦焦白白的榆樹。

牆角有用舊磚瓦和廢木材拼拼湊湊蓋起來的小屋。窗子上沒有玻璃，只附有上推式木板而已。從沒有煙囪這點來推斷，大概也沒有暖爐設備。

「你的影子就睡在那邊。」守門人說。「其實沒有看起來那麼不舒服。既有水，也有廁所。還有地下室，那裡隙風就吹不進來。雖然不能和飯店比啦，但是擋風遮雨是絕對夠了。要進去看嗎？」

「不，在這裡見面好了。」我說。小屋裡嚴重發臭的空氣使我頭好痛。就算稍微冷一點但還是能吸到新鮮空氣的地方好多了。

「好吧，我這就去帶他來這裡。」他說著一個人進到小屋裡去。

我把大衣領子立起來坐在榆樹下的長椅上，用鞋跟躂躂地踏著地面一面等影子出來。地面很硬，好些地方還留著結凍的殘雪。牆腳下照不到陽光的陰影裡，雪還如原原本本沒溶化的樣子殘留著。

過了一會兒之後他帶著影子從小屋走出來。守門人用靴底的釘子壓碎凍結的地面大跨步地橫越廣場，我的影子慢慢跟在後面走來。我的影子看不出像守門人所說的那樣有精神。他的臉比以前憔悴了幾分，眼睛和鬍子出奇地顯眼。

「我讓你們單獨談一下。」守門人說。「你們大概有不少話想說，慢慢談吧。不過也不能太久噢。要是發生什麼你們又黏在一起的話要再剝開太花時間了。而且這樣也沒任何好處。只有增加彼此的麻煩而已。對嗎？」

是啊，我這樣表示地點頭。大概像他說的吧。黏在一起，只有再剝離一次而已。而且同樣的事情不得不從頭再來一次。

我和我的影子一直目送守門人把門上了鎖，消失到小屋裡去為止。鞋釘格吱格咬進地面的聲音逐漸遠去，終於沉重的木門大聲關上了。看不見他之後，影子在我旁邊坐下。並且和我一樣用鞋跟蹉地踏著地面挖洞。他穿著硬梆梆、編織粗糙的毛衣和工作長褲，然後穿上我給他的舊工作鞋。

「你好嗎？」我試著問他。

「不可能好啊。」影子說。「太冷了，吃的也很差。」

「我聽說你每天還有運動。」

「運動？」說著影子很奇怪地看著我的臉。「噢，那個不能叫做什麼運動吧。只是每天從這裡被拖出去，幫忙守門人燒獸而已呀。把屍體堆積在板車上，運到門外的蘋果樹林裡，澆上油燒。在燒以前他用柴刀把獸的頭砍下來。你也看過他那漂亮的刀斧收藏吧？那個男人怎麼看都不正常。要是允許的話他可能會想把全世界所有的東西都拿來砍斷。」

「他也是街裡的人嗎？」

「不，不是。那傢伙大概只是被雇來的。那傢伙很樂意燒獸呢。要是街裡的人那真是難以想像。入冬以來已經燒好多了。今天早上也死了三頭。等一下要去燒。」

影子和我一樣用鞋後跟挖著凍結的地面有一會兒。地面像石頭一樣硬梆梆的。冬天的鳥發出尖銳的啼叫聲從榆樹枝頭飛起來。

「我發現地圖了。」影子說。「比我想的畫得更好，說明也很有要領。只是稍微遲了一點。」

「我身體搞壞了。」我說。

「我聽說了。不過冬天來了之後就太遲了。我希望能更早得到。那麼事情就會進行得更順利，計劃也可以早一點擬好。」

「計劃？」

「從這裡逃出去的計劃啊。這不是一定的嗎？除了這個還有什麼計劃？難道你以為我只是為了消遣時間才要這地圖的嗎？」

我搖搖頭。「我以為你要告訴我這奇怪的街所擁有的意義呢。因為你幾乎把我所有的記憶都帶走了啊。」

「不是這樣。」影子說。「確實我擁有你大部分的記憶，卻不能有效利用。因此我們必須重新合為一體才行，但現實上又不可能。那樣做的話我們從此以後就再也見不到面了，這計劃本身也不能成立。所以現在我一個人在思考，這個街所擁有的意義。」

「你想到什麼了嗎？」

「想到一點了，但還不能告訴你。因為細部不好好補強的話沒有說服力。讓我再想一陣子。我覺得只要再想一想就會知道一些事情。不過到那時候或許已經太遲了。因為自從入冬以來我的身體確實持續虛弱下去，這樣下去即使能完成逃出計劃恐怕也沒有體力能實行了。所以我才希望能在冬天來臨之前得到這地圖。」

我抬頭看頭上的楡樹。粗大的枝幹之間看得見被細細區分開來的冬天灰暗的雲。

「不過從這裡沒辦法逃出去。」我說。「你仔細看過地圖了吧？沒有任何地方有出口啊。這是世界的盡頭了。既不能回到原來的地方，也不能往前走。」

「也許是世界的終點，但這裡一定有出口。這一點我很清楚。天空這樣寫著。有出口。鳥不是能飛越牆嗎？越過牆的鳥到什麼地方去呢？外頭的世界呀。這牆外一定有其他的世界，所以牆才要把街圍起來不讓人們出去。如果外面沒有什麼的話又何必特地用牆圍起來呢？而且一定在什麼地方有出口。」

「也許。」我說。

「我一定要找到出口。和你一起逃出這裡。我不想死在這樣悽慘的地方。」

影子說到這裡便沉默下來，又開始蹭著地面。

「我想我最初也跟你說過了，這街是不自然的，是錯誤的。」影子說。「我現在還這樣相信。是不自然的，是錯誤的。問題就在於，這街成立於不自然及錯誤之下，一切都是不自然而歪斜的，結果一切都能吻合地整合成一體喲。很完整的。就像這個樣子。」

影子用鞋跟在地面畫圓。

「圓圈封閉起來。所以長久存在這裡，想到各種事情時，會漸漸開始以為他們才是正確的，自己可能是錯誤的。因為他們看起來實在太圓滿完結了。我說的你懂嗎？」

「我很清楚。我也常常這樣覺得。心想比起街來，我是不是一個軟弱矛盾而微小的存在呢？」

「不過那是錯的。」影子一面在圓的旁邊畫沒有意義的圖形一面說。「對的是我們，錯的是他們。我們是自然的，他們是不自然的。你要這樣相信喏。盡所有的力量去相信。要不然你也會在不知不覺之間被這街吞進去，被吞進去之後就太遲了。」

「不過，什麼是對、什麼是錯，畢竟是相對的東西，首先對我來說要比較這兩者的話，應該用來當作對照的記憶都被剝奪了啊。」

影子點頭。「我很瞭解你現在很混亂。但請你試著這樣想想看：你相信所謂的永久運動這東西嗎？」

「不，永久運動在原理上不存在。」

「和這一樣啊。這街的安全和完結性就和那永久運動一樣。在原理上完全的世界這東西在任何地方都不存在。但這裡卻是完全的。那麼在什麼地方應該會有自動操作的裝置才對。眼睛看來像永久運動的機械一定在背後利用眼睛看不見的外力。」

「你發現了嗎？」

「不，還沒有。剛才我也跟你說過了，假設我已經擬好，但細部還沒補強。這還需要花一點時間。」

「能不能告訴我那假設？或許我能稍微幫你補強那作業也不一定。」

影子把雙手從長褲口袋伸出來，在上面吹出溫暖的氣息之後又在膝蓋上互相摩擦。

「不，你大概不行。我身體在受苦，你是心在受苦。你應該先修復那個。不然在逃出去之前兩個人都不行了。我會一個人想，你要想盡辦法救你自己啊。這才最重要。」

「我確實很混亂。」我望著地面畫的圓說著。「你說的很對。我連該向哪邊走都認不清。自己過去是怎麼樣的人也不知道。失去了自我的心這東西到底還擁有多少力量呢。而且是在擁有這麼強大力量和價值基準的街裡。自從入冬以來我對自我逐漸失去自信了。」

「不，不是這樣。」影子說。「你並沒有失去自我。只是記憶巧妙地隱藏起來了而已。所以你會混亂。但你並沒有錯。就算記憶喪失了，心還是會朝著它原來的方向前進。心這東西擁有它自己的行動原理。那也就是自我呀。你要相信自己的力量。要不然你會被外部的力量拉著往莫名其妙的地方去。」

「我會努力試試看。」我說。

影子點點頭望了一下陰雲的天空，終於好像在沉思什麼似的閉上眼睛。

「我迷惑的時候總是看鳥。」影子說。「看鳥就會很清楚自己沒有錯。街的完全性對鳥沒有任何影響。牆、門、號角、也沒有任何影響。在那樣的時候只要看鳥就可以了。」

聽得見守門人在檻欄入口喊著我。會面的時間過了。

「以後暫時不要來看我。」臨別時影子跟我悄悄耳語。「有必要時我會想辦法見你。守門人是疑心很重的人，如果見很多次他會有戒心是不是有什麼，他一有戒心我們的作業就難辦了。如果他問起來你就假裝跟我談不來。好嗎？」

「知道了。」我說。

「怎麼樣？」回到小屋時守門人問我。「好久沒見了，能見到自己的影子一定很高興吧？」

「真搞不懂他。」我說著否定地搖搖頭。

「就是這麼回事啊。」守門人似乎很滿足地說。

25.

冷酷異境 用餐、象工廠、陷阱

爬繩子比階梯輕鬆多了。綁得結實的結確實地每隔三十公分出現一個。繩子本身粗細也正好合手，抓得很順。我用雙手握繩子，身體稍微前後搖擺著保持勁道彈性，一步一步往上爬。好像在看空中吊纜電影的一幕一樣。不過空中吊纜的繩子沒有繩結。要是用有結的繩子會被觀眾看不起。

我偶爾往上看，但因為光線直接照著這邊，太過眩眼而無法正確掌握距離感。我想她大概正擔心著而從上面注視著我往上爬吧。腹部的傷口配合心臟的鼓動再度隱隱陣痛起來。跌倒時頭部撞到的位置依然痛著。雖然沒有什麼說得上妨礙爬繩子的東西，但疼痛仍舊不變。

越接近頂部，她手上的燈逐漸把我的身體和周圍的風景照亮。但那說起來是多此一舉。我已經習慣了在黑暗中往上爬，因此被光一照反而亂了步調，好幾次腳踩滑了。無法適當掌握光所照到的部分和陰影之間的距離上。被照亮的部分比實際上顯得凸出，而陰影部分則顯得凹陷。而且太眩眼。人類的身體對任何環境都能立刻習慣。從很久以前就潛入地下的黑鬼們如果身體機能已經配合黑暗而改變了，我也不覺得有什麼奇怪。

爬上第六十或七十個繩結時，我終於到達像是頂部的地方。我雙手攀住岩石邊緣像游泳選手躍上池畔一樣地跨上去。但可能爬了好長一段繩子的關係，手臂似乎已經耗盡力氣了，身體要搭在岩石上都花了相當的時間。簡直像游了一公里或二公里自由式之後的感覺一樣。她抓著皮帶幫我拉上去。

「好危險的地方啊。」她說。「再遲四、五分鐘的話我們兩個都已經死掉了。」

「要命要命。」我說著在平坦的岩石上躺下來，深呼吸了幾次。「水漲到什麼地方了？」

她把燈放在地上，把繩子一點一點往上捲起來。然後在拉到三十個結左右的地方，把那繩子讓我握。繩子濕答答的。水上漲得相當高了。確實正如她所說的，如果我們遲了四、五分鐘才抓到繩子就很危險。

「噢，找到妳爺爺了嗎？」我試著問她。

「嗯，當然。」她說。「在後面祭壇裡。不過腳扭傷了。說是逃走的時候腳踩到凹陷的地方。」

「不過腳扭傷還能逃到這裡啊？」

「對。祖父身體很強壯。我們家族裡大家身體都很壯啊。」

「了不起。」我說。我認為自己也算是相當強壯的，但實在不能和他們比。

「走吧。祖父在裡面等呢。他說有好多話想跟你說。」

「我也是。」我說。

我再度背起背包，跟在她後面走向祭壇。雖說是祭壇。但只是岩壁上有個圓形橫穴凹進去而已。橫穴裡面形成一個寬大空間，牆壁的凹洞裡放著煤氣燈，黃色模糊的光線照亮內部。不整齊的岩肌形成奇怪形狀，造成無數陰影。博士在那燈旁捲著毛毯坐著。他的影子有一半在陰影下。由於光線的關係眼睛看來好像深深凹陷，實際上可以說是精神抖擻。

「嗨，你們好像正好遇到危險啊。」博士很高興似地對我說。「我也知道水會出來，不過我以為你會早一點來的所以沒有太在意。」

「我在路上迷路了，爺爺。」胖孫女說。「所以慢了將近整整一天才見到他。」

「好了，好了，都沒關係了。」博士說。「到現在花不花時間都一樣了。」

「到底什麼事情、怎麼一樣法？」我試著問。

「算了算了，這些麻煩事等一下再說。你先在那邊坐下來吧。先把脖子上黏著的蛭抓下來。要不然會留下疤痕喏。」

我在離博士稍遠一點的地方坐下。孫女兒在我旁邊坐下，從口袋裡拿出火柴來點上火，把我脖子上黏著的巨大蛭燒掉。蛭吸滿了血，脹得像葡萄酒瓶塞一般大。火柴的火一燒就發出滋地濕濕的聲音。掉在地上的蛭抽扭著身子，她用慢跑鞋底踩爛。皮膚因燒傷抽緊拉扯著疼。脖子使勁往左邊轉時感覺皮膚就像長得過熟的番茄皮一樣一不小心就要裂開似的。這種生活如果再繼續下去的話，不到一星期我全身都會變成傷痕樣本了。像藥房店頭貼的香港腳病例照片，印成彩色漂亮海報發給大家。腹部的割傷、頭部的撞傷、蛭蟲吸血的傷疤——還有或許勃起不全也可以放進去。這樣會更可怕。

「有沒有帶什麼吃的東西來呀？」博士對我說。「因為太著急了，沒工夫帶出足夠的糧食，從昨天到現在只吃了巧克力呢。」

我打開背包拿出幾個罐頭、麵包和水壺，連開罐器一起交給博士。博士首先拿起水壺喝得很可口的樣子，接著像在檢查葡萄酒年份似的一一仔細校閱罐頭。然後把桃子罐頭和牛肉罐頭打開。

「你們也來吃一點嗎？」博士問我們。不用。我們說。在這樣的地方這樣的時候實在引不起什麼食慾。

博士撕下麵包，上面放牛肉塊，很美味似地嚼起來。接著吃了幾個桃子，拿起罐頭對著嘴嘶嘶地吸著果汁。在那之間我掏出威士忌袖珍瓶，喝了兩、三口。由於威士忌的關係，身體各部分的疼痛多少輕鬆了一些。並不是疼痛減少了，而是酒精使神經麻痹了，使得感覺上那疼痛變得好像和我自己沒有直接關係的一種獨立存在。

「啊，真是幸虧你了。」博士對我說。「平常我都準備有兩三天不愁的糧食，但這次正好疏忽了沒有補充。連自己都覺得不好意思。安逸日子過慣了，警戒心就漸漸散漫了。這是個很好的教訓。應該要未雨綢繆的，古人說得真好。」

博士獨自一個人呼呵呵地笑了一會兒。

「這下子吃的也解決了。」我說。「差不多該進入主題了吧。可以從最開始一一告訴我嗎？到底您想做什麼、已經做了什麼、結果會怎麼樣、我該做什麼，請全部告訴我。」

「我想這會是相當專業的話題。」博士有些遲疑地說。

「專業的地方就請深入淺出地帶過。只要瞭解輪廓和具體策略就行了。」

「要全部說出來，我想你大概會生我的氣吧，這有點……」

「我不生氣。」我說。事到如今再生氣也沒用了。

「首先我不得不向你道歉。」博士說。「雖然說是為了研究，但瞞著你利用你，而且把你逼到無法退出的狀況。關於這一點我也在深切反省。不光是嘴巴上說說，而是打心裡覺得抱歉。但是，我所做的研究，說起來是無與倫比的重要而且珍貴的，這一點無論如何請你要瞭解。當科學家站在知識的礦脈之前，往往有看不見其他狀況的毛病。而且正因為有這傾向科學才不斷地進步到現在。所謂科學這東西說得極端一點，正因為它的純粹性而增殖……你讀過柏拉圖嗎？」

「幾乎沒有。」我說。「不過總之請回到事情的要點。關於科學研究目的的純粹性我已經很清楚了。」

「非常失禮。我只是想說科學的純粹性這東西往往會傷害很多人。就像所有的純粹自然現象有時候會傷害人一樣。火山爆發埋沒城鎮、洪水沖走人群、地震摧毀地面的一切——如果因而要說那類的自然現象是惡劣的話……」

「爺爺。」胖孫女從旁插嘴道。「你不快點講就要來不及了不是嗎？」

「對對。妳說得對。」博士說著拉起她的手拍一拍。「不過，嗯——從什麼地方說起好呢？我好像不太擅於從縱向順序來掌握狀況啊，到底該怎麼說起才好呢？」

「您把數字交給我要我洗資料對嗎？那有什麼意義呢？」

「要說明這個必須回溯到三年前。」

「那麼就請回溯當年吧。」我說。

「我當時在『組織』裡就職。不是正式的研究員，而是像私人的外包工作隊一樣的形式。我手下有四、五個成員，『組織』給我們很好的設備，資金可以隨便運用，錢對我是無所謂的，以我這個人的個性是絕對不在人家下面做事的，但『組織』給我們研究用的豐富實驗材料是其他地方不太可能得到的，最主要是因為把那研究成果付諸實踐對我真是充滿了擋不住的魅力。

「那時候『組織』正處於相當危急的狀況。他們為了保護資訊，混合各種方式所建立起來的資訊體系可以說被記號士解讀出來了。『組織』把那方法複雜化，記號士就用更複雜的方法來解讀——這樣反覆不斷。簡直就像在築牆競爭。這一家把牆築高，隔壁也不甘示弱地築得更高。於是最後牆太高了而失去實用性。雖然如此卻沒有一方願意罷休。因為誰先罷休誰就輸掉了。輸的這一方便失去存在價值。於是『組織』決定根據完全不同的原理，開發不能輕易解讀的資料混合方式。於是找我擔任這開發小組的頭頭。

「他們找我正是找對了。為什麼呢？因為我在當時——當然現在還是——大腦生理學領域裡最有能力而且最有意願的科學家。雖然我不做發表論文、在學術會議演講之類的傻事，所以在學會裡始終被忽視，但對腦知識之深沒有一個人能跟我相提並論。『組織』知道這件事，所以才選我做為主導者。他們希望的是完全的發想轉換。不像既成方法的複雜化和詭辯，而是從根本徹底轉換。而且那些作業是在大學研究室裡從早到晚工作忙於寫無聊論文、勤於計算薪資的學者所做不來的。真正有獨創性的科學家必須是個自由人。」

「但因為進入『組織』，卻把自由人這立場捨棄了是嗎？」我試著問。

「是啊，就是這樣。」博士說。「就像你所說的。關於這點我自己也在反省。雖然不後悔卻在反省。不過不是我在為自己辯解，因為我非常想要一個能讓我的理論付諸實踐的場所。那時候我腦子裡已經有了很完整的理論似的東西，但苦於沒有實際確認的手法。這就是大腦生理學研究困難的點，不能像其他生理學一樣用動物進行實驗。因為猴子的腦並不具備能夠對應人類深層心理和記憶的複雜功能。」

「於是您就，」我說。「把我們用在人體實驗上了。」

「嗯，請不要太快下結論。首先我先簡單說明一下我的理論。暗號有一般論。也就是所謂『沒有無法解讀的暗號』。這確實是對的。為什麼呢？因為暗號這東西是根據某種原則而成立的。所謂原則這東西不管多麼複雜而精緻，終究是多數人類可以理解的精神性共通項。所以只要理解那原則，就可以解暗號了。暗號之中信賴性最高的是book to book system——也就是互送暗號的兩個人擁有同樣版本的同一本書，以該書的頁數和行次決定單字的系統——這只要找到書就完了。而且必須隨時把那書放在手邊，這危險太大了。

「於是我想，所謂完美的暗號只有一個。那就是以誰都不能理解的系統做擾亂（scramble）及混合。也就是透過一個完全的黑盒子把資訊擾亂後混合，這樣處理過的東西又再透過同樣的黑盒子做逆擾亂混合。而且那黑盒子的內容和原理連本人都不瞭解。會使用，但不知道那是什麼樣的東西——就是這麼回事。因為本人都不知道，所以別人也沒辦法偷那資訊。怎麼樣？很完美吧？」

「也就是說那黑盒子就是人類的深層心理了？」

「對，就是這樣。讓我繼續說明。是這樣的。每一個人都根據個別的原理去行動。沒有一個人跟別人是一樣的。怎麼說呢？也就是身分問題。什麼叫做身分（identity）？這是指每一個人根據過去體驗的記憶累積形成思考系統的獨特性。更簡單地說也可以稱為心。人心各有不同，沒有一個人和別人擁有同樣的心。但人類無法掌握自己思考體系的大部分。我是如此，你也一樣。我們對這些能夠確實掌握的——或者被推測為掌握中的部分只不過佔全體的十五分之一到二十分之一左右。這連冰山的一角都稱不上。例如我簡單地發問看看。你是大膽的，還是膽小的？」

「不知道。」我坦白說。「有時候很大膽，有時候又很膽小。不能一概而論。」

「所謂思考體系正像這樣，不能一概而論。面對不同的狀況和對象，你會幾乎是自然地在瞬間選擇大膽和膽小這兩極之間的某一點。這個精密的程式在你體內，但你對那程式的細節原理和內容幾乎一無所知。因為沒有必要知道。即使不知道，你也能夠以你自身去產生機能。這簡直就是黑盒子啊。換句話說我們腦子裡面其實埋葬著人跡未至的大象墳場。大宇宙除外的話，這也許該稱為人類最後的未知大地吧。

「不，象的墳場這表現法不好。因為那並不是死掉的記憶的集結場。正確說或許該稱為象工廠。在那裡無數的記憶和認識的片段被選擇分類，被選擇分類後的片段則被複雜地組合起來作成線，那線又被複雜地組合成束，而那束則形成系統。這就是『工廠』啊。這裡在進行生產製造。當然廠長就是你。不過很遺憾你不能到那裡去訪問。就像愛麗絲的仙境（Wonderland）一樣，要進去那裡必須吃一種特別的藥。唉！路易斯・卡羅這故事真是想得妙啊。」

「而且那象工廠所發出的指令就決定了我們的行動形式是嗎？」

「對。」老人說。「也就是說……」

「等一下。」我把老人的話打斷。「請讓我問個問題。」

「請便請便。」

「我懂你所說的意思。不過，總不能把行動的形式拿來延伸到做為現實上表層行為的決定。譬如早晨起床後吃麵包要喝牛奶或喝咖啡或喝紅茶，這不是要看心情嗎？」

「一點也沒錯。」說著博士深深點頭。「另外一個問題是人類那深層心理是經常在變化的。就像每天修訂改版的百科全書一樣。要讓人類的思考體系安定下來就有必要讓兩種困擾去除。」

「困擾？」我說。「什麼地方又有困擾呢？那不是人類極當然的行為嗎？」

「這個嘛。」博士好像在安撫我似的說。「要追究這個，會變成神學上的問題。應該說是決定論，或這一類的。人類的行為到底是由神預先決定的，或者都是自發性的。近代以來的科學當然是把重點放在自發性（spontaneity）上進行的。但是呢，如果要問自發性是什麼，誰也沒辦法好好回答。因為沒有誰能夠掌握我們體內所有象工廠的秘密。雖然佛洛伊德和榮格發表了各種推論，但那只不過發明了可以談論這方面事情的術語而已。雖然變得比較方便了，但並沒有確立人類的自發性。以我的觀點來看，只不過是為心理科學賦與學院哲學的色彩而已。」

說到這裡博士又呼呵呵地笑個不停。我和女孩一直安靜等他笑完。

「說起來我是屬於採取現實性思考法的人。」博士繼續說。「借用古老語言來說的話，就是屬於上帝的歸上帝，凱撒的歸凱撒。形而上學這東西畢竟只不過是記號性的閒話而已。這些事情在脫離現實之前，有太多必須在限定場所才能成立的。例如這黑盒子問題。黑盒子只要以黑盒子的原狀放著不去動它就行了。而且只要利用那黑盒子本身就行了。只是——」說著博士舉起一根手指。「只是——剛才提到的兩個問題不能不解決。一個是表層行為層次的偶然性，另一個是隨著新體驗的增加而來的黑盒子的變化。這可不是很簡單就能解決的問題喲。如果問為什麼的話，就像你剛才說過的，因為是人類當然的行為。人只要活著總有一些體驗，那體驗會一分一秒地儲存在體內。要讓它停止等於是要一個人死一樣。

「於是我擬了一個假設。如果在某一個瞬間把人在那一時點上的黑盒子固定下來會怎麼樣？如果後來會變化，就讓它隨便變化好了。但不同的是該時點的黑盒子被確實固定了，只要call它就能以那樣的形式被叫出來。就像瞬間冷凍一樣。」

「請等一下。」我說。「那是說一個人體內藏有兩種不同的思考體系嗎？」

「一點都不錯。」老人說。「就像你說的。你理解得很快。我預料得沒錯。正如你說的。思考體系A是經常保持著的。但另一方面則不斷地在變化著以A'、A"、A'''……這就像在右邊褲袋放進一個停止的手錶，左邊褲袋放進一個走動的手錶一樣。必要時，隨時可以拿出任何一邊。這樣就可以解決一邊的問題了。

「同樣的道理，另一邊的問題也能夠解決。只要把原始思考體系A的表層層次的選擇性切除掉就行了。你瞭解嗎？」

不瞭解，我說。

「也就是說像牙醫削除珐瑯質那樣把表層去掉，只留下具有必然性的中心性因素，也就是意識的核。這樣做了以後就不會產生稱得上誤差的誤差了。然後把這削掉表層後的思考體系冷凍起來丟進井裡。噗通一下。這就是混洗資料方式的原型。我在進『組織』之前所研究出來的理論大概是這樣的東西。」

「做腦手術是嗎？」

「腦手術是必要的。」博士說。「研究如果更進步的話，可能就漸漸不需要做手術了。也許採用某種像催眠術的東西利用外部操作就能做出這樣的狀態。不過目前的階段還沒辦法做到。只能給腦做電流的刺激。也就是人為改變腦迴路的電流。這並不怎麼稀奇。只是多少應用了一點對精神性癲癇患者現在也在進行的定位腦手術而已。利用它與腦扭曲所產生的放電互相抵消……可以省略專業性的東西吧？」

「請省略。」我說。「只要提要點就行了。」

「簡單說就是在腦波的流動裡設置中繼接點（junction）。也可以說分歧點。旁邊埋進電極和小型電池。然後用特定的信號喀嚓喀嚓地把那中繼接點預先切換好。」

「這麼說我們頭腦裡面也已經被埋進那電池和電極了噢？」

「當然。」

「要命。」我說。

「不，那並不像你所想像的那麼可怕或特殊。大小也只不過像小豆粒的程度而已，像這麼一點大的東西放進體內到處走動的人多的是呢。還有一件事必須先告訴你才行，那就是原始思考體系，也就是停止的手錶這邊的迴路是盲目迴路。也就是說，在那時間內你完全不知道自己在想什麼在做什麼。不這樣的話，恐怕你會自己改變那思考體系。」

「其次，那削掉表層意識的核也有照射的問題對嗎？手術之後我從你工作小組的一個人聽過那樣的事。說是那照射或許對人類的腦會造成強烈的影響。」

「是的。這點也有。但關於這件事並沒有確定的見解。只不過是當時的一個推論而已。並沒有試過，只是或許有這樣的事情而已。

「剛才你提過人體實驗，但說真的，我們是做過幾個人體實驗。剛開始因為不能讓你們這些身為貴重人才的計算士遭遇危險，所以由『組織』找了十個適當的人選，我們對他們實施手術，觀察結果。」

「什麼樣的人？」

「這個沒讓我們知道。總之是十個年輕健康的男性。條件是沒有精神上的病歷，IQ在一百二十以上。至於是什麼樣的人怎麼帶來的，我們並不知道。結果，還馬馬虎虎。十個人裡面有七個人的中繼接點可以順利運作。三個人的中繼接點完全不產生作用，思考體系只能單方面運作，或混合在一起。但七個人則沒問題。」

「混合起來的人後來怎麼樣了？」

「當然讓他們平安回去了。沒有什麼害處。剩下的七個人繼續訓練時有了明顯的問題。一個是技術性的問題，另一個是被實驗者方面的問題。首先是中繼接點切換的呼叫記號（call sign）混雜不清這一點。最初我們用任意的五位數字做為那呼叫記號，但不知道為什麼其中有幾個人聞到天然葡萄果汁的氣味就把中繼接點切換掉了。吃中餐端出葡萄果汁時發現的。」

胖女孩在旁邊格格地偷笑，對我來說那卻不好笑。以我來說接受完混洗資料的處置之後，會對各種氣味在意得不得了。比方聞到她哈密瓜味的古龍水之後，腦子裡會覺得好像聽得見聲音似的就是其中一個例子。如果每次聞到什麼氣味思考體系就改變的話，那可受不了。

「後來在數字之間夾進特殊的音波後解決了這個問題。原來某種嗅覺反應和由呼叫訊號所產生的反應很像。另外一點是有些人即使中繼接點切換了，原始思考體系也不能順利運作。經過各種檢查的結果，才知道被實驗者本來的思考體系有問題。被實驗者意識的核本質不安定而且稀薄。雖然身體健康而且擁有不錯的智力，卻沒有確立精神性的身分認知。此外相反地對自己統御不足的例子也有。雖然身分認知本身已經十分足夠，卻沒有對它加以秩序化因而不能使用。也就是說並不是任何人只要做過手術就能夠洗資料，事後明白還是有所謂適性這回事。

「經過種種情況最後留下的是三個人。這三個人正確地以中繼接點被指定的呼叫記號切換，使用被凍結的原始思考體系達成了有效而安定的機能。而且在一個月裡用他們重複做實驗，在那個時點出現了進行記號（go sign）。」

「然後我們接受了混洗資料的處置是嗎？」

「正是。我們從接近五百人的計算士之中一再考試和面談，選出了二十六個具有精神自主性，而且能控管自己行動和感情的類型，既健康又沒有精神病史的男性。這是非常費事的作業。因為有些事是光從考試和面談沒辦法瞭解的。然後『組織』對這二十六個人的每個人都做出詳細資料。關於成長經歷、學校成績、家庭成員、性生活、飲酒量……總之所有的點。你們就像初生的赤子一般被洗得乾乾淨淨。所以我對你也像對自己一樣瞭解得很喏。」

「我有一個不明白的地方。」我說。「我所聽到的是我們的意識的核，也就是黑盒子，保管在『組織』的圖書館裡。那怎麼可能呢？」

「我們把你們的思考體系徹底追蹤（trace）描繪出圖形。然後做成模型，以主要儲藏庫（main bank）儲存在電腦資料庫裡。如果不這樣的話，萬一你們身上發生什麼時就會動彈不得。就像保險一樣。」

「那模型完全嗎？」

「不，當然不能算完全，但表層部分有效削除之後做追蹤描繪就輕鬆了，因此以機能來說是相當接近完全吧。詳細的說是由三種平面座標和全息投影（holograph）構成這模型。過去的電腦當然不可能做到，現在新的電腦本身因為含有相當像象工廠式的機能，所以能夠對應那樣的意識性複雜結構。考量的也就是測繪地圖（mapping）的技術，這個又說來話長不談了。非常簡單易懂地說明追蹤繪圖的方法就是這樣：首先把你各種意識的放電類型輸入電腦。類型因各種情況而有微妙的差異。線裡面的接頭重新組合，束裡面的線又重新組合。在這組合之中有些是在測量上無意義的東西，有些有意義。電腦會判斷。把無意義的排除，有意義的刻進基本類型。這過程以幾百萬次為單位，一而再再而三地重複無數次。就像塑膠紙重疊起來一樣。然後確定差異不再浮上來之後，就把那類型當做黑盒子保存起來。」

「讓腦再現嗎？」

「不，不是。腦實在無法再現。我們所做的只不過是把你的意識體系以現象層次固定下來而已。而且那還是在特定的時間點裡。面對不同時間點腦所發揮的靈活與彈性（flexibility）是我們完全舉手投降的。不過我所做的不只是這個而已。我在黑盒子映像化方面也成功了。」

博士這樣說完，便輪流看看我和胖孫女的臉。

「是意識核的映像化。過去從來沒有人做過這個。因為不可能。而我把它變成可能了。你們想我是怎麼做的？」

「不知道。」

「讓被實驗者看某個物體，從那視覺所產生腦電波的反應來分析，把它轉換成數字，然後再轉換成點陣符號。最初只浮現極單純的圖形，但修補調整幾次，補充細部之後，逐漸能夠把被實驗者所看見的映像照樣在電腦螢幕上描繪出來。作業不像嘴上講的這麼簡單，非常麻煩而花時間，但簡單說起來就是這樣。而且在做了好幾次好幾次之後，電腦可以記住那類型而且可以從腦的電流反應自動映出映像。電腦這東西實在可愛。只要發出一貫的指示，它一定就能完成一貫的工作。

「其次終於可以試著把黑盒子輸入記住類型的電腦裡了。結果真的可以讓意識之核原原本本地映像化顯示出來。不過當然那映像是極其片段而混沌的，那樣子實在無法構成什麼意義。這時候就需要編輯作業。對，簡直就像電影的剪接編輯作業一樣。把映像的積集剪下貼上，有些東西拿掉，再重新組合。於是組成有劇情的故事。」

「故事？」

「這也不怎麼奇怪呀。」博士說。「優秀的音樂家意識可以轉換成聲音，畫家可以轉換成形與色。而小說家就轉換成故事。道理一樣啊。當然因為要轉換，所以其實不是正確的追蹤描繪，不過可以理解意識的大部分樣貌真是方便。不管多麼正確，光看著混沌映像的羅列，總是不太能掌握全貌啊。而且，並不是要把那視覺版拿來做什麼用，所以沒有必要從頭到尾都正確。這視覺化畢竟只是做為我個人的興趣在做的啊。」

「興趣？」

「我以前，那已經是戰前的事了，曾經做過類似電影剪接助理一樣的工作，因此這方面的作業非常拿手。也就是在混沌中賦與秩序的工作。所以我不用其他助手而自己關在研究室裡一個人繼續操作。我在做些什麼相信別人都不清楚。而且我把那映像化資料當做私人的東西悄悄帶回家。這是我的財產。」

「您把二十六個人全部的意識都映像化了嗎？」

「是啊。全部一應做過。而且每一個都給他一個標題，那標題也當做每個人黑盒子的標題。你的是『世界末日』噢。」

「對了。是『世界末日』。我常常覺得很不可思議，為什麼給按上那樣的標題呢？」

「這個以後再說。」博士說。「總之誰都不知道我成功地把那二十六個人的意識映像化了。我也沒有告訴任何人。我想把那研究帶到和『組織』無關的地方進行。『組織』委託我的計劃已經成功了，必要的人體實驗我也做完了。而且我對於為別人的利益而做研究感到厭煩了。接下來只想依自己的意思做各種不同的東西，恢復隨心所欲的研究生涯。我好像不是那種埋頭於單一研究工作的類型。同時並列地做各種不同研究比較適合我的個性。那邊做做骨相學、這邊玩玩音響學，同時研究腦醫學。但幫別人做事就不太能夠這樣。所以我在研究告一段落，自己被賦與的使命已經達成，剩下的只是技術性作業時，便向『組織』辭職。他們卻遲遲不肯許可。為什麼呢？因為我對那個計劃知道太多。目前這個階段如果我往記號士那邊靠攏的話，洗資料計劃也許就要因此泡湯了，他們這樣想。對他們來說，不是朋友就是敵人。再等三個月，他們這樣拜託我。你可以在這研究所裡繼續做你喜歡的研究。工作什麼都不必做，還給你特別獎金，就這樣。說是在這三個月裡讓我們完成森嚴的機密保護系統，你在那以後再出去。我是天生的自由人，被那樣束縛起來真是非常不痛快，但以條件來說倒還不壞。於是那三個月裡，我在那裡做著我喜歡的事，悠閒地過日子。

「不過人要是閒著總不是一件好事。我閒得沒事，於是想到在被實驗者——也就是在你們——的頭腦中繼接點接上另一種迴路。第三個思考迴路。而且把我編輯過的意識之核組合進那個迴路裡。」

「為什麼又要這樣做呢？」

「第一我想試試看那對被實驗者會發生什麼樣的效果。由別人手裡賦與秩序重新編輯過的意識在被實驗者體內會產生什麼樣的機能？我想知道這點。因為在人類歷史中並沒有任何這樣的明確例子。另外一點——這當然只是附隨的動機——『組織』既然隨他們自己高興地處置我，那麼我也要隨自己高興地來處置看看。試著做一種他們所不知道的機能。」

「只為了這個理由。」我說。「你就在我們腦子裡組合進好幾個像鐵路機車的線路一樣複雜的迴路嗎？」

「不，你這樣一說我也很沒面子。真是沒面子。但你也許不明白，科學家的好奇心這東西，是無論如何都很難壓抑的。當然我也憎恨那些幫助納粹的生醫學者在集中營裡所進行的無數實驗，但在心底也會想反正要做為什麼不做得更俐落更有效果呢？以活體為對象做研究的科學家在心裡所想的事都差不多。而且我們做的絕對不會危及生命。只是把原有兩個的做成三個而已。只是稍微改變一下電路的流向而已。並沒有增加腦的負擔。同樣是利用英文字母卡片，並沒有製造其他的單字。」

「但實際上除了我之外其他接受洗資料處置的人都死了。這是為什麼？」

「這個我也不明白。」博士說。「確實正如你所說的，二十六個接受洗資料處置的計算士之中二十五個都死了。大家都像一個模子印出來似的一樣的死法。晚上上床睡覺，早晨就死了。」

「那麼對我來說。」我說。「明天說不定就會像那樣死掉囉？」

「然而事情並沒有那麼簡單。」博士身體一面在毛毯裡不安地動著一面說。「因為那二十五個人的死亡期間集中在大約半年裡。也就是從處置後一年兩個月起至一年八個月之間。那二十五個人一個不剩地在那期間死掉。只有你在過了三年又三個月的今天，還沒有任何障礙地在繼續做著洗資料工作。那麼，不得不認為只有你擁有其他人所沒有的特別資質。」

「所謂特別，是什麼意思上的特別呢？」

「請等一下。對了，你在做過洗資料處置之後，有沒有發生什麼奇怪的症狀？例如幻聽、幻覺、失神等之類的現象？」

「沒有啊。」我說。「既沒有幻覺，也沒有幻聽。只覺得對某種氣味好像變得非常敏感的樣子。大概以水果氣味之類的比較多。」

「這是全體都共通的特點。特定水果的氣味對洗資料有影響。不知道為什麼，但就是會這樣。不過以結果來說，沒有造成幻覺、幻聽、失神之類的現象吧？」

「沒有啊。」我回答。

「哦。」博士思考了一下。「其他呢？」

「這是剛才第一次發覺的，好像隱藏的記憶又回來了似的。過去都是些片段似的東西我沒有太留意，但剛才卻是清楚的，連續一段時間。原因我知道。是水聲誘發的。不過那不是幻覺，是確實的記憶。我可以確定。」

「不，不對。」博士斷然地說。「雖然或許你感覺像是記憶，但那卻是你自己製造出來的人為橋樑。也就是說你自身的身分認知和我所編輯並輸入的意識之間當然會有誤差，你為了使自己的存在正當化於是在那誤差之間試圖架上橋樑。」

「我不太明白。到目前為止從來沒發生過這樣的事。為什麼現在突然會這樣呢？」

「因為我把中繼接點切換過，也把第三迴路解放了。」博士說。「不過，話題按照順序來說吧。要不然事情很難解釋，你也不容易明白。」

我拿出威士忌酒瓶又喝了一口。事情似乎遠比想像的還要麻煩。

「最初的八個人相繼死掉之後，『組織』把我叫去。要我找出死因。對我來說坦白說已經不想和他們有什麼關聯了，但因為是我開發出來的技術，而且關係著人命，總不能丟下不管。總之我決定去看個究竟。他們向我說明八個人死亡的經過和腦解剖的結果。剛才我也說過了，八個人全都是相同的死法，都是死因不明。身體和頭腦沒有任何損傷，都是安安靜靜像睡著了似的斷了氣。簡直就像安樂死一樣。臉上也沒有任何苦悶的表情痕跡。」

「死因不明嗎？」

「不清楚。不過當然可以做推論或假設。因為八個都是接受過洗資料處置的計算士而又相繼死去，因此這絕對不能以偶然敷衍過去。必須想出什麼對策才行。因為不管怎麼說這是科學家的義務。我的推論是這樣。也就是說也許設定在腦子裡的中繼接點機能鬆弛或燒掉或消滅了使思考系統混濁，那能量使腦無法承受？或者假定中繼接點沒有問題，就算意識的核是在短時間內解放的，本身也許有根本上的問題？那對人類的腦也許無法承受？」

博士說到這裡把毛毯一直拉到脖子下，停頓了一會兒。

「這是我的推論，沒有確實的證據，但試著思考前前後後的狀況之後，我想應該是這兩種可能之一，或兩方面都有，我想以這個為原因的推測似乎最為妥當。」

「腦解剖也弄不清楚嗎？」

「腦這東西和烤吐司機不同，和洗衣機也不同。不像線路和開關是眼睛看得見的。腦裡有的只是眼睛看不見的放電流動變化而已，所以不能在死了之後把那中繼接點拿出來檢查。活著的腦如果有異常還可以知道，但死了則什麼也不知道了。當然如果有損傷或腫塊、潰瘍是可以知道，但也沒有。完全乾乾淨淨。

「於是我們把活著的十個被實驗者找到研究室來，試著再做檢查。取得腦波做思考體系的切換，檢查中繼點是否能順利運作。也做了詳細的面談，試著問他們身體有什麼異常，有沒有發生幻聽、幻覺等現象。但沒有任何可以稱得上問題的問題。大家都很健康，洗資料作業也能順利進行。於是我們想到死掉的那些人大概是先天上腦有什麼缺陷，不適合做洗資料吧。雖然不知道那是什麼樣的缺陷，但那只要研究逐步進行就可以解開謎底，只要在施行第二代的洗資料處置之前解決就行了。

「但結果錯了。因為接下來的一個月又死了五個人，而其中的三個是經過我們徹底再檢查的被實驗者。再檢查時被判斷為沒有任何問題的人，在那之後緊接著就猝然死去。這對我們來說是個很大的打擊。在原因不明之下，二十六個被實驗者之中已有半數死去了。這樣一來已經不能說是適不適合的問題，而是更根本的問題了。換句話說以兩個思考體系切換著使用這件事對腦來說本來就是不可能的。於是我向『組織』提出凍結計劃的建議。把還活著的人腦子裡的中繼接點除去，中止洗資料的作業。不這樣做的話，很可能全體都會死亡。但『組織』說這不可能。我的建議被拒絕了。」

「為什麼？」

「洗資料系統運作得極有效，而且現在要把那系統全部歸零事實上是不可能的。這樣一來『組織』的機能會麻痺掉。而且也不一定全部都會死掉，如果有人活了下來，那麼就可以做為有效的樣本進行下一個研究，他們這樣說。於是我就退了出來。」

「而且只有我一個人活下來。」

「就是這樣。」

我把後腦勺往岩壁靠，呆呆望著頂棚一邊用手掌摩擦臉頰的鬍子，上一次是什麼時候刮的鬍子已經想不太起來了。臉色一定很難看。

「那麼為什麼我沒有死呢？」

「這也只不過是假設。」博士說。「假設之上再加的假設。不過以我的第六感，我想這應該八九不離十。是這樣的。也就是說你本來就以複數的思考體系在分開使用著。當然是在潛意識中噢。在潛意識裡，自己都不知道的情況下，把自己的身分認知分為兩個在使用。如果用我剛才的比喻的話就像右邊褲袋的手錶和左邊褲袋的手錶。本來就有自己的中繼接點存在，因此你已經具有精神性的免疫了。這是我的假設。」

「有類似根據的東西嗎？」

「有。我前一陣子，兩、三個月以前，又把二十六個人全部映像化的黑盒子全部重新看過。然後發現一件事情。那就是你的思考體系整理得最好，既沒有破綻，也有條有理。用一句話說就是完美無瑕。甚至可以原原本本拿來用在小說或電影上都通用的程度。但其他二十五個人的卻不是這樣。都混亂、混濁、沒有條理，不管怎麼加以編輯都沒辦法有清楚的條理，沒完沒了的。好像只是夢的接續這樣程度的東西。跟你的完全不一樣。這簡直就像專業畫家和幼兒畫相比一樣的不同。

「為什麼會這樣呢？我試著想了很多，結論只有一個。也就是你用你自己的方法把那些整理好了。所以才會有極其清楚的結構存在於映像的累積中。再用比喻來說，就是你親自下到自己意識底下的象工廠去用自己的手製造象。而且是在自己不知道的情況下。」

「真是難以相信。」我說。「為什麼會有這樣的事呢？」

「有各種原因。」博士說。「幼兒體驗、家庭環境、自我過剩的客體化、罪惡感……尤其你具有極端固守自己的殼的傾向。不是嗎？」

「也許是。」我說。「那麼到底會怎麼樣？如果我是這樣的話？」

「不會怎麼樣啊。只要沒什麼事你會就這樣活得很長壽吧。」博士說。「不過現實上沒什麼事大概也不太可能。不管你喜不喜歡，你都是關鍵，能決定這愚蠢的資訊戰爭走向。『組織』不久之後大概就會把你當做實驗品展開第二次的計劃。你會被徹底解析、被做各種擺佈。具體上會怎麼樣我也不知道。不過不管怎麼樣一定會遇到各種不愉快的情況是錯不了的。我雖然不太知道現實社會，但這些我倒是知道。以我的立場也多少想要幫助你一些。」

「要命。」我說。「您已經不參加那個計劃了嗎？」

「我好像已經說過幾次了，我不想為別人而出賣我的研究，這不合我的個性。而且今後不知道還要再死多少人，我不想參加這樣的事。我也有很多地方應該反省。所以我才不怕麻煩千方百計地到這樣的地底下做研究室以便避開別人。光是『組織』還好，連記號士都想利用我。我實在不喜歡這種大組織。因為他們都只為自己著想。」

「那麼您為什麼對我做了奇怪的設計呢？說了謊話把我叫去還特地讓我計算呢？」

「我想在『組織』和記號士把你捉去胡亂擺佈之前，試著證實我的假設。如果能找出答案的話，你也不必再遭遇各種麻煩事了。我交給你的計算資料中預先隱藏有第三思考體系的切換呼叫記號。也就是說在你切換到第二思考體系之後，可以再切換一次，在第三思考體系進行計算。」
「所謂第三思考體系就是您映像化後重新編輯的系統嗎？」
「正如你說的。」博士點頭。
「但為什麼這個可以證明您的假設呢？」
「是誤差的問題。」博士說。「你在潛意識中確實掌握著自己意識的核。所以在使用第二思考體系的階段完全沒有問題。但第三迴路是我所重新編輯過的東西，當然這兩者之間會產生誤差。而那誤差對你應該會帶來某種反應。我想要測量對那誤差的反應。從那結果，本來應該可以更具體地推測出你意識底層所封閉著的東西的強度、性格，和那成因等。」
「本來應該可以？」
「對。本來應該可以。但現在一切都白費了。記號士和黑鬼勾結起來，跑到我研究室把一切都破壞光了。把所有的資料也全部帶走。他們走了以後我又回到研究室去看過。重要的東西一件都沒留下。這樣一來根本沒辦法做什麼誤差測量了。因為他們連映像化的黑盒子都帶走了啊。」
「這和世界末日有什麼關係呢？」我試著問。
「正確地說，並不是現在這個世界要結束了。而是世界在人的心中結束了。」
「我實在不明白。」我說。
「也就是說那是你的意識之核。你的意識所描繪的東西是世界末日。我不知道你為什麼會把那種東西秘藏在意識底下。但總之，就是這樣。在你的意識中世界已經結束。反過來說你的意識活在世界末日裡面。在那個世界裡現在這個世界應該存在的東西大多欠缺。那裡既沒有時間也沒有空間的延伸，沒有生也沒有死，也沒有正確意義上的價值觀和自我。那裡獸控制著人們的自我。」

「獸？」

「是獨角獸。」博士說。「在那個街裡有獨角獸。」

「那獨角獸和你給我的頭骨有什麼關係嗎？」

「那是我所做的複製品。做得不錯吧？根據你的視覺映像做的，不過做得挺辛苦的。並沒有什麼特別的意思，只是對骨相學有興趣所以就試著做了一下。送給你當禮物啊。」

「請等一下。」我說。「你說我的意識底下有那樣的世界，這我大概可以理解。而且你把它重新編輯成更明確的形式，並輸入當做我腦子裡的第三迴路。接著送進呼叫記號，把我的意識導進那個迴路裡，讓我做洗資料。到這裡沒錯吧？」

「沒錯。」

「而且做完洗資料的時候，那個第三迴路也就自動關閉，我的意識又回到原來的第一迴路。」

「這點不對。」博士說，喀啦喀啦地抓著後腦。「要是這樣就簡單了，但沒辦法。第三迴路並沒有自動關閉功能。」

「那麼我的第三迴路還是隨時開著的嗎？」

「是的。」

「但我現在正這樣根據第一迴路思考、行動著啊。」

「那是因為第二迴路上了栓蓋了。以圖來說是這樣的結構。」博士說著，從口袋裡拿出手冊和原子筆畫了圖，然後交給我。（如左上圖）

「是這樣子。這是你平常的狀態。中繼接點A接在第一迴路裡，中繼接點B接在第二迴路裡。但現在是這樣。」博士在另一張紙上再畫了一張圖。（如左下圖）

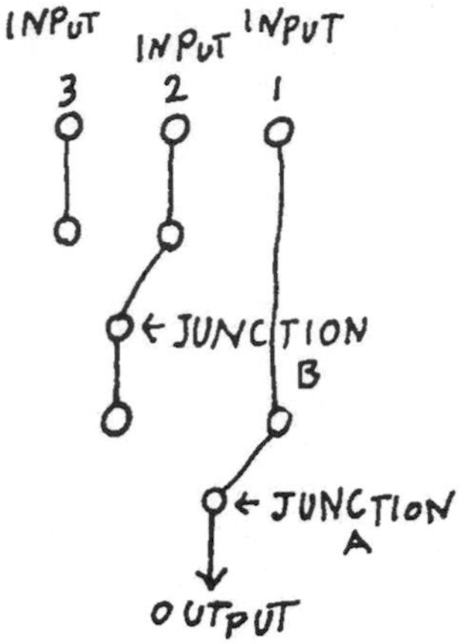

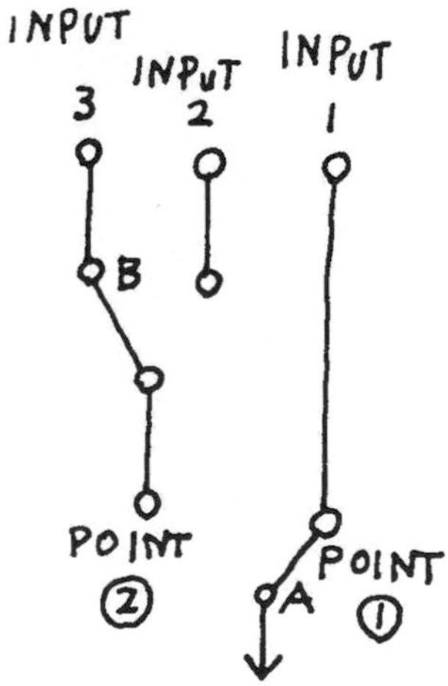

「看得懂嗎？B點還接在第三迴路上，A點自動切換接在第一迴路上。因為這樣，所以你才可能以第一迴路思考、行動。不過這只是暫時的。必須儘快把B點切回第二迴路才行。為什麼呢？因為第三迴路正確地說並不是你自己的。要是放著不去管它，那誤差產生的能量會把B點燒掉，變成永遠接在第三迴路上，而那放電會使A點往接B點拉近，連帶把A點也燒掉。我本來準備要在那之前測量出誤差的能量，讓它恢復原狀的。」

「本來準備？」我問。

「我現在已經沒辦法做到了。就像剛才說的那樣，我的研究室已經被那些笨蛋破壞，重要資料全都帶走了。所以我覺得很抱歉，但我一點也幫不上忙了。」

「那麼這樣一來的話。」我說。「我這樣下去就會永遠陷在第三迴路裡，再也沒辦法恢復原來的樣子了？」

「是的。你將會活在世界末日裡，雖然我覺得很可憐。」

「可憐？」我茫然地說。「這不是可憐就了事的問題吧？或許你只要說一聲可憐就好了，但我到底會變怎樣呢？說起來事情原本也是你開始的不是嗎？別開玩笑了！我從來沒聽過這樣過份的事。」

「但我做夢也沒想到記號士和黑鬼會勾結起來呀。他們知道我在開始做什麼，想要得到洗資料的秘密於是來偷襲。而且現在也許『組織』也知道了。我們兩個人對『組織』來說是兩刃劍。你懂嗎？他們大概以為我和你聯合起來到『組織』以外的別的地方開始做起什麼。而且也知道記號士正在打主意。記號士故意設計讓『組織』知道。以為這樣一來『組織』為了保守機密會想抹殺我們。不管怎麼說我們都背叛了『組織』，就算洗資料方式暫時停頓，他們還是會除去我們吧。因為我們兩人是第一次洗資料計劃的關鍵，如果我們一起落入記號士手中那可不得了。另一方面以記號士來說這正中他們的下懷。如果我們被『組織』抹殺的話，洗資料計劃便完全終止了，如果我們逃走而去投靠他們的話，那更沒話說。

不管怎麼樣他們都沒有任何損失。」

「完了完了。」我說。到我的公寓去把房間破壞，又把我肚子割傷的到底還是記號士。他們為了要使「組織」注意我們這邊，而故意設計演出了一場全武行。那麼我是完全中了他們的圈套了。

「這樣一來我豈不是要舉雙手投降了嗎？記號士和『組織』兩頭都不放過我，我再不採取行動的話，我這個人現在的存在豈不就要消滅了。」

「不，你的存在還不會結束。只是進入另一個世界而已。」

「這也一樣啊。」我說。「你知道嗎？我這個人是不用放大鏡看就幾乎看不見的存在，這我自己也知道。向來都如此。看學校的畢業照要找到自己的臉都非常花時間。又沒有家人，即使我現在就消失了都沒有誰會覺得難過。也沒有朋友，所以我不在了沒有人會傷心。這點我很瞭解。不過也許說起來很奇怪，我對這個世界其實也還算滿足。為什麼我不知道。也許是因為我自己分裂成兩個人像在說著對口相聲般快樂地生活過來。這我不知道。不過總之我還是在這個世界比較自在。雖然我討厭存在這個世上的多數東西，對方也似乎討厭我，但其中也有我中意的東西，中意的東西就會『很』中意。不管對方是不是中意我那沒關係。我就是這樣活著的。什麼地方都不想去。也不必不死。雖然逐漸變老會難過，但不只我會變老。大家都一樣會變老。我不要獨角獸也不要壁。」

「不是壁是牆。」博士更正。

「不管叫做什麼。壁也好牆也好，這些都不需要。」我說。「我總可以生一點氣吧？平常我很少這樣，但我漸漸要生氣了。」

「嗯，在這個節骨眼也沒辦法吧。」老人抓著耳垂說。

「說起來這件事的責任百分之百在你。我沒有任何責任。是你開始的，你擴大的，你把我捲進來的。在人家的頭腦隨便插進迴路，做了假委託書讓我做洗資料，害我背叛了『組織』，被記號士窮追，被逼進這莫名其妙的地底下來，而現在還要把我的世界終結掉。從來沒聽過這樣過份的事。您不覺得嗎？總之請您把我恢復原來的樣子。」

「喔。」老人哼了一聲。

「他說得對。爺爺！」胖女孩插嘴道。「爺爺有時候太專注於自己的事，結果為別人帶來麻煩呢。那個足鰭實驗的時候不也是這樣嗎？您總要幫人家想點辦法才行啊。」

「我原來以為在做一件好事，沒想到狀況越變越糟。」老人很抱歉似的說。「而且已經到了我沒法子收拾的地步了。我沒辦法，你也沒辦法。車輪正逐漸加速滾動，誰也停不下來了。」

「完了完了。」我說。

「不過你在那個世界，或許可以把你在這裡所失去的東西重新找回來。你已經失去的東西，和正在繼續失去的東西。」

「我所失去的東西？」

「是的。」博士說。「你所失去的一切東西，都會在那邊。」

26.

世界末日
發電所

讀夢結束之後，我提出要去發電所的事時，她臉色暗淡。

「發電所在森林裡呢。」她把燒紅的煤炭埋進籃子裡的沙中熄滅一邊說。

「只在森林入口的地方而已。」我說。「連守門人都說沒問題。」

「誰也不知道守門人在想什麼。雖然說只在入口而已，但森林畢竟是危險的地方啊。」

「不過總之我想去看看。我無論如何都想找到樂器。」

她把煤炭全部拿出來之後，打開火爐下的抽屜，把積在那裡的白灰清到籃子裡。然後搖了幾次頭。

「我也跟你去。」她說。

「為什麼？妳不是不想接近森林嗎？而且我也不想連累妳。」

「因為不能讓你一個人去呀。你還不太瞭解森林的可怕。」

我們在陰雲的天空下沿著河往東走。彷彿春天已經來臨的溫暖早晨。沒有風，河水的聲音也失去平常的清冷明晰，聽起來好像有些鬱悶。走了十分或十五分時我拿下手套，拿掉圍巾。

「好像春天啊。」我說。

「是啊，不過這種暖和持續不了一天。每次都這樣。還會立刻回到冬天的。」她說。

穿過橋南岸稀稀落落排列的人家之後，路的右邊就只能看見旱田了，而且原來卵石鋪成的路也變成狹窄的泥路。田畦之間凍結的白雪像抓傷的痕跡似的留下幾條。左手邊河岸上有整排柳樹，柔軟的樹枝垂在河面。小鳥停在那不安定的枝條上幾度為了保持平衡而搖擺著樹枝，然後終於放棄地飛到別的樹上去了。陽光淡淡的，柔柔的。我幾次抬起頭，感受著那安靜的溫暖。她右手放進自己的大衣口袋，左手放進我的大衣口袋。我左手提著小型皮箱，右手握著口袋裡她的手。皮箱裡放著我們的午餐和要送給管理員的禮物。

要是春天來了，相信很多事情都會變得比較輕鬆愉快，我握著她溫暖的手這樣想著。如果我的心能夠熬過冬天，影子的身體能夠撐過冬天的話，我應該可以讓我的心復原成更正確的形式吧。正如影子所說的我必須戰勝冬天。

我們瀏覽著周圍的風景，慢慢朝河的上游走。在那之間我和她雖然幾乎都沒說什麼，但那並不是因為沒話說，而是沒有必要說。沿著大地凹陷的地方留下的白色殘雪，喙尖銜著紅色樹子的小鳥，田裡硬梆梆梗厚厚的冬季蔬菜，河裡的流水在四處形成的澄清小水窪，被雪覆蓋的山脊姿態，我們好像在一一確認似地邊走邊眺望。映在眼裡的所有事物，讓胸中好像吸進了突然降臨的滿滿片刻溫暖，浸進了身體的每一個微細角落。覆蓋天空的雲也好像沒有平常那麼沉悶，可以感覺到好像有一雙溫柔的手圍繞著我們這微小的世界似的不可思議親密感。

我們也遇見一些獸在枯草上徘徊著尋找食物的身影。牠們身上包著帶有泛白色澤的淺金色毛皮。那體毛比秋天長多了，而且更厚，但可以明顯看出牠們的身體比以前消瘦憔悴。肩膀像舊沙發彈簧似的形狀，骨骼清晰地凸了出來，嘴邊的肌肉鬆弛得甚至顯得邋遢地垂下來。眼睛失去了光彩靈動，四肢關節呈球形地鼓脹起來。唯一沒有改變的只有從額頭突出的一隻白角而已。角和以前一樣，筆直而自豪地指向天空。

獸以三頭或四頭為一小群，沿著田畦從一個樹叢移往另一個樹叢。但樹木的果實和適合食用的柔軟綠葉已經幾乎看不見了。比較高的樹枝上還殘留著若干樹子，但以牠們的身高實在搆不到。那些獸在樹下尋找著掉落地面的果實，鳥用尖喙把樹子啄走時，牠們便以哀傷的眼神一直抬頭望著。

「為什麼獸不去動田裡的作物呢？」我試著問。

「那是規定好的啊。我也不知道為什麼。」她說。「獸對人類吃的東西絕不動手。當然我們給牠們的話牠們會吃，要不然就不會吃。」

河邊有幾頭獸摺疊起前腳彎下身子在喝水窪的水。我們緊挨著牠們身邊經過時，牠們頭也沒抬一下地繼續喝著水。水窪表面清晰映出白角的影子，但那看來簡直就像掉落水底的白骨一樣。

正如守門人說的，沿著河岸走大約三十分鐘，過了東橋附近就有一條右轉的小路。那麼細小的路，要是平常走著很可能會看漏。那一帶已經沒有田，路的兩側只有高而茂密的草而已。這種草原好像隔在東邊的森林和田野之間似的一片寬廣。

走進草原之間的路時，稍微有點坡度，草也逐漸變得稀稀落落。轉為斜坡的山路，終於變成岩山。雖說是岩山也不是完全沒辦法攀登，上頭有穩固且可供行走的踏階。岩石屬於比較柔軟的沙岩，踏階的轉角已經被踏得磨圓了。走了大約十分鐘，我們已經登上那座山丘的頂上。以整體高度來說，大約比我所住的西丘稍微矮一點。

山丘南側和北側不同，而是轉為和緩的下坡。乾枯的草原延伸有好一段，對面則是黑黑的東之森林，像海一般廣闊。

我們在那裡坐下來調整呼吸，眺望了周圍的景色一會兒。從東邊看街的風景和我平常所看到的樣子印象相當不同。河令人吃驚地呈一直線，看起來沒有一處沙洲，水筆直流著像人工水路一樣。河對面是一大片北之濕地，濕地右手邊隔著河，東之森林以凸出的地塊般占據大片土地。河這邊的左側看得見我們所經過的田地。一望無際都沒有人家，東橋也空蕩蕩的有點寂寥的樣子。仔細眺望時雖然也認得出職工區和鐘塔，但總覺得那好像是從遙遠的地方送來的幻覺，沒有實體感。

休息了一下之後，我們朝著森林走下山坡。森林的入口有一口看不見底的淺池，中央立著一株像骨頭顏色般枯死的巨大樹根。上面停著兩隻白鳥一直注視著我們。雪是硬的，我們的鞋子在那上面沒留下任何腳印。漫長的冬天使森林裡的風景徹底改變。沒有鳥的聲音，也沒有蟲的影子。只有巨大的樹木從不凍結的深深地底吸取養分，指向陰暗的天空。

走在森林的路上時覺得好像聽得見奇怪的聲音。聽起來很像是風聲在森林裡飛舞，但周圍可以說完全沒有風吹的氣息，而且以風的聲音來說又未免太單調而沒有音調變化。越往前進聲音變得越大越清楚，但我們還是不知道那意味著什麼。她也是第一次到發電所附近來。

我們看見粗壯的橡木，對面是個空曠的廣場。廣場最裡面有像發電所一樣的建築物。雖然這麼說，但那建築物卻沒有任何一個顯示發電所機能的特徵。只像是一個巨大的倉庫。既沒有什麼特別的設備，也沒有出現高壓電線。我們耳朵聽到的奇怪風聲似乎是從磚瓦房裡發出來的。入口有兩扇堅固的鐵門，牆壁高處看得見有幾扇小窗。路到這個廣場就結束了。

「這大概就是發電所吧。」我說。

但正面的門好像上了鎖，我們兩個人合力去開，門都紋絲不動。我們決定繞建築物一周試試看。發電所的側面比正面寬了幾分，那邊的牆上也和正面一樣高處有一排小窗，從窗口傳出那奇妙的風聲。但側面沒有門。只有平平板板沒有任何凹凸變化的磚牆聳立著。看來就像圍住這街的牆，但靠近仔細看會發現這邊的磚和構成牆的磚，質地完全不同且較為粗糙，用手摸時扎扎的，還有好些地方有缺陷。

後面和建築物鄰接著一棟同樣磚造的雅致房子。像守門人小屋般的大小，設有極普通的門和窗。窗上掛著穀物袋的布代替窗簾，屋頂立著被煤熏黑的煙囪。至少這邊可以感覺得到有人生活的氣息。我在木門上試著敲了三次三聲，沒有回答。門上了鎖。

「那邊有發電所的入口。」她說著牽起我的手。我往她手指的方向一看，確實建築物後面角落裡有個小入口。那鐵門是朝外開著。

站在入口前時風聲更大了。建築物內部比預想中更暗，在眼睛適應黑暗之前，以雙手為遮簷仔細張望，也看不出裡面有什麼。裡面一盞電燈也沒有——發電所居然一顆燈泡也不裝，真有些不可思議——從高窗射進來的微弱光線好不容易到達天花板一帶而已。只有風聲肆無忌憚地在空蕩蕩的建築物裡喧鬧著。

即使出聲也沒有人會聽見的樣子，因此我站在入口把墨鏡拿下，等眼睛習慣黑暗。她稍微離開一點，站在我後面。看來她好像盡可能不要靠近建築物的樣子。風聲和黑暗使她畏怯。

因為平常就習慣黑暗，所以沒有花多少時間，我的眼睛就發現建築物地板的正中央一帶站著一個男人。一個瘦瘦小小的男人。男人前面有一根三公尺到四公尺的粗圓鐵柱筆直聳立到天花板，男人目不轉睛地望著那圓柱。除了那圓柱之外，其他沒有任何像設備的設備，或像機械的機械，建築物裡面像室內跑馬場一樣空曠。地板和牆壁都是用磚砌的。簡直像個巨大的爐灶。

我把她留在入口，自己一個人進到建築物裡去。進到入口和圓柱的正中央一帶時，男人似乎留意到我的存在了。他身體沒動只有臉轉過來，一直注視著我走近。是個年輕男子。大概比我小幾歲。他的外貌在所有的方面都和守門人成對比。手腳和脖子纖細修長，臉色很白。皮膚很光滑幾乎沒有鬍子的痕跡，髮根後退到寬闊額頭的最上面。服裝也很清爽整潔。

「你好。」我說。

他嘴唇緊閉一直凝視我的臉，然後稍微點了頭。

「會不會打攪你？」我試著問。由於風聲的關係不得不大聲說。男人搖搖頭表示不會，然後對著我指圓柱上像明信片大小的玻璃窗。大概示意要我往裡面看吧。我仔細看看，圓柱上有門，玻璃窗是門的一部分。門用堅固的螺栓固定著。玻璃窗後有一個像巨大電風扇一樣的東西，和地面平行，正以激烈的風勢旋轉著。那簡直就像讓幾千馬力的馬達繞著軸心旋轉一樣。我想像可能利用某個地方吹進來的風壓推動風扇，利用那力量發電吧。

「是風啊。」我說。

是啊。男人點點頭。然後他拉起我的手朝入口的方向走。他比我矮半個頭左右。我們像好朋友似的並肩走向入口。她站在入口。年輕男人對她也和像對我時一樣稍微點一下頭。

「你好。」她說。

「妳好。」他也回答。

他帶我們兩人到不太有風聲干擾的地方去。在小屋後面一塊切開森林開拓而成的田圃裡，我們坐在幾個成排樹根的鋸木樁上。

「對不起，我不太能大聲說話。」年輕的管理員解釋道。「你們理所當然是街裡的人吧？」

是啊，我回答。

「正如你們所看到的一樣。」年輕男人說。「街裡的電力是靠風的力量供給的。這地面上有很大的洞穴開口，就是利用從那裡吹來的風。」

男人暫時閉嘴注視著腳下的田。

「風三天吹起來一次。這一帶地下有許多空洞。在那裡面風和水來來去去。我在這裡保養這設備。

沒有風的時候就把風扇的螺栓關掉，塗一塗機油。或者保持讓開關不要凍結。而這裡發的電再利用地下電纜輸送到街上。」

管理員這樣說完又環視田園一圈。田園的周圍，森林像牆一樣高高圍起來。田園的黑土雖然被用心整理過，但上面還不見作物的影子。

「有空的時候，就一點一點地把森林開拓出來，擴大田園範圍。因為只有我一個人所以不可能大規模地做。碰到大樹就迂迴著避開，盡可能選擇能下手的地方。不過以自己的手來做一點什麼倒是一件好事。到了春天還可以種菜。你們是到這裡來考察的嗎？」

「差不多。」我說。

「街上的人是不會出現在這裡的。」管理員說。「誰都不會進到森林裡來。當然送東西的人除外。每週一次那個人會幫我送糧食和日用品。」

「你一直一個人住這裡嗎？」我試著問。

「嗯，是啊。已經相當久了。現在甚至只要聽聲音就知道機器的微細狀況了。因為好像每天都在跟機器說話似的。做久了這些自然就知道了。機器情況好的話，我自己也非常安心。還有森林的聲音我也聽得懂。森林會發出各種聲音，簡直像生物一樣。」

「一個人住在森林裡苦不苦？」

「苦不苦這個問題我不太知道。」他說。「森林在這裡，我住在這裡。只是這麼回事。必須有個人在這裡看機器的樣子。而且我所在的地方只是森林的入口，所以對裡面的情形我不太清楚。」

「其他還有像你這樣定居在森林裡的人嗎？」她問。

管理員想了一下，終於微微點了幾次頭。

「我知道有幾個。住在更裡面的地方，是有幾個人。他們挖挖煤炭，開墾森林成為田園。不過我遇見過的只有少數幾個而已，而且只有極少數開過口。因為我並不被他們接受。他們定居在森林裡，而我只是生活在這裡而已。森林深處可能有更多這樣的人吧，除此之外我也不知道了。我既沒有到森林深處去，他們也幾乎沒有出到入口的地方來。」

「有沒有看過女的？」她問。「三十一、二左右的女人。」

管理員搖搖頭。「沒有。女的一個也沒見過。我遇見的都是男的。」

我看看她的臉，她從此沒再多問。

27.

冷酷異境

百科事典棒、不死、紋迴針

「完了完了。」我說。「真的沒什麼辦法嗎？依您計算現在的狀況進行到什麼地步了？」

「你是說你腦子裡的狀況嗎？」博士說。

「當然是啊。」我說。其他到底還有什麼狀況可言？「我腦子裡到底毀壞到什麼地步了？」

「根據我的計算，你的接點B，大概在六小時前，已經開始溶解了。這所謂的溶解當然只是方便上的用語，實際上並不是腦的一部分溶解了，而是——」

「第三迴路被固定下來，第二回迴路死掉了是嗎？」

「是的。因此就像剛才我也說過的那樣，你體內已經架起修補橋樑了。也就是說記憶開始被生產。如果讓我打個比方的話，也就是配合著你意識底下象工廠樣式的變化，它和表層意識之間聯繫的管道已經架好了。」

「這表示什麼。」我說。「連接點A都無法正確發揮機能嗎？也就是說資訊會從意識下的迴路洩漏出來是嗎？」

「正確說不是這樣。」博士說。「管道本來就存在。不管思考迴路如何分化，都不至於遮斷那管道。因為你的表層意識——也就是第一迴路——是吸收你的下意識，也就是第二迴路的養分而成立的。那管道是樹木的根，也是泥土。沒有了它人類的腦就無法產生機能。所以我們留下那管道。維持最低必要限度，在正常狀態下沒有不必要的漏出或逆流的程度。然而由於接點B的溶解所引起的放電能量會帶給那管道不正常的衝擊。因此你的腦嚇了一跳開始做起修補的作業。」

「那麼這樣一來，這記憶的新生產以後還會繼續下去嗎？」

「會呀。簡單說是像既視現象一樣的東西。原理上沒有什麼改變。這種現象大概會繼續一陣子，最終會邁向以那新記憶重新整編的世界。」

「世界的重整？」

「對。你現在正準備往另一個世界遷移。所以你現在所看見的世界也配合著逐漸改變。所謂認知就是這樣的東西。光憑認知的不同，世界就會改變。世界確實是如此這般地實際存在這裡，但從現象性層次來看，世界只不過是無限可能性中的一個。說得詳細一點的話你伸出右腳或左腳世界就改變了。由於記憶的變化世界也隨著改變並不奇怪。」

「這聽起來好像是詭辯啊。」我說。「太過於觀念性了。你忽視了時間性這東西。這種事情實際上會成問題只有在時間悖論（time paradox）裡。」

「這在某種意義上正是時間悖論啊。」博士說。「因為你造出了記憶，因而造出了你個人的平行世界、多元宇宙（parallel world）。」

「那麼，我現在正體驗著的這個世界會一點一滴地和我本來的世界逐漸錯開嗎？」

「這很難說清楚，誰也沒辦法證明。只是我想這種可能性不是沒有。當然我指的並不是像科幻小說那樣極端的多元宇宙。那純粹是認知上的問題而已。由認知所捕捉到的世界姿態。我想那在各方面都不同吧。」

「而且在那變化之後中繼接點A一切換，一個完全不同的世界出現了，我就變成生活在那裡了是嗎？而且那轉換是我所無法逃避的，只有坐著等它來而已對嗎？」

「是的。」

「那個世界會繼續多久？」

「到永久。」博士說。

「我不懂。」我說。「為什麼一定要永久呢？肉體應該有限度的。只要肉體死了頭腦也死了。腦死了意識也終結了。不是嗎？」

「這不對。以意念來說是沒有時間限制的。這是意念和夢的差別。意念在一瞬之間能夠看見全部。可以體驗永遠，也可以設定封閉迴路（closed circuit）在那裡繼續轉圈子。這就是意念。不會像夢一樣被打斷。就像百科全書棒一樣。」

「百科全書棒？」

「所謂百科全書棒是某個地方的科學家所想出來的理論遊戲。說是可以把百科全書刻在一根牙籤上。你知道怎麼做嗎？」

「不知道。」

「很簡單。就是把資訊，也就是百科全書的文章全部轉換成數字。一個個文字改成兩位數的數字。A是01、B是02、這樣子。00是空格，同樣的句點、逗號都可以數字化。然後這些排出來的最前面放上小數點。於是變成小數點以下相當長的數字。就像0.173200631……這樣。然後把它刻進和那數字完全相應的牙籤的一點。也就是和0.50000……相應的部分正好在牙籤的正中央，如果是0.3333的話則是從前面數來三分之一的點。意思你懂嗎？」

「我懂。」

「那麼不管多長的資訊都可以刻在牙籤的一點上。當然這畢竟只是一種理論而已，現實上這種事情有困難。要刻到那麼細的點，以現在的技術是不可能的。但可以使我們理解意念這東西的性質。時間是牙籤長短的問題。裡面填進的資訊量和牙籤的長短沒有關係。這要多長都可以。也可以接近永遠。只要用循環數字，就會繼續到永久。不會停止。你懂嗎？問題在於軟體。和硬體沒有任何關係。那不管是牙籤也好，是兩百公尺長的木材也好，是赤道也好，沒有任何關係。不管你的肉體死滅了意識消散了也好，還可以取得你的意念那一瞬間之前的點，永遠可以分解下去。請你回想一下關於飛矢的古老悖論。也就是『飛矢不動』。肉體的死就是飛矢。它朝著你的腦一直線飛來。誰也沒辦法避開。人都難免一死，肉體一定會消滅。時間把矢往前送。但是啊，正如剛才也說過的那樣，所謂意念這東西卻會一直一直分解時間。所以那個悖論在現實上居然成立。矢永遠還沒射上目標。」

「也就是，」我說。「不死囉。」

「對。進入意念中的人是不死的。正確地說即使不是不死，也接近無限的不死。永遠的生。」

「你研究的真正目的在這裡嗎？」

「不，不是。」博士說。「我剛開始也沒注意到這件事。最初只是因為一點點興趣而開始研究，研究途中卻遇到這種問題。於是我發現了。人類並不是將時間擴大而達到不死的，而是把時間分解而達到不死的。」

「於是把我拉進那不死的世界是嗎？」

「不，這完全是意外事故。我並沒有這個打算。請你相信我。是真的。我並沒有打算要把你弄成那樣。但事情到如今這地步已經沒有選擇。要讓你免於不死的世界只有一個辦法。」

「什麼辦法？」

「現在立刻死去。」博士以事務性的口氣說。「在中繼接點A連結之前死去。這樣的話什麼也不會留下。」

深深的沉默支配了洞窟裡。博士乾咳著，胖女孩嘆著氣，我拿出威士忌來喝。誰也沒說一句話。

「那……是什麼樣的世界？」我試著問博士。「我是指那不死的世界。」

「就像我剛才已經說過的那樣。」博士說。「那是個安靜的世界。那是你自己做出來的自己的世界。在那裡可以成為自己。那裡什麼都有，同時什麼都沒有。這樣的世界你能夠想像嗎？」

「不能。」

「不過你表面下的潛意識已經把它做出來了。那並不是每一個人都能做得到的。有些人不得不在矛盾的莫名其妙的混沌世界裡永遠徘徊。但你不一樣，你是適合不死的人。」

「那個世界的轉換什麼時候會發生？」胖女孩問。

博士看看手錶。我也看看手錶。六時二十五分。天已經完全亮了。早報也分送完了。

「根據我的試算，應該還有二十九小時三十五分。」博士說。「也許會有加減四十五分左右的誤差也不一定，但應該不會錯噢。為了容易瞭解不妨定在正午。明天的正午噢。」

我搖搖頭。什麼為了容易瞭解？於是又喝了一口威士忌。但不管怎麼喝，身體內部都完全沒有酒精進入的感覺。連威士忌的味道都沒有。就像胃已經變成化石的那種心情。

「你現在打算怎麼辦？」女孩把手放在我膝蓋上問我。

「唉！不知道啊。」我說。「不過總之先回到地上去吧。我討厭在這樣的地方等事情發生。我要到太陽出來的地方去。接下來的事那以後再想了。」

「我的說明這樣夠不夠？」博士問。

「夠了。謝謝。」我回答。

「你一定在生氣啊？」

「有一點。」我說。「不過生氣也沒有用，而且事情實在是太離譜了，事實上我還沒辦法理解。也許過些時候，我會更生氣也不一定。不過那時候我已經在這個世界上死去了。」

「我本來沒有打算這樣仔細說明的。」博士說。「這種事最好是在不知不覺中結束比較好。或許那樣在精神上會比較輕鬆。但，並不是死噢，只是永久失去意識而已。」

「那也一樣啊。」我說。「不過不管怎麼樣我還是想知道事情的原委。至少這是我的人生啊。我不希望在不知不覺之間開關被切換。我的事情要我自己來處理。請告訴我出口。」

「出口？」

「從這裡到地上的出口。」

「很花時間，而且要通過黑鬼的巢穴旁邊，沒關係嗎？」

「沒關係。到了這個地步已經沒有什麼可怕的東西了。」

「好吧。」博士說。「從這裡的岩山下去碰到水面。水已經完全靜止下來了，所以可以很輕鬆地游泳。游向南南西方。方位我會用燈幫你照出來。一直往那邊游去之後，對岸的壁上離水面稍高一點的地方有一個小洞。只要沿著那裡走就可以出到下水道。那下水道筆直通往地下鐵的鐵路軌道。」

「地下鐵？」

「是的。地下鐵銀座線的外苑前和青山一丁目兩站的中間一帶。」

「為什麼能通到地下鐵呢？」

「因為黑鬼支配著地下鐵的軌道啊。白天倒沒什麼，一到夜裡他們就會在地下鐵的沿線囂張跋扈呢。東京的地下鐵工程使黑鬼的活動範圍飛躍地快速擴張。因為幫黑鬼製造了通路啊。他們有時候會偷襲維護工人把他們吃掉呢。」

「為什麼這件事沒有公開出來呢？」

「這種事情要是發表出來的話那可就事態嚴重了。要是大家知道這件事的話，誰還會在地下鐵上班？誰還敢搭地下鐵的電車？當然當局是知道的，雖然把牆做厚，把洞塞起來，把電燈加亮以為警備，但這一點小事是防不了黑鬼的。他們可以在一夜之間把牆敲破、把電纜咬碎呀。」

「從外苑前和青山一丁目之間出去的話，那一帶到底是哪裡？」

「這個嘛，大概是明治神宮靠近表參道一帶吧。我也不太清楚正確地點。總之路只有一條。相當曲折狹小的路，多少要花些時間，但應該不會迷路才對。你從這裡先往千駄谷的方向去。黑鬼的巢穴大體在國立競技場的前面一帶，你先記得這點。從那裡路會往右轉。往右轉之後，就往神宮球場的方向走，從那裡的美術館走出青山道的銀座線。到出口大約需要兩小時左右。大概的情形瞭解了吧？」

「瞭解了。」

「在黑鬼的巢穴附近盡量快一點通過。在那種地方慢吞吞的準沒好事。還有地下鐵也要多留意。有高壓電通過，而且電車不斷在跑。因為現在是尖峰時段啊。好不容易才從這裡逃出去，竟然被電車輾死，那就太無聊了吧。」

「我會小心。」我說。「不過您現在開始要做什麼呢？」

「我腳也扭傷了，而且現在出去只會被『組織』和記號士窮追不放。所以我暫時躲在這裡。如果是在這裡的話，誰也不會追來。幸虧你們也幫我帶食物來了。因為我吃得少，所以有了這些就可以活三、四天了。」博士說。「你請先走吧。不用為我擔心。」

「防黑鬼的裝置怎麼辦呢？到出口去需要有兩個裝置，這樣你手邊就一個也沒留了。」

「把我孫女也一起帶去吧。」博士說。「這孩子把你送出去之後可以再回來帶我。」
「這樣好啊。」孫女說。
「但如果她發生什麼事的話怎麼辦?如果被抓去了,那怎麼辦?」
「不會被抓的。」她說。
「你不用擔心。」博士說。「這孩子雖然年紀輕輕但真是很可靠。我相信她。而且萬一出事也不是沒有非常手段。其實只要有乾電池、水和薄金屬片,就可以當場立即做出除黑鬼的東西。原理上很簡單,雖然效力沒有裝置那麼強;但因為我對這裡的地形很瞭解,所以要甩掉他們是沒問題的。我不是在一路上撒了很多金屬片嗎?那樣做之後黑鬼很嫌忌。雖然效力只能持續十五分到二十分左右。」
「金屬片是指迴紋針嗎?」我試著問。
「對對。迴紋針最合適。又便宜又不佔空間,馬上可以帶有磁氣,也可以做成一圈套在脖子上。說什麼也是迴紋針最理想。」
我從風衣口袋抓出一把迴紋針交給博士。
「有了這些就行了吧?」
「唉呀呀!」博士吃驚地說。「這個可太有幫助了。其實我在來的路上有些撒過頭了,正愁數量不夠呢。你真聰明。唉,實在過意不去。像你頭腦這麼靈光的人還真稀奇呢。」
「差不多該出發了,爺爺。」孫女說。「沒什麼時間了。」
「要小心啊。」博士說。「黑鬼很狡猾噢。」

「沒問題。我會平安回來的。」孫女說著在博士額頭上輕輕吻一下。

「還有，結果變成這樣，我覺得對你真的很過意不去。」博士對我說。「如果可能的話，我真願意代替你。我的情形是已經充分享受夠人生，也沒什麼遺憾了。然而對你來說也許就太早了。事情發生得太突然也沒有什麼心理準備吧；我相信你在這個世界還有很多沒做完的事。」

我默默點點頭。

「不過也不必太害怕。」博士繼續說。「沒有什麼可怕的，好嗎？這不是死，是永遠的生。而且在那裡你可以做你自己。比較起來，現在這邊這個世界只不過像個浮華虛假的幻影而已。這點請不要忘記。」

「好了，走吧。」說著女孩握住我的手臂。

28.

世界末日 樂器

發電所的年輕管理員讓我們兩人進去他的小屋。他走進小屋後就先調整火爐裡的火勢，然後把水已經煮開的水壺提到廚房去，幫我們泡了茶。我們因為森林的寒冷已經凍僵了，因此有熱茶可以喝真是感激。我們在喝著的時候，風聲一直持續不斷。

「這是森林裡採的茶。」管理員說。「夏天裡事先陰乾，這樣整個冬天就有得喝。既有營養，又可以熱身子。」

「味道真好呢。」她說。

很香。味道有一種純樸的甘美。

「這是什麼植物的葉子？」我問。

「嗯，名字倒不知道。」年輕人說。「是森林裡長的草，因為香味不錯，所以拿來試著當茶喝啊。綠色低矮的草，七月間會開花。那時候就把短葉子採下來陰乾。那些獸喜歡吃這花。」

「獸也會到這邊來嗎？」我問。

「嗯，到秋初為止吧。冬天一接近牠們就突然不再靠近森林了。天暖的時候會成群來這裡和我玩呢。我也會分一些糧食給他們。不過冬天就不行。就算知道可以分到食物，牠們也不靠近森林。所以我冬天一直都是單獨一個人。」

「要不要一起吃個中飯？」她說。「我們帶了三明治和水果來，兩個人吃好像太多了，怎麼樣？」

「那真謝謝了。」管理員說。「好久沒有吃別人做的東西了。我有森林裡採的香菇燉湯，要不要嚐一點？」

「好啊。」我說。

我們三個人吃了她做的三明治，吃了香菇燉湯，餐後啃水果喝茶。吃東西的時候我們沒怎麼開口。沉默的時候風聲像透明的水一樣潛入房間裡來把那沉默掩埋。刀子、叉子和餐具相碰的聲音也混在風聲裡，聽起來總好像帶有一點超現實的意味。

「你有沒有離開過森林？」我問管理員。

「沒有。」說著他靜靜地搖搖頭。「這是規定。我要一直在這裡管理發電所。也許有一天會有什麼人來代替我也不一定。雖然不知道是什麼時候，不過那樣我就可以離開森林回到街上了。不過到那時候之前則不行。我一步也不能離開森林。我要在這裡等著三天來一次的風。」

我點點頭喝完剩下的茶。風聲開始後才經過不久。這聲音大約還會繼續兩小時或兩小時半吧。一直聽著風聲，覺得身體好像會被拉往那邊去似的。我想一個人在森林裡空空的發電所聽著風聲，一定很寂寞。

「對了，你到發電所來不只是為了考察吧？」那個年輕人問我。「剛才我也說過，因為街裡的人大都不會來這裡。」

「我們是來找樂器的。」我說。「有人告訴我說只要來你這裡問，就知道樂器在哪裡了。」

他點了幾次頭，注視了一下重疊放在盤子上的刀叉。

「確實這裡是有幾個樂器。因為是舊東西，不知道能不能用，不過如果有還能用的你就拿去吧。反正我什麼也不會彈。只是擺著看而已。你們要看嗎？」

「如果可以的話。」我說。

他拉開椅子站起來，我也學他。

「請走這邊，我擺在臥室裡。」他說。

「我留在這裡收拾餐具泡咖啡好了。」她說。

管理員打開通往臥室的門打開電燈，讓我進去。

「在這裡。」他說。

沿著臥室的牆壁排著各種不同的樂器。那全部舊得可以說是古董品了，大部分是弦樂器，曼陀林、吉他、大提琴和小型豎琴之類的。弦大多都紅紅的生鏽了、斷了，或根本就遺失了。這街裡大概找不到代替品吧。

其中也有我沒見過的樂器。形狀簡直像洗衣板一樣的木製樂器，排著一排像爪子一樣的金屬突起。

我拿起來試了一下，聲音根本出不來。也有幾個小鼓排在那裡。雖然也附有專用的鼓棒，但似乎也敲不出什麼旋律來。還有一個像巴松管一樣的大型管樂器，但看來我是吹不來的。

管理員坐在木製的小床上，看著我一一檢視樂器的樣子。床罩和枕頭都很乾淨，整理得很整潔。

「有沒有看來還可以用的呢？」他出聲道。

「嗯，不曉得。」我說。「因為全是舊東西呀，我試試看好了。」

他離開床走到門口，把門關上再回來。臥室因為沒有窗，所以門一關風聲就變小了。

「我為什麼會收集這些東西，你不覺得奇怪嗎？」管理員問我。「這個街沒有人對這樣的東西有興趣。當然生活上必需的東西大家都有了。鍋碗瓢盆床單衣服之類的啊。不過只要有這些也就夠了。只要夠用就好。其他東西誰也不求。然而我卻不是這樣。我對這些東西非常有興趣。我自己也不太知道為什麼。不過我會被這些東西吸引。被一些精細的東西，美麗的東西所吸引。」

他把一隻手放在枕頭上，另一隻手插進長褲口袋。

「所以坦白說我也喜歡這個發電所。」他繼續說。「這個大風扇、各種儀器和變壓裝置之類的。也許我身上本來就有這個傾向，所以才被送到這裡來。或者來到這裡一個人生活以後，逐漸養成這種傾向也說不定。我到這裡來已經是很久以前的事了，那以前的事完全忘光了。所以有時候會覺得我也許永遠不會再回到街裡去了。只要我有這種傾向，街一定不會接受我吧？」

我拿起只剩兩條弦的小提琴來，試著用手指撥了一下。發出一聲嘶噠喀的聲音。

「樂器是從什麼地方收集來的？」我問。

「很多地方啊。」他說。「我託送糧食來的人幫我收集的。在很多人家的壁櫥裡或儲藏室裡有時候會有古老的樂器被埋沒在裡面。大多因為沒有用了被當木柴燒掉。有少數還留著。我說如果發現這種東西就幫我帶來。樂器這種東西形狀都很好。我不知道怎麼用，也不想用，只要看著就可以感覺到那種美感。雖然複雜，但沒有多餘。我平常總是坐在這裡看得出神。只要這樣就滿足了。這種感覺方式你覺得奇怪嗎？」

「說起來樂器是很美的東西。」我說。「並沒有什麼奇怪。」

我在大提琴和大鼓中間看見一個滾落的手風琴，便試著拾起來。很古風地以鈕扣代替鍵盤。蛇腹的部分已經變僵硬了，好些地方有細細的裂痕，但看起來空氣並不會漏的樣子。我把手伸進兩側的皮帶裡試著伸縮了幾次。但必須比想像中用力才行，不過只要鍵能夠動，似乎就還可以用。只要不漏氣，手風琴是很少故障的樂器，而且即使會漏氣也比較容易修理。

「我可以試著發出聲音嗎？」我問。

「請便，沒關係。因為這東西就是為了這個啊。」青年說。

我把蛇腹往左右拉長再縮緊，一面試著依順序按按下面的按鍵。有些按鍵只能發出很小的聲音，但整個音階的聲音倒是齊全的。我試著再一次由上往下按看看。

「真不可思議的聲音啊。」青年興趣濃厚地說。「簡直就像聲音會改變顏色似的。」

「按這個鍵時會出現波長不同的聲音。」我說。「每個鍵都不一樣。每個波長各有合與不合的音。」

「所謂合或不合我不太瞭解。所謂合是怎麼回事？是互相追求的意思嗎？」

「可以這麼說。」我說。我試著按一組和弦。雖然音程並不那麼正確，但聽起來不刺耳的程度還算合的。只是想不起歌來。只有和弦而已。

「這是合的聲音嗎？」

是啊，我說。

「我不太清楚。」他說。「只覺得那音很不可思議，我是第一次聽到這種聲音。不知道該說什麼才好。和風的聲音不同，和鳥的聲音也不同。」

他這樣說著便把雙手放在膝上，輪流看著手風琴和我的臉。

「總之那個樂器送給你。既然你喜歡就請你放在手邊。這種東西還是交給懂得使用的人保存最好。我擁有它也沒辦法用。」他這樣說完暫時側耳傾聽風聲。「我要再去看一次機械的情形。必須每三分鐘檢點一次才行。看風扇是不是好好轉著，變壓器是不是沒問題地運作著。你可以在那邊那間等一下嗎？」

青年出去以後我回到餐廳兼客廳，喝她泡的咖啡。

「那就是樂器嗎？」她問。

「是樂器的一種。」我說。「樂器有很多種，每一種都發出不同的聲音。」

「簡直就像風箱一樣嘛。」

「因為原理一樣啊。」

「可以摸嗎？」

「當然。」說著我把手風琴交給她。她好像在處理容易受傷的動物新生兒似的用雙手輕輕接過去，專注地看著。

「好奇妙的東西啊。」她說著有些不安地微笑。「不過真好，能夠得到樂器，很高興吧？」

「來這一趟真是值得啊。」

「那個人是影子沒有好好剝掉的人。只有極少一點點，還留著影子呢。」她小聲說。「所以住在森林裡。雖然膽子不夠大不能進到森林深處，但也不能回到街裡。真是可憐的人。」

「妳覺得妳母親也在森林裡嗎？」

「也許是，也許不是。」她說。「我不知道確實怎麼樣，只是忽然這樣想而已。」

青年在七、八分鐘後回到小屋來。我為樂器向他道謝，打開皮箱拿出裡面的禮物排在桌上。小型的旅行錶、棋盤和燒油的打火機。這些都是從資料室的皮箱裡發現的。

「這些是答謝你的樂器的一點禮物。請收下。」我說。

青年最初堅決不肯收，但最後還是收下了。他看看手錶、看看打火機，然後一一看著每個棋子。

「你知道怎麼用嗎？」我問。

「沒關係，沒有那必要。」他說。「光是看著就夠美的了，用法慢慢再自己研究。反正時間多得是。」

差不多該告辭了，我說。

「趕時間嗎？」他好像很寂寞似的說。

「要在天黑前回到街裡，我想先睡一下然後開始工作。」我說。

「是啊。」青年說。「我明白。讓我送你們到外面。本來我想送你們到森林的出口，但因為在工作中離不開。」

我們三人在小屋外告別。

「下次再來吧。而且請你讓我聽聽那樂器的聲音。」青年說。「隨時都歡迎。」

「謝謝。」我說。

隨著越來越離開發電所，風聲也逐漸轉弱，到接近森林出口的地方時就消失了。

29.

冷酷異境
湖水、近藤正臣、褲襪

我和胖女孩游泳時把行李整理成一小包，用預備的襯衫纏起來，固定在頭上。看起來樣子非常奇怪，但沒時間去取笑了。因為把糧食、威士忌和多餘的裝備留下來了，因此行李並不算多。只有手電筒、汗衫、鞋子、錢包、刀子和驅黑鬼的裝置之類的東西。她那邊的行李也是差不多程度。

「小心啊。」博士說。在黑暗的光線中看起來，博士顯得比第一次見到時老多了。皮膚沒有彈性，頭髮好像種錯地方的植物一樣乾乾蓬蓬的，臉上到處長出茶色的斑點。這樣看來，他也只不過是個疲倦的老人。不管是不是天才科學家，人都會老，都會死啊。

「再見。」我說。

我們在黑暗中沿著繩子降到水面。我先下去，到了之後用燈光打暗號，她再下來。在黑暗中身體要泡在水裡總覺得怪恐怖的沒勇氣，但當然沒有選擇的餘地。我首先把腳伸進水裡，然後浸到肩膀的地方。水冷得像要凍結似的，但水本身似乎沒有什麼問題。是非常普通的水。也好像沒什麼混濁物，比重也似乎一樣。四周像井底一般安安靜靜。空氣、水和黑暗，都紋絲不動。只有我們泡著的水聲，擴大好幾倍地在黑暗中響著。那簡直就像巨大的水生動物在咀嚼著獵物似的聲音。我進入水中之後才想起完全忘了請博士幫我治療傷口的疼痛了。

「這裡會不會有那長了爪的魚在游泳呢？」我試著往有她動靜的方向發問。

「沒有。」她說。「大概沒有吧。那應該只是傳說而已呀。」

雖然如此我還是沒辦法把腦子裡的念頭趕走，總覺得會突然有巨大的魚從底下游上來把我的腳吃掉。黑暗真的會助長各式各樣的恐怖。

「也沒有蛭嗎？」

「不知道。大概沒有吧？」她回答。

我們以繩子綁住彼此的身體，盡量不讓行李濕掉地慢慢用蛙式繞著「塔」游，正好在內側附近發現了博士所照的手電筒的燈光。燈像傾斜的燈塔一般貫穿黑暗，把那部分的水面染成淡黃色。

「只要往那個方向一直游就可以了。」她說。也就是說照在那水面的光和手電筒的光重疊成一列就行了。

我在前面游，她在後面。我的手划水的聲音和她的手划水的聲音交互響著。我們有時候停下來回頭看，確定方向，調整進路。

「行李不要泡水了啊。」她一面游一面向我出聲說。「裝置濕掉的話就不能用噢。」

「沒問題。」我說。但說真的為了不讓行李泡水我必須很努力才行。因為一切都被黑暗包圍著，不知道水達到什麼地方。有時連自己的手現在在哪裡都不知道了。我一面游一面想到奧菲斯為了跋涉到死之國度而不得不渡過的冥土之河。世界上有數不清各種形式的宗教和神話，人們對於死所想到的事情卻大多相同。奧菲斯乘著船渡過黑暗的河。我把行李綁在頭上泳渡。在這意義上古代希臘人比我聰明多了。雖然擔心傷口的事，但光擔心也沒有任何用處。也許因為緊張的關係吧，並不太感覺到疼痛，就算傷口裂開，那傷也不至於會死。

「你真的不太生爺爺的氣嗎？」女孩問。由於黑暗和奇妙的回聲，她到底在什麼方向離我多遠，我完全搞不清楚。

「不知道啊，自己也不知道。」我隨便往一個方向喊。連自己的聲音都好像是從奇怪的方向發出來的。「我在聽著妳爺爺解釋時，已經覺得會變怎樣都無所謂了。」

「怎麼說無所謂呢？」

「反正也不是什麼大不了的人生，不是什麼大不了的腦袋。」

「不過你剛才不是說對自己的人生很滿足嗎？」

「那是語言上的花樣啊。」我說。「什麼樣的軍隊都需要旗子。」

女孩想了一下我話裡的意思。在那之間我們繼續默默游著。像死本身一樣深沉的沉默支配著地底的湖面。那隻魚在哪裡呢？我想。我開始相信那可怕的長有爪子的魚一定真正存在於什麼地方。魚是不是一直安靜地睡在水底？還是在別的洞窟裡游來游去？或者已經嗅出我們的氣息正在往這邊游來的途中呢？我想像魚的爪子捉住腳時的觸感不禁戰慄起來。就算我在不久的未來即將死去或消滅也好，至少我必須避免在這樣悽慘的地方被魚吃掉。反正要死的話，也希望能在看慣了的太陽下死。冷冷的水使我雙臂沉重、疲憊至極，但我依然拚命使勁地划水。

「不過你真的是個很好的人。」女孩說。女孩的聲音聽不出有絲毫疲倦。好像泡浴缸那樣悠閒的聲音。

「很少人這樣想的。」我說。

「但是我這樣想啊。」

我一面游一面回頭看。博士照射出來的手電筒燈光已經在離我們很遠的後方，我的手卻還沒碰到目標中的岩壁。不管怎麼說，怎麼會這麼遠呢，我好不耐煩地想。要是這麼遠就明白說一聲很遠不就行了。要是那樣我自然會有所覺悟地游啊。魚怎麼了呢？是不是還留意著我的存在呢？

「我不是在為祖父辯護。」女孩說。「不過祖父並沒有惡意。只是一專注起來就看不見周圍的事了。這本來也是基於善意而開始做的啊。他想在『組織』把你亂擺佈之前想辦法自己解開你的秘密以便救你。祖父幫助『組織』勉強做不合理的人體實驗，自己也覺得很羞恥。那件事是不對的。」

我默默繼續游。事到如今說不對也沒什麼用了。

「所以請你原諒祖父噢。」女孩說。

「我原不原諒，我想對妳爺爺都沒什麼關係的。」我回答。「不過為什麼你爺爺中途丟下計劃不管了呢？如果那麼有責任感的話，不是應該在『組織』裡，繼續進行研究以阻止更多人犧牲嗎？再怎麼說不喜歡在大組織裡工作，但因為是在他的研究的延伸範圍內，有人接二連三地死掉。」

「祖父不再信任『組織』本身了。」女孩說。「祖父說計算士的『組織』和記號士的『工廠』是同一個人的右手和左手啊。」

「為什麼？」

「也就是說『組織』和『工廠』所做的事在技術上幾乎是一樣的。」

「在技術上啊。不過我們是在守護資訊，記號士是在盜取資訊。目的完全不同啊。」

「不過，如果，」女孩說。「『組織』和『工廠』是同一個人的手在操作呢？也就是說左手偷東西，右手守東西？」

我在黑暗中慢慢划著水一面試著回想一下她所說的事。雖然令人難以相信，但並不是完全沒有可能。確實我以前是為「組織」工作過，但如果有人問我「組織」內部是由什麼樣的組織構成，我也完全不清楚。因為那實在太巨大了，而且內部的資訊也被秘密主義所限制著。我們只不過是接受上級的指示，把那些工作一一完成而已。至於上面是怎麼樣的，對於像我們這種末端的人是無法想像的。

「如果正如妳說的那樣，那麼這生意可就非常賺錢囉。」我說。「讓兩邊去互相競爭，價錢要吊多高都可以。只要讓兩邊勢均力敵也就不用擔心會崩盤了。」

「祖父在『組織』裡進行研究的時候發現的。結果『組織』只不過是把國家也捲入的私家企業。私家企業的目的是追求營利喲。為了追求營利什麼都做得出。『組織』表面上雖然掛著保護資訊所有權的看板，但那只是掛在嘴上的而已。祖父推測如果自己再繼續這樣研究下去的話，事態可能會更嚴重。如果能夠把頭腦隨心所欲地改造、改變的技術繼續進步下去的話，世界的狀況和人類的存在可能都會陷入一片混亂。這必須加以抑制和阻止。然而『組織』和『工廠』都沒有這樣做。所以祖父退出研究計劃。雖然對你和其他的計算士很抱歉，但沒有理由再繼續研究了啊。那樣下去會有更多的犧牲者出現哪。」

「我想問妳一個問題。妳從頭到尾都知道事情的全部對嗎？」我試著問。

「嗯，知道啊。」稍微猶豫一下之後她告白了。

「為什麼妳在剛開始的時候不全部告訴我呢？那樣就不必到這愚蠢的地方來，也可以節省很多時間哪。」

「因為我希望你能見到祖父，正確理解事情的原委呀。」她說。「而且，就算我告訴你，你也一定不會相信吧？」

「也許。」我說。確實突然聽到什麼第三迴路，什麼不死恐怕也不太能相信。

再游了一會兒之後我的手突然碰到硬的東西。由於正在想事情，所以剛開始還不知道那到底是什麼意思，頭腦一瞬間混亂了一下。終於想到那是岩壁。我們總算已經游完地底的湖水了。

「到了噢。」我說。

她也游到我旁邊來確認了岩壁。回頭向後面看時手電筒的光像星星一樣小地在黑暗中閃爍著。我們跟著那燈光指的方向往右邊移動了十公尺左右。

「大概在這一帶吧。」女孩說。「從水面往上大約五十公分的地方應該開有一個橫洞噢。」

「會不會跑到水面下去了呢？」

「沒這回事。這水面高度總是維持一樣的。不知道為什麼，但總之都是那樣。相差不到五公分呢。」

我一面小心注意著行李不要散掉，一面從纏在頭上的襯衫裡拿出小型手電筒，一隻手放在岩壁的凸陷處以保持身體平衡，一面試著照照五十公分左右的上方。黃色眩亮的光照出岩石。眼睛要習慣那光度又相當花了一些時間。

「好像沒有什麼洞穴呀。」我說。

「再往右邊移動一點看看。」女孩說。

我一面用燈照著頭的上方一面沿著岩壁移動。但沒看見像是橫穴似的地方。

「是不是真的往右呢？」我問。不游泳而安靜泡在水裡時，覺得水的冰冷好像直往身體深處滲透進去似的。全身的關節硬得快要凍僵了，連開口說話都有點困難。

「沒錯啊。再往右一點吧。」

我一面發抖一面再往右移動。終於沿著岩壁爬行的左手碰到感觸奇妙的物體。像盾一般圓圓鼓起的東西，整體大小像LP唱片。以手指觸摸時，發現那表面是經過人工精細雕刻過的。我用手電筒的光線照著仔細檢視。

「是浮雕啊。」她說。

我發不出聲音來因此只默默點頭。那確實是和我們在進入聖域時所見過同樣圖形的浮雕。兩隻看來怪可怕的魚長了爪子，口尾相接地包住世界。圓形的浮雕簡直像正在沉入海裡的月亮一樣，三分之二浮出水面，剩下的三分之一沉入水中。和剛才見過的一樣非常精緻的雕刻。在這樣不安定而只能勉強站著的地方，要刻這樣精細可觀的雕刻一定很費事的。

「那就是出口了。」她說。「大概入口和出口都有那浮雕吧。你看上面。」

我用手電筒的光試著照到岩壁上方。岩石多少不太平整，有些往前凸出，因而形成陰影。雖然看不清楚，但可以看出那裡好像有什麼。我把手電筒交給她，決定爬上去看看。

浮雕上正好有凹進去的地方可以讓雙手方便著力。我使出全身的力量把僵硬的身體往上拉，腳踩到浮雕上。然後伸出右手抓住岩石凸出的稜角，把身體舉起來，頭伸到岩石上面。那裡確實有橫穴的開口。由於很暗看不清楚，但可以感覺到風輕微的流動。涼涼的像地板下發臭的氣息令人厭惡的風。總之知道那裡有隧道了。我兩肘頂著岩壁凸出的地方，腳放在凹陷的地方，把身體往上拉。

「有洞噢。」我一面壓抑著傷口的痛一面向下喊。

「謝天謝地。」她說。

我接過手電筒，握住她的手往上拉。我們並排坐在洞穴入口，暫時在那裡渾身顫抖。好像襯衫和長褲都吸滿了水然後被丟進冰箱冷凍起來似的那麼冷。就像剛剛從一個巨大的威士忌加冰水的玻璃杯裡游過來的心情。

然後我們從頭上把行李解下來打開，換過乾襯衫。我把毛衣讓給她。把濕掉的襯衫和內衣丟掉。下半身還是濕的，但因為沒有預備長褲和內褲沒辦法。

在她檢查著驅黑鬼的裝置時，我讓手電筒的燈光明滅閃爍幾次，通知在「塔」上的博士我們已經平安到達橫穴了。在黑暗中孤伶伶浮現的黃色小光也配合著明滅了兩三次，然後熄滅。那光熄滅之後，世界再度回到完全的黑暗。一個無法測度距離、厚度、深度的無之世界。

「走吧。」她說。我把手錶的燈打開看時間。是七時十八分。正是電視台一起播放晨間新聞的時刻。正是地上的人們邊吃著早餐邊讓氣象預告、頭痛藥的廣告和關於汽車對美輸出問題的進展資訊，填滿還沒完全清醒的頭腦的時刻。但沒有任何人知道我花了一整個晚上徘徊遊走在地底的迷宮裡。沒有人知道我在冰水中游泳，被蛭吸走大量的血，抱著腹部的傷痛受苦受難。也沒有人知道我的現實世界再二十八小時又四十二分鐘就要結束了。因為電視新聞節目不會告訴任何人這樣的事情。

洞穴比我們以往所經過的地方狹小，幾乎必須用爬的、彎著身體才能前進。而且好像五臟六腑般上下左右彎彎曲曲。有些像洞穴般凹下去然後又必須再爬上來。也有些像摩天輪的軌道般畫著複雜環線。因此前進非常費時費力。看來這不是黑鬼挖的，而是自然的侵蝕作用所形成的。就算是黑鬼應該也不會故意去做出這樣麻煩的通道吧。

走了三十分鐘，換了一次驅黑鬼的裝置，然後又走了大約十分鐘時，彎彎曲曲的路結束了，突然出到一個天花板很高的開闊地方。好像一棟古老建築物的玄關似的，靜悄悄黑漆漆的，有發霉的臭味。路呈丁字形往左右兩邊伸出，可以感覺到和緩的風從右邊往左邊流過去。她用大型燈交互地照一照往右邊延伸的路和往左邊延伸的路。兩條路分別筆直地被吸進前方的黑暗中。

「該往哪一邊走才好呢？」我問。

「右邊哪。」她說。「從方向來說是這樣，從風向來說也是從這邊吹進來的。就像祖父說的這一帶是千駄谷，從那邊往右轉不就是要到神宮球場的方向嗎？」

我試著在腦子裡想想地上的風景。如果正如她說的那樣，那麼這上面一帶應該有兩間並排的麵店和河出書房和 Victor Studio。我平常習慣去的理髮廳也在那附近。我已經有十年都是去那家理髮廳的。

「這附近有一家我常去的理髮廳呢。」我說。

「哦？」她似乎沒什麼興趣地說。

我想到在世界末日之前到理髮廳去剪個頭髮似乎也是個不錯的想法。反正在二十四小時或差不多的時間裡也做不了什麼偉大的事。也許充其量也不過是洗個澡，換個衣服，到理髮廳去之類的。

「小心噢。」她說。「差不多快要接近黑鬼的巢穴了。聽得見聲音，也聞得到臭味。你不要離開我，要跟緊一點噢。」

我側耳靜聽，試著聞聞有沒有臭味，但無法感知那類的聲音或臭味。雖然好像聽得見咻咻的奇怪音波，但無法確實清楚地感知它。

「他們知道我們接近了嗎？」

「當然哪。」她說。「這裡是黑鬼的國度。他們沒有什麼不知道的。因此他們都正在生氣呢。尤其我們經過他們的聖域接近巢穴。如果我們被捉去一定會很慘。所以你不能離開我噢。只要離開一點點就可能會有手從黑暗中伸出來把你拉到什麼地方去喲。」

我們把綁著彼此的繩子拉得更短，保持只有五十公分的距離。

「小心！這邊的牆不見了噢。」女孩以尖銳的聲音說著，把燈往左手邊照。正如她所說的左側的牆不知道什麼時候已經消失了，代替的是濃密的黑暗空間展現眼前。光像箭一般直線地貫穿黑暗，在前方被更深的黑暗完全吞沒。令人覺得黑暗彷彿活生生地呼吸著蠢動著。像果凍一般陰沉混濁而可怕的黑暗。

「聽得見嗎？」她問。

「聽得見了。」我說。

黑鬼的聲音現在我的耳朵也能清楚地聽見了。但正確地說，那與其說是聲音不如說更接近耳鳴。彷彿切進黑暗中，像鑽子的刃一樣尖銳刺耳的，無數羽蟲的嗡嗡聲。那在周圍的牆上造成激烈的迴響，在我的鼓膜裡往奇怪的角度扭曲鑽動。我真想就那樣丟下手電筒，蹲到地上用雙手緊緊摀住耳朵。全身能叫做神經的神經都被憎惡的銼子釘住的感覺。

那種憎惡和我所體驗過的任何種類的憎惡都不一樣。他們的憎惡就像從地獄的洞穴吹上來的烈風一般想把我們壓碎、衝散。好像有幽暗思想把地底的黑暗凝聚為一體，和扭曲污染的時間之流，在喪失光與視力的世界裡混合，化為巨大的團塊，整個壓蓋在我們上面。我從來不知道憎惡可以擁有這樣的重量。

「腳步不要停下來！」她朝著我的耳朵吼。她的聲音雖然乾乾的，但沒有顫抖。這是第一次被她吼，我才發現自己的腳步停下來了。

她乾脆用力拉扯綁在我們兩人腰間的繩子。「不可以停下來。停下來就完了。會被拉進黑暗裡去喲。」

但我的腳動不了。他們的憎恨，把我的腳緊緊壓在地面。我覺得時間彷彿朝向那令人厭煩的太古記憶逆流似的。我已經哪兒也去不了了。

她的手在黑暗中使勁打我的臉頰。一瞬間耳朵像要變聾似的那麼激烈。

「右邊哪！」可以聽見她吼的聲音。「右邊！知道嗎？右腳踏出來呀！我說右腳啊，笨蛋！」

我好不容易才把發出喀噠喀噠聲的右腳往前挪。我可以感覺到他們的聲音中混雜有些微的沮喪。

「左邊！」她喊著，我把左腳往前跨進。

「對，就是這樣。慢慢一步一步往前跨出去喲。有沒有問題？」

沒問題，我說，但那是不是真正變成聲音了連我自己都不知道。我所知道的，是正如她所說的黑鬼們正想把我們拉進去、拖進去那濃密的黑暗中。他們讓恐怖從我們的耳朵潛進身體，首先就讓我們腳步停下來，然後再慢慢把我們捲進他們手裡。

一旦腳開始動起來之後，現在我相反地被想要跑起來的衝動所驅使。希望能提早一刻離開這個令人厭惡的地方。

但她似乎已經察覺我這種心情了，伸出手緊緊握住我的手腕。

「照著你的腳下。」她說。「背靠牆上，一步步往橫向走。知道嗎？」

「知道了。」我說。

「絕對不要把光照上面噢。」

「為什麼？」

「因為黑鬼就在那裡呀。就在那裡喲。」她好像在耳語似地說。「絕對不能看黑鬼的樣子。因為看了就沒辦法走了。」

我們一面以手電筒的燈光確認立足點，一面一步一往橫著走。不時有陣陣冷風撫過臉頰吹送像死魚般可厭的臭味過來，每次都令我快要窒息。覺得好像陷進一隻內臟露出生蟲的巨大魚體內。黑鬼的聲音還持續著。那簡直就像從不該有聲音存在的地方勉強擠出來的不快聲音。我的鼓膜被扭曲變形後就那樣僵化掉，嘴裡腐敗發臭的唾液不斷湧起積多。

雖然如此我的腳還是反射地橫向前進。我把精神完全集中於右腳和左腳交互的運行上。有時她會對我發出聲音，但我的耳朵無法好好聽出她在說什麼。我想也許只要我還活著一天，他們的聲音恐怕就無法從我的記憶中消失。不知道他們的聲音會不會有一天再度和深沉的黑暗一起來襲擊我。而且總有一天，他們那滑溜溜的手一定會緊緊捉住我的腳踝。

自從進入這惡夢般的世界之後經過多少時間？我已經迷糊了。她手上拿著的驅黑鬼的裝置還亮著運作中的綠燈，因此應該才經過不太長的時間，對我來說感覺上卻像有兩小時或三小時之多。

然而不久之後可以感覺到空氣的流動忽然改變了。腐臭逐漸緩和，施加在耳朵上的壓力像退潮般減弱，聲音的響法也變化了。一留神時黑鬼的聲音也變得像遠方海鳴的程度。已經度過最惡劣的部分了。她的燈往上照時，那光再度照出岩壁。我們靠在牆上深深嘆氣，用手背把滿臉黏黏的冷汗擦掉。

她和我一樣很久都沒開口。黑鬼遙遠的聲音終於也消失了，寂靜再度包圍四周。只有某個地方水滴敲打地面的微小聲音空虛地響著。

「他們到底憎恨什麼呢？」我試著問她。

「恨有光的世界和住在那裡的人哪。」她說。

「真難相信記號士會和黑鬼聯手合作。不管有什麼好處。」

她沒有回答這個。而是以再一次握緊我的手腕來代替。

「嗨，你知道我現在在想什麼嗎？」

「不知道。」我說。

「我在想如果你今後要去的世界，我也可以跟著一起去的話，不知道該有多麼美妙。」

「把這個世界丟掉？」

「嗯，是啊。」她說。「一個無聊的世界。在你的意識中生活好像會快樂得多。」

我什麼也沒說地搖搖頭。我可不想在我的什麼意識中生活。也不想在任何人的意識中生活。

「總之往前走吧。」她說。「不能一直在這裡拖拖拉拉的。我們必須找到出口的下水道。現在幾點了？」

我按下手錶的按鈕點亮面盤的燈。手指還有些顫抖。要停止顫抖恐怕需要一些時間。

「八點二十分。」我說。

「裝置要換過了。」女孩說著把新的機器開關打開啟動，把原來用著的切成充電狀態，然後隨便往襯衫和裙子之間一塞。這樣我們進入橫穴之後正好經過一小時。根據博士的說法，再往前進一點就會到達往美術館林蔭道方向的一條左轉的路。只要能走到那裡，地下鐵的鐵路就近在眼前了。而且至少地下鐵是地上文明的延伸。這樣我們總算可以從黑鬼的國度逃出了。

一直往前趕，再來的路就會以直角往左轉。我們會彷彿走進銀杏樹的林蔭道。因為季節正是秋初，銀杏的綠葉應該還翠綠茂密沒有轉黃掉落。我在腦裡試著想像溫暖的陽光和碧綠草坪的氣息和秋天最初的風。我想躺在那裡一連好幾小時望著天空。到理髮廳去剪頭髮，信步走到外苑去躺在草地上看天空。而且痛快地喝冰涼的啤酒。在世界末日之前。

「外面是晴天嗎？」我試著問走在前面的女孩。

「誰知道？不曉得啊。不可能知道吧？」女孩說。

「妳沒看氣象預告嗎？」

「怎麼會看嘛？我一整天都在到處找你家啊。」

我想回憶一下昨天晚上離開家時天上是不是有星星，但不行。我想得起來的只有坐在Skyline車上聽著杜蘭杜蘭音樂的年輕男女的樣子而已。星星的事簡直想不起來。試想一下這幾個月以來一次也沒抬頭看過星星。假定三個月以前星星就全部從天空搬走了，我也一定完全沒注意到。我所看到的感覺到的只有一些戴在女人手腕上的銀鍊子，或掉到橡膠樹盆裡的冰糖棒之類的東西。這麼一想，我發現自己似乎一直過著一種非常不完美而不恰當的人生。我忽然想到說不定我也可以被生為一個南斯拉夫鄉下的牧羊人，每天晚上望著北斗七星過日子呢。而覺得Skyline和杜蘭杜蘭和銀手鍊和混洗和深藍色斜紋呢西裝，都好像是非常遙遠的從前所做過的夢一樣。就像用高壓碾碎機把汽車壓成一片扁平鐵板，各色各樣的記憶變得奇怪而扁平。記憶複雜地糾纏在一起之後化為像信用卡一般薄的一張卡片。從正面看只有一點不自然的程度，從側面看時則幾乎是一條無意義的細線。那裡確實塞進了我全部的一切，那本身卻只不過是一張塑膠卡而已。如果不插進為了解讀而製作的專用機器裡，就完全沒有意義。

我想像也許第一迴路正在逐漸失效。因此我的現實性記憶才會如此扁平，感覺上就像是別人的事情一樣。我的意識是不是正逐漸遠離現在的我本身，而且那個我的身分證也會變得比現在更薄更薄，變成一張紙一樣，最後終於也忽然消失掉呢？

我跟在她後面機械式地前進，試著再回想一次坐在Skyline汽車裡的男女的樣子。雖然我不知道自己為什麼會對他們這樣在意，但除此之外我沒有想起其他任何什麼。他們兩人現在正在做什麼？我試著想想。但早晨的八點半他們能做什麼？我完全無法想像。也許還在床上睡得很熟，也許正在通勤電車上分別趕往各自的公司。哪一邊是對的，我也不清楚。現實世界的動向和我的想像力無法巧妙連接。如果是電視劇的編劇的話一定會隨便編出個劇情。女的到法國留學期間和法國男人結婚，但後來丈夫因為遭遇交通事故變成植物人。她厭倦那樣的生活而拋棄丈夫回到東京，在比利時或瑞士的大使館上班。銀鍊子是結婚的紀念品。在這裡切入冬天裡在尼斯海岸的回憶畫面。她總是戴著那銀鍊子。洗澡的時候和做愛的時候也是。男的是安田講堂學生運動的殘存分子，像《灰燼與鑽石》的主角一樣總是戴著太陽眼鏡。他是電視公司的當紅導播，常常被催淚瓦斯的夢魘所困。妻子在五年前割腕自殺。在這裡又切入回憶畫面。總之是回憶畫面很多的戲劇。他每次看見她左手腕上搖曳的銀鍊子，就會想起妻子割裂開來血淋淋的手腕，因此請求她把那手鍊換到右手好不好。「不要。」她說。「我總是只有左手才戴鍊子的。」

像《北非諜影》那樣出現一個鋼琴師也好。一個酒精中毒的鋼琴師。鋼琴上總是放著一個玻璃杯裝著只滴上檸檬汁的純琴酒。他是男女主角兩個人共通的朋友，知道兩個人的秘密。他曾經是個有才華的爵士鋼琴手，但因為酒精中毒而弄壞了身子。

想到這裡覺得自己實在有夠無聊，於是我決定停止多想。這些劇情和現實沒有任何關係。但一開始想到那麼現實又是什麼呢？我的頭就更混亂了。現實就像一個大紙箱裡塞得滿滿的沙子一樣沉重，而且不得要領。我已經好幾個月連星星月亮的樣子都沒看了。

「我已經無法忍受了。」我說。

「對什麼？」她問。

「對黑暗哪、惡臭啦、黑鬼呀，對這一切。還有對濕掉的長褲、腹部的傷口之類的也是。連外頭的天氣都不清楚。今天是星期幾？」

「快到了。」女孩說。「快結束了。」

「頭腦好像很混亂。」我說。「不太想得起外面的事情。想什麼好像都會偏到奇怪的方向去。」

「你在想什麼呢？」

「近藤正臣和中野良子和山崎努。」

「忘掉吧。」她說。「什麼都不要想。再過一會兒就可以從這裡出去了。」

於是我決定什麼都不想。什麼都不想之後卻發現長褲冷冷地纏在腳上。因此身體覺得好冷，腹部又開始隱隱地疼痛起來。但即使身體這麼冷，奇怪我卻沒有尿意。在這之前最後一次小便是什麼時候？我把所有的記憶都收集起來，試著尋思回想，但都沒有。我想不起什麼時候小便過。

至少下到地下以來一次也沒有小便過。在那之前呢？在那之前我開車，吃漢堡，看見坐Skyline汽車的男女。在那之前呢？在那之前我睡覺。胖女孩跑來把我叫醒。那時候小便了嗎？大概沒有。她好像把行李塞進皮箱似的把我拍醒，就那樣把我帶出來。連小便的時間都沒有。在那之前呢？在那之前發生過什麼我記不清楚了。去看過醫師，好像。醫師幫我縫肚子。但是什麼樣的醫師呢？不知道。總之是醫師。穿著白衣的醫師在我陰毛上方邊界的一帶縫合。在那前後我有沒有小便？

不知道。

大概沒有吧。如果在那前後我小便過的話，我應該還清楚記得小便時傷口疼痛的情形才對。不記得這個，那麼我一定是沒有小便。那麼我已經相當長一段時間沒有小便了。幾個小時？

一想到時間我的腦中就像黎明時分的雞舍一樣混亂。十二小時？二十八小時？三十二小時？我的小便到底消失到什麼地方去了？在那時間內我既喝了啤酒也喝了可樂，又喝了威士忌。水份到底跑到什麼地方去了呢？

不，我腹部被割，到醫院去也許是前天的事了。覺得昨天和那又是完全不同的另外一天似的。那麼昨天又是怎麼樣的一天呢？我完全搞不清楚。所謂昨天只不過是一團模糊的時間塊而已。那形狀彷彿像吸了水而膨脹起來的巨大洋蔥。什麼地方有什麼？壓什麼地方就會跑出什麼來？一切都不一定。

很多事情就像旋轉木馬一樣接近了又離開。那二人組割傷我的腹部到底是什麼時候的事了？那是我坐在超市的咖啡吧台之前還是之後呢？我什麼時候小便了？還有我為什麼這樣在意小便的事呢？

「有了。」她說著回過頭來，用力抓住我的手肘。「是下水道。是出口啊。」

我把小便的事趕出頭腦，看看她手電筒照出的牆壁一角。那裡開著有一個人可以勉強鑽進去的垃圾管道似的四角形橫穴。

「不過這不是下水道呀。」我說。

「下水道在這後面哪。這是通往下水道的橫穴呀。你看，有水溝的臭味。」

我把臉伸進那個洞穴的入口試著用鼻子聞聞臭味。果然是熟悉的水溝臭味。在地底下的迷宮繞來繞去之後，連那樣的水溝臭味都覺得親切懷念起來。同時可以清楚地感覺到風從後面吹來。接著地面一陣喀噠喀噠地輕微震動，洞穴裡面傳來地下鐵電車通過鐵路而去的聲音。聲音持續了十秒到十五秒之後，像水龍頭的栓子慢慢關閉時一樣逐漸變小，終於消失。沒錯。這是出口。

「好像終於到了噢。」她說著在我脖子上吻一下。「心情怎麼樣？」

「請不要問這種事情。」我說。「我不太清楚。」

她先一頭鑽進橫穴。等她那好像很柔軟的屁股消失在洞裡之後，我也跟著進去裡面。狹小的洞穴繼續筆直延伸出去。我的手電筒只能照出她的屁股和小腿肚子。她的腿肚子使我聯想起白色滑溜溜的中國蔬菜。裙子濕答答地像無依無靠的孩子似的緊緊貼在她的大腿上。

「喂，你有沒有跟上來？」她喊著。

「有啊。」我也喊。

「有鞋子掉下來呢。」

「什麼樣的鞋子？」

「男人的黑皮鞋。只有一隻。」

終於我也看見了。是一隻舊鞋子，鞋跟的地方快要磨破了。黏在鞋尖的泥土變白硬化了。

「為什麼在這種地方有鞋子呢？」

「是啊，不知道為什麼？也許是被黑鬼捉住的人，鞋子在這一帶脫落了吧。」

「也許噢。」我說。

因為沒有其他特別可看的東西，於是我一面觀察她的裙子下襬一面前進。裙子有時候掀到大腿的很上面，看得見纖塵不染的白白胖胖的肌膚。以從前來說是女人的吊襪帶絆扣附著的那一帶。從前絲襪的頂端和吊襪帶之間有一段肌膚露出的地帶。那是在褲襪出現以前的事了。

如此這般之間，她的白皙肌膚勾起我從前的回憶。像Jimi Hendrix、Cream、披頭四和Otis Redding那個時代的事情。我試著用口哨吹吹Peter and Gordon的〈I Go to Pieces〉開頭的幾小節。真是好歌。又甜又淒美。比什麼杜蘭杜蘭好多了。不過我會這樣感覺也許因為我已經年紀大了。因為那歌流行已經是二十年前的事了。二十年前到底有誰會預測到褲襪的出現呢？

「你為什麼吹口哨呢？」她喊著。

「不知道。因為想吹呀。」我回答。

「那歌叫什麼？」

我告訴她歌名。

「不知道有這種歌。」

「因為是妳出生以前流行的歌啊。」

「是什麼內容的歌？」
「身體變成支離破碎而消失掉的歌啊。」
「為什麼要用口哨吹那樣的歌呢？」
我想了一下，但不明白理由。只是忽然浮現在腦子裡而已。
「不知道。」我說。
在我正在回想其他曲子的時候，我們走到了下水道。雖說是下水道，但那只不過是粗大的水泥管道而已。直徑有一公尺半左右，底部流著高度二公分左右的水。水的周圍長著滑滑的像苔的東西。從前方傳來不知第幾次電車通過的聲音。現在聲音是清楚得會嫌吵的程度，甚至看得見微弱的黃色燈光。
「為什麼下水道會和地下鐵的鐵路相連呢？」我問。
「正確說這並不是下水。」她說。「只是把這一帶從地下湧出來的地下水集起來導入地下鐵的水溝裡而已。不過民生排放廢水也滲進來了所以才變髒的。現在幾點？」
「九點五十三分。」我告訴她。
她從裙子裡抽出驅黑鬼的裝置打開開關，和剛才用著的交換。
「好了，快到了。不過還是不能大意喲。連地下鐵的沿線黑鬼的力量都可以到達呢。剛才不是看見鞋子了嗎？」
「看見了啊。」我說。
「很可怕吧？」

「相當可怕。」

我們在水泥管裡沿著水流前進。鞋子的橡皮底把水濺起來的聲音像舌頭舔東西似的響遍四周，而電車接近又遠去的聲音又把那聲音蓋住。有生以來第一次感覺地下鐵進行的聲音是這麼可喜的。那感覺上簡直就像生命本身似的活生生、熱熱鬧鬧的，充滿了光輝。在那裡有各種人搭乘，大家分別讀著報紙、週刊雜誌，趕往各自要去的地方。我想起彩色印刷的懸吊海報廣告、門上的路線圖。路線圖上銀座線總是以黃色線條顯示。為什麼是黃色我不清楚，總之那規定是黃色的。所以我每次想到銀座線時就會想起黃色。

沒多久時間就到達出口了。出口雖然嵌著鐵格子，但那正好被破壞成一個人可以進出的程度。水泥被挖得深陷，鐵棒被拔除一空。很明顯地是黑鬼的傑作。只有這次例外，我非得感謝他們不可了。因為如果鐵格子還好好地嵌著，我們只好看著外面的世界近在眼前卻無法進退。

圓形出口外面看得見信號燈和器具收藏箱似的四角形木箱。鐵路與鐵路之間隔著水泥砌的發黑支柱，像椿子似的隔著相等間隔排列著。附在支柱上的燈模糊地照出路線結構範圍，但那光線卻感覺超出必要之外的眩眼。長時間潛入地底下的關係，眼睛已經被黑暗同化了。

「在這裡等一下，讓眼睛習慣吧。」她說。「十分鐘或十五分鐘就可以習慣這樣的亮度了。習慣了再往前走。然後在那裡還要習慣一下更強烈的光線。要不然眼睛會瞎掉。到那時候為止電車通過也絕對不能看喏。知道嗎？」

「知道了。」我說。

她拉起我的手臂，要我坐在水泥乾的部分，並在旁邊並排坐下。然後好像要支持身體似的兩手握住我右手臂的稍高一帶。

由於電車的聲音接近了，所以我們低下頭閉起眼睛。眼瞼外一閃一閃的黃色光線明滅了一會兒，終於隨著耳朵都要痛起來的轟然巨響一起消失了。由於眩眼的關係，眼睛湧出好幾滴眼淚。我用襯衫袖子把落在臉頰上的眼淚擦掉。

「沒關係，很快就會習慣的。」她說。她眼睛也流淚了，臉上留下幾道淚痕。

「再等三班到四班車通過之後就好了。那樣眼睛就會習慣，可以走到車站旁邊去，只要能到那裡去黑鬼就不會來襲，而我們就可以走出地面了噢。」

「我以前也有過和這相同的記憶。」我說。

「走在地下鐵的範圍內嗎？」

「怎麼可能？不是這個。我是指光。眩亮的光照得我眼淚都流出來的事。」

「這種事誰都有過。」

「不，不一樣。和那不一樣。是特殊的眼睛，特殊的光。而且非常寒冷。我的眼睛也和現在一樣一直長時間習慣陰暗不能見光。是非常特殊的眼睛。」

「還想得起更多嗎？」

「只有這樣而已，只能想起這個。」

「一定是記憶逆流了。」她說。

因為她靠著我，因此我的手臂一直繼續感覺到她乳房的隆起。由於濕長褲一直貼著，身體冷得緊，但只有那靠著乳房的部分是溫暖的。

「等一下就要走出地面了，你有沒有什麼打算？要到什麼地方，要做什麼，或去看什麼人之類的？」她說著看看手錶。「還有二十五小時五十分。」

「回家洗個澡。換個衣服。然後也許會去理髮廳。」我說。

「那樣時間還剩下很多啊。」

「剩下的事情等到時候再想啊。」我說。

「我也一起去你家好嗎？」她問。「我也想洗個澡換個衣服。」

「沒問題呀。」我說。

第二班電車從青山一丁目的方向開過來，因此我們又再度低下頭來閉起眼睛。光依然眩眼，但眼淚不像剛才流得那麼多了。

「你頭髮並沒有長到必須上理髮廳的程度嘛。」女孩用燈光照照我的頭說。「而且長頭髮一定比較適合你。」

「留長已經膩了。」

「不過不管怎麼說都沒長得需要上理髮廳哪。上次去是什麼時候？」

「不知道。」我說。上次什麼時候去的理髮廳，我實在想不起來。我連昨天什麼時候小便過都不怎麼想得起來了。何況是幾星期前的事，簡直就像古代史一樣。

「你那裡有沒有合我尺寸的衣服？」

「不知道，大概沒有吧。」

「算了，隨便湊合吧。」她說。「你用床嗎？」

「床？」

「也就是說要叫女孩子來做愛嗎？」

「不，我沒想到那件事。」我說。「我想大概不會。」

「那麼，可以在那裡睡嗎？回祖父那裡去之前我想睡一覺。」

「是沒關係，不過我的房間也許已經有記號士或『組織』的人闖進來喲。因為我最近突然變得人氣很旺似的，門也沒有鎖了。」

「那個我不在意。」她說。

大概真的不在意的樣子，我想。每個人在意的事都不一樣。

由澀谷方向開過來第三班電車，從我們眼前通過，我閉起眼睛在腦子裡慢慢數著數目。數到十四時，電車車尾通過了。眼睛幾乎不再痛了。這樣好不容易總算通過走出地上第一個難關了。這就再也不會被黑鬼捉去吊在井裡，也不會被巨大的魚吞噬凌遲了。

「好了。」說著她放開我的手站了起來。「差不多可以走了。」

我點頭站起來。跟在她後面走下地下鐵的軌道。朝青山一丁目的方向開始走。

30.

世界末日

洞穴

早晨醒來時，森林裡發生的所有事感覺像夢裡發生的一樣。但那不可能是夢。桌上的古老手風琴像一隻衰弱的小動物縮著身體躺著。一切都是真實發生的事。因從地底吹起來的風而旋轉的風扇，相貌看來頗不幸的年輕管理員，還有那樂器的收藏都是真的。

但和這些比起來，我的頭腦裡卻奇怪地一直有非現實的聲音繼續響著。簡直就像某種東西扎進我腦裡的聲音，不休止地持續著，不休止地在我腦子裡挑起某種扁平的東西。頭並不痛，極其正常。只是非現實性的而已。

我從床上環視屋子一圈，屋裡並沒有什麼特別的地方。天花板和四面牆和稍微有些歪的地板和窗簾，都和平常一樣。有桌子，桌上有手風琴。牆上掛著大衣和圍巾。手套從大衣口袋露出來。

然後我試著動一動自己的身體。身體的各部分都可以動作自如。眼睛也不痛。沒有任何奇怪的地方。

雖然如此，那扁平的聲音依然在我頭腦裡繼續響著。聲音是不規則的，集合性的。有幾個同質的聲音糾纏在一起。我想確定那聲音是從什麼地方發出的，但不管多麼注意聆聽都弄不清楚那聲音傳來的方向，似乎是從我頭裡面發出來的。

為了慎重起見我起床看看窗外，終於瞭解那聲音的原因了。就在窗子正下方的空地上，有三個老人正用鏟子在挖著大洞。聲音是鏟子尖端吃進凍結變硬的地面時發出的。由於空氣凍得冰冰的，因此那奇怪的聲音使我感到困惑。由於各種事情接二連三發生，我的精神多少有些亢奮或許也是原因之一。

時鐘指著將近十點。我第一次睡到這個時間。為什麼上校沒有叫醒我呢？他除了我發燒的那次之外，沒有一天例外地在九點把我叫醒，用托盤端著兩人份的早餐到我房間來。

我等到十點半，上校還是沒有出現。我乾脆走到下面的廚房去拿麵包和飲料，回到房間一個人吃早餐。由於長久以來習慣了兩個人的早餐，因此吃起來有些沒味道。我只吃了一半麵包，剩下來的決定為獸保留。在暖爐的火充分溫暖房間之前，我用大衣包著自己安靜坐在床上。

昨天那難以相信的溫暖在一夜之間就消失了，屋子裡充滿了和平常一樣的沉重冷氣。雖然並沒有吹起強風，但周遭的風景又完全逆轉回到原來的冬天景象，從北邊山脊一直到南邊荒野的天空，雲正為孕育大量的雪而低垂得令人窒息。

窗下空地上四個老人還在繼續挖著洞穴。

四個人？

剛才我看的時候老人只有三個哪。三個老人正用鏟子挖著洞穴。但現在是四個。大概中途加進一個人了吧，我想。那沒有什麼奇怪的。官舍裡的老人多得數不清。四個老人分別在四個地方默默地挖著腳下。偶爾吹起一陣狂亂的風猛然掀起老人們單薄上衣的下襬並隨之飄飛著，但那寒冷對他們似乎並不怎麼痛苦，他們紅著臉不停地把鏟子往地面戳。之中甚至有個人擦著汗還脫掉上衣呢。那上衣簡直就像一個脫落的空殼子般掛在樹枝上，被風吹動著。

屋子裡暖和起來之後，我在椅子上坐下拿起桌上的手風琴，試著慢慢伸縮那蛇腹。帶回自己的房間看時才發現，與第一次在森林裡看見時的印象相比，製作得精巧多了。按鍵和蛇腹雖然完全褪色，塗在木片上的漆料卻沒有一個地方脫落，畫在描邊的精緻唐草也絲毫無損地留著。與其說是一種樂器，不如說是一件美術工藝品更貼切。蛇腹的運作果然有幾分僵硬不順，但不嚴重到妨礙使用的程度。想必是長久之間沒有被人的手碰過而一直放著吧。我不知道它過去曾被什麼樣的人彈奏過，並經過什麼樣的路程而到達那個場所的。一切都包在謎裡。

不只是裝飾面，以樂器的機能性來說，那手風琴依然是相當精緻的東西。首先是小。摺疊起來時可以整個放進大衣的口袋裡。但並不因此犧牲樂器的機能，手風琴應有的東西那上面全部一應俱全。

我讓它伸縮了好幾次，蛇腹的運作相當順暢之後，接著依順序試試右手的按鍵，並配合著試壓左邊的和弦鍵。所有的音都全部彈完之後停下來，試著注意聽周圍的動靜。

老人們挖洞的聲音還持續著。他們四根鏟子尖端啃著土的聲音，化為沒頭沒腦的不整齊旋律，清清楚楚而奇妙地傳進屋子裡來。風不時搖著窗子。窗外看得見到處有零星殘雪的山丘斜坡。手風琴的聲音是不是傳到老人們的耳朵裡了？我不知道。大概沒有吧，我想。聲音既小，風向也相反。

我彈手風琴是相當久以前的事了，而且是鍵盤式的新型東西，所以要習慣這種舊式組合和按鍵的排列還相當費事。由於整個設計是小型的，按鍵也小，而且每個鍵都非常接近，如果是小孩或女人還可以，手大的男人要彈得順手還真麻煩費事。何況必須配合旋律有效地伸縮蛇腹才行。

雖然如此我還是花了一小時或兩小時，即興地逐漸摸索出幾個沒有錯誤的簡單和弦。但旋律一直沒有浮現在我腦子裡。一次又一次反覆地按著按鍵，想要想起什麼旋律，卻不過是無意義的音階排列而已，並不能把我引導到什麼地方。有幾次忽然幾個音的偶然排列好像使我快要想起什麼，卻又立刻被吸進空氣中消失了。

我之所以沒能發現任何一組旋律，也許是因為老人們的鏟子聲吧。當然不只因為這個，但他們所發出的聲音確實妨礙我集中精神。他們的鏟子聲實在太清晰地在我耳邊響著，以至於不知不覺間我竟然開始覺得老人們彷彿在我腦子裡挖掘著洞穴似的。覺得好像他們的鏟子越挖越深，我腦子裡的空白便越大。

快到中午的時候，風勢急速增強，其中似乎還混合著雪。聽得見雪輕打在窗玻璃上發出啪噠啪噠乾乾的聲音。凝固成冰似的細小白雪粒落在窗格子上不規則地排列著，終於又被風吹落。雖然還不至於積雪，但很可能不久就會變成飽含濕氣、大粒柔軟的雪片。每次順序都是這樣。然後大地終於再度被白雪覆蓋。堅硬的雪往往是大雪的前兆。

看樣子老人們似乎根本沒把雪放在眼裡而繼續在挖著洞穴。他們彷彿一開始就知道會下雪似的。彼此心照不宣，誰也沒抬頭看天，誰也沒停下來，誰也沒開口說話。連掛在樹枝上的上衣，也還依然留在原位任強風激烈地吹著。

老人們的數目增加到六人。後來加入的兩個人用的是鶴嘴鎬和手推車。使用鶴嘴鎬的老人進入洞穴裡敲碎堅硬的地面，推手推車的老人把挖出洞外的土用鏟子鏟到車上，再把車推到斜坡下把土倒掉。洞穴已經挖到他們的腰部一帶。強風的聲音、他們的鏟子和鶴嘴鎬的聲音都無法消除。

我放棄想歌，把手風琴放在桌上，走到窗邊去眺望了一會兒老人們的作業。老人們的作業看不出有類似領導的存在。誰都一樣，均等地動作著，誰都沒有發出指示或下達命令。手拿鶴嘴鎬的老人極漂亮有效地把硬土敲碎，四個老人用鏟子把土挖出外面，另一個老人默默用手推車把土運到斜坡去。

望著那洞穴時我開始產生幾個疑問。一是這些洞如果是為了丟垃圾，那又未免大得不必要了，另一個是現在正要開始下大雪。或許那是為了某種特殊目的而挖的也不一定。但即使這樣，雪也會被吹進那洞裡，明天早晨很可能洞都會被雪完全埋沒。這一點事情老人們只要看雲的動向應該就會明白的。北之山脊的中腹一帶已經被紛飛的雪花覆蓋成一片迷茫了。

不管怎麼想，老人們作業的意義依然令人費解，因此我回到暖爐前坐在椅子上，什麼也不想地呆呆望著煤炭的紅色火焰。歌大概是想不起來了，我想。不管有沒有樂器，都沒有什麼兩樣。不管怎麼試著排列音符，如果沒有歌就只是音的羅列而已。桌上放著的手風琴單純是美麗的物體而已。我好像非常瞭解發電所管理員所說的話了。沒有必要發出聲音，光看著就覺得很美了，他說。我閉上眼睛繼續聽著打在窗上雪的聲音。

到了午餐時間，老人們終於停下作業回到官舍裡。只把鏟子、鶴嘴鎬依樣地留在地上。

我坐在窗邊的椅子上望著了無人影的洞穴，隔壁的上校走過來敲我房間的門。他穿著平常穿的厚大衣，戴著一頂前面有帽簷的作業用帽子。大衣和帽子上都沾著白色的雪粒。

「看來今天晚上雪會積得很厚噢。」他說。「要不要把午餐拿來？」

「那再好不過了。」我說。

過了十分鐘左右，他雙手端著鍋子回來把它放在暖爐上。然後就像甲殼動物為了換季脫殼似的把帽子、大衣和手套一一慎重地脫下來。最後用手指把糾結的白髮撫平，在椅子上坐下嘆了一口氣。「不能過來吃早餐很抱歉。」老人說。「因為一大早就被工作逼得沒工夫吃飯了。」

「你不是在挖洞吧？」

「洞？啊，那個洞啊？那不是我的工作。挖洞我倒不討厭。」說著上校吃吃地笑起來。「我是在街上工作。」

他等鍋子熱了之後把菜分盛在兩個盤子裡放在桌上。是加了麵條的青菜湯。他一邊吹著一邊美味地吃著。

「那些洞穴是做什麼用的洞穴呢？」我試著問上校。

「那沒什麼。」老人把湯送到嘴裡接著說。「他們以挖洞為目的在挖著洞啊。在這個意義上是非常純粹的洞。」

「我真不明白。」

「很簡單哪。因為他們想挖洞所以就挖。沒有任何其他目的。」

我咬著麵包，試著思索那純粹的洞穴。

「他們有時候會挖洞。」老人說。「大概和我專心下棋原理上一樣吧。既沒有什麼意義，也不會到達哪裡。不過這些事都無所謂。因為誰都不需要什麼意義，也沒有人想要到達什麼地方。大家在這裡都各自挖著純粹的洞穴。沒有目的的行為，沒有進步的努力，到達不了什麼地方的步行，你不覺得很棒嗎？誰也不會傷害人，誰也不會被傷害。誰也不會超越誰，誰也不會被超越。既沒有勝利，也沒有敗北。」

「你說的我好像明白了。」

老人點了幾次頭，然後把盤子斜立起來喝完最後一口湯。

「也許對你來說這個街的成立方式顯得有些不自然。但對我們來說並不會。自然、純粹、安詳。總有一天你也一定會瞭解。我想你會想瞭解。我長久以來過的是軍人生活，那倒也不後悔。那樣自然也是快樂人生噢。我現在還常常想到硝煙、血腥、刀光劍影、突擊的喇叭聲之類的。但我已經想不起是什麼驅使我們奔赴戰場的。是名譽、愛國心、鬥爭心、憎恨，這一類的東西嗎？你現在也許正害怕著失去所謂心這東西。我也害怕過啊。不過這並沒有什麼可恥的。」上校在這裡切斷了話。好像在尋找語言似地望著空中。「只要把心丟掉，安寧就會來臨。你從來沒有體驗過的深深安寧。只有這件事請你不要忘記。」

我默默點頭。

「就是這樣。對了，我在街上聽到你的影子的事噢。」上校以麵包沾起剩餘的湯說著。「聽說你的影子已經元氣大傷了呢。吃的東西大多吐出來，好像已經在地下室床上躺了三天沒起來。恐怕日子已經不長了。只要你不嫌棄的話，去跟他見一面怎麼樣？因為他好像想見你呢。」

「是嗎。」我裝出有點猶豫的樣子。「我倒是無所謂，不過守門人到底會不會讓我們見面呢？」

「當然會讓你們見面啊。影子已經快要死了，本人有權力見影子。這是明白規定的。因為影子的死對這街裡是一件嚴肅的儀式啊。就算他是守門人也不能妨礙這個。沒有理由妨礙呀。」

「那麼我這就去看看。」我停了一會兒說。

「對呀，這樣才好。」老人說著靠近我旁邊拍拍我的肩膀。「趁著傍晚雪還沒積起來之前去一趟。不管怎麼說，影子對人類來說是最接近的東西呀。心情愉快地去看護問候一下，以後回味起來比較好。讓他好好地死去吧。雖然也許很難過，但這也是為你自己好啊。」

「我知道。」我說。於是穿上大衣，脖子圍上圍巾。

31.

冷酷異境

收票口、Police、合成清潔劑

從管道出口到青山一丁目的車站並沒有多少距離。我們走在軌道上，電車來時則躲在支柱的陰影後面等車子過去。我們可以很清楚地看見電車裡面，但乘客並沒有朝我們看。地下鐵的乘客誰也不會看外面的景色。他們有些在看報紙，有些只在發呆。地下鐵這東西對人們來說只是一種有效地在都市空間移動的方便手段而已。誰也不會興高采烈地去搭地下鐵。

乘客人數並不太多。幾乎沒有站著的乘客。雖然說已經過了尖峰時段，不過在我的記憶中早晨十點過的銀座線應該是更擁擠才對的。

「今天是星期天嗎？」我試著問女孩。

「不知道。我從來不考慮星期幾。」女孩說。

「以平常日來說乘客太少了。」我說著歪著頭。「也許是星期天。」

「如果是星期天又怎麼樣？」

「沒怎麼樣。只是星期天而已呀。」我說。

地下鐵的軌道比想像中容易通行。寬寬的沒有柵欄，既沒有紅綠燈也沒有汽車通過。既沒有街頭募款的人，也沒有醉漢。牆上的日光燈以適當的亮度照出腳下，幸虧有空調的關係空氣很新鮮。比起那地底下霉臭的空氣是沒話說了。

我們首先讓過一班往銀座方向的電車，其次又讓過一班往澀谷的電車。然後走到青山一丁目車站旁邊，從支柱後面偷看月台的樣子。走在地下鐵的軌道上，如果被車站人員捉到可就事態嚴重了。真不知道該怎麼說他們才會相信。月台最前面可以看見一個梯子。柵欄看來很容易翻過去。問題只有別讓車站的人發現。

我們躲在支柱陰影後面，安靜看著往銀座方面的電車開來，停在月台，打開門吐出乘客，又搭載新的乘客後把門關上。車掌走出月台確認乘客上下車之後讓門關上。看得見發車的暗號。電車消失後車站職員也不知消失到什麼地方去了。相反一邊的月台上也看不見車站職員。

「走吧。」我說。「不要跑，裝作若無其事地走。用跑的話會招人懷疑。」

「知道了。」她說。

我們從柱子後面出來快步走到月台前面的盡頭，然後裝成每天做慣了這種事情沒什麼意思的樣子步上鐵梯，越過柵欄。有幾個乘客往我們的方向看，滿臉不可思議。到底這些傢伙在做什麼，他們好像很訝異的樣子。我們怎麼看都不像是地下鐵的相關工作人員。全身是泥，長褲和裙子濕答答的，頭髮蓬亂，被照明眩眼弄得淚痕滿臉。這樣的人不可能看起來像地下鐵的工作人員。不過到底有誰會喜歡在地下鐵的軌道上散步呢？

他們在獲得他們的結論之前，我們快速穿過月台走到收票口。然後走到收票口前面時才發現沒帶票的事。

「沒有票。」我說。

「當做遺失了付錢不就行了嗎？」她說。

我向收票口的年輕站員說票遺失了。

「有沒有好好找？」站員說。「口袋有好幾個啊，再找一次看看好嗎？」

我們在收票口裝成尋找衣服的每個口袋。在那時間裡站員以懷疑的眼神骨碌碌地盯著我們的樣子。

還是沒有，我說。

「從哪裡上車的？」

澀谷，我說。

「付了多少錢，從澀谷到這裡？」

忘了，我說。「我想大概是一百二十圓或一百四十圓左右吧？」

「不記得嗎？」

「因為正在想事情。」我說。

「真的是從澀谷上車嗎？」站員問。

「這個月台不是澀谷起站的嗎？不可能亂講啊。」我抗議。

「也可能是從那邊月台到這邊來呀。銀座線相當長的。而且比方從津田沼搭東西線到日本橋，在那兒轉車到這裡也行啊。」

「津田沼？」

「我打個比方啊。」站員說。

「那麼從津田沼到這裡要多少錢？我付好了。這樣可以吧？」

「是從津田沼來的嗎？」

「不。」我說。「從來沒到過什麼津田沼。」

「那你為什麼要付？」

「你不是這樣說嗎？」

「所以我不是告訴你那只是個比方嗎？」

這時下一班電車進站了，二十個左右的乘客下車，通過收票口走出外面。我看著他們走出去。沒有一個人遺失車票。然後我們的交涉重新開始。

「那麼我們要付從哪一站開始的車票才能通過呢？」我問。

「從你搭乘的那站。」站員說。

「所以我不是說澀谷嗎？」我說。

「可是卻不記得票價。」

「那種小事很容易忘記阿。」我說。「就像你也不會記得麥當勞的咖啡價錢吧？」

「我才不喝麥當勞的咖啡。」站員說。「喝那種東西簡直是浪費錢。」

「只是比方而已阿。」我說。「這種小事本來就很容易忘記。」

「總之遺失票的人都會少報。大家到這個月台都說從澀谷搭來的。全都這樣。」

「所以我不是說從哪一站我都付嗎？您說從哪一站可以通過。」

「這種事我怎麼會知道。」

沒完沒了的爭論繼續下去太麻煩了，於是我放了一張一千圓鈔票就自顧自地走出外面。雖然聽見後面站員呼喊的聲音，但我們裝成沒聽見地繼續走。世界末日快到了，這時候還要為了地下鐵的一兩張車票心煩未免太無聊了。仔細想想我又沒有搭乘地下鐵。

地上正下著雨。雖然像針一般細的雨，但地面和樹木都濕淋淋的。也許從夜裡就一直下到現在了。下雨使我的心情多少有些暗淡。今天對我來說是珍貴的最後一天。不希望下什麼雨。只要給我一天或兩天晴朗的好日子就行了。接下來就算像出現在巴拉德（J. G. Ballard）的小說裡那樣連續一個月的大雨，我也管不著了。我想在燦爛的陽光普照之下躺在草地上一面聽音樂一面喝冰啤酒。我並沒有要求別的。

然而事與願違，看來雨並沒有要停的樣子。雲好像蓋了好幾層塑膠膜似的，顏色模糊，連一分空隙都沒有地覆蓋著天空，繼續降下不間斷的細雨。我想買早報看氣象預告，但為了買報紙必須折回地下鐵的收票口附近，而回到收票口可以想像又得和站員再度展開那無益的爭論。於是我放棄買報紙。這是個不怎麼起眼的一天的開始。連今天是星期幾都還沒弄清楚。

人們都打著傘走路。沒帶傘的只有我們兩人。我們站在大樓的走廊前，像在眺望希臘雅典的衛城遺跡一般長久茫然地眺望街頭的風景。被雨淋濕的十字路口上各色各樣的汽車行列來來往往。在這腳下深處竟然擴張著黑鬼那奇怪的世界，對我來說真是難以想像。

「下雨真好啊。」女孩說。

「為什麼？」

「因為如果是晴天就太耀眼了，不能立刻走出地上來呀。真幸運吧？」

「噢。」我說。

「接下來要做什麼？」女孩問。

「先喝一點什麼熱的東西。然後回家洗澡。」

我們走進附近的超市，在入口附近的三明治店點了兩份玉米濃湯和一份火腿蛋三明治。櫃台裡的女孩子看到我們髒兮兮的樣子，一開始相當吃驚，不過立刻裝作沒注意的樣子，以純粹職業性的口氣接受我們的點餐。

「兩份玉米濃湯和一份火腿蛋三明治。」她說。

「對了。」我說。然後問道，「今天是星期幾？」

「星期天。」她說。

「妳看吧。」我對胖女孩說。「我猜對了。」

玉米濃湯和三明治送來之前，我拿起留在鄰座的《日本體育》報紙來看著消磨時間。看體育新聞也沒什麼用，不過總比什麼也不看的好。報紙日期是十月二日星期日。體育報紙雖然沒有氣象報告，但賽馬的那一頁倒記載著相當詳細的雨的情報。雨在傍晚可能停，但無論如何最終比賽在重馬場則沒有改變，即將展開相當激烈的比賽。神宮球場舉行養樂多隊對中日隊的最終比賽，養樂多隊以六比二戰敗。神宮球場的正下方是黑鬼的大本營，這誰也不知道。

女孩說想看最前面那一頁，於是我把那頁拿給她。她想看的好像是〈喝精液對皮膚美容有幫助？〉的報導。那下面刊登著〈關在檻欄裡被侵犯的我〉的文章。我無法想像如何侵犯被關在檻欄裡的女人。那一定自有巧妙方法吧。不過不管怎麼說必然是相當麻煩的作業。我就實在沒辦法。

「嗨，你喜歡精液被喝嗎？」女孩問我。

「我都無所謂。」我回答。

「不過這裡這樣寫喲。『一般來說男人喜歡在口交的時候精液被女人喝掉。這樣男人就可以確認自己被女人接受了。這是一種儀式也是一種承認。』」

「我不清楚。」我說。

「你有沒有被喝過？」

「不記得了。我想大概沒有。」

「哦。」她說，繼續看報導的下文。

我讀著中央聯盟和太平洋聯盟的打擊排行。

湯和三明治送來了。我們喝著湯，把三明治各分一半。有吐司、火腿、蛋白和蛋黃的味道。我用紙巾把嘴邊沾的麵包屑和蛋黃擦掉，然後重新嘆一口氣。好像把全身的氣都收集起來凝聚在一起似的深深嘆息。這麼深的嘆息一輩子並沒有嘆過幾次。

我走出店要招計程車。因為這一身骯髒模樣，所以花了相當的時間才遇到一部肯停的計程車。計程車司機是一位長頭髮的年輕男人，放在副駕駛座的大音響式卡式錄音機裡播著Police的音樂。我大聲告訴他要去的地方，就把身體深深沉入靠背裡。

「嗨，你們為什麼搞得這麼髒呢？」司機向著後視鏡問。

「因為在雨中扭成一團打架啊。」女孩回答。

「哦，不得了。」司機說。「不過啊，你們看起來真是有夠慘的。頭旁邊有個大傷痕呢。」

「我知道啊。」我說。

「不過沒關係，我對這個可不在乎。」司機說。

「為什麼？」胖女孩問。

「我只載年輕的會聽搖滾樂的客人。這種客人就是髒一點也沒關係。因為只要聽著這個就夠愉快了。喜歡Police嗎？」

「有一點。」我隨便說說。

「公司啊，說是不能放這種音樂。叫我們聽收音機的歌謠節目。不過開什麼玩笑，那種歌。什麼近藤真彥、松田聖子什麼的多無聊，我可聽不下去。Police最棒了。一整天都聽不膩喲。Reggae不錯噢。客人，Reggae怎麼樣？」

「不錯。」我說。

Police的帶子播完了之後，司機讓我們聽Bob Marley的《Live》。他的儀表板旁塞滿了錄音帶。我已經筋疲力盡又冷又睏，身體每個關節都快要散開了，實在不是能夠欣賞音樂的狀態，但光是能夠讓我們上車就感激不盡了。我從後面恍惚地望著司機一面手握方向盤一面以肩膀打著Reggae的節拍。

車子停在我公寓前時，我付了錢下車，給他一千圓小費。「去買錄音帶吧。」我說。

「真開心。」司機說。「下次在什麼地方再見啊。」

「是啊。」我說。

「不過啊，你不覺得再過十年或十五年世上很多計程車都會一面放搖滾樂一面跑嗎？你不覺得那樣很好嗎？」

「那就好了。」我說。

不過我並不這樣認為。Jim Morrison死了十年以上了。但我從來沒遇到一次計程車一面放The Doors一面跑的。世上有會變的事和不會變的事。不會變的事多久也不會變。計程車音樂也是其中之一。計程車的收音機播的永遠是歌謠節目或沒品味的脫口秀或棒球轉播。百貨公司的擴音設備總是播Raymond Lefevre的管弦樂，啤酒屋總是放波卡舞曲，歲末的商店街都可以聽到Ventures的聖誕專輯。

我們搭電梯上樓。我房子的門依然連鎖頭都拔掉了，但猛一看門好像是好好關著的，顯然有人來幫我把門框鑲上去。不知道是誰做的，但一定相當費力和費事。我像舊石器時代的克羅馬儂人打開洞窟的蓋子一樣地挖開鐵門，讓她進去。然後又從裡面把門推上。為了讓屋子裡不會被看見，我多此一舉地還把門鏈掛上，算是自我安慰。

屋子裡被整頓得一乾二淨。前天房間被破壞砸碎的事一瞬之間彷彿是我的錯覺似的。原來應該已被翻倒的家具也全都恢復原樣了，散落了一地的食品都整理好，碎碎的酒瓶、餐具的碎片都不知消失到什麼地方去了，書和唱片又回到架子上，衣服掛在衣櫥裡。廚房和浴室也擦得閃閃發亮，地板上沒有一片垃圾。

不過仔細檢查一下，破壞的傷痕還處處可見。電視的真空管還依然像時光隧道的形狀一樣開著一個大洞，冰箱死了，內容乾乾淨淨清除一空。被割破的衣服全部丟掉了，剩下的只有能塞進一個小旅行箱程度的少量衣服。餐具櫥裡只留下幾個盤子和玻璃杯而已。掛鐘也停了，電器沒有一樣能好好運作的。有誰把不能用的東西幫我挑出來處理掉了。我的房間因此幸運地變得非常清爽。沒有任何多餘的東西，看起來真寬敞。必要的東西雖然缺了幾樣，但對現在的我來說，已經不知道到底什麼才是必要的東西了。

我到浴室去檢查瓦斯熱水器，確定沒壞之後再放熱水到浴缸。肥皂、刮鬍刀、牙刷、毛巾、洗髮精都整套留下，蓮蓬頭也沒問題。浴巾也沒事。雖然浴室少了很多東西，但應該算是失去的東西我卻一樣也想不起來了。

當我在浴缸放熱水，檢查房子的時候，胖女孩躺在床上讀著巴爾札克的《農民》。

「嗨，法國也有過水獺啊。」她說。

「大概有吧。」我說。

「現在還有嗎？」

「不知道。」我回答。那種事情我沒有理由知道。

我在廚房椅子上坐下來，尋思到底是誰把我像垃圾堆一般的房間整理過呢？是誰為了什麼目的不嫌麻煩地把每個角落都整理乾淨？也許是那記號士的二人組，也許是「組織」的人。他們是根據什麼樣的基準在想什麼做什麼，我無法想像。但不管怎麼說，我非常感謝幫我把房間整理乾淨的謎樣人物。回到整潔的家真是一件愉快的事。

熱水放滿以後我叫她先洗。女孩在書上摺頁做記號後下了床，在廚房把衣服光溜溜地脫了。脫衣服的方式未免太自然了，因此我還依然坐在床上呆呆看著她的裸體。她的身體像小孩一樣又像大人一樣，長得很奇妙。好像一般人的身體渾身塗了果凍一般，白皙柔軟的肉豐滿地附著著。因為胖得非常勻稱，所以沒注意的話好像會忽然忘了她是胖的事實。手臂、大腿、脖子、肚子周圍都真的膨脹起來，像鯨魚般光滑。比起身體來，乳房並不太大，恰到好處而形狀適度，屁股的肉也適當地往上緊縮。

「我的身體還不錯吧？」女孩從廚房向我說。

「不錯啊。」我回答。

「要長這些肉還真不容易呢。飯也不能不多吃，蛋糕和奶油之類的也是。」她說。

我默默點頭。

她在洗澡的時候，我把襯衫和濕長褲脫掉，換上剩下的衣服，躺在床上想現在開始要做什麼。手錶指著將近十一點半。剩下的時間只有二十四小時多一點。要做什麼必須好好決定。人生的最後二十四小時總不能順其自然拖拖拉拉地過。

外面雨還繼續下著。安靜的雨，微細得幾乎看不見。要是沒看見沿著窗上屋簷落下的水滴，就都不知道雨是不是在下的程度。偶爾車子從窗下通過，聽得見把路面覆蓋的薄薄水膜彈起的聲音。也聽得見幾個小孩在叫誰的聲音。浴室裡女孩正唱著聽不太出旋律的歌。反正是她自己作的歌吧。

一躺在床上就變得非常睏，但不能就這樣睡著。要是睡著了將會什麼也沒做就過了好幾個鐘頭。

不睡覺要做什麼呢？我完全不知道該做什麼才好。我把覆蓋在床邊檯燈燈罩緣上的橡皮筋拿下來，把玩了一會兒又放回去。不管怎麼樣都不能待在這個房間裡。安靜待在這裡什麼也得不到。大概應該到外面去吧。至於要做什麼，出去以後再想就行了。

想一想只剩下二十四小時的人生是一件多麼奇怪的事啊。該做的事照理說應該是堆積如山的，實際上卻一件也想不起來。我又把檯燈燈罩上的橡皮筋拿下來，把玩一會兒在放回去。然後想起超市牆上貼的法蘭克福觀光海報。有河流有橋樑，白鳥浮游在河面的海報。看起來很不錯的地方。到法蘭克福去，在那裡結束人生似乎也相當不錯。但現在開始要在二十四小時之內到達法蘭克福是不可能的，就算可能的話，要花十幾個鐘頭塞在飛機的座椅上，吃機內難吃的餐點，那就免了。而且實際去看了也很難說不會覺得還是海報上看見的景色比較好。以失望的心情為人生送終是絕對應該避免的。那麼旅行就不得不排除於計劃之外了。移動太花時間，而且大多的情況是實際上並沒有最初期待的那麼快樂。

結果我所能想到的就只有和女孩子兩個人一起吃吃美味的東西、喝喝酒而已了。其他想做的事說起來什麼也沒有。我翻翻手冊查到圖書館的電話號碼，撥了號，請他們轉資料查詢台。

「喂。」資料查詢台的女孩子說。

「上次謝謝妳獨角獸的書。」我說。

「哪裡，我才該謝謝你的晚餐呢。」她說。

「如果妳願意，今天晚上要不要再一起吃飯？」我試著邀她。

「吃飯？」她重覆我的話。「今天晚上有研討會。」

「研討會？」我反覆說。

「關於河川污染的研討會。比方說，因合成清潔劑造成魚的滅絕之類的。大家一起研究。今天晚上該我發表研究報告。」

「好像滿有益的研究啊。」我說。

「嗯，是啊。所以我想，如果方便的話能不能延到明天？明天的話，星期一圖書館也休息，時間比較充裕。」

「明天下午我就不在了。電話上不能詳細說明，不過我暫時要遠行。」

「要遠行？那是像旅行嗎？」她問。

「差不多。」我說。

「對不起，請等一下。」她說。

她好像是和來資料查詢台詢問的人交談的樣子。星期天圖書館門廳的樣子從話筒裡傳過來。小女孩發出很大的聲音，父親訓誡她。也聽得見電腦鍵盤的聲音。世界似乎正常地運作著。人們到圖書館借書，站員眼光監視著不當乘車者，賽馬在雨中繼續奔馳。

「關於民宅遷建的資料。」聽得見她向對方說明的聲音。「在F5號書架有三本，請到那邊看一看。」
然後聽得見對方對這個又說了什麼的聲音。
「對不起。」她回到電話上。「OK，好吧。研討會不參加了。雖然大家一定會抱怨。」
「真抱歉。」
「沒關係。反正這一帶的河川裡已經沒有半條魚住在裡面了，所以我的研究晚一星期發表也不會困擾誰。」
「說得也是。」我說。
「到你家吃飯嗎？」
「不，我的房間不能用了。冰箱死了，餐具也幾乎全沒了。所以沒辦法做菜。」
「我知道噢。」她說。
「妳知道？」
「嗯，不過整理得滿乾淨了吧？」
「是妳整理的啊？」
「是啊。不行嗎？今天早上我上班想順便帶一本書給你，結果一去門也壞了，裡面東西亂七八糟，所以就幫你打掃了。雖然遲到了一些，不過畢竟上次讓你請客。給你添麻煩了嗎？」
「不，完全沒有。」我說。「非常感謝。」
「那麼傍晚六點十分左右你可以到圖書館前面來接我嗎？只有星期天是六點閉館。」

「好啊。」我說。「謝謝妳。」

「哪裡。」她說。然後掛了電話。

我正在找要穿去吃飯的衣服時，胖女孩從浴室出來了。我拿毛巾和浴袍給她。女孩手接過毛巾和浴袍，還赤裸地站在我面前一會兒。洗過的頭髮緊緊貼在額頭和臉頰上，耳朵尖端從髮間突出。耳垂還戴著那金耳環。

「妳平常都戴著耳環洗澡嗎？」我試著問。

「嗯，當然，我以前不是說過嗎？」女孩說。「絕對不會掉的所以沒問題。喜歡這耳環嗎？」

「滿好的。」我說。

浴室裡晾著她的內衣、裙子和襯衫。粉紅色胸罩和粉紅色內褲、粉紅色裙子和淺粉紅色襯衫。泡在浴缸裡光看這些，兩側的太陽穴就扎扎地刺痛。大概我從以前開始就不太喜歡在浴室裡晾內衣、襪子之類的。要問為什麼就傷腦筋了，不過總之不喜歡。

我很快地洗了頭髮洗了身體，刷了牙刮了鬍子。然後走出浴室用浴巾擦身體，穿上四角短褲和長褲。腹部的傷口儘管經過那樣胡亂激烈的行動，還是比昨天好多了。甚至一直到去洗澡為止都沒想起受傷的事。胖女孩坐在床上吹頭髮一面繼續讀巴爾札克。窗外的雨依然看不出要停的跡象。浴室晾著內衣，床上坐著女孩吹頭髮一面讀書，外面下著雨，這簡直就像回到幾年前的結婚生活一樣。

「要用吹風機嗎？」女孩問。

「不用。」我說。那吹風機是妻子離家出走時留下來的東西。我的頭髮很短所以沒有必要用什麼吹風機。

我坐在她旁邊頭靠著床背閉起眼睛。一閉上眼睛，那黑暗中便有許多顏色浮上來又沉下去。想一想這幾天之間我沒睡過什麼覺。每次我正想要睡的時候，就有人跑來把我敲起來。一閉上眼睛就可以感覺到睡眠正把我往深沉的黑暗世界裡拉。那簡直就像黑鬼似的從黑暗底部伸出手來要把我拉進去。

我睜開眼睛，用雙手摩擦臉。好久沒有洗臉刮鬍子的關係，臉上皮膚乾燥得像大鼓皮一樣僵硬。簡直就像在摩擦別人的臉似的。被蛭吸過血的部分刺刺地痛。兩隻蛭似乎吸掉我相當多的血。

「嗨。」女孩把書放一邊說。「關於精液的事，真的不想被喝？」

「現在不想。」我說。

「沒這心情對嗎？」

「對。」

「也不想跟我睡覺噢？」

「現在不想。」

「因為嫌我胖嗎？」

「沒這回事。」我說。「妳的身體非常可愛呀。」

「那麼為什麼不想。」

「不知道。」我說。「雖然不知道為什麼，但覺得現在好像不應該跟妳睡。」

「那是根據什麼道德上的理由嗎？比方說違反你的生活倫理之類的？」

「生活倫理。」我反覆道。聽起來聲音很不可思議的話。我望著天花板一邊試著思考了一下這話。

「不，不是，不是這種東西。」我說。「是其他的東西。接近本能或直覺之類的東西。或許跟記憶的逆流有關也不一定。我沒辦法說明清楚。其實我自己現在非常想跟妳睡喲。不過那個什麼卻把我壓制住了。說是現在不是時候。」

她以手肘支在枕頭上一直注視著我的臉。

「不是說謊？」

「這種事情不會說謊。」

「真的這樣想嗎？」

「是這樣感覺。」

「可以證明嗎？」

「證明？」我吃驚地反問她。

「關於你想跟我睡覺的事，有什麼能讓我相信的事。」

「正在勃起。」我說。

「讓我看。」女孩說。

我猶豫了一下，終於把長褲拉下讓她看。我已經太累了懶得再多爭論，而且反正再不久就不在這個世界了。讓一個十七歲女孩子看看勃起的健全陰莖，我想也不至於發展成重大的社會問題。

「嗯。」一面看著我膨脹的陰莖，女孩一面說：「可以摸嗎？」

「不行。」我說。「不過這樣總可以證明了吧？」

「噢，好吧。」

我把長褲拉上陰莖收在裡面。可以聽見窗下大型載貨卡車慢慢通過的聲音。

「妳什麼時候回妳爺爺的地方去？」我試著問。

「稍微睡一下等衣服乾哪。」女孩說。「到傍晚那水也應該會退掉了，那樣我就再從地下鐵回去。」

「這種天氣要衣服乾就得等到明天早上了。」

「真的？」女孩說。「那怎麼辦？」

「附近有投幣式的洗衣店，可以去那裡烘乾哪。」

「可是沒有衣服可以穿出去呀。」

我動了一下腦筋，但想不起什麼好點子。結果只能由我去洗衣店把她的衣服丟進烘乾機了。我到浴室去把她的衣服塞進德國航空的塑膠提袋裡。然後從剩下的衣服裡選了橄欖綠的祺諾長褲和藍色扣領襯衫。鞋子穿茶色輕便皮鞋。就這樣我所剩無幾的寶貴時間的幾分之一，便無意義地消磨在投幣式洗衣店悲慘的塑膠椅上了。手錶指著十二時十七分。

32.

世界末日
垂死的影子

我打開守門人小屋的門扉時，他正在後門口劈著柴。

「看這樣子要下大雪了啊。」守門人手上還拿著柴刀說。「今天早上死了四頭噢。明天還要死更多。今年冬天特別冷啊。」

我脫下手套走到暖爐前，讓手指頭烘暖。他把劈細的薪柴綑起來放進倉庫，關上後門，把柴刀放回牆上。然後走到我旁邊，同樣烘著手指。

「看來現在開始暫時要我一個人燒獸的屍體了。有那傢伙幫忙我輕鬆多了，不過沒法子。本來就是我的工作嘛。」

「影子身體不好嗎？」

「大概說不上好吧。」守門人扭著脖子說。「是不好。已經躺了三天沒起來了。唉，我也盡量照顧他啊，不過壽命這東西也拿他沒辦法。人能做的事很有限的。」

「可以見影子嗎?」

「噢,可以呀。當然可以見。不過只能見三十分鐘左右啊。因為再過三十分我必須去燒獸了。」

我點點頭。

他從牆上拿下鑰匙串,用那鑰匙打開通往影子廣場的鐵門。然後在我前面快步橫切過廣場,打開影子小屋的門讓我進去。小屋裡空蕩蕩的沒有一件家具,地上是透冷的磚砌地而已。從窗戶的縫隙吹進冷風,裡面的空氣像要凍結了似的。簡直就是冰窖。

「這可不是我的錯。」守門人辯解似地說。「並不是我喜歡把你的影子關在這裡。讓影子住在這裡面是規定,我只不過遵照規定做而已。你的影子還算是幸運的噢。糟糕的時候這裡曾經一次擠過兩個或三個影子呢。」

說什麼也沒用,所以我只是默默點頭。我還是不應該把影子留在這裡的。

「你的影子在下面。」他說。「你下去吧。下面還稍微暖和一點呢。不過有點臭。」

他走到房間角落去,打開黑黑濕濕的木頭拉門。裡面沒有階梯,只有簡單的梯子而已。守門人首先自己走下幾階,然後向我招手叫我跟在後面。我把沾在大衣上的雪拂掉後跟他下去。

下到地下室,首先一股糞便的悶臭撲鼻而來。因為沒有窗子,空氣悶在裡面沒辦法散開。地下室相當於儲藏室的寬度,床就占了三分之一的空間。我的影子完全消瘦乾癟,臉朝這邊躺在床上的。床下看得見陶製的便器。有一張舊得快要壞掉的桌子,上面點燃著舊蠟燭,除此之外看不見任何照明或暖爐。地是沒鋪任何東西的地面,房間裡充滿了像要滲透心肺似的濕冷空氣。影子把毯子一直拉到耳朵下面,一動也不動地以那毫無生氣的眼睛看著我。確實正如老人所說的，恐怕活不久了。

「我先走了噢。」守門人似乎受不了惡臭似的說。「讓你們兩個去談噢。好好談沒關係。因為影子已經沒有力氣再黏你了。」

守門人消失之後，影子還暫時靜靜觀察情況，然後招手要我到枕頭邊。

「抱歉，你上去看看守門人有沒有站在那裡偷聽？」影子小聲說。

我點頭悄悄爬上梯子，打開門看看外面的情形，確定沒有看見任何人影之後再回到下面。

「沒有任何人。」我說。

「我有話跟你說。」影子說。「我並沒有像看起來那麼虛弱。只是為了瞞過守門人而演了一齣戲。雖然身體虛弱並不假，不過嘔吐和躺著不能起床則是裝的。我還可以站立走路沒問題。」

「為了逃出去對嗎？」

「當然哪。要不然才不會這麼大費周章呢。我這樣就賺了三天了。三天之內要逃出去。因為三天後我應該會真的站不起來了。這地下室的空氣對身體非常不好。冷得要命，骨頭都要融化似的。不過外面天氣怎麼樣？」

「下雪了。」我手還一直插在大衣口袋裡說。「入夜以後會更慘。一定會更冷吧。」

「一下雪獸就會死很多。」影子說。「獸死很多的話守門人的工作就會增加。我們就趁這時候逃出去。趁他在蘋果樹林裡燒獸的時候。你把牆上掛的鑰匙串拿來開欄門，兩個人一起逃。」

「從門走？」

「門不行。門是從外面上鎖的，而且就算逃得出去也會立刻被他捉到。牆也不行。只有鳥才能飛越那高牆。」

「那麼要從什麼地方逃出去呢？」

「這個交給我。計劃已經充分演練過了。因為我已經收集了好多關於街裡的情報了。你的地圖也快被我翻破了，還從守門人那裡打聽到各種事情。他以為我不會逃了，所以很親切地告訴我許多關於街的事。幸虧你讓他放鬆戒備。雖然剛開始比預定的花時間，不過計劃本身則很順利地進行。正如他說的我已經不再有剩餘的力氣可以黏上你了，不過只要能夠出到外面我還是可以復原，那麼我們又可以在一起。我可以不必死在這裡，你也可以重新獲得記憶恢復成原來的你自己。」

我什麼也沒說只是一直看著蠟燭。

「你到底怎麼了？」影子問。

「原來的我自己到底是什麼樣子？」我說。

「喂！少來了，你不會還在猶豫不決吧？」影子說。

「不，我就是正在猶豫呀。真的很迷惑。」我說。「首先我就想不起原來的我自己。那個世界到底有沒有回去的價值，而我自己是不是有恢復的價值？」

影子正要說什麼，但我舉起手制止他。

「請等一下，你讓我說完。雖然我已經忘了過去的我到底是什麼樣子，但現在的我好像開始喜歡這個街了。我被在圖書館認識的女孩子所吸引，上校也是個好人。我也喜歡看獸。冬天雖然嚴寒，但其他季節的景色非常美麗。在這裡誰也不會互相傷害，互相鬥爭。生活雖然樸素但很充實，大家都是平等的。既不惡言相向，也不互相爭奪。雖然要勞動，但大家樂於自己的勞動。那是為了勞動的純粹勞動，沒有人被強迫，不是不樂意地做。不必羨慕別人，也不必嘆氣，沒有什麼煩惱的事。」

「金錢、財產和地位也不存在。沒有訴訟，也沒有醫院。」影子補充道。「而且沒有年老，也沒有預感死亡的恐懼。對嗎？」

我點點頭。「你怎麼想？到底有什麼理由我一定要離開這個街呢？」

「是啊。」影子說著把手從毛毯裡伸出來，用手指搓搓乾燥的嘴唇。「你所說的全都有道理。如果有那樣的世界，那真是烏托邦理想國了。關於這個我沒有任何反對的理由。你高興怎麼做就怎麼做好了。我可以接受就死在這裡。不過你還遺漏了幾件事。而且是非常重要的事。」

然後影子一直不停地咳嗽。我等他咳嗽靜下來。

「上次我跟你見面的時候，說過這個街是不自然的是錯誤的。而且是以不自然而錯誤的形式完結。現在你以那完結性和完美性來談。所以我也以它的不自然和錯誤來談。你好好聽著。首先第一點，這是中心命題，所謂完美性在這世界上是不存在的。上次我也說過就像永久機械在原理上是不存在的一樣。熱力學函數熵（entropy）經常增大。這個街到底從什麼地方把它排出去呢？確實這裡的人——噢，守門人除外——誰也不互相傷害，誰也不互相憎恨，也沒有慾望。大家都很充實滿足，和平地生活著。你想為什麼呢？那是因為沒有所謂心這東西喲。」

「這我很清楚。」我說。

「這街的完全性成立於失去心的事上。藉著失去了心，而把個別的存在嵌進永遠延續的時間裡。所以誰都不會老，也不會死。先把影子這個自我母體剝除，等他死去。影子死了之後就沒什麼大問題了。每天會在心中產生的微弱的泡沫似的東西，只要把那個掏光就行了。」

「掏光？」

「這一點等一下再說。首先是心的問題。你跟我說這街裡沒有戰爭沒有憎恨也沒有慾望。那很了不起沒錯。我要是有力氣甚至還想鼓掌讚美呢。不過所謂沒有戰爭沒有憎恨沒有慾望，也就是指沒有相反的東西。那就是喜悅、至福、愛情。正因為有絕對、有幻滅、有悲哀，才能產生喜悅與樂趣。沒有絕望的至福是不存在的。那就是我所說的『自然』。其次當然還有愛情。你所說的圖書館女孩也是這樣。也許你真的愛她。但那種心情卻到不了什麼地方。為什麼呢？因為她沒有心這東西。沒有心的人只不過是會走路的幻影而已。你說得到這樣東西到底有什麼意義呢？你所追求的就是這種永遠的生嗎？你自己也想成為那樣的幻影嗎？如果我死在這裡，那麼你也會變成他們的伙伴永遠無法離開這個街喲。」

令人窒息的冰冷沉默一時包圍著地下室。影子又咳嗽了幾次。

「不過我不能把她留在這裡。不管她是什麼，我都愛她需要她。自己的心不能偽裝。現在如果逃出去以後一定會後悔，一旦離開這裡又不能再回來。」

「真傷腦筋。」說著影子從床上坐起來，靠在牆上。「要說服你看來是相當費事的。因為我們是老交情了，所以我很了解，你這個人相當頑固，不過都到了這個節骨眼了你才提出這樣的問題。你到底想怎麼樣？如果你想和我和那女孩子三個人一起逃出去是不行的。因為沒有影子的人是不能在外面生活的啊。」

「這個我很清楚。」我說。「我說的是你一個人逃出去怎麼樣？我也會幫助你呀。」

「不，你還不太瞭解。」影子依然把頭靠在牆上說。「你讓我逃出去，自己一個人留在這裡的話，你會處於絕望的狀態喲。這一點守門人告訴過我。不管是什麼樣的影子，大家都要在這裡死去。即使是出去的影子死的時候也要回到這裡來死。不在這裡死的影子，就算死了也只能留下不完全的死。也就是說你必須抱著心永遠活下去。而且是在森林裡。在森林裡住著那些不能把影子有效殺死的人們。你會被放逐到那裡面去，永遠懷著各種思念在森林裡徘徊。你知道森林的事吧？」

我點點頭。

「但你不能帶她去森林裡。」影子繼續說。「因為她是『完全』的。也就是沒有心。完全的人住在街裡。不能住在森林裡。所以你會變成孤獨的一個人，那麼留在這裡也沒有意義吧？」

「人們的心都到什麼地方去了呢？」

「你不是夢讀嗎？」影子好像很驚訝地說。「那麼為什麼不知道呢？」

「反正我就是不知道啊。」我說。

「那麼讓我告訴你。心都被獸運出牆外去了。那就是所謂掏出的意思。獸把人們的心吸收回收，再帶到外面的世界去。而且冬天來的時候就把那樣的自我儲存在體內而死去。殺牠們的不是冬天的寒冷也不是糧食不足。殺牠們的是街推給牠們的沉重自我。春天來的時候新的獸又生出來了。只生出符合死去數目的新生兒。這些孩子們長大之後又背負著被掃出去的人們的自我再同樣地死去。那是完全性的代償。這種完全性到底有什麼意義？只是把一切都推給軟弱無力的東西才保住的完全性啊。」

我什麼也沒說地繼續注視著鞋尖。

「獸死了之後守門人就把頭骨砍下來。」影子繼續說。「因為那頭骨裡面已經牢牢地刻下了自我。頭骨處理乾淨，埋進土裡一年等那力量靜止下來之後就送到圖書館的書庫裡去，藉著夢讀的手放出大氣之中。所謂夢讀——也就是像你這樣的人——新進街裡來影子還沒死去的人所擔任的職務。被夢讀讀過的自我就被吸進大氣裡，消失無蹤了。那就是所謂的『古夢』。換句話說你等於扮演像電力接地線一樣的角色。我說的意思你懂嗎？」

「我懂。」我說。

「影子如果死了夢讀就停止讀夢，被街同化了。街就是這樣在完全性的循環裡永遠運作著。把不完全的部分壓到不完全的存在裡，而只吸取那上面澄清的部分生存著。你覺得這樣對嗎？這是真正的世界嗎？這是事物應有的姿態嗎？聽我說，你也要從這邊脆弱的不完全的立場來看看事情。從獸、影子、森林的人們的立場。」

我的眼睛長時間一直注意著蠟燭的火焰，一直到開始痛起來為止。然後把眼鏡拿下，用手背擦掉滲出眼睛的淚水。

「明天三點鐘我會過來。」我說。「正如你說的那樣。這裡不是我應該留的地方。」

33.

冷酷異境

雨天洗衣、出租汽車、巴布・狄倫

因為是下雨的星期天，投幣式洗衣店的四台烘乾機全部佔滿。各色各樣的塑膠袋、購物袋分別掛在烘乾機的把手上。洗衣店裡有三個女人。一個是超過三十五歲的主婦，另外兩個好像是住在附近女子大學宿舍的女孩子。主婦無所事事地坐在塑膠椅上像在看電視似的一直盯著運轉中的洗衣機。兩個大學女生並排翻著《JJ》雜誌。我進去之後她們有一會兒不時往我這兒瞄一眼，後來眼睛又重新轉回自己的洗衣機和雜誌上。

我把德國航空的提袋放在膝蓋坐在椅子上，等著輪到我。大學女生沒帶東西，所以她們該洗的東西應該已經放進烘乾機的滾筒裡去了。那麼四個烘乾機中的一個如果空了，下一個就該輪到我了。我想好吧，不會花太多時間，我稍微鬆了一口氣。在這種地方望著運轉的洗衣機消磨將近一小時，光想到就累。我所剩下的時間已經不到二十四小時了。

我在椅子上全身無力，呆呆望著空中的一點。洗衣店裡散發著不可思議的臭味，那是正在乾燥衣服的獨特臭味和洗衣粉的臭味混合而成的。旁邊兩個女生聊著毛衣的花樣。兩個都稱不上美。風趣的女孩子不會在星期天下午坐在洗衣店裡看雜誌。

烘乾機和我的期望正相反，一直不停下來。投幣式洗衣店有所謂投幣式洗衣店的法則，「你正在等的烘乾機總是半永久式地不停」就是其一。從外面看衣服好像完全乾了，但滾筒還是不停地旋轉。

十五分鐘後我繼續等著，滾筒還是沒停。在那時間裡一個身材苗條的年輕女子提著一個大紙袋進來，在洗衣機那邊丟進一堆尿布，新開一包洗衣粉往上面撒，蓋子關好往機器裡塞硬幣。

真想閉上眼睛睡一覺，但一想到也許我正在睡的時候，滾筒停了，後來的人會先把洗的東西放進去烘，於是不敢睡。那樣一來時間又要白白浪費了。

要是帶了什麼雜誌來就好了，我很後悔。要是有東西讀就不會想睡，時間也會過得快些。不過讓時間這麼快就過掉是對的嗎？我也不知道。也許對現在的我來說時間應該慢慢過才好。雖然這麼說，但在這投幣式洗衣店裡慢慢過的時間到底又有什麼意義可言呢？那豈不是讓損失加大而已嗎？

一想到時間我就頭痛。時間這種存在實在太過於觀念性了。所以說要在那時間性裡一一嵌入實體，從裡面生出的東西到底是抽象屬性還是實體屬性都搞不清楚了。

我決定不再思考時間的事，而試著想一想從投幣式洗衣店出去之後要做什麼。首先有必要買衣服，像樣的衣服。要改長褲已經沒有時間，在地底下已經盤算好要訂做的那種斜紋呢西裝也沒辦法了。真遺憾但不得不放棄。決定長褲就勉強以身上這西裝褲湊合，只要買寬鬆的西裝外套、襯衫和領帶。還有雨衣。有了這些不管什麼地方的餐廳都進得去了。要買齊這些衣服大約需要一個半小時。買東西可能三點就結束了。然後到約定的六點之間還有三小時的空白。

我試著想想那三小時的用法，但完全想不出什麼好點子。睡意和疲倦妨礙了我的思考。而且是在我的手無法達到的更深處妨礙著。

我正在一點一點逐漸鬆開我的思考時，最右邊的烘乾機滾筒停了。我確認那不是眼睛的錯覺之後，看一看周圍。主婦和大學生都瞄了一眼那滾筒，但都保持原來的姿勢並沒有要從椅子上站起來的樣子。我依照投幣式洗衣店的規則打開那烘乾機，把筋疲力竭地躺在滾筒底下暖烘烘的衣服塞進掛在門把上的購物袋裡，然後拿出我的航空公司提袋的內容。再把門關上塞入硬幣，確定滾筒開始旋轉之後坐回椅子。手錶指著十二時五十分。

主婦和大學女生從我背後盯著我的一舉一動，她們的視線停在我放衣服進去的烘乾機滾筒，接著瞄一下我的臉。我也抬起眼看了看滾筒，裡頭裝著我帶來的衣服。根本問題在於我放進去的衣服量太少了，而且全部是女人的衣服和內衣褲，全部都是粉紅色的。不管怎麼說都太過於醒目了。我很尷尬，便把航空公司的塑膠袋掛在烘乾機把手上，決定到別的地方去消磨二十分鐘。

連綿細雨簡直像在向世界暗示什麼狀況似的，和早晨完全一樣地下著。我撐著傘在街上轉來轉去。穿過安靜的住宅區後就有成排的各種商店。有理髮廳、有麵包店、有衝浪板店——為什麼世田谷區裡有衝浪板店，我真想不通——有香菸店、有西點店、有錄影帶出租店、有洗衣店。洗衣店的店頭掛出「雨天送洗九折優待」的看板。為什麼雨天洗衣服比較便宜呢？我無法瞭解。洗衣店裡看得見禿頭的老闆臉色彆扭地正在熨著襯衫。熨斗的電線像粗藤般從天花板垂下幾條。老闆是那種親手熨襯衫的老式洗衣店的老闆。我對那老闆產生了一點好感。這種洗衣店大概不會把託洗的號碼用釘書機訂在襯衫的領子上。我討厭那樣，所以沒把襯衫送去洗衣店洗。

洗衣店前面放著像長凳般的東西，那上面排著幾盆盆栽。我看了一下，排在那裡的花，名字我一個也不知道。為什麼不知道花的名字呢？自己也不知道。盆子裡的花每一種都是到處可見平凡的花，而且我覺得一般人應該能全部一字不漏地叫出名字才對。從屋簷落下的雨滴打在那盆裡的黑土上。一直看著時，忽然有些悲從中來。活在這個世界三十五年了，到處可見的花我居然叫不出名字。

就拿一個洗衣店來說，對我而言也有許多新發現。我對花的名字太無知也是其中之一，雨天洗衣服有打折也是其中之一。幾乎每天都經過這條路，我以前甚至沒留意洗衣店前擺有長凳。

長凳上一隻蝸牛爬著，對我來說這也是新發現之一。我以前一直以為蝸牛這東西是只有梅雨季節才有的。但仔細想想，如果只有梅雨季節蝸牛才出現，那麼其他季節蝸牛又在什麼地方做什麼呢？

我把十月的蝸牛放進花盆裡，然後又把牠放在綠葉上。蝸牛暫時在那葉子上搖搖晃晃地站不穩，終於還是傾斜著安定下來，一直安靜地環視周圍。

然後我折回香菸店去買了一盒Lark長菸和打火機。本來在五年前戒菸了，不過在人生的最後一天抽一包應該沒有太大的害處。我站在香菸店的屋簷下，嘴上含了一根Lark，用打火機點火。好久沒含菸了，嘴唇間有一種沒料到的異物感。我慢慢吸進菸，慢慢吐出來。兩手的指尖輕微麻痺，頭腦一陣恍惚。

接著我走到西點店買了四個蛋糕。每個都附有很長的法文名字，放進盒子裡之後就想不起來到底買了什麼。法文在大學一畢業的同時就全部忘光了。西點店的店員是像樅樹般個子很高的女孩，綁蝴蝶結的方法非常笨拙。我從來沒有遇見過長得高手又巧的女孩子。不過這是不是社會上一般通用的理論，我當然不知道。這也許只是個人的際遇吧。

那家隔壁的錄影帶出租店是我經常會去的店。老闆夫婦和我差不多年紀，太太相當漂亮。放在入口陳列的二十七吋電視正播著華特・希爾的電影《快打旋風》（Street Fighter）。查爾斯・布朗遜扮演一個不戴手套赤手空拳的拳擊手，詹姆斯・柯本演他的經紀人。我進去在那待客沙發上坐下，請他們讓我看那比賽的鏡頭以消磨時間。

老闆娘一個人很無聊地坐在後面的櫃台看店，因此我請她嚐一塊蛋糕。她選了一個洋梨蛋塔，我選了一個起司蛋糕。於是我一面吃著蛋糕一面看查理士布朗遜和一個禿頭大塊頭毆打。大多數觀眾都認為大塊頭會贏，但我幾年前看過一次那電影，所以確信查爾斯・布朗遜會贏。我吃完蛋糕後點一根菸吸了一半，確認查爾斯・布朗遜把對手完全打倒之後從沙發站了起來。

「慢慢看沒關係呀。」老闆娘說。

雖然很想，但因為衣服還丟在自助洗衣店的烘乾機裡沒拿，我說。忽然看了一下手錶，時刻是一時二十五分。烘乾機老早停了。

「完了完了。」我說。

「沒問題的。有人會幫你把衣服拿出來放進袋子裡。誰也不會拿你的內衣呀。」

「這倒是。」我無力地說。

「下星期會有三支希區•考克的老片進來喲。」她說。

我走出錄影帶店沿同一條路走回自助洗衣店。幸虧洗衣店裡沒有人，我放進去烘乾的東西還躺在滾筒裡安靜等我回來。四台乾燥機裡只有一台在轉動。我把烘乾的東西塞進袋裡，回到公寓。

胖女孩在我床上睡得很熟。實在睡得太熟了，因此我最初看見的瞬間還懷疑是不是死掉了，不過耳朵湊近聽聽還有輕微的鼻息。我把乾衣服從袋子裡拿出來放在枕頭邊。蛋糕盒放在檯燈旁。如果可能的話我也真想在她旁邊躺下就那樣睡去，不過不可能這樣做。

我走到廚房喝一杯水，忽然想起來去小便，坐在廚房椅子上試著看看周圍一圈。廚房裡有水龍頭、瓦斯熱水器、抽風機、瓦斯爐、各種尺寸的鍋子、茶壺、冰箱、吐司機、餐具櫃、刀架、大罐Brooke Bond紅茶、電鍋、咖啡壺，排列著各種東西。說起來只是廚房一個詞，但其實是由各種繁雜的器具和事物構成的。試著重新看一次廚房的風景，我可以感覺到構成世界的秩序，似乎有一種不可思議、複雜精密的寧靜存在。

搬到這公寓時，我還有妻子。已經是八年前的事了，不過那時候我常常坐在這餐廳的桌旁，一個人在半夜裡看書。我的妻子也睡得非常安靜，我常常擔心她是不是死了。雖然可能不完美，但我還是以我的方式愛著她。

我已經在這公寓裡住了八年。八年前這屋子裡住著我和妻子和貓。最初走掉的是妻子，其次是貓。而現在，我正要離去。我在失去了盤子之後，以舊的咖啡杯當菸灰缸抽菸，然後又喝水。為什麼在這裡能住到八年之久呢？連我自己都覺得不可思議。並不是特別中意而住下來的，租金也絕不算便宜。西曬太嚴重，管理員也不親切，而且住在這裡以後人生並沒有變得更光明。連人口減少都太激烈了。

但不管怎麼說，所有的狀況都在宣告結束。

永遠之生——我試著想想。不死。

我正要去一個不死的世界。博士說。這個人世的終了不是死，是新的轉換，在那裡我將變成我自己，可以和過去已經失去現在正喪失中的東西再度相遇。

也許正如他說的。不，應該會正如他說的。那個老人什麼都知道。如果他說那個世界是不死的，那麼就是不死的。但博士那些話並沒有向我說明什麼。那些未免太抽象了，未免太茫然模糊了。我覺得現在這個樣子好像已經足夠是我自己了，至於不死的人對自己的不朽是怎麼想的，則是遠超過我狹窄的想像力所及。尤其是獨角獸和高牆的出現更是。覺得好像《綠野仙蹤》還多少比較具有現實性似的。

我到底失去了什麼？我邊抓頭邊想。確實我是失去了很多東西。如果要詳細寫出來或許可以寫出一本大學筆記簿那麼多。有些失去的時候好像覺得不怎麼樣，後來卻很難過，也有相反的情形。我好像一直在失去各種東西、事情、人和感情。象徵我這個存在的大衣口袋裡，有一個宿命性的洞，不管什麼樣的針和線都無法將它縫合。在這意義上，如果有人打開房間的窗戶探頭進來向我大喊：「你的人生是個零！」我也沒有什麼根據可以否定它。

不過就算讓我的人生重新來過一次，我想我還是會再度走上一樣的路。為什麼？因為——那個繼續喪失的人生——就是我自己。我除了成為我自己之外沒有別的路可走。不管別人怎麼遺棄我，不管我怎麼遺棄別人，就算各種美好的感情、優越的資質和夢被消滅了被限制了也好，我還是不能成為我自己以外的任何東西。

過去，當我還更年輕的時候，曾經想過我也許可以變成我自己以外的什麼。也曾經想過或許我可以在卡薩布蘭加開一家酒吧認識英格麗・褒曼。或者更現實一點——實際上那是否現實則另當別論——甚至想過或許可以得到對自己而言更適合且有益的人生也說不定。因此我開始做自我變革的訓練。既讀過《美國的新生》也看過三次《逍遙騎士》（Easy Rider）。儘管如此，我好像駕著舵是彎曲的船一樣一定會回到相同的地方來。那就是「我自己」。我自己哪裡也不去。我自己就在那裡，經常在等著我回來。

人們是不是會將這稱為絕望？

我不知道。也許是絕望。如果是屠格涅夫也許會稱為幻滅也不一定。杜斯妥也夫斯基則可能稱為地獄。毛姆或許會稱為現實。但不管誰用什麼名字來稱呼，那就是我自己。

我沒辦法想像所謂不死的世界。在那裡或許我確實可以重新獲得失去的東西，確立新的自己。也許有人會拍手鼓掌，有人會為我祝福也不一定。而且我會變得幸福快樂，得到適合我的有益人生也不一定。但不管怎麼樣，那是和現在的我沒關係的另一個我。現在的我擁有現在的自己。那是誰也不能動搖的歷史性事實。

思考了一下之後，我得到了一個結論，我還是假定自己再過二十二小時又多一點即會「死去」比較合理。如果想成遷移到不死的世界去的話，事情會變成《巫師唐望的教誨》一樣，不好收拾。

我快要死了——我簡單地這樣想。這樣比較像我。這樣一想我心情多少輕鬆了一些。

我熄掉香菸走到臥室，看了一下女孩子睡著的臉，然後確認長褲口袋裡是不是裝有全部必要的東西。但試著好好想想，對現在的我來說幾乎沒有任何必要的東西存在了。除了錢包和信用卡——其他還有什麼是必要的？房間的鑰匙已經不能用了，計算士的執照已經不用了。手冊也不需要，車子反正就要丟了，所以那鑰匙也不要了。刀子不需要，零錢也不需要。我把口袋裡的零錢全部掏出來放在桌上。

我先搭電車到銀座，在Paul Stuart買了襯衫、領帶和西裝外套，用美國運通卡付了帳。把這些全部穿在身上站在鏡子前照一照，印象相當不錯。雖然橄欖綠的奇諾長褲褶紋快消失了，令人有點介意，不過總不能樣樣都完美。海軍藍法蘭絨輕便外套和暗橘紅色襯衫這樣的搭配，給人一種廣告公司前途光明的年輕職員氣質。至少看不出剛剛還在地底下爬來爬去，再過二十一小時左右就要從這個世界消失的樣子。

擺了一個正經的姿勢看看時，發現外套左邊的袖子好像比右邊短了一公分半似的。正確說不是衣服的袖子短，而是我的左手太長。為什麼會變成這樣？我也不太清楚。我是用慣右手的，並不記得有特別使用左手的情形。店員說只要兩天就可以修改好，我當然拒絕了。

「您是不是在打棒球？」店員遞來信用卡收據的同時問。

「沒打什麼棒球。」我說。

「很多運動都會使身體歪掉。」店員告訴我。「穿西裝最好避免過度運動和過度飲食。」

我道過謝走出商店。世界似乎充滿了各種法則。真是名副其實的每一步就有新發現。

雨還繼續下著，衣服也買膩了，於是決定不再找雨衣，而走進啤酒屋喝生啤酒，吃生蠔。啤酒屋不知道為什麼竟然播放著布魯克納的交響樂，不清楚是幾號的交響樂，不過布魯克納交響樂的編號誰也搞不清楚。總之啤酒屋裡放布魯克納我還是第一次聽到。

啤酒屋裡除我之外只有另外兩組客人。一對年輕男女和一個戴帽子的小個子老人。老人戴著帽子一口一口地喝著啤酒，年輕男女幾乎沒碰啤酒，只是小聲地談著什麼。雨天下午的啤酒屋大概就是這樣。

我一面聽著布魯克納一面在五個生蠔上加檸檬汁，依照順時鐘方向吃，把中杯的啤酒喝乾。啤酒屋巨大的掛鐘指針顯示再五分鐘就三點。文字盤下方有兩隻獅子面對面站著，交互扭曲著身子並轉著彈簧。兩隻都是雄獅，尾巴以像衣帽掛勾般的形狀彎曲著。布魯克納的交響樂終於結束，換成拉威爾的《波麗露》。真是奇妙的組合。

我點了第二杯啤酒之後就到廁所去小便。小便一直不停。為什麼有那麼多量的小便出來呢？雖然我自己也不太明白，不過反正沒有特別趕的事，於是我繼續慢慢小便。我想那小便結束大約花了兩分鐘左右。在那之間我聽得見背後的《波麗露》。一面聽拉威爾的《波麗露》一面小便真有點不可思議。覺得好像小便會永久出來似的。

結束了長長的小便之後，我覺得自己好像脫胎換骨變成別人了似的。我洗洗手，在歪斜的鏡子裡照照自己的臉，然後回到桌前喝啤酒。想抽煙才發現Lark煙盒忘在公寓的廚房裡了，我叫服務生來買了Seven Star並要了火柴。

在空空的啤酒屋裡覺得時間好像停下了腳步，實際上時間是刻刻移動著的。獅子繼續交替旋轉一百八十度，時鐘指針進行到三點十分的地方。我望著指針，一隻手肘支在桌上，喝喝啤酒抽抽Seven Star。

望著時鐘度過時間，怎麼想都覺得是純粹無意義的時間過法，但想不到好的替代方案。人類行動的大多數，都是在自己今後會活下去的前提下出發的，如果拿掉那前提，幾乎什麼都沒剩下。

我把錢包從口袋裡掏出來，一一檢查裡面的東西。有一萬圓鈔票五張、千圓鈔票幾張。相反一邊的口袋裡有一萬圓鈔票二十張夾在鈔票夾裡。除了現金之外其他有美國運通卡和Visa信用卡。然後還有兩張銀行金融卡。我把那兩張金融卡折成四折丟進煙灰缸。反正已經沒有用了。室內游泳池的會員卡和錄影帶店的會員卡和買咖啡豆時送的顧客服務集點券也一樣丟掉。駕駛執照暫時留著，兩張舊名片丟掉。菸灰缸裡充滿了我生活的殘骸。結果我留下的東西就只有信用卡和駕照而已了。

時鐘走到三點半時，我站起來付帳。走出店。喝著啤酒的時候雨幾乎已經停了，因此我決定把傘留在傘架裡。不壞的徵候。天氣恢復了，我全身忽然輕鬆起來。

扔掉傘之後心情變得非常清爽，想要轉換個地方。而且最好是很多人聚集的地方。我在SONY大樓和阿拉伯觀光客一起看了一列排開的電視牆畫面後走到地下，買了丸之內線到新宿的車票。我坐下座位的瞬間好像就立刻睡著了，忽然醒來時電車已經到了新宿。

走出地下鐵收票口時，想到我在新宿車站的寄物處託放的頭骨和洗資料的資料一直還沒去拿。事到如今那種東西已經沒有任何用處了，而且保管證也沒帶來，不過反正沒有其他的事做，於是決定去領出來。我走上車站的階梯，到行李暫時寄存窗口去，說保管證遺失了。

「有沒有仔細找過？」負責的男人問。

「仔細找過了。」我說。

「是什麼樣的東西？」

「有Nike商標的藍色運動提袋。」我說。

「Nike商標是什麼樣子？」

我借了便條紙和鉛筆畫了一個像壓扁似的迴力棒商標，上面寫上Nike字樣。負責的男人懷疑地看看然後一隻手拿著便條繞著架子找，終於拿著我的袋子回來了。

「這個嗎？」

「是。」我說。

「有沒有可以確認姓名住址的東西？」

我把駕駛執照交給他，負責的男人把那個和掛在袋子上的標籤對照。然後撕下標籤連同一枝鉛筆一起放在櫃台上：「在這裡簽名。」我在標籤上簽字，接過袋子向對方道謝。

成功地領回行李之後，發現Nike商標的藍色運動提袋怎麼看都和我的樣子不搭。總不能抱著Nike的運動提袋去和女孩子吃飯。我也想過改抱皮箱，但能放得下那頭骨大小的皮箱，只有大型旅行箱或保齡球箱之類的才行。旅行箱太重了，而帶著保齡球箱則不如現在的提袋還好得多。

想了很多之後，得到的結論是租車把袋子放在後座是最正點的辦法。那樣就不必麻煩地提著袋子到處走，也不必介意和衣服配不配。車子最好是漂亮的歐洲車。並不是特別喜歡歐洲車，不過這對我的人生是相當特殊的一天，所以開一輛精心設計別出心裁的車子似乎也不錯。我這一輩子除了接近報廢的福斯或國產小型車之外沒開過其他的車。

我走進喫茶店借了分類電話簿，在四家新宿車站附近的租車行的號碼上用原子筆做記號，試著照順序打打看。每一家都沒有歐洲車。這個季節的星期天出租汽車幾乎都沒剩了，而外國車本來就沒有。四家之中有兩家的非商用車一輛也不剩了。有一家還剩下一輛Civic。最後一家剩下Toyota Carina 1800 GT. Twin-Cam Turbo和Corona Mark Ⅱ各一輛。每一輛都是新車並附有汽車音響，櫃台的女孩這樣說。因為覺得再打電話太麻煩，於是決定租Carina 1800 GT. Twin-Cam Turbo。本來就對車子不是很有興趣，結果是什麼車都好。我連那兩輛車各是什麼形狀都不清楚。

然後我到唱片行去，買了幾卷錄音帶。有強尼・馬蒂斯的最佳選曲和祖賓・梅塔指揮的荀白克（Arnold Schonberg）的〈昇華之夜〉（Verklarte Nacht）和肯尼・布瑞爾（Kenny Burrell）的〈Stormy Monday〉，艾靈頓公爵的《The Popular Duke Ellington》和平諾克（Trevor Pinnock）的《布蘭登堡協奏曲》（Brandenburg Concertos）和有巴布・狄倫（Bob Dylan）〈Like a Rolling Stone〉的帶子，各種繁雜的組合，不過坐在Carina 1800 GT. Twin-Cam Turbo車子裡到底會想聽些什麼樣的音樂，自己也不知道所以沒辦法。也許實際上坐在椅子上之後，會覺得想聽James Taylor也不一定。或許想聽維也納圓舞曲。或者是Police或杜蘭杜蘭。或者什麼都不想聽也不一定。這些我都不知道。

我把六卷錄音帶丟進袋子裡，走到汽車出租行看車子，然後把駕照交給他們簽了字。比起我平常開的車子，Carina 1800 GT. Twin-Cam Turbo的駕駛座簡直就像太空梭的駕駛座。如果開慣了Carina 1800 GT. Twin-Cam Turbo的人坐我的車子恐怕會覺得好像坐在傳統的豎穴式住居裡吧。我把巴布・狄倫的錄音帶塞進去，一面聽著〈Watching the River Flow〉，一面花時間試著儀表板的各種按鈕開關。要是正在開車卻按錯鈕可就麻煩大了。

一一確認著開關時，接待我的年輕女子感覺很好，從辦公室裡走出來站在車子旁邊問我有沒有什麼問題。她的微笑像拍得很好的電視廣告一樣清潔而舒服。牙齒白白的，下顎的肉沒有下垂，口紅顏色也很好。

沒什麼問題，我只是在做各種檢查以免等一下發生什麼問題，我說。

「好的。」她說完依然微微一笑。她的笑法使我想起高中時代認識的女孩子。頭腦很好清清爽爽的女孩子。據說她和大學時代認識的革命活動家結婚，生了兩個小孩，但把孩子留下離家出走，到現在誰也不知道她在什麼地方。有誰能預測一個喜歡沙林傑（J.D. Salinger）和喬治・哈里森（George Harrison）的十七歲女孩子幾年後會和革命活動家生了兩個孩子然後又失蹤了呢？

「如果每個客人都能這樣小心駕駛的話對我們幫助也很大。」她說。「最近車子都用電腦式儀表，不習慣的人還不容易操作呢。」

我點點頭，不習慣的不只我一個人。「一八五的平方根要按哪個按鈕才知道？」我試著問。

「這在下一代新車型出來之前大概還不行。」她一面笑著一面說。「這是巴布・狄倫吧？」

「對。」我說。巴布狄倫正在唱〈Positively Fourth Street〉。經過二十年還是好歌的話就是好歌了。

「巴布・狄倫的歌只要聽一點點立刻就知道。」她說。

「因為口琴吹得比史提夫・汪達（Stevie Wonder）差嗎？」

她笑了。逗她笑非常快樂。我也還能夠逗女孩子笑啊。

「不是啦，是聲音很特別。」她說。「就像小孩子站在窗子旁一直瞪著雨似的聲音。」

「表現得很得要領。」我說。很好的表現法。我讀過幾本關於巴布・狄倫的書，但沒有一次遇到這樣貼切的描述。既簡潔又精確。我這樣說完她有些臉紅起來。

「我也不太清楚，只是有這種感覺而已。」

「要把感覺到的事情變成自己的語言說出來是非常困難的噢。」我說。「大家都有各種感覺，但很少人可以把它正確地化成語言。」

「寫小說是我的夢。」她說。

「妳一定可以寫出好小說。」我說。

「謝謝。」她說。

「不過像妳這樣年輕的女孩子聽巴布・狄倫很稀奇喲。」

「我喜歡老音樂。Bob Dylan、The Beatles、The Doors、The Byrds、Jimi Hendrix之類的。」

「希望有機會能跟妳慢慢聊。」我說。

她微微一笑頭稍微歪了一下。聰明的女孩子懂得三百種回答的方法。而且對於有離婚經驗的三十五歲倦怠男子也能平等地給與。我向她道過謝並把車往前開。巴布・狄倫正唱著〈Memphis Blues Again〉。幸虧遇見她我的心情變得相當好。選Carina 1800 GT. Twin-Cam Turbo也值得。

儀表板上數字式時鐘顯示著四點四十二分。街上的天空還沒見到太陽便要向晚了。我以緩慢的速度經過複雜的道路朝我家的方向開。雨天的星期日本來路就已經很塞了，加上一輛綠色小型跑車的鼻尖又衝進一輛載水泥塊的八噸卡車的肚子，因此交通便悲劇性地癱瘓了。綠色跑車像空紙箱被一屁股坐下一樣地變形了。幾個穿著黑色雨衣的警察站在旁邊，拖吊車正在車後把鏈子掛上。

花了相當長的時間才脫離事故現場，但離約定的時間還早，因此我悠閒地抽著菸，繼續聽巴布・狄倫的錄音帶。並且試著想像和革命活動家結婚是怎麼一回事。所謂革命活動家可以用一種職業來掌握嗎？當然正確地說革命不是職業。但如果政治可以成為職業的話，革命應該也是它的一種變形。但對這些事情我無法適當判斷。

工作後回家的丈夫在餐桌上一面喝著啤酒會一面談革命的進展狀況嗎？

巴布・狄倫開始唱〈Like a Rolling Stone〉，因此我停止想革命的事，而和著狄倫的歌哼唱著。我們年紀都大了。那就像下雨一樣明顯。

34.

世界末日
頭骨

看得見鳥在飛。鳥緊緊貼著凍成白色的西丘斜坡飛過，從我的視野消失。

我在暖爐前將手和腳烘暖，喝著老人為我泡的茶。

「今天也要去讀夢嗎？看樣子雪會積得相當厚噢，要走下斜坡也很危險。工作休息一天不行嗎？」老人說。

「只有今天無論如何不能休息。」我說。

老人搖著頭出去了，不知道從什麼地方找了一雙雪靴拿來給我。

「穿上這個去吧。這個走雪路也不怕滑。」

我試著穿起來，尺寸剛好合。是好預兆。

時間到了我把圍巾圍上，戴起手套，借了老人的帽子戴。然後把手風琴摺疊起來放進大衣口袋。我很中意這手風琴，一刻都不想離開它了。

「小心啊。」老人說。「現在對你是最重要的時候，現在發生什麼就無法挽回了。」

「嗯，我知道。」我說。

正如我預想的，洞穴裡吹進了相當多的雪。洞穴的周圍看不見老人們的影子，那些道具也收拾得乾乾淨淨，看這樣子明天早晨洞一定會完全被雪埋掉。我站在那洞前很久，一直看著被吹進那洞的雪，但終於離開那裡，走下山丘。

雪下得很大，幾公尺前就已經看不見的程度。我把墨鏡摘下放進口袋，把圍巾拉高到眼睛下面走下斜坡。腳下雪靴的釘子發出舒服的聲音，偶爾也能聽得見林間鳥的啼聲。不知道鳥對雪有什麼樣的感覺，還有獸也不知道怎麼樣了？牠們在下個不停的雪中到底在想些什麼？

到圖書館的時間比平常早了一小時，她正以暖爐烘暖房間等著我。她把我大衣上積的雪拂掉，幫我把沾在雪靴釘子之間的冰片刮落。

雖然和昨天沒什麼不同，圖書館裡的樣子現在對我來說卻覺得無比懷念。映在玻璃上的黃色燈光，從暖爐昇起的親密溫暖和從水壺嘴裡噴出蒸氣的咖啡香，滲透到房間每個角落靜悄悄的古老時間記憶，她安靜而俐落的舉止動靜，都好像是我已經失去很久的東西。我全身的力氣都放鬆下來，讓身體靜靜地沉入那空氣之中。而且我覺得正要永遠失去這安靜的世界似的。

「要不要先吃東西，還是等一下？」

「不需要吃東西。肚子不餓。」我說。

「好吧。肚子餓了你隨時說。咖啡呢？」

「咖啡要。謝謝。」

我脫下手套把它掛在暖爐的金屬鉤上烘乾，在那前面把手指一根一根解開似地烘著，並看著她拿起暖爐上的壺子把咖啡倒進杯子。她把杯子遞給我，然後一個人在桌前坐下喝著自己的咖啡。

「外面雪下得好大。幾乎看不見前面。」我說。

「對，這會連下好幾天呢。一直要到停留在空中的厚雲把雪全部下完為止。」

我喝了一半左右的熱咖啡，拿著杯子在她對面的椅子上坐下。然後把杯子放在桌上，什麼也沒說地看著她的臉一會兒。一直看著她時，我感到一陣哀傷，像是自己正被吸進什麼地方去了。

「等到雪停的時候，一定積到你從來沒看過的厚度了。」她說。

「不過也許我看不見。」

她眼睛從杯子抬起來看我。

「為什麼？雪誰都看得見哪。」

「今天不要讀夢，我們兩個來談一談。」我說。「這是非常重要的事。很多話我想跟妳說。也想聽妳說。可以嗎？」

不知道怎麼回事的她，兩手交叉放在桌上，一面以恍惚的眼神看我一面點頭。

「我的影子快要死了。」我說。「我想妳也知道，今年冬天非常寒冷，我想他大概沒辦法再支持多久了，只是時間遲早的問題。要是影子死了，我就會永遠失去重心。所以我現在必須決定很多事情。關於我自己的事、關於妳的事、這些所有一切的事。雖然幾乎已經沒時間考慮了，不過假定就算能夠考慮很久，我想所得到的結論還是一樣。結論已經出來了。」

我喝著咖啡，試著在腦子裡再確認一次自己所獲得的結論有沒有錯。沒有錯。但不管選擇哪一條路，我都將決定性地失去很多東西。

「我想我明天下午，可能會離開這個街。」我說。「我不知道要從什麼地方怎麼出去。那方法影子會告訴我。我和影子要一起離開這個街，回到我們原來的古老世界去，在那裡生活。我會和以前一樣拖著影子，一面煩惱受苦一面老去，然後死去。我想我大概比較適合那樣的世界。一面被心擺佈著拖拉著一面活下去。這麼說雖然也許妳沒辦法瞭解。」

她一直注視著我的臉，但那與其說是看著我，不如說是看著有我的臉的空間更恰當。

「你不喜歡這個街嗎？」

「妳最初說過，如果我是為了追求安靜而來到這街的話，那麼一定會喜歡這裡。確實我喜歡這個街的寧靜和安詳。而且我很瞭解如果我就這樣失去心，那寧靜和安詳會變成完美的東西。街裡沒有一樣東西會讓人痛苦。而且我覺得也許我失去這裡會一輩子後悔。不過，即使這樣我還是不能留在這裡。因為我的心不容許我犧牲我的影子和獸而留在這裡。那樣不管能得到什麼樣的安穩，都不能用來偽裝成我的心。就算那心在不久的將來就要完全消失了也一樣。那又是另一回事。一旦損壞的東西，就算完全消滅了也還是永遠維持那損傷的。妳明白我說的嗎？」

她長久沉默著，一直看著自己的手指。杯裡的咖啡熱氣已經消失，房間裡沒有一樣東西在動。

「再也不會回來了噢？」

我點點頭。「一旦從這裡出去就再也不會回來。這很清楚。即使我想回來，這街的門大概也已經永遠不會再開了。」

「這樣你也沒關係嗎？」

「失去妳我非常難過。但是我愛妳，重要的是那種感覺的可能情形。我不想讓事情變形成不自然的樣子來得到妳。要是那樣，還不如抱著這顆心失去妳比較能忍受。」

房間再度沉默，只有煤炭迸裂的聲音像誇大似的響徹四周。暖爐旁掛著我的大衣、圍巾、帽子和手套。每一件都是這街給我的東西。雖然樸素，但都是熟悉的衣服。

「我也想過讓影子逃出去，我一個人留在這裡。」我向她說。「不過這樣一來我大概會被放逐到森林裡去，大概也不能再見到妳。因為妳不能住在森林裡。能夠住在森林裡的只有沒辦法把影子好好殺掉，身體裡面還留有心的那些人而已。我有心，而妳沒有。所以妳甚至不能夠和我在一起。」

她靜靜地搖搖頭。

「是啊，我沒有心哪。雖然我母親有過心，但我沒有。母親因為還留有心而被放逐到森林裡去。雖然我沒有告訴你，但我還記得很清楚我母親被放逐到森林裡去時的情形噢。現在還常常想起來。如果我有心的話也許就一直和母親一起生活在森林裡吧。而且如果我有心的話也可以好好的和你在一起了。」

「就算被放逐到森林裡嗎？就算那樣妳也還想要有心嗎？」

她注視著桌上交叉著的自己的手指，然後放開手指。

「我記得我母親說過，如果有心，走到哪裡都不會失去任何東西。這是真的嗎？」

信。」

「不知道。」我說。「這是不是真的我不知道。不過妳母親大概相信這樣吧？不過問題在於妳相不相信。」

「我想我可以相信。」她注視著我的眼睛說。

「相信？」我吃驚地反問。「妳可以相信嗎？」

「大概。」她說。

「嘿，妳想一想。這是很重要的事。」我說。「不管怎麼樣，要相信一件事情很顯然是心的作用噢。這樣好嗎？假定妳相信某一件事。但那也許會被背叛。如果被背叛事後會失望。這就是心運作的本質。妳有所謂心這東西嗎？」

她搖搖頭。「不知道。我只是在想母親的事而已。其他的事我並沒有想。只是想到也許可以相信而已。」

「我想妳體內大概留下什麼和心的存在相連的東西。只不過那被僵硬地封鎖起來，出不來而已。所以過去到現在都沒有被牆找到。」

「你說我身上還留有心，是指我和我母親一樣沒有完全把影子殺掉嗎？」

「不，大概不是這樣。妳的影子已經真的死在這裡，埋在蘋果樹林裡了。這在記錄上也有。不過在妳身上以妳母親的記憶為媒體，妳的心還留下殘像或片段之類的東西，那東西可能在動搖著妳。而且我想如果順著它走也許可以找到什麼。」

屋子裡所有的聲音似乎都被飛舞在外面的雪所吸收了似的，靜得不自然。我可以感覺到牆不知道在什麼地方屏息傾聽著我們的話。實在太靜了。

「談談古夢吧？」我說。「每天滋生的你們的心都被獸吸掉了，那些就變成古夢是嗎？」

「對。影子如果死了，我們的心就不會留下而由獸吸收掉。」

「那麼，從古夢裡我不就可以一一讀取妳的心嗎？」

「不，那不能。我的心並不是整理成一體而被吸掉的。我的心已經變得支離破碎，被吸進各種獸裡去了，那些片段和別人心的片段混合，複雜地糾纏在一起分也分不清了啊。你應該無法辨別那裡面哪些是我的思緒、哪些是別人的。因為你到現在為止一直都在讀夢，但我想你大概說不出來哪些是我的夢吧！古老的舊夢就是這樣的東西。誰也沒辦法解開它。混沌依然歸於混沌地消失。」

她說的話我都很明白。我每天繼續讀著夢，卻一點也無法理解那古夢的意義。而且現在我所剩下的時間只有二十一小時了。在那二十一小時裡我必須想辦法找到她的心。真是不可思議的事。在這不死之街，我把所有的選擇都塞進二十一小時這限定的時間裡了。我閉上眼睛深呼吸了幾次。我必須集中所有精神來尋找解開狀況的頭緒才行。

「到書庫去吧。」我說。

「書庫？」

「到書庫去一面看頭骨一面想看看。也許可以想到什麼好辦法。」

我牽著她的手站起來，繞到櫃台後面打開通往書庫的門。她一打開電燈開關，幽暗的光就照出排在架子上的無數頭骨。頭骨覆蓋著厚厚的灰塵，褪色的白在昏暗中浮凸出來。牠們以相同的角度張開嘴，以那洞然張開的眼窩，凝神望著前方的虛空。牠們所吐出來的冷冷沉默化為透明的霧低垂籠罩著整個書庫。我們靠在牆壁上，暫時眺望著那些頭骨行列一陣子。冷空氣刺痛我的肌膚，震顫著我的骨頭。

「你真的能讀出我的心嗎？」她注視著我的臉問。

「我想我可以讀出妳的心。」我安靜地說。

「怎麼做呢？」

「這個還不知道。」我說。「不過一定能。我知道。一定有什麼好方法。而且我會找到它。」

「你好像要在河裡找出滴落的雨點一樣。」

「妳聽我說。心和雨滴不同。那不是從空中降落下來的，也不是不能和別的東西區別的。如果妳能相信我的話，就請相信我。我一定把它找出來。這裡什麼都有，什麼都沒有。而我一定能找到我所要的東西。」

「你要找到我的心噢。」停了一會兒她這樣說。

35.

冷酷異境 指甲刀、奶油醬、鐵花瓶

車子停在圖書館前時是五點二十分。時間還綽綽有餘，因此我下了車，決定在雨後的街頭閒逛散步。我走進一家吧台式咖啡店，看著電視的高爾夫轉播喝著咖啡，又到遊樂中心玩電動玩具消磨時間。是一種對渡河過來的戰車隊以戰車炮殲滅的遊戲。剛開始我方佔優勢，但隨著遊戲的進行，敵方戰車數量像一大群北極旅鼠般增加，結果把我方陣地破壞掉。陣地被破壞之後，畫面像原子彈爆炸般發出一大片白茫茫的白熱光。然後出現「GAME OVER—INSERT COIN」的文字。我遵照指示又再投入一枚百圓硬幣。於是音樂響起，我的陣地無傷地重現。那真是名副其實為戰敗而戰的戰鬥。我如果不被打敗遊戲便永遠不結束，永遠不結束的遊戲沒有任何意思。遊樂中心想必也會傷腦筋，我也傷腦筋。終於我的陣地又再度被破壞，畫面出現白熱光。於是浮出「GAME OVER—INSERT COIN」的文字。

遊樂中心的隔壁是金屬工具店，櫥窗裡漂亮地陳列著各式各樣的工具。有整排成組的扳手、活動扳手、螺絲起子，有電動釘槍、電鑽。也有裝在皮盒子裡的德國製攜帶用工具組。盒子本身只有像女性用的小錢包那麼小而已，內容卻包括小型鋸子、鐵鎚和驗電筆，塞得滿滿的。那旁邊是三十支一套的雕刻刀。從來沒想到雕刻刀的刃居然有三十種變化之多，因此那三十種一套的雕刻刀組給我不小的震撼。三十支刀刃都各有一點點不同。其中的幾支形狀怎麼看都看不出是怎麼用的。比起遊樂中心的吵雜，金屬工具店裡像冰山的背面一樣安靜。幽暗的店裡櫃台後面坐著一位戴眼睛頭髮稍薄的中年男人，正用起子在拆解什麼。

我忽然想走進店裡找指甲刀。指甲刀在刮鬍刀組的旁邊，這些刀像昆蟲樣本似的排列得好整齊。裡面也有一個形狀看來很不可思議不知道該怎麼用的指甲刀，因此我選了它拿到櫃台。那是個扁平的不鏽鋼金屬片大約有五公分長，無法想像該壓什麼地方才能剪下指甲。

我走到櫃台時，店老闆放下起子和拆解到一半的小型電動打蛋器，教我如何使用那指甲刀。

「好！請好好看清楚噢。這是『一』。這樣是『二』。然後是『三』。你看變成指甲刀了吧？」

「原來如此。」我說。確實變成一個很像樣的指甲刀。他把指甲刀重新復原為原來的金屬片，還給我。我照他做的樣子做，又變成指甲刀了。

「好東西。」他好像在透露什麼秘密似的說。「這是雙人牌的製品，是可以用一輩子的東西。旅行時也很方便喏。又不會生鏽，刀片很結實。剪狗的指甲都沒問題。」

我付了二千八百圓買了那個指甲刀。有個黑色小皮盒子裝。把零錢找給我之後，又開始分解起那個打蛋器。許多螺絲依尺寸的不同分別放在白色的漂亮盤子裡。排在盤子上的黑色螺絲看來都非常幸福的樣子。

買了指甲刀之後，我回到車上，一面聽《布蘭登堡協奏曲》一面等她。而且試著思考為什麼放在盤子上的螺絲會顯得那麼幸福。也許因為不再做為打蛋器的一部分而恢復為螺絲取回獨立性的關係吧。或者因為對螺絲來說，白盤子可以說是讓螺絲破格的場所也不一定。不管怎麼說有什麼看來很幸福的樣子總是一件相當愉快的事。

我從上衣口袋拿出刀片再次組成指甲刀，試著剪了我指甲尖端的一點點，然後又收起來放回盒子裡。剪起來感覺很不錯。金屬工具店這種地方有一點像是沒什麼人的水族館一樣。

接近閉館時間的六點，很多人從圖書館門口出來。那些大多是在閱覽室做功課的高中生，他們多數和我一樣提著塑膠運動提袋。仔細看覺得高中生全都是有點不自然的存在。全都是某些地方被過份擴大，某些地方則不是。也許從他們眼裡看來，我的存在才顯得更不自然呢。世上就是這樣。人們稱呼這個為代溝。

其中也有些是老人。老人們在星期日下午到雜誌閱覽室翻翻雜誌、看看四種報紙。然後像象一樣儲存起知識，回到晚餐正在等候自己的家。老人們的樣子看來並不像高中生那麼不自然。

他們走掉之後便聽見鈴聲響起。六點了。聽到那鈴聲，我忽然覺得好久沒有這麼餓了。想想從早上到現在只吃了半個火腿蛋三明治、一個小蛋糕和生蠔，至於昨天則好像幾乎什麼也沒吃。空腹感就像個巨大的洞。就算在地底遇到丟下石頭也不會聽見任何聲音，又黑又深的洞。我把椅子放倒，盯著車子低矮的車頂想著食物。各種不同的食物浮現我腦裡又消失。腦子裡又浮現白盤子裝的螺絲。好像澆上白醬旁邊擺上水芹菜後，螺絲看來也會很美味的樣子。

資料查詢台的女孩子從圖書館門口走出來時是六點十五分。

「這是你的車子嗎？」她說。

「不，是租的。」我說。「不太搭配吧？」

「是啊。不太配。這種車不是更年輕的人開的嗎？」

「租車公司只剩下這個了。並不是我特別中意才租的，反正什麼車都可以。」

「哦。」她說著好像要評定品味似的繞了車子一圈，從另一邊的門坐上車。然後仔細檢查車內，打開菸灰缸，又看看小抽櫃。

「是Brandenburg啊？」她說。

「喜歡嗎？」

「對，非常喜歡。我經常聽。我覺得卡爾・李希特的最棒，不過這好像是新的錄音噢，嗯，是誰的？」

「Trevor Pinnock。」我說。

「你喜歡Pinnock嗎？」

「不，沒有特別喜歡。」我說。「只是看到就買了，不過還不錯噢。」

「你聽過卡薩爾斯的布蘭登堡嗎？」

「沒有。」

「那應該聽一次，就算不能說正統也非常有味道噢。」

「下次聽聽看。」我說，但我不知道是不是有下次。只剩下十八小時了，而且在那之間還有必要睡一點覺。雖然說人生已經所剩無幾了，但總不能整個晚上完全不睡覺啊。

「要去吃什麼？」我試著問。

「義大利菜怎麼樣？」

「好啊。」

「我知道一個地方，我們去那裡吧。滿近的。材料非常新鮮。」

「肚子餓了。」我說。「好像連螺絲都吃得下了。」

「我也是。」她說。「這襯衫不錯噢。」

「謝謝。」我說。

那家餐廳離圖書館開車有十五分鐘左右的車程。在彎彎曲曲的住宅區道路上閃躲著行人和自行車，慢慢前進，在斜坡路上突然看見義大利餐廳。看來是白色木造洋房直接改成餐廳的樣子，看板也小，不注意看時實在不知道是餐廳。周圍有高牆圍起來的安靜住宅，高聳的喜馬拉雅杉樹和松樹的枝幹在黃昏的天空暗暗地畫出那輪廓。

「在這種地方居然有餐廳，實在想不到啊。」我把車子停在餐廳前的停車場時說。

餐廳並不很大，只有三張桌子和櫃台而已。穿著圍裙的服務生把我們帶到最裡面的位子。桌邊看得見窗外的梅樹樹枝。

「飲料要喝葡萄酒嗎？」她問。

「由妳來決定。」我說。我對葡萄酒並沒有啤酒那麼熟悉。在她和服務生細細協議著葡萄酒的事時，我望著窗外的梅樹。義大利餐廳的庭園裡長有梅樹令人覺得有點不可思議，但也許並不那麼不可思議。也許義大利也有梅樹。法國也有海獺啊。葡萄酒決定之後我們攤開菜單開始擬定大餐的作戰計劃。選擇相當花時間。首先前菜點了小蝦沙拉加草莓醬、還有生牡蠣、義大利風牛肝慕斯、墨汁煮墨魚、起司炸茄子、醃若鷺魚，麵食我點了自製寬扁麵（tagliatelle casalinga），她選了羅勒細長麵（basilico spaghetti）。

「嘿，我們再多點一道通心粉拌魚醬一人一半好嗎？」她說。

「好啊。」我說。

「今天什麼魚比較好？」她問服務生。

「今天有剛進來的新鮮鱸魚。」服務生說。「配蒸杏仁好嗎？」

「來一客這個。」她說。

「我也一樣。」我說。「還要菠菜沙拉和洋菇燴飯。」

「我要熱的青菜和番茄燴飯。」她說。

「燴飯的量相當多噢。」服務生很擔心地說。

「沒問題。我從昨天早上到現在幾乎沒吃什麼，她又是個大胃王。」我說。

「像個無底洞一樣。」

「好的。」服務生說。

「甜點要葡萄雪酪、檸檬舒芙蕾，還有義式濃縮咖啡。」她說道。

「我也一樣。」我說。

服務生花時間把點的菜寫下然後走開，她微笑著看著我的臉。

「你不是因為配合我才點那麼多吧？」

「真的肚子餓了。」我說。「好久沒這麼餓了。」

「真棒。」她說。「我不相信吃得少的人。我覺得吃得少的人好像會在別的地方補償似的，你覺得呢？」

「不太知道。」我說。真的不太知道。

「不太知道，是不是你的口頭禪？一定是。」

「也許是。」

「也許是，也是你的口頭禪。」

我沒話說了只好點點頭。

「為什麼呢？因為所有的想法都不確定嗎？」

不太知道，也許是，我在腦子裡嘀咕著時，服務生便走過來，像宮廷的專屬接骨師在醫治皇太子的脫臼時一般，恭恭敬敬地拔掉葡萄酒的瓶栓，幫我們注入玻璃杯。

「『不是因為我』這句話是《異鄉人》主角的口頭禪對嗎？那個人叫什麼名字？嗯——」。

「莫梭。」我說。

「對，莫梭。」她反覆道。「這是我高中時代讀的。不過現在的高中生完全不讀什麼《異鄉人》呢。上次我在圖書館裡調查過。你喜歡什麼作家？」

「屠格涅夫。」

「屠格涅夫並不是多麼了不起的作家。已經過時了。」

「也許是吧。」我說。「不過我喜歡。福婁拜和湯瑪士・哈代也很好。」

「你不讀新的東西嗎？」

「有時候也讀毛姆的。」

「Somerset Maugham現在已經不太有人把他當新作家了。」她一面傾斜著葡萄酒杯一面說。「就像點唱機裡已經沒有Benny Goodman的唱片一樣。」

「不過很有意思噢。《剃刀邊緣》我讀了三遍。雖然也許不是什麼了不起的小說但很好讀。比其他的好多了。」

「哦。」她很不可思議地說。「暫且不談這些，你那橘紅色的襯衫很配喲。」

「謝謝。」我說。「妳的洋裝也非常好。」

「噢謝謝。」她說。深藍色天鵝絨的洋裝，鑲有小蕾絲領。脖子上戴有兩條細銀項鍊。

「你打過電話以後我回家換的。家住在上班地方附近還真方便呢。」

「原來如此。」我說，原來如此。

前菜送了幾道過來，於是我們暫時沉默地吃著。調味不做作很清爽。材料也新鮮。牡蠣好像剛從海底撈上來似的，有大海之母的鮮濃味道。

「對了，獨角獸的事都圓滿解決了嗎？」她正以叉子從殼裡剝下牡蠣一面問。

「差不多。」我說，用餐巾擦掉沾在嘴邊的墨魚墨汁。「大致解決了。」

「在什麼地方有過獨角獸嗎？」

「這裡。」我說著用手指著自己的頭。「獨角獸住在我的頭腦裡。成群結隊的。」

「你是指象徵性的意義上嗎？」

「不，不是這樣。我想幾乎沒有什麼象徵性的意義。而是實際上住在我的意識裡。有一個人幫我發現的。」

「滿有意思的，我想多聽一點，你說說嘛。」

「不是很有意思。」我說。我把茄子盤轉到她那邊。她則把若鷺魚的盤子轉過我這邊。

「不過我想聽啊，非常想。」

「意識底下有本人無法感知的類似核一樣的東西。以我的情況那是一個地方。那個街裡有一條河流過，周圍圍著很高的磚牆。街裡住的人不能出去外面。能出去的只有獨角獸而已。獨角獸像吸墨紙一般把居民的自我啊自私什麼的都吸掉帶到街外去。所以街裡既沒有自我也沒有自私。我就住在那樣的街裡——這麼回事。我不是親眼看見的，所以除此之外的事情我也不知道。」

「非常有獨創性的故事。」她說。我向她說明之後才想到關於河，老人一句也沒提過。我好像逐漸被那個世界挖進去了似的。

「不過這並不是我有意製造出來的。」我說。

「就算是潛意識中完成的也好，製造出來的是你吧？」

「大概是吧。」我說。

「那個若鷺魚不錯吧？」

「不錯。」

「不過這件事，跟我讀給你聽的俄國獨角獸的事，你不覺得很像嗎？」她刀子把茄子切成一半一面說。「烏克蘭的獨角獸也是住在周圍被絕壁所包圍著的社區裡呀。」

「很像噢。」我說。

「也許有什麼共通點。」

「對了。」我說著把手伸進上衣口袋。「有一個禮物要送給妳。」

「我最喜歡禮物。」她說。

我從口袋裡拿出指甲刀交給她。她把它從盒子裡拿出來不可思議地看著。「這是什麼？」

「借一下。」我說著把指甲刀拿過來。「妳好好看著噢。這是『一』，這樣是『二』，然後是『三』。」

「是指甲刀？」

「對了。旅行的時候非常方便。收回去時只要相反順序就行了。你看。」

我把指甲刀又變回小金屬片，交還她。她自己試著組合起指甲刀，又收回去。

「好有意思噢。謝謝。」她說。「不過你經常送女孩子什麼指甲刀嗎？」

「不，第一次送。剛才逛著金屬工具店時很想要個什麼東西所以買了。雕刻刀組就太大了。」

「指甲刀真好。謝謝。指甲刀常常不知道跑到什麼地方去，所以我會經常把它收在皮包的內袋裡。」

她把指甲刀放進盒子裡，收進肩帶式皮包裡。

前菜的盤子收下後，麵送來了。我的空腹感依然繼續。六盤前菜在我體內的虛無空洞裡幾乎沒留下任何痕跡。我把有相當份量的寬扁麵在短時間內送進胃裡，然後吃掉一半通心粉拌魚醬。把這些都解決之後覺得黑暗裡似乎看得見一點微弱的燈光了。

麵食結束之後到鱸魚送來之前，我們繼續喝著葡萄酒。

「嗨，對了。」她的葡萄酒杯邊緣還貼在嘴邊就說。因此她的聲音變得好像在玻璃杯裡響著般感覺奇妙地模糊。「你那間被破壞的房子，是不是用什麼特別的機器敲的？還是有多少人合起來幹的？」

「沒用機器。只是一個人幹的。」我說。

「那大概是相當強壯的人囉？」

「不知道什麼是疲勞的人。」

「你認識的嗎？」

「不，是第一次見面的人。」

「在屋子裡比賽橄欖球也不會弄得那樣亂七八糟啊。」

「是啊。」我說。

「那跟獨角獸有關嗎？」她問。

「我想大概有。」

「那已經解決了嗎？」

「沒解決。至少對他們來說還沒解決。」

「對你來說已經解決了嗎？」

「可以說解決了，也可以說還沒有。」我說。「因為沒有選擇的餘地所以可以說已經解決了，因為不是自己選擇的所以也可以說不算解決。反正關於這次的事件，我的主體性根本從一開始就被忽視。就像海獅的水球隊裡只有一個人類夾雜在裡面一樣。」

「所以你明天才要到某個地方去遠行對嗎？」

「差不多。」

「一定是被捲進很複雜的事件裡了噢？」

「太複雜了以至於連我也不知道什麼是什麼。世界越來越複雜。什麼核啦、社會主義的分裂啦、電腦的進化啦、人工授精啦、間諜衛星啦、人工臟器啦、額葉白質切除術之類的。我連駕駛座的儀表板到底怎麼樣都不清楚。我的情況簡單說明的話就是被捲進資訊戰爭裡了。也就是和電腦開始擁有自我之前的聯繫有關。暫時湊合用的。」

「電腦有一天會擁有自我嗎？」

「大概。」我說。「那麼一來電腦就可以自己把資料轉換編碼再計算。誰也偷不了。」

服務生過來把鱸魚和燴飯放在我們前面。

「我不太懂。」她用魚刀切著鱸魚一邊說。「因為說起來圖書館是個非常和平的地方。有許多書，大家只是來這裡看書而已。資訊對大家都開放，而且誰也不互相爭奪。」

「我如果也在圖書館上班就好了。」我說，真的應該這樣做。

我們吃著鱸魚，把燴飯一粒不剩地掃光。我的空腹感之洞終於可以見到底了。

「鱸魚味道真好。」她很滿足似的說。

「奶油醬的作法有秘訣。」我說。「把冬蔥切得細細的和奶油充分混合，細心地炒。炒的時候如果偷懶就不入味了。」

「你滿喜歡烹飪的噢？」

「說起來烹飪從十九世紀以來幾乎都沒進化。至少關於美味的料理是這樣。材料的新鮮度、手藝、味覺、美感，這些東西永久沒有進化。」

「這裡的檸檬蛋糕味道也很好噢。」她說。「你還吃得下嗎？」

「當然。」我說。檸檬蛋糕五個都吃得下。

我吃了葡萄果凍，吃了檸檬蛋糕，喝了義式濃縮咖啡。確實是非常棒的蛋糕。所謂甜點就非要像這樣不可。義式濃縮咖啡的味道也好像可以握在手掌心似的確實而圓潤。

我們各自把一切倒進自己巨大的洞裡之後，廚師來打招呼了。我們對他說非常滿意。

「能夠這麼受到喜愛，我們做的人也覺得做得有意義了。」那位廚師說。「在義大利也很少有人這麼能吃的。」

「謝謝。」我說。

廚師回到廚房之後，我們叫服務生來又各點了一杯義式濃縮咖啡。

「你是我第一次看見能夠面不改色地和我吃一樣多的人喏。」她說。

「還吃得下。」我說。

「我家還有冷凍披薩和一瓶Chivas Regal。」

「真不錯。」我說。

她家果然在圖書館附近而已。雖然是成屋，但也是獨棟的房子。有正式的玄關，也有一個人能躺下的庭院。院子裡幾乎照不到什麼陽光，但角落裡也好好種著杜鵑。連二樓都有。

「以前結婚的時候買的房子。」她說。「貸款以先生的人壽保險還掉了。本來是為了養孩子而買的，現在一個人有點太大了。」

「應該是噢。」我坐在客廳的沙發上望著四周說。

她從冰箱裡拿出披薩放進烤箱，然後把Chivas Regal和玻璃杯和冰塊拿到客廳桌上來。我把音響主機打開，按下錄音機的play按鈕。我隨便選的錄音帶裡有傑基・麥克連（Jackie McLean）、邁爾士・戴維斯（Miles Davis）和溫頓・凱利（Wynton Kelly）之類的音樂。我等披薩烤好之前，一面聽著〈Bags' Groove〉和〈Surrey With the Fringe on Top〉一面一個人喝著威士忌。她為自己開了葡萄酒。

「你喜歡老的爵士嗎？」她問。
「高中時候在爵士咖啡廳都聽的是這些。」我說。
「不聽新東西嗎？」
「也聽Police和杜蘭杜蘭。因為大家都讓我聽啊。」
「不過你自己不主動聽？」
「因為沒有必要。」我說。
「他──我死掉的丈夫──每次都只聽老音樂。」
「很像我。」
「對。確實有點像。在巴士裡被打死了，用鐵花瓶。」
「為什麼？」
「因為在巴士裡叫一個用噴髮膠的年輕男人收斂一點，結果對方就用鐵花瓶打他。」
「為什麼年輕男人會帶著鐵花瓶呢？」
「不知道。」她說。「根本搞不清楚。」
我也搞不清楚。
「而且在巴士裡面被打死你不覺得死得很慘嗎？」
「確實是這樣。好可憐啊。」我同意道。
披薩烤好了，我們各分一半吃，並肩坐在沙發喝酒。

「妳想看獨角獸的頭骨嗎？」我試著問她。
「嗯，想看哪。」她說。「你真的有啊？」
「是複製的。不是真的。」
「不過還是想看哪。」
我走到外面停車的地方，從後座把運動提袋拿出來。十月初很舒坦的愉快夜晚。覆蓋天空的雲好些地方裂開，從那之間看得見接近滿月的月亮。明天似乎會是個好天氣。我回到客廳沙發，拉開袋子的拉鏈，把用浴巾包著的頭骨拿出來交給她。她把葡萄酒杯放在桌上，非常小心地檢點著頭骨。
「做得很好啊。」
「頭骨專家做給我的。」我著喝威士忌一面說。
「簡直像真的一樣。」
我把錄音帶停下。從袋子裡拿出那火箸來試著敲敲頭骨。和以前一樣發出咳嗯的乾乾的聲音。
「那是什麼？」
「頭骨各自有不同的聲音。」我說。「從那聲音頭骨專家就可以讀出各種古老的記憶。」
「好厲害啊。」她說。然後自己也用那火箸試著敲敲頭骨。「好像不是複製品。」
「因為是個相當偏執的人做的。」
「我丈夫的頭骨碎了，所以一定不能發出正確的聲音吧。」
「是嗎？不太清楚。」我說。

她把頭骨放在桌上，拿起杯子來喝葡萄酒。我們在沙發上肩靠肩喝著酒，望著頭骨。去掉肉的獸的頭骨看來好像正朝著我們笑，也像正要用力吸進一口空氣。

「放一點什麼音樂吧。」她說。

我從錄音帶堆中又隨便抽出一卷放進卡座裡按下按鍵，回到沙發。

「在這裡好，還是要到二樓的臥室去？」她問。

「這裡好。」我說。

喇叭播出了帕特・布恩（Pat Boone）的〈I'll Be Home〉。雖然覺得時間彷彿往錯誤的方向流著，但那也已經不要緊了。管他時間愛往什麼方向流就儘管流好了。她拉上面向庭院的窗子蕾絲窗簾，把屋裡的燈熄掉。在月光中脫掉衣服。她把項鍊拿下，手鐲形的手錶脫掉，天鵝絨的洋裝脫掉。我也把手錶拿下丟到沙發靠背的後面去。然後脫下上衣，解開領帶，把玻璃杯底剩的威士忌喝乾。

她正把絲襪一面捲著一面脫下時，曲子換成雷・查爾斯（Ray Charles）的〈Georgea on My Mind〉。我閉起眼睛把兩腳搭在桌上。像在威士忌加冰塊的玻璃杯裡繞著搖晃冰塊一樣地，試著在頭腦裡繞著時間。一切的一切都好像很久以前曾經發生過的某次事情。只有脫的衣服和背景音樂和對白有一點變化而已。不過這樣的差異並沒有很大的意義。總是繞著圈子回到同樣的地方。那簡直就像騎在迴轉木馬上往前衝刺一樣。誰也不能超越別人，誰也不會被人超越，只能到達同樣的地方。

「一切都好像從前發生過的一樣。」我還閉著眼睛說。

「當然哪。」她說。並從我手上把玻璃杯拿下，像挑著豇豆筋那樣把襯衫的扣子一顆顆慢慢解開。

「妳怎麼會知道？」

「因為知道啊。」她說。然後吻著我赤裸的胸。她的長頭髮披在我的腹部上面。「全都是從前發生過一次的事噢。只是繞著圈圈而已。對嗎？」

我依然閉著眼睛任由她的嘴唇和頭髮的觸感加在我身上。我想起鱸魚，想起指甲刀，想起洗衣店前面長凳上的蝸牛。世界充滿了許多暗示。

我張開眼睛輕輕把她抱緊，想伸手到背後解下胸罩的絆扣，結果沒有絆扣。

「在前面哪。」她說。

世界確實是在進化著。

我們性交三次之後沖了澡，在沙發上捲著毯子聽平・克勞斯貝的唱片。感覺非常好。我的勃起好像吉薩的金字塔群一樣完美，她的頭髮發出潤絲精的美妙氣味，沙發墊雖然硬，仍是相當不錯的沙發。是製造得很牢固的時代的產品，散發著古老時代的陽光氣息。這種沙發廣泛供給的美好時代，過去曾經存在過。

「好沙發。」我說。

「又舊又難看我正想買新的呢。」

「留著這個比較好。」

「那就這麼辦吧。」她說。

我和著平・克勞斯貝的歌唱著〈Danny Boy〉。

「你喜歡這歌嗎？」

「喜歡哪。」我說。「小學時口琴比賽吹這曲子得到優勝還領了一打鉛筆呢。從前我非常會吹口琴。」

她笑了。「人生真是不可思議。」

「不可思議呀。」我說。

她幫我重新放一次〈Danny Boy〉，因此我也和著再唱一次。唱第二次時，不知道為什麼覺得心情悲傷起來。

「你走了之後會寫信給我嗎？」她問。

「寫呀。」我說。「如果從那邊能寄出的話。」

她和我把瓶底剩下的最後的葡萄酒各分一半喝掉。

「現在幾點？」我問。

「半夜。」她回答。

36.

世界末日 手風琴

「可以感覺到嗎？」她說。「可以讀出我的心嗎？」

「感覺非常強烈。妳的心應該就在伸手可及的地方，我卻沒留意到。那個方法應該已經提示在我眼前了啊。」

「如果你能這樣感覺，那就表示你是對的。」

「不過我還沒辦法發現。」

我們在書庫的地上坐下來，兩個人並肩靠在牆上抬頭望著頭骨的行列。頭骨一直沉默著，沒有向我們訴說任何一句話。

「你所謂強烈感覺到的事，是不是因為那是比較最近發生的事呢？」她說。「你試著回想你的影子開始變得虛弱以後身邊所發生的每一件事。那裡面或許隱藏著鑰匙也不一定。發現我的心的鑰匙。」

我在那冷冷的地板上，閉起眼睛，側耳傾聽那些頭骨沉默的聲響。

「今天早晨老人們在我房間前的雪地上挖洞。雖然我不知道那是要埋什麼的洞，但是非常大的洞。我被他們的鏟子聲吵醒。那簡直就像在我腦裡挖著洞似的。下雪後又把那洞埋起來了。」

「其他呢？」

「我和妳兩個人一起去森林的發電所。這件事妳也知道噢。我和年輕管理員見面談起森林的事。然後他也讓我們看過風穴上的發電設備。風聲好討厭。好像從地獄底下吹上來似的。管理員年輕而安靜，長得瘦瘦的。」

「還有呢？」

「他給我手風琴。小小的摺疊式手風琴。雖然是舊東西，不過可以發出聲音。」

她在地上一直沉思著。可以感覺到書庫裡的氣溫每一刻都在下降。

「大概是手風琴。」她說。「那一定是鑰匙噢。」

「手風琴？」我說。

「道理說得通。手風琴和歌連得上，歌和我母親連得上，我母親和我心的思緒連得上。對不對？」

「確實正如妳說的。」我說。「這就說得通了。這個大概是鑰匙。不過重要的環節還缺了一樣，我想不起任何一首歌啊。」

「不是歌也行。你能不能讓我聽一下那手風琴的聲音？」

「可以呀。」我說。於是我走出書庫從掛在暖爐旁邊的大衣口袋裡拿出手風琴來，拿著它坐回她身旁。兩隻手伸進板子的帶子裡，試著彈了幾個和弦。

「非常美的聲音。」她說。「那聲音好像風一樣啊?」

「就是風本身哪。」我說。「製造出發生各種聲音的風,再把它組合起來。」

她安靜閉著眼睛側耳傾聽那和弦的聲音。

我把想得起來的和弦都依照順序一一試著彈出來。而且用右手的手指試探摸索著按音階。雖然想不起旋律,但無所謂。我只要像風一樣把那手風琴的聲音彈給她聽就可以了。我決定除此之外別無所求。我只要讓心像鳥一樣任風去吹就行了。

我沒辦法捨棄心,我想。不管那有多麼沉重,有時又是多麼黑暗,但有時它會像鳥一樣在風中飛舞,也看得見永遠。連這小小的手風琴的聲音裡,我都可以讓我的心鑽進去。

我感覺到吹在建築物外面的風傳進我耳朵裡,冬天的風在街上飛舞。那風捲過高聳的鐘塔,穿過橋的下面,飄拂河邊成排的柳枝。搖撼森林裡樹木的枝枝葉葉,越過草原,吹動工廠街的電線發出聲音,打在門板上。獸在其中凍僵,人們在家裡悄聲屏息。我閉著眼睛在腦裡試著想像街裡各式各樣的風景。有河裡的沙洲,有西牆的瞭望台,有森林的發電所,有老人們坐著的官舍前的陽光。河灣上獸正彎身喝水,運河石階上夏日青草在風中搖擺著。也能清楚地想起和她兩個人一起去南潭的事。還記得發電所後面的小塊田地,有古老兵營的西之草原,東之森林牆邊殘留的廢屋和古井。

然後我試著想想來到這裡之後所遇到的各種人。隔壁的上校,住在官舍的老人們、發電所的管理員、還有守門人——他們現在可能正在各自的房間裡,側耳靜聽著外面狂亂吹著夾雜雪的強烈風聲吧。

每一樣風景,每一個人,我都將永遠失去。當然還有她。但我可能永遠記得,簡直就像昨天一樣清楚地記得這個世界和住在這裡的。這個街就算在我眼裡看來是不自然而錯誤的也好，就算住在這裡的人都失去了心也好，那都不是因為他們的關係，都不能怪他們。我甚至一定連那個守門人都會懷念。他也只不過是堅固地鎖住這個街的鍊子的一環而已。某種東西築起了這強大的牆，人們只是被吞進裡面去了而已。我覺得我似乎可以愛上這個街裡所有的風景和每一個人似的。我不能留在這裡，但我愛他們。

這時候有什麼微微打動了我的心。一個和音簡直就像在追求什麼似的，忽然留在我心裡。我睜開眼睛，試著再彈一次那個和弦，並用右手試著尋找和那和弦相合的音。花了很長的時間，我終於找到與那和弦相合的最初四音。那四個音簡直就像柔和的陽光一樣，從空中慢慢舞下來進入我心中。那四個音正在尋求我，我正在尋求那四個音。

我一面按著那組和弦，一面依照順序試著彈了幾次那四個音。四個音又尋求著其次的幾個音和其他的和弦。我先試著找出別的和弦。和弦立刻找到了。雖然找旋律稍微費了一些工夫，但最初的四音為我引導出其次的五音。然後又出現其他的和弦和三個音。

那是歌。雖然不是完全的歌，但是是最初一節。我試著反覆了好幾次那三個和弦和十二個音。那應該是我非常熟悉的歌。

〈Danny boy〉。

我閉上眼睛，繼續彈下去。一想起歌名，接下來旋律跟和弦就自然地從我的手指流出來。我試著彈了好幾次又好幾次那曲子。旋律滲透我整個心，我可以清楚地感覺到身體每個角落僵硬的力量逐漸紓解放鬆了。好久沒聽見歌了，一聽到之後，我就可以深切地感覺到我的身體是如何在內心深處尋求著它。

由於我失去歌實在太久了，因此甚至無法察覺我對它的飢渴。我的肌肉和心被漫長的冬天凍結而僵硬起來，音樂使它們變得柔軟，帶給我的眼睛溫暖而令人懷念的光。

我在那音樂裡似乎可以感覺到街本身的氣息。我就在那街裡，那街就在我體內。街呼應著我身體的脈動而呼吸著，搖動著。牆也在動著，在翻騰滾動著。那牆感覺上簡直就像我自己的皮膚一樣。

我反覆彈著那曲子很長一段時間，然後才鬆開手把樂器放在地上，靠著牆閉上眼睛。我還可以感覺到身體的脈動。覺得這裡所有的東西都是我自己本身似的。牆和門和獸和森林和河川和風穴和深潭，一切都是我自己本身。他們都在我體內。連這漫長的冬天，恐怕也是我自己本身。

我放下手風琴之後，她還閉著眼睛，用雙手緊緊握住我的手臂。眼淚從她眼裡流出來。我把手放在她肩上，親吻她的眼睛。眼淚帶來溫暖、柔和的濕氣。幽微柔美的光照著她的臉頰，使她的淚閃著光輝。但那光並不是吊在書庫天花板的昏暗燈光，是更像星光的白色、溫暖的光。

我站起來把天花板的燈關掉。終於找到那光是從什麼地方發出來的。是頭骨在發著光。屋子裡簡直就像白晝似的逐漸亮起來。那光像春天的陽光一般柔和，像月光般寧靜。長眠於架子上的無數頭骨，古老的光現在覺醒了。頭骨的行列簡直就像把光細細切割鑲嵌進去的清晨海洋一般，在那裡無聲地閃爍著光輝。我的眼睛即使面對這些光，也不再感到刺眼了。光帶給我安詳，使我的心充滿了古老記憶所帶來的溫暖。我可以感覺到我的眼睛痊癒了。已經沒有任何東西能刺痛我的眼睛了。

那真是奇妙的景象。到處充滿了閃閃的光點。好像透明清澈的水底看得見寶石一樣，他們散發出約定好的沉默之光。我拿起一個頭骨，用手指試著輕輕撫摸那表面，然後我可以感覺到那裡有她的心，她的心就在那裡，小小的浮起來在我的指尖上。那一顆顆光粒雖然只帶著些微的溫暖和光明，但那是誰也無法剝奪的溫暖和光明。

「這裡有妳的心。」我說。「只有妳的心浮上來，在這裡發著光。」

她輕輕點頭，以被淚水濡濕的眼睛注視著我。

「我可以讀出妳的心。而且可以把它整理成一體。妳的心已經不再是散失的零星片段。它就在這裡，誰都不能再剝奪它了。」

我再吻了一次她的眼睛。

「讓我暫時一個人留在這裡。」我說。「到早晨為止我要把妳的心全部讀完。然後睡一下。」

她再點了一次頭，並凝望一遍閃閃發亮的頭骨行列，然後走出書庫。門關上之後，我靠在牆上，一直注視著散佈在頭骨之間的無數光粒。那些光既是她所擁有的古老的夢，同時也是我自己的古老的夢。我在這被牆所包圍著的街裡跋涉了漫長的道路，終於能夠遇見他們了。

我拿起一個頭骨，把手放在上面悄悄閉上眼睛。

37.

冷酷異境 光、內省、清潔

我不知道睡了多久。有人搖著我的肩膀。我最初感覺到的是沙發的氣味。有人要叫醒我讓人感到煩躁。每個人都像秋天的蝗蟲一樣想要剝奪我豐潤的睡眠。

雖然如此，心中還是有什麼強求我要醒過來。沒時間睡覺了啊。這樣說道。我心中的什麼正以很大的鐵花瓶敲著我的頭。

「起來，拜託。」她說

我從沙發上醒過來張開眼睛。我穿著橘紅色浴袍。她穿著白色的男裝T恤，好像要壓在我身上似的搖著我的肩膀。只穿著白色T恤和白色小短褲的她，纖細的身體看起來就像小孩一樣。只要有一點強風吹來就會變成塵埃一般散掉似的。我們所吃的大量義大利菜到底消失到什麼地方去了？而且我的手錶跑到什麼地方去了？周遭還是暗的。我的眼睛如果沒怎麼樣的話，天應該還沒亮才對。

「你看桌上。」她說。

我看看桌上。桌上放著一個好像小型聖誕樹一樣的東西。但並不是。以聖誕樹來說未免太小了，而且現在才十月初而已。不可能是聖誕樹。我兩手拉攏浴袍的衣襟，凝神注視那桌上的東西。那是我放的頭骨啊。不，把頭骨放在那裡的也許是她。我想不起來曾經把它放在桌上過。不管怎麼樣都好。總之在桌上像聖誕樹一樣發著光的是我所帶來的獨角獸頭骨。光在頭骨上點點閃爍著。

一顆顆的光點很微小，而且光本身也不強。只是那小光點在頭骨上簡直像滿天星斗般飄浮著。光是白色的，微弱而柔和。在一顆光的周圍又有另一圈模糊的光膜包覆著，使那輪廓柔和地暈開。與其說光是在頭骨表面散發著，不如說是在頭骨上方懸空地飄浮。我們並肩坐在沙發上，長久無言地注視著那小小的光之海。她兩手悄悄握住我的手臂，我兩手還抓著浴袍的衣襟。更深夜靜，周遭聽不見任何聲音。

「這上面有什麼？有那種設計嗎？」

我搖搖頭。我曾經和頭骨度過一夜，那時候並沒有發光。如果那光是由於某種夜光漆或光苔而引起的，應該不會像這樣因不同時間而發亮或不發亮。暗的時候一定會發亮才對。而在我們兩個人睡著之前頭骨並沒有發亮。也不可能是設計而成的，而是超出人為控制範圍的東西。不管什麼樣的人為力量都沒辦法製造出這樣柔和而安詳的光。

我輕輕移開她緊緊握在我右手臂上的手，安靜地伸手從桌上拿起頭骨放在膝上。

「不可怕嗎？」她小聲地問。

「不可怕啊。」我說。不可怕。那一定在什麼地方和我自己有關聯。誰都不會害怕自己的。

我用手掌覆蓋在頭骨上時，可以感覺到那上面還留有像殘餘火星般的微溫。而且我的手指好像也被淡淡的光膜包圍起來。閉上眼睛把十根手指浸在那微微的溫暖裡時，可以感覺到各種古老的記憶彷彿遙遠的雲一般在我心中浮了起來。

「這不像是複製品喏。」她說。「一定是真的頭骨？從遙遠的從前帶著遙遠的記憶來到這裡……」

我默默點頭。但我能知道什麼呢？不管那是什麼，那現在正發著光，光正在我手中。我所知道的，只有那光正在向我訴說著什麼。我可以直覺地感覺到。他們想必正向我暗示著什麼。既像是即將來臨的新世界，又像是我所遺留下來的古老世界。我無法完全理解這些。

我睜開眼睛，試著再一次看著把手指染白的光膜。雖然我無法掌握那光所意味的東西，但我能清楚感覺到那裡面完全沒有惡意或敵對的成分。那完全收斂在我的手中，看來好像在我手中感到很充實且滿足。我用手指輕輕拂過浮在那裡的光束。沒有任何可怕的東西，我想。沒有任何理由應該害怕自己的。

我把頭骨放回桌上，用那手指貼在她的臉頰上。

「非常溫暖。」她說。

「光很溫暖哪。」我說。

「我也摸摸看可以嗎？」

「當然。」

她把兩手放在頭骨上一會兒並閉上眼睛。她的手指也和我一樣被白色光膜所覆蓋。

「可以感覺到什麼。」她說。「雖然不知道是什麼，不過好像從前在什麼地方感覺過的東西。好比空氣、光，或聲音之類的東西。雖然無法說明。」

「我也無法說明。」我說。「喉嚨好渴。」

「啤酒好嗎？還是水？」

「啤酒好。」我說。

她從冰箱拿出啤酒，連同玻璃杯一起拿到客廳來，我把掉在沙發後面的手錶撿起來看看時間。四點十六分。還有一小時多一點天就要開始亮了。我拿起電話試著撥了自己家的號碼。打電話到自己家這種事以前一次也沒做過，因此花了一些時間才想起號碼來。沒有人接。我讓電話響了十五次然後放下聽筒，又重新拿起來撥號試著讓鈴聲響了十五次。結果一樣。沒有人接。

胖女孩的祖父還在地底下等著，她已經回到那裡去了嗎？或者她被來到我屋裡的記號士或「組織」的人帶到什麼地方去了？不過不管怎麼說她都一定能夠順利應付的，我想。不管發生什麼事她應該都可以處理得比我更巧妙。而且才只有我歲數的一半。真了不起。我放下聽筒之後，想到再也見不到那個女孩，感覺有點寂寞。心情好像眼看著要閉館的大飯店沙發和水晶燈一一被搬走了。窗子一扇扇關起來。窗簾被放下來。

我們望著散佈在頭骨上的白光，並肩坐在沙發上喝著啤酒。

「那頭骨對你感應而發著光嗎？」她問。

「不知道。」我說。「不過，有這種感覺。也許不是我，不過好像在感應著什麼。」

我把剩下的啤酒倒光在玻璃杯裡，慢慢喝乾它。黎明前的世界像森林裡一樣安靜而悄然。地毯上散落著我們脫下來的衣服。我的外套、襯衫、領帶和長褲，她的洋裝、絲襪、襯裙。脫了丟在地上的衣服讓我感覺像是我三十五年人生歸結的一種形式。

「你在看什麼？」她問。

「衣服。」我說。

「為什麼看衣服呢？」

「不久以前還是我的一部分。妳的衣服也是妳的一部分。不過現在不是了。好像是不同人的不同衣服似的。看起來不像是自己的衣服。」

「是因為做愛的關係嗎？」她說。「做愛之後人大概都變得容易內省。」

「不，不是這樣。」我手上還拿著空玻璃杯說。「不是變得內省了。只是看到構成世界的很多細微事物。像蝸牛、屋簷的雨滴、金屬工具店裡的陳列之類的，非常在意這些東西。」

「衣服要整理嗎？」

「不，那樣就好。那樣比較踏實。不用整理。」

「談一談蝸牛吧。」

「我在洗衣店前面看見蝸牛。」我說。「真不知道秋天還有蝸牛。」

「蝸牛一整年都有啊。」

「大概是這樣。」

「在歐洲蝸牛還具有神話性的意思噢。」她說。「殼意味著黑暗世界，蝸牛從殼裡出來意味著陽光的來臨。所以人們看見蝸牛就會本能地敲敲殼希望讓蝸牛出來。你敲過嗎？」

「沒有。」我說。「妳知道好多事情噢。」

「在圖書館上班就會知道很多事情。」

我從桌上拿起Seven Star盒，以啤酒屋的火柴點著。然後又再看看地上的衣服。她的淺藍色絲襪上搭著我的襯衫袖子。天鵝絨洋裝腰的部分好像扭曲著身體似地彎折著，質料薄薄的長襯裙像下垂的旗子被放在那旁邊。項鍊和手錶被丟在沙發上，黑皮的側背包橫躺在房間角落的咖啡桌上。

她脫落在地上的衣服看起來比她自己本身更像她。也許我的衣服也比我看起來更像自己也不一定。

「妳為什麼會在圖書館上班呢？」我試著問。

「因為喜歡圖書館哪。」她說。「安靜，書很多，塞滿了知識。我既不想到銀行和貿易公司上班，也不喜歡當老師。」

我把香菸的煙向天花板吐出，暫時看了一會兒那去向。

「你想知道我的事情嗎？」她說。「在什麼地方出生，度過什麼樣的少女時代，上哪裡的大學，第一次跟人上床是什麼時候，喜歡的顏色之類的事。」

「不。」我說。「現在不用。我想一點一點慢慢知道。」

「我也想慢慢知道一些你的事情。」

「我是在海的附近出生的。」我說。「颱風過後的早晨到海岸去，沙灘上有各種東西被波浪沖上來。可以發現很多想像不到的東西。從瓶子啦、木屐啦、帽子啦、眼鏡盒啦，到椅子、桌子之類的，滿地都是。為什麼這些東西會沖到海灘來，我真是想不通。不過我非常喜歡尋找這些東西，所以颱風來了我很高興。也許在某個海灘被丟掉的東西被海浪捲走，然後又被沖上來吧。」

我把香菸的火在菸灰缸裡熄掉，把空玻璃杯放在桌上。

「從海裡沖上來的東西不管是什麼東西都不可思議地被淨化了。雖然都是一些沒有用的破爛東西，但都很清潔。沒有一樣是骯髒而不能觸摸的。說起來海是很特殊的東西。當我回顧自己過去的生活時，總是會想起海灘那些破爛東西。說起來我的生活總是這個樣子。把一些破爛收集起來，以自己的方式清潔過後又再丟到別的地方去——但是沒有用處。只有在那裡逐漸腐朽而已。」

「不過這樣做需要風格吧？為了這清潔工作。」

「不過這種風格到底有什麼必要呢？要風格的話蝸牛也有啊。我只是到這邊的海灘走走那邊的海灘走走而已。在那之間所發生的各種事雖然還記得很清楚，不過只是記得而已，和現在的我沒有任何關聯。只是記得而已。是清潔了但沒有用處。」

她把手放在我的肩上，從沙發站起來走到廚房去。然後打開冰箱拿出葡萄酒注入玻璃杯，和我的新啤酒一起用托盤裝著端出來。

「我喜歡黎明前的黑暗時刻。」她說。「因為清潔而沒有用處，一定是。」

「不過這樣的時間轉眼就過去。天亮了送報紙的、送牛奶的開始來了，電車也開始出動。」

她一骨碌鑽到我旁邊，把毯子拉到胸部的高度，喝著葡萄酒。我把新的啤酒倒進玻璃杯拿在手上，再度凝視著桌上那還沒失去光輝的頭骨。頭骨周圍淡淡的光投射在桌上的啤酒瓶、菸灰缸和火柴上。她的頭靠在我的肩上。

「剛才我看著妳從廚房走到這裡。」我說。

「怎麼樣？」

「腳非常漂亮。」

「喜歡嗎？」

「非常。」

她把玻璃杯放在桌上，在我耳朵正下方吻一下。

「嘿，你知道嗎？」她說。「我最喜歡被讚美喲。」

隨著天色轉亮，頭骨的光好像被陽光洗去似的逐漸失去光輝，終於恢復成原來的白色骨頭，光禿禿的，沒有任何特別之處。我們在沙發上擁抱著，望著窗簾外面的黑暗逐漸被清晨的光采驅走的模樣。她溫熱的氣息為我肩上帶來濕氣，乳房小而柔軟。

喝完葡萄酒之後，她摺疊起身體在那段時間裡安靜地睡了。清晰的太陽光染亮鄰家的屋頂，鳥飛來庭院又飛走。聽得見電視新聞的聲音，聽得見有人在什麼地方發動引擎的聲音。我已經不睏了。雖然記不得睡了幾小時，但反正睡意已完全消失，醉意也沒留下。我把她靠在我肩上的頭輕輕移到旁邊，離開沙發走到廚房，喝了幾杯水抽抽菸。然後把廚房和客廳之間的門關上，把桌上的錄放音機打開，小聲地聽著FM廣播。我想聽巴布・狄倫的曲子，但很遺憾並沒有放狄倫的曲子。代替的是羅傑・威廉斯的〈Autumn Leaves〉。是秋天了。

她家的廚房和我家的很像。有流理台有抽風機有冰箱有瓦斯熱水器。寬度、機能、使用法、調理器具的數目也大致相同。和我的廚房不同的是沒有瓦斯烤箱，取代的是微波爐。也有電動式咖啡壺。菜刀配合不同用途而十分齊全，但磨法有些不均勻。很少女人磨刀磨得好的。調理用的缽子都用微波爐方便使用的耐熱玻璃，平底鍋都用油乾淨地塗過。流理台裡的垃圾筒也清理得很乾淨。

為什麼這樣注意別人的廚房呢？自己也不清楚。雖然並沒有意思要窺探別人生活的細部，眼睛卻極自然地看到廚房裡的東西。羅傑・威廉斯的〈Autumn Leaves〉播完了，變成Frank Chacksfield管弦樂團的〈Autumn in New York〉。我在秋天的晨光中恍惚地望著架子上排列著的鍋子、缽子、調味料瓶的行列。廚房好像是世界本身似的，簡直就像威廉・莎士比亞的口白。世界是個廚房。

曲子結束之後，點唱的女ＤＪ出來說：「已經是秋天了噢。」然後談到秋天第一次穿的毛衣的氣味。說那種氣味的傑出描寫出現在約翰・厄普戴克（John Updike）的小說裡。接下來的曲子是伍迪・赫曼（Woody Herman）的〈Early Autumn〉。桌上的廚房鐘指著七點二十五分。十月三日，上午七點二十五分。星期一。天空像用銳利刀子往深處挖過似的一片晴朗，呈現深遂的透明。對於揮別人生來說似乎會是不錯的一天。

我在鍋裡放水煮開，從冰箱裡拿出番茄燙過剝皮，把大蒜和現成的青菜切細作成番茄醬，加上番茄泥，再加上德國香腸咕滋咕滋地煎熟。在那之間並把高麗菜和青椒切成細絲作成沙拉，把咖啡放進咖啡壺裡，在法國麵包上輕輕噴一點水用鋁箔包起來放進烤箱裡烤。早餐做好後我把她叫醒，並收掉客廳桌上的玻璃杯和空瓶子。

「好香啊。」她說。

「可以穿衣服嗎？」我問她。不要比女孩子先穿衣服是我謹守的禁忌。文明社會也許叫這為禮儀。

「當然，請便。」說著她自己脫下T恤。早晨的光線在她乳房和腹部形成淡淡的影子，照亮了寒毛。她就那樣暫時看著自己的身體。

「不錯嘍？」她說。

「不錯。」我說。

「沒有多餘的贅肉，肚子沒有皺紋，皮膚也還有彈性。還可以維持一陣子。」她說著兩手支在沙發上，轉向我。「不過這些有一天會忽然消失，不是嗎？就像斷了線似的消失，已經恢復不了。即使這樣覺得也沒辦法。」

「吃東西吧。」我說。

她走到隔壁房間去套了一件黃色運動衫，穿上變舊褪色的牛仔褲。我把長褲和襯衫穿上。然後我們在廚房的桌上面對面坐下，吃著法國麵包、香腸和沙拉，喝著咖啡。

「你在任何地方的廚房都能馬上習慣嗎？」她問。

「廚房本質上每家都大致相同。」我說。「做東西吃東西。什麼地方都沒什麼不一樣。」

「一個人生活會不會厭煩？」

「不知道。我從來沒想過這種事。雖然過了五年婚姻生活，但現在簡直想不起那到底是什麼樣的生活。覺得好像一直都是一個人過活似的。」

「不想再結婚嗎？」

「無所謂了。」我說。「沒什麼不一樣。就好像有入口和出口的狗屋一樣。從哪邊進去從哪邊出來都沒什麼不同。」

她笑著用衛生紙擦擦沾在嘴角的番茄醬。「把結婚生活比喻成狗屋的人你是第一個。」

吃完早餐我把壺裡剩下的咖啡加熱又各倒一杯。

「番茄醬味道很好噢。」她說。

「如果有月桂葉和oregano皮薩草香料味道會更好。」我說。「而且如果能再多煮十分鐘會更入味。」

「不過很好吃。好久沒吃到這麼精心調製的早餐了。」她說。「今天打算做什麼？」

我看看手錶。八點半。

「九點離開這裡。」我說。「到公園去兩個人一起曬曬太陽喝喝啤酒。接近十點時我開車送妳看要去什麼地方，然後出發。妳呢？」

「回家洗衣服，掃地，然後一個人沉溺在做愛的回憶裡。不錯吧？」

「不錯。」我說。不錯。

「嘿，我可不是跟誰都立刻上床的噢。」她補充說明似地說。

「我知道啊。」我說。

我在流理台洗著餐具的時候，她一面淋浴一面唱歌。我用幾乎不發泡的植物性油脂洗著盤子和鍋子，用布巾擦乾排在桌上。然後洗手，借用放在廚房的牙刷刷牙。然後到浴室問她有沒有刮鬍子的道具。

「你打開上面右邊的櫃子看看。我想有他以前用的。」她說。

櫃子裡確實有吉列牌的檸檬刮鬍膏和舒適牌刮鬍刀。刮鬍膏減少了半罐左右，噴嘴的地方還沾著乾掉的白色泡沫。死就是刮鬍膏會留下半罐這麼回事。

「有嗎？」她說。

「有啊。」我說。然後拿著刮鬍刀、刮鬍膏和新毛巾回到廚房，燒熱水刮鬍子。刮完之後我把剃刀和手洗乾淨。我的鬍子和死者的鬍子便在洗臉台裡混合，沉到底下。

我在她穿衣服的時候坐在客廳沙發看著早報。計程車司機在開車途中心臟病發作衝到陸橋的橋墩上，死了。乘客有三十二歲的女性和四歲的女孩子，都負了重傷。某個地方的市議會午餐便當裡有腐敗的炒牡蠣，兩個人死掉。外務大臣對美國的高利率政策表示遺憾，美國銀行家在會議中檢討對中南美洲貸款的利率問題，秘魯財政部長指責美國對南美洲的經濟侵略，西德外相強烈要求調整對日貿易收支不平衡現象。敘利亞指責以色列，以色列指責敘利亞。還有十八歲兒子在與父母商談事情的過程中使用暴力。新聞中沒有寫出任何一件對我最後幾小時有用的事。

她穿上米黃長褲和茶色格子襯衫站在鏡子前，用髮梳梳著頭髮。我打上領帶，穿起上衣。

「那個獨角獸的頭骨怎麼辦？」她問。

「送給妳。」我說。「可以裝飾在什麼地方。」

「電視上面怎麼樣？」

我把光線已經消失的頭骨拿到客廳角落，試著放在電視機上面。

「怎麼樣？」

「不壞。」我說。

「還會再發光嗎？」

「一定會。」我說。然後再擁抱她一次，把那溫暖刻進腦子裡。

38.

世界末日
逃出

隨著夜盡天明，頭骨的光逐漸朦朧、淡化。灰色昏暗的清晨之光從書庫裡接近天花板的小採光窗射進來，照在周圍牆上，頭骨的光便漸漸失去光輝，隨著深沉幽暗的記憶一一消失無蹤。

直到看見最後的亮光為止，我的手指都在頭骨上滑動，讓那溫暖滲進我體內。夜裡能夠讀出的光在全體之中佔了多少我不知道。該讀的頭骨數量實在太多了，而我的時間又太有限。但我不在意時間，只是小心仔細地一個又一個繼續用手指探索。在那每一瞬間，我的指尖都可以清楚地感覺到她心的存在。光是這樣就足夠了。不是數量或比例的問題。不管怎麼盡力，都無法讀盡每個人內心的每個角落。只要她的心確實在那裡，而我能夠感覺到，還有什麼可求的呢？

我把最後的頭骨放回架子上，靠著牆坐在地上。無法從高過頭頂的採光窗知道外面的天氣。從光線的情形，只知道天空是陰沉暗淡的。淡而幽暗的光像柔軟的液體般靜靜飄在書庫裡，深沉的睡眠再度拜訪頭骨中。我也閉上眼睛，在黎明的冷空氣中讓頭腦休息。把手貼在臉頰上時，手上依然還留有光的微溫。

沉默和冷空氣逐漸使亢奮的心平靜下來，我始終安靜坐在書庫角落，我所能感覺到的時間既不均勻又難以捉摸。從窗外射進來的淡淡光線，那顏色依舊沒有變化，影子還留在同樣的地方。滲入我心中的她的心在我體內巡迴，我可以感覺到它和我自己原來存在那裡的各種事物互相混合，遍佈我身體的每個角落。也許要把它整理成更清晰的形式需要花長久的時間。而且我要把它傳達給她，滲進她體內需要花更長的時間。要花時間也好，就算不能達到完全的形式，我總算能給她心了。而且我想她一定能靠著自己的力量把那心整理成更完全的樣子。

我從地上站起來，走出書庫。她孤伶伶地坐在閱覽室的桌子旁等著我。由於微弱的黎明光線，使她的身體輪廓看起來比平常單薄了幾分。對我來說、對她來說，那都是個漫長的夜。看到我出來，她什麼也沒說地從桌子前面站起來，把咖啡壺放在暖爐上。等咖啡熱的過程中我到後面流理台洗手，用毛巾擦乾。然後坐在暖爐前面烘暖身體。

「怎麼樣，累了吧？」她問。

我點點頭。身體像泥塊一樣重，連舉手都困難的地步。我沒休息地讀了十二小時的古夢。但疲勞並沒有滲進我的心。就像最初讀夢的第一天她說的一樣，不管身體多麼疲勞，都不能讓那疲勞進入心中。

「妳應該回家休息的。」我說。「妳沒有必要在這裡。」

她把咖啡注入杯裡，遞給我。

「只要你在這裡，我也要在這裡。」

「那是規定嗎？」

「是我規定的啊。」她微笑著說。「而且你讀的又是我的心。我總不能把我的心放下來自己跑到什麼地方去吧？」

我點點頭喝著咖啡。老掛鐘的針指著八時十五分。

「要不要準備早餐？」

「不用。」我說。

「不過從昨天到現在什麼也沒吃不是嗎？」

「不想吃。倒是想立刻好好睡一覺。兩點半時叫醒我好嗎？在那之前希望妳坐在我旁邊看著我睡。可以嗎？」

「如果你這樣需要的話。」她臉上露著微笑說。

「比什麼都需要。」我說。

她從後面房間拿出兩床毛毯來，用那個幫我把身體包起來。好像上次什麼時候一樣，她的頭髮觸碰到我的臉頰。閉起眼睛時耳邊可以聽見煤炭迸裂的聲音。她的手放在我的肩膀上。

「冬天不知道要延續到什麼時候？」我試著問她。

「不知道。」她回答。「誰也不知道冬天什麼時候結束。不過一定不會延續太長吧。這或許是最後的大雪了。」

我伸出手把手指貼在她的臉頰上。她閉上眼睛暫時體味著那溫暖。

「這就是我的光的溫暖嗎？」

「覺得怎麼樣？」

「簡直就像春天的光一樣嘛。」她說。

「我想我可以把心傳給妳。」我說。「也許要花時間。不過只要妳這樣相信，我總有一天一定可以把它傳給妳。」

「我知道。」她說。然後把手掌輕輕放在我眼睛上。「你睡覺吧。」她說。

我睡了。

她正確地在兩點半叫醒我。我站起來穿戴著大衣、圍巾、手套和帽子時，她一句話也沒說地一個人喝著咖啡。由於掛在暖爐旁的關係，被雪覆蓋過的大衣已經完全乾了，變得很溫暖。

「那手風琴能不能幫我保管？」我說。

她點點頭。於是從桌上拿起手風琴，好像要確認那重量似的暫時拿在手上又放回原位。

「沒問題。我會好好保管。」她點點頭。

走到外面發現雪已經變小，風也停了。連續下了一個晚上的激烈風雪好像已經在幾小時前停止，但空中的灰雲依然陰沉低垂，暗示著真正的大雪正準備要襲擊街裡。現在只是短暫的休止而已。

我朝北走，正要度過西橋時看見從牆對面開始冒出和平常一樣的灰煙。最初好像有些猶豫似的斷斷續續冒著白煙，終於變成消耗大量燃油的暗色灰煙。守門人正在蘋果樹林裡。我急忙趕往守門人小屋，在高至膝蓋的積雪上留下連自己都吃驚的清楚腳印。街裡所有的聲音都被雪吸掉了似的，靜悄悄的。沒有風，連鳥也不啼。只有我的雪靴釘子踐踏新雪的聲音，在周遭發出誇大的奇異聲響。

守門人小屋裡沒有人影，和平常一樣有一股腐敗的臭味。暖爐裡的火熄滅了，但周圍還留著剛才的溫暖。桌上散亂著髒菸灰缸和菸斗，牆上排著發出森然白光的柴刀和手斧。環視著這樣的屋裡，竟然有種錯覺，覺得守門人的身影會無聲地出現在背後，並把他巨大的手放在我背上。周圍刀斧之類的行列、水壺、菸斗，好像全都在沉默中指責著我的背叛。

我注意地躲開刀斧的行列，很快取下掛在牆上的鑰匙串，把它緊握在手掌裡，從後面走進影子廣場的入口。影子廣場上積了雪白的雪，上頭沒有任何人的腳印，只有中央孤伶伶聳立著黑黑的榆樹。一瞬之間令我感覺那好像是不可被腳印污染的神聖空間。看來一切都美好地安頓在已取得的均衡安寧中，如同黃金律一般舒坦地委身於睡眠之中。雪上形成美麗的風紋，到處分佈著白色雪塊的榆樹枝幹將曲折的手臂懸在空中休息，沒有任何東西在動。雪幾乎完全停了。只有風好像偶爾想起似的發出一陣微小的聲音穿過。我想它們大概永遠忘不了，我穿著靴子無禮地踏破這短暫和平的睡眠。

但沒有時間猶豫不決了。事到如今再也不能往後折回了。我拿起鑰匙串，用凍僵的手把那四把大鑰匙按照順序試探著是否能對應鎖孔。但沒有一把合的。我的腋下冒著汗。我重新回想守門人打開這鎖的情形。那時鑰匙也是四把。沒錯。我確實地數過。這裡面應該有一把完全對應的。

我暫時把鑰匙放回口袋，雙手摩擦得夠暖和之後，再依順序插入鑰匙。第三把鑰匙終於可以完全對應，明顯而乾脆的聲音迴蕩著。沒有人影的廣場上，清楚地響著金屬的尖銳聲響。簡直就像全街裡的人都能聽見似的那麼大聲。我讓鑰匙依然留在鎖孔裡，先張望了一下周圍。沒看見有人過來，也沒聽見腳步聲。我把鐵門打開一道小縫溜進去，盡量不發出聲音地重新關上門。

廣場上的積雪像泡沫般柔軟，吞沒我的腳。腳底的傾軋聲簡直就像巨大生物小心咀嚼著到手的獵物時所發出的聲音。我留下兩列腳印筆直地前進，通過雪高高積起的長椅旁。榆樹枝威嚇似地俯視著我。不知道從什麼地方可以聽見尖銳的鳥啼聲。

小屋裡的空氣比外面更冷，好像結冰似的。我打開拉門，順著梯子下到地下室。

影子坐在地下室的床上等我。

「我以為你不來了呢。」影子一面吐著白氣說。

「約好了啊。我是很守約定的。」我說。「快點，越快離開這裡越好。這裡好臭噢。」

「我上不了梯子呢。」影子嘆氣著說。「剛才我試過不行。我好像比自己想像的更虛弱了。真諷刺啊。就在裝虛弱的時候真的變弱，連自己都沒辦法分辨到底多虛弱了。尤其昨天夜裡的寒冷簡直凍透骨髓。」

「我會拉你上去呀。」

影子搖搖頭。「拉上去之後接下來還是不行。我已經走不動了。實在走不到出口。好像一切都完了。」

「是你提出的，現在可不能畏縮噢。」我說。「我會背你嘛。不管怎麼樣都要離開這裡活下去呀。」

影子以凹陷的眼睛望著我的臉。

「既然你這麼說，我當然得做。」影子說。「只是背著我趕雪路可是很要命的噢。」

我點點頭。「一開始就知道事情不會那麼簡單。」

我把虛弱無力的影子拉到梯子上面，然後讓他扶著我肩膀越過廣場。聳立在左手邊黑黑冷冷的牆，無言地俯視著我們兩人的動作和腳印。榆樹枝彷彿承受不了重量似的把雪塊抖落，看得見那反動的搖擺。

「腳幾乎沒有感覺。」影子說。「因為一直躺著沒出去，雖然為了不要虛弱下來也盡可能地多運動，但房間實在太狹小了。」

我把影子拖著帶出廣場，進入守門人小屋，為了慎重起見把鑰匙串掛回牆上。順利的話或許他暫時還不會發現我們逃出去了。

「從這裡要往哪邊走才好？」我問著影子，他在沒有溫度的暖爐前顫抖。

「往南邊的水潭去。」影子說。

「南邊的水潭？」我不禁反問道。「南邊的水潭到底有什麼？」

「南邊的水潭有南潭哪。我們要跳進那裡逃走。在這季節也許難免會感冒，不過以我們現在的處境來想已經不能太奢侈了。」

「那下面是強烈的水流，那樣做的話不是會被吞進地底下一轉眼就死掉了嗎？」

影子一面顫抖一面咳嗽了幾次。

「不是這樣。我怎麼想都覺得出口都只有那裡。我把所有角落都想遍了。出口是南潭。除此之外不會有別的了。讓你覺得不安也難怪，總之現在你就相信我由我做主好了。我也賭上自己唯一的一條命啊，我沒有理由輕舉妄動的。詳細情形路上再說明。還有一小時或一個半小時守門人就要回來了，他一回來就會立刻發現我逃走而緊接著追過來吧。不能在這裡拖拖拉拉的了。」

小屋外面沒有人影。雪上只有兩種腳印。一種是進入小屋時我自己的腳印，另一種是離開小屋往大門走的守門人的腳印。還有貨車輪子的輪印。我在那裡背起影子。影子的身體雖然變輕許多，但要背著越過山丘，依舊會是相當的負擔。我的身體已經完全習慣不帶影子的輕鬆生活了，所以連自己都不知道是不是耐得住那重量。

「到南潭有相當一段距離喲。必須越過西丘的東側繞進南丘，走矮樹叢裡的路。」

「能不能辦到呢？」

「既然來到這裡了，只有走下去吧。」我說。

我沿著雪道往東走。走過的路上再度清楚地留下我的腳印，那給我一種印象，好像和過去的自己擦身而過似的。除了我的腳印之外只有獸小小的足跡而已。回頭看後面時，牆外還冒著粗而筆直的灰煙。那直立的煙柱看來好像尖端被吞進雲裡去的不祥灰塔。從煙的粗壯程度來看，守門人正在燒的獸似乎數目不少。一夜之間所下的大雪，殺死的獸前所未有的多。要燒完全部屍體想必還要花很長時間，這意味著他的追蹤會大幅延後。我感覺到獸好像透過那安靜的死在幫助我們實現計劃。

但同時那深雪又妨礙了我的步行。堅固結硬的雪黏在雪靴的釘子間，使我的腳步加重而且打滑。我後悔沒有在什麼地方找來雪履或步行用滑雪板之類的東西。在這麼多雪的地方一定在哪裡會有這類東西的。我想守門人小屋的倉庫也許會有。他在倉庫裡齊備了所有各種道具。但現在不可能再折回小屋了。我已經來到西橋前面，折回去又要損失時間。我的身體因為走動而發熱，額頭開始冒汗。

「從這腳印來看，我們的去向真是一目了然啊。」影子一面回頭一面說。

我在雪中一面移動腳步，一面想像守門人從我們後面追來的樣子。想必他會像惡魔一般踏雪而來吧。他有我無法相比的強壯，背上又沒有背人。而且他大概會穿戴在雪中可以輕鬆步行的裝備。我必須趁他還沒回到小屋之前盡可能多進一步也好。要不然一切都完了。

我想起在圖書館暖爐前等我回去的她。桌上有手風琴，暖爐的火燒得紅紅的，水壺冒著熱氣。我想起她頭髮拂過我臉頰時的觸感，想起她手放在我肩上的溫暖。我不能讓影子死在這裡。如果被守門人抓回去，影子再度被關在地下室，就一定會死在這裡。我奮力拔腳往前邁進再邁進，偶爾回頭確認一下牆的那邊冒出來的灰煙。

我們在路上和很多獸錯身而過。牠們在深雪中尋找糧食，空虛地徘徊著。我吐著白氣背著影子從旁邊經過，牠們便以深藍色的眼睛凝神注視。看來獸對我們行動的意味從頭到尾一清二楚。

爬上上坡之後，我開始喘氣。影子的重量使身體感覺沉重，雪幾乎使我絆倒。試想我也很久沒有好好運動了。吐出的白氣越來越濃，再度開始飄的雪片沾上眼睛被並滲入，眼前變得一片模糊。

「沒問題嗎？」影子從背上出聲。「要休息一下嗎？」

「抱歉讓我休息五分鐘就好。有五分鐘就可以恢復了。」

「沒關係。別介意。走不了是我的責任。你盡量休息好了。好像什麼責任都推到你身上了。」

「不過這也是為我好啊。」我說。「對嗎？」

「我是這麼想的。」影子說。

我把影子放下，在雪中蹲下來喘氣。發熱的身體甚至感覺不到雪的冷。兩隻腳從大腿到腳尖都僵硬得像石頭一般。

「不過有時候我也會迷惑。」影子說。「如果我什麼也沒對你說，就安靜地去了的話，也許你會在這裡無憂無慮地過幸福日子也不一定。」

「也許。」我說。

「是我妨礙了你啊。」

「不過這是早該知道的。」我說。

影子點點頭。然後抬起眼，望向從蘋果樹林冒出來的灰煙。

「看樣子要把獸全部燒完還得花相當的時間呢。」他說。「而且再不久上坡就結束了。接下來就只剩繞進南丘後面而已了，到那裡就可以放心。他追不上我們了。」

影子說到這裡用手捧起雪，再啪啦啪啦地散落地面。

「我想到這個街一定有隱藏的出口，剛開始是直覺。不過後來逐漸變成確信。為什麼呢？因為這個街是完全的街。所謂完全這東西必定含有所有的可能性。在這意義上這裡甚至不能稱為街，而是屬於更流動性、更總體性的東西。一面提示著所有的可能性一面不斷地改變形式，而且維持著那完全性。也就是這裡絕不是固定的完結世界，而是一面變動一面完結的世界。所以如果我希望有逃出口，那麼就有逃出口。你瞭解我說的嗎？」

「很瞭解。」我說。「我也在昨天才剛剛發現。這裡也是可能性的世界噢。這裡什麼都有，什麼都沒有。」

影子在雪中坐下注視了我的臉一會兒。然後默默地點了幾次頭。雪逐漸增強。新的大雪似乎已經接近街了。

「如果一定在什麼地方有逃出口的話，接下來就是消去法了。」影子接著說。「門首先就刪除。就算從門逃得出去，守門人也會立刻捉住我們。他對那附近的形勢瞭若指掌。而且門是任何人如果要計劃逃出時最先會想到的地方。出口應該不是這麼簡單就可以想到的。牆也不行。東門也不行。那裡堵死了，而河的入口也鑲了粗格子。實在逃不出去。那麼剩下來只有南潭了。可以和河一起逃出這個街。」

「你確實有信心嗎？」

「確實有信心。憑第六感就知道了。其他出口都嚴重地堵死了，只有南邊的水潭卻是開放不管的。也沒有圍起來。你不覺得奇怪嗎？他們是以恐怖來圍住這水潭的。只要能克服這恐怖，我們就能戰勝街。」

「你是什麼時候發現的？」

「第一次看到這裡的河時啊。守門人只有一次帶我到西橋附近去。我看到河就這樣想。對這河我完全感覺不到惡意。而且這水充滿了生命感。順著這條水流走，身體任由那流水沖走的話，我們一定可以離開這街，回到真正的生命以本來的姿態活著的地方去。你相信我說的嗎？」

「相信哪。」我說。「我相信你說的話。河大概是通往那裡的吧。也就是我們所離開的世界。我現在也逐漸可以想起一些那個世界的事了。空氣、聲音和光，這些東西。歌使我想起這些事。」

「那是不是個很棒的世界我也不知道。」影子說。「不過那至少是我們應該生活的世界。有好東西，有壞東西。也有不好不壞的東西。你生在那裡。而且要死在那裡。你死了我也就消失了。那是最自然的事。」

「大概正如你說的。」我說。

然後我們兩人再俯視街裡。鐘塔、河川、橋，還有牆和煙，都被激烈的雪完全覆蓋隱藏了。我們所能看見的只有像瀑布一般從天空往大地降下的巨大雪柱而已。

「如果你可以的話，差不多要往前走了吧？」影子說。「因為看這樣子，守門人也許會放棄燒獸提早回去也不一定。」

我點點頭站起來，把帽簷上的積雪拂掉。

39.

冷酷異境

爆玉米花、吉姆爺、消失

我在往公園的路上經過酒店，買了罐裝啤酒。我問啤酒的品牌什麼比較好時，她說只要會冒泡有啤酒味道的都可以。我的意見也大致相同。天空就像早晨剛出爐的那樣沒有一點污點，晴空萬里，季節是十月初。飲料只要會冒泡而有啤酒味的就行了。

不過因為我錢太多，所以買了六罐裝的進口啤酒。Miller High Life的金色罐子好像被秋天的太陽染色似的閃閃發光。艾靈頓公爵的音樂也和晴朗的十月早晨完全搭配。其實艾靈頓公爵的音樂和大除夕夜的南極基地也完全搭配也說不定。

〈Do Nothing Till You Hear From Me〉裡，Lawrence Brown獨特的伸縮喇叭獨奏，讓我一邊吹著口哨和著一邊開車。然後是Johnny Hodges〈Sophisticated Lady〉的獨奏。

我在日比谷公園旁邊停車，躺在公園草地上喝啤酒。星期一早晨的公園，就像飛機都起飛之後的航空母艦甲板一樣，空曠而安靜。只有鴿群像在熱身似的在草地上到處繞著走。

「沒有一片雲。」我說。

「那邊有一片喏。」她指著日比谷公會堂的稍上方一帶。確實有一片雲。在樟樹枝的尖端，掛著一片棉花屑似的白雲。

「不是什麼不得了的雲。」我說。「不能算是雲。」

她用手遮太陽一直注視著雲。「是啊，確實很小。」她說。

我們長久之間什麼也沒說地眺望著那一片小雲，然後拉開第二罐啤酒開始喝。

「為什麼離婚呢？」她問。

「因為旅行的時候不能坐在電車窗邊的座位。」我說。

「開玩笑吧？」

「J・D・沙林傑的小說裡有這樣的對白。我高中時候讀到的。」

「其實是怎麼樣？」

「很簡單哪。五年或六年前的夏天她出走了。出走之後從此沒再回來。」

「從那以後一次也沒見過面嗎？」

「是啊。」我說著並含了一口啤酒，慢慢吞進去。「因為也沒什麼特別理由見面。」

「婚姻生活不美滿嗎？」

「婚姻生活非常美滿。」我說，一面望著手上拿著的啤酒罐說。

「不過那和事物的本質並沒有太大的關係。兩個人即使躺在同一張床上閉上眼睛還是兩個人。我說的你懂嗎？」

「嗯，我想我懂。」

「整體上說雖然人不能簡單地區分類型，但人所擁有的視野（vision）大概可以分為兩種。完全的視野和限定的視野。我說起來是一個活在限定視野裡的人。限定性的正當性不是什麼大問題。只是不得不在什麼地方有一條線所以那裡有線。不過並不是大家都採取這種想法。」

「有這種想法的人難道不會努力想把那線盡量往外推嗎？」

「也許妳說得對，但我的想法不同。沒有道理要求每一個人聽音樂時都必須用立體聲音響。就算從左邊的音箱傳來小提琴聲、右邊的音箱放出低音提琴聲，也不代表其音樂性有所提升，充其量只是用一種花俏的手法來誘發想像力罷了。」

「你是不是太頑固了？」

「她也說過同樣的話。」

「你太太嗎？」

「對。」我說。「主題明確的話通融性就不夠了。喝啤酒嗎？」

「謝謝。」她說。

我把第四罐 Miller High Life的拉環拉開遞給她。

「你對自己的人生怎麼想呢？」她問，她嘴還沒碰啤酒，只是一直注視著罐上打開的洞。

「妳讀過《卡拉馬助夫的兄弟們》嗎？」我問。

「有啊。很久以前看過一次。」

「不妨再看一次噢。那本書寫了各種事情。小說結尾的地方阿留夏對一個叫做柯略克拉索脫金的年輕學生這樣說。你將來會變成一個非常不幸的人。不過你可以祝福總體的人生。」

我喝乾第二罐啤酒，猶豫一下之後打開第三罐。

「阿留夏懂得很多事情噢。」我說。「不過我讀那本書的時候覺得很有疑問。非常不幸的人生怎麼可能以總體來祝福呢？」

「所以你要限定的人生？」

「也許。」我說。「我實在應該代替你先生在巴士上被鐵花瓶打死才對。我覺得那樣好像比較適合我的死法。直接而片斷，印象完結。而且也沒有時間考慮什麼。」

我還躺在草地上抬起臉來，眼睛轉向剛才有雲的那一帶。雲已經沒有了。被樟樹葉隱藏起來。

「嘿，你覺得我能不能也進入你那限定的視野裡去？」她問。

「誰都可以進來，誰都可以出去。」我說。「這就是限定視野的優點。只要進去的時候鞋子好好擦擦，出去的時候把門關上就行了。大家都這麼做。」

她笑著站起來，用手拂掉沾在棉長褲上的草。「差不多該走了。時間到了吧？」

我看看手錶。十點二十二分。

「我送妳回家。」我說。

「不用了。」她說。「我到這附近的百貨公司買東西然後一個人搭電車回去。這樣比較好。」

「那麼就在這裡分手了。我還要在這裡待一下。覺得非常舒服。」

「謝謝你的指甲刀。」

「那裡。」

「回來之後可以打電話給我嗎？」

「我會去圖書館。」我說。「我喜歡看人正在工作的樣子。」

「再見。」她說。

她在公園裡筆直的路上走遠的背影，我好像《黑獄亡魂》（The Third Man）裡的約瑟夫‧考登一般凝神注視著。等她的背影消失在樹蔭裡之後，我看著鴿子。鴿子的步法一隻一隻都微妙地不同。不久之後，一個打扮優雅的女人帶著小女孩，走過來撒些爆玉米花，我周圍的鴿子全都飛起來朝那邊去了。小女孩年齡大約三歲或四歲，就像那個年紀的女孩子都會做的那樣張開雙手想要去擁抱鴿子。但當然鴿子不會被抓到。鴿子有鴿子微小的生活方式。裝扮良好的母親只有一次往我這邊瞄了一眼，但從此就沒再看我這邊了。會躺在星期一早晨的公園裡，排了五個罐裝啤酒空罐子的人不是正常人。

我閉上眼睛，試著想想《卡拉馬助夫的兄弟們》裡三兄弟的名字。米卡、伊凡、阿留夏，還有同父異母的司米爾加可夫。能夠說得出《卡拉馬助夫的兄弟們》全部兄弟名字的人世上到底有幾個？

一直仰望著天空時，覺得自己好像浮在一望無際的大海上的一艘小舟。沒有風也沒有浪，我只是一直安靜地浮在上面而已。浮在大海上的小舟有某種特殊的東西，這麼說的是約瑟夫‧康拉德的《吉姆爺》（Lord Jim）船破遇難的部分。

天空深遠，好比不容人懷疑的觀念確實堅固地存在。從地上仰望時，可以感覺到天空這東西好像把存在的一切都化約集中了。海也一樣。連續幾天一直眺望著海，會覺得世界好像只有海。約瑟夫・康拉德想的大概也和我一樣吧。從大船這擬制之中被切離後，被放進一望無際的大海的小舟確實有某種特殊的東西，誰也無法從那特殊性裡逃出。

我依然躺著喝下最後一罐啤酒，抽菸，把文學性省察從頭腦裡趕走。必須再現實一點才行。剩下的時間只有一小時多一點了。

我站起來抱著啤酒空罐走到垃圾箱，把它們丟了。然後從皮夾子裡拿出信用卡，在菸灰缸裡燒掉。裝扮良好的母親又瞄了我這邊一下。正常的人不會在星期一早晨的公園裡燒什麼信用卡。我先把美國運通卡燒掉，然後把 Visa 卡燒掉。信用卡好像非常舒服地在菸灰缸裡燒盡。我很想把 Paul Stuart 的領帶也燒掉，但想了一下還是放棄。太顯眼了，而且也沒有任何必要燒領帶。

然後我到販賣店去買了十袋爆玉米花，其中的九袋灑在地上給鴿子，剩下一袋我坐在長椅上自己吃。鴿群好像十月革命一樣，聚集了一大群吃著爆玉米花。我也和鴿子一起吃著。好久沒吃爆玉米花了，味道相當好。

打扮優雅的母親和小女孩兩個人看著噴水池。母親的年齡大概和我差不多。望著她時我又想起和革命運動家結婚生了兩個孩子，然後從此失蹤的同學。她已經連帶小孩上公園都做不到了。我不知道她對這點有什麼感覺，不過關於自己的生活完全消失這一點，我和她似乎有些什麼可以互相分享的樣子。或許——很有可能——她會拒絕和我互相分享那「什麼」也不一定。我們已經將近二十年沒見面了，而且二十年之間發生了很多事。各人的處境不一樣，想法也不一樣。即使同樣是退出人生，她是以自己的意志退出的，我卻不是。我的情況是我在睡覺的時候有人來把我的床單一掀就拿走了。

她大概會為這個而指責我。你到底選擇了什麼呢？她大概會這樣說我。確實是這樣。我什麼也沒選擇。如果說依照自己的意志選擇了什麼的話，只有原諒了博士和沒有和他的孫女睡覺而已。但那些事對我有什麼好處呢？她會因為這個程度的事情，而對我這個存在、為我這個存在的消滅以及所達成的任務，給與良好的評價嗎？

我不知道。將近二十年的歲月把我們遠遠地隔開。她對哪些會給好評價，對另一些會給不好的評價，那基準已經超出我想像力的邊界之外。

我的邊界內幾乎什麼也沒剩下了。只能看見鴿子、噴水池、草坪、母女而已。一直望著這些風景的同時，我才發現這幾天來第一次不想從這個世界消失。我不關心接下來要往什麼樣的世界去。就算人生光輝的百分之九十三都在前面的三十五年裡用盡了，也沒關係。我想抱著那剩下的百分之七，繼續觀察這個世界的成立法則。不知道為什麼，但我覺得這樣做好像是我被賦與的一種責任。確實從某個時候，我開始扭曲了自己的生活方式和人生。那樣做有那樣做的理由。就算別人不能理解也好，我都不得不那樣做。

不過我並不想放下這扭曲的人生從此消失。我有義務守候到它最後。不這樣做的話有失公允。我不能就這樣丟下我的人生而去呀。

就算我的消滅不會使誰傷心，不會使誰的心空白，或者幾乎誰也不會注意到，那都是我的問題。確實我失去太多。應該失去的東西，好像除了自己之外幾乎什麼也沒剩下。不過失去的那些在我心中好像還留有殘影，那使我能夠繼續活到現在。

我不想從這個世界消失。一閉上眼，可以清楚感覺到自己的心在動搖。那超越哀傷和孤獨感，巨大深沉的翻騰滾動在我這個存在的深處動搖起來。那翻騰滾動持續不斷。我的手肘支在長椅的靠背上，忍耐著那翻騰滾動。誰也幫不了我。誰也救不了我。就像我救不了誰一樣。

我想放聲大哭，但不能哭。我的年紀已經太大，而且也經歷過太多事情。世界上有不能流淚的哀傷存在。那是對誰也無法說明的，就算能夠說明，誰也不會理解。那哀傷無法改變成任何形式，只能像無風之夜的雪那樣靜靜地逐漸積在心裡而已。

更年輕的時候，我曾經嘗試把那哀傷變成語言。但就算用盡語言，也無法把它傳達給誰，甚至無法傳達給自己，我終於放棄這樣做。於是我關閉我的語言，關閉我的心，深沉的悲哀是連眼淚這形式都無法採取的東西。

我想抽菸，但沒有香菸了。口袋裡只有紙火柴而已。火柴也只剩三根。我把火柴一根接著一根點著，熄滅後丟在地上。

再一次閉上眼時，那翻騰滾動已經消失無蹤。腦子裡只浮起像塵粒一般安靜的沉默而已。我一個人長久望著那塵粒，塵粒既不往上昇也不往下降，只是安靜地浮在那裡。我試著噘起嘴唇吹一口氣，但還是不動。不管多麼激烈的風，也不能趕走它。

然後我想一想剛剛離開的圖書館女孩。想到重疊堆積在地毯上她的天鵝絨洋裝、絲襪和襯裙。那些是不是還沒收起，依然像她本身似的靜靜躺在那地上？還有我對她的種種舉動是不是公平？不，不對，我想。到底有誰要求公平？誰也不要求公平。會要求這個的大概只有我吧。不過失去公平的人生有什麼意思呢？就像我喜歡她一樣，我也喜歡她脫了掉在地上的洋裝和內衣。那也是我的公平的一種形式嗎？

所謂公正性，是在極其限定的世界才能通用的概念之一。但那概念推及於所有的位相。從蝸牛、金屬工具店的櫃台，到婚姻生活都可及。就算誰也沒有要求這個，我除了這個之外也沒有能夠給的東西了。在這意義上公平和愛情相似。給的東西和要的東西並不一致。所以很多東西從我眼前，或從我心中通過而去。

也許我應該對自己的人生感到後悔吧。那也是公平的形式之一。但我對什麼都無法後悔。就算一切都像風一樣吹過，把我留在後面，那也是我所希望的事。於是我只留下浮在腦裡的一顆白色塵粒。

到公園裡的商店買香菸和火柴時，為了慎重起見，試著從公共電話再打一通電話回我房間。雖然心想不會有人接，但在人生的最後，往自己的房間試打電話也是個不錯的想法。可以想像鈴聲響個不停的樣子。但出乎意料之外，鈴響第三聲時有人拿起聽筒。然後說：「喂喂。」是穿粉紅色套裝的胖女孩。

「還在那裡呀？」我吃驚地說。

「怎麼可能。」女孩說。「離開一次又回來了啊。不可能那麼悠哉吧。因為想看書的下文所以回來了。」

「巴爾札克嗎？」

「嗯，對呀。這本書非常有意思噢。好像可以感覺到什麼命運的力量似的。」

「還有，」我說。「妳爺爺救出來了嗎？」

「當然。非常簡單哪。水已經退了，路又是第二次走。地下鐵的票我預先買了兩張。祖父精神很好呢。他還說向你問候。」

「那要謝謝了。」我說。「那麼妳祖父怎麼樣了？」

「他去芬蘭了。他說在日本麻煩事太多無法集中精神研究，所以到芬蘭去成立研究所。好像是個非常安靜的好地方噢。還有馴鹿呢。」

「妳沒去呀？」

「我決定留在這裡住你的房間。」

「我的房間？」

「嗯，對呀。我好中意這房間呢。門也裝好了，冰箱、音響我也會買過新的。被人家破壞了對嗎？我可以把床罩、床單和窗簾換成粉紅色嗎？」

「沒關係。」

「可以訂報紙嗎？我想看節目欄。」

「好啊。」我說。「不過在那裡有危險喏。『組織』的人或記號士也許會來呢。」

「唉呀，那些我才不怕。」她說。「他們要的是祖父和你，跟我沒關係。而且剛才也有一對奇怪的大個子和小個子二人組來，被我趕走了。」

「怎麼做到的？」

「用手槍把大個子的耳朵射穿了啊。鼓膜一定破了。沒什麼了不起的。」

「在公寓裡開槍一定引起很大騷動吧？」

「沒有啊。」她說。「只射一發大家會以為是車子內燃機逆燃的爆炸聲。如果連射幾發那就傷腦筋了，我的功夫很棒一發就足夠了。」

「哦！」我說。

「而且，等你喪失意識之後，我想把你冷凍起來，怎麼樣？」

「隨妳高興好了。反正已經沒有任何感覺了啊。」我說。「我現在要去晴海埠頭，所以妳去那裡幫我回收就好了。我會坐在白色Carina 1800 GT. Twin-Cam Turbo的車子裡。車型我也無法說明，不過會放巴布・狄倫的錄音帶。」

「什麼叫巴布・狄倫？」

「下雨天——」我正要說，但說明太麻煩了而作罷。「是個聲音沙啞的歌手。」

「先冷凍起來，等祖父發現新方法之後，也許可以再幫你復原也說不定對嗎？期望過高也麻煩，但不是沒有這種可能性噢。」

「沒有意識也就不會期望了。」我指出。「那麼，是你把我冷凍嗎？」

「沒問題，你放心。冷凍我很拿手。我曾經做過動物實驗，把貓啊狗啊活生生的冷凍起來。我會把你好好冷凍起來，藏在誰也找不到的地方。」她說。「所以如果進行順利，你意識恢復的話可以跟我睡嗎？」

「當然。」我說。「那時候如果妳還想跟我睡的話。」

「你願意好好做嗎？」

「盡我所能。」我說。「不過不知道幾年後了。」

「不過那時候我已經不是十七歲了噢。」她說。

「人是會老的。」我說。「就算被冷凍起來也一樣。」

「你保重啊。」她說。

「妳也一樣。」我說。「能跟妳講話覺得好像輕鬆一些了。」

「因為有了回到這個世界的可能性了？不過那還不知道會不會成功，實在——」

「不，不是這樣。當然有了這可能性我非常慶幸。不過我所說的不是這個意思，而是能跟妳講話我非常高興。能聽到妳的聲音，知道妳現在在做什麼。」

「要不要再多說一點？」

「不，這樣就好了。沒什麼時間了。」

「嘿。」胖女孩說。「不要害怕噢。就算你永久消失了，我到死都會一直記得你。在我心裡你沒有消失。這一點你千萬不要忘記喲。」

「忘不了的。」我說。然後掛掉電話。

到了十一點我到附近的廁所去小便，然後走出公園。發動車子引擎，一面想著關於被冷凍的種種事情一面把車子開往港口。銀座路上充滿了上班族打扮的人群。在等紅綠燈的時候，我在那裡面尋找應該正在買東西的圖書館女孩子。但很遺憾沒看見她。我眼睛所看到的只有許多不認識的身影。

到了港口我把車子停在沒有人的倉庫邊。一面抽著菸一面把音響調成自動反覆迴帶聽著巴布・狄倫的錄音帶。把座椅往後放倒，兩腳架在方向盤上，安靜地呼吸。覺得很想喝啤酒，但已經沒有啤酒了。啤酒一罐不剩地在公園裡和她兩個人喝完了。太陽從擋風玻璃射進來，把我包在陽光裡。閉上眼睛時可以感覺到那光線正烘暖我的眼瞼。陽光千里迢迢地來到這個星球，用那力量的一端為我烘暖眼瞼，想到這裡我就被不可思議的感動所打動。宇宙的真理連我的眼瞼都沒有疏忽。我似乎有點瞭解阿留夏・卡拉馬助夫的心情。也許對限定的人生可以給與限定的祝福吧。

我順便以我的方式祝福博士和胖女孩和圖書館的女孩。我不知道我是不是有權給別人祝福，但怎麼說我都是立刻要消滅的人了，所以首先就不用擔心往後有誰會來追究責任。我把放Police、reggae的計程車司機也列入祝福的名單上。只有他肯載滿身是泥的我們，沒有理由不把他列入名單。他現在可能正一面以卡式收錄音機聽著搖滾音樂，一面在某條路上兜著圈子找年輕客人載吧。

正面看得見海。看得見卸貨完吃水線浮上來的舊貨船。海鷗像白色斑點一般到處停著。巴布・狄倫正在唱著〈Blowing in the Wind〉。我一面聽著那歌，一面試著想想蝸牛、指甲刀、奶油燒鱸魚、刮鬍膏的事。世界充滿了各種形式的啟示。

初秋的太陽像被海浪搖晃似的在海上閃著細碎的光輝。簡直就像有人把一面大鏡子敲得粉碎似的。

因為實在破得太細了，所以誰也沒辦法使它復原。即使擁有哪一個國王的軍隊也沒辦法。巴布・狄倫的歌自動地使我想起出租車行的女孩子。對了，她也不能不祝福。她給我非常好的印象。她不能不在名單上。

我在腦子裡回想她的樣子。她穿著綠色運動外套、白襯衫打著黑色蝴蝶結，那綠色令人想起棒球季剛開始的球場草坪那種色調。那大概是租車公司的制服。要不然誰都不會穿綠色運動外套打黑蝴蝶結。而且她聽巴布・狄倫的老歌，想著雨天。

我也試著想想下雨天。我所想到的是不知道下著還是沒下的細雨。但雨確實是在下著。而且那雨濡濕蝸牛，濡濕柵欄，濡濕牛。誰也不能讓雨停。誰也不能避開雨。雨總是公平地繼續下著。

終於那雨變成朦朧色調的不透明簾幕覆蓋了我的意識。

睡意來臨。

我想，這樣我就可以取回我所失去的東西了。那就算曾經失去過一次，但絕對沒有損壞。我閉上眼睛，任身體沉入那深深的睡眠中。巴布・狄倫正繼續唱著〈大雨就要落下來〉（A Hard Rain's A-Gonna Fall）。

40.

世界末日 鳥

好不容易走到南潭時，雪正令人窒息地不斷下著。那看來就像天空本身正嘩啦嘩啦支離破碎地崩裂掉落地上。雪也傾注在潭上，被帶有可怕深藍色調的水面無聲地吸進去。染成純白的大地，只有深潭張著像巨大眼瞳似的圓圓大洞。

我和我的影子站定在雪中，長久發不出聲音注視著那光景。和以前來時一樣周遭響徹可怕的水聲。不知道是不是因為雪的關係，聲音更模糊不清，感覺好像是從什麼遙遠的地方傳來的地鳴。我仰望說是天空又未免太低的天空，視線轉向浮在大雪深處的南牆。牆對我已經什麼也不說了。這是個符合「世界末日」名稱的荒涼冰冷的光景。

靜止不動時，雪在我肩上和帽簷上不分界線地積起。看樣子我們所留下的腳印可能也會完全消失掉。我看看站在我稍遠處的影子。他不時拂掉身上的雪，瞇細了眼睛睨著深潭的水面。

「這就是出口噢。不會錯。」影子說。「這麼一來這個街也已經沒辦法把我們關在裡面了。我們可以變得像鳥一樣自由。」

然後影子筆直地仰望天空，閉上眼睛，簡直像以承受恩惠之雨一般的表情承受著雪。

「好天氣。天空晴朗，風是暖和的。」說著影子笑了。簡直像沉重的枷鎖被拿掉似的，影子的身體似乎逐漸恢復他本來的力量似。他踩著輕盈的腳步走向我這邊。

「我可以感覺到噢。」影子說。「這水潭的對面有所謂外面的世界喲。你呢？還會害怕跳進去嗎？」

我搖搖頭。

影子彎腰蹲在地上，解開兩邊的靴帶。

「一直站在這裡會凍僵的，所以差不多可以跳下去了。把靴子脫掉，用彼此的皮帶和皮帶互相綁在一起。到外面如果失散了就完了。」

我把向上校借來的帽子脫下拂掉積雪，然後拿在手上瞧著。帽子是古老時代的戰鬥帽。布面有好些地方都磨得脫線了，色調褪色變白。上校可能珍惜了幾十年繼續戴著。我又再一次把雪拂乾淨之後，把它戴在頭上。

「我想留在這裡。」我說。

影子好像眼睛失去焦點似的恍惚地看著我的臉。

「我仔細考慮過了。」我對影子說。「對你很抱歉，不過我自己考慮了很久。也知道一個人留在這裡會是怎麼一回事。我也知道正如你所說的，我們兩個人一起回到從前的世界事情才有道理。我也知道那對我來說才是真正的現實，從那裡逃走是錯誤的選擇。但我不能離開這裡。」

影子雙手插在口袋裡，慢慢搖了幾次頭。

「為什麼嘛？你上次不是跟我約好要逃出這裡的嗎？所以我才努力擬計劃，你還背著我來到這裡了不是嗎？到底是什麼讓你的心來個一百八十度大轉變呢？是女人嗎？」

「那當然也有。」我說。「不過不只是那個。因為我發現了一件事情。所以我決定留在這裡。」

影子嘆了一口氣。然後再一次仰望天空。

「你找到她的心了嗎？而且決定和她兩個人在森林裡過活，打算把我趕走？」

「我再說一次，不只是那樣。」我說。「我發現了到底是什麼東西製造出這個街了。所以我有義務留在這裡，也有責任。你不想知道是什麼製造出這個街的嗎？」

「不想知道。」影子說。「因為我已經知道了。這種事情老早就知道了。製造出這個街的是你自己呀。你製造出一切的一切。從牆、河川、森林、圖書館、門、冬天，從一切到一切。這深潭、這雪也是。這麼點小事我也知道啊。」

「那麼為什麼不早點告訴我呢？」

「如果告訴你，你不就會像這樣留在這裡嗎？我無論如何都想把你帶出外面。你應該活的世界好好的在外面呢。」

影子跌坐在雪中，搖了幾次頭。

「不過既然你已經發現這個了，恐怕不會再聽我的話了。」

「我有我的責任。」我說。「我總不能丟下自己任意製造出來的人們和世界，自己一走了之。我覺得對你很抱歉。真的很抱歉，而且要跟你分開也很難過。不過我必須對自己所做的事情負責。這是我自己的世界呀。牆是包圍我自己的牆，河是流過我自己體內的河，煙是燒我自己的煙哪。」

影子站起來，凝神注視深潭平靜的水面。在不停下著的雪中，影子一動也不動地站著，身體逐漸失去那厚度，有種逐漸恢復本來的扁平姿態的感覺。長久之間兩個人沉默不語。只有從口中吐出的白色氣息浮上空中，然後消失。

「我非常瞭解阻止也沒有用。」影子說。「不過森林裡的生活比你想像的還要辛苦噢。森林和街一切都不同。為了生存必須嚴酷地勞動，冬天也漫長而難過。一旦進入森林之後就再也出不來。你必須永遠留在森林裡喲。」

「這個我也仔細考慮過。」

「然而心還是不變噢？」

「不變。」我說。「我不會忘記你。在森林裡會一點一點地想起從前世界的事情。大概有很多不能不想起的事情吧。各種人，各種地方，各種光，各種歌。」

影子雙手交叉搓揉了好幾次。身上的積雪帶給他不可思議的陰影。那陰影看起來好像在他身上慢慢伸縮似的。他一面好像搓手一面在聽那聲音似的，輕輕把頭傾斜著。

「我差不多該走了。」影子說。「不過從此以後不能再見面總覺得很奇怪。最後不知道該說什麼才好。怎麼也想不出恰當的話來。」

我再一次脫下帽子拂掉雪，又戴回去。

「祝你幸福。」影子說。「我喜歡你。就算我不是你的影子也一樣。」

「謝謝。」我說。

水潭完全把影子吞沒之後，我還長久注視著那水面。水面沒有留下一絲波紋。水像獸的眼睛一樣藍，而且靜悄悄的。失去影子之後，覺得自己好像一個人被遺留在宇宙的邊界。我已經什麼地方都不能去，什麼地方也不能回了。這裡就是世界的終點，世界的終點不通往任何地方。在這裡世界將終息，將靜靜地停留。

我轉身背向潭，開始走向西丘。西丘對面有街，河在流，圖書館裡她和手風琴應該正在等我。

在下個不停的雪中，可以看見一隻白色的鳥正朝著南方飛去。鳥越過牆，被包圍在雪中的南邊天空吸了進去。只留下我踏著雪咯吱咯吱的聲音。

世界末日與冷酷異境（二版）

作者—村上春樹
譯者—賴明珠
編輯—黃煜智
協力編輯—陳劭頤
校對—張致斌
企劃—張燕宜
封面設計—朱疋
內頁排版—綠貝殼資訊有限公司

董事長—趙政岷
出版者—時報文化出版企業股份有限公司
108019台北市和平西路三段二四〇號七樓
發行專線—（〇二）二三〇六六八四二
讀者服務專線—〇八〇〇二三一七〇五
（〇二）二三〇四七一〇三
讀者服務傳真—（〇二）二三〇四六八五八
郵撥—一九三四四七二四時報文化出版公司
信箱—一〇八九九臺北華江橋郵局第九九信箱
時報悅讀網—http://www.readingtimes.com.tw
思潮線臉書—https://www.facebook.com/trendage
法律顧問—理律法律事務所 陳長文律師、李念祖律師
印刷—家佑印刷有限公司
初版一刷—一九九四年九月十五日
二版一刷—二〇一八年十一月三十日
二版五刷—二〇二四年三月二十日
定價—新台幣五六〇元
（缺頁或破損的書，請寄回更換）

時報文化出版公司成立於一九七五年，
並於一九九九年股票上櫃公開發行，於二〇〇八年脫離中時集團非屬旺中，
以「尊重智慧與創意的文化事業」為信念。

世界末日與冷酷異境／村上春樹著；賴明珠譯. -- 二版. -- 臺北市：時報文化，2018.12
576面；14.8×21公分
譯自：世界の終りとハードボイルド・ワンダーランド

ISBN 978-957-13-7596-0（平裝）

861.57　　107018245

ISBN 978-957-13-7596-0
Printed in Taiwan